BASTEI
LÜBBE

Von Cynthia Harrod-Eagles erschien bei BASTEI-LÜBBE:

12512 Anna

CYNTHIA HARROD-EAGLES

Fleur

Aus dem Englischen von
Heidi Lichtblau und Johannes Schwab

BASTEI LÜBBE

BASTEI-LÜBBE-TASCHENBUCH
Band 12 635

Titel der englischen Originalausgabe:
Fleur

Lizenzausgabe mit Genehmigung des Schneekluth Verlages:
Bastei Verlag Gustav H. Lübbe GmbH & Co.,
Bergisch Gladbach
Printed in Great Britain April 1997
Einbandgestaltung: K. K. K.
Titelfoto: A. K. G., Berlin
Satz: hanseatenSatz-bremen, Bremen
Druck und Bindung: Cox & Wyman, Ltd.
ISBN 3-404-12635-1

Für meinen Ehemann

Erstes Buch
Englische Rose

Eins

Die offenen Felder und kleinen Bauernhöfe lagen hinter ihnen, sobald sie den Dorfanger von Shepherd's Bush passiert hatten. Buckley, der Kutscher der Hamiltons, spornte seine Pferde gern zu Höchstleistungen an und wirbelte damit auf der Mautstraße derart viel Staub auf, daß Fleur trotz der hochsommerlichen Hitze das Fenster hochschieben mußte.

Überdies waren fast bis Tyburn Corner beiderseits der Straße Bauarbeiten im Gange. Während die Kutsche in Richtung London dahinrumpelte, schaute Fleur in Ermangelung eines Gesprächspartners nachdenklich aus dem Fenster. Auf den Wiesen, wo noch vor kurzem Kühe geweidet hatten, wurden Grundstücke abgesteckt und braune Furchen in das Gras gestochen. Wo in den Gemüsegärten Reihen von Kohlköpfen und Bohnen zu sehen waren, prägten nun Reihen gleichartiger Häuser in unterschiedlichen Baustadien das Bild.

Alles war Fortschritt, Lärm und geschäftiges Treiben – alles Veränderung. Nichts war dagegen gefeit. Hinter den Kiesgruben von Kensington war die Pferderennbahn verschwunden. Nur die Bogenform der Häuserzeilen, die dort nun zu sehen waren, erinnerte noch daran, während eine im phantastischen neugotischen Stil errichtete Kirche den Platz der ehemaligen Haupttribüne eingenommen hatte. Bald, dachte Fleur, werden alle Dörfer nördlich der Mautstelle von Uxbridge – Knolton Hill, Bayswater, Westbourne Green, Paddington – durch ein endloses Stuckmeer verbunden sein, und keiner wird mehr sagen können, wo London aufhört und das Land beginnt.

Natürlich war das gut so. Daran erkannte man, daß in England langsam der Wohlstand wieder einkehrte. Fleur war vierundzwanzig, zu jung also, um sich an den Krieg mit Frankreich zu erinnern, der das Land zwanzig lange Jahre ausgeblutet hatte. Doch sie war in der Nachkriegszeit aufgewachsen und hatte die schreckliche Depression der dreißiger und vierziger Jahre miterlebt.

Einige ihrer frühesten Kindheitserinnerungen betrafen herumziehende Männer, die an der Tür bettelten. Viele waren entlassene Soldaten, Überlebende von Waterloo, in Lumpen gehüllt und gezeichnet von schrecklichen Narben, fehlenden Fingern, Armen, Augen. Fleurs Mutter hatte Angst vor ihnen, und wenn sie an der Vordertür klopften, um wie ehrbare Männer um Arbeit zu bitten, wurden sie unweigerlich fortgejagt. Schlichen sie jedoch wie geprügelte Hunde zur Hintertür, versorgten sie mitleidige Dienstboten mit Nahrung und Kleidungsstücken, die die Wirtschafterin nicht vermissen würde. Auch die kleine Fleur hatte sich vor diesen Männern gefürchtet, doch vermochte sie nicht einfach über sie hinwegzusehen oder vor ihnen davonzurennen. Einmal hielt sie sich hinter einem Busch versteckt, um einen alten Mann zu beobachten, der von der Hintertür forthinkte, nachdem man ihm Brot und Zwiebeln geschenkt hatte. Sein Gesicht war auf einer Seite von einer Pulvernarbe geschwärzt, während das Kinn von einem silbrigen Stoppelbart bedeckt wurde. Ein Fuß fehlte, doch kam er mit dem gesunden Bein und einer Krücke ziemlich flink voran.

Scheinbar hatte Fleur sich nicht gut versteckt, denn als er an dem Gebüsch vorbeikam, hielt er inne und betrachtete sie neugierig.

»Komm raus, kleines Fräulein«, sagte er. »Na, komm schon, ich tue dir nichts.«

Fleur trat langsam und vorsichtig hervor, bereit, bei der ersten plötzlichen Bewegung davonzulaufen. Doch der Soldat, der nur aus Haut und Knochen zu bestehen schien, schaute sie versonnen lächelnd an. Seine Wangen waren eingefallen, und die Augen lagen tief in ihren Höhlen. Instinktiv wußte Fleur, daß er am Verhungern war. Dabei konnte er allem Anschein zum Trotz höchstens fünfunddreißig oder vierzig Jahre alt sein.

Nach einer Weile sagte er: »Himmel, wie hübsch du bist! Der Anblick eines so hübschen kleinen Mädchens tut gut. Ich hatte selbst einmal eine kleine Tochter, nur hatte sie nicht so blonde Haare wie du, sondern dunkle.«

Die Frage, wo seine Tochter jetzt sei, lag Fleur schon auf der Zunge, doch sagte ihr ein Blick in die Augen des Mannes, daß das Mädchen tot war. Sie fühlte sich eigenartig zu ihm hingezogen und wünschte sehnlichst, etwas für ihn tun oder ihm etwas geben zu können. Sie steckte die Hand in ihre Schürzentasche und förderte das einzige zutage, was sie enthielt – ein weißes Taschentuch. Ihr war die Dürftigkeit des Geschenkes bewußt, und so streckte sie es ihm nur zögernd entgegen, unsicher, ob es willkommen wäre.

Er verlagerte sein Gewicht auf die Krücke und nahm das Taschentuch in die Hand. Nachdem er es lange Zeit verwundert betrachtet hatte, blickte er auf Fleur, und zu ihrem Entsetzen sah sie, daß er weinte.

»Früher einmal war ich Pferdeknecht«, erklärte er. Die Tränen rannen seine zerfurchten Wangen hinunter, ganz langsam, als wären auch sie dem Tode nahe. Seine Finger schlossen sich um das weiße Leinen. Der Mann nickte Fleur zu, preßte die Lippen zusammen und hinkte davon. Sie beobachtete ihn, bis er außer Sicht war. Dann kroch sie unter den Busch. Lange blieb sie dort, die Knie zum Trost umschlungen, und schaukelte hin und her.

Erst Jahre später wurde ihr die Bedeutung seiner Worte klar. »Früher einmal war ich Pferdeknecht.« Während sie als einsames Mädchen in einem großen Haus heranwuchs, hatte sie mit dem Dienstpersonal weit mehr Umgang, als sich das eigentlich gehörte. Dabei erfuhr sie viel über diese Menschen und ihre Welt, und deshalb wußte sie auch, daß diejenigen aus der männlichen Dienerschaft, die sich um die Pferde kümmerten, zur Elite gehörten. Ein Stallbursche oder Pferdeknecht zu sein war Anlaß zu großem Stolz.

Der Soldat wollte ihr damals zu verstehen geben, daß er einst bessere Zeiten gesehen hatte. Doch wie sollte ein Mann auf Krücken noch mit Pferden umgehen können? Seines Berufes und seines Stolzes beraubt, konnte er nur noch um Brot betteln. Über Jahre hinweg hatte Fleur sich diesen Vorfall immer wieder ins Gedächtnis gerufen. »Früher einmal war ich Pferdeknecht.« Wie ein kleiner Dorn im Herzen war das, der, obwohl überwachsen, bei jeder unbedachten Bewegung Schmerzen verursachte.

Nun, das war lange her. Die Kriegswunden waren verheilt, die Zeiten änderten sich. Die Währung hatte sich stabilisiert, die Geschäfte florierten wieder, und die Eisenbahn hatte ihren Siegeszug angetreten. Die leeren Werkstätten und die stillgelegten Fabriken waren zu neuem Leben erwacht, die Schlote verdunkelten den Himmel wie ehedem, und nun, im Jahre 1850, war England wieder ganz obenauf. Allenthalben wuchs die Industrie sprunghaft, und der Handel blühte.

Aus allen Ecken des Landes strömten die Menschen nach London, der größten Industriestadt der Welt, und irgendwo mußten sie unterkommen. Fleur starrte auf die ameisenartigen Aktivitäten, die das Vertraute jedesmal, wenn sie auf dieser Strecke reiste, fremder erscheinen ließen. Hier zeigte sich unverkennbar die Handschrift der neuen Baumeister vom Schlage Mr. Cubitts, der manchmal mit Papa in Grove Park dinierte. Anstatt wie früher den Auftrag zum Bau eines Hauses von einem bestimmten Bauherrn zu erhalten, liehen sich diese neuen Männer riesige Geldsummen, mit denen sie Land kauften. Auf diesem zogen sie eine Häuserreihe nach der anderen hoch, zahlten die Investoren aus und erzielten ihre Profite durch die Mieteinnahmen.

Alles in allem aber konnte man sich 1850 glücklich schätzen, in England zu leben – und in London zumal. Fleur freute sich auf den Besuch bei ihrer Tante Venus und ihrem Onkel Frederick, da sie auf diese Weise den neuesten Klatsch hören und neue Menschen kennenlernen würde. Zwar war sie daheim in Chiswick keineswegs unglücklich – irgendeine Beschäftigung fand sich dort immer –, aber Abwechslung brauchte jeder einmal. Überdies wurde es bisweilen doch recht einsam, da Papa so häufig unterwegs war und Richard im Internat lebte. Er absolvierte das letzte Schuljahr in Eton, wo er die richtigen Freundschaften schließen konnte, unentwegt Kricket spielte und versuchte, sich die Trinkfestigkeit eines Gentleman anzueignen. Er war ein gutaussehender und beliebter Junge, auch wenn er, wie Tante Venus gern spottete, nur mit dem absoluten Minimum an Fähigkeiten ausgestattet war, um einst als künftiger Erbe das väterliche Eigentum zu übernehmen.

Sie erreichten Tyburn Corner. Wie gewöhnlich herrschte dort dichter Verkehr, der sie zwang, anzuhalten. In der Kutsche war es erstickend heiß. Fleur öffnete wieder vorsichtig das Fenster. Der unvermeidliche Geruch von Pferden, ein Geruch, den sie immer mit London in Verbindung brachte, wurde heute von einem beißenden Schweinegestank überlagert. Irgendwo vor ihnen befand sich eine Schweineherde – offensichtlich der unmittelbare Grund für die Verkehrsstokkung –, und die Tiere quiekten, als würde die Schlachtung bereits vorgenommen.

Man müßte etwas dagegen unternehmen, daß man sie auf den belebten Hauptverkehrsstraßen zum Markt trieb, dachte Fleur. Zumindest sollte man diese Prozedur auf die frühen Morgenstunden beschränken, wenn die Straßen leer waren. Auch ohne die zusätzlichen Gefahren durch Schafe, Schweine und Gänse war es schwierig genug, sich durch die vielen Fahrzeuge hindurchzulavieren – ganz abgesehen von dem lästigen Dung, den keiner wegkehren wollte. Eines schönen Tages würden sich einige Lastkarren ineinander verkeilen, und der ganze Londoner Verkehr käme zum Erliegen.

Im Augenblick allerdings kam ihnen Buckleys lange Erfahrung zugute. Von seinem Aussichtspunkt auf dem Kutschbock entschied er, daß ein weiteres Abwarten fruchtlos wäre. Rechter Hand öffnete sich die Andeutung einer Lücke. Buckley lenkte die Pferde mit einem furchteinflößenden Peitschenschlag geradewegs über die Straße, obgleich er damit einen Lastkarren, zwei Droschken und einen überladenen Bus in Bedrängnis brachte.

Die Buspferde bäumten sich auf, der Fahrer ließ eine Schimpfkanonade vom Stapel, und einer der im Freien sitzenden Passagiere warf ihnen eine Orangenschale hinterher. Buckley, ein waschechter Londoner, fluchte begeistert zurück, und Fleur schob hastig das Fenster wieder hoch. Aber da bogen sie schon in die North Audley Street ein, und einige Minuten später hielten sie vor dem Haus der Tante am Hanover Square.

Während sie auf das Portal zuging, schaute Fleur noch einmal mit gespielter Strenge zum Kutscher zurück. »Daß Ihnen derartige Wörter geläufig sind, Buckley! Ich bin empört!«

Doch dieser ließ sich nicht hinters Licht führen. »Sie hätten eben das Fenster nicht öffnen sollen, Miss Flora! Und wenn Sie behaupten, so etwas zuvor noch nicht gehört zu haben, wo Sie doch all diese Armenhospitale besuchen, dann glaube ich das einfach nicht.«

Er und Fleur waren alte Freunde. Nachdem sie sich in bestem Einvernehmen zugelächelt hatten, raffte sie ihre Röcke und stieg die restlichen Stufen hinauf.

»Meine liebe Fleur«, seufzte Tante Venus, »in London gibt es kein anderes Gesprächsthema mehr als die Weltausstellung.« Venus war eine ältere Dame, die sich kerzengerade hielt. Das ergrauende Haar hatte sie getreu der Mode ihrer Jugendzeit über der Stirn zu einem Lockentuff frisiert, und wie immer lag ein Schal auf unnachahmlich elegante Art um ihre mageren Schultern. Im übrigen aber war sie eine unnachgiebige, strenge und verknöcherte Person. »Wenn es erst einmal soweit ist – sollte das überhaupt je der Fall sein –, werden wir der Sache bereits gründlich überdrüssig sein.«

»Aber freilich wird es einmal soweit sein«, entgegnete Tante Ercy, eine rundliche und schüchterne Frau, die mit ihren kurzsichtigen Augen wie ein schläfriger Vogel wirkte. »Die Königin hängt mit ganzem Herzen daran. Du weißt doch, was immer der Prinz wünscht . . .«

»Dein Vater wird dir natürlich bereits davon erzählt haben«, fiel ihr Tante Venus rücksichtslos ins Wort. Ercy war in ihren Augen eine schnatternde Närrin, deren Äußerungen man getrost ignorieren konnte, sofern sich kein Streitgespräch daraus entwickeln ließ.

»Papa hat die Ausstellung erwähnt, aber zur Kommission gehört er nicht«, erklärte Fleur.

»Er ist ein Mitglied der Royal Society, und ein prominentes dazu. Er wird also zwangsläufig alles darüber wissen«, verkündete Venus. »Wo steckt er übrigens? Er hätte zumindest kurz vorbeischauen und seine Aufwartung machen können.«

»Er ist in Derbyshire«, erwiderte Fleur. »Heute nachmittag kommt er mit dem Zug zurück. Dann wird er bestimmt hereinschauen.«

»Sofern er sich daran erinnert, wo er ist«, meinte Tante Venus trocken. »Er besucht wohl Chatsworth, nicht wahr? Ich frage mich, warum er den armen Mann aufs Land verfolgen muß, wenn Chiswick so nahe an Devonshire liegt?«

»Aber Tante, du weißt doch, daß er nicht zu einem Besuch des Herzogs nach Chatsworth reist. Er will sich mit Mr. Paxton beratschlagen.«

Tante Venus nickte kühl. »Ja, das sieht Ranulph ähnlich, mit der Dienerschaft zu verkehren. Nie bemüht er sich einmal um akzeptable Beziehungen. Mein armes Kind, ohne Frederick und mich wärst du als Wilde aufgewachsen!«

»Mr. Paxton ist kein Dienstbote, er ist ein großer Experte. Und die Wasserlilie, die er in Chatsworth züchtet, hat es Papa nun einmal angetan. Es ist erstaunlich, wie sie gewachsen ist. Die Blätter haben nun einen Durchmesser von fast anderthalb Metern, sagt Papa, und sind so belastbar – du wirst es kaum glauben, Tante – daß Mr. Paxtons kleine Tochter Annie, die sieben Jahre alt und ziemlich kräftig ist, aufrecht auf ihnen stehen kann. Das Becken wird allmählich zu klein, so daß Mr. Paxton beabsichtigt, das Lilienhaus zu vergrößern. Nun, er baut halt gern . . .«

»Baut gern?« fragte Tante Ercy, die dem Gespräch zu folgen versuchte. »Apropos bauen, meine Liebe, hast du von dem Plan gehört, den das Komitee für den Pavillon vorgelegt hat, in dem die Ausstellung des Prinzen untergebracht werden soll? Alle sagen, er sei völlig unbrauchbar. Zwanzig Millionen Ziegelsteine und hunderttausend Pfund Kosten, oder war es andersherum? Der arme Lord Brougham ist ganz außer sich deswegen . . .«

»Darüber haben wir uns bereits vor zehn Minuten unterhalten, du schwachsinniges Geschöpf!« brauste Venus auf. Sie wandte sich an Fleur. »Brougham ist ein langweiliger alter Dummkopf, aber der Entwurf des Komitees ist wirklich absurd: ein Ungetüm, so riesig wie eine Bahnhofshalle und mit einer Kuppel, die halb so groß ist wie die der St. Paul's Kathedrale. Und das alles aus Ziegel, Eisen und Stein, so massiv wie Buckingham Palace! Einmal errichtet – was Ewigkeiten dauern würde –, müßte es stehenbleiben und wäre ein dauerhafter Schandfleck im Herzen Londons.«

»O nein«, widersprach Ercy ernst. »Die Königin hat versprochen, daß man, was immer gebaut wird, noch in diesem Jahr wieder abreißt. Aber natürlich sind die Bäume zu bedenken, die . . .«

»Bäume, Tante?«

»Ein halbes Dutzend Ulmen mußte gefällt werden, um dem Gebäude Platz zu machen«, erklärte Venus energisch. »Aber bei dem Wirbel, den das Parlament darum macht, könnte man meinen, sechs Mitglieder der Königsfamilie würden durch die Guillotine hingerichtet!«

Ercy schüttelte sich theatralisch. »Oh, Venus, ich bitte dich, sprich das entsetzliche Wort nicht aus! Wenn ich an den armen grand-père denke . . .«

Venus fuhr unbeirrt fort. »Aber es ist nicht nur das Gebäude, der ganze Plan ist Humbug! London, von unzähligen Fremden bestürmt! Man stelle sich die Gefahren vor, den Schmutz, die Krankheiten, gar nicht davon zu reden, daß jede Pension in

Knightsbridge zu einem . . .« Sie preßte die Lippen zusammen, um nicht das Wort »Bordell« auszusprechen, doch ihre Schwester wußte recht gut, worauf sie hinauswollte.

»Aber Venus!« rief sie schwach.

»Und Richard Mayne hegt größte Zweifel, ob die Polizei einer solchen Ansammlung von Vagabunden und Taschendieben gewachsen wäre, die sich im Hyde Park zusammenfinden würde.«

»Aus deinem Mund klingt das ja wie eine Invasion«, amüsierte sich Fleur. »Dabei glaubte ich, das Ganze sei als europäische Friedensfeier vorgesehen?«

»Die Anhänger des Freihandels sähen das gern so. Doch die Protektionisten sind da anderer Meinung. Wenn der Prinz eine englische Kunst- und Industrieausstellung möchte, bitte schön, aber weshalb gleich den Rest der Welt dazu einladen? Warum sollen wir Geld lockermachen, um Fremden und Revolutionären, die uns vermutlich obendrein noch die Kundschaft stehlen, beim Anpreisen ihrer Produkte zu helfen?«

»Oh, aber Venus . . .«, begann Ercy gegen diese fast schon ketzerische Kritik an ihrem Helden zu protestieren, besann sich dann aber eines Besseren. Es war gerade mal zwei Jahre her, daß in ganz Europa Revolutionen ausgebrochen waren, und Frankreich hatte zum zweiten Mal die Monarchie gegen eine Republik eingetauscht. Denjenigen, die vor 1815 großgeworden waren – und zwei ältlichen Französinnen zumal –, fiel es schwer, die Tatsache gleichmütig hinzunehmen, daß Paris erneut von einem Bonaparte regiert wurde – Louis Napoleon, dem Neffen des Tyrannen.

Nach einer kurzen Pause wechselte Venus das Thema. »Aber nun zu dir, Fleur! Was hast du unterdessen getrieben? Sind die jungen Männer von Chiswick inzwischen zur Besinnung gekommen?«

Fleur lächelte. »Es verhält sich wohl eher so, daß ich die meine noch nicht verloren habe. Nein, Tante, weit und breit ist kein junger Mann in Sicht, falls du daraufhinaus wolltest.«

»Aber meine liebe Fleur«, protestierte nun Tante Ercy, die

zumindest diesmal verstand, worum es ging, »irgendwann mußt du doch heiraten!«

»Wozu, Tante?«

»Wozu? Wozu?« Diese Frage verblüffte Ercy. »Nun, meine Liebe, etwas muß eine Frau ja tun. Sie braucht eine Beschäftigung.«

»Aber ich habe immer zu tun«, wandte Fleur ein. »Ich muß den Haushalt führen. Dann muß ich Nachbarn besuchen oder mit meinem Pferd ausreiten. Mit Pferden braucht man sich über mangelnde Kurzweil nicht zu beklagen.«

»Trotzdem, einmal mußt auch du dich dem Ehejoch beugen«, erklärte Venus steif, der es höchst zuwider war, mit Ercy einer Meinung zu sein. »Immerhin bist du vierundzwanzig, und dein Vater wird auch nicht ewig leben.«

Fleur spürte, wie sich der vertraute Widerstand in ihr regte. »Dafür ist Vorsorge getroffen, Tante. Ich werde über ein ausreichendes Einkommen verfügen, um einen Hausstand gründen und in angenehmen Verhältnissen leben zu können.«

»Für eine unverheiratete Frau vornehmer Herkunft ist kein Platz in der Gesellschaft. Du wärst gezwungen, bei Richard und seiner Frau zu leben. Glaube mir, ein Vergnügen wäre das für keinen von euch!«

»Es ist eine schreckliche Verschwendung, meine liebe Fleur«, mischte sich Ercy wieder ein, »bei einer derartigen Schönheit und Intelligenz alle Talente brachliegen zu lassen!«

»Aber ich würde mich doch nicht auf die faule Haut legen«, entgegnete Fleur, nicht ohne Hintergedanken, während sie Tante Venus aus den Augenwinkeln beobachtete. »Meine Wohltätigkeitsarbeiten würden ausreichend Beschäftigung bieten.«

»Ja, meine Liebe, die Besuche bei Kranken und Armen, ich weiß«, mußte Ercy ihr recht geben. »Das mag ja durchaus lobenswert sein, aber ich glaube kaum, daß es das gleiche ist wie . . .«

»Wohltätigkeitsarbeiten!« schnaubte Venus, erfolgreich vom Heiratsthema abgelenkt. »Verlaß dich drauf, du schadest mehr, als daß du Gutes tust, wenn du dich da einmischt. Warum solltest du besser über die Lebensführung eines Menschen Bescheid wissen als er selbst? Nicht zum ersten Mal sage ich, daß du sie in Ruhe lassen solltest.«

»Aber einige von ihnen befinden sich in großer Not«, rechtfertigte sich Fleur, glücklich darüber, dem Gespräch eine andere Richtung gegeben zu haben. »Schließlich kümmert man sich ja auch um seine Untergebenen, wenn sie krank sind. Und wenn sie zu alt für die Arbeit sind, sorgt man ebenfalls für sie.«

»Selbstverständlich kümmert man sich um seine Untergebenen, und zwar genau deshalb, weil sie dir untergeben sind. Wenn man sie einstellt, nimmt man ihnen die Fähigkeit, für sich selbst zu sorgen. Da liegt dein Aufgabenbereich. Punktum!«

»Aber die Armen . . .«

»Den Armen kannst du nicht helfen, Fleur, das ist die Wahrheit. Ich wette zehn zu eins, daß du alles nur noch ärger machst. Es ist viel gescheiter, sie ihr Leben selber meistern zu lassen.«

»Da bin ich anderer Ansicht, Tante. Wenn ich einen Menschen sehe, der sich in einer Not befindet, die ich lindern kann . . .«

»Siehst du, da haben wir's!« triumphierte Venus. »Es liegt an deiner Eitelkeit! Hüte dich vor der Sünde des Stolzes, Fleur! Sollte ihr Schicksal wirklich in deiner Hand liegen und nicht in der Gottes? Sollst du etwa eine Person an der Ausübung ihres freien Willens hindern? Wenn es Gottes Wille ist, sie zu ihrem eigenen Seelenheil gewissen Schicksalsschlägen auszusetzen, darfst ausgerechnet du dann einschreiten?«

»Aber Tante, inwiefern kann es, mit Verlaub, die Seele gefährden, einer armen Frau, die gerade entbunden hat, ein wenig Babykleidung zu schenken?«

In diesem Stil setzte sich ihr Gespräch fort und berührte dabei die verschiedensten Themen von der Theologie und Philanthropie über die Philosophie bis zur Anthropologie und den antiken Kulturen.

Obwohl sie in vielen – vielleicht den meisten – Punkten geteilter Meinung waren, ging Fleur und ihrer Tante Venus nichts über ein hitziges Streitgespräch, das den Intellekt schulte. Es war eine seit vielen Jahren praktizierte Übung, denn Venus hatte großen Einfluß auf Fleurs Erziehung gehabt.

Fleurs Mutter war die jüngste von drei Schwestern gewesen. Ihr Vater war der im Exil lebende Graf de Vries, der 1793 zusammen mit seiner Frau aus dem revolutionsgebeutelten Frankreich geflohen war. Dabei hatten sie nichts retten können als die Kleider, die sie auf dem Leib trugen, und einige wertvolle Juwelen, die sie in zwei großen Taschen hinauszuschaffen vermochten.

Die Gräfin war zu diesem Zeitpunkt hochschwanger, und Venus, die einen Dünkel ganz eigener Art hatte, empfand großen Stolz darüber, tatsächlich noch in Frankreich empfangen worden zu sein, was sie französischer machte als ihre Geschwister. Andere Kinder folgten, doch da kein männlicher Nachfolger überlebte, blieben nur Venus, die 1801 geborene Aricie und die 1806 geborene Phèdre übrig.

Da Venus der Liebling ihres Vaters war, hatte er viel Zeit auf ihre Erziehung verwandt, bis schließlich die Ereignisse in Frankreich ihn derart schwermütig machten, daß er sich mehr und mehr in sich zurückzog. Er lehrte Venus das Denken und brachte ihr viele Themen nahe, die in jenen Tagen den Männern vorbehalten waren, aber seiner Zuwendung fehlte die Zärtlichkeit. Seine Bibliothek war, da ihm jegliche Fröhlichkeit abging, kein Ort für Gelächter oder Spiele. So wuchs Venus zu einem ernsten kleinen Mädchen heran, und es zeigte sich, daß die zunehmende Verbitterung und Selbstbeobachtung des Vaters auf sie abgefärbt hatten. Schon früh ließ sie einen Anflug von Härte und intellektueller Arroganz erkennen.

Aricie und Phèdre, gänzlich von der Mutter aufgezogen, hatten sich inzwischen zu hübschen Dummköpfchen entwickelt, wie die Gesellschaft es von ihnen erwartete. Nach und nach waren alle drei vorteilhafte Ehen eingegangen. Venus heiratete Sir Frederick Hoare, einen Bankiersohn; Aricie – die ihren

Namen schon lange zuvor in das englische Ercy geändert hatte – ehelichte Lord Markby; und Phèdre wurde die Frau von Sir Ranulph Hamilton, der über ein beträchtliches Vermögen verfügte und bereits damals dabei war, sich als Botaniker einen Namen zu machen.

Trotz der schwierigen Zeiten machten die Ehegatten der drei de-Vries-Töchter ihren Weg. Sir Frederick, den die Bank des Vaters allein nicht auslastete, ging ins Parlament, überlebte die Reformen von 1832 und freundete sich mit dem unpopulären Edwin Chadwick an. Schließlich engagierte er sich im öffentlichen Gesundheitswesen und kümmerte sich um staatliche Bauvorhaben.

Auch Lord Markby vermochte sich gut über Wasser zu halten, wenn sich in seinem Fall auch nicht durchdringender Verstand, sondern gerade dessen Mangel als Stärke erwies. Da er bekanntermaßen noch nie mit jemandem aneinandergeraten war und noch nie einen selbständigen Gedanken von sich gegeben hatte, war er der Höfling par excellence, der mit der jungen Königin bestens zurechtkam. Als Ercy gar noch zur Hofdame der Königin erhoben wurde, war der Krone ihrer beider Dankbarkeit und Bewunderung auf immer gewiß.

Sir Ranulph, der ganz in seinen botanischen Interessen aufging, entwickelte sich zu einem bekannten Orchideenexperten, veröffentlichte etliche Bücher und Monographien und wurde in Cambridge und Edinburgh ausgezeichnet. Die Horticultural Society ernannte ihn zu ihrem Mitglied. Im Royal Garden von Kew fungierte er als Sonderberater, und 1840 wurde er Vorsitzender des Botanischen Komitees der Royal Society, deren Vorsitz Prinz Albert fünf Jahre später übernahm.

Die Ehen der älteren Schwestern blieben kinderlos, aber Phèdre schenkte Sir Ranulph – trotz seiner langen Expeditionen im Ausland – einen Sohn und eine Tochter: Fleur kam 1826 und Richard 1832 zur Welt. Zwei Jahre darauf, nach langem Siechtum, starb Phèdre.

Es war keine allzu glückliche Ehe gewesen, wenngleich das keinem der beiden Hauptakteure so recht bewußt war. Ranulph galt allgemein als netter, gemütlicher Mann. Er heiratete Phèdre, weil sie ein hübsches Mädchen im passenden Alter und aus guter Familie war. Er sah zu, daß sie sich in seinem Haus einlebte, gab ihr eine großzügige Apanage und verschwendete fortan keinen Gedanken mehr an sie. Viel mehr interessierte ihn seine Karriere. Dafür verbrachte er geraume Zeit außer Haus, doch selbst wenn er sich einmal daheim aufhielt, schloß er sich für gewöhnlich in seinem Studierzimmer oder in seinen Gewächshäusern ein. So merkte er gar nicht, noch hätte es ihn bekümmert, daß sich seine Frau einsam fühlte und langweilte. Phèdre, eine schwache, nervöse Frau, war zu dumm, um zu begreifen, wo die Probleme lagen, und dagegen anzugehen. Sie begann sich Krankheiten einzubilden, um ihre innere Leere auszufüllen.

Fleur wurde während einer der längeren Abwesenheiten des Vaters geboren, ein Umstand, der Phèdre gegen sie einnahm. Sie hatte eine schwere Niederkunft und fühlte sich allein gelassen und schlecht behandelt.

Venus, die damals bereits die Hoffnung auf eigene Kinder aufgegeben hatte, übernahm – wenn auch aus einiger Entfernung – die Verantwortung für das Kind. Phèdre zeigte sich bezüglich ihrer Tochter völlig desinteressiert und ließ sich von der Schwester leicht beeinflussen. Folglich war es Venus, die Fleurs Kindermädchen und später ihre Gouvernanten einstellte, die ihre Erziehung lenkte, ihre Bücher und Spielsachen auswählte und bestimmte, mit wem sie spielen und was sie in der Freizeit tun durfte. Als man mit Fleur dann richtige Unterhaltungen führen konnte, zeigte Venus ein unmittelbareres Interesse an ihr. Sie verbrachte nun selbst Zeit mit ihr, lud sie zu sich ein und besichtigte mit ihr Orte von erzieherischem Wert.

Freilich war Venus nur an Fleurs geistiger Entwicklung gelegen. Menschliche Wärme brachte sie ihr nicht entgegen. Sie war überzeugt, daß die Art, wie sie erzogen wurde, die einzig richtige war, und so setzte sie die Fehler ihres Vaters bei der Nichte fort. Fleur wurde dazu angehalten, zu lernen, zu denken und artig zu sein, doch Gelächter, Tollerei und Liebkosungen kamen dabei zu kurz. Ihre Tante war zu streng, der Vater zu oft fort und die Mutter zu gereizt und kränklich, um ihr tiefes Verlangen nach Zuneigung zu stillen.

Aber Kinder sind anpassungsfähig. Mochte Fleur auch von der eigenen Familie keine Liebe zuteil werden, so gab es doch die Hausangestellten und Tiere, die ihr das Minimum zum Überleben gaben. Als Richard zur Welt kam, hätte Fleur ihn sicherlich ins Herz geschlossen, doch bildete seine Geburt den Auftakt zu Phèdres endgültigem gesundheitlichen Niedergang. Sie zog sich in ihre Invalidität zurück und nahm das Baby mit sich. Sie bemutterte es in ihrer Zimmerflucht im hinteren Teil des Hauses und siechte ansonsten in ihrer Welt aus Lavendelwasser, Riechsalz und vornehmer Krankheit dahin, zu der Fleur einmal täglich kurz und förmlich Zugang erhielt.

Ihr waren diese Besuche zuwider. Sie haßte den stickigen Geruch und die klaustrophobische Atmosphäre der überheizten, überladenen Gemächer. Das weiße Gesicht und die Ringe unter den Augen der Mutter erinnerten Fleur schmerzlich an einen gefangenen Vogel. Zudem beäugte Phèdre ihre Tochter stets mit einem schwachen Groll, der sich verstärkte, je hübscher Fleur wurde.

Von der harten Hand eines Hausmädchens ins Zimmer geschoben, stand Fleur dann da und hielt die Hände hinter dem Rücken verkrampft und das Kinn gesenkt, um nicht zu weinen. Ihr war bewußt, wie unrecht es war, die eigene Mutter nicht zu lieben, und doch wollte sie nur auf schnellstem Wege wieder fort.

Nach der Begutachtung ihrer Erscheinung unterzog Phèdre sie einem kurzen Verhör. Fleur wurde gefragt, ob sie artig gewesen sei, ob sie ihre Übungen gemacht, ihre Gebete aufgesagt habe. Danach wurde ihr mitgeteilt, sie dürfe ihre Mutter küssen. Dies war der Augenblick, vor dem das Kind sich am meisten fürchtete. Aus der Nähe roch die Mutter nach Lavendel, aber darunter nahm Fleur einen traurigen, strengen, abgestandenen Geruch wahr, wie ihn verblühende Blumen in einer Vase haben.

Fleur zögerte, und Tränen der Angst und des Widerwillens stiegen in ihr empor, bis ein kleiner Stoß des Hausmädchens sie an die Erfüllung ihrer Pflicht gemahnte. Dann durfte sie gehen. Und wenn draußen die Tränen strömten, dachten die Dienstboten, sie weine aus Liebe zur Mutter, und nannten sie ein braves Mädchen. Aber eines Tages, das wußte Fleur, würde sie es nicht mehr über sich bringen, den Kuß auszuführen. Eines Tages würde sie noch vor Verlassen des Raumes in Tränen ausbrechen, und ihr schreckliches Geheimnis käme ans Tageslicht.

Am Ende starb Phèdre völlig undramatisch im Schlaf, während sich Sir Ranulph in Südamerika aufhielt. Eines Morgens wurde Fleur von einem ungewöhnlich ernst dreinblickenden Hausmädchen geweckt, das ihr erklärte, sie müsse ein schwarzes Kleid anziehen, denn ihre Mutter sei zu den Engeln gegangen.

Die Bedeutung dieser Worte war Fleur unklar, und die Verwirrung setzte sich mit der Ankunft von Onkel Frederick und Tante Venus fort, die während der Abwesenheit des Schwagers die nötigen Vorbereitungen zu treffen hatten. Fleur liebte Onkel Frederick, den sie immer mit Vergnüglichem in Verbindung brachte. Sie wartete auf einen Wink, welcher Art die Gesellschaft sein würde und ob es ihr gestattet sei, sich dazuzugesellen.

Erst am nächsten Morgen, als sie zum Frühstück hinuntergebracht wurde, verstand sie endlich. Tante und Onkel saßen allein im Frühstückssalon, und Fleur schnappte noch das Ende ihrer Unterhaltung auf, ehe die beiden ihre Anwesenheit bemerkten.

»Es war eine Erlösung für sie«, sagte Frederick gerade.

Venus stand am Fenster, den Rücken zur Tür, ein zerdrücktes Taschentuch in der Hand. »Für den Jungen ist es eine Erlösung«, meinte sie schroff. »Zwei Jahre alt, und kann weder sprechen noch laufen! Sie war dabei, ihn zu ruinieren. Gottlob, daß sie tot ist, sage ich! Noch ein Jahr länger, und wir müßten uns um einen Idioten kümmern.«

Jetzt hatte Frederick Fleur entdeckt, die mit großen Augen in der Tür stand. »Venus, sei still!« sagte er schnell.

Seine Frau wandte sich um, und Fleur erschrak vor ihrem Gesichtsausdruck. Schmerz lag darin, jedoch kein Schmerz, den sie verstand, und eine Art rachsüchtigen Grimms. In der Gewißheit, daß etwas Schreckliches passieren würde, zuckte das Mädchen zusammen.

»Du gehst jetzt besser hinauf zu deiner Mama«, meinte Venus schließlich.

»Oh, Venus«, protestierte Frederick. »Hat das nicht Zeit? Vielleicht nach dem Frühstück . . .«

Venus ignorierte ihn. »Komm, Kind«, befahl sie streng.

Das Haus wirkte unnatürlich ruhig. Die Standuhr auf dem Treppenabsatz hatte zu schlagen aufgehört. Selbst das durch das kleine Fenster hereinfallende Sonnenlicht schien den Atem anzuhalten. Die hohe weiße Tür öffnete sich, und Fleur schlug der vertraute stickige Geruch entgegen. Aber da war noch ein anderer Geruch, viel stärker und unendlich schlimmer – unangenehm süßlich, schmutzig, abscheulich!

Und da war Mama! Wie üblich lag sie auf dem Bett, o nein, nicht wie üblich – sie lag flach ausgestreckt, hatte die Bettdekke bis zur Brust hochgezogen und die Hände darauf gefaltet; ruhig, so ruhig. Venus führte Fleur zum Bett. Deren Körper schreckte zurück, die Füße versagten ihren Dienst, denn sie wußten, noch bevor ihr Kopf die Situation erfaßt hatte, daß Fleur nicht hier sein wollte.

Nun sagte Venus zu ihr: »Deine Mutter ist tot, mein Kind. Gib ihr einen Abschiedskuß.«

»Nein«, bat Fleur mit trockenem Mund. »Bitte nicht!«

Doch die Stimme neben ihr befahl dessen ungeachtet: »Du mußt!« Der eiserne Griff um ihr Handgelenk wurde noch fester, und Fleur wurde unerbittlich nach vorn gedrängt. Es gab kein Entrinnen.

Danach rannte Fleur allein die Treppe hinab, blind vor Tränen, und prallte gegen Onkel Frederick, der besorgt am Fuße der Treppe stand und der Entwicklung der Dinge harrte. »Fleur, Liebes«, rief er, während er sie auffing und behutsam wieder auf die Beine stellte. Sie blickte ihn wild an und las in seinen

Augen, daß er alles verstand: den Tod der Mutter, den Schmerz und die Wut der Tante, ihre eigene, bis dahin nicht bewußt empfundene Einsamkeit. Es flößte ihr fast mehr Furcht ein als zuvor das Totenzimmer.

Später, als Sir Ranulph zurückgekehrt war und es sich endgültig zeigte, daß er keine Zeit hatte, um sich mit seinem kleinen Sohn abzugeben, nahm Ercy Richard mit zu sich nach Hause. Er war ein hübsches Kind, holte das Versäumte bald auf, so daß er sich zu einem normalen, lebhaften kleinen Jungen entwikkelte. Ercy, die ihn abgöttisch liebte, verwöhnte ihn nach Strich und Faden, bis er schließlich alt genug für das Internat war.

Fleur lebte weiterhin daheim unter der Obhut ihrer letzten Gouvernante. Venus kümmerte sich nach wie vor um ihre Erziehung und holte sie zu sich, wenn Ranulph auf Reisen war. Obgleich ihr Einfluß nicht der günstigste war, zeichnete er sich doch durch Beständigkeit aus.

Als sie achtzehn wurde, entließ Fleur mit dem Einverständnis der Tante und der gleichgültigen Zustimmung des Vaters ihre Gouvernante und übernahm das Regiment im Haus. Sie war zu einer äußerst hübschen jungen Frau herangewachsen, und doch hatte sie nun das Alter von vierundzwanzig Jahren erreicht, ohne je ein romantisches Erlebnis gehabt zu haben. Tante Ercy, in deren Augen man mit spätestens neunzehn unter der Haube sein mußte, beklagte regelmäßig das Übermaß an Ausbildung, das die Nichte für die eigentliche Bestimmung der Frau untauglich gemacht habe.

Freilich war nicht ihre profunde Ausbildung der Grund dafür, warum Fleur sich so sehr von den anderen jungen Frauen unterschied. Sie kannte die Liebe nur in Form der Zuneigung, die man für Dienstboten, Hunde und Pferde, und vielleicht noch in Form des Mitleids, das man für Notleidende empfand. Die Szenen, die sie in ihrer Kindheit an der Hintertür erlebte, hatten sich zutiefst in ihr eingeprägt. Sie verbrachte einen Großteil ihrer

Freizeit mit jenen Wohltätigkeitsarbeiten für die Armen und Kranken der Gemeinde, die Tante Venus so verurteilte.

In hohem Maße an Einsamkeit gewöhnt, genoß sie ihre Unabhängigkeit, war im großen und ganzen mit ihrem Leben zufrieden und hegte nicht den Wunsch, etwas daran zu ändern. Ehe bedeutete für sie, jemand anderem Autorität über sich einzuräumen, woran sie beileibe nichts Reizvolles finden konnte. Eine wirkliche Liebesbeziehung hatte sie in ihren Kreisen noch nie erlebt und war folglich schlechterdings unvorstellbar.

Tante Venus beobachtete mit einer Art bitterer Belustigung, wie unzählige junge Männer von Fleurs fast erschreckenden Vorzügen angezogen wurden wie Motten vom Licht. Aber sowie diese sich die Flügel am Licht verbrennen, so mußten sich Fleurs Verehrer alle nach einer Weile geschlagen geben. Resigniert stellten sie fest, daß Miss Hamiltons übermäßige Schönheit – die goldenen Ringellöckchen, die tiefblauen Augen, der rosige englische Teint – mit ihrer geistigen Stärke und Unabhängigkeit nicht in Einklang zu bringen war und sie ihre Bemühungen besser aufgaben.

Im Innersten wußte Fleur, daß es ein anderes Leben geben müsse. Wenn es sich anböte, würde sie zugreifen. Würde ihr es das Schicksal indes verwehren, ginge sie zumindest nie den Kompromiß ein, sich in einer Ehe ohne Gefühl lebendig begraben zu lassen, wie es ihr Vater und die Tante getan hatten.

Zwei

Tante Ercy erwachte erfrischt aus ihrem Nickerchen und machte sich gähnend daran, zur Wohnung der Markbys am Catherine Wheel Yard, St. James's Palace, zurückzukehren, um den langwierigen Ankleideprozeß fürs Dinner in Angriff zu nehmen. Kaum war sie fort, öffnete sich die Tür zum Salon erneut, und Sir Ranulph trat ein.

»Hört mal her, ich habe euch etwas Lustiges zu berichten«, platzte er ohne weitere Einleitung heraus. »Joe Paxton steckt sie alle in die Tasche!«

Sir Ranulph war ein hochgewachsener Mann in der Blüte seines Lebens, der trotz seines von Wind und Wetter gegerbten Gesichtes noch immer viel von der goldenen, blauäugigen Schönheit besaß, die er seinen Kindern weitergegeben hatte. Daß dieser Schönheit etwas Entrücktes anhaftete und daß seine strahlenden Augen recht kühl blickten, fiel nur wenigen Frauen auf. Viele hatten sich zu ihm hingezogen gefühlt, doch hatte er mit keiner von ihnen eine längere Zeit verbracht. Er zog männliche Gesellschaft vor und konnte gefühlsmäßige Verwicklungen nicht ausstehen. Leidenschaft rief bei ihm nur seine Arbeit hervor.

»Nun sag schon, was gibt es!« fragte seine Tochter neugierig.

»Stellt euch vor, Joe Paxton wird den Pavillon für die Weltausstellung bauen!«

»Dummes Zeug, wie könnte er?« ereiferte sich Venus. »Er hat nicht mal einen Plan eingereicht. Und außerdem hat das Baukomitee doch einen eigenen Entwurf vorgelegt!«

»Gewiß, aber du weißt sehr wohl, daß der nie angenommen wird. Ich will euch sagen, wie es sich zugetragen hat. Wir standen im Lilienhaus, und Paxton erzählte mir von seinen Erweiterungsplänen. Ich meinte, das sei sicherlich eine zeitraubende Angelegenheit, worauf er mir erklärte, daß im Gegenteil durch die Konstruktion des Hauses Veränderungen, Erweiterungen, ja selbst ein vollständiger Abbau ein leichtes wären. Ich lachte und fügte hinzu, dann sei es ja völlig anders als die für die Ausstellung geplante Ziegelsteinbauweise. Tja, und dann ging uns beiden gleichzeitig ein Licht auf!«

»Du meinst doch nicht etwa, Mr. Paxton schlägt für die Ausstellung den Bau eines Glashauses vor?« erkundigte sich Fleur.

»Genau das meine ich! Ich wußte doch, daß euch das überraschen würde! Aber das ist genau das richtige, versteht ihr? Erstens ist es wesentlich preisgünstiger, und zweitens erübrigen sich damit alle Einwände, die Brougham gegen diese massive Ziegel-Mörtel-Geschichte vorbringt. Es wird so offensichtlich nicht von Dauer sein, daß keiner sich davor fürchten muß: Im Handumdrehen wird es auf-, und im Handumdrehen wird es wieder abgebaut sein! Und was könnte für einen großen Garten wie den Hyde Park passender sein als ein Glashaus?«

In Fleurs Kopf begann es zu arbeiten. »Es würde so hübsch aussehen – hell und luftig, wie ein Wolkenschloß! Stellt euch vor, wie es in der Sonne glitzern und wie sich der Himmel und die Bäume darin spiegeln würden. Aber Papa, es müßte riesig sein! Kann etwas derart Großes aus Glas sein? Wäre das sicher?«

»Paxton meint, ja. Die bautechnischen Prinzipien sind die gleichen, weißt du, ob es nun ein . . .«

»Das ist ja alles gut und schön«, mischte sich Venus ein, »aber dafür ist es doch viel zu spät. Das Komitee hat schon einen eigenen Plan eingereicht. Eine Alternative kommt da gewiß nicht mehr in Frage.«

Sir Ranulph winkte ab. »Völlig unerheblich! Das werden wir schon deichseln. Nötigenfalls kann ich mit Buccleuch und Cole sprechen – die werden schon einsichtig. Paxton sagt, er komme morgen in die Stadt, um mit Ellis darüber zu reden. Danach kann er gleich noch zur Handelskammer gehen und Granville überzeugen. Er ist selbst sein bester Fürsprecher – schließlich wird Paxton von allen geschätzt.«

❦

Sir Fredericks Rückkehr aus dem Parlament gab das Signal zum Auftragen des Dinners. Während des ersten Gangs bestritt er den Großteil der Unterhaltung, denn er war ein amüsanter Erzähler. Er stammte aus einer alten Bankiersfamilie, war seinem Vater jedoch mehr aus Pflichtgefühl denn aus Interesse ins Bankgeschäft gefolgt. Ihm fehlte diese unbeirrbare Leidenschaft fürs Geld, ohne die man dessen geheimnisvolle Launen nicht verstehen kann und dessen Verhalten nicht vorherzusagen weiß.

Das Parlament behagte ihm weit mehr, da es sowohl seinem geselligen als auch seinem sozialen Wesen entgegenkam. Als Anhänger Benthams und als Pragmatiker genoß er es, reale Probleme anzupacken, ob es nun um die Eisenbahn, die katholische Gleichstellung oder das Verbot von Jauchegruben ging. Schwierigkeiten bereitete ihm bisweilen nur seine unbeschwerte Großzügigkeit, die seine Gattin sehr erzürnte. Ihr paßte es nicht, und sie hielt es für sentimental, wenn er einem Bettler eine Handvoll Münzen hinwarf oder einem Arbeitslosen einen Job versprach.

Das Dinner bot Gelegenheit, über die verschiedensten Dinge zu plaudern. Alle vier waren sehr wißbegierig, und gelegentlich gingen bei angeregten Gesprächen die Alters- und Geschlechtsunterschiede zwischen ihnen völlig unter. Die Diskussion über Paxtons Idee von der Unterbringung der Ausstellung in einem gigantischen Glashaus führte zum Thema der Architektur im allgemeinen. Dann beklagte Frederick lauthals den Verlust der Arkaden in der Regent Street, die auf staatlichen Befehl hin abgerissen worden waren.

»Auf dem Heimweg ging ich gedankenverloren und ohne auf meine Umgebung zu achten durch die Regent Street. Als ich plötzlich aus meinen Gedanken erwachte, wußte ich im ersten Augenblick nicht, wo ich war!« Traurig schüttelte er den Kopf. »Solch ein entsetzlicher Vandalismus! Nashs einzigartiger Entwurf – all diese wunderschönen dorischen Säulen – zerstört, nur weil einige elende Ladenbesitzer sich beschwerten, die Kokotten würden ihnen das Geschäft kaputtmachen! Hat man je einen solchen Unsinn gehört?«

Venus pochte mit dem Zeigefinger ermahnend auf den Tisch, und Sir Ranulph grinste seinen Schwager an. »Heute lassen wir wohl den nötigen Takt vermissen, Freddy?«

Fleur lächelte. »Schon gut, Papa, sei unbesorgt. Ich weiß sehr wohl, was eine Kokotte ist. Und wüßte ich es nicht, wäre ja kein Schaden angerichtet worden, nicht wahr?«

Frederick blickte erschrocken vom einen zum anderen. »Grundgütiger, Flo, sagte ich wirklich . . .? Das tut mir leid, Liebes. Verflixt! Daß ich doch manchmal ganz vergesse, wie jung und unschuldig du bist! Du scheinst so sehr eine von uns zu sein, daß ich bisweilen nicht daran denke, meine Zunge im Zaum zu halten.«

»Ich glaube, er meint das als Kompliment«, sagte Sir Ranulph lachend.

»Aber Onkel«, fragte Fleur nun ernst, »glaubst du, das Abreißen der Arkaden konnte etwas ausrichten? Als ich vor kurzem dort vorbeiging, schaute ich in genauso viele angemalte Gesichter wie eh und je.«

Frederick schüttelte verblüfft den Kopf. »Jetzt schockierst du mich aber! Es ist schlimm genug zu wissen, was eine Kokotte ist, aber sie auch noch zu erkennen!«

»Meine Tante könnte sich um dich auch so ihre Gedanken machen!« parierte sie.

Venus unterbrach die beiden und wechselte entschlossen das Thema. Als sie sich in den Salon zurückgezogen hatten, wurde Fleur von ihrem Onkel zu einem Backgammonspiel überredet, und Venus winkte Ranulph zum anderen Ende des Raumes. Dort führten sie ein langes, in gedämpftem Ton gehaltenes Gespräch.

Später, als Fleur sich zum Schlafen fertigmachte, war sie dann nicht überrascht, als ein Klopfen an der Tür den Besuch ihres Vaters ankündigte.

»Darf ich mich einen Augenblick zu dir setzen, Liebes? Ich möchte mit dir sprechen.«

»Ja, Papa«, sagte sie, worauf er lachte.

»Lieber Gott, nun schau nicht so traurig drein! Ich bin nicht gekommen, um dir eine Standpauke zu halten!«

»Aber Tante Venus hat mit dir über mich gesprochen, nicht wahr?«

»Ja, Liebes, aber es war nichts Schlimmes. Sie meint, du seist in Chiswick zu isoliert und solltest dich mehr unter die Menschen mischen, sonst würdest du noch verschroben.« Fleur lächelte darüber, doch er runzelte die Stirn und fuhr fort: »Weißt du, ganz unrecht hat sie nicht. Bei zuviel Unabhängigkeit wird man ungeduldig und intolerant . . .«

»Bin ich das etwa?« erkundigte sich Fleur gekränkt.

»Himmel, nein! Auch meine Toleranzgrenze ist irgendwann erreicht. Jedoch neigst du ein klein wenig dazu, die Leute deine Meinung wissen zu lassen, selbst wenn es nicht durch Worte, sondern nur durch Blicke geschieht.«

Sie spürte, wie ihre Wangen glühten. Seit Jahren hatte sie mit ihrem Vater keine so vertrauliche Unterhaltung mehr geführt, und nun wurde eine Moralpredigt daraus. Ihr Stolz und ihre Gefühle waren verletzt. »Es tut mir leid, dich enttäuscht zu haben, Papa«, erklärte sie steif.

»Oh, mich hast du nicht enttäuscht«, erwiderte er unbekümmert. »Mir ist es völlig einerlei, was du tust. Doch ich sage dir etwas, Fleur – auf Dauer kommst du ums Heiraten nicht herum, da hat deine Tante recht. Gibt es denn gar niemanden, auf den du ein Auge geworfen hast, Liebes? Bei deinem Aussehen! Wie steht es mit dem jungen Scott? Letztes Weihnachten sah ich dich eine Ewigkeit mit ihm tanzen.«

»Teddy?«

»Teddy heißt er also. Nun, augenscheinlich magst du ihn, und er scheint mir ein recht anständiger junger Mann zu sein. Das wäre doch was!«

»Teddy und ich sind zwar zusammen aufgewachsen, und ich kenne ihn mein ganzes Leben, aber heiraten möchte ich ihn nicht.« Sie betrachtete ihren Vater ein wenig spöttisch. »Weißt du, Teddy ist übrigens nicht der Älteste – Harry ist es.«

»Ach so, dann ist es sinnlos«, sagte ihr Vater leichthin. »So gut bei Kasse sind die Scotts nämlich nicht. Ich nehme an, Harry wird alles bekommen.« Mit grimmigem Vergnügen beobachtete Fleur, wie es in seinem Kopf arbeitete. »Er wäre ohnehin die bessere Partie für dich. Du solltest versuchen, ihn ins Herz zu schließen!«

»Ja, Papa«, sagte sie vage und blickte auf die Hände. Sie wußte, daß ihr Vater sich für die Angelegenheit eigentlich gar nicht interessierte, sondern nur von der Tante dazu verdonnert worden war, das Thema anzuschneiden. Sie brauchte nur schweigend auszuharren, und bald wäre alles ausgestanden. Ihr Vater würde gerade soviel dazu sagen, daß er Venus hinterher versichern konnte, mit der Tochter gesprochen zu haben.

So war es auch. »Sei's drum, bald ist ja Richard wieder da«, sagte Ranulph, als ihm der glückliche Gedanke in den Sinn kam. »Er kann dich herumführen und mit seinen Freunden bekanntmachen. Da wirst du bald jemanden finden, der dir gefällt.«

Sie blickte auf. »Richard wird doch nicht lange zu Hause sein, oder?«

»Wo sollte er sonst sein?« fragte Ranulph verdutzt. »Er wird doch wohl nicht an Cambridge denken? Als ich es das letzte Mal erwähnte, hätte er mir beinahe den Kopf abgerissen. Er sagte, herzlichen Dank, aber er sei doch kein tintenklecksender Pauker oder verfluchter Geistlicher!«

Fleur lächelte über diese perfekte Nachahmung des brüderlichen Stils. Sie war froh, daß das Gespräch nicht länger um sie kreiste. »Ach, dann hat er noch gar nicht mit dir darüber gesprochen? Der Ton in seinem Brief ließ in mir schon Zweifel über diesen Punkt aufkommen. Nein, er plant, in die Armee einzutreten. Er möchte, daß du ihm ein Offizierspatent kaufst.«

»Was?« schnaubte Ranulph.

»Ja, Papa, und ich denke, im großen und ganzen könnte es

genau das richtige für ihn sein«, meinte sie ernst. »Schlau ist er nun einmal nicht, der arme Liebling, aber er ist ein guter Reiter und kann ausgezeichnet tanzen. Zudem sähe er in einer Uniform sicher vortrefflich aus.«

Ranulph lachte. »Das schließt gewiß alles ein, was Wellington je von einem Offizier verlangt hat! Aber, Flo, hast du eine Vorstellung davon, was der Unterhalt in einem guten Regiment kostet! Und du kennst Richard – es müßte eins von den heißbegehrten Regimentern sein. Ganz zu schweigen davon, daß das Offizierspatent ja auch erst einmal bezählt sein will!«

»Das kostet sicher ein Vermögen«, mutmaßte Fleur. »Aber im Grunde wird alles, was er tut, ins Geld gehen. Die Armee wird ihn von Unheil fernhalten, und ich wage zu behaupten, daß er in Cambridge genausoviel ausgeben würde, und zwar für weit unfeinere Zwecke. Zumindest würde er so nur die Schulden eines Gentleman machen.«

»Das, meine Liebe, ist allerdings ein schwacher. Trost.«

❦

An einem kühlen Septembertag ritt Fleur, rund eine halbe Meile von ihrem Zuhause entfernt, auf ihrem braven Braunen Oberon die Sutton Lane entlang, hinter ihr – mit unverhohlener Mißbilligung – der getreue Buckley. Richard hatte sich für einen Tag mit Freunden zum Angeln aufgemacht, und Fleur nahm die Gelegenheit wahr, einen längst fälligen Besuch vorzunehmen.

Am Ende der Straße befanden sich vier kleine Reihenhäuser, die aus dem sechzehnten Jahrhundert stammten und unter dem Namen Sutton Row bekannt waren.

Die Häuserreihe war lang und niedrig, die Wände wirkten ungleichmäßig getüncht, und die Eichenholzbalken zeigten Sprünge. Die Dächer waren krumm, die Ziegel mit Flechten bewachsen; die Schornsteine neigten sich bedrohlich, und die kleinen Gitterfenster waren aus altem Glas, das grünlich und fast undurchsichtig war. Unter den Fenstern befand sich ein schmales Beet voller Ringelblumen und Stiefmütterchen. Das Ganze sah bezaubernd romantisch aus.

Aber leider, das wußte Fleur nur zu gut, waren die Häuser ohne Fundament auf den bloßen Erdboden gebaut worden, und im Inneren waren sie düster, feucht und unhygienisch. Die Fenster ließen kaum Licht herein und, da man sie nicht öffnen konnte, auch keinerlei Luft. Der irdene Boden schwitzte, und bei feuchtem Wetter waren die Wände klamm. Unter dem Dach lebten Ratten, und der alte Putz war ein Paradies für Insekten.

Für die ganze Häuserreihe gab es ein einziges Trockenklosett, das bei starken Regenfällen nicht ausreichend ableitete, so daß die Ausscheidungen unter die Wände des letzten Hauses sickerten. Das Wasser mußte von dem eine Viertelmeile entfernten öffentlichen Brunnen geholt werden, so daß das Waschen von Personen oder Kleidern ein Luxus war, dem die Bewohner nur selten frönten.

Buckley saß ab und eilte herbei, um Oberon festzuhalten, während Fleur hinuntersprang. Im hintersten Häuschen wohnte eine Familie namens Black, die in erschreckendem Maße Armut, Fruchtbarkeit und Schwindsucht in sich vereinigte. Fleur hatte sie bereits viele Male besucht, stets zum Mißvergnügen Buckleys und ohne daß sie in irgendeiner Hinsicht eine erkennbare Verbesserung zustande gebracht hätte.

»Der Schornstein raucht nicht«, konstatierte sie. »Sie haben das Feuer wieder ausgehen lassen.«

»Ja, Miss«, sagte Buckley und rüstete sich für eine letzte Attacke. »Am besten lassen Sie mich reingehen, Miss Flora. Es schickt sich nicht . . .«

»Genug, Buckley!« sagte Fleur rasch. »Das haben wir doch alles schon einmal besprochen. Seien Sie so gut und binden Sie die Pferde an, und dann kommen Sie und helfen mir beim Feuermachen. Heißes Wasser ist gewiß das mindeste, was ich benötige.«

Noch ehe sie das Haus erreicht hatten, wurde die Tür von einem etwa achtjährigen Mädchen geöffnet, das sich mit der nackten Sohle ihres schmutzigen Fußes das zweite Bein rieb und die Besucher dabei schüchtern angrinste.

»Hallo, Betty«, begrüßte sie Fleur. »Wie geht es dir heute?« Mit Bestürzung bemerkte sie die roten Wangen des Kindes und das Glänzen seiner dunklen Augen. Mittlerweile kannte sich Fleur mit allen Formen der Schwindsucht aus, und das hier war die schlimmste. Der Kranke verbrannte regelrecht, und das Ende kam rasch und plötzlich.

»Ganz gut, Miss. Sind Sie gekommen, um Ma zu besuchen?«

Buckley warf dem Kind wegen des familiären Tons einen tadelnden Blick zu, den Betty gänzlich ignorierte. Sie trat ins Haus zurück, und Fleur folgte ihr nach einem tiefen Atemzug.

Der Eingang war so niedrig, daß Fleur, obwohl keineswegs groß, beim Eintreten den Kopf einziehen mußte. Es dauerte, bis man sich an die Dunkelheit im Inneren gewöhnt hatte, aber der Gestank traf einen unverzüglich – eine Mischung aus altem Schweiß und toten Körpern, aus Ammoniak, Abwasser und Krankheit, ein beunruhigender Hauch von Verwesung und dem süßlichen Geruch von Läusen.

Der Boden unter ihren Füßen war schlüpfrig, und die Feuchtigkeit im Haus ließ alles noch kälter erscheinen. Kein Feuer brannte in der Feuerstelle, die nicht nur die einzige Heizquelle des Hauses darstellte, sondern auch als Kochstelle diente. Auf der einen Seite des Zimmers saßen die zwei jüngeren Kinder auf einem Bett und spielten mit einem kleinen Hündchen und einem noch kleineren Kätzchen, dessen Augen und Nase von einer gelben Kruste bedeckt waren.

Hinter Fleur trat jetzt Buckley mit einem Armvoll Holz herein, das er von dem Stoß unter der Dachtraufe geholt hatte. Er funkelte Betty an, die sich in aller Ruhe den Kopf kratzte, und durchschritt mit augenscheinlichem Widerwillen den Raum, um das Feuer zu entfachen.

Mit einer gewichtigen Miene wandte sich Betty an Fleur. »Ma liegt im Bett, Miss«, erklärte sie und legte beide Hände auf den Bauch. »*Hier* tut's ihr weh!«

Fleur war bestürzt. Möglicherweise handelte es sich lediglich um Bauchschmerzen, doch Mrs. Blacks letzte Entbindung war schwierig gewesen, und aus Erfahrung wußte Fleur, daß sich daraus häufig Kindbettfieber entwickelte.

»Ich sehe später nach ihr. Für dich habe ich hier etwas Kalbsfußgelee. Ich möchte, daß du gleich mal einen Löffel davon nimmst und es dann aufs Regal stellst. Wenn dein Vater heimkommt, sage ihm, daß du und Jackie zweimal täglich einen Löffel nehmen sollt. Es ist für niemand sonst. Verstehst du?«

»Ja, Miss«, erwiderte Betty. Fleur hoffte, daß ihren Anweisungen Folge geleistet würde, doch es konnte durchaus sein, daß man das Gelee dem Säugling oder gar dem Hündchen verabreichte.

Die Treppe in der Ecke des Raumes führte im Obergeschoß geradewegs ins Schlafzimmer, das nur mit einem Bett ausgestattet war.

Trotz der zehrenden Krankheit war Mrs. Black entsetzlich fruchtbar. Sie hatte bereits elf Kinder zur Welt gebracht. Lediglich fünf, sechs Jahre älter als Fleur, sah sie mit den hohlen Wangen, den eingesunkenen Augen und den Zahnlücken eher wie fünfzig aus. Black war ein schlechter Ernährer. Er war nicht faul oder unehrlich, aber derart dumm und unbeholfen, daß er nur für die einfachsten Arbeiten zu gebrauchen war. Häufig lag er wegen irgendwelcher Verletzungen selbst flach, und immer war er der erste, den man bei Arbeitsmangel entließ. Das einzige, was er anscheinend wirklich konnte, war, mit seiner kranken Frau ein schwindsüchtiges Kind nach dem anderen zu zeugen. Vier hatten sie bereits beerdigt, und nun hatte der älteste Junge, Jack, den langsamen, vorsichtigen Husten, der sein unausweichliches Los ankündete.

Fleur versuchte, ihre Gefühle zu meistern und ein beruhigendes Lächeln auf ihr Gesicht zu zaubern.

»Hallo, Mrs. Black. Wie fühlen Sie sich heute?« erkundigte sie sich freundlich.

Am Morgen darauf drehte der Wind nach Süden. Das milde Wetter war ideal für einen Ausritt, und Richard bot der Schwester großzügig seine Begleitung an.

Sie ritten über den Turnham Green bis zur Wormholt Farm, ehe sie sich wieder auf den Heimweg machten. Frische Luft und Bewegung taten Richard gut. Sein Gesicht war gerötet, die Augen glänzten, und er war bester Laune.

Fleur kehrte nur ungern auf der gleichen Strecke nach Hause zurück, darum schlugen sie den Weg über Chiswick ein. Dabei mußten sie das an Grove Park angrenzende Stück Land um Chiswick House durchqueren. Der Herzog von Devonshire, nicht nur ein Nachbar, sondern auch ein Freund des Vaters, hatte die jungen Hamiltons stets dazu ermutigt, seinen Grund und Boden als eine Erweiterung ihres eigenen Gartens zu betrachten.

Als sie durchs Dorf ritten, erhielt Richards Stolz einen argen Dämpfer. Schuld daran war Pearl, seine noch recht junge und unberechenbare Stute. An der Ecke zur Church Street scheute sie vor dem Einspänner des Pfarrers, als dieser gerade aus seiner Einfahrt herausfuhr. Sie schlug aus, trat dabei das andere Pferd des Pfarrers an der Brust und fügte ihm so einen leichten Schnitt zu. Da der Pfarrer selbst kutschierte, war Richard genötigt, sich einen scharfen Vortrag über sein Verhalten wie das des Pferdes anzuhören, ohne daß er auch nur ein Wort zu seiner Verteidigung sagen konnte, obgleich er durchaus einiges hätte vorbringen können. Schließlich ritten sie weiter, aber Richards gute Laune war dahin.

Als sie sich dem heimatlichen Gatter und damit dem Ende ihres Ausritts näherten, warf Fleur ihrem Bruder einen Blick zu und meinte: »Hör auf zu schmollen! Es war ganz und gar deine Schuld, weißt du. Du solltest Pearl besser im Griff haben.«

Richard wurde zornig. »Was kann ich dafür, wenn sie noch jung ist! Sei's drum, lieber habe ich ein heißblütiges Pferd als so eine alte Schnecke wie dieses schnurrbärtige graue Ding des Pfarrers!«

»Mag sein«, antwortete Fleur ungerührt, »aber in deinem

Herzen weißt du, daß er recht hatte. So unbeholfen, wie du an Pearls Maul herumgezogen hast, ist es kein Wunder, daß sie ausschlug.«

Richard konnte es nicht leiden, im Unrecht zu sein, und suchte nach einer Ausrede. »Weißt du, manchmal glaube ich, daß Pearl zu leicht für mich ist. Sie ist wohl eher etwas für Frauen. Wenn Papa nur nicht so verteufelt knickrig wäre, hätte er mir inzwischen längst ein kräftigeres Pferd gekauft. Ich kann mir nicht vorstellen, wie ich mit Pearl bei schwierigem Gelände auf Jagd gehen soll. Lang würde sie bestimmt nicht durchhalten.«

Seine Schwester warf ihm einen verschmitzten Blick zu. »In Wirklichkeit beschwerst du dich doch darüber, daß er dir nicht das gewünschte Offizierspatent gekauft hat. Aber weißt du, dahinter steckt keine böse Absicht. Er vergißt so etwas einfach.«

»Von wegen, vergißt es!« brummte er.

»Gleichviel, wozu die Eile? Ich dachte, du würdest ganz gern einmal etwas Zeit daheim verbringen. Und ich hatte gehofft, du würdest mich diesen Winter zu einigen Gesellschaften und Bällen begleiten, ehe du fortgehst und mich einsam und allein zurückläßt.«

»Als ob dir das Alleinsein etwas ausmachen würde«, gab Richard zurück. »Und wenn du meinst, ich führe dir meine Freunde vor, damit du dir einen herauspicken kannst, dann hast du dich getäuscht. Dafür habe ich letztes Weihnachten noch zu gut in Erinnerung, als ich Wilkins und Tommy Gander mit nach Hause brachte! Du warst ziemlich sarkastisch, und ich habe es nicht gern, wenn man sich über meine Freunde lustig macht.«

»Ich mache mich nicht über sie lustig.«

»Das meinst du! Aber sie glauben es jedenfalls, was aufs gleiche hinausläuft. Außerdem, würdest du heiraten wollen, bedürftest du dazu nicht meiner Hilfe. Also Mädchen, beschwindel mich nicht! Keine mir bekannte Frau vermag so leicht ihren Kopf durchzusetzen wie du.«

»Welch gefälliges Bild du von mir zeichnest! Ich wünschte nur, es entspräche der Wahrheit. Aber da ist schon das Tor, und ich bin weiblich genug zu erwarten, daß du absteigst und es für mich öffnest. Zu schade, daß Frauen nicht im Herrensitz reiten dürfen.«

»Das ist verdammt gut so, wenn du mich fragst«, erwiderte Richard und machte Anstalten abzusteigen. »Du bringst mich so schon genug in Verlegenheit. Hallo! Wir haben Glück, da steht irgend so ein Mannsbild am Tor und will uns aufmachen.«

»Pst! Das ist Teddy Scott«, sagte Fleur hastig. »Sei bitte höflich, Dick!«

»Donnerwetter, ich doch nicht!« gab Richard zurück. »Deine Liebhaber kannst du selber unterhalten. Hallo, Scott! Einen schönen Tag wünsch ich! Leider kann ich nicht mit dir plaudern, denn meine Stute will einfach nicht stillstehen, weißt du.«

Fleur warf dem davongaloppierenden Richard einen wütenden Blick nach, ritt mit Oberon ruhig durch das Tor und brachte ihn dann zum Stehen, während Scott das Tor hinter ihr schloß.

»Danke«, sagte sie. »Du mußt Richard verzeihen, er leidet an einem schweren Anfall verletzter Eitelkeit! Mr. Copthall nannte ihn nämlich einen Tölpel, weil Pearl seinem Pferd einen Tritt versetzte.«

Scott näherte sich ihrem Steigbügel und betrachtete sie mit der vertrauten Mischung aus alter Zuneigung und neuem Verlangen. Das Heim der Scotts, Elmwood, grenzte ebenfalls an Grove Park. Es war ein schönes altes Haus, das allerdings nicht den Vorteil eines direkten Zugangs zum Fluß hatte. Infolgedessen hatten sämtliche jungen Scotts zum Angeln und Baden die Parkanlage von Grove Park heimgesucht, und da Teddy und Fleur gleichaltrig waren, verband sie eine seit Kindheitstagen bestehende Freundschaft. Bei seiner Rückkehr aus Oxford hatte Teddy entdeckt, daß seine ehemalige Spielgefährtin sich zu einer bezaubernden jungen Frau entwickelt hatte, und für ihn hatte sich damit alles geändert. Zu seinem Leidwesen erging es Fleur nicht ebenso.

»Ich wußte gar nicht, daß du wieder hier bist«, sagte Fleur.

»Ich traf erst gestern abend ein, zu spät, um dir noch meine Aufwartung zu machen.«

»Und wie hat dir Leicestershire gefallen? Du bist schon komisch, Teddy, verläßt es ausgerechnet dann, wenn alle dorthin wollen.«

»Ich war ja nicht zum Jagen dort«, antwortete er leichthin. »Hast du deinen Ausritt schon beendet?«

»Ja. Wohin wolltest du?«

»Nach Hause, aber ich habe keine Eile.«

»Dann begleite mich doch noch zu den Ställen«, bat sie ihn freundlich. »Paß auf, ich steige jetzt ab.«

»Laß mich dir helfen. Hier ist es schlammig.«

Fleur ließ ihn gewähren, ohne zu ahnen, wie sehr sie ihn damit beglückte. Denn seine Hände um ihre Taille zu spüren, war für sie nicht aufregender, als wenn Buckley ihr geholfen hätte. Er nahm Oberons Zügel in eine Hand und bot ihr den anderen Arm an. So gingen sie zusammen den Weg hinauf.

»Ich habe dich nicht mehr gesehen, seitdem du das letztemal aus London zurückgekommen bist«, sagte er. »Wie geht es mit dem . . . wie hat ihn der *Punch* doch gleich genannt . . . voran?«

»Dem Kristallpalast? Oh, sehr zügig! Alle in London sind verrückt nach Glas! Du machst dir keine Vorstellung, was man künftig angeblich alles aus Glas bauen will – Häuser, Bahnhöfe, Wartesäle – was immer man sich wünscht. Als nächstes sind dann Glaskirchen und Glasfabriken dran.«

»Ich sehe natürlich die Vorteile«, erwiderte Scott. »Glas ist leicht und stark, und es ist preiswert. Aber diese Ausstellungshalle – im Sommer wird da doch die Sonne blenden und eine unerträgliche Hitze verursachen?«

»Ungebleichter Kattun«, antwortete Fleur prompt. »Das Dach und die Südseite sollen mit Rouleaus versehen werden. Oh, ich verspreche dir, Mr. Paxton hat an alles gedacht – an ein Entwässerungssystem, die Ventilation, sogar an einen patentierten staubfreien Boden!«

»Wie ich sehe, bist du bestens unterrichtet«, sagte Teddy lächelnd.

»Ich habe die letzten Monate nichts anderes gehört«, erklärte Fleur. »Meine Tante hat für die Sache nichts übrig, aber ich mag Mr. Paxton, und natürlich sind wir an seinen Arbeiten auch persönlich interessiert.«

»Folglich wurden die Feinde der Ausstellung in die Flucht geschlagen!«

»Nun, zumindest hat man einen Weg gefunden, Colonel Silthorpe wegen der Ulmen zu besänftigen. Sie werden nun gar nicht gefällt. Ein durch die Mitte des Gebäudes verlaufendes Querschiff mit einem Tonnendach wird sie aufnehmen. Die Bäume stehen also im Inneren, als seien sie Teil der Ausstellung.«

»Und wie gut sie sich ausnehmen werden, wenn sie das Laub verlieren!«

»Nun aber Spaß beiseite, Mr. Scott, ich muß nämlich ein ernstes Wort mit dir reden. Gestern habe ich einen der Pächter deines Vaters besucht.«

»Die Blacks in der Sutton Row. Es wäre nicht nötig gewesen. Ich hatte mir für morgen vorgenommen, sie aufzusuchen«, sagte er kurz angebunden.

»Woher weißt du davon?«

»Die Nichte deiner Wirtschafterin hat es unserem Hausmädchen erzählt.«

»Das neue Baby ist angekommen«, seufzte Fleur. »Ich bin mir fast sicher, daß Mrs. Black Kindbettfieber hat, und du weißt, was das bedeutet. Ich habe Dr. Walker für heute hinbestellt, doch viel wird er nicht ausrichten können.«

»Nun, zumindest wird sie im eigenen Bett sterben.«

»Ja, aber das ist ein schwacher Trost. Teddy, das Dach ist noch immer undicht, direkt über dem Bett. An der Schlafzimmerdecke wächst tatsächlich Moos! Das ist wirklich nicht recht von deinem Vater. Ich habe ihn schon mindestens viermal darum gebeten, es richten zu lassen.«

»Donnerwetter, hast du das? Vielleicht ist das der Grund für seine schlechte Laune in den letzten Tagen!«

»Mach keine Scherze, Teddy! Alle Blacks leiden an Schwindsucht, und dieses Gebäude ist so feucht wie der Grund eines Brunnens. Das bringt sie um. Ich wünschte, du würdest mit deinem Vater sprechen.«

»Schau mal, Fleur, die Miete dieser Häuser deckt bei weitem nicht die notwendigen Reparaturkosten. Und die Blacks zahlen die Miete ohnehin fast nie. Sie sollten dankbar dafür sein, daß sie mein Vater überhaupt noch dort wohnen läßt. Jeder andere hätte sie schon längst an die Luft gesetzt.«

»Wie kannst du nur so sprechen! Weißt du denn überhaupt, wie es in diesem Haus aussieht?«

»Natürlich weiß ich das, aber du solltest es nicht wissen. Es besteht keine Notwendigkeit, daß du die Blacks besuchst. Du bist doch nicht verantwortlich für sie.«

»Für die Armen sind alle verantwortlich!«

»Oh!« Er wirkte aufgebracht. »Aber wieso mußt du persönlich hingehen? Andere Damen schicken einen Dienstboten mit einer Schüssel Suppe. Warum mußt du immer anders sein?«

»Weil ich einfach anders bin!« fuhr sie ihn an. »Und ich werde das, was ich als meine Pflicht betrachte, nicht aufgeben, selbst auf die Gefahr hin, dich zu schockieren.«

»Ich bin nicht schockiert. Ich mache mir nur Sorgen um dich, wenn du dich an solche Orte begibst. Du bist eine Dame – sensibel und zart. Daher solltest du dich nicht mit Schmutz und Krankheiten konfrontieren . . .«

»Wirst du mit deinem Vater sprechen, ja oder nein?«

»Ich kann mich nicht in die geschäftlichen Entscheidungen meines Vaters einmischen.«

»Wie kann man von einer geschäftlichen Entscheidung sprechen, wenn Menschenleben auf dem Spiel stehen! Ist Profit wichtiger als Menschen?«

»Nein«, erwiderte er. »Durchaus nicht. Aber glaube mir, Fleur, ich habe keinen Einfluß auf meinen Vater. Heute weniger denn je.«

»Was hast du denn angestellt?«

Er schaute sie gequält an. »Ich sagte dir noch nicht, aus welchem Grund ich in Leicestershire war. Ich wurde zu meinen Cousinen geschickt, um mein Glück zu machen. Doch bin ich erfolglos heimgekehrt, und das hat meine Eltern in Rage gebracht.«

»Was kannst du nur meinen?«

»Ich kehrte ohne das Jawort von Miss Marlow zurück.«

Fleur lachte. »Was, die reiche Miss Emily Marlow, die Freundin deiner Cousine? Wollte sie dich etwa nicht, Ted?«

»Es ist noch schlimmer«, sagte Ted, den Blick fest auf sie gerichtet. »Ich habe mich nicht erklärt.«

»Oh!« Fleurs Stimme versagte, und sie spürte, wie sie errötete.

Scott nahm all seinen Mut zusammen und ergriff Fleurs Hände. »Du weißt, warum. O Fleur, kannst und willst du mich nicht heiraten? Du kennst meine Gefühle! Wir könnten es so schön haben, und Vater und Mutter wären überglücklich! Ich kann keine andere lieben, und alle werden deswegen wütend auf mich.«

Fleur konnte sich ein Lächeln nicht verkneifen. »Teddy Scott, du bist ein Dummkopf. Soll ich dich aus dem einfachen Grund heiraten, weil deine Eltern dich dann nicht mehr schelten?«

Er wurde rot. »Nein, natürlich nicht. Möglicherweise habe ich mich schlecht ausgedrückt, aber du weißt, was ich meine.«

»Ja, das tue ich. Du glaubst, mich zu lieben, und deine Eltern wollen, daß du eine gute Partie machst, damit sie dir nichts von Harrys Erbe abzweigen müssen. Oh, schau mich nicht so an! Ich weiß, daß du nicht käuflich bist. Aber sieh mal, dieses angebliche Verliebtsein in mich ist blanker Unsinn. Als Kinder haben wir zusammen Mikado gespielt, das ist alles. Mehr steckt nicht dahinter.«

Er ließ ihre Hände los. »Du hast wirklich kein Herz. Da spricht einer mit dir über die Liebe, und du trampelst auf seinen zartesten Gefühlen herum!«

»Durchaus nicht, Ted. Ich mag dich sehr gern, aber eben wie einen Bruder. Dich zu heiraten wäre mir unmöglich. Nun kein Wort mehr darüber, bitte, sonst nimmt unsere Freundschaft noch Schaden. Weißt du, andere Mädchen gibt es zuhauf.«

»An anderen Mädchen bin ich nicht interessiert.« Er seufzte und starrte trübselig zu Boden. »Allerdings könnte ich, wenn du mich nicht willst, sogar noch in Miss Marlows Arme getrieben werden. Es ist nämlich ein weiterer Plan im Gange, der mir noch weniger behagt: Vater spricht davon, mich in die Armee zu stecken.«

»Nein, wirklich? Was wäre so schlecht daran? Richard könnte sich nichts Schöneres vorstellen! Man führt ein Leben in Luxus und ohne Plackerei. Ansonsten muß man nur einmal wöchentlich zur Parade erscheinen.«

Scott blickte grimmig. »Vater hat da etwas anderes im Auge. Man erwartet, daß ich dann von meinem Gehalt lebe.«

»Aber immerhin müßte erst noch das Offizierspatent erworben werden, und das könnte in die Tausende gehen. Es wundert mich, daß dein Vater diese Kosten gar nicht bedacht hat.«

»Hat er. Ich soll nach Woolwich gehen«, antwortete er in einem bitteren Ton.

Fleur machte ein erstauntes Gesicht, dann lachte sie. »Einen Augenblick lang glaubte ich, du meintest es ernst!«

»Das ist es. Diese Gefahr besteht wirklich und wahrhaftig.«

»Aber Teddy, du als Pionier? Du bringst doch nicht einmal eine gerade Linie zuwege! Erinnerst du dich, als dir dein Vater jene Gartenecke zuteilte und du versuchtest, mit Pflöcken und Schnur ein Beet abzugrenzen?«

Oberon, dem das Stillstehen allmählich zu langweilig wurde, schnaubte in Scotts Haar und knabberte vorsichtig an seinem Ohr, doch er bemerkte es nicht einmal. Sein Gesicht wirkte sehr erwachsen, und Fleur fand, er sähe plötzlich recht gut aus.

»Mach dich nicht über mich lustig«, bat er ruhig. »Vater ist es ernst damit. Er behauptet, ich sei faul und genußsüchtig und ich solle mich gleich nach Weihnachten nach Woolwich begeben. So sieht also die Zukunft aus, der ich entgegensehe – eine Zukunft als ölverschmierter Pioniersoldat.«

Fleur betrachtete ihn, und seine Gedanken lagen offen vor ihr. »Vielleicht gefällt es dir. Ein Pionier ist immer noch ein Gentleman, und deine Kameraden werden zumindest etwas mehr Grips haben als die Richards.«

»Fleur, bitte! Du weißt, daß es mir zuwider wäre! Willst du

mich nicht heiraten und uns zusammen glücklich werden lassen?«

»Das führt zu nichts, Teddy! Ich kann dich doch nicht heiraten, nur damit du nicht Pionier werden mußt.«

»Nicht nur deshalb! Es wäre so schön ...«

»Oh, schön also! Ich finde es jetzt auch schön. Da braucht es schon mehr, damit ich meine jetzigen Lebensumstände aufgebe.«

»Was denn?« wollte er wissen.

Sie warf ihm einen traurigen Blick zu. »Etwas, das du mir, glaube ich, nicht geben kannst.«

»Und das ist dein letztes Wort?« Er wandte sich abrupt um, damit sie seine Miene nicht sehen konnte. »Nun gut«, sagte er mit belegter Stimme. »Ich hoffe, du wirst es nicht bereuen!«

DREI

Für gewöhnlich war die Kensington Road eine ziemlich ruhige Straße. Nur gelegentlich ritt eine Schwadron zur Knightsbridge-Kaserne zurück, oder man konnte kurz den Herzog von Wellington in seiner Kutsche auf dem Weg zum Apsley House vorbeifahren sehen.

Nicht so im April 1851. Aus allen Landesteilen, ja aus aller Welt trafen die Ausstellungsstücke für die Weltausstellung ein. Große Lastkarren, vollgepackt mit Kisten und gezogen von schnaubenden Pferdegespannen, rollten im Schneckentempo daher. Auf den Bürgersteigen schoben sich Tag und Nacht Massen von Schaulustigen vorwärts. Die Londoner erkannte man daran, daß sie sich mit der ungeduldigen Autorität der Einheimischen mit scharfer Stimme durch die Menge drängten, während Landbewohner in schlichtem Flanell und schweren Stiefeln sich verstört und benommen umsahen. Man sah Familien aus dem industriellen Norden, Frauen mit verkniffenen Gesichtern und riesigen Plaids, die ihre Kinder fest an sich drückten, und hohlbrüstige Männer, die offenbar wild entschlossen waren, sich nicht übers Ohr hauen zu lassen.

Und alle Arten von Fremden waren zu bewundern, die, merkwürdig gekleidet und von eigentümlicher Hautfarbe, in zwei Dutzend verschiedenen Sprachen redeten und wild mit den Armen gestikulierten. Sollte man der Presse Glauben schenken, schmiedeten sie insgeheim ein Komplott, um sowohl die eigene wie auch die Regierung jedes anderen Landes zu stürzen und freiheitsliebenden Menschen die Übel von Kommunismus, Sozialismus und Liberalismus und jedes anderen »ismus« aufzudrükken, gar nicht zu reden von Papismus und Anarchie.

Und um die glorreiche Verwirrung vollständig zu machen, waren jede Menge Hausierer unterwegs, die ihre Bauchläden voller Souvenirs, Denkmünzen und Papierpanoramen vor sich hertrugen. Straßenhändler, deren Körbe angefüllt waren mit Orangen und Kokosnüssen, priesen ihre Ware an. Karren, vollbeladen mit Ingwerbier, bahnten sich einen Weg durch die Menge. Jongleure, Straßenmusikanten, Falschspieler und Puppenspieler trugen zum bunten Bild bei, während Kundenwerber aller Art gefälschte Saisonkarten, unbeschriebene Ausstellungsführer und nichtexistierende Unterbringungsmöglichkeiten anboten. Taschendiebe und Bettler hatten Hochsaison.

Im Blickpunkt der allgemeinen Aufmerksamkeit stand freilich der Park und – hinter den Absperrungen, gegen die sich die wogende Menge drängte – der Kristallpalast selbst. Die Herren Fox und Henderson hatten ihn in Rekordzeit aufgestellt. Der obere Teil erhob sich bereits majestätisch und glitzernd in der Frühlingssonne über den Bretterzäunen, die die noch auszuführenden Bauarbeiten verbargen.

Noch lehnten Leitern an den Seiten, und winzige Figuren suchten sich vorsichtig ihren Weg über das Glasdach. Im Inneren des Gebäudes waren fünfhundert Dekorateure damit beschäftigt, die Eisenkonstruktion in blaßblauen, gelben und scharlachroten Farbtönen anzustreichen. Die *Times* hatte diese Farben als vulgär bemängelt, die breite Masse jedoch empfand sie einhellig als fröhlich, ja man hielt sie für das Nonplusultra überhaupt. Wenn erst einmal die Flaggen aller Nationen auf der Dachspitze flattern würden, wäre die Wirkung prachtvoll.

Jenseits des Gebäudes verlief die Rotten Row, wo die feinen Herrschaften auszureiten pflegten. Hier war Fleur mit Oberon unterwegs und genoß seinen gleichmäßigen Schritt und das sanfte Trommeln seiner Hufe auf dem Torfweg. Immer wieder richtete sie den Blick auf den erstaunlichen Bau, der sieben Monate zuvor nur im Kopf des Obergärtners des Herzogs von Devonshire herumgespukt hatte.

Die Aufbaumethode war so neuartig und faszinierend, daß die Zahl der Gesuche, das Baugelände betreten zu dürfen, von Woche zu Woche gestiegen war. Selbst die Königin war bereits achtmal erschienen, zum Leidwesen von Mr. Fox, der sich bei Onkel Frederick beschwerte, daß sich die Arbeiter bei jedem ihrer Besuche derart aufregten, daß ihn die dadurch verlorene Zeit zwanzig Pfund koste.

Nun, da die Eröffnung in einer Woche bevorstand, erreichte die Aufregung ihren Höhepunkt. Selbst Tante Venus war zumindest so weit angesteckt worden, daß sie mitunter vergaß, ihrer Mißbilligung Ausdruck zu geben. Sie und Onkel Frederick hatten Fleur und ihrem Vater angeboten, so lange in London zu bleiben, wie es ihnen beliebte. Zugleich war beim Weihnachtsfest verkündet worden, daß die Verhandlungen bezüglich Richards Offizierspatents abgeschlossen seien und er sich im Januar bei seinem Regiment melden könne.

Nachdem er sich einmal mit dem Unvermeidlichen abgefunden hatte, war Sir Ranulph über sich selbst hinausgewachsen und hatte Richard eine Fähnrichstelle nicht nur in einem beliebten Regiment gekauft, sondern sogar in dem Regiment schlechthin, nämlich dem 11. Husarenregiment.

»Die Cherrypickers – Prinz Alberts persönliches Regiment!« hatte Richard nach dem Gespräch im väterlichen Arbeitszimmer am Weihnachtsabend atemlos verkündet. Sein Gesicht war gerötet, die Augen strahlten, und in seiner Aufregung sah er, wie Fleur zärtlich feststellte, nicht älter als fünfzehn aus. »Etwas Besseres hätte ich mir nicht wünschen können!«

»Grundgütiger! Es muß Papa ein Vermögen gekostet haben!«

»Ich glaube schon. Natürlich ist der Preis für das Offizierspatent festgelegt, aber die Bestechungsgelder . . .«

»Die sich vermutlich auf das Zweifache belaufen!« mutmaßte Fleur. »Aber du sollst dieses Wort nicht in den Mund nehmen, mein Lieber. Das sind *douceurs,* wußtest du das nicht?«

»O wirklich? Nun, der Fähnrich, der verkaufte, wartete auf einen Leutnantsrang beim 17. Lancer-Regiment, der von der Pensionierung eines Hauptmanns des 8. Regiments abhing. Der

Hauptmann war nicht gewillt zu verkaufen, solange er sich nicht eines ausreichenden Einkommens gewiß sein konnte. Folglich mußten wir bis ganz hinauf *douceurs* verteilen. Papa wollte mir den Gesamtbetrag nicht nennen, doch schätze ich ihn auf mehrere tausend Pfund.«

»Aber wird man den Kauf auch billigen? Ich meine, das 11. Regiment ist doch schließlich das eleganteste, beliebteste Regiment der Leichten Brigade!«

»Gebilligt wurde es bereits. Papa fragte Onkel Markby, der sprach mit der Königin und diese wiederum mit dem Oberst des 11. Regiments, Lord Cardigan, den sie sehr schätzt, und damit war alles unter Dach und Fach.«

Später, als Fleur mit Onkel Frederick darüber sprach, erfuhr sie nähere Einzelheiten. »Natürlich verbringt Cardigan mittlerweile nicht mehr allzuviel Zeit mit dem Regiment, was nur gut ist, denn er ist ziemlich verrückt, weißt du.«

Fleur lachte. »Also hör mal!«

»Es ist wahr! Geschichten könnte ich dir erzählen, die du nicht für möglich hieltest!«

»Oh, Richard wird es dort über alle Maßen gefallen! Die Uniform wird ihn schier umwerfen – die Cherrypickers haben die engsten Beinkleider, die kürzesten Jacken und die unsinnigste Kopfbedeckung der Welt!«

»Ja, er wird sich zu einem furchterlichen Stutzer entwickeln.«

»Jetzt aber mal im Ernst, braucht man das wirklich alles, wenn man in die Schlacht zieht?«

»Meine liebe Flo, die Pflicht eines Offiziers besteht schlicht und einfach darin, seine Männer in Stellung zu bringen und es zu schaffen, sie durch Zurschaustellung von Gleichgültigkeit gegenüber Gefahren dort zu halten. Einen englischen Soldaten braucht man nur seinem Feind gegenüberzustellen, den Rest erledigt er selbst. Das habe ich vom Herzog persönlich.«

»Vom Herzog?« Fleur zog die Brauen hoch. »Was weiß der denn vom Krieg?«

»Sei nicht boshaft. Du weißt sehr wohl, daß ›Herzog‹ im

militärischen Zusammenhang Lord Wellington bedeutet, im botanischen Sinn dagegen Lord Devonshire.«

»Nun, ein Krieg steht uns ja wohl ohnehin nicht ins Haus. Entweder wird Richard in Indien rösten oder er wird in Irland Moos ansetzen.«

»Richard doch nicht. Sollte sein Regiment ins Ausland gehen, läßt er sich bis zu dessen Rückkehr auf halben Lohn setzen!«

Eine vertraute Stimme holte Fleur in die Gegenwart zurück.

»Hallo, Fleur! Hier drüben bin ich!«

Sie brachte Oberon zum Stehen, blickte sich um und entdeckte ganz in der Nähe unter einer knospenden Kastanie Richard neben einem zweiten Kavalleristen. Aus keiner Entfernung war eine Verwechslung der Husaren des 11. Regiments möglich. Die strammen scharlachroten Beinkleider mit den doppelten Goldstreifen, der über eine Schulter geworfene und mit Pelz und Goldschnüren besetzte Mantel, die rotgoldene Schärpe, die Pelzkappe mit der scharlachrot-weißen Schmuckfeder – alle Husaren sahen großartig aus, doch den Cherrypickers konnte keiner das Wasser reichen.

»Hallo, Richard! Ich habe gerade an dich gedacht!«

»Was für ein außergewöhnlicher Zufall – ich habe nämlich gerade von dir gesprochen«, entgegnete Richard, der sich neuerdings – typisch für die Kavallerie – einen Backenbart zugelegt hatte.

»Was tust du hier eigentlich? Ich dachte, du seist in Hounslow.«

»Oh, nichts Besonderes. Darf ich dir übrigens meinen Freund Brooke vorstellen.«

»Einen schönen Tag wünsch ich, Mr. Brooke.«

»Sehr angenehm!« murmelte Brooke mit gelangweilter Stimme und hob die Finger mit gespielter Anstrengung an die Kappe. Es war nicht zu übersehen, daß er ein fürchterlicher Stutzer war. Sein Backenbart war sicher länger und glänzender und sein geradezu eine Wespentaille produzierendes Korsett enger als bei irgendeinem anderen Regimentsmitglied.

»Seid ihr hier, um den Kristallpalast zu besichtigen?« erkundigte sich Fleur unschuldig.

»Lieber Gott, nein! Wir sind im Dienst, Ma'am. Unterwegs, um den Horse Guards eine Nachricht zu überbringen«, erklärte Brooke und zog die Augenbrauen hoch wegen der Zumutung, man könnte sie auf einer Besichtigungstour antreffen. »Dachte gerade daran, wie gut es sein wird, wenn alles wieder vorüber ist. Furchtbares Gedränge hier. Zuviel Gesindel für meinen Geschmack, Miss Hamilton.«

»Wohl wahr«, pflichtete Richard ihm bei. »Es ist nicht in Ordnung, daß du allein ausreitest, Fleur. Mich wundert's, daß die Tante es erlaubt. Ich halte es für gefährlich.«

Fleur wußte sehr wohl, daß er sich eigentlich über den Mangel an Vornehmheit sorgte, den sie vor seinem neuen Freund zur Schau trug. Der neueste Fähnrich im Regiment hatte an seine Würde zu denken. Und unkonventionelles Verhalten irgendeines Familienmitgliedes unterminierte diese bereits.

»Oh, Unsinn!« erwiderte sie milde. »Ich reite schon die letzten sechs Jahre allein aus, und das weißt du genau!«

»Zu Hause, gut, das ist etwas anderes. Hier befindest du dich in der Öffentlichkeit. Du solltest Buckley bei dir haben.«

»Buckley muß sich um andere Dinge kümmern. Außerdem, was sollte mir denn hier schon zustoßen?«

Richard machte ein störrisches Gesicht. »Es ist einfach unpassend. Und es treiben sich wirklich eine Menge häßlicher Zeitgenossen herum, andere als man sie gewöhnlich hier findet, weißt du. Was hältst du übrigens von Pearls Aussehen?«

»Sie sieht großartig aus. Du hättest dir keine Sorgen zu machen brauchen, daß die scharlachrote Schabracke nicht mit dem Fell harmoniert. Sie betont es aufs beste.«

Ihre Worte waren gut gewählt. Richard wirkte erfreut. »Major Foster sagte letzte Woche, er wünschte, er könnte sie mir abkaufen. Sie sei so hübsch und so sicher im Schritt.«

»Aber ist dir noch nicht aufgefallen, sie könne ein wenig zu leichtgewichtig für dich sein? Gäbe es eine Schlacht auf schwierigem Gelände . . .«, begann Fleur feierlich. Richard wurde rot und schnitt eine Grimasse.

»Für das 11. Regiment ist sie gut genug, und das ist das beste Regiment in der Kavallerie, na bitte! Und wenn wir in die Schlacht ziehen, werden wir schnurstracks über den Feind hinwegfegen, ohne daß uns etwas daran hindern könnte!«

Fleur lächelte aufreizend und deutete mit ihrer Reitpeitsche auf den Kristallpalast. »Da steht das größte Monument für den Frieden, das je errichtet wurde. Schlachten wird es nicht mehr geben. Kriege brauchen wir nicht mehr. Nationale Meinungsunterschiede werden durch ruhige Gespräche und Diplomatie beigelegt.«

»Mumpitz!« entgegnete Richard aufgeregt. »Wie kannst du so etwas sagen, wenn sich allerorten Probleme zusammenbrauen! Österreich vernichtet Ungarn, Polen wandern ins Exil, dieser neue Mann in Frankreich platzt vor Ehrgeiz, und Rußland wartet nur darauf, die Türkei einzunehmen. Es ist bloß noch eine Frage der Zeit, bevor man uns zu Hilfe ruft.«

»Tatsache ist, Ma'am«, mischte sich Brooke nun zu ihrer Aufklärung höflich ein, »daß es einer Nation nicht guttut, zu lange im Frieden zu verharren. Dergleichen lockert die Moral, macht uns schwach und verweichlicht uns. Krieg – das heißt, Krieg für eine gute Sache – tut uns gut. Das ist so eine Art von . . .«

»Katharsis«, bot Fleur an.

»Entschlackung. Wie bei den Kreuzzügen. Man kehrt zurück und fühlt sich eins mit der Welt.«

»Danke schön für die Erläuterung, Mr. Brooke. Ich hatte ja keine Vorstellung, wie gesund Kriege sind.«

Der junge Mann blickte argwöhnisch drein, nicht sicher, ob sie sich über ihn lustig machte oder nicht. Richard hegte da keine Zweifel und beeilte sich einzuschreiten. »Laß gut sein, Flo. Was gibt's Neues? Wie geht's Pa?«

»Der amüsiert sich. Von der Ausstellung ist er ganz fasziniert. Zweimal war er auf dem Gelände, um den Baufortschritt zu begutachten. Onkel Frederick gar dreimal. Ich fürchte, was diesen jedoch fasziniert, sind die Installationen – Rohrleitungen, Kanäle, Brunnen und dergleichen. Er ist doch tatsächlich auf Knien über die Dielen gekrochen, um zu sehen, wohin die Rohrleitungen führen.«

»Wie furchtbar!« rief Brooke teilnahmsvoll aus und errötete dann wegen seiner Unverschämtheit. Fleur aber lächelte nur.

Brooke hüstelte ein wenig und fragte dann: »Werden Sie nächste Woche auf dem Ball der Herzogin von Alderney zugegen sein, Miss Hamilton?«

»Ja, in der Tat, Mr. Brooke. Zunächst dinieren wir allerdings mit dem Herzog, es wird also wohl später werden. Sie wissen, wie er ist.«

Bei dieser beiläufigen Erwähnung des Oberbefehlshabers stockte dem Unteroffizier kurz der Atem, doch zeigte er schnell den Mut und die Entschlossenheit, die eines Husaren würdig waren, und erkundigte sich kühn: »Darf ich auf die Ehre eines Tanzes hoffen, Ma'am?«

»Ich fühle mich zutiefst geschmeichelt, Mr. Brooke. Doch muß ich Sie bitten, mich beim Ball noch einmal zu fragen. Im voraus lege ich mich grundsätzlich nicht fest. Es kommt doch nur ein fader Abend dabei heraus, wenn einem der ganze Ablauf schon vorher bekannt ist, finden Sie nicht?«

In der Gewißheit, daß seine Schwester nun völlig außer Kontrolle geriet, erklärte Richard hastig, sie sollten nun aber wirklich weiterreiten, und man tauschte – vermutlich zur beiderseitigen Erleichterung – Abschiedsworte aus. Aber nun zeigte sich Pearl äußerst ungehalten darüber, von ihrem alten Stallgenossen Oberon weggerissen zu werden, dessen Bekanntschaft sie gerade beglückt erneuerte. Sie rührte sich nicht von der Stelle und wieherte ihren Protest auf höchst peinliche Weise heraus, so daß Fleur, ein Lachen unterdrückend, Richard vorschlug, an Ort und Stelle zu bleiben, während sie davoneilen wollte.

Mit Erfolg: Oberon folgte brav ihren Anweisungen. Um Pearl weiteren Schmerz zu ersparen, verließ Fleur den Reitweg und ritt unter die Bäume hinein, um schnellstmöglich außer Sicht zu sein. Sie beabsichtigte, in einem Bogen zurückzureiten, empfand es dann aber als so angenehm, weg von der Straße zu sein, daß sie zwischen den Bäumen weiterritt. Mehr und mehr entfernte sie sich vom Hauptweg, ließ Oberon freien Lauf und dachte voller Vorfreude an den Ball der Herzogin. Mochte Fleur auch willensstark und unabhängig sein, so genoß sie es dennoch sehr, ein schönes Kleid zu tragen und von angenehmen jungen Männern den Hof gemacht zu bekommen.

Sie bemerkte die drei Männer nicht sogleich, die sich vor ihr an einen Baum lümmelten und dabei die traditionellen kurzen Tonpfeifen der englischen Arbeiter rauchten. Oberon erblickte sie zuerst, spitzte die Ohren und schnaubte, als er auch die drei Terrier erspähte, die sie bei sich hatten. Einen Augenblick später wurde Fleur unsanft aus ihren Träumen gerissen, als einer der Männer die Leinen der Hunde losließ und diese mit schrillem Gebell auf sie zujagten.

Fleur, mehr verärgert als beunruhigt, versuchte Oberon unter Kontrolle zu halten und schrie den Männern zu: »Rufen Sie Ihre Hunde zurück! Sie erschrecken mein Pferd!«

Die Männer, die Fleurs mißliche Lage ganz offensichtlich genossen, lachten nur. Die Hunde wurden immer erregter, und Fleur bemühte sich, Oberon aus ihrer Reichweite zu bringen, doch hatten sie ihn bereits eingekreist. Es stand zu befürchten, daß er durchging, was zwischen den Bäumen nicht ungefährlich wäre. Sie appellierte erneut an die Männer, wobei sie versuchte, ihrer Stimme einen ruhigen Klang zu geben. Es gelang ihr nur schlecht, denn mittlerweile zitterte sie in alarmierender Weise am ganzen Körper.

»Gut, Sie hatten Ihren Spaß. Jetzt rufen Sie die Hunde aber zurück, ehe es zu einem Unglück kommt!«

Als einzige Reaktion erfolgte weiteres Gelächter. Einer der Männer hetzte die Hunde noch weiter auf, und das Bellen wurde immer gereizter. Der Anblick der Tiere begann Fleur angst zu machen, denn sie sahen wie Kampfhunde aus, die man womöglich für die Stierhetze trainierte. Ihr war bekannt, daß derart bestialische Sportarten bei gewissen Bevölkerungsgruppen noch immer beliebt waren. Nun griffen die Hunde ernsthaft an, und einer von ihnen schaffte es mit einem hohen Sprung, Oberon über dem Fesselgelenk zu beißen. Der Wallach schlug aus und richtete sich steil auf. Dadurch lockerte sich Fleurs Griff, und mit einem entsetzten Aufschrei fiel sie zu Boden, wobei ihr die Zügel vollends entglitten. Oberon sprengte in einem großen Bogen um die Arbeiter davon und verschwand zwischen den Bäumen, gefolgt von den kläffenden Terriern.

Fleur rappelte sich auf. Sie war entrüstet und fühlte sich sehr benommen vom Sturz. Ihr Hut war nicht zu finden, und ihre Haare hatten sich gelöst. Mit zusammengebissenen Zähnen kämpfte sie verzweifelt gegen die Tränen der Wut und Demütigung an. Daß die Männer absichtlich die Hunde auf sie gehetzt und sich über ihre Verteidigungsversuche amüsiert hatten, erfüllte sie mit hilflosem Zorn. Doch in unmittelbarer Gefahr empfand sie sich nicht.

Sie tastete gerade nach ihrer Peitsche, als sie bemerkte, wie einer der Männer sich von dem Baum löste, an dem alle drei lehnten. Er wechselte einen Blick mit seinen Kameraden, sah sich argwöhnisch um und ging dann auf Fleur zu. Es war ihr, als habe man sie in eiskaltes Wasser gestoßen. Die Tränen versiegten, und ihr wurde mit schockierender Deutlichkeit bewußt, in welch fürchterlicher Lage sie sich befand. Sie hatte sich weit vom Hauptreitweg entfernt, und sie war allein – eine schwache Frau in der Gewalt von drei kräftigen Arbeitern.

Als erstes kam ihr in den Sinn, daß man sie ausrauben könnte. Sie hatte nicht viel dabei, was man ihr stehlen konnte, keine Geldbörse und kaum Schmuck, nur eine goldene Tuchnadel und ihre Uhr. Aber da waren noch ihre Kleider – sie waren von guter Qualität und auf dem Second-Hand-Markt einiges wert – und Stiefel und die Peitsche. Ihre Peitsche! Sie nahm sie fest in die Hand. Nun gut, es stand einer gegen drei, aber klein beigeben würde sie nicht, bei Gott! Einfach ausrauben ließe sie sich nicht.

Während ihr diese Gedanken durch den Kopf schossen, versuchte sie, die Füße aus den schweren Rockfalten freizubekommen, um aufstehen zu können. Ihr war nicht entgangen, daß inzwischen auch die beiden anderen Männer auf sie zuschlenderten. Aber ihr Blick war auf den ersten Mann gerichtet.

Er war klein und kräftig, wie viele Streckenarbeiter, und an Schultern und Armen sehr muskulös. Sein Gesicht war stark von Wind und Wetter gegerbt. Und dann wurde ihr schlagartig klar, daß er etwas anderes als Raub im Sinn hatte. Er fixierte ihr Gesicht, nahm die Hände aus den Hosentaschen, und steckte die Pfeife in die Jackentasche. Diese überlegten Bewegungen waren für sie ebenso eindeutig, als hätte er begonnen, seinen Gürtel zu öffnen. Schock und Furcht schwächten ihre Beine, während ihr Kopf erschreckend klar blieb. Er würde sie vergewaltigen! Seine vernarbten, geschwärzten Hände würden ihren Körper berühren. Sein abscheulicher Körper würde den ihren schänden.

Daß er sie natürlich auch umbringen könnte, war im Augenblick nebensächlich. Mit quälender Klarheit erkannte sie die Bedeutung des Ausdrucks »ein Schicksal, schlimmer als der Tod«. Trotz ihrer Aktivitäten bei den Unterprivilegierten wußte sie nicht genau, was eine Vergewaltigung für Folgen hatte. Ihr war bekannt, daß Prostituierte den Geschlechtsakt für Geld vollzogen und davon schwanger werden konnten oder sich furchtbare Krankheiten zuzogen. Doch sie wußte nur in sehr vagen Umrissen, wie der Geschlechtsverkehr eigentlich vor sich ging. Das war aber auch nicht nötig, um zu wissen, daß sie sich in einer Situation der äußersten und entsetzlichsten Gefahr befand.

Nur Sekunden waren vergangen. Fleur schaffte es, mit tauben Fingern ihre Füße aus den Falten des Reitrocks zu befreien. Sie stand auf und wandte sich verzweifelt um, nicht Widerstand, sondern nur Flucht im Sinn. Sie machte einen Schritt. Ihre Knie waren so wacklig, daß sie stolperte, als sie fortzulaufen versuchte. Der Mann war knapp hinter ihr. Sie konnte nicht laufen, sie konnte nicht atmen – ihr Stehkragen lag so eng um ihren Hals, daß sie keine Luft bekam.

Nur noch einen Schritt, dann hatte er sie. Wie ein Schraubstock umschloß seine Hand ihren Oberarm und riß sie zu sich herum. Das häßliche Gesicht des Mannes war nur Zentimeter von ihrem entfernt, und Fleur roch seinen fauligen Atem. Sie brachte einen einzigen verzweifelten Schrei heraus, bevor er eine Hand, so hart wie Leder, über ihren Mund hielt und sie an sich zog. Sie sträubte sich heftig und versuchte, trotz seiner erstickenden Hand Luft zu bekommen. Aber sie hatte bereits schwarze Punkte vor den Augen und spürte, wie ihre Kräfte schwanden. An Flucht war nicht mehr zu denken. Nun wußte sie, was es bedeutete zu sterben.

Und so unvermittelt, wie alles begonnen hatte, endete es. Hinter ihrem Angreifer kam Bewegung auf. Zuerst wurde ihr der Arm qualvoll verdreht, dann losgelassen, und die Heftigkeit der Bewegung riß sie zu Boden. Ein hochgewachsener Mann – ganz offensichtlich ein Gentleman – hatte ihren Peiniger an der Schulter gepackt und von ihr fortgerissen. Der Arbeiter wandte sich kampflustig um, und der Neuankömmling hob den Arm, um seinen Peitschenstiel auf den Kopf seines Gegners niedersausen zu lassen.

Jetzt wurden Rufe laut. Noch jemand eilte herbei, und die beiden anderen Arbeiter ergriffen die Flucht. Fleurs Angreifer warf zu seinem Schutz einen Arm hoch und versuchte mit der anderen Hand die Kehle des Fremden zu packen. Sie schwankten hin und her und kämpften in entsetzlicher Stille. Aber die Rufe des zweiten Neuankömmlings hatten weitere Leute aufmerksam gemacht, die nun ebenfalls zwischen den Bäumen auftauchten. Der Unhold schien sich plötzlich eines Besseren zu besinnen. Er riß sich von dem hochgewachsenen Mann los und suchte das Weite.

Nach dem Schock und der Angst zitterte Fleur am ganzen Körper. Obwohl sie dagegen ankämpfte, fing sie an zu schluchzen. Ihr Retter beugte sich über sie. Wie durch einen Nebel kam sein dunkles, wohlgeformtes Gesicht auf sie zu.

»Wie fühlen Sie sich? Sind Sie verletzt?« erkundigte er sich. Seine Hände berührten zart ihre Schultern. Er sprach französisch mit ihr, und sie antwortete automatisch in der gleichen Sprache, ohne es überhaupt zu bemerken.

»Nein, ich bin nicht verletzt. Nur benommen.«

Allmählich lichtete sich der Nebel. Fleur bemerkte, daß sie in zwei Augen von bemerkenswerter Schönheit blickte. Die goldgrüne Iris hatte einen dunklen, rauchblauen Rand, der seinem Blick etwas Wildes, Wildkatzenartiges gab. Absurd, dachte Fleur vage, daß mir das in meiner Situation auffällt.

»Können Sie aufstehen?« fragte er.

»Ich . . . ich denke schon.«

»Nun, dann versuchen Sie es.« Er nahm ihre Hand und zog sie sanft empor. Sie schwankte ein wenig und klammerte sich hilfesuchend an ihn. Er legte einen Arm um ihre Taille, und sie lehnte sich an seinen Arm. Ihre Nerven beruhigten sich etwas. So fühlte sie sich sicher. Sie spürte das edle Garn seines Mantelärmels unter den Fingern und roch – Rosen? Gewürznelken? Nein, Gartennelken, das war's! Sie steckten in seinem Knopfloch.

Über seine Schulter hinweg erblickte sie nicht weit entfernt einen Stallburschen, der zwei Pferde hielt, und sogleich kam ihr Oberon in den Sinn.

»Mein Pferd . . .!«

»Schon gut, mein Diener wird es suchen. Weit wird es nicht sein«, sagte der Fremde noch immer auf französisch, obgleich mit einem Akzent, wie Fleur nun entschied, der nicht ganz der eines Franzosen war. In seiner rollenden Aussprache lag etwas Exotischeres. »Wie hat sich das Ganze zugetragen? Hat der Mann Sie vom Sattel gezerrt?«

»Nein, ich wurde abgeworfen. Die Männer hetzten ihre Hunde auf mich, und mein Pferd bäumte sich auf.«

Unterdessen hatten sich zahlreiche Schaulustige eingefunden. Einige der zuerst Angekommenen hatten die Verfolgung der drei Männer aufgenommen und kehrten nun mit der Nachricht zurück, sie seien ihnen entwischt. Eine Debatte begann, ob man sie suchen oder die Polizei holen solle oder ob das nicht sinnlos sei, da die Schurken ja bestimmt schon längst über alle Berge waren.

Fleur war es unangenehm, der vulgären Neugierde dieser Leute ausgesetzt zu sein. Sie klammerte sich immer noch an den Arm ihres Retters und schaute ihn nun ängstlich und bittend an, fortgebracht zu werden.

»Ich glaube, Mademoiselle, wir sollten . . .« fing er an, wurde jedoch von einem Ruf unterbrochen. Ein Mann rannte mit Oberon am Zügel durch die Bäume herbei.

»Wo ist sie? Ist sie verletzt? O Gott, was ist passiert?«

Oberons Zügel wurden eilends einem anderen zugeworfen. Dann packte der Neuankömmling Fleur, die heftig erschrak, beim Arm. Doch die Stimme war ihr vertraut. Fremd wirkte der Mann nur durch die ungewohnte blaue Uniform der Königlichen Pioniere.

»Teddy, du?«

»Fleur, ist alles in Ordnung? Ich sah Oberon dort hinten herumirren. Was ist geschehen?«

»Kennen Sie diese Lady?« erkundigte sich der Fremde auf englisch.

»Schon mein ganzes Leben«, erwiderte Scott kurz angebunden. »Was ist bloß passiert?«

Der Fremde verbeugte sich, ohne auf die Frage einzugehen. »Nun, dann glaube ich, sind Sie jetzt gut aufgehoben, Mademoiselle«, wandte er sich in leicht fragendem Ton auf französisch an Fleur.

»O ja«, antwortete sie. »Mr. Scott wird sich um mich kümmern. O Sir, warten Sie, ich muß Ihnen danken . . .«

Aber er hatte sich schon abgewandt, und Scott wiederholte eindringlich seine Bitte um Auskunft und Beruhigung. Bis sie ihm kurz die Umstände erklärt hatte, war der Fremde bereits samt Pferd und Diener verschwunden. Ohne den genauen Grund dafür zu kennen, brach Fleur in Tränen aus.

»O mein Gott!« rief Teddy alarmiert aus, drückte sie an seine Schulter und tätschelte sie.

»Es ist der Schock, Sir«, sagte eine vernünftig wirkende Frau, die in der Nähe stand. »An Ihrer Stelle würde ich sie nach Hause bringen.«

»Ja, natürlich«, entgegnete er mit einem zweifelnden Blick auf Oberon. »In einer Mietkutsche, denke ich.«

»Oh, es geht mir schon wieder gut«, keuchte Fleur zwischen zwei Schluchzern. »Ich scheine bloß nicht mit dem Weinen aufhören zu können.«

Im Morgengrauen wurde Fleur von Vogelgezwitscher geweckt. Nach einem Augenblick der Verwirrtheit entsann sie sich wieder der Ereignisse des vorangegangenen Tages. Aufgrund ihres nervösen Zusammenbruchs frühzeitig zu Bett gebracht, hatte sie den ganzen Abend und die ganze Nacht durchgeschlafen und war nun, verständlicherweise, gehörig vor der normalen Zeit erwacht.

Sie drehte sich auf den Rücken und starrte zum Baldachin über ihrem Bett. Ihre Glieder schmerzten, vor allem der linke Oberarm, an dem der Arbeiter sie gepackt hatte, und die Hüfte und Schulter, auf die sie bei ihrem Sturz gefallen war. Darüber hinaus hatte sie keinen körperlichen Schaden davongetragen. Doch die Anspannung hatte bei ihr ein eigenartig lethargisches, indes nicht gänzlich unangenehmes Gefühl ausgelöst. Es glich der wohligen Erschöpfung, die sich einstellt, wenn man sich nach einem Jagdtag in der Badewanne zurücklehnt.

Aufgrund des Schocks konnte sie sich an die ganze Geschichte nur verschwommen erinnern. Das Schlimmste war die Heimfahrt in der über die Schlaglöcher rumpelnden Droschke gewesen, während der sie völlig unkontrolliert geschluchzt hatte und ihr entsetzlich übel war. Teddy hatte alles in die Hand genommen, die Mietkutsche bezahlt, mit den Dienstboten gesprochen, sie in ihr Zimmer begleitet und ein Dienstmädchen hochgeschickt, das ihr beim Auskleiden und Baden helfen und ihre Prellungen mit Arnika und Zaubernuß einreiben sollte.

Auch hatte er auf die Heimkehr der Tante und des Onkels gewartet, um ihnen alles zu erklären. Fleur war froh darüber, daß ihr die unvermeidlichen Befragungen und Diskussionen erspart blieben. Sie sah ein, wie dumm es von ihr gewesen war, so weit vom Reitpfad abzuweichen, aber sie hatte nicht den Wunsch, sich das immer wieder anhören zu müssen. Anscheinend hatte Teddy lang und ernst mit ihren besorgten Verwandten gesprochen, denn als Tante Venus später zu ihr kam – Fleur war schon nicht mehr richtig wach –, sprach sie nicht darüber. Sie erkundigte sich lediglich, und zwar erstaunlich zartfühlend, ob Fleur in Ordnung sei, und erklärte, Onkel Frederick habe sich mit Teddy aufgemacht, um der Polizei einen vollständigen Bericht von dem Vorfall zu erstatten.

»Es ist nicht anzunehmen, daß noch eine Chance besteht, die Männer zu erwischen«, fügte sie hinzu, »aber es gehört sich nun einmal so. Nun sag, Fleur, brauchst du noch etwas?«

»Nichts, danke«, murmelte Fleur schläfrig.

»Dann laß ich dich jetzt schlafen. Mr. Scott läßt herzlich grüßen. Er wird morgen vorbeischauen, um sich wegen deines Befindens zu erkundigen.«

Und das war das letzte, woran sie sich erinnern konnte. Während sie jetzt in ihrem Bett lag und diese merkwürdige Mattigkeit verspürte, dachte sie an den Mann, der sie gerettet hatte. Wer er wohl war? Ein Gentleman, das war gewiß – seine Kleidung, seine Stimme, sein Verhalten, all das wies daraufhin. Und er hatte automatisch französisch mit ihr gesprochen, allerdings mit diesem ungewöhnlichen Akzent. Vermutlich war er ein Ausländer, der die Ausstellung besuchte. Er wirkte vornehm – vielleicht war er der Beauftragte einer fremden Regierung.

Und die Person an sich? Sein Alter lag wohl bei Mitte bis Ende Dreißig. Auf eine dunkle und düstere Art war er ein gutaussehender Mann. Nicht übellaunig, dieses Gesicht, jedoch irgendwie traurig. Wahrscheinlich war ihm in seinem Leben schon einiges Leid widerfahren. Anspruchsvoll, ja – sein Mantel war vom Feinsten, seine Erscheinung die Gepflegtheit selbst, seine Hände – sie erinnerte sich an seine Hände – makellos. Sie dachte an den Geruch von Gartennelken und darunter auch – sie schloß die Augen und lächelte ein wenig – an den sauberen Geruch von ihm selbst, seiner Haut, seiner Person.

So nah war sie ihm gewesen! Merkwürdig, wie in einem Augenblick der Gefahr und Angst solch ein Gefühl der Vertrautheit mit ihm bestanden hatte, als hätte sie ihn schon immer gekannt. Sein um sie gelegter Arm war nicht die aufdringliche Berührung eines Fremden gewesen, sondern etwas Bekanntes und Willkommenes, etwas Gutes.

Fleur wünschte, sie wüßte seinen Aufenthaltsort. Das sieht ihm ähnlich, dachte sie törichterweise, keine Dankesworte abzuwarten, sondern sich diskret vom Schauplatz zu entfernen, sobald feststand, daß sie gut aufgehoben war. Aber wie gerne würde sie seinen Namen kennen, so daß sie unter diesem an ihn denken könnte. Wer *war* er? Nun, gleichviel, war die Ausstellung der Grund seines Besuchs in London, so würde sie ihn wiedersehen. Er war ein Gentleman, wahrscheinlich ein Delegierter, und der vornehme Gesellschaftskreis war klein. Früher oder später würden sie bestimmt wieder aufeinandertreffen.

Sie streckte sich genüßlich und kuschelte sich in die Kissen zurück. Die Vögel zwitscherten aus Leibeskräften, und durch die Bettvorhänge konnte sie draußen den ersten Schimmer eines schönen Sonnentages sehen. Wie schön das Leben war! Sie hatten gemeinsam einen Augenblick der vollkommenen Vertrautheit erlebt, der alles verändert hatte, für immer. Würden sie sich wiedersehen, dann nicht als Fremde.

Und ein Wiedersehen war ihnen bestimmt, das wußte sie.

Vier

Wie fühlst du dich heute, Fleur? Ich muß sagen, dein Aussehen hat durch das Abenteuer wahrhaftig keinen Schaden genommen«, erklärte Teddy Scott.

»Ich bin ein bißchen müde, und es schmerzt alles noch ein wenig, aber ansonsten geht es mir gut, danke.«

»Du hast Schmerzen? Von dem Sturz?«

»Ja, nichts Besorgniserregendes, doch werde ich heute jedenfalls nicht ausreiten.«

»Ich hoffe, nach dem, was geschehen ist, wirst du überhaupt nicht mehr allein ausreiten. Du hättest niemals . . .«

»Danke schön, Mr. Scott. Ich habe inzwischen das Donnerwetter von Tante Venus über mich ergehen lassen müssen. Das genügt vollauf.«

»Nun gut. Hast du Richard mal wieder zu Gesicht bekommen?«

»Gestern im Park – und er warnte mich davor, allein zu reiten. Ich bin also geläutert, das versichere ich dir!«

»Warum hielt er sich denn im Park auf? Gefällt es ihm bei seinem Regiment?«

»Und wie. Er wollte sich den Kristallpalast ansehen und tat dann fortwährend so, als interessiere er ihn überhaupt nicht! Und wie steht es mit dir? Was tust du denn jetzt schon den zweiten Tag in London? Ich glaubte, du seist fest in Woolwich stationiert?«

»Tatsächlich bin ich auch hier, um mir den Kristallpalast anzusehen, allerdings nicht zur eigenen Erbauung. Ich wurde hergeschickt, um das Bausystem zu studieren, für den Fall, daß sich vielleicht etwas für unsere Zwecke nutzen läßt.«

»Unsere Zwecke?«

»Oh, für den Brückenbau und dergleichen«, sagte er unbestimmt.

»Das klingt ja, als würdest du dich langsam einleben. Gefällt es dir dort nun doch?«

»Es ist ganz interessant«, gab er zu. »Vater wäre überrascht. Er war sich immer so sicher, daß ich nur Stroh im Kopf hätte, da ich mich in seiner Gesellschaft so ungeschickt anstellte. Menschen sind so unberechenbar, Maschinen dagegen – nun, man weiß, was sie tun, und wenn etwas nicht funktioniert, gibt es dafür einen einfachen Grund. Das ist ausgesprochen tröstlich.«

»Tröstlich!« belustigte sich Fleur. »Doch ja, Menschen sind bedeutend lästiger und weniger leicht lenkbar. Wie diese lästigen Blacks beispielsweise. Du weißt wohl auch nichts Neues von ihnen?«

»Seit Ostern nichts mehr, als ich auf Heimaturlaub war. Ich habe nachgeschaut, wie sie ohne ihre Mutter zu Rande kommen. Die älteste Tochter hat ihre Arbeit als Dienstmädchen aufgegeben, um sich um die Kleinen zu kümmern, doch kommt dadurch natürlich zwangsläufig weniger Geld herein. Und Black war außer Gefecht gesetzt durch eine Schnittwunde an der Hand, die sich infiziert hatte.«

»Das sieht ihm ähnlich! Wahrscheinlich hat er wieder einmal nicht genügend achtgegeben.« Sie zögerte. »Und wie geht es Jackie?«

»Ich befürchte, mit ihr geht es steil bergab. Lang wird es wohl nicht mehr dauern.«

»Ah«, erwiderte sie und biß sich auf die Lippen. Doch Teddy zuliebe riß sie sich zusammen. »Ich bin froh, daß du sie besucht hast. Ich bin mir sicher, es hat ihnen gutgetan. Du hast dich doch wohl von einigen Guineen aus deinem schmalen Geldbeutel getrennt?«

»Je nun, das war das mindeste. Zudem habe ich Walker hingeschickt. Er sagte, vermutlich sei Blacks Hand zu retten.«

»Das war lieb von dir!« lobte Fleur. »Doch weshalb erfahre

ich erst jetzt davon? Ostern ist schon lang vorbei. Du hättest es mir schreiben können.«

»Ich hoffte auf eine Gelegenheit, es dir persönlich erzählen zu können«, gestand er grinsend. »Eigentlich wollte ich mich nach der Besichtigung des Kristallpalastes zum Hanover Square begeben, um zu sehen, ob du daheim bist. Du machst dir keine Vorstellung, was für ein Schock das war, als der gute Oberon reiterlos auf mich zugaloppierte. Ich war zu Tode erschrocken.«

»Was für ein Glück, daß du zufällig da warst! Wiewohl mein Fremder nicht hilfsbereiter hätte sein können. Hätte ich doch nur die Möglichkeit, ihm zu danken!«

»Für einen solchen Dienst bedarf ein Gentleman keines Dankes«, erklärte Teddy. »Er sah wie ein reicher Mann aus. An seiner Halstuchnadel trug er den größten Diamanten, der mir je zu Gesicht gekommen ist.«

»Der ist mir gar nicht aufgefallen. Die Zeit war so kurz. Ob ich ihn je wiedersehe?«

»Das wird wohl zwangsläufig der Fall sein – bei der Ausstellung oder später. Wirst du soweit wieder hergestellt sein, daß du zur Eröffnungsfeier gehen kannst? Es wäre eine Schande, sie zu verpassen. Sie soll großartig werden.«

»Ich bin doch nicht krank, Teddy«, versetzte Fleur geduldig. »Natürlich werde ich daran teilnehmen.«

»Oh, gut. Wußtest du übrigens, daß zusammen mit dem Sappeur- und Minenkorps ein Detachement unseres Regiments anwesend sein wird? Ich bin mir nicht ganz sicher, warum. Einer der Sappeure soll bei der Ankunft der Königin die königliche Fahne hissen, was freilich jeder hätte tun können. Aber ich will mich nicht beklagen. Die Offiziere haben Lose für die Teilnahme gezogen, und da mein Name darunter war, werde auch ich dabeisein.«

»Wie demokratisch es bei euch Pionieren doch zugeht! In jedem anderen Regiment wäre automatisch der Neffe des Oberst gewählt worden.«

Teddy grinste. »Siehst du, es hat auch Vorteile, nicht im gefragtesten Regiment zu sein. Im übrigen finde ich wirklich nicht, daß du in Zukunft allein ausreiten solltest, bei den vielen zwielichtigen Gestalten, die sich hier herumtreiben. Nun sieh mich nicht so störrisch an! Du weißt, daß ich recht habe. Mich wundert, daß dein Vater es dir erlaubt!«

»Papa macht sich grundsätzlich keine Sorgen um mich.«

»So, so – aber würdest du mir gestatten, dich zu begleiten, wenn ich in London bin? Ich habe öfter vormittags oder nachmittags ein paar Stunden frei, und du weißt, daß ich nichts lieber täte.«

»Ich schätze deine Gesellschaft immer«, erwiderte Fleur zögernd, die sah, wie schwer er seinen Eifer verbergen konnte. »Aber Teddy, nicht wahr, du begreifst doch, daß ich meinen Sinn nicht ändere?«

»So aufdringlich bin ich nicht«, gab er würdevoll zurück, »daß ich dich mit Aufmerksamkeiten belästige, die nicht willkommen sind. Selbstverständlich meine ich es rein freundschaftlich.«

»Nun, rein freundschaftlich nehme ich gerne an.«

Als Sir Ranulph beim Betreten des Damenzimmers seine Tochter bemerkte, grüßte er sie so vage, als erinnere er sich gerade erst wieder, wer sie sei.

»Ah, Fleur.« Sie blickte von dem Brief auf, den sie gerade schrieb, und er blieb stehen, wo er war, da ihn die unerwartete Begegnung augenscheinlich völlig aus dem Konzept brachte.

»Ja, Papa«, half sie nach. »Woher kommst du denn?«

»Vom Club.« Er grinste unvermittelt und zog sich einen Stuhl heran. »Ich muß dir etwas erzählen! Der Prinz hat sich nämlich ganz schön in die Nesseln gesetzt.«

Sie legte erwartungsvoll die Schreibfeder nieder.

»Es scheint, daß er auf den Gedanken kam, den belgischen Botschafter in seiner Funktion als ältestes Mitglied des diplomatischen Corps zu bitten, bei der Eröffnungsfeier der Ausstellung im Namen aller Botschafter eine Ansprache zu halten.«

»Hört sich gut an. Wurde der Vorschlag wohlwollend aufgenommen?«

»Diesen Anschein hatte es zunächst. Aber dann erhielt Palmerston einen zornigen Brief von Brunnow, dem russischen Botschafter, in dem es hieß, die ganze Idee sei unerhört. Ein Diplomat könne nur für das eigene Land sprechen; zudem hätte der Vorschlag auf jeden Fall seinen angemessenen Weg über das Außenministerium gehen müssen. Also schrieb Palmerston einen eisigen Brief an Außenminister Russell, in dem er Aufklärung forderte, und Russell erteilte dem Prinzen eine scharfe Rüge. Sämtliche Diplomaten entschlossen sich, nicht an der Eröffnungsfeier teilzunehmen, und die Beschuldigungen flogen nur so hin und her. Es war ein Heidenspaß!«

»Aber was sagte der Prinz dazu?«

»Oh, er blieb dabei, daß eine Art offizielle Beteiligung durch das diplomatische Corps angemessen sei, nachdem die Hälfte der Ausstellungsstücke aus dem Ausland stammte. Aber halt, es wird noch besser! In der Zwischenzeit hatte sich der belgische Botschafter zur Königin nach Windsor begeben, und er kam mit der Botschaft wieder, daß sie das Ganze als ein besonderes Kompliment an das diplomatische Corps gedacht hatte, dieses aber keineswegs gezwungen sei, ein Zeichen der Höflichkeit zu akzeptieren, das jeder andere als eine Ehre betrachtet hätte.«

»Du meine Güte, wie peinlich ihnen das gewesen sein muß!«

»Ja, allen außer Brunnow, der offensichtlich um sein Leben bangt, sollte er jemand anderen als sich selbst für Rußland sprechen lassen! Jetzt waren natürlich alle äußerst erpicht darauf, mit der Ansprache weiterzukommen, doch scheint Palmerston die ganze Angelegenheit inzwischen satt bekommen zu haben. Er hat nun verfügt, daß die Botschafter an der Eröffnungsfeier zwar teilnehmen dürfen, aber dies nur als Zuschauer und ohne offiziellen Status. Das ist doch alles höchst unterhaltsam, nicht wahr?«

»Der arme Prinz! Dabei meint er es gut.«

»Oh, er ist ein guter Mann, aber er kann auch selbstherrlich und hochmütig sein. Tatsache ist, daß er alles seinen normalen Weg hätte gehen lassen müssen. Doch selbst dann wäre er an Brunnow gescheitert. Die Russen hegten von Anfang an einen ausgesprochenen Argwohn gegenüber der Ausstellung.«

»Aber sie nehmen doch daran teil, nicht wahr?«

»Sie haben Kisten mit Waren hergeschickt, aber ihre Regierung hat allen Russen, die die Ausstellung besuchen wollten, die Ausreise verweigert. Sie denken, in England wimmelt es von Verschwörern und Meuchelmördern, die nur darauf warten, den Zaren zu ermorden und das Regime niederzuschlagen.«

Die Tür öffnete sich, und Sir Frederick steckte neugierig den Kopf herein.

»Ah, da seid ihr. Gut, ich wollte sowieso mit euch beiden reden.«

»Hallo, Fred! Ich habe Fleur gerade von der Ansprache der Diplomaten erzählt. Ich nehme an, auch dir ist die ganze Geschichte bereits zu Ohren gekommen?«

»Ja, der arme Brunnow erzählte sie mir heute nachmittag im St. James's Palace. Er sitzt da ganz schön in der Patsche. Mir ist er sehr sympathisch. Ein exzellenter Mann und ein erstklassiger Diplomat! Hat bei Nesselrode studiert, wißt ihr, dem alten Meister. Und es muß teuflisch sein, für Nikolaus zu arbeiten.«

»Er gilt als völlig unberechenbar«, meinte Sir Ranulph. »Noch ist er ganz bezaubernd zu dir, und in der nächsten Minute schickt er dich nach Sibirien. Du hast ihn anläßlich seines Aufenthaltes anno 44 in London kennengelernt, nicht wahr, Fred?«

»Stimmt. Ein eigenartiger Mann – obgleich ich annehme, das Dasein als Autokrat würde jeden auf Dauer ein bißchen verrückt machen. Die Königin und der Prinz konnten ihn allerdings recht gut leiden.«

»Was für ein Mann ist er, Onkel?« wollte Fleur wissen.

»Sehr groß, außerordentlich gutaussehend. Im Gespräch sehr charmant, kam bestens mit Kindern zurecht. Trotzdem hatte er so etwas an sich . . . ich fand ihn in gewisser Weise recht furchteinflößend.«

»Ich erzählte Fleur gerade, daß die russische Regierung keinem, der zur Ausstellung möchte, einen Reisepaß ausstellt – das stimmt doch?«

Sir Frederick wirkte seltsam verlegen. »Nun ja, das stimmt schon, obgleich es eine Gruppe offizieller Beobachter und natürlich die Aussteller gibt. In der Tat betrifft mich die Sache persönlich. Ich habe ein Geständnis zu machen und brauche eure Unterstützung, wenn ich es Venus erzähle.«

»Das klingt ja aufregend. Was hast du auf dem Kerbholz?« fragte Fleur mit glänzenden Augen. »Sollte es etwas sein, das Tante Venus mißbilligt, so wird es für uns wahrscheinlich recht vergnüglich.«

»Du freust dich wohl darauf, mich im Fettnäpfchen sitzen zu sehen! Ralph, wenigstens du wirst mir doch beistehen? Ein Mann hat doch das Recht, in sein Heim einzuladen, wen er will, nicht wahr!«

Sir Ranulph nickte. »Da liegt also der Hase im Pfeffer! Dir hat ein Verwandter vom Lande aufgelauert und dir zugesetzt, ihn während der Ausstellung bei dir aufzunehmen.«

»Tante Venus wird außer sich sein. Deshalb hat sie Papa und mich eingeladen. Sie haßt Provinzler!«

»Oh, er ist nicht eigentlich ein Provinzler, obwohl er ein wenig eigenartig ist«, erklärte Sir Frederick und setzte eine betont sorglose Miene auf. »Ich bin sicher, daß ihr beide ihn amüsant finden werdet.«

»Das wird ja immer interessanter! Nun, wer ist es, Onkel? Welches schwarze Schaf der Familie hast du eingeladen?«

»Er ist kein schwarzes Schaf, sondern ein Russe«, erwiderte Frederick, »und zwar einer der Aussteller. Brunnow bat mich, ihn einzuladen, und da konnte ich schwerlich ablehnen, oder? Sei's drum, er heißt Polotski und ist ein achtbarer Handelsherr.«

Sir Ranulph brach in Gelächter aus. »Himmel, Fred, nun hast du's geschafft! Warum in aller Welt hast du zugestimmt?«

Sir Frederick blickte ein wenig betreten drein. »Ihr wißt doch, wie es ist, in London so kurz vor der Eröffnung eine Unterkunft finden zu wollen. Die Botschaftsräume sind allesamt vergeben, die Hotels sind voll, und jede Gastgeberin hat bereits für den ganzen Sommer ihre Gesellschaften unter Dach und Fach. Venus hat selbst schuld, daß sie noch Räume frei hat!«

»Sie wird sich wohl nicht den Schwarzen Peter zuschieben lassen wollen. Doch gleichviel, es war Brunnows Problem, nicht deines. Warum sollte er sich gerade an dich wenden?«

»Um der Wahrheit die Ehre zu geben«, sagte Frederick, der nun noch verlegener wirkte, »liegt es, glaube ich, daran, daß Polotski und ich gemeinsame Interessen verfolgen. Auf der Ausstellung haben es ihm insbesondere die neuartigen Wasserklosetts angetan.«

Bei dieser Enthüllung bekam seine Zuhörerschaft einen derartigen Lachkrampf, daß sie sich jeden weiteren Kommentars enthalten mußte.

❦

Mr. Polotski sah tatsächlich ein wenig eigentümlich aus, was aber eher an seinem Wesen als an seiner Nationalität lag. Er war klein und von beträchtlichem Umfang, was ihn ziemlich rund erscheinen ließ. Dabei war er jedoch überraschend behend und bewegte sich mit seinen weichen Lederstiefeln im Haus so geräuschlos wie eine Katze.

Zu Venus' Überraschung war er blond. Wenn überhaupt, so hatte sie sich Russen immer dunkelhaarig vorgestellt. Mr. Polotski aber hatte einen hellen Teint, blaue Augen, und sein Haar hatte einen leichten Kupferton. In seiner Jugend mußte er sehr gut ausgesehen haben. Insgesamt war er weit weniger beunruhigend, als sie es sich vorgestellt hatte.

Seine wirklichen Eigentümlichkeiten beschränkten sich darauf, daß er enorme Mengen aß und, was für diese Jahreszeit ziemlich bizarr anmutete, im Freien einen Pelzmantel trug. An einem ziemlich kühlen Abend, als Venus zugegebenermaßen froh darüber war, einen Schal umzuhaben, bemerkte sie ihm gegenüber, daß das Tragen eines Mantels in ihren Augen denn doch etwas zu weit ginge. Darauf lächelte er höchst charmant und erklärte in makellosem Französisch, daß ihn nicht so sehr die Kälte, sondern vielmehr der Luftzug störe.

»Wissen Sie, in Rußland setzen wir im Winter doppelverglaste Fenster ein. Jeder Raum ist mit einem holländischen Ofen versehen, und ein Raum führt in den nächsten, ohne einen Korridor dazwischen. Folglich herrscht überall die gleiche Temperatur, und nirgends zieht es auch nur im mindesten. Verehrte Madame, unsere Damen tragen ihre Sommerkleider das ganze Jahr hindurch!«

»Wie überaus seltsam«, antwortete Venus darauf in vernichtender Kürze.

Fleur unterlag kampflos seinem Charme. Polotski erklärte ihr unverzüglich, sie erinnere ihn an seine liebe Frau, und da sie dies als das höchste Kompliment betrachtete, das er ihr zollen konnte, vertrugen sie sich prächtig.

Neben seiner Frau galt seine Leidenschaft der Kochkunst und schönem Schmuck.

»Eigentlich bin ich Juwelier von Beruf, wenngleich ich meine Einkünfte nun überwiegend durch den Handel erziele. Offiziell bin ich allerdings als Entdecker des Polotski-Smaragds hier.«

»Ich brenne schon darauf, ihn zu Gesicht zu bekommen. Ist er sehr schön?«

»Ja, gewiß, er ist die Schönheit selbst. Aber natürlich gibt es viele edle Steine unterschiedlicher Art. Ihre Schönheit zum Beispiel, Mademoiselle, verlangt etwas gänzlich anderes als Smaragde. Gern besäße ich das Privileg, einen Edelsteinschmuck für Sie entwerfen zu dürfen – etwas Exquisites. Ich denke da an Saphire. Niemand versteht soviel von Saphiren wie wir Russen! Sollten Sie sich je ein Schmuckstück aus Saphiren wünschen, so müssen Sie sich für den Entwurf an mich wenden, versprochen?«

»Das kann ich Ihnen getrost versprechen«, sagte Fleur lachend.

»Machen Sie sich nur über mich lustig! Doch eines Tages werden Sie eine glänzende Ehe eingehen, und Ihr Gatte, der

Glückliche, wird Ihnen Juwelen schenken wollen, die Ihrer Schönheit entsprechen. Ich fürchte, daß er, wie alle jungen Männer – denn selbstverständlich werden Sie einen jungen Mann heiraten – die Absicht haben wird, Sie mit Diamanten und Gold zu überhäufen.« Er seufzte und schüttelte den Kopf. »Als würde man eine schwere Soße über ein zartes Seezungenfilet gießen! Sie werden das jedoch nicht zulassen. Sie werden sich des Gesprächs mit Papa Polotski entsinnen und sagen: ›Nein, Mylord, ich möchte Saphire, nichts als Saphire!‹«

»Es wird also ein Lord sein?«

»Ein Lord oder sonst ein großer Mann. Oder beides. Sie können doch keinen Bürgerlichen heiraten.«

Fleur schüttelte den Kopf. »Ich glaube nicht, daß ich überhaupt heiraten werde.«

Polotski lächelte nur. »Sie werden!« erklärte er zuversichtlich. »Denn eine Schönheit wie die Ihre verlangt geradezu danach. Sie müssen ganz einfach einen Geliebten haben. Und da Sie sowohl praktisch als auch romantisch veranlagt sind – eine seltene Mischung, möchte ich meinen, und recht bezaubernd –, werden Sie ihn heiraten.«

»Wenn er ein großer Mann ist, wäre es vielleicht aufregender, seine Mätresse zu sein. Den ganzen Spaß haben doch immer nur die Mätressen, oder?«

»Durchaus nicht«, versetzte Polotski ungerührt. »Es gibt kein größeres Glück, Mademoiselle, als den Geliebten zum Ehegatten zu haben. Eines Tages werden Sie das begreifen.«

❦

Der 1. Mai war wegen der Ausstellungseröffnung zum Feiertag erklärt worden. Die morgendlichen Dunstschwaden über den Parks und öffentlichen Gärten wurden bald von der aufgehenden Sonne vertrieben, und es versprach ein schöner, wenn auch kühler Tag zu werden.

Polotski hatte sich schon kurz nach sechs Uhr zum Kristallpalast aufgemacht, wo er, wie alle anderen Aussteller, noch einmal in wilder Panik alles umstellte und abstaubte. Viele russische Ausstellungsstücke gab es noch nicht zu besichtigen. Zwar waren mittlerweile hundertdreizehn Kisten mit Waren eingetroffen, nachdem deren Ankunft sich wegen der zugefrorenen Ostsee lange verzögert hatte, doch erst wenige davon waren ausgepackt.

Sir Frederick, der Polotski begleitete, hatte erklärt, wenn sie gute Plätze ergattern wollten, wäre ein frühzeitiger Aufbruch angezeigt. Die Anzahl der verkauften Saisonkarten – drei Guineen für Herren, zwei für Damen – war auf über zwanzigtausend gestiegen, nachdem verkündet worden war, daß man damit die Eröffnungsfeier besuchen konnte. Venus murrte zwar darüber, nur wegen einer Ausstellung in aller Herrgottsfrühe aufstehen zu müssen, saß aber bereits fertig angekleidet am Tisch, als Fleur um acht Uhr erschien.

»Ah, da bist du ja endlich, Kind«, sagte sie und sah dabei bemerkenswert selbstzufrieden aus. »Wie bist du gekleidet? Ja, sehr passend. Ich muß sagen, du hast einen guten Geschmack.«

Fleur hatte ein Kleid aus frühlingsgrüner Farbe mit dreiviertellangen Ärmeln und drei Volants gewählt, das mit dunkelgrünen Borten besetzt war. Darunter trug sie eine hochgeschlossene bestickte Bluse, deren Ärmel in einer hübschen Doppelmanschette am Handgelenk endeten. Sie sah an sich herunter und zwinkerte dann ihrer Tante zu.

»Ich sollte dir für das Kompliment danken, Tante, aber da du für meinen Geschmack verantwortlich bist, gebe ich es hiermit an dich zurück.«

»Wo sie recht hat, hat sie recht, Venus!« murmelte Sir Ranulph.

»Unsinn, ich mag sie als Kind geleitet haben, aber die letzten zehn Jahre hat sie ihre Entscheidungen immer selbst getroffen. Selbstverständlich trägst du deinen meergrünen Hut dazu, nicht wahr«, fugte sie hinzu, »den mit der plissierten rosaroten Ausfutterung.«

Um Viertel vor neun erschien Sir Frederick und sagte: »Alles in Ordnung, ihr braucht euch nicht zu beeilen. Es ist mir gelungen, einige Sitze im voraus zu bestellen – und daran tat ich gut, denn ich wüßte nicht, wie wir es sonst schaffen sollten. An den drei Haupteingängen drängten sich die Leute bereits, als ich ging. Aber einer der Türsteher war früher einmal Pförtner im Parlament, und er erinnerte sich daran, daß er von mir ab und zu eine halbe Krone in die Hand gedrückt bekam. Er wird für uns vier Plätze freihalten.«

»Ist das gestattet, Onkel?«

»Bewahre!« erwiderte er fröhlich, »doch wozu ist man eine prominente Persönlichkeit, wenn man daraus nicht von Zeit zu Zeit Nutzen ziehen kann? Dennoch sollten wir uns nach meinem Dafürhalten bald auf den Weg machen, weiß ich doch nicht, wie lang unser persönlicher Zerberus den Massen Einhalt gebieten kann.«

❦

Obwohl die Königin erst um zwölf Uhr erscheinen sollte, war bereits um zehn der letzte Platz besetzt, und überall drängten sich rosige Gesichter unter hohen Hüten und Seidenhauben. Die meisten Besucher bestaunten zum erstenmal die fabelhafteste Szenerie, die die Welt je erlebt hatte.

Man hatte ihr schon davon erzählt, und sie hatte sich in ihrer Phantasie das Gebäude ausgemalt, aber dennoch war Fleur nun überwältigt. Unter den Streben des transparenten Daches, unermeßlich hoch über ihr, war eine zauberhafte Welt voller Wärme und Helligkeit geschaffen worden, in der der ewige Sommer zu regieren schien. Das sanfte Sonnenlicht, das durch die gläsernen Wände schien, der Dunst der Ferne und die schillernden Farben schufen gemeinsam den Eindruck einer unermeßlichen Weite.

Es herrschte eine außergewöhnliche Helle, eine Mischung aus Licht, Luft und Raum. Und genau im Zentrum des Ganzen stand ein großer Brunnen, angefertigt aus reinem durchsichtigen Kristall, dessen strahlende Fontänen fünfzehn Meter in die Höhe schossen. Dem Brunnen gegenüber, an der Nordseite, stand unter einem golden eingesäumten Baldachin, der mit weißen Federbüschen geschmückt war, das königliche Podium. Es war umgeben von Statuen, die sich vom starken Rot des Tuches, das zur Dekoration der Ausstellungsstücke diente, in morbider Weiße abhoben. Hohe Palmen zitterten in der Regenbogenluft, und ringsum standen Farne, Blumen und Topfpflanzen. Und über allem erhoben sich – gleich geheimnisvollen, stummen Gefangenen einer anderen Welt – die großen Ulmen in ihrem Sommergrün.

Eine Weile verschlug es Fleur die Sprache. Sie kam aus dem Staunen nicht heraus. Etwas später kehrte Sir Ranulph von einem Plausch mit Freunden zurück und sagte: »Paxton erzählt, draußen stünden mehr als eine halbe Million Menschen. Könnt ihr euch das vorstellen? Sie benehmen sich jedoch alle bemerkenswert gesittet. Ah, hier kommen ja endlich die Standespersonen, da haben wir wenigstens etwas zu gucken.«

Allmählich füllten sich auch die offiziellen Sitzplätze. Fleur beobachtete, wie der silberhaarige und altersgebeugte Herzog von Wellington unter großem Applaus, der ihm jedoch keinerlei Reaktion entlockte, hereinmarschierte. Sir Frederick stieß sie an, um auf Lord Cardigan, Richards Kommandeur, aufmerksam zu machen, der im großen Dienstanzug prächtig anzusehen war. Fleur lag allerdings mehr daran, die Abordnung der Königlichen Pioniere ausfindig zu machen, und tatsächlich konnte sie unter ihnen auch Teddy Scott erkennen.

Schließlich kamen die Politiker herein. Viele davon, wie Lord John Russell und Lord Palmerston, waren für Fleur vertraute Gestalten. Die Diplomaten, die bei der ganzen Zeremonie keinen offiziellen Platz innehatten, machten dies durch die Großartigkeit ihrer Kleidung wieder wett.

Dann folgten die Beamten des englischen Hofes in ihren farbenprächtigen Uniformen. Man sah die Towerwächter in ihren roten Jacken und die Herolde in ihren goldenen Wämsern. Besonders beeindruckten die Leibgardisten mit ihren glänzenden Messinghelmen und den herabhängenden weißen Federn.

»Dort ist dein Onkel Markby«, sagte Frederick plötzlich.

»Seht euch nur sein Gesicht an! Das hier ist so recht nach seinem Herzen.« Er kicherte. »Deine Tante Ercy kommt natürlich später, in der Prozession der Königin. Ich frage mich, ob . . .«

»Sieh mal!« rief Fleur unvermittelt und packte seinen Arm. »Dort ist der Mann, der mich im Park gerettet hat!«

»Wirklich? Wo?«

»Dort hinter dem Brunnen, links von der Statue mit dem Schwert. Er ist es ganz gewiß – der hochgewachsene Mann in der grünen Uniform.«

»Wo? Ich sehe ihn nicht. Meinst du etwa den Burschen mit dem weißen Schnurrbart?«

»Nein, nein, den doch nicht! Links von ihm und hinter dem . . . Oh, nun ist er verschwunden, und du kannst ihn nicht mehr sehen. Wie ärgerlich! Aber ich bin mir sicher, daß er es war.«

»Vermutlich ist er irgendein Botschaftsangehöriger«, meinte Frederick interessiert. »Alle dort in der Ecke sind Diplomaten.«

Fleur hielt weiter Ausschau, aber sie konnte den Mann beim besten Willen nicht mehr entdecken. »Ich wünschte, du hättest ihn gesehen, vielleicht hättest du mir sagen können, wer er ist«, sagte sie.

»Er wird dir gewiß wieder über den Weg laufen«, erwiderte Frederick. Als er ihr enttäuschtes Gesicht sah, fuhr er fort: »Weißt du, trag doch einfach immer diesen Hut, wenn du die Ausstellung besuchst. Damit mußt du ihm ja früher oder später auffallen!«

Der finstere Blick verschwand. »Also wirklich, Onkel . . .!« sagte sie und mußte lachen.

In diesem Augenblick kam Bewegung in die Menge, als am nördlichen Eingang verschwommen ein heller Punkt sichtbar wurde, der die Ankunft der Königin mit ihrer Eskorte aus Leibgardisten anzeigte. Alle Köpfe wandten sich um. Kurzzeitig schwoll die allgemeine Lautstärke an, ehe sich eine erwartungsvolle Stille ausbreitete. Nach einer kurzen Verzögerung ertönten die Fanfaren. Die hohen schmiedeeisernen Tore wurden aufgestoßen, und die königliche Gesellschaft erschien.

Nicht einmal die wuchtige Orgel, die die Nationalhymne

anstimmte, konnte den spontan ausbrechenden Beifall übertönen, als die kleine Gestalt der Königin, die in rosarote und mit silberfarbenem Brokatmuster verzierte Seide gekleidet war und den Hosenbandorden trug, das Podium betrat. Ihr folgten Prinz Albert und die beiden ältesten Kinder, »Vicky« in weißer Spitze und »Bertie« in der Uniform der schottischen Hochländer.

Als die letzten Noten verklungen waren, verließ der Prinz seinen Platz an der Seite der Königin und begab sich zu den anderen Kommissionsmitgliedern. Dort verlas er eine an seine Gemahlin gerichtete Rede, in der er kurz auf die Entstehungsgeschichte der Ausstellung einging. Die Königin bedankte sich mit ein paar Worten, und ihre leise Stimme war in der sanften Sommerluft des großen Glashauses glockenklar zu vernehmen. Dann erbat der Erzbischof von Canterbury, der mit seiner lokkigen Perücke und den gebauschten Batistärmeln wie ein mittelalterlicher Engel wirkte, den Segen des Herrn für das Unternehmen.

Für Fleur war es ein Bitt- wie auch ein Danksagungsgebet: der demütige und innige Dank eines Volkes, das seit Menschengedenken keinen Krieg auf eigenem Boden, keine Hungersnot, Seuche, Invasion oder Revolution mehr gekannt hatte. In England herrschten Frieden und Wohlstand.

Und das Symbol all dessen war diese kleine, schmächtige Frau, die ruhig unter dem Baldachin stand, furchtlos und unbewacht inmitten ihres Volkes. Das ist wahre Freiheit, dachte Fleur. Mögen andere Nationen ihre Republiken ausrufen und sich im Namen der Freiheit gegenseitig die Kehlen aufschlitzen: England demonstrierte die Freiheit mit einer friedlichen Weltausstellung – selbst wenn der Anstoß dazu von einem Prinzen deutscher Herkunft stammte –, durch die die Monarchin ohne Leibwächter gefahrlos schreiten konnte.

Eine tiefbewegte Stille folgte dem Gebet des Erzbischofs. Und dann stimmten zweihundert Musiker und sechshundert Chorsänger plötzlich das »Halleluja« an, und Fleur biß sich auf die Lippen, um nicht vor Rührung zu weinen.

Während des Gesanges begann sich der offizielle Zug zu

formieren, der die Königin zu einer kurzen Besichtigung der Ausstellung begleiten sollte, angeführt von Mr. Paxton, Mr. Fox, Mr. Henderson und anderen Mitgliedern des Komitees.

Sir Ranulph beugte sich zu Sir Frederick hinüber. »Sag mal, Fred, wer zum Teufel ist dieser Chinese? Ich dachte, China hätte die Teilnahme abgelehnt?«

»So war es auch. Eine offizielle Vertretung gibt es nicht«, antwortete Sir Frederick, der ebenfalls den Mandarin in seinem farbenprächtigen Seidenrock mit einiger Überraschung beobachtete. »Großartig ist er anzuschauen, nicht wahr?«

Einen Augenblick später sorgte der Mandarin für allgemeine Aufregung, als er sich durch die Menge drängte, das Podium bestieg und sich der Königin zu Füßen warf.

»Gütiger Gott, das steht doch gar nicht auf dem Programm!« rief Frederick. »Was will er damit bezwecken? Weshalb holt man ihn nicht fort?«

Keiner schien zu wissen, was mit dem Chinesen zu tun sei. Schließlich rettete die Königin selbst die Situation. Obgleich augenscheinlich aus der Fassung gebracht, lächelte sie doch huldvoll und gab dem Komitee ein Zeichen, daß der Mann sich dem Zug als Vertreter des chinesischen Reiches gleich hinter den Botschaftern anschließen dürfe.

Es dauerte eine Dreiviertelstunde, bis dieser erste Rundgang beendet war, wobei zu bezweifeln stand, daß die Teilnehmer dabei irgend etwas von den Exponaten zu sehen bekamen. Dann kehrte die Königin auf das Podium zurück und erteilte Lord Breadalbane den Befehl, die Ausstellung für eröffnet zu erklären. Noch einmal wurden die Fanfaren geblasen, und vom Park her ertönte ein Salut aus hundert Gewehren. Die königliche Gesellschaft zog sich zurück, und man begann die Absperrungen abzubauen, um die Ausstellungsstücke der Allgemeinheit zugänglich zu machen.

»Am besten bleiben wir hier noch ein Weilchen stehen, bis sich die Menge ein wenig verlaufen hat«, schlug Sir Frederick seinen Damen vor.

»Ich sehe mal, ob ich ein Wort mit Cole wechseln kann«,

meinte Sir Ranulph. »Vielleicht kann ich etwas über den Chinesen in Erfahrung bringen.«

Zehn Minuten später war er zurück. »Der Mann ist ein Scharlatan«, erklärte er lachend. »Welch vortrefflicher Scherz!«

»Willst du damit sagen, er käme gar nicht aus China?« erkundigte sich Venus.

»O doch, ein Mandarin ist er wohl, jedoch keineswegs vom Kaiser gesandt. Weit davon entfernt – er ist der Besitzer dieser chinesischen Dschunke, die am Temple Pier auf der Themse festgemacht ist. Für einen Shilling pro Person bietet er Führungen an.«

»Er behauptete, er wollte der Königin lediglich seine Aufwartung machen, wie alle anderen auch«, fuhr Ranulph grinsend fort, »doch unter uns: diese kleine Show wird seinem Geschäft sicher nicht schaden!«

Teddy Scott kam in Sicht, wie er sich durch die Menge kämpfte und dabei nach allen Seiten seine Verbeugungen machte.

»War die Eröffnung nicht großartig? Ich habe die Leute sagen hören, sie sei sogar besser als die Krönungsfeier gewesen«, meinte er atemlos, als er sie endlich erreichte.

»Ja, und obendrein gab es noch einen Mandarin zur Auflokkerung«, pflichtete ihm Ranulph bei.

»Redbridge von der Leibgarde erzählte mir, es sei ihnen ein, zwei Augenblicke recht mulmig gewesen, da man ihn für einen Attentäter hielt«, berichtete Scott weiter. »Aber Ihre Majestät meisterte die Lage fabelhaft, nicht wahr?« Er wandte sich an Fleur. »Welch hinreißender Hut! Wir haben nun frei. Darf ich dir zur Besichtigung der Ausstellungsstücke meinen Arm anbieten? Ehrenwort, du wirst ihn nötig haben. Es geht furchtbar zu.«

Venus nickte zustimmend. »Ja, meine liebe Fleur, geh mit Mr. Scott. Um sich durch eine solche Menschenmenge einen Weg zu bahnen, braucht man einen Mann an der Seite.«

»Danke«, erwiderte Fleur, die die Gedanken ihrer Tante sehr wohl durchschaute, »aber Papa wird mich begleiten. Ich möchte ihn nicht kränken.«

»Dein Vater wird sich doch jetzt nicht um dich kümmern wollen. Er brennt darauf, sich mit seinen Freunden zu unterhalten, nicht wahr, Ranulph?«

»Wohl wahr!« erklärte dieser fröhlich. »Geh mit dem jungen Scott, Fleur, sei ein braves Mädchen! Joe Paxton hat versprochen, mir den Temperatur- und Feuchtigkeitsregler zu zeigen. Genau so etwas benötige ich für mein neues Orchideenhaus. Du wärst nur im Wege.«

Scott wandte sich an Venus und fragte höflich: »Wohin möchten Sie zuerst, Lady Hoare?«

Venus winkte ab. »Geht nur allein. Wir würden gewiß nicht das gleiche Tempo haben und könnten darum ohnehin nicht zusammenbleiben. Ich bin mir sicher, daß ich dich Mr. Scott anvertrauen kann, Fleur.« Sie lächelte Teddy an. »Ich hoffe, wir sehen Sie zum Dinner am Hanover Square, Mr. Scott?«

»Aufrichtigsten Dank, Lady Hoare!« Teddy verbeugte sich, bot Fleur seinen Arm an und ging mit ihr davon.

»Tante Venus ist so feinfühlig wie ein Elefant im Porzellanladen«, beklagte sich Fleur. »Du siehst ja, wie dreist sie uns zusammensteckte.«

»Also, ich fühle mich außerordentlich geschmeichelt!«

»Ist dir klar, daß du als Lockvogel dienen sollst? Venus hofft, daß ich mit dir am Arm weitere Freier ermutige.«

»So stolz bin ich nicht. Mir ist jede Ermutigung recht, die mir angeboten wird«, grinste Teddy. »Was möchtest du dir zuerst anschauen? Vielleicht wäre ein kleiner Imbiß oder etwas Tee oder Kaffee angebracht, ehe wir uns die Exponate vornehmen?«

Fleur sah auf die Uhr. »Jetzt, um zwanzig nach eins, wird in den Erfrischungsräumen wohl ein rechter Trubel herrschen, meinst du nicht? Laß uns den Koh-i-noor-Diamanten anschauen.«

»Ist das deine Vorstellung davon, wie man einen Menschenauflauf vermeidet?« spöttelte Teddy. »Mein liebes Mädchen, du hast ja keine Ahnung . . .«

FÜNF

Nun, Mademoiselle, gehen Sie heute vormittag zur Ausstellung? Wie gefällt sie Ihnen denn?« erkundigte sich Mr. Polotski und setzte sich wieder, als Fleur Platz genommen hatte. An den unbenutzten Gedecken sah man, daß sie die ersten beim Frühstück waren.

»Oh, sie übertrifft alle meine Erwartungen«, erwiderte Fleur. Vor der Eröffnung hatte sie sich in dem Glauben gewiegt, einige Besuche würden ausreichen, doch wie fast jeder in London hatte sie das Ausmaß und die Faszination der Ausstellung gründlich unterschätzt. In der ersten Woche war sie bereits fünfmal dagewesen und hatte doch höchstens ein Zehntel davon gesehen. Dabei wollte sie einiges, wie zum Beispiel die Maschinenabteilung, mit Sicherheit öfter besuchen. Der Anblick der vielen arbeitenden Maschinen – die so verschiedene Aufgaben ausführten wie Löcher in eine dicke Eisenverkleidung zu stanzen oder Umschläge zu falten – war etwas, woran sie sich nicht satt sehen konnte.

»Ich werde niemals müde, diese Hebel und Räder zu betrachten, die sich alle so rhythmisch bewegen«, erklärte sie. »Es ist – schön.«

Er lächelte verständnisvoll. »Ja, es erinnert an einen tüchtigen Mann, der mit einer Sense ein Heufeld mäht. So eine Art Ballett.«

»Sind Sie denn schon dazu gekommen, selbst etwas anzusehen?«

»O ja, ich habe einen Assistenten, dem ich die Aufsicht überlassen kann. Und dazu einen netten englischen Polizisten mit einem hohen Hut, der den Polotski-Smaragd bewacht! Meine Landsleute sind sehr überrascht, daß sich im Gebäude keine bewaffneten Soldaten befinden, nicht einmal anläßlich der Besuche der Königin. Doch ich sage ihnen, das ist England! Hier rühmt man sich seiner Ehrlichkeit.«

»Oh, alle sind so stolz auf die Ausstellung, daß sie sich um nichts in der Welt danebenbenehmen würden«, entgegnete Fleur. Dann ging ihr auf, was er gesagt hatte. »Rühmt man sich in Rußland denn nicht seiner Ehrlichkeit?«

Polotski zwinkerte ihr zu. »In Rußland ist man entweder ehrlich oder erfolgreich – nie beides.«

»Wollen Sie damit etwa andeuten, daß die Russen absichtlich unehrlich sind?« erkundigte sich Fleur mit gerunzelter Stirn.

»Ist Ihnen der Ausdruck *caveat emptor* geläufig? Soll doch der Käufer achtgeben! Wenn einer einen Ballen Wolle verkaufen kann, dessen Gewicht durch einen Stein manipuliert wurde, so ist er nicht unehrlich, sondern gewitzt. Und wenn der Käufer ihm das heimzahlen kann, indem er ihm einen Sack Korn gibt, der zur Hälfte aus Sand besteht, wird ihn die eigene Schläue erfreuen. Eure englischen Händler, die stolz darauf sind, erstklassige Produkte zu einem gerechten Preis zu verkaufen, finde ich entzückend. Es ist so erfrischend, in einer derartig vertrauensvollen Atmosphäre seine Geschäfte zu tätigen.«

»Wie furchtbar muß dagegen die russische Alternative sein«, versetzte Fleur.

»Sie müssen bedenken, daß wir ein anderes Volk sind. Der östliche Basar ist unsere natürliche Heimat, und das Handeln und Feilschen liegt uns im Blut.« Er bemerkte ihre zweifelnde Miene. »Rußland ist fremdartiger, als Sie sich das vorstellen können.«

»So muß es wohl sein. Aber ich denke auch, daß Sie mich necken.«

Er lächelte, ohne es zu bestätigen oder zu leugnen. »Sie haben die Rußlandabteilung und damit meinen Diamanten noch nicht besichtigt?«

Fleur setzte ein klägliches Gesicht auf. »Ich hatte es selbstverständlich vor, aber da ist so viel . . .«

»Natürlich, natürlich. Wir sind den ganzen Sommer hier. Und später, wenn noch mehr Waren eintreffen, wird es ohnehin interessanter. Haben Sie schon den großen Koh-i-noor-Diamanten gesehen? Wie finden Sie ihn?«

»Enttäuschend.«

Er lachte. »Ja, das dachte ich mir. Nicht viel dran, nicht wahr? Ein langweiliges graues Ei in einem goldenen Käfig.«

»Um ehrlich zu sein, hat mich Mr. Clubbs Sicherheitsvorrichtung mehr interessiert als der Diamant selber«, gestand Fleur. »Der Polizist, der ihn bewachte, erzählte uns, sobald jemand versuchen würde, ihn zu stehlen, würde bei der ersten Bewegung eine Feder gelöst und der Stein unverzüglich in das darunterliegende Tresorfach fallen. Aber Teddy meinte, er könne sich nicht vorstellen, daß überhaupt jemand so etwas Häßliches stehlen würde.«

»Teddy? Ist das der ernste junge Mann, der Sie gewöhnlich begleitet?«

»Ja, Mr. Scott.«

»Wie schön es sein muß, Offizier zu sein. So viel Freizeit und sowenig Pflichten!« bemerkte Polotski. »Begleitet er Sie heute auch?«

»Nein, heute morgen leistet mir Onkel Frederick Gesellschaft. Wir wollen frühzeitig dort sein, bevor es zu voll wird.«

»Dann werden Sie heute nachmittag also ausreiten?«

»Ja, ich denke schon«, antwortete Fleur. In der Hoffnung auf eine Wiederbegegnung mit ihrem Retter war sie täglich zu einem anderen Zeitpunkt ausgeritten. Hatte er sich an jenem Tag dort aufgehalten, so wurde er es gewiß wieder tun, dachte sie. Folglich mußten sie sich irgendwann begegnen. Aber bis jetzt war ihr dieses Glück versagt geblieben, und sie begann sich allmählich zu fragen, ob er London verlassen hatte, da sie ihn weder auf der Ausstellung noch bei irgendeiner Abendveranstaltung gesehen hatte.

»Dürfte ich Sie wohl um einen großen Gefallen bitten?« unterbrach Polotski ihre Gedanken. »Ich war zwei Wochen mit Packkisten, Stroh und Staub in der russischen Abteilung eingesperrt, und ich sehne mich daher nach etwas frischer Luft. Mehr noch, ich sehne mich nach weiblicher Gesellschaft! Ihre gütige Tante hat mir für heute nachmittag ihre Kutsche zur Verfügung gestellt, und Sie würden mir eine große Ehre erweisen, wenn Sie mich ein oder zwei Stunden begleiteten.«

Fleur war verblüfft. Sie hatte sich noch nicht von der Beschreibung der Tante als »gütig« und der Enthüllung, daß diese klassenbewußte Person einem obskuren Händler den geliebten neuen Landauer angeboten hatte, erholt, als sie entscheiden mußte, ob sie mit einem verheirateten Mann mittleren Alters und dicklichen Umfangs, der eine Vorliebe für Mäntel mit Pelzkrägen hatte, öffentlich promenieren wollte.

Sie zögerte, denn bei schönem Wetter zog sie einen Ritt auf Oberon einer Kutschenfahrt allemal vor. Doch Polotski schaute sie mit einem derart drolligen Gesichtsausdruck an, in dem sich sowohl Hoffnung wie die Erwartung auf eine Abfuhr widerspiegelten, daß sie ihm seine Bitte einfach nicht ausschlagen konnte.

»Mit Vergnügen!« erwiderte sie also.

❦

Jeder Besucher des Kristallpalastes hatte seine persönlichen Vorlieben und speziellen Interessensgebiete. Tante Venus verweilte zum Beispiel überraschend lang in der französischen Abteilung. Nach der englischen war diese die größte – ein eindeutiger Beweis dafür, daß sich Frankreich von den furchtbaren Auswirkungen der Napoleonischen Kriege ebenso restlos erholt hatte wie das Land, das die Grande Nation besiegt hatte.

Selbst Richard hatte – selbst auf das Risiko hin, von seinem Kameraden Brooke verspottet zu werden – zwei Tage hintereinander je zwei Stunden auf der Ausstellung zugebracht. Dabei war es ihm allerdings nicht gelungen, weiter als bis zur Fahrzeugabteilung vorzustoßen, wo ihn der Anblick so vieler schnittiger Reisewagen und Einspänner vor Neid erblassen ließ. Beim anschließenden Besuch am Hanover Square hatte er sich davon jedoch schon so weit erholt, daß er seiner ihm hilflos ausgelieferten Schwester haarklein die Vorteile eines jeden Fahrzeugs unterbreiten konnte.

»Und als ich sagte, ich hätte genug von Fahrzeugen«, beklagte sich Fleur entrüstet bei Sir Frederick, während sie das Ausstellungsgelände betraten, »begann das Ganze mit Oberst Colts Mehrlader noch einmal von vorn!«

»Auf die Gefahr hin, dich zu verärgern, muß ich sagen, daß ich sie mir selbst recht gern ansehe. Sollen wir heute mit der amerikanischen Abteilung beginnen?«

»Wie du möchtest.« Sie zeigten ihre Karten vor und gingen durch die Sperre. »Die Ausstellung entwickelt sich bei gesellschaftlichen Ereignissen zu einem regelrechten Risikospiel«, fuhr Fleur fort. »Jeder, den man trifft, fragt: ›Haben Sie das schon gesehen?‹, und ehe man noch etwas erwidern kann, wird einem bereits alles lang und breit erläutert. Da bleibt einem nur, mit dem eigenen Bericht schneller zur Hand zu sein. Ich feile gerade an einem ausnehmend hübschen Vortrag über die patentierte Umschlagfaltmaschine, den jeder, den ich in Zukunft treffe, gefragt oder ungefragt von mir zu hören bekommt.«

»Sie werden kein Wort verstehen«, sagte Sir Frederick lachend. »Wo steckt übrigens dein liebeskranker Verehrer? Ich muß sagen, man gewöhnt sich daran, allerorts über ihn zu stolpern.«

»Ich weiß es nicht«, antwortete Fleur gleichgültig. »Wir hatten gestern eine Auseinandersetzung über die Statue der griechischen Sklavin.«

»Ah ja! Ein ekelerregendes Kunstwerk, nicht wahr? So etwas von sentimental und lüstern gleichzeitig!«

Der Katalog beschrieb die Figur als »eine junge und schöne Griechin, der Kleidung beraubt und einem reichen östlichen Barbaren zum Kauf angeboten«. Das nackte Geschöpf lag kunstvoll da, und eine an den gefesselten Armgelenken befestigte Kette war sorgsam dort drapiert, wo es das Schamgefühl am meisten geboten sein ließ. Erstaunlicherweise war diese Figur bereits zum beliebtesten Ausstellungsstück avanciert.

»Der Ansicht war ich auch, aber Teddy fand sie darüber hinaus nett. Ausgerechnet nett!«

Frederick schaute sie erstaunt an. »Und das war dir Anlaß genug für einen Streit?«

»Oh, direkt gestritten haben wir nicht, aber ich fürchte, ich war recht spöttisch. Auf seine Bemerkung, wie schön er sie fände, erwiderte ich, mir sei gar nicht bewußt gewesen, daß er auf einfältig lächelnde Weibsbilder stehe . . .«

»Fleur, wie grausam!«

»Und ich bat ihn, mir zu erklären, warum ein splitternacktes Mädchen auf einem öffentlichen Marktplatz mit Ketten gebändigt werden müsse. Vermutlich fand er diese Bemerkung ziemlich unweiblich und derb.«

»Womit er recht hätte«, grinste Sir Frederick. »Schäm dich! Kein Wunder, daß er dich nun durch seine Abwesenheit straft.«

»Oh, was das betrifft, so liegt das daran, daß er wohl heute Dienst hat, denke ich.«

»Das wird auch Zeit, wenn man überlegt, wie oft er die letzte Woche in London war. Ich dachte, bei den Pionieren wäre es anders, aber offenbar sind sie nicht weniger faul als die anderen Soldaten.«

Fleur schwieg. Auch sie hatte sich schon gefragt, warum Teddy so häufig dienstfrei hatte, aber da er für sie eine sehr angenehme Begleitung darstellte, war sie der Sache nicht weiter auf den Grund gegangen.

Frederick warf ihr einen forschenden Blick zu und sagte: »Ich finde, du müßtest dem jungen Mann einmal reinen Wein einschenken, sofern du es nicht ernst mit ihm meinst.«

»Teddy kennt meine Gefühle. Ich habe ihm gesagt, daß ich ihn nicht heiraten möchte und wir nie mehr als Freunde sein können.«

»Ja, Liebes, aber es liegt in der Natur dieses Zustandes, ein ›nie‹ nicht gelten zu lassen. Ein verliebter Mann bleibt optimistisch, solange er auch nur irgend etwas als Ermutigung auffassen kann. Er will daran glauben, daß der Apfel schon in seine Hand fallen wird, wenn er nur lang genug den Baum schüttelt.«

Fleur errötete. »Das ist doch alles dummes Zeug!«

»So?« versetzte er und betrachtete sie gedankenvoll. »Nun, vielleicht. Auf jeden Fall hat es deinen Teddy mehr erwischt, als du glaubst, und es wäre gewiß angebracht, ihn sich etwas vom Leibe zu halten.«

❦

Tante Venus' neuer Landauer war ausgesprochen elegant, und mit den beiden Braunen davor fand er sogar Buckleys Beifall. Nachdem sie sich damit abgefunden hatte, nicht auszureiten, nahm Fleur mit einem Lächeln neben ihrem ungleichen Gefährten darin Platz. Sie trug ein umwerfendes neues Kostüm, das eben von der Schneiderin gebracht worden war, und den meergrünen Hut und wußte, daß sie nicht besser hätte aussehen können. Als sie den Park erreichten, bemerkte sie, daß viele Leute sich nach ihr umdrehten.

»Ah, wie sie mich alle beneiden!« kicherte Polotski. »Ich fühle mich wieder richtig jung dadurch. Meine Sophie war in Ihrem Alter ganz ähnlich. Zwar war sie nicht so perfekt schön wie Sie, aber sie hatte doch das gewisse Etwas. Sie tun mir gut, Mademoiselle. Ich kann Ihnen gar nicht sagen, wie dankbar ich Ihnen bin.«

»Dazu besteht doch gar kein Grund, Sir«, sagte Fleur verlegen.

»Von allen Farben steht Ihnen Grün am besten«, fuhr er fort und betrachtete sie beifällig. »Es ist die Farbe des Lebens. Ach, wenn der Polotski-Smaragd doch mir gehören würde, dann könnte ich ihn für Sie fassen lassen. Er ist zu schön, um niemals getragen zu werden.«

»Wem gehört er denn?«

»Dem Zaren natürlich. Er hat ihn für die Ausstellung nur ausgeliehen.« Polotski erzählte ihr, wie er den Smaragd vor vielen Jahren fast durch Zufall in einem indischen Fluß gefunden hatte. Er war unterwegs nach Katmandu, um Seidenteppiche zu erwerben, und hatte haltgemacht, um sein Pferd zu tränken. Das Tier hatte im Flußbett gescharrt, so wie Pferde es tun, und der Smaragd war einfach vor Polotskis Füße gerollt. Zu groß für einen Verkauf, hatte er ihn dem Zaren geschenkt.

»Das war äußerst großzügig von Ihnen«, bemerkte Fleur. »Wie konnten Sie sich nur davon trennen?«

»Man hat es mir mit Gefälligkeiten vergolten« erzählte er weiter. »Lizenzen und Monopole. Auf diese Weise bin ich zu meiner herausragenden Stellung gelangt. Aber die Trennung fiel mir schon schwer, da ich wußte, daß er sein Leben unbemerkt in einer Stahlkammer verbringen würde. Und das, nachdem ich so viel Arbeit hineingesteckt hatte! Das Schneiden und Polieren nahm mehrere Monate in Anspruch, wissen Sie. Aber nach der Fertigstellung sah er aus, als hätte sich alles Grün der Welt in diesem einen Stein niedergeschlagen. Mir war immer klar, daß er mein Meisterstück würde.«

»Daß Sie auch die Bearbeitung vornahmen, hatte ich gar nicht gewußt.«

»Ich war ein guter Juwelier, und es machte mich glücklich, etwas zu tun, was meinen Fähigkeiten entsprach. Ein Mann sollte wissen, worin er gut ist – eine Frau natürlich ebenso. Wenn mich die Unruhe packt oder ich über ein Problem nachdenken muß, gehe ich selbst jetzt noch in meinen kleinen Arbeitsraum und probiere etwas aus. Im übrigen«, fuhr er kichernd fort, »schadet es nicht, in Übung zu bleiben. Der Kaiser hat mich hoch erhoben, aber in meiner Heimat weiß man nie, wann man in Ungnade fällt und wieder von vorne beginnen muß.«

»In Rußland lebt es sich scheinbar gefährlich«, mutmaßte Fleur.

»Nicht für Sie. Wenn Sie kommen . . .«

»Wenn ich komme?«

»Aber selbstverständlich werden Sie kommen! Sie, Ihr Vater, Ihre Tante und Ihr Onkel. Sie alle müssen kommen. Sie waren so gütig zu mir, und Russen sind sehr gastfreundlich. Sie müssen dann in meinem Haus in Petersburg wohnen. Und Sie ganz besonders, Mademoiselle Fleur! Ich möchte zu gern, daß Sophie Sie kennenlernt.«

»Ich kann mir nicht vorstellen, daß ich dazu je in der Lage sein werde«, begann Fleur.

»Würden Sie mich denn gern besuchen?«

»Ja, sehr gern sogar.«

Er nickte, als wäre damit alles abgemacht. »Dann werden Sie auch kommen. Rußland wird Ihnen gefallen. Und ich denke, wir müssen für Sie einen russischen Ehemann finden. Mit weniger geben wir uns nicht zufrieden – ein leidenschaftlicher Russe, der Sie anbetet, Ihnen Saphire kauft und Ihnen vorsingt.«

»Woher wissen Sie, daß er mir vorsingen wird?« erkundigte sich Fleur, die seine launigen Scherze sehr genoß.

»Alle Russen singen, wenn sie verliebt sind. Auch das Herz meiner Sophie habe ich auf diese Weise erobert. Ich sang ihr ein Lied über eine junge Frau vor, die ihren Anbeter abgewiesen hatte. Er zog in den Krieg und fiel in der Schlacht, worüber sie so verzweifelt war, daß sie schließlich vor Gram starb. Ein wunderschönes Lied – es brachte Sophie zum Weinen, und sie verliebte sich in mich. Soll ich es Ihnen vorsingen?«

»O ja, bitte!«

Polotski begann zu singen. Er verfügte über eine schöne Baßstimme, die erstaunlich tief und kräftig war für einen so kleinen Mann. Mit einem Seitenblick auf Fleur trug er das Lied um so kummervoller vor, je mehr Fleur lachen mußte. Er schien sich gar nichts dabei zu denken, und obwohl Fleur sehen konnte, daß die Ohren des Kutschers vor Überraschung und Mißfallen beinahe im rechten Winkel abstanden, genoß sie die Situation wie auch die erstaunten Blicke, die man ihnen aus vorbeikommenden Kutschen zuwarf.

Der letzte herzzerreißende Ton war verklungen. Polotski wandte sich an Fleur und meinte mit ernsthafter Miene: »Bei einem derart traurigen Lied lacht man nicht, Mademoiselle!«

Und dann erschien plötzlich Teddy Scott neben der Kutsche. Er wirkte erhitzt und aufgeregt.

»Was zum Teufel geht hier vor, Fleur?« rief er und zog derart die Zügel an, daß sein Pferd erschrocken den Kopf herumriß. »Alles starrt auf dich!«

»Hallo, Teddy«, begrüßte ihn Fleur. Sein Anblick reizte sie. Mußte er sich ihr gerade dann aufdrängen, wenn sie ihren Spaß hatte! Nun wurde er gewiß gleich einen Vortrag über Sitte und weibliche Zurückhaltung halten. Aber er war ein alter Freund, und sie zwang sich zu einem sachlichen Ton. »Ich bin überrascht, dich hier zu sehen.«

»Überrascht? Du überraschst den ganzen Hyde Park!« Er wandte sich ungestüm an Polotski. »Sir, merken Sie denn nicht, daß Sie Miss Hamilton mit diesem verdammten Spektakel zum Gespött der Leute machen?«

»Nein, keineswegs«, erwiderte Polotski. »Ich habe doch nur gesungen. Singen die Engländer etwa nicht?«

»Nicht in der Öffentlichkeit. Verflucht, fällt Ihnen denn nicht auf, wie alle herstarren? Wollen Sie eine Witzfigur aus ihr machen?«

»Mr. Scott!« unterbrach ihn Fleur scharf. »Nun reicht es!«

»Kümmert es dich gar nicht, was die Leute denken?« fuhr er sie an.

»Nicht im geringsten. Ich habe lieber meinen Spaß.«

»Selbst wenn das bedeutet, daß du dich zur Schau stellst?«

»Du bist es doch, der unangenehm auffällt!« rief sie zornig. »Mäßige deine Stimme und hör auf, mich so finster anzublikken.«

»Verflixt noch mal, Fleur . . .«

»Ich lasse es nicht zu, daß du mit mir in aller Öffentlichkeit streitest, als hättest du ein Recht dazu!«

»Jeder, dem etwas an dir liegt . . .«

»Und du warst unverschämt zu meinem Gast! Du wirst dich unverzüglich bei Mr. Polotski entschuldigen!«

»Verdammt, das werde ich nicht!«

»Wie kannst du es wagen!«

»Friede, Friede, Kinder!« meinte Polotski grinsend. »Ich bin zu alt, um als Zankapfel zu fungieren. Ich denke, Mr. Scott hat neben meinem Gesang noch einen anderen Grund für seinen

Schmerz, hab ich nicht recht?« Er betrachtete Teddy pfiffig. »Möglicherweise möchte er gern neben Ihnen in der Kutsche sitzen, Mademoiselle. Aber leider, Sir, würde ich auf Ihrem Pferd eine schlechte Figur abgeben, folglich kann ich Ihnen diesen Gefallen nicht erweisen!«

Scott blickte so finster drein, daß Fleur Mr. Polotski recht geben mußte, und ihre Wut verflog im Nu. Sie unterdrückte ein Lachen, das den bereits verletzten Teddy noch mehr kränken würde, und fragte ernst: »Was tust du eigentlich hier? Solltest du nicht in Woolwich sein?«

»Ich habe mir ein paar Stunden freimachen können und wollte mit dir ausreiten. Du *sagtest* doch, daß du das heute nachmittag vorhättest!« erwiderte er vorwurfsvoll. Fleur macht sich einfach nichts aus gesellschaftlichen Konventionen, das ist die bittere Wahrheit, dachte er. Temperament ist ja schön und gut, doch macht sie sich nie Gedanken darüber, was andere davon halten mochten. Und was die Bevorzugung komischer Käuze wie dieses russischen Händlers vor einem anständigen englischen Gentleman anlangt . . .

Polotski wußte noch sehr gut, was es bedeutete, jung und verliebt zu sein, und meinte deshalb sanftmütig: »Vielleicht sang ich wirklich ein wenig zu laut, Mademoiselle. Ich vergaß, daß wir in England und nicht in Rußland sind und daß man so etwas hier nicht machen kann. Ich bitte um Verzeihung. Auch bei Ihnen entschuldige ich mich, Sir. Sie hatten ganz recht, daraufhinzuweisen.«

»Oh, na ja, das ist schon in Ordnung«, brummte Teddy besänftigt. Plötzlich erregte etwas anderes seine Aufmerksamkeit. Er starrte einen Augenblick die Straße hinunter und wandte sich dann an Fleur: »Wenn ich mich nicht irre, sehe ich dort deinen hochgewachsenen Fremden, deinen Retter.«

»Nein, wo?« rief Fleur aufgeregt.

»In dem Landauer, der auf uns zukommt. Nein, der doch nicht, der zweite. Siehst du ihn? Er sitzt neben dem kleinen dunklen Kerl mit dem Bärtchen und dem krausen Haar. Ich könnte wetten, daß er es ist.«

»Ja, er ist es! Also hält er sich noch immer in London auf. Oh, ich bin so glücklich!«

Polotski, der die Geschichte kannte, verrenkte sich vor Neugierde den Hals. »Dieser kleine dunkle Kerl, wie Sie ihn nennen«, erklärte er dann amüsiert, »ist Seine Exzellenz Michail Khamenski, der Kaiserliche Beauftragte für die Ausstellung.«

»Dann muß mein Fremder auch ein Russe sein! Eigentlich hätte ich es wissen müssen.«

»Er ist groß, gutaussehend und tapfer. Natürlich hätten Sie es wissen müssen«, stimmte Polotski ihr zu.

»Er hat dich gesehen, Fleur«, sagte Teddy,

»O Sir, kennen Sie ihn? Wie heißt er?« murmelte Fleur, die ihre Blicke nicht von dem herannahenden Landauer abwenden konnte.

Polotski warf ihr einen Blick zu. Unter ihrem grünen Hut, eingerahmt vom rosafarbenen Satin des Futters und der Borte aus winzigen weißen Seidenröschen, hatte sich ihr Gesicht gerötet, und die Augen glänzten. Die Hände hielt sie fest zusammengedrückt im Schoß, und er hörte förmlich, wie ihr Herz aufgeregt schlug.

»Ja, ich kenne ihn. Er heißt Kirow. Graf Kirow.«

Die beiden Kutschen waren nun auf gleicher Höhe. Der Blick des Fremden war ausschließlich auf Fleur gerichtet, und mit einer anmutigen Geste lüpfte er den Hut nicht nur, sondern nahm ihn gänzlich ab, als grüße er einen Monarchen. Sein Begleiter Khamenski, der gerade mit ihm sprach, schaute nun ebenfalls herüber, um zu sehen, wem der Gruß galt, wobei auch er automatisch die Hand zum Hut führte. Fleur bedankte sich mit einem leichten Kopfnicken, hatte jedoch nur einen kurzen Blick für ihn übrig, da sie ihre Augen immer noch nicht vom Gesicht ihres Retters lösen konnte.

Viel zu schnell jedoch war der Augenblick vorüber, und die Kutschen entfernten sich voneinander. Fleur wußte, daß sie dem Fremden nicht nachblicken durfte, so sehr sie es auch wollte. Aber Teddy tat es und sah dabei, wie Kirow sich noch einmal umwandte und Fleur einen letzten eindringlichen Blick zuwarf, während Khamenski ihn augenscheinlich über den Vorfall befragte. Dann schaute Teddy wieder auf Fleur und bemerkte ihre glänzenden Augen, die geröteten Wangen und die leicht geöffneten Lippen. Aber er deutete diese Zeichen falsch.

Das Ganze hat Fleur viel zu sehr aufgeregt, dachte er und nahm sich vor, ihr bei nächster Gelegenheit zu erklären, daß der Mann sicherlich nicht mehr Dankesworte hören wollte oder von ihr erwartete, als sie ihm bereits gesagt hatte. Sie könnte den Vorfall seiner Meinung nach aus dem Gedächtnis streichen und die Sache gut sein lassen.

Polotski legte Fleurs Aufregung gänzlich anders aus, was wohl auch daran lag, daß ihm der Gedanke, ein Mann von fast vierzig sei zu alt, um auf eine junge Frau in Fleurs Alter anziehend zu wirken, gar nicht in den Sinn kam.

❦

Der Ball der Herzogin von Alderney im Hardiway House am Grosvenor Square war das bedeutendste gesellschaftliche Ereignis der ersten Ausstellungswoche. Fleur dinierte zuvor mit Tante und Onkel im Apsley House, während ihr Vater an einem Abendessen der Royal Society teilnehmen mußte. Dem Herzog von Wellington war Sir Fredericks Vater über die Bank und Sir Frederick selbst über das Parlament gut bekannt. Überdies war er einer der vielen Bewunderer von Venus' Mutter gewesen, und Venus hatte in der Vergangenheit bei mehreren Gelegenheiten als Gastgeberin für ihn fungiert. Folglich standen er und die Hoares auf vertrautem Fuß miteinander.

Er war ein immer freundlicher Gastgeber, der nie die Wertschätzung für eine hübsche junge Frau verloren hatte, so daß Fleurs Begrüßung durch ihn ausgesprochen charmant ausfiel. Als sie ihren vergleichsweise bescheidenen Platz an der langen Tafel in dem riesigen Speisesaal einnahm, schoß ihr der Gedanke durch den Kopf, daß ihr wohl hauptsächlich um der Ehre willen dieses Diner Freude bereitete. Erfahrungsgemäß war nämlich bei Einladungen von über zwanzig Gästen meistens schon alles kalt, bis die vielen Gänge aufgetragen waren und man zu essen beginnen konnte.

»Und mir hat noch nie etwas Kaltes geschmeckt, was eigentlich warm genossen werden sollte«, bemerkte sie zu ihrem Nachbarn zur Linken, mit dem sie sich darüber unterhielt. Es handelte sich um einen schmucken jungen Kavalleristen namens Jerome, der Fleur offen bewunderte und mit dem sie Freundschaft geschlossen hatte.

»Ja, es ist zu schade, daß der Herzog noch immer an der alten Art des Servierens hängt«, erklärte Hauptmann Jerome. »In Rußland handhabt man das bedeutend besser. Anstatt alles auf den Tisch zu stellen, werden die einzelnen Gänge separat aufgetragen. Jeder Gast hat einen Lakaien hinter sich stehen und bekommt im gleichen Augenblick seinen eigenen Teller serviert. Die kaiserlichen Bankette sind ganz schön eindrucksvoll – fünfhundert Suppenterrinen, die auf einmal hereingetragen werden!«

»Oh, Sie waren in Rußland?« fragte Fleur und versuchte, nicht zu interessiert zu klingen. Seitdem sie wußte, daß ihr Retter Russe war, besaß das Wort für sie einen besonderen Klang. Die Anwesenheit Teddy Scotts, der darauf bestanden hatte, den ganzen Weg bis zum Hanover Square neben dem Landauer einherzureiten, hatte ihrem Wunsch, Mr. Polotski auszuhorchen, einen Strich durch die Rechnung gemacht. Dieser war durch eine dringende Nachricht von seinem Assistenten zur Ausstellung zurückgerufen worden. Und da er nicht beim Herzog dinierte, würde sie ihn erst am nächsten Morgen wiedersehen. Daher wußte sie von ihrem Retter nur den Namen.

»Ja, ich war vor drei Jahren mit Seymour dort«, sagte Jerome. »Es ist ein faszinierendes Land, wenn man sich auch an so manche russische Eigenart erst gewöhnen muß. Auf uns wirkt es schockierend, aber dort läßt sich jeder bestechen. Überhaupt etwas in Gang zu bringen ist ein langwieriger und frustrierender Prozeß. Doch Petersburg ist die schönste Stadt der Welt, und das Ballett und die Oper sind unvergleichlich. Interessieren Sie sich fürs Ballett, Miss Hamilton?«

»Ja, sehr«, antwortete sie zögernd. Sie wollte nicht über das

Ballett sprechen, sondern überlegte, wie sie die Frage anbringen konnte, die ihr auf der Zunge brannte. Sie machte einen ersten Schritt. »Sicherlich haben Sie während Ihres Aufenthaltes in Rußland viele Freundschaften geschlossen?«

»O ja. Die Russen sind ungemein herzliche Menschen, und ich bin der festen Überzeugung, daß das russische Offizierskasino das gastfreundlichste in ganz Europa ist. Mir wurde nie mit mehr Freundlichkeit begegnet.«

»Der Abschied muß Ihnen schwergefallen sein, da Sie ja nicht wußten, ob Sie Ihre Freunde je wiedersehen würden. Unsere beiden Nationen treffen nur selten aufeinander. Aber ich glaube, einige Russen sind anläßlich der Ausstellung in London – unter Umständen befinden sich einige Ihrer speziellen Freunde darunter?«

Wenn Jerome ihre Fragen seltsam fand, so ließ er es sich nicht anmerken. »Leider nicht, obgleich ich mit einigen von denen, die hier sind, bekannt bin.«

»Kennen Sie Graf Kirow?« erkundigte sie sich nun so beiläufig wie möglich.

Jerome warf ihr einen Blick zu. »Kirow? Ja, ich kenne ihn flüchtig. Sind Sie mit ihm bekannt, Ma'am?«

Fleur spürte, wie sie errötete, und kämpfte dagegen an. »Eine bloße Grußbekanntschaft«, erklärte sie leichthin. »Er scheint ein äußerst liebenswürdiger Gentleman zu sein. Allerdings weiß ich nur sehr wenig über ihn.«

»Er stammt aus einer interessanten Familie«, sagte Jerome. Dabei lehnte er sich ein wenig zurück und studierte Miss Hamiltons Gesicht. »Dem Vernehmen nach war seine Mutter eine englische Gouvernante. Ob das wirklich der Wahrheit entspricht, weiß ich nicht. Aber sein Vater war ein hervorragender Diplomat, den der alte Zar Alexander sehr schätzte. Er war einer der Hauptakteure beim Frieden von Tilsit und viele Jahre Alexanders wichtigster Mann in Paris. Unglücklicherweise erlitt die Familie beim Dekabristen-Aufstand anno 1825 einen Rückschlag. Sie haben vermutlich darüber gelesen?«

»Nein, zu meiner Schande muß ich gestehen, daß mein Wissen über die russische Geschichte äußerst dürftig ist.«

»Nun, als Zar Alexander starb, bestand Unklarheit, welcher seiner Brüder die Nachfolge antreten würde. Eine als die Dekabristen bekannte Gruppe von Armeeoffizieren nutzte die Verwirrung aus und revoltierte. Um liberale Reformen durchzusetzen. Die Erhebung wurde rasch niedergeschlagen und verlief im Sande, aber die Beteiligten wurden recht hart bestraft.«

»Ich verstehe. Und war . . . hatte der Graf . . .?«

»Der ältere Bruder des jetzigen Grafen gehörte zu den Verschwörern. Er wurde verhaftet und nach Sibirien verbannt, wo er ein Jahr darauf starb.«

»Wie entsetzlich!«

»Ja, in der Tat. Soweit ich weiß, war Graf Kirow selbst nicht darin verwickelt. Nun, er muß ja damals noch ein Kind von höchstens vierzehn Jahren gewesen sein. Aber es war unausbleiblich, daß ein Schatten auf die gesamte Familie fiel.«

»Miterleben zu müssen, wie der eigene Bruder zum Sterben verbannt wird«, sagte Fleur. Sie dachte an den Kummer, den sie in seinem Gesicht erblickt hatte, die Zeichen alter Trauer. »Das muß ihn alles sehr mitgenommen haben.«

»Ich glaube, er wird in Petersburg als eine Art Sonderling betrachtet. Wie ich schon sagte, ich kenne ihn nur flüchtig. Mit seinem jüngeren Bruder Petja war ich allerdings recht gut bekannt. Dieser war bei den Preobaschenskij-Wachen, dem russischen Eliteregiment. Ein äußerst fröhlicher Bursche.«

»Vielleicht war er zu jung, um sich an die Tragödie zu erinnern«, meinte Fleur.

»Vielleicht«, erwiderte Hauptmann Jerome mit einer solchen Gleichgültigkeit, daß Fleur sich verpflichtet fühlte, den Wink zu verstehen und das Thema zu wechseln. Zu gern hätte sie weitere Fragen gestellt, aber es hätte merkwürdig gewirkt, dem Hauptmann damit weiter zuzusetzen.

»Wenn alles den üblichen Gang nimmt, kommen wir erst sehr spät auf den Ball«, bemerkte sie. »Wir werden wohl kaum vor dem ersten Souper eintreffen.«

»Zumindest müssen wir nicht erst tanzen, um unseren Appetit anzuregen«, sagte Jerome lächelnd mit einem Blick auf ihren leeren Teller. »Aber Lady Alderneys Soupers sind berühmt! Darf ich um die Ehre bitten, auch beim Souper Ihr Tischherr zu sein, Miss Hamilton? Und wollen Sie den ersten Tanz für mich reservieren?«

Tatsächlich kamen die Gäste des Herzogs erst nach dem ersten Souper auf dem Ball an. Jerome holte sich nochmals die Erlaubnis, Fleur zum zweiten Souper geleiten zu dürfen, ehe er an die Seite des Herzogs zitiert wurde und mit ihm in einem Vorraum verschwand.

Onkel Frederick begab sich unverzüglich ins Kartenspielzimmer, und Venus, die ihre Nichte in den Ballsaal begleitete, meinte, sie würde warten, bis Fleur einen Partner hatte, bevor sie sich ebenfalls dorthin begab. »Ein Jammer, daß der junge Jerome um den Herzog herumscharwenzeln muß, er wäre genau der Passende für dich. Aber ich glaube nicht, daß du lange partnerlos bleiben wirst«, fügte sie hinzu und musterte Fleur eingehend. »Wirklich, meine Liebe, du hast nie besser ausgesehen.«

»Danke, Tante«, antwortete Fleur überrascht.

Venus fuhr fort: »Tatsächlich scheinst du zu den Frauen zu gehören, deren Aussehen sich mit zunehmendem Alter noch verbessert. Ganz sicher hast du nun das gewisse Etwas, mit dem du mit achtzehn noch nicht aufwarten konntest. Und ein Blondkopf muß eine wahre Schönheit sein, um Weiß tragen zu können. Deine Mutter konnte das nicht. Sie war eine bildhübsche Frau, aber Weiß ließ sie kränklich aussehen.«

»Nochmals vielen Dank, Tante.« Fleur zögerte. »Ich frage mich, wieso deine Komplimente bei mir stets das unangenehme Gefühl hinterlassen, ein Schaustück bei einer Landwirtschaftsausstellung zu sein.«

»Du bist ein Schaustück, und du solltest dir darüber im klaren sein, Fleur, und deinen Wert kennen. Ich möchte nicht, daß du dich an jemand vom Schlage Teddy Scotts vergeudest.«

Fleur war verletzt. »Keine Angst, Tante. Ich werde heute abend keinen Tanz auslassen und mit jedem annehmbaren Mann flirten, der mir über den Weg läuft. Das wird dich hoffentlich beruhigen.«

Venus runzelte die Stirn und wollte gerade zu einer Zurechtweisung ansetzen, als sie unterbrochen wurden. Lord James Paget, ein alter Bewunderer Fleurs, erschien und verbeugte sich.

»Wie ich sehe, habe ich alle aus dem Feld geschlagen. Darf ich um die Ehre des nächsten Tanzes bitten, Miss Hamilton?«

Mit einem schelmischen Seitenblick zu ihrer Tante lächelte Fleur den jungen Mann so charmant wie möglich an. »Danke, Lord James. Mit dem größten Vergnügen!«

»Das Vergnügen, Ma'am, ist ganz meinerseits«, erwiderte Paget. »Ihr ergebenster Diener, Lady Hoare!« Er verbeugte sich abermals und entführte Fleur zum Walzertanz.

»Wissen Sie, daß Sie meiner Tante einen großen Dienst erwiesen haben«, erklärte Fleur, während sie auf das Einsetzen der Musik warteten. »Sie haben ihr das beruhigende Gefühl gegeben, daß ich noch nicht rettungslos verloren bin.«

»Rettungslos verloren?« Paget sah sie verwirrt an. »Wieso, was kann sie denn an Ihnen auszusetzen haben, Miss Hamilton?«

»Ich furchte, sie hält mich für unweiblich«, sagte Fleur gelassen.

»Sie?« fragte er maßlos erstaunt. Dann starrte er sie mit offener Bewunderung an. »Aber Sie sind doch die schönste Frau im ganzen Raum, Ma'am!«

Ihr Kleid war von raffinierter Einfachheit: weiße, überall mit winzigen Blumen bestickte Gaze, wirkte wie ein Hauch über einem Unterkleid aus weißer Seide. Im hochgesteckten Haar trug sie rote Rosen, und schmale weiße Satinbänder durchzogen die langen Ringellöckchen, die ihr bis zu den bloßen Schultern fielen.

Sie wirkte wie der Inbegriff von Weiblichkeit, zerbrechlich, exquisit wie eine Porzellanfigur, von der fähigsten Hand und dem feinsten Pinsel liebevoll bemalt.

»Ihre Wangen haben eine so schöne Farbe, Miss Hamilton«, fuhr er, ganz berauscht von den eigenen Wahrnehmungen, fort, »und Ihre Augen leuchten wie Sterne.«

»Das kommt von der engen Schnürung«, antwortete sie lakonisch. »Ich kann kaum atmen. Oh, was tut man nicht alles für die Mode! Doch, das ist wahr, Lord James! Lachen Sie nicht über mich. Sie glauben doch nicht etwa, der liebe Gott gibt einer Frau von Natur aus eine so schmale Taille, oder?«

Fleur war auf Bällen schon immer beliebt gewesen, da sie nicht nur schön war und anmutig zu tanzen verstand, sondern auch als geistreiche Gesprächspartnerin galt. Nie lief sie Gefahr, einen Tanz aussetzen zu müssen. Sie war im Gegenteil so gut mit Tanzpartnern versorgt, daß sie Leutnant Brookes Aufforderung beglückt ablehnen konnte, als er und Richard schließlich auftauchten.

Zwischen zwei Tänzen ergriff ihr Bruder die Gelegenheit, um ihr zu sagen, daß er ja durchaus glücklich über ihre Beliebtheit sei, ihm jedoch die Wahl ihrer Tanzpartner nicht unbedingt zusage.

»Es besteht kein Anlaß, daß du dich mit all diesen alten Männern abgibst. Einige davon sind noch dazu verheiratet!«

»Sie wissen eben, daß ich nicht flirte oder schmachte, sondern ein vernünftiges Gespräch zu führen weiß.«

»Und was fruchtet es? Du solltest zu flirten anfangen, bevor es zu spät ist«, versetzte Richard weise. »Wer geleitet dich zum Souper?«

»Hauptmann Jerome«, antwortete Fleur, amüsiert über seine Besorgtheit.

»Hauptmann Jerome vom Stab? Oh, ein famoser Kerl! Das rechte Alter, gute Familie, anständiges Vermögen – und ein

Anwesen in Leicestershire! Also, wenn du dir den angeln könntest, hätte ich nichts dagegen.«

»Vielen Dank, Richard«, meinte sie spöttisch. »Aber weißt du, das hieße ja, daß ich Mr. Brooke einen Korb geben müßte.«

Richard wurde rot. »Mach dich nicht über mich lustig. Brooke ist mein Freund, aber ich weiß sehr wohl, daß er nicht der Richtige für dich wäre. Verdammt, Fleur, wenn du es diesen Sommer nicht zuwege bringst, unter die Haube zu kommen, wo es in London von geeigneten Kandidaten nur so wimmelt, was soll dann aus dir werden? Was meinst du, wie ich mich fühle, wenn du zu einer alten Jungfer und einer Spottfigur zusammenschrumpfst?«

»Ich bin dir sehr verbunden! Trotzdem werde ich tun, was mir beliebt.«

»Nur zu! Aber du kannst doch nicht wirklich nach Chiswick zurückwollen, um den Rest deines Lebens damit zu verbringen, arme Kranke zu besuchen und einmal wöchentlich vom Hilfspfarrer angehimmelt zu werden!«

Fleur ließ ihren Fächer unvermittelt zuschnappen. »Oh, mein Partner wartet bereits. Mach dir um mich keine Sorgen, Dick, ich weiß, was ich tue«, erklärte sie bestimmt und ließ ihn stehen.

Es war der letzte Tanz vor dem Souper, und ihr Partner, ein Mann namens Buckhurst, der als ein aufgehender Stern im Außenministerium galt, hatte sich schon auf eine angeregte Unterhaltung mit der unkonventionellen Miss Hamilton gefreut, ja, sich sogar in der Hoffnung gewiegt, Jerome ausstechen und Fleur zum Souper begleiten zu können. Tatsächlich aber schien sie seltsam gedankenverloren zu sein, und als seine besten Geistesblitze und seine kühnsten Bonmots nur mit einem höflichen Lächeln quittiert wurden, schwieg er verdutzt.

Fleur war sich gar nicht bewußt, wie sehr sie ihren Partner enttäuschte. Richards Worte hatten ihr zu denken gegeben. Bisher war sie stets zufrieden gewesen, hatte nur ihre Unabhängigkeit wahren und den eigenen Interessen ohne Einmischung von außen nachgehen wollen. Die letzte Woche hatte jedoch soviel

Neues und Amüsantes geboten, daß ihr bei dem Gedanken, nach Chiswick zurückzukehren und alles wieder den gewohnten Gang gehen zu lassen, das Herz schwer wurde. Die gewonnenen Einblicke in eine größere Welt ließen ihr altes Leben äußerst beschränkt, einsam und öde erscheinen. Das machte sie unruhig. Nun wollte sie reisen, fremde Orte sehen, neue Menschen kennenlernen. Wenn es wirklich so war, daß ihr das normale Leben nicht mehr zusagen würde, dann sah sie in Chiswick einer äußerst unbefriedigenden Zukunft entgegen.

Am Ende des Tanzes war Mr. Buckhurst gar nicht so unglücklich, seinen Platz an Miss Hamiltons Seite aufzugeben. Die Etikette erforderte es allerdings, daß er bei ihr blieb, bis ihr Souperpartner sie abholte. Aber Hauptmann Jerome war nirgends zu erblicken.

Fleur brannte nicht minder darauf, allein gelassen zu werden, und sagte deshalb nach einer Weile: »Fühlen Sie sich doch bitte nicht verpflichtet, noch länger bei mir zu bleiben. Ihre eigene Partnerin wartet gewiß schon auf Sie, und Hauptmann Jerome wird jeden Augenblick kommen. Ich denke, er unterhält sich noch mit dem Herzog.«

»Nie käme ich darauf, Sie hier stehenzulassen, Ma'am«, erwiderte Buckhurst.

»Doch, tun Sie es«, drängte sie und versetzte ihm einen kleinen, freundlichen Schubs. »Nun gehen Sie, was kann mir denn zustoßen? Sicher wartet bereits eine Dame auf Ihren Arm, um zum Souper geleitet zu werden, und Sie täten gut daran, sie nicht zu kränken.«

Buckhurst grinste, da er sich daran erinnerte, warum er eigentlich mit Miss Hamilton hatte tanzen wollen. »Wenn Sie sich sicher sind, Ma'am . . .«

Alles strömte nun zum Speisesaal. Fleur entschied, sich im Vorraum, wo der Herzog hofgehalten hatte, auf die Suche nach Jerome zu begeben. An den Ballsaaltüren herrschte ein furchtbares Gedränge, so daß sich Fleur erst einmal etwas abseits stellte, um darauf zu warten, bis sich die Menge ein wenig verlief.

Sie inspizierte gerade die Gaze ihres Rocks auf einen möglichen Schaden hin, als eine Stimme an ihrer Seite auf französisch sagte: »Ah, nein, sind Sie es wirklich? Endlich! Endlich!«

Fleur spürte, wie sie anfing zu zittern. Sie wandte sich um und schaute hoch, konnte aber kein Wort sprechen. Ihr hochgewachsener Fremder stand neben ihr und blickte auf sie herab. Der Ausdruck seiner seltsam schönen Augen ließ sie plötzlich auf Wolken schweben.

»Ich habe mich überall nach Ihnen umgesehen, und bis zu dem Augenblick, als ich im Park an Ihrer Kutsche vorbeifuhr, dachte ich, ich hätte Sie nur geträumt. Aber es gibt Sie wirklich! Nun sehe ich, daß meine armselige Phantasie Sie nie und nimmer hätte erfinden können.«

Er nahm ihre Hand und preßte seine Lippen darauf – eine recht phantastische Geste und Fleur völlig fremd. Kein englischer Gentleman hätte je ihre Hand so geküßt. Ihr Herz schien unberechenbare Dinge zu tun, und das Atmen bereitete ihr Schwierigkeiten.

»Ich konnte mich während der letzten zwei Wochen genau an Ihr Gesicht erinnern, und doch weiß ich noch immer nicht Ihren Namen«, fuhr er fort. »Bitte gestatten Sie mir, mich vorzustellen. Ich bin Graf Sergej Nikolajewitsch Kirow und stehe ganz zu Ihrer Verfügung!«

»Ja, ich weiß«, erwiderte Fleur einfältig.

Sechs

Das wissen Sie?« meinte er und zog die Brauen hoch. Es waren sehr schöngeschwungene und feine Brauen, wie Fleur bemerkte. In Gedanken fuhr sie sie mit den Fingern nach und errötete dann, über sich selbst schockiert.

»Ich weiß, daß Sie Graf Kirow sind. Mehr natürlich nicht.« Ich stammle ja, stellte sie überrascht fest. Irgend etwas stimmt nicht mit mir.

Er lächelte mitfühlend, als erriete er ihre Gedanken. »Hier können wir nicht sprechen. Kommen Sie, geben Sie mir Ihre Hand.«

Er bot ihr den Arm an, und ohne zu wissen, wie ihr geschah, ging Fleur mit ihm in die dem Speisesaal entgegengesetzte Richtung. Sie betraten den fast leeren Ballraum durch die kleine Tür neben dem Podium, auf dem die Musiker gesessen hatten.

»Für den Augenblick tut es das hier«, meinte er. »Jetzt sagen Sie mir aber unverzüglich, ob Sie durch diese Unholde zu Schaden gekommen sind?«

»Nein, gar nicht. Ich war eher mitgenommen und wütend als verletzt.«

»Gottlob! Ich habe mir solche Sorgen gemacht, weil ich befürchtete, die Reaktion danach könnte Ihnen zu schaffen machen. Aber Sie sind mutig – so etwas wirft Sie nicht um.«

Als sie zu ihm aufblickte, bemerkte Fleur, daß sie allein seine Augen in Erinnerung behalten hatte, und selbst diese war nur ein Schatten der Wirklichkeit gewesen. Kirow Augen waren sehr ungewöhnlich, strahlend, und der eigenartig schöne

Rand um die Iris verlieh ihnen das Aussehen von etwas Ungezähmtem.

Der Rest seines langen Gesichtes harmonierte mit den Augen. Es war durchaus nicht das Gesicht eines englischen Gentleman, sondern es war fremdartig von den hohen Wangenknochen bis zu dem ausgeprägten Kinn, und es wirkte dunkel und kraftvoll, ohne derb zu sein. Der Mund war empfindsam und sehr ausdrucksvoll; an den Winkeln jedoch drückten feine Falten eine tiefe Trauer aus. Das dichte Haar war von einem dunklen Goldbraun und glänzte wie alte Bronze.

Es war ein so ungewöhnliches, wildes Gesicht, daß es einem Traum hätte entspringen können, und doch kam es Fleur zutiefst vertraut vor. Ich kannte dich schon an einem anderen Ort, vor langer Zeit, dachte sie unwillkürlich. Obgleich das töricht war, fühlte sie sich ihm gegenüber völlig unbefangen; Förmlichkeiten zwischen ihnen waren unnötig.

»Weshalb sind Sie an jenem Tag so plötzlich verschwunden?« erkundigte sie sich. »Ich wollte Ihnen danken. Ich kannte ja nicht einmal Ihren Namen . . .«

»Doch jetzt wußten Sie ihn?«

»Jemand hat ihn mir genannt. Warum gingen Sie fort?«

»Weil mir schien, als wären ohnehin schon zu viele Leute um Sie herumgestanden. Der junge Mann, Ihr Freund, war da und konnte sich um Sie kümmern. Je eher man Sie von der gaffenden Menge fortbrachte, um so besser.«

»Stimmt, daran lag mir am meisten.«

»Ich weiß. Wäre ich geblieben, hätte das die Dinge nur hinausgeschoben. Ihr Freund hätte sich verpflichtet gefühlt, mir zu danken.« Unvermittelt lächelte er. »Aber ich hatte nicht gedacht, daß es so schwer werden würde, Sie wiederzufinden.«

»Haben Sie es wirklich versucht?«

»Müssen Sie das fragen?« wollte er wissen. Seit ihrem sechzehnten Lebensjahr war Fleur daran gewöhnt, daß man mit ihr flirtete, und bei einem Engländer hätte sie diese Worte als Flirtversuch eingeschätzt. Bei Kirow aber war sie sich nicht sicher.

»Ich habe Sie jedermann beschrieben, doch keiner schien zu

wissen, wen ich meinte«, fuhr er fort. »Allmählich dachte ich schon, nur geträumt zu haben. Und dann, als ich Sie endlich wiedersah, war ich machtlos! Ich konnte meinen Begleiter nicht bitten, die Kutsche anzuhalten, weil der Fahrweg damit unpassierbar geworden wäre. Er erklärte mir nur, daß er nicht einmal wußte, wer Sie waren! ›Nein‹, sagte er, ›ich kenne den Namen Ihrer geheimnisvollen Blume nicht . . .‹«

»Aber das ist mein Name«, erwiderte sie schwach. »Fleur.«

»Wie erstaunlich! Seit ich Sie zum ersten Mal sah, denke ich in dieser Weise an Sie. Ich sagte zu Khamenski: ›Sie ist wie eine Blume‹, und so haben wir auch immer über Sie gesprochen. Aber rasch, lassen Sie mich Ihren anderen Namen wissen, damit ich Sie nicht wieder verliere.«

»Hamilton«, antwortete sie und fühlte sich plötzlich befangen. Sie wünschte, einen wohlklingenderen Namen zu besitzen. »Ich bin Fleur Hamilton.«

Er reagierte verdutzt. »Hamilton? Aber das ist doch ein englischer Name. Sie sind keine Französin?«

»Nein.«

Sie hatten französisch miteinander gesprochen. Nun verfiel er ins Englische, als sei das für ihn gleichermaßen einfach. »Dann ist es kein Wunder, daß ich Sie nicht finden konnte«, sagte er lächelnd. »Ich habe mich überall nach einer Französin mit goldenem Haar erkundigt, die einer wilden Rose gleicht. Aber warum haben Sie damals französisch mit mir gesprochen?«

»Sie haben mich auf französisch angesprochen, daher habe ich natürlich in der gleichen Sprache geantwortet.« Da er das augenscheinlich nicht für eine angemessene Antwort hielt, setzte sie hinzu: »Ich bin Engländerin, mein Vater ist Engländer, doch meine Mutter war Französin. Zu Hause unterhielten wir uns in beiden Sprachen.«

»Ich verstehe. Nun, ich bin Russe, mein russischer Vater sprach gewöhnlich französisch, und meine Mutter war Engländerin. Daheim benutzten wir alle drei Sprachen, wobei wir sicherheitshalber noch ein wenig Deutsch einstreuten!«

»Dann stimmt es, daß Ihre Mutter eine englische Gouvernante war?«

Er betrachtete sie neugierig. »Wer hat Ihnen das erzählt?«

Ehe sie antworten konnte, wurden Schritte laut, und dann hörte man Hauptmann Jeromes Stimme: »Miss Hamilton!«

Sie wandte sich schuldbewußt um und warf dem herannahenden Jerome einen besorgten Blick zu. Dann sagte sie zum Grafen: »Das ist mein Souperpartner. Den habe ich ja völlig vergessen.«

»Wie schmeichelhaft!« murmelte Kirow mit einem Lächeln.

»Aber wir sollten hier nicht stehen, so ganz allein«, erklärte Fleur mit deutlichem Bedauern in der Stimme.

Er lächelte noch immer. »Seien Sie unbesorgt. Ich werde Ihnen keine Schande bereiten. Die Anstandsformen bleiben gewahrt. Ich muß jetzt gehen und mich meiner Gesellschaft anschließen, aber dürfte ich später mit Ihnen tanzen? Sagen Sie mir, wann ich kommen darf.«

»Zum zweiten Tanz nach dem Souper«, sagte sie rasch, bevor Jerome bei ihnen angekommen war.

»Miss Hamilton, verzeihen Sie mir bitte die Verspätung«, sagte der Hauptmann zerknirscht. »Der Herzog hielt mich auf, und daraufhin begab ich mich zuerst in den Speisesaal in der Meinung, Sie wären des Wartens leid gewesen und schon vorgegangen.«

Ehe Fleur etwas sagen konnte, verbeugte sich der Graf und erklärte: »Nun, da Sie da sind, Sir, kann ich Ihnen Miss Hamilton getrost anvertrauen. Bitte entschuldigen Sie mich, Ma'am. Man erwartet mich bei der Gesellschaft des Botschafters.« Er hat recht getan, dachte Fleur, während sie ihm nachschaute und ihre Hand auf den von Jerome dargebotenen Arm legte. Auf diese Weise konnte dieser nichts Ungehöriges an der Situation finden.

Auf dem Weg zum Speisesaal schien Jerome sich so seine Gedanken zu machen. Einen Augenblick später sagte er mit ausdrucksloser Stimme: »Ein merkwürdiger Zufall, Ma'am, daß wir erst vorhin über Graf Kirow sprachen. Ich hatte keine Ahnung, daß Sie ihn so gut kennen.«

»Wie schon gesagt, es ist nur eine flüchtige Bekanntschaft«, antwortete Fleur. Doch natürlich hatte er sie sehr nah beieinanderstehen sehen, allein in einem leeren Ballsaal, wie sie sich völlig zwanglos miteinander unterhielten. Der Arm unter ihrer Hand war steif vor Mißbilligung, und unvermittelt überkam sie das prickelnde Gefühl, daß endlich Abenteuer, Aufregung und etwas Unerklärliches in ihr Leben getreten waren.

Während des Soupers tat sie ihr möglichstes, auf Hauptmann Jeromes Unterhaltung einzugehen und nicht zur Tür zu schauen. In Gedanken aber war sie anderswo, und die Pause kam ihr lang und öde vor.

Es war heiß, und da sie durstig war, brachte Jerome ihr ein Glas Champagner, das sie ziemlich rasch hinunterstürzte. Um die etwas langweilige Unterhaltung wettzumachen, gab sie sich betont munter. Einige andere Offiziere, datunter Paget und zwei weitere ihrer Tanzpartner, gesellten sich zu ihnen, und Fleur lachte und plauderte heiter mit ihnen, wobei sie ihren Fächer heftig benutzte, um die glühenden Wangen zu kühlen. Jerome sah sie seltsam an und unterließ es tunlichst, ihr weiteren Champagner anzubieten. Als er das Glas in ihrer Hand durch einen eisgekühlten Fruchtsaft ersetzte, bemerkte sie es kaum. Ging die Pause denn nie zu Ende?

Als sich wieder alle in Richtung Ballsaal in Bewegung setzten, bot Jerome ihr seinen Arm an und erkundigte sich leise: »Fühlen Sie sich nicht wohl Miss Hamilton? Sie wirken durcheinander, fast fiebrig.«

Fleur wandte sich ihm zu, dankbar für die Ausrede: »Die Hitze bekommt mir nicht recht«, erklärte sie. »Wenn Sie so nett wären, mich für den Tanz zu entschuldigen, ich würde mich lieber einige Minuten zurückziehen.«

Er verbeugte sich würdevoll. »Selbstverständlich. Soll ich Ihnen jemanden schicken oder jemanden benachrichtigen?«

»Nein, vielen Dank. Ich versichere Ihnen, ich bin wohlauf, mir ist nur ein wenig heiß.«

Er begleitete sie bis zur Treppe, und nachdem sie ihm nochmals gedankt hatte, rannte sie fast schon ins Damenzimmer. Dort setzte sie sich, neugierig angestarrt von der Bediensteten, vor den Spiegel und betrachtete ihre glänzenden Augen und Wangen. Sie fand, daß sie irgendwie anders aussah, beseelter, lebendiger. Was ist mit mir geschehen? dachte sie.

Sergej Nikolajewitsch . . . wie wundervoll russische Namen klingen! Sergej . . . Er sagt, ich gleiche einer wilden Rose. Wie töricht klänge das aus dem Mund von Hauptmann Jerome! Aber von ihm, mit seiner Stimme, mit seinem Akzent . . . Sie meinte ihn direkt zu hören.

»Fühlen Sie sich wohl, Miss?« erkundigte sich die Bedienstete. »Soll ich Ihnen etwas Wasser holen? Sie sehen erschöpft aus.«

»Nein, vielen Dank. Mir geht es gut«, erklärte Fleur abwesend, während sie ihr Spiegelbild kritisch in Augenschein nahm. Sie steckte eine Locke zurecht und biß sich auf die Lippen, um sie noch röter erscheinen zu lassen.

»Wollen Sie sich ein bißchen hinlegen, Miss? Vielleicht sind Sie ein bißchen zu eng geschnürt?«

»Nein, nein, im Ballsaal ist es nur sehr heiß. Würden Sie mir bitte die Schultern pudern?«

Nun war es wohl an der Zeit zurückzugehen. Wo würde er sie abholen? Wenn sie ein wenig auf der Treppe verweilte, würde sie ihn womöglich dabei antreffen, wie er nach ihr suchte. Er hatte gesagt, er habe nach ihr gesucht, überall . . .

Noch bevor sie den Ballsaal erreichte, wurde sie angesprochen, allerdings nicht vom Grafen.

»Fleur! Da bist du ja!«

Erschrocken wandte sie sich um. »Teddy! Was um Himmels willen tust du hier? Ich wußte gar nicht, daß du eingeladen bist.«

»Bin ich auch nicht, doch das ist mir egal. Hier sind so viele Leute, ein Gesicht mehr wird niemandem auffallen.«

»Aber wie bist du hereingekommen? Warum sitzt deine Jakke so schief? Und was ist mit deinen Beinkleidern! Du siehst ja aus, als wärst du auf Bäume geklettert!«

Er brachte eilends seine Jacke in Ordnung und klopfte sich ab. »Nur auf einen – und über die Gartenmauer. Aber die Landung war etwas unsanft.«

Allmählich dämmerte ihr, was er sagte. »Du willst mir damit doch nicht weismachen . . . Teddy, bist du von Sinnen? Du mußt sofort gehen, ehe dich jemand sieht!«

»Bevor ich mit dir getanzt habe? Das wäre ja noch schöner«, beschwerte er sich und griff nach ihrer Hand.

Sie zog sie heftig zurück. »Du bist verrückt. Im Ballsaal wimmelt es von Angehörigen des Militärs. Grundgütiger, du bist doch nicht unbekannt und unsichtbar genausowenig. Begreifst du denn nicht, daß du in Schwierigkeiten gerätst, wenn man dich erkennt?«

»Ich stecke bereits in Schwierigkeiten«, erklärte er leichthin. »Das ist also Jacke wie Hose.«

»Mein Gott, was hast du denn getan?«

»Ich bin ohne Erlaubnis hier. Eigentlich sollte ich Wache schieben. Oh, keine Sorge, keiner hat gesehen, daß ich ging. Ich bin auch dort über die Mauer geklettert. Mit Mauern bekomme ich langsam Übung.«

Sie starrte ihn verständnislos an. »Aber ich verstehe nicht ganz. Warum wolltest du denn unbedingt herkommen?«

»Um mit dir zu tanzen natürlich.«

»Oh, du Dummkopf!«

Ihre Reaktion schien ihn zu überraschen. »Es ist wirklich so. Weißt du nicht, daß der Held für die Liebe alles wagt? Nun, ich wagte alles für einen Tanz mit dir – das ist es mir wert!«

»Oh, Teddy!« rief sie aufgebracht. »Wie konntest du nur so ein Idiot sein! Geh sofort zurück, bevor man dich hier sieht! Wie kommst du nur darauf, daß ich unter solchen Umständen mit dir tanzen würde? Dafür könntest du vors Kriegsgericht gestellt werden! Wirklich, du bist aber auch zu lästig!«

Er wirkte völlig geknickt. »Aber ich habe es doch für dich getan! Um dir zu zeigen, wie . . . damit du mich liebst. Ich dachte, wenn ich dir zeige, wie groß meine Liebe ist und wie abenteuerlustig ich bin, dann würdest du mich heiraten.« Unwillkürlich griff er nach ihrer Hand: »Oh, Fleur, bitte tu es! Ich kann mich an die Armee nicht gewöhnen. Das ewige Exerzieren! Ich möchte aufstehen, wann es mir beliebt, und mit dem Gewehr auf den Feldern herumspazieren, wie ich es gewohnt bin.«

Plötzlich verspürte sie Mitleid mit ihm. »Armer Teddy! Du tust mir so leid, aber es muß dir endlich in den Kopf gehen, daß ich dich nicht heirate. Wenn dir die Armee so sehr mißfällt, sag es deinem Vater . . .«

»Er würde gar nicht zuhören«, erwiderte er bitter.

»Gut, aber ich heirate dich nicht, und mit Eskapaden wie dieser erzürnst du mich nur.« Nervös schaute sie über die Schulter. »Nun geh, um Gottes willen, ehe jemand kommt! Und bete, daß sie dich in der Kaserne noch nicht vermißt haben.«

»Aber kann ich denn nicht . . .«

»Nein, kein Wort mehr – geh!« Sie zerrte ihn zur Treppe und beobachtete angespannt, wie er – einem begossenen Pudel nicht unähnlich – die Stufen hinunterstieg.

Fleur fühlte sich entsetzlich schuldig und war gleichzeitig wütend auf ihn. Sie hätte gleich viel strenger mit ihm sein müssen, als ihr klar wurde, daß sich seine Gefühle ihr gegenüber geändert hatten. Onkel Frederick hatte recht gehabt: Teddy hatte ihre Zuvorkommenheit als Ermutigung ausgelegt. Es war so ungerecht, daß eine Frau mit einem Mann, den sie schon ihr ganzes Leben kannte, nicht eine normale Freundschaft weiterführen konnte. Sollte Teddy aufgrund dieser idiotischen Geschichte in Schwierigkeiten geraten, wäre sie nicht ganz schuldlos.

»Etwas muß Sie aus dem Gleichgewicht gebracht haben«, bemerkte der Graf. Sie betrat den Ballsaal just in dem Moment, als die Musik des ersten Tanzes ausklang, und noch ehe sie sich umsehen konnte, war Kirow an ihrer Seite und schaute sie forschend an. Die Vertrautheit, die sie ihm gegenüber empfand, ließ ihren Puls schneller schlagen. Er kannte sie bereits so gut, daß er mit einem Blick ihre Gemütslage erfaßte.

»Oh, es ist nichts«, antwortete sie.

»Sagte dieser junge Offizier etwas Ungehöriges?« erkundigte er sich weiter.

Einen Augenblick erschrak sie, bis ihr klar wurde, daß er auf Jerome anspielte.

»Nein, durchaus nicht. Er ist die Höflichkeit selbst.«

»Ja, diese Sorte Engländer kenne ich. Wie ermüdend müssen sie für eine Frau von Format doch sein! Ich verspreche hiermit, daß ich Ihnen gegenüber nie ›die Höflichkeit selbst‹ sein werde.«

Sie lachte, und die trüben Gedanken verflogen. »Danke! Damit würden Sie mir wirklich einen Dienst erweisen! Sie können sich nicht vorstellen, wie lästig es mitunter ist, eine Frau zu sein: Niemand nimmt einen beim Wort oder glaubt, man könnte meinen, was man sagt, oder wissen, was man will.«

»Ich darf wohl behaupten«, sagte er und bot ihr den Arm an, da sich die Tanzfläche für den nächsten Tanz zu füllen begann, »daß es in England wie in Rußland viele Frauen gibt, die nicht meinen, was sie sagen, oder nicht wissen, was sie wollen. Natürlich liegt das größtenteils an ihrer Erziehung.«

»Ist das in Rußland auch so? Hier wird von den Frauen erwartet, daß sie den Salons der Männer als Dekoration dienen. Und in diesem Sinne werden sie auch erzogen.«

»Ja, bei uns ist es dasselbe. Meistens wird nur der Anschein von Kultiviertheit und Vollkommenheit verlangt. Aber es besteht doch ein bedeutender Unterschied: In Rußland sind Frauen vor dem Gesetz gleichberechtigt. Dafür hat die Zarin Katharina gesorgt. Eine verheiratete Russin behält die absolute Kontrolle über ihr Eigentum, und das bedeutet, daß sie wesentlich mehr Freiheiten besitzt als jede Engländerin.«

Fleur war beeindruckt. »Ja, so wäre es in Ordnung! Mit einem eigenen, unabhängigen Einkommen könnte sie einen Ehemann verlassen, mit dem sie nicht mehr zusammenleben mag.«

Er lächelte. »Im allgemeinen werden das Wirtschaftliche und die Liebe nicht als voneinander abhängig betrachtet.«

»Ich sprach vom Ehestand, nicht von der Liebe«, versetzte Fleur unvorsichtig.

»Ist das denn für Sie nicht das gleiche?«

Sie spürte, wie sie rot wurde. »Ich kenne mich bei beidem nicht aus, Sir«, sagte sie schnell.

»Aber im Geiste waren Sie schon bei der Scheidung! Sie denken zu weit voraus, Miss Hamilton«, tadelte er sie mit gespielt ernster Miene. »Immer ein Schritt nach dem anderen.«

Ihr lag die Antwort schon auf den Lippen, als sie seinen belustigten Blick sah und begriff, daß er sie nur aufzog. »Sie dürfen mich nicht dazu treiben, mich derart bloßzustellen. Das ist unfair!«

Die Musik setzte ein. Unvermittelt sehnte sie sich danach, seinen Arm um ihre Taille zu spüren, und war einen Augenblick sogar versucht, ihm das zu sagen. Doch nein, das wäre sehr unpassend gewesen. Als er allerdings ihre Hand in die seine nahm und den anderen Arm um sie legte, war sie sich gewiß, daß er ebenso dachte. Sie blickte in sein Gesicht und fühlte eine nie gekannte Verzauberung.

Walzer tanzte sie seit ihrem sechzehnten Lebensjahr, und sie hatte viele junge Männer gekannt, mit denen das Tanzen ein Vergnügen war. Aber bereits nach den ersten Schritten merkte sie, daß dies hier eine völlig andere Erfahrung war. Eine Weile schwiegen sie. Dann nickte er ihr beifallig zu und sagte: »Sehr gut! Sie wissen, daß man sich nicht gleichzeitig unterhalten und tanzen kann, wenn man beidem gerecht werden will.«

»Nicht, wenn man auf diese Weise tanzt«, versetzte sie selig. »Es ist wie Fliegen.«

»Sind Sie schon einmal geflogen?« erkundigte er sich höflich.

»In Träumen mitunter.«

Er lächelte auf sie herab, und ihr fiel auf, wie völlig anders er dann aussah. Bei keinem, den sie kannte, war der Unterschied so gewaltig. Sein Mund verzog sich an den Winkeln auf eine Weise nach oben, daß sie sich dabei ganz schwach fühlte. »Dann fliegen Sie«, sagte er. »Wir reden, wenn die Musik vorbei ist.«

Am liebsten hätte sie nie mehr gesprochen, denn sie wollte ewig mit ihm weitertanzen. Es soll nie aufhören, sagte sie sich. Und ich möchte nie mehr mit jemand anderem tanzen. Sie sah die Antwort auf ihre Gedanken in seinen Augen und fragte sich, ob sie wohl laut gesprochen hatte. Als die Musik schließlich endete, war sie derart enttäuscht, daß sie fast geweint hätte.

»Es geht gleich weiter«, erklärte er, als würde er genau wissen, was sie fühlte. »Bis dahin können wir uns unterhalten. Sie sind doch nicht außer Atem?«

»Nein, auch wenn mir das unverständlich ist.«

»Erinnern Sie mich daran, Ihnen den Grund dafür einmal zu erklären. Nun sagen Sie mir aber, wer Ihnen vor unserem Treffen hier meinen Namen genannt hat.«

»Mr. Polotski. Er ist anläßlich der Ausstellung hier.«

»Ja, das weiß ich. Wieso aber waren Sie gemeinsam mit ihm in einem Landauer aus?«

»Ist das wichtig?« fragte sie leicht befremdet zurück.

»Könnte sein«, sagte er ernst. »War es Ihrer oder seiner?«

»Er gehört meiner Tante. Mr. Polotski wohnt im Haus meines Onkels am Hanover Square. Mein Onkel ist Sir Frederick Hoare, das Parlamentsmitglied. Er kennt Baron Brunnow.«

»Und Ihr Onkel hat ihn zu sich eingeladen?«

»Mr. Polotski ist ein sehr netter Mann«, sagte Fleur mit Nachdruck, da ihr die Überraschung in seiner Stimme nicht entgangen war.

»Ja, Mr. Polotski ist ein guter Mann, aber er ist ein Händler, und die englische *Noblesse* zeigt sich da im allgemeinen recht reserviert.«

Fleur lächelte. »Mein Onkel Frederick ist ein ungewöhnlicher Mann. Und er interessiert sich für Abflußrohre.«

»Abflußrohre?«

»Ja. Und für Abwasserkanäle. Eigentlich für Leitungen aller

Art. Ich frage mich, ob es etwas damit zu tun haben könnte, daß sie so geheimnisvoll wirken – nie weiß man genau, wohin sie führen. Eine Sehnsucht nach Abenteuer?«

»Was hat das damit zu tun, daß Mr. Polotski im Landauer Ihrer Tante ausfuhr?« fragte er.

»Oh, nichts«, sagte sie hastig. »Nur, daß Baron Brunnow Onkel Frederick bat, Mr. Polotski bei sich aufzunehmen, da dieser sich für die neuen Wasserklosetts aus Porzellan interessiere, und er dachte, daß sie gut miteinander auskommen müßten.«

Ihm schien jetzt ein Licht aufzugehen. »Ja, Mr. Polotski wurde vom Kaiser beauftragt ihre Zweckmäßigkeit zu studieren, da er sie unter Umständen in seinem Privatpalast in Gatschina installieren lassen möchte.«

»Dann wissen Sie alles darüber?«

»Ich halte mich zum Teil auch deshalb hier auf, weil ich dem Kaiser über Polotski berichten soll.«

Sie war schockiert. »Sie meinen, Sie sollen ihm nachspionieren?«

»Wenn Sie so wollen«, erwiderte er gleichgültig.

»Ich glaube nicht, daß mir das gefällt«, meinte Fleur beklommen. Zwischen ihnen schien sich eine Kluft aufzutun, und das behagte ihr gar nicht.

»Sie brauchen sich deshalb keine Sorgen zu machen«, beruhigte er sie. »Ich wage zu behaupten, daß es unter anderem auch Polotskis Auftrag ist, mich zu beobachten. So läuft das in Rußland nun einmal.«

»Aber – alles wegen Wasserklosetts?«

Er zog eine Braue hoch. »Für eine englische Dame verhalten Sie sich recht ungewöhnlich, Miss Hamilton. Sie erwähnen das Nichtzuerwähnende, noch dazu auf einem öffentlichen Ball und einem völlig Fremden gegenüber.«

»Oh, aber Sie sind kein . . .« Es war ihr herausgerutscht, und sie konnte es nicht mehr zurücknehmen.

Aber er reagierte erfreut darauf. »So ist's schon besser. Es freut mich, daß Sie so denken«, sagte er. »Erzählen Sie mir von

Ihren Eltern. Stört es sie nicht, daß Sie gemeinsam mit dem Händler Polotski in einer Kutsche ausfahren?«

»Meine Mutter starb, als ich klein war«, sagte sie. Plötzlich, und das war ihr seit Jahren nicht mehr passiert, befand sie sich wieder in jenem gefürchteten Raum, der voller Draperien und falscher Gerüche war, und stand vor der Gestalt auf dem weißen Bett. Sie zitterte. Die Musiker schickten sich erneut zum Spielen an, und so hatte er einen Vorwand, ihre Hand zu ergreifen. Seine Finger waren warm und kräftig, und er hielt ihre Hand fest gegen seine Brust gepreßt.

»Nun ist es vorbei«, sagte er. Sie sah zu ihm auf. Er ließ seine Blicke nicht von ihr. »Und Ihr Vater?«

»Papa kümmert es nicht, was ich tue«, meinte sie. Das war so harsch herausgekommen, daß sie meinte, es weiter erklären zu müssen: »Solche Dinge interessieren ihn grundsätzlich nicht. Es ist für ihn nicht wichtig, wer die Leute sind, sondern nur, was sie tun. Er ist viel gereist, wissen Sie, auch in unzivilisierte Gebiete, und das macht eine Menge aus.«

»Natürlich.« Die Musik begann, und er legte seinen Arm wieder um ihre Taille. »Jetzt wollen wir tanzen. Schluß mit der Unterhaltung.«

In Fleurs Kopf wirbelten die Fragen fast so schnell herum, wie ihr Körper das bei diesem zweiten Walzer tat. Woher hatte er gewußt, daß sie Trost brauchte? Wie konnte sie sich ihm so nahe fühlen? Was geschah als nächstes? Doch als die Musik endete, blieb keine Zeit mehr für weitere Gespräche. Ehe sie Atem holen konnte, verließ er sie.

»Ich muß mit Lady Pennington tanzen«, erklärte er. Der Abend war fast vorüber. Es standen lediglich zwei oder drei weitere Tänze auf dem Programm, und es würde sehr sonderbar wirken, wenn sie so bald schon wieder mit ihm tanzte. »Alles Gute! Keine Angst, wir sehen uns wieder!«

»Aber wann . . .?« begann sie und wußte nicht, wie sie ihre Frage beenden sollte.

»Sie müssen mir vertrauen«, versetzte er abrupt. »Wie war der Name Ihres Vaters?«

»Sir Ranulph Hamilton«, antwortete sie gehorsam.

Er schien erfreut. »Ah, sehr gut«, erklärte er und war fort.

So viele Fragen waren offengeblieben. Schön und gut für ihn, dachte sie ein wenig verärgert, als sie in der Kutsche mit der Tante und dem Onkel heimfuhr, die Füße heiß vom Tanzen und die Rippen schmerzend von der Enge des Korsetts, zu sagen, sie würden sich wiedersehen und sie solle ihm vertrauen! Wo konnten sie sich treffen? Im Park? Aber sie war dort zwei Wochen lang ausgeritten, ohne ihn zu sehen. Womöglich, dachte sie plötzlich verzweifelt, hatte er diese Abschiedsworte nur so dahingesagt. Vielleicht hatte sie zu viel in den ganzen Vorfall hineingedeutet? Sie war überreizt, ihre Phantasie ging mit ihr durch. Der Mann, der sie im Park gerettet hatte, hatte mit ihr getanzt, das war alles. Was könnte natürlicher sein, und warum sollte mehr daraus werden?

Die Stimme ihres Onkels ertönte aus der Dunkelheit neben ihr. »Was für eine schöne Nacht! So warm und friedlich. Ich denke, das wird einer der besten Sommer, den wir seit Jahren hatten.«

Tante Venus antwortete mit irgendeiner Binsenweisheit, doch Fleurs Gedanken hatten eine andere Richtung genommen. Der Sommer! Kirow war aus irgendeinem ihr noch unbekannten Grund hier, der aber gewiß mit der Ausstellung zusammenhing. Im Oktober war diese Ausstellung zu Ende, und alle Besucher würden in ihre Heimatländer zurückkehren. Im Oktober oder womöglich schon vorher ging er sicher wieder nach Rußland zurück. Ein paar Monate, wenn überhaupt, waren alles, was sie hatte.

»Du zitterst ja! Ist dir kalt, Fleur, Liebes?« erkundigte sich Onkel Frederick. »Hier, rutsch ein bißchen her, dann lege ich meinen Arm um dich. Dieses dünne Zeug, das du da trägst, ist nichts für die Nacht, selbst wenn sie so mild ist wie diese.«

Es war zwar nur Onkel Fredericks Arm, aber tröstlich war er doch. Sie lehnte sich gegen ihn und gähnte.

»Welch bezaubernder Anblick«, sagte Mr. Polotski und erhob sich von seinem Platz am Frühstückstisch. »Ich hatte nicht erwartet, Sie heute morgen zu Gesicht zu bekommen, Mademoiselle. Nicht vor vier Uhr im Bett und um sieben schon wieder auf?«

Fleur setzte sich und griff nach der Kaffeekanne. »Ich bin gerade aufgewacht und konnte nicht mehr einschlafen. Woher wissen Sie, um welche Uhrzeit wir heimgekommen sind?«

»Ich hörte die Kutsche. Mein Zimmer liegt zur Straße hin, wissen Sie. Und außerdem schlug gerade die Kirchturmuhr.« Sie unterdrückte ein Gähnen, und er musterte ihr blasses Gesicht und die allzu strahlenden Augen. »Wie war Ihr großartiger Ball? Hat Ihnen das Tanzen Spaß gemacht?«

»O ja, ungemein«, erwiderte sie. »Und Sie werden nie erraten, wer da war.«

»Graf Kirow«, versetzte er freundlich.

Sie betrachtete ihn argwöhnisch. »Woher wissen Sie das?«

»Es verhält sich so, daß mein Diener Stefan es vom Kutscher Ihrer Tante erfuhr, dem es eine der Kammerzofen berichtete, die beim Tanzen zusah.« Fleur blickte verwirrt drein, und er fügte hinzu: »Aber ich hätte es so oder so erraten. Mir war bekannt, daß unser Botschafter mit einer großen Gesellschaft anwesend sein würde, und es hätte mich überrascht, wäre Graf Kirow nicht mit von der Partie gewesen.«

»Oh, ich verstehe.«

»Und wenn er da war, hätte es mich gewundert, wenn Sie nicht mit ihm gesprochen hätten.« In dem Satz schwang ganz fein eine Frage mit. Fleur, die Stirn ein wenig gerunzelt, schien sie nicht gehört zu haben, aber sein anhaltendes Schweigen bewegte sie schließlich zum Sprechen.

»Wir haben zusammen getanzt«, sagte sie. »Aber wir hatten nicht genügend Zeit, uns richtig zu unterhalten.«

»Während des Tanzes haben Sie nicht miteinander gesprochen?«

»Nein.« Sie wirkte ein wenig befangen. »Er meinte, man könne nicht gleichzeitig tanzen und sprechen und dabei beidem gerecht werden.«

»Ja, da hat er recht«, stimmte Polotski zu. Seine Lippen waren zu einem höflichen Lächeln verzogen, aber die Augen blickten ernst. »Es war . . . eine elegante Bemerkung, wie man sie von ihm erwarten würde.«

»Er ist ein eigenartiger Mann, nicht wahr?« konstatierte Fleur leichthin.

»Ich glaube, die meisten Frauen finden ihn attraktiv«, sagte Polotski und beobachtete sie dabei genau, während er sorgfältig von einem Räucherlachs das Rückgrat entfernte.

»Ja«, sagte sie ruhig, fast zu sich selbst. Obwohl ihr Gesicht durch den mangelnden Schlaf blaß war, hatten sich beide Wangen gerötet. »Das kann ich mir vorstellen.« Sie überlegte einen Augenblick und schien dann einen Entschluß zu fassen. »Uns blieb so wenig Zeit zum Gespräch, ich konnte nicht einmal herausbekommen, was er in London eigentlich macht. Über Sie schien er alles zu wissen, Sir. Ich frage mich, ob das andersherum genauso gilt? Vermutlich ist er anläßlich der Ausstellung hier?«

»Ja, das nehme ich an«, antwortete Polotski. Er legte den zarten Knochen an den Tellerrand, und falls er dabei seufzte, so hörte es nur der Lachs. »Es ist kein Geheimnis, daß Graf Kirow einer der persönlichen Adjutanten des Zaren ist. Sie führen spezielle Aufgaben für ihn aus. Für gewöhnlich beliefern sie ihn mit Informationen der verschiedensten Art oder führen eingehende Untersuchungen über neue Vorgänge oder Ideen durch. Offiziell gehört Kirow zu einer Beobachtergruppe der Ausstellung. In dieser Stellung ist er mir durch das Kommissionsmitglied Khamenski bekannt . . .«

»Offiziell? Wollen Sie damit ausdrücken, es gibt da noch etwas? Eine geheime Mission . . .«

»Wäre sie geheim, Mademoiselle, dann wüßte ich nichts davon, oder?« Polotski lächelte sie an.

Sie errötete. »Verzeihung. Es ist nur, daß . . .« Sie schwieg und starrte auf ihre Kaffeetasse.

»Ich glaube, ich sollte Ihnen ein wenig über Graf Kirow erzählen«, sagte Polotski. Sie sah gespannt auf. »Doch ich muß Sie warnen«, fügte er eilends hinzu. »Aus der Petersburger Gesellschaft kenne ich ihn nicht. Wir verkehren in unterschiedlichen Kreisen. Kirow stammt aus einer alten und noblen Familie, ich dagegen bin ein Juwelier von einfacher Herkunft. Vor gar nicht so langer Zeit gab es in meiner Familie noch Leibeigene. Nun, jetzt bin ich sehr reich, und Reichtum zählt viel. Dennoch bin ich, was Sie einen Parvenü nennen könnten.«

»Ich würde nicht im Traum daran denken, Sir«, erklärte Fleur lächelnd, und er nickte ihr zu, glücklich darüber, daß sie ihr Gleichgewicht wiedererlangt hatte.

»Ich hätte nichts dagegen, wenn Sie es täten. Ich finde, man sollte die Dinge beim Namen nennen. Was ich eigentlich sagen möchte, ist, daß Graf Kirow und ich nicht miteinander dinieren oder zu den gleichen Gesellschaften gehen. Mein Wissen über ihn stammt aus zweiter Hand. Es ist also allgemein bekannt.«

»Ich verstehe.«

»Also: der Graf war mehr oder weniger von der Wiege an mit seiner Cousine verlobt. Sie sollte einmal stattlich erben, was auch, denke ich, der Grund war, daß man die Verlobung arrangiert hatte. Jeder, einschließlich des Grafen, schien ganz zufrieden damit zu sein. Plötzlich, als er so um die – ja, zwanzig Jahre alt war und auf jeden Fall so gut wie verheiratet, verliebte er sich in eine andere Frau.«

Die junge Frau saß regungslos da. Ihre Hände ruhten beiderseits der Tasse, und Fleur beobachtete sie, als könnten sie etwas Unerwartetes tun. Polotski, der sie teilnahmsvoll betrachtete, fuhr mit seiner Geschichte fort.

»Sie war jung und sehr schön, aber ein Niemand. Das schlimmste war, daß sie über keinerlei Vermögen verfügte, was für die Kirows von Bedeutung war, da sie schlechte Zeiten durchmachten – aber das ist wieder eine andere Geschichte. Kirow war jedoch für sie geschaffen, und er hörte auf niemanden. Er heiratete sie.«

»Was sagten seine Eltern dazu?« erkundigte sich Fleur mit ausdrucksloser Stimme.

»Sein Vater lebte zu dem Zeitpunkt nicht mehr, folglich stand er selbst der Familie vor und konnte tun, was ihm beliebte. Doch es brach das Herz seiner Mutter. Sie empfand eine starke Abneigung gegen das Mädchen. Die Einzelheiten sind mir nicht bekannt. Ich weiß nur, daß sich die Familie entzweite, was Kirow äußerst hart ankam, da er sehr an seiner Mutter hing. Und noch ehe eine Versöhnung zustande kam, starb seine Mutter.«

Fleurs linke Hand ballte sich zusammen.

»Das war schon arg genug. Aber dann, innerhalb eines Jahres, starb seine Frau ebenfalls.«

Fleur sah auf. Ihre Augen, dachte Polotski, sind das Blaueste, das ich je gesehen habe. »Er wurde zum Sonderling«, sagte sie, da sie sich an Jeromes Worte erinnerte. Obwohl das mehr als Feststellung denn als Frage gemeint gewesen war, antwortete Polotski darauf.

»Nicht direkt. Er wurde ein wenig introvertiert und schwermütig, was nur zu erwarten war. Dem Vernehmen nach wurde er auch jähzorniger, aber das glaube ich nicht. Mir ist er stets äußerst liebenswürdig vorgekommen. Allerdings ist er sehr klug und hat so eine Art, abscheuliche Dinge zu sagen und sich über Leute lustig zu machen, was man natürlich nicht so gern hat. Mit dummen Leuten hat er keine Geduld, aber man kann nicht erwarten, daß ihnen das gefällt.«

»Nein«, erwiderte Fleur. Ihre linke Hand ballte sich noch mehr zusammen, so daß sich die Fingernägel in den Handballen preßten. »Vermutlich hat er wieder geheiratet?«

»Nein«, sagte Polotski mit offensichtlichem Bedauern. »Er hat nie wieder geheiratet. Es heißt, er habe sein Herz mit seiner Frau begraben. Die Damenwelt allerdings findet ihn äußerst attraktiv, und soweit ich weiß, genießt er ihre Gesellschaft.«

»Er tanzt vortrefflich«, sagte Fleur leise.

Polotski warf ihr einen warnenden Blick zu. »Mir ist aufgefallen, Mademoiselle, daß er, nachdem ihm wegen seiner Frau das Herz brach, überhaupt kein Herz mehr zu besitzen scheint. Wie ich schon sagte, Frauen finden ihn anziehend, doch es scheint ihm einerlei zu sein, wie viele ihm hinterherlaufen, wegen ihm Liebeskummer haben oder sich lächerlich machen. Er macht sich nicht die Mühe, sie davon abzuhalten. Er ist nicht . . . vorsichtig genug.«

»Gewiß«, versetzte Fleur entrüstet, »liegt es an den Damen selbst . . .«

»Nun, man kann jemanden auch etwas vormachen«, meinte Polotski nüchtern. »Er hat eine sehr charmante Art, heißt es.«

»Ja«, sagte Fleur. Ihre linke Hand entspannte sich. Auf dem Handballen waren dort, wo sich die Nägel hineingepreßt hatten, vier kleine rote Stellen zu sehen. »Ist es schon lange her, daß seine Frau starb?«

»Rund elf Jahre, denke ich.«

»Das ist eine lange Zeit.« Und die Zeit heilt alle Wunden, dachte sie bei sich. Selbst ein Salzfeld wird wieder fruchtbar und bereit für die richtige Saat. Mit dummen Leuten hat er keine Geduld, und das mögen die Dummen nicht. *»Caveat emptor«*, sagte sie und lächelte.

»Wie bitte?«

»Oh, nichts«, antwortete sie und schaute ihn fröhlich an. »Darf ich Ihnen noch etwas Kaffee nachschenken, Mr. Polotski?«

Sieben

Zur Besuchszeit stellte sich Tante Ercy ein. Nachdem sie eine Viertelstunde über Gemeinplätze geplaudert hatte – in ihren Augen die notwendige Einleitung bei jedem Besuch –, sagte sie: »Fleur, meine Liebe, für morgen haben wir einen aufregenden Tag geplant! Da wir nach Richmond wollen und es nicht gestattet ist, auf der Row im Galopp zu reiten, hat Markby es mit deinem Vater so geregelt, daß die jungen Leute auf einem anderem Weg dorthin reiten können. Du freust dich doch hoffentlich?«

»Ja, sehr, Tante. Papa erwähnte es bereits. Er sagte, er habe dir erzählt, daß ich mangels körperlicher Ertüchtigung schon ganz kränklich aussähe.«

Ercy schaute entrüstet drein. »Papperlapapp, das habe ich ihm erzählt!«

»Natürlich war es so«, spottete Venus. »Wie konntest du so einfältig sein, Fleur? Wann hat dein Vater je deinen Gesundheitszustand bemerkt?«

»Allerdings«, fuhr Ercy jetzt unsicher fort, »glaube ich nicht, direkt etwas über dein kränkliches Aussehen geäußert zu haben, da ich dich ja seit Dienstag nicht mehr zu Gesicht bekommen habe. Was ich sagte war, daß du gewiß gern einmal wieder ausreiten würdest. Richard wird auch kommen – ist das nicht nett? Und mit ihm einige seiner Kameraden aus dem 11. Regiment, Markby weiß, welche. Und wer, meinst du, wurde für dich eingeladen?«

Fleur gab vor, angestrengt nachzudenken. »Mr. Polotski«, sagte sie schließlich.

Venus schnappte nach Luft, aber Ercy meinte nur unschuldig: »Nein, meine Liebe, der ist viel zu alt und verheiratet obendrein. Aber er wird natürlich auch dasein, und zwar in Venus' Landauer, da Frederick wegen einer Debatte im Unterhaus erst später dazustoßen kann.«

Fleur warf Venus einen vielsagenden Blick zu, die daraufhin ein böses Gesicht machte und sagte: »Ein Wort von dir, Miss, und ich verlasse den Raum!«

»Ich habe dazu nichts zu sagen, Tante«, erwiderte Fleur. »Du weißt, ich mag ihn sehr.«

»Ich war mir nicht sicher, ob es auch passend ist«, schnatterte Ercy weiter. »Es ist nämlich schwierig, den gesellschaftlichen Status von Ausländern zu ermitteln. Und auch wenn Mr. Polotski sehr betucht ist, so ist er doch nur ein Händler. Aber Markby sagt, er sei so etwas Ähnliches wie ein Vertreter seines Landes, was die Sachlage vermutlich ändert. Ich hoffe, die anderen verstehen das und nehmen es nicht übel.«

»Ich bin sicher, daß du ihn problemlos fragen kannst«, versetzte Fleur ernst. »Immerhin ist er der Gast meiner Tante. Das muß jedem genügen.«

»O ja, natürlich!« Dieser Gedanke schien Ercy zu erleichtern. »Wenn man ihn in deinem Landauer sieht, Venus, wird man wissen, daß er für dich eingeladen wurde. Aber habe ich dir schon gesagt, liebe Fleur, wen Markby für dich eingeladen hat?«

»Es ist völlig unnötig, für mich jemanden einzuladen«, begann Fleur aufgebracht, hielt dann aber inne, weil ihr unvermittelt der verrückte Gedanke kam, es könne Kirow sein.

»Stimmt, Liebes, aber beim Essen ist es praktischer, wenn dir ein Mann die Sachen reicht und sich um deine Getränke kümmert. Es ist jemand, mit dem du im Hardiway House getanzt hast, und ich sagte ja schon, Markby war sich sicher, daß du über seine Gesellschaft erfreut sein würdest – du hast dich mit ihm so gut unterhalten.«

»Wer ist es denn, Tante?« erkundigte sich Fleur, und obwohl

sie einen normalen Ton anzuschlagen versuchte, sah sie, daß Venus ihr einen fragenden Blick zuwarf.

»Hauptmann Jerome. Ich hoffe, du freust dich! Er ist so ein netter junger Mann und beim Herzog wohlangesehen, so daß er es gewiß weit bringen wird. Wußtest du, meine Liebe, daß er eine Art Cousin von dir ist? Oh, nicht so nah, daß man sich deswegen sorgen müßte, wie ich deinem Vater schon sagte – aber seine Mutter war eine Ramsay und eine Cousine deiner Großmutter väterlicherseits.«

Die komplizierte Frage, wer mit wem verwandt war, stellte für Ercy ein Dauerthema dar, seitdem sie fünf Jahre zuvor entdeckt hatte, daß ihr Gatte um ein Haar zu einer alten Grafenwürde gekommen wäre, hätte es nicht im achtzehnten Jahrhundert eine kleine Panne gegeben – die jeder, wie sie damals in Anspielung auf die Königin gesagt hatte, unberücksichtigt gelassen hätte, wenn man bedenkt, daß die Eltern nur sechs Wochen nach dem vorzeitigen Erscheinen des unglückseligen Kindes heirateten.

»Ich bin froh, daß du mir das erzählt hast, Tante«, versetzte Fleur boshaft. »Die Blutsbande sind ja so wichtig. Und nun, da ich um die Verwandtschaft zwischen Hauptmann Jerome und mir weiß, werde ich ihn wie einen Bruder betrachten können.«

»Ja, Liebes«, sagte Ercy, die gar nicht zugehört hatte. »Übrigens ist – welch bemerkenswerter Zufall! – noch einer unserer Gäste eine Art Cousin von mir oder von Markby, was ja auf dasselbe hinausläuft. Es war der Prinz, der mich darauf aufmerksam machte – oder war es Ranulph? Jedenfalls war seine Mutter die Tochter von Admiral Peters, der eine Miss Strickland ehelichte, deren Mutter eine Talbot war, und zwischen den Talbots und Markbys kam es schon seit eh und je immer wieder zu Verheiratungen! Folglich sind er und Markby bestimmt verwandt, obwohl wir nicht genau feststellen konnten, wie. Gewiß aber eng genug, daß sie sich gegenseitig Cousin nennen können, was sie auch taten, und das sei doch zu nett, bemerkte der Prinz. Er sagte, als er den Plan der Ausstellung ins Auge faßte, habe er sich ebensolches davon erhofft.«

Venus hatte sich aus dem Gespräch zurückgezogen und sich die Zeitung vorgenommen. Fleur stand diese Art der Flucht nicht offen, und so mußte sie zumindest versuchen, aus Ercys Geschichte schlau zu werden.

»Was fand der Prinz denn so nett, Tante?« fragte sie, wobei sie am nächsten Ende begann in der Hoffnung, daß sich der Knoten dadurch auflösen würde, anstatt sich noch fester zusammenzuziehen.

»Ich sagte es doch, Liebes, die Freundschaft zwischen ihnen und daß sie sich gegenseitig Cousin nannten. Das sei symbolisch, sagte er, für die größere Freundschaft zwischen unseren Ländern, aufgrund derer es keinen Krieg mehr geben würde.«

Venus raschelte streitlustig mit der Zeitung, und Fleur, die sich einem Schwächeanfall nahe fühlte, machte einen letzten Versuch, Boden unter den Füßen zu bekommen. »Aha. Wenn ich dich recht verstehe, ist er also einer der Aussteller?«

»Wer, Liebes?«

»Dieser neue Cousin von Onkel Markby.«

»Markby hat doch keine Verwandten, die Aussteller sind! Wirklich, Fleur, ich wünschte, du wärest aufmerksamer. Wo hast du nur deinen Kopf?«

»Verzeihung, ich dachte, du sagtest . . .«

»Ich sagte nichts dergleichen! Ich sagte, seine Urgroßmutter war eine Talbot.«

»Entschuldige. Mir war nicht klar, warum die Freundschaft zwischen den Nationen ins Spiel kam.«

»Nun, weil er ein Russe ist, natürlich! Heute bist du aber wirklich zu begriffsstutzig«, bemerkte Tante Ercy, immer noch ganz beseelt von ihren genealogischen Ausführungen.

Wir sehen uns wieder. Sie müssen mir vertrauen. Wie in einer Mozart-Symphonie fügte sich alles mit schöner Sicherheit an seinen Platz, und Fleur fühlte sich plötzlich erstaunlich ruhig und voller Liebe für ihre redselige Tante und den geselligen, so leicht beeinflußbaren Onkel Markby,

»Graf Kirow wird bei dem morgigen Picknick anwesend sein?« erkundigte sie sich glücklich.

»Das habe ich doch gleich zu Anfang gesagt!« behauptete Tante Ercy nun. »Wiewohl ich bezweifle, viel von seiner Gesellschaft zu haben. Dein Vater wird ihn gewiß in Beschlag nehmen und den ganzen Nachmittag mit ihm über Blumen sprechen.«

❦

Niemand war sonderlich erstaunt, als Sir Ranulph an diesem Abend nicht aus Chiswick zurückkehrte.

»Wenn er erst einmal an seinem Mikroskop sitzt, verläßt ihn auch noch der letzte Funken Anstand«, bemerkte Tante Venus am nächsten Morgen säuerlich am Frühstückstisch. »Nun, dann muß er selber sehen, wo er bleibt.« Sie hinterließ allerdings eine Nachricht für Frederick, er solle Ranulph, falls dieser vor seiner Rückkehr aus dem Unterhaus bereits erschienen sei, mitbringen.

Fleur nahm im Landauer gegenüber ihrer Tante Platz, und Mr. Polotski mußte mit dem Klappsitz vorliebnehmen. Buckley hatte Oberon bereits frühmorgens zum Roehampton Gate, dem allgemeinen Treffpunkt, gebracht, so daß er bei Fleurs Eintreffen ausgeruht war.

Es war geplant, sich um zwölf Uhr am Gate zu sammeln. Von dort aus würde man mit den Kutschen beziehungsweise zu Pferd aufbrechen und sich dann um zwei Uhr zum Picknick am Dew Pond bei Sheen Common wieder treffen.

Als der Landauer beim Gate eintraf, hatten sich dort bereits viele Leute eingefunden: Stallburschen, die Reitpferde hielten, Gentlemen hoch zu Roß, einige davon in Uniform, und in den Kutschen saßen die Damen mit ihren schicken hohen Hüten und den umwerfendsten Hauben, die sich, wie Blumen auf einer sanften Anhöhe, hin und her bewegten, während ihre Besitzerinnen sich angeregt miteinander unterhielten.

Fleur hatte nur Augen für einen Reiter. Im Schatten einer Kastanie gewahrte sie Graf Kirow. Er trug Zivil und saß auf einem schönen, rötlich gesprenkelten Grauschimmel, den er sich für den Tag ausgeliehen haben mußte, da es sich gewiß um kein Mietpferd handelte. Kirows Augen fanden die ihren, und als der Landauer zum Stehen kam, zeigten seine Lippen jenes eigentümliche Lächeln, das ihr Herz schneller schlagen ließ. Sie bemerkte, wie er sich in einer Geste der Vertrautheit und Komplizenschaft mit seinem Peitschenstock an den Hut tippte.

Die nächste halbe Stunde war angefüllt von Gelächter, Begrüßungen und Entschuldigungen, und Fleur blieb keine Zeit, jene Gestalt unter dem goldgrünen Schatten der Kastanie weiter zu beachten, die selbst im Mittelpunkt höflicher Aufmerksamkeiten stand. Onkel Markby erkundigte sich nach ihrem Vater und hatte kurz darauf seine Frage schon wieder vergessen. Tante Ercy war emsig dabei, Fleur mit möglichst vielen gutaussehenden und geeigneten Männern zu umgeben, und stellte gleichzeitig sicher, daß auch die anderen jungen Damen nicht zu kurz kamen. Überdies legte sie der Reitgesellschaft nahe, um jeden Preis zusammenzubleiben.

Schließlich wurde Venus unruhig und schritt ein. Sie bellte einige Befehle, die den Aufbruch herbeiführten. Buckley brachte Oberon zum Aufsteigstein beim Gatter, schnallte die Sattelgurte enger und nickte Fleur zu.

Sie sah sich nach Kirow um, entdeckte statt seiner aber nur Jerome, der seinen Braunen an ihre Seite lenkte.

»Miss Hamilton, Ihr Bruder ist noch nicht eingetroffen«, erklärte er vergnügt. »Ich hatte wohl zu Recht befürchtet, daß sich zwölf Uhr für das 11. Regiment als zu früh erweisen würde!«

»Richard ist auch als Zivilist nie vor zwölf aufgestanden – außer er ging zur Jagd«, versetzte Fleur. »Im Hauptquartier herrscht offensichtlich mehr Disziplin.«

»Das muß so sein. Ich wage zu behaupten, daß Sie den Herzog noch nie zornig erlebt haben, Ma'am, und hoffentlich werden Sie es auch nie. Das ist nämlich ein Erlebnis, das einen zitternd und bebend zurückläßt.«

»Gewiß boten Sie nie Anlaß dazu, Hauptmann Jerome. Sie sind doch ein viel zu gesitteter und rechtschaffener Offizier.«

Er lächelte kläglich. »So sehen Sie mich also? Das klingt ja nicht sehr aufregend.«

Nun fuhren die Kutschen nach rechts auf die Fahrbahn, und die Reiter verteilten sich. Außer Fleur waren noch vier weitere Damen zu Pferd unterwegs sowie rund ein Dutzend Herren. Doch schon bald zeigte sich, daß die meisten Reiter bei den Kutschen bleiben wollten, um die begonnenen Gespräche fortzuführen. Galoppritt ade, dachte Fleur. Sie konnte sich unmöglich allein von der Gruppe entfernen.

Kaum hatte sie das gedacht, als Graf Kirow an ihre Seite ritt und leise zu ihr sagte: »Die jetzige Situation hat auch ihre Vorteile. In einer solchen Menge können wir ungestört miteinander sprechen, ohne daß man uns hört, und das ganz den Anstandsformen entsprechend.«

Sie wandte sich ihm zu und schwieg einen Augenblick, während sie ihrer ungestümen Gefühle Herr zu werden versuchte. Warum hat er eine solch starke Wirkung auf mich? fragte sie sich.

»Was gibt's?« erkundigte er sich. »Sind Sie überrascht, mich zu sehen?«

Sie lachte. »Nein, durchaus nicht. Ich schätze, das war alles Ihre Idee!«

»Ich sagte Ihnen doch, wir würden uns wiedersehen, und ich halte grundsätzlich meine Versprechen. Sie wissen doch, daß Sie mir vertrauen können?«

Ihrer Gemütsruhe zuliebe konnte sie das nur im unmittelbaren Sinn verstehen. »Ich glaube nicht, daß ich über diese Frage schon nachgedacht habe. Aber ich bin erstaunt über Ihr Organisationstalent, all diese Leute in Ihren Plan einzubauen, ohne daß auch nur einem etwas spanisch dabei vorkommt!«

Seine Augen glänzten. »Ans Befehlen bin ich zeit meines Lebens gewöhnt«, sagte er. »Doch anders als der Mann in der Bibel, der einfach sagte ›Tu dies‹, und es ward getan, hatte ich es immer schon mit den eigensinnigsten und unlenkbarsten Menschen der Welt zu tun. Ein echter Russe hegt eine unheilbare Abneigung gegen Disziplin.«

»Halten Sie die Engländer für willfähriger?«

»Unbedingt! Ich erzählte Ihrem Vater, wie gern Sie einmal wieder ausreiten würden, worauf der es Ihrem Onkel erzählte, welcher es wiederum Ihrer Tante sagte.«

»Aber wie haben Sie es meinem Vater erzählt? Und wie in aller Welt konnten Sie ihn davon überzeugen, daß ich kränklich aussähe?«

Er betrachtete sie auf eine Art, die ihr die Röte in die Wangen trieb. »Hätte ich das getan, so wäre es eine abscheuliche Lüge gewesen. Aber dem war nicht so – ich gestattete ihm, es zu sagen. Ich beklagte mich nur darüber, daß es unmöglich sei, im Park anständig zu reiten, bemerkte, daß jeder, der an die Freiheit des Landes gewöhnt sei, sich nach einem Galoppritt verzehren müsse, fragte mich, wie insbesondere Damen, die ansonsten so wenig Körperertüchtigung hätten, imstande wären, das auszuhalten, und wollte wissen, was man dagegen tun könne.«

»Das war alles? Leichter geht's nicht! Ich kann Ihnen gar nicht sagen, wie verblüfft ich war, daß mein Vater sich Sorgen über meine Gesundheit machte.«

Plötzlich wurde er ernst. »Ja, ich kenne ihn nun lange genug, um zu sehen, wie sehr er Sie vernachlässigt. Wie Sie Ihre Mutter vermissen müssen! Auf dem Ball bemerkte ich Ihren Kummer, als Sie sie erwähnten«, fuhr er mit leiser Stimme fort, »und ich verstehe Ihre Gefühle gut. Ich weiß, wie es ist, die angebetete Mutter zu verlieren.«

Fleur sah ihn ausdruckslos an. Sie hatte ihre Mutter nicht geliebt, sie hatte sie gar nicht einmal richtig gekannt, und da ihr von beiden Elternteilen nie Liebe und Zuneigung zuteil geworden waren, wußte sie kaum, wie sie reagieren sollte.

Am Ende meinte sie nur: »Es sieht wohl nicht so aus, als kämen wir heute noch zu unserem Galopp!«

»Seien Sie unbesorgt, das werden wir auch noch schaffen.«

»Nun aber müssen Sie meine Neugierde befriedigen«, erklärte Fleur. »Wie haben Sie es fertiggebracht, so rasch mit meinem Vater Bekanntschaft zu schließen?«

»Ich versichere Ihnen, so rasch ging das gar nicht. Ich kenne

Ihren Vater dem Ruf nach schon geraume Zeit. Ja wirklich! Schauen Sie nicht so überrascht drein! Wissen Sie nicht, daß er auf seinem Gebiet eine Berühmtheit ist?«

»Doch, ich denke schon. Obwohl es schwerfällt, den eigenen Vater in diesem Licht zu sehen. Allerdings war mir nicht bekannt, daß sein Ruhm schon bis nach Rußland gedrungen ist.«

»Die Wissenschaft kennt keine Grenzen«, sagte er lächelnd. »Der Zufall wollte es, daß mein Vater ein eifriger, wenn auch amateurhafter Gärtner war. Als er sich aus dem diplomatischen Dienst zurückzog, verschrieb er sich diesem Hobby. Er vergrößerte die Gewächshäuser in Schwartzenturm – das ist unser Gut in der Nähe von St. Petersburg – und versuchte eine Weile sogar, in einer geeigneten Umgebung tropische Pflanzen anzubauen. Damals erwachte sein Interesse an Orchideen. Ich glaube, er hatte jedes Buch und jeden Artikel Ihres Vaters in seiner Bibliothek.«

»Nun gut, aber wie brachten Sie es zuwege, Papa überhaupt zu treffen?«

»Nichts leichter als das! Khamenski ist doch unser Kommissionsmitglied für die Ausstellung. Er brachte den Prinzen dazu, mich zu einem Treffen der Royal Society einzuladen, wo ich Lord Markby vorgestellt wurde. Ich brachte das Gespräch auf das Hobby meines Vaters, und Markby griff das Thema sofort auf und stellte mich seinem Schwager vor.«

Fleur war höchst amüsiert. »Ist das ein speziell russisches Talent oder allein Ihres?«

»Ein wenig von beidem, würde ich sagen. Wenn man in Rußland etwas erreichen möchte, muß man sich durch ein wahres Verfahrenslabyrinth hindurchfinden oder eigene Abkürzungen ausfindig machen. Ich ziehe letzteres vor.«

»Ich bezweifle, ob man sich in Ihrer Nähe sicher fühlen kann«, versetzte sie.

»Liegt Ihnen so viel an Sicherheit, Miss Hamilton?« erkundigte er sich und betrachtete sie gespannt. Selbst wenn sie imstande gewesen wäre, auf eine derart mit möglichen Risiken befrachtete Frage zu antworten, hätte sie in diesem Augenblick kein Wort herausgebracht. Er half ihr aus der Verlegenheit. »Ich denke, jetzt galoppieren wir aber einmal los, ehe alle zu träge werden.«

»Aber wie . . .?«

»Fragen Sie mich nie nach dem Wie! Vertrauen Sie mir einfach und vergnügen Sie sich!«

Fleur kam zu dem Schluß, daß es zwecklos wäre, seine Methoden ergründen zu wollen. Innerhalb einer bemerkenswert kurzen Zeit und ohne daß man im mindesten mitbekam, wie er es tat, hatte er die abenteuerlichen Reiter von den Kutschen losgeeist und sie dazu gebracht, in einem eleganten leichten Galopp über die Wiese zu reiten.

Das wahrhaft Schlaue daran war, fand Fleur, die sich ganz Oberons gemütlicher Gangart überließ, daß er nicht der Initiator zu sein schien. Allem Anschein nach ordnete er sich dem Willen der Mehrheit unter. Der Grauschimmel bewegte sich gut, und Kirow ging ruhig und sicher mit ihm um, als ritte er ihn schon zeitlebens. Er war, wie Fleur erfreut feststellte, ein vorzüglicher Reiter.

»Es ist interessant, ihn in Aktion zu sehen, nicht wahr?« erkundigte sich Jerome, der wieder zu ihr gestoßen war.

Fleur befand nach einigem Abwägen, daß es zu gefährlich war, diese Frage zu beantworten. Statt dessen zog sie die Augenbrauen hoch und blickte ihn fragend an.

»Der Graf«, erläuterte Jerome. »Ich hatte schon gehört, daß er Situationen hervorragend zu manipulieren vermag, aber es ist aufschlußreich, ihn dabei aus der Nähe zu beobachten.«

»Ich verstehe Sie nicht«, gab sie zurück in der Meinung, dies sei die sicherste Antwort.

Jerome schaute sie an. »Graf Kirow scheint jedermann zu kennen«, sagte er. Er paßte seinen Wallach der Gangart Oberons an und fuhr fort: »Noch vor wenigen Tagen erzählten Sie mir, Sie seien nur flüchtig mit ihm bekannt, doch jetzt scheint er Lady Markby plötzlich sehr nahezustehen.«

Fleur errötete. »Und meine Tante Venus teilt sich eine Kutsche mit Mr. Polotski, und mein Onkel Frederick diniert mit

Baron Brunnow. Meine Güte, ich muß wohl meine Familie daran erinnern, um Ihre Erlaubnis zu bitten, bevor sie sich mit jemandem russischer Herkunft anfreundet!«

Jerome biß sich auf die Lippen. »Ich bitte um Verzeihung für meine Taktlosigkeit«, sagte er leise. Da Fleur nichts erwiderte, fuhr er nach einer Weile fort: »In meiner Sorge um Ihr Wohlbefinden wollte ich Sie lediglich warnen, ein wenig auf der Hut zu sein. In seinem eigenen Land sagt man Kirow so einiges nach . . .«

»Kehren Sie vor Ihrer eigenen Tür! Graf Kirow ist ein Freund meines Vaters«, brauste sie auf und gab Oberon die Sporen. »Ah, endlich galoppieren wir!«

Oberon war nur zu glücklich darüber und sprengte mit einem begierigen Schnauben los. Seine Erregung steckte auch die anderen Pferde an, und im Nu stürmten alle über das offene Feld. Das Geräusch der trommelnden Hufe spornte die Tiere an, und sie begannen sich ein Wettrennen zu liefern.

»Kommen Sie, Miss Hamilton!« rief Paget, der mit einem Grinsen zu ihr herübersah. »Zeigen Sie ihnen, was Sie können! Auf geht's!«

Lächelnd beugte Fleur sich vor und flüsterte Oberon etwas zu, der wie eine Dampflok an Tempo zulegte und sie an den Herren vorbei an die Spitze der Gruppe trug. Er war ein großes, schnelles Pferd, das weniger Gewicht als die anderen trug. Bald hatte er die anderen hinter sich gelassen.

Für den Augenblick vertrieb der Geschwindigkeitsrausch alles andere aus Fleurs Kopf. Die braunen Ohren vor ihr waren gespitzt, und die grüne Erde raste verschwommen unter ihr vorbei. Ihre Lippen öffneten sich, um die weiche Luft zu trinken, und der erregende Donner beschlagener Hufe hämmerte in ihrem Blut. Der Galopp auf einem Pferd war das Aufregendste, was sie kannte. Ihr kam es vor, als flöge sie, und sie war zu aufgeregt, um zu bemerken, daß ihr Hut ins Gras hinuntergefegt wurde.

Die Bäume des Niederwaldes lagen vor ihr, und Oberon machte einen leichten Bogen, um parallel dazu weiterzureiten.

Seine Ohren drehten sich nach hinten, als er das Schnauben eines anderen Pferdes vernahm, und auch Fleur bemerkte jetzt eine Gestalt nahe hinter sich. Natürlich, er war es! Auf seinem rötlich gesprenkelten Grauschimmel kam er mit ihr gleichauf. Oberon verstärkte sein Tempo, doch sein Eifer ließ allmählich nach, und er begann zu schnaufen. Während der Grauschimmel auf gleicher Höhe blieb, wurde Oberon langsamer und verfiel dann in einen leichten Galopp.

Kirow lächelte Fleur beifällig an. »Er reitet gut, Ihr Brauner! Übermüden Sie ihn nicht, wir wollen später nochmals galoppieren.«

Sie brachte Oberon zum Traben und dann ins Schrittempo und ließ die Zügel locker. Das Pferd schnaubte, nieste etliche Male und reckte dann behaglich den Kopf. Sie warf einen Blick zurück und sah die anderen im leichten Galopp herankommen. Als sie die Hand an den Kopf hob, wurde ihr plötzlich bewußt, daß sie barhäuptig war.

»Seien Sie unbesorgt, ich weiß, wo Sie ihn verloren haben. Wir werden später zurückreiten und ihn holen«, sagte Kirow.

Paget kam als erster bei ihnen an. »Donnerwetter, Miss Hamilton, Sie haben wirklich ein rasantes Tempo hingelegt!«

»Oberon sehnte sich nach Auslauf«, erklärte Fleur.

Paget tätschelte den Nacken seines Pferdes. »Meinem armen alten Samson wird das langsam etwas zuviel«, meinte er trübselig, »aber Sie wissen ja, wie das ist. Er ist ein alter Freund, und mir bereitet es mehr Freude, ihn zu reiten als ein junges Pferd. Zudem bricht ihm das Herz, wenn er mich gehen sieht, ohne ihn mitzunehmen. Aber ich muß schon sagen, Sir«, wandte er sich an Kirow, »Ihr Grauschimmel läuft vielleicht gut! Sie hätten uns alle weit hinter sich lassen können, wenn Sie gewollt hätten.«

»Nein, nein«, widersprach Kirow. »Sie dürfen Miss Hamilton nicht einreden, sie hätte nicht fair gewonnen.«

»O natürlich«, pflichtete Paget ihm hastig bei. »Miss Hamilton trägt stets den Sieg davon. Als ich sie das erste Mal sah, schlug sie mich mit einem Pfeil aus ihren Augen zu Boden!«

»In diesem Fall«, erklärte Fleur bestimmt, »habe ich nicht gewonnen, da ich gar nicht um die Wette ritt. Ich erfreute mich lediglich am Galopp und war mir Ihrer Gegenwart nicht bewußt.«

»Diese Grausamkeit! Sehen Sie, Sir«, wandte er sich wieder lachend an Kirow, »wie sie auf einem herumtrampelt. Dabei weiß sie, daß ich für sie sterben würde!«

»Schönheit ist grausam«, erwiderte Kirow ernst. »Jeder Dichter hat auf diese Tatsache hingewiesen.«

Die anderen hatten sie eingeholt, und man unterhielt sich angeregt. Fleur beteiligte sich nicht an der Unterhaltung. Ihr war aufgefallen und es verwirrte sie, daß Paget mit dem Grafen in einer Weise redete, als gehöre dieser einer anderen Generation als sie selbst an und sei nur ein Beobachter der ausgelassenen Spiele junger Leute, deren Beaufsichtigung er übernommen hatte.

❦

Sir Frederick traf just in dem Augenblick am Dew Pond ein, als sie nach Sitzplätzen für das Picknick suchten, das die Diener im Schatten der Weißbirken hergerichtet hatten. Er kam in seinem Zweispänner, und zwar ohne Sir Ranulph.

»Als ich abfuhr, war nichts von ihm zu sehen. Wahrscheinlich hat er sich nach Kew Gardens aufgemacht und uns ganz vergessen«, mutmaßte er.

Während Sir Frederick sich neben seine Gattin setzte, bedeutete er Fleur, ebenfalls auf der ausgebreiteten Decke Platz zu nehmen, und sagte: »Ich fürchte, ich muß dir etwas Unangenehmes erzählen, was ich heute in der Lobby mitbekommen habe.«

»Ja, Onkel?«

»Es betrifft Teddy Scott.« Fleur stockte das Herz. »Zufällig traf ich Lord Raglan, der mir erzählte, daß sich in Woolwich ein ziemlicher Skandal zusammenbraut.«

»Herrje! Was hat er denn angestellt?«

»Ich fürchte, der Dummkopf steckt in ernstlichen Schwierigkeiten.« Er betrachtete seine Nichte ernst. »Du wirst es nicht gern hören, Flo. Er hat sich unerlaubt von der Truppe entfernt. Am Abend des Balls bei den Alderneys hatte er Dienst, doch als der Oberst sich entschloß, der Wache kontrollehalber einen Besuch abzustatten, war Scott nirgends zu finden.« Fleur schwieg, doch die Röte in ihrem Gesicht sagte Frederick genug. »Weißt du etwas darüber, Liebes?«

»Ich sah ihn auf dem Ball«, erklärte sie widerwillig. »Er war über die Mauer geklettert. Ich sagte ihm, er solle sofort zurückgehen. Ich hatte gehofft, er würde nicht vermißt werden.«

»Eine vergebliche Hoffnung, fürchte ich. Was zum Teufel hat den Hohlkopf dazu getrieben?«

Sie begegnete seinem Blick nur zögernd. »Er wollte mit mir tanzen. Er dachte, ich würde seinen Mut bewundern.«

»Grundgütiger! Etwas Derartiges hatte ich schon vermutet.«

»Ich weiß. Du hattest mich ja gewarnt. Doch ich dachte . . .«

»Ja, aber nicht einmal ich glaubte, daß es so weit kommen würde. Weißt du, der Vorfall am Ballabend war nicht der erste dieser Art. Seit du in London bist, hat er sich ständig unerlaubt von der Truppe entfernt.«

»Die ganzen Male . . .?«

»Ja, ich fürchte schon. Oh, keine Angst, deinen Namen hat er nicht erwähnt – er ist ein Gentleman. Er hat sich geweigert, den Grund für sein häufiges Fortgehen anzugeben.«

»Mir würde es nichts ausmachen, wenn er es täte«, begann sie hitzköpfig, aber Frederick brachte sie mit einem Blick zur Räson.

»Doch, das würde es. Die Sache ist die: Wäre er bei den Husaren oder in einem anderen Eliteregiment, dann hätte man alles als einen Jux betrachtet. Man hätte ihm Kasernenarrest aufgebrummt und womöglich einige zusätzliche Pflichten übertragen, und die Tatsache, daß er es aus Liebe tat, hätte sein Ansehen eher noch erhöht. Doch bei den Pionieren liegt die Sache anders. Dort hat es einen verdammten Skandal verursacht.«

Nun mischte sich auch Venus ein: »Na bitte, ich wußte es

doch! Fleur, ich redete dir immer zu, deine Zeit nicht mit ihm zu vergeuden, und dein Onkel warnte dich auch. Aber du wolltest ja nicht hören!«

»Es ist doch nicht meine Schuld, daß Teddy so ein Dummkopf ist!«

»Sei bitte nicht unverschämt, Miss! Solltest du glauben, daß dich die Beteiligung an einem derart lächerlichen Skandal zu einer interessanteren Partie macht, hast du keine Ahnung von der Gesellschaft!«

»Weshalb sollte ich daran beteiligt sein? Teddy würde mich nie in die Sache hineinziehen.«

»Liebes, das Problem ist, daß der Skandal an die Öffentlichkeit gelangen kann«, erklärte Frederick. »Raglan nahm die Sache äußerst ernst. Er befürchtet, sie könne vors Kriegsgericht kommen.«

Fleur erbleichte.

»In diesem Fall würden die Zeitungen darüber berichten, und der Umstand, daß er deinen Namen nicht nennt, wird die Leute nicht daran hindern, zwei und zwei zusammenzuzählen. Du wurdest oft genug in seiner Gesellschaft gesehen. Für die Presse ist das ein gefundenes Fressen.«

»Wenn ... wenn er vor das Kriegsgericht kommt, was geschieht dann mit ihm?«

Frederick zuckte die Schultern. »Er wird unehrenhaft entlassen. Daran besteht wohl kein Zweifel. Wäre es nur einmal passiert ... aber ein wiederholtes Vergehen wie dieses – nein, er fliegt bestimmt raus. Die Pioniere sind ein halsstarriger Haufen. Sie lassen sich nicht gern zum Narren halten.«

»Aber man muß doch etwas tun können!«

»Ich wünschte, es wäre so. Wäre er in einem anderen Regiment, könnte ich vielleicht etwas für ihn tun. Aber bei den Pionieren habe ich keinen Einfluß. Ich fürchte, der junge Scott muß es darauf ankommen lassen.«

»Das ist ja alles schön und gut, Frederick, aber was ist mit Fleur? Und mit uns? Sollen wir es auch darauf ankommen lassen?« entrüstete sich Venus.

»Mein Rat ist, die Sache durchzustehen«, erklärte Frederick. »Das wird zwar unangenehm, aber solche Dinge gehen vorüber. Sobald es einen neuen Skandal gibt, ist alles vergessen.« Venus schnaubte verächtlich, und er setzte, an Fleur gewandt, hinzu: »Kommt er tatsächlich vors Kriegsgericht, solltest du während des Prozesses London wohl besser verlassen und warten, bis ein bißchen Gras über die Sache gewachsen ist. Venus, du könntest mit Fleur doch eine kleine Reise ins Ausland unternehmen. Wäre das nichts?«

»Wann würde der Prozeß denn vermutlich stattfinden?« erkundigte sich Fleur leise.

»Damit müßte man dann wohl so um Mitte Juni rechnen. Gewöhnlich dauert es drei bis vier Wochen, um alles dafür in die Wege zu leiten.«

»Mitte Juni! O nein!« rief sie. »Ich möchte London nicht verlassen. Nicht jetzt, wo ich . . .« Sie schluckte. »Nicht während der Ausstellung.«

»Lieber Gott, Flo!« rief Frederick ungeduldig. »Jetzt mach aber mal einen Punkt! Du hast die Ausstellung doch schließlich gesehen.«

»Das hat uns alles diese Ausstellung eingebrockt«, beklagte sich Venus. »Ich hielt sie von Anfang an für einen Unfug, und jetzt seht ihr, wie recht ich hatte.«

❦

Fleur tat ihr Bestes, die Gedanken an den Prozeß beiseite zu schieben und vor den anderen das Gesicht zu wahren, doch leicht fiel ihr das nicht. Sie fühlte sich schuldig und war wütend darüber, daß sie sich schuldig fühlen mußte. Diese Dummheit Teddys, seine unnötigen Eskapaden! Sie überlegte, daß es nichts Ärgerlicheres gab, als der Gegenstand unerwünschter Verehrung zu sein. Seine hoffnungslose Leidenschaft erregte nicht ihr Mitleid, sondern eine Art gereizter Rachsucht, die für beide Seiten entwürdigend war.

Sie hing diesen Gedanken gerade nach, als sich der Graf neben ihr niederließ und seine leise Frage: »Was ist los? Was ist passiert?« sie aus den Gedanken rüttelte.

»Ich merkte, daß Ihr Onkel sehr ernst mit Ihnen sprach. Stekken Sie in Schwierigkeiten?«

Sie seufzte. »Ich fürchte schon.«

»Lassen Sie mich Ihnen helfen«, sagte er schlicht.

Sie schaute ihm ins Gesicht und empfand dabei ein warmes Gefühl des Trostes und Vertrauens. Wie ein müdes Kind kam sie sich vor, das sich in einer Menschenmenge verlaufen hat und nun plötzlich den geliebten Elternteil wiederfindet, der es behütet. Doch sie sagte: »Ich glaube nicht, daß mir in dieser Sache jemand helfen kann.«

»Erzählen Sie mir alles«, forderte er sie auf, und als sie zögerte, lächelte er und sagte: »Sie haben doch bereits gesehen, welche Wunder ich selbst unter widrigsten Umständen vollbringen kann. Sagte ich Ihnen nicht, Sie sollten mir vertrauen?«

»Ich denke, das übersteigt selbst Ihre Möglichkeiten«, versetzte sie mit einem schwachen Lächeln. »Können Sie es mit der ganzen britischen Armee aufnehmen und dem Herzog von Wellington obendrein?«

»Wenn Sie mich fragen, sehr wohl. Doch vielleicht wird das gar nicht nötig sein. Gewöhnlich gibt es für alles einen Ausweg. Erzählen Sie mir einfach, um welches das Problem es sich handelt.«

Fleur, die sich unsinnigerweise bereits getröstet fühlte, erzählte es ihm.

Acht

An diesem Abend hatten sie nichts vor. Lord und Lady Markby speisten am Hanover Square und begannen danach mit Fleur und Mr. Polotski im Salon Whist zu spielen.

Bei ihrer Rückkehr aus Richmond hatten sie Sir Ranulph angetroffen, dem es nichts ausmachte, das Picknick verpaßt zu haben. Während die anderen spielten, griff er nach der Zeitung, besann sich dann aber anders und forderte Frederick zu einem Schachspiel heraus. Frederick hatte eigentlich vorgehabt, ein wenig mit Fleur zu plaudern, die – was Wunder! – nicht gerade gehohener Stimmung zu sein schien, doch als er zögerte und sie fragend ansah, schüttelte sie den Kopf.

»Lehn doch bitte nicht wegen mir ab, Onkel. Ich bin zu träge und zu müde, um Gesellschaft zu brauchen.«

»Spiel uns etwas vor«, regte Ranulph an. »Etwas Leises und Beruhigendes.«

»Ja, tu das, Liebes, wenn es dir nicht zuviel Mühe bereitet«, stimmte Frederick ihm zu. »Musik hast du doch noch immer als tröstlich empfunden.«

Fleur ließ es zu, daß er das Klavier öffnete, die Kerzen anzündete und die Noten für sie vorbereitete. Er war wohl der Meinung, sie bräuchte Trost. Aber eigentlich wollte sie nur allein gelassen werden, nicht um zu grübeln, sondern um noch einmal die Ereignisse und Gespräche des Tages Revue passieren zu lassen. Nachdem sie Kirow von Teddy Scotts mißlicher Lage erzählt hatte, war er aufgesprungen und mit den Worten davongegangen: »Ich darf nicht die ganze Zeit an Ihrer Seite bleiben, so sehr ich es auch wünschte. Doch es würde auffallen. Aber wir sprechen später mehr darüber, wenn wir zurückreiten, um Ihren Hut zu holen.«

»Mein Hut! Den hatte ich ja ganz vergessen!«

»Dann tun Sie es wieder. Ich werde Sie im rechten Augenblick daran erinnern.«

Während man noch aß, trafen Richard und seine Kameraden ein, die frischen Schwung in die Gesellschaft brachten. Besonders bei den jungen Damen, die die Augenlider senkten und angesichts der unwiderstehlichen Uniformen ihr hübschestes Lächeln aufsetzten, sorgten sie für Aufregung.

Als Fleur ihren Bruder auf sich zukommen sah, der vor Neuigkeiten zu platzen schien, kam ihr die Befürchtung, er hätte von Teddy gehört und sie müsse die ganze Geschichte nun von neuem erörtern. Aber er hatte gerade nur Pferde im Sinn.

»Du, Fleur, weißt du was?« rief er und warf sich neben ihr nieder, wobei er ganz vergaß, gelangweilt und desinteressiert dreinzublicken. »Dieser Kirow ist ein Teufelskerl, findest du nicht?«

»Gewiß«, stimmte sie ihm unschuldig zu. »Ein regelrechter Hasardeur, nehme ich an.«

»Nein, aber jetzt mal im Ernst, weißt du denn nicht, welches Pferd er reitet? Das ist de Burghs Grauschimmel! Und mit de Burgh, das laß dir sagen . . .«

». . . ist nicht zu spaßen, ich weiß.«

»Wer hat dir das erzählt?«

»Hauptmann Jerome. Er hält de Burgh nicht gerade für eine angenehme Bekanntschaft.«

»Na, wie dem auch sei, ich gehe jetzt zu Kirow und mache ihm meine Aufwartung, schließlich ist er mit meinem Oberst befreundet.«

»Bitte, Dick, fall ihm bloß nicht auf die Nerven!« bat Fleur hastig.

»Tu ich doch gar nicht«, versetzte er verärgert. »Ich tue nur, was sich geziemt. Du verstehst nichts von Etikette – wie alle

Frauen. Doch ich wünschte, Papa wäre hier. Ich wette, er würde Kirow gerne kennenlernen.«

»Du hinkst den Tatsachen hinterher – sie sind bereits gut Freund. Graf Kirow kennt sich nämlich in der Gartenbaukunst sehr gut aus.«

Richard war perplex. »Das kannst du doch nicht ernst meinen! Interessiert an Blumen, ein toller Hecht wie er?«

»Sein Vater war in Rußland ein berühmter Amateur auf diesem Gebiet.«

»Dann wird das wohl der Grund dafür sein.« Mit dieser Erklärung beruhigte sich Richard wieder. »Würde man mich über Blumen ausfragen, wüßte ich ja wohl auch eine Menge darüber, einfach deshalb, weil ich Papa öfter zugehört habe. Man schnappt es auf, nicht wahr, ganz ohne eigenes Dazutun.«

Er eilte davon. Fleur beobachtete ihn ängstlich, doch Kirow schien seine Aufmerksamkeiten gelassen aufzunehmen, und Richards geröteten Wangen und seiner begeisterten Miene nach zu urteilen wurde der Graf den in ihn gesetzten Erwartungen gerecht.

Ein wenig später kehrte Richard zurück und meinte bedeutsam: »Ich habe mit Kirow ausgemacht, daß wir alle zurückreiten, um deinen Hut zu finden. Anscheinend wissen nur Kirow und du in etwa, wo er verlorenging, doch besteht er darauf, daß ich, da Pa nicht da ist, anstandshalber mitkomme. Er weiß, was sich gehört, nicht wahr? Brooke habe ich auch gebeten, mit uns zu reiten – vier Augenpaare sehen mehr als drei!«

»Das ist sehr lieb von dir, Dick«, erwiderte sie ernst. Im Geiste sah sie Richard und seinen Freund die Büsche gewissenhaft nach dem Hut abklopfen, während sie und Kirow hinter ihnen herritten und ihre private Unterhaltung in aller Ruhe genießen konnten.

Und so war es dann auch. »Allmählich halte ich Sie für eine äußerst skrupellose Person«, sagte sie, als sie rund hundert Meter hinter den galanten Husaren Seite an Seite ihres Weges ritten. »Wenn Sie ein bestimmtes Ziel im Auge haben . . .«

»Nicht skrupellos – nur gründlich«, meinte er leichthin.

»So gründlich, daß Sie meine Tante Markby überzeugt haben, mit ihr verwandt zu sein, um zu diesem Picknick eingeladen zuwerden?«

»Keineswegs«, antwortete er ernst. »Sie war es, die sagte, wir seien verwandt. Ich teilte ihr lediglich mit, wer meine Mutter war. Den Rest erledigte sie selbst.«

»Dann stimmt das von Ihrer Mutter?«

»Natürlich. Sie war die Tochter von Admiral Peters, und der Name ihrer Mutter war Strickland, was Ihrer Tante große Genugtuung zu verschaffen schien! Meine Mutter war eine äußerst bemerkenswerte Frau und sehr tapfer. Vor meiner Geburt, als Napoleon Rußland überfallen hatte, zog sie mit meinem Vater in den Krieg und ritt an seiner Seite. Sie sagte immer, sie könne jede Not und Gefahr ertragen, solange sie nur bei ihm sei.«

»Wie hat es denn die Tochter eines englischen Generals bis nach Rußland verschlagen können?«

»Ihr Vater starb, als sie noch eine sehr junge Frau war. Dadurch war sie gezwungen, Gouvernante zu werden. Sie verfügte über keine anderen Mittel, um sich über Wasser zu halten. Zunächst arbeitete sie für eine Diplomatenfamilie, die sich während des Friedens von Amiens in Paris aufhielt. Als die Friedenszeit unvermittelt endete, floh diese Familie zurück nach England und ließ meine Mutter in Frankreich zurück.«

»Großer Gott, wie verabscheuungswürdig!«

»Ja, und sie befand sich in großer Gefahr. Napoleon ließ mehrere tausend Engländer, die das Land nicht rechtzeitig verlassen hatten, ins Gefängnis werfen. Doch glücklicherweise hielt sich mein Vater in Paris auf. Er hatte sie über ihre Arbeitgeber kennengelernt und sich in sie verliebt. Als er von ihrer Notlage erfuhr, rettete er sie und nahm sie mit nach Petersburg.«

»Und heiratete sie? Was für eine wunderschöne Geschichte!«

»So einfach war das nicht. Er war damals nämlich bereits verheiratet. Viele Jahre blieben sie voneinander getrennt, und meine Mutter heiratete einen anderen. Doch schließlich starben seine Frau und ihr Mann, und die beiden konnten endlich heiraten. Dann wurde Napoleon geschlagen, und ich kam zur Welt. Diese Ereignisse sind vermutlich mehr miteinander verknüpft, als es den Anschein hat«, sagte er lächelnd.

»Sie muß Ihren Vater sehr geliebt haben.«

»Gewiß. Als er starb, starb auch ein Teil von ihr.«

Sie blickte ihn von der Seite an. Er ritt den großen Grauschimmel mit scheinbar leichter Hand, entspannt im Sattel sitzend und doch in der sehr aufrechten Haltung eines Kavalleristen. Sein Reitstil wirkte natürlich und anmutig, obgleich große Kraft dahintersteckte. Man merkte ihm an, daß er im Augenblick mit den Gedanken weit fort war. Die harten Linien um seinen Mund waren weicher geworden, die Augen schauten in unbekannte Fernen, und das Gesicht sah viel jünger aus, während er mit Zuneigung und Traurigkeit über eine geliebte Person nachsann.

»Wie war sie?« erkundigte sich Fleur.

Eine Weile antwortete er nicht. Dann sagte er lächelnd, ohne sie anzublicken: »Wie Sie.« Fleur war überrascht und sah ihn fragend an. Er fuhr fort: »O nein, nicht vom Aussehen, sondern von der Art her. Und sie sprach wie Sie. Sie war sehr klug und hatte sogar eine noch bessere Bildung genossen als mein Vater. Ich konnte mich stundenlang mit ihr unterhalten.«

»Das erklärt, warum Sie auf diese Art mit mir reden. Männer sprechen mit Frauen normalerweise nicht so, als seien auch sie Menschen. Nicht einmal mein Bruder oder mein Vater . . .«

»Nein, ich weiß«, sagte er, als wäre das etwas, was ihm aus Erfahrung vertraut war. »Sie lehrte mich, was wahre Gemeinschaft ist, und die ist immer selten. Sie formte meinen Verstand, leitete meine Gedanken. Ich vermisse sie«, fügte er leise hinzu. »Es ist jetzt zwölf Jahre her, daß sie starb, aber wenn ich bestimmte Räume betrete, vor allem bei Sonnenuntergang, dann vermeine ich mitunter noch, sie dort vorzufinden. Und ich kann noch immer ihre Stimme hören ... Sie war es, die mir Rußland näherbrachte. Der Außenseiter sieht die Dinge stets klarer.«

»Waren Sie ihr einziges Kind?« fragte sie – nicht ganz ehrlich, da sie bereits von einem Bruder wußte.

»Nein«, versetzte er, »aber ich war ihr erstes.« Er blickte sie prüfend an, und die Linien um seinen Mund verhärteten sich wieder. »Ich habe einen jüngeren Bruder – Petja –, einen viel jüngeren Bruder! Er ist achtundzwanzig und der Liebling des Gardistenkasinos. Seit dem Tod meines Vaters mußte ich ihm den Vater ersetzen. Eine mühsamere Aufgabe ist kaum vorstellbar.«

»Vielleicht hat ihm der Tod des Vaters sehr zugesetzt?« wagte Fleur zu sagen, worauf er sie mit einem ziemlich harten Lächeln bedachte.

»Nein, da liegen Sie falsch. Petja war erst sechs, und ich bezweifle, daß er sich daran noch groß erinnert. Ich war's, der ...« Er hielt inne.

»Es tut mir leid«, sagte sie sofort. »Sie wollen nicht daran zurückdenken.«

»Ich möchte nicht, aber ich tue es. Es braucht Ihnen nicht leid zu tun. Mit Ihnen rede ich gern darüber. Seinen Anfang nahm alles mit dieser abscheulichen Sache der Dekabristen. Sie haben davon gehört?«

»Ein wenig.« Sie war froh, das sagen zu können.

»Es war alles so aussichtslos und beängstigend. In unserer Geschichte hatte es bereits andere Rebellionen gegeben, viele sogar, aber diese war anders.«

Er schwieg so lange, daß sie dachte, er wurde nicht fortfahren. Der goldene Nachmittag war sehr still. Kein Luftzug regte sich mehr, und selbst die Vögel auf den Bäumen waren verstummt. Die einzige Bewegung rührte von den beiden Husaren her, die, wie Hunde vorneweg streifend, sich fortwährend weiter entfernten, mal hierhin und mal dorthin schweiften und sich etwas zuriefen, leise Rufe, harmlos und golden wie der Nachmittag.

»Diese war anders«, wiederholte er. »Zum erstenmal fand sich eine Gruppe idealistischer junger Männer in dem Wunsch zusammen, die Dinge für das Gemeinwohl zu verbessern. Sie wollten keinen anderen Zaren, sie wollten überhaupt keinen, zumindest aber eine konstitutionelle Monarchie wie hier, mit einer rechenschaftspflichtigen Regierung, mit Freiheit für die Leibeigenen und einem allgemeinen Bürgerrecht. Lobenswerte Ziele, könnte man meinen. Die meisten waren gute Männer – jung und töricht vielleicht, aber das Herz hatten sie auf dem rechten Fleck. Mein Bruder Sascha war einer davon.«

»Ihr Bruder?«

»Mein Halbbruder, der Sohn meines Vaters aus dessen früherer Ehe. Sascha war mein Held, obwohl er der Liebling meiner Eltern war, was ihm auch meinen Haß hätte einhandeln können. Ja, auch der Liebling meiner Mutter, doch sogar das vergab ich ihm. Er war ein gottgleicher junger Mann, groß und schön, mit goldenem Haar und goldenen Augen. Ich habe nie erlebt, daß er einmal finster dreinblickte oder ärgerlich wurde. Die Dienerschaft betete ihn an. Sascha hatte mehr Freunde, als er an einem Tag nacheinander hätte küssen können. Und er gehörte zur Semjonowskyj-Garde, einem der Eliteregimenter. Als sich herausstellte, daß er einer der Verschwörer war, wurde etwas in meinem Vater krank und begann zu sterben.«

»Die Rebellion – sie scheiterte natürlich?« half sie ihm sanft nach. Sie spürte, daß die Geschichte nun aus ihm herausmußte, daß er sich von einem Teil der Bitterkeit trennen konnte, indem er sie ihr erzählte.

»Sie fing nie richtig an.« Seine Augen waren wieder woanders. Nun schien sich ein kalter Ort in ihnen zu spiegeln, weit entfernt von den Sommerwiesen vor ihnen.

»Es war eine phantastische Szenerie: ein bitterkalter Dezembertag; der Himmel von einem schmutzigen Gelbgrau, wie zertretener Schnee. Es wurde nie wirklich hell. Im Dezember sind die Tage sehr kurz und dunkel in Petersburg. Und auf dem riesigen Platz, aufgereiht mit dem Rücken zum Admiralitätsgebäude, dreitausend rebellierende Soldaten in ihren Überziehern und Kappen, die auf Befehle warteten. Sie stampften mit den Füßen auf, grinsten sich zu und fummelten an ihren Musketen herum, erregt und ängstlich zugleich. Hinter ihnen hatten sich viele Zivilisten angesammelt, die sie anstachelten. Sie gaben ihnen große Stücke Brot und Wurst, damit sie durchhielten, und reichten Wodkaflaschen herum.

Auf der anderen Seite des Platzes standen die regierungstreuen Truppen aufgereiht, in ihrer Mitte zu Pferde Zar Nikolaus. Ihm war erst an jenem Tag der Eid abgenommen worden, und schon war er mit einer Rebellion konfrontiert.«

»Was tat er?«

»Er wollte sie nicht erschießen. Jeder andere Zar hätte das Feuer eröffnet und damit basta. Auf seiner Seite standen ja neuntausend Mann und die Artillerie obendrein. Doch er wollte nicht, daß der erste Tag seiner Regierung durch Blutvergießen getrübt würde. Also saß er auf seinem Pferd und versuchte, die Aufständischen durch seine Willenskraft zum Abzug zu bewegen. Den ganzen Tag lang standen sie sich auf dem Platz gegenüber. Es war wie ein Traum, wie einer dieser eigentümlichen, gefrorenen Träume, wo eine Gefahr auf einen zukommt und man merkt, daß man weder fortrennen noch schreien kann.«

»Unternahm er denn nicht den Versuch, mit den Rebellen zu reden?«

»O doch, er schickte Abgesandte, die ihnen gut zureden sollten. Zuerst den alten General Miloradowitsch, den Helden von 1812, da er allseits beliebt war und ihm der Ruf anhaftete, gerecht und anständig zu sein. Er sprach zu den Rebellen, doch sie hörten nicht zu, und als er zurückritt, schossen sie ihn in den Rücken.«

»O nein!« rief Fleur entsetzt.

»Jeder Abgesandte, den der Zar schickte, wurde von ihnen beschossen. Manche wurden dabei getötet, andere verletzt. Und noch immer saß Nikolaus da und wartete. Doch als es dunkel zu werden begann und die Rebellen mit ihren Musketen das Feuer eröffneten, wenn auch, das ist wahr, nicht sehr zielgerichtet, wurde dem Zaren klar, daß er etwas tun mußte. Im Dunkeln konnte schließlich alles mögliche passieren. Also ließ er die Artillerie ihre Geschütze laden und erteilte den Schießbefehl. Die Verschwörer wurden verhaftet und bis zur Verhandlung in der Peter-und-Paul-Festung eingesperrt.«

»Und Ihr Bruder . . .«

»Ja, Sascha befand sich auch darunter. Papa war wie in Trance. Er ging in unserem Haus umher mit bleichem Gesicht und einem Blick . . . diesen Blick habe ich noch immer vor mir! Ihm ging es einfach nicht in den Kopf. So etwas war unserer Familie noch nie widerfahren. Er bat den Zaren um die Erlaubnis, seinen Sohn befragen zu dürfen, um die Wahrheit herauszubekommen, und diese Wahrheit war es dann, die ihm das Herz brach.« Kirow schüttelte den Kopf, als könne er das alles nicht fassen. Es war so lange her, und doch sah Fleur, daß es ihm wie gestern erschien.

»Wissen Sie, die Soldaten, also die gewöhnlichen, wollten keine Republik oder konstitutionelle Monarchie. Sie hätten deren Sinn gar nicht verstanden und ihr auch nicht getraut. Sie verstanden nur etwas von Zaren. Was sie anbelangte, so gab es gute Zaren und schlechte, und die guten waren solche, die ihnen mehr zahlten und sie weniger auspeitschten. Also erklärten ihnen die Verschwörer, Nikolaus säße unrechtmäßig auf dem Thron und sein Bruder Konstantin sei der wahre Zar. Ziel der Rebellion wäre es, Nikolaus zu stürzen und Konstantin zum Zaren zu erheben. Sobald Konstantin Zar sei, so sagten sie, erhielten alle Truppen eine Solderhöhung und bessere Bedingungen. Oh, vermutlich versprachen sie ihnen das Blaue vom Himmel! Aber verstehen Sie, das war es, was mein Vater nicht verzeihen konnte, daß sie die Soldaten belogen hatten. Als er von der Festung zurückkehrte, sah er alt aus, so alt, und sein Gesicht war grau. Meine Mutter lief zu ihm, rief seinen Namen, ergriff seine Hand, aber er sah sie nicht an. Ich weiß nicht einmal, ob er sie überhaupt wahrnahm. Er blickte mich an – ich fürchtete mich so! – und sagte: ›Er hat sie belogen. Er hat die Männer belogen. Er hat sie für eine Lüge in den Tod gehen lassen.‹ Meine Mutter wollte, daß mein Vater beim Zaren um Milde bäte. Sie war außer sich, ihr war es einerlei, ob Sascha schuldig war oder nicht, sie wollte nur, daß er am Leben blieb. Doch Papa ließ sich nicht erweichen, nicht für einen Sohn, der sowohl den Kaiser als auch die unter seinem Befehl stehenden Männer verraten hatte. Er verschloß sein Herz vor Sascha und den Tränen meiner Mutter. Ich aber hatte Verständnis. Zwar grämte ich mich bitterlich um Sascha, doch ich verstand.«

»Was geschah mit ihm?«

»Hingerichtet wurde er nicht. Der Zar schien eher schockiert als wütend zu sein. Offensichtlich ging es über seine Begriffe, daß diese jungen Männer – die Favoriten, die dem Thron alles verdankten – ihn verraten haben sollten. Am Ende wurden nur fünf der Rädelsführer gehängt, und der Rest, an die zweihundert Mann, wurde in die Verbannung geschickt, darunter auch Sascha. Er befand sich im ersten Konvoi. Mutter und ich sahen vom Fenster unseres Hauses zu, wie sie vor ihrer langen, langen Reise nach Sibirien den Newskij Prospekt hinuntermarschierten. Sascha schaute zu uns hinauf, doch glaube ich nicht, daß er uns sehen konnte. Das war das letzte Mal, daß ich ihn sah.«

»Haben Sie je wieder von ihm gehört?«

»Zu schreiben war ihnen natürlich untersagt. Das nächste und letzte, das wir ein Jahr später von ihm erfuhren, war die Nachricht von seinem Tod. Am Tag darauf erlitt Vater einen Schlaganfall.« Kirows Gesicht bebte, und er biß sich auf die Lippen. »Er starb nicht sofort, sondern lebte noch weitere zwei Jahre, ehe der zweite Schlaganfall ihm ein Ende machte. Wie grausam das war!«

»Es tut mir so leid«, sagte Fleur hilflos. Es verlangte sie danach, ihn zu trösten, doch was konnte sie angesichts solcher Erinnerungen sagen oder tun? Er schaute sie an, und in seine grauen Augen stahl sich ein schwaches Lächeln. Als sie spontan ihre Hand ausstreckte, ergriff er sie und schloß die Finger um ihre, als nähme er ein Geschenk entgegen.

»Hallo, Fleur! Habt ihr uns denn nicht schreien hören? Wir haben ihn gefunden! Jetzt kommt schon weiter!«

Richards gesunde junge Stimme brachte die unsichtbare Seifenblase zum Platzen, die um sie herum entstanden war. Oberon, derart aus seinem Halbschlaf geweckt, fuhr zusammen. Fleur zog ihre Hand ein wenig befangen zurück, und Kirow, der den nervös werdenden Grauschimmel zu beruhigen versuchte, setzte unverzüglich wieder sein öffentliches Gesicht auf. Er ritt voran und rief Richard zu: »Sind Sie auch sicher, daß es der richtige ist?«

»Nun, Sir, ich nehme nicht an, daß sich just an diesem Platz mehrere verlorene Hüte befinden«, erwiderte dieser ganz ernsthaft.

»Er zieht dich durch den Kakao, Dick!« rief Fleur und setzte Oberon in Trab. Kirow lächelte Fleur verschwörerisch zu, und beide brachen in Gelächter aus, als sie ihren Pferden die Sporen gaben und zu den jungen Männern hinüberritten.

❦

Unter dem gelben Schein des Gaslichts sprachen die Whistspieler leise miteinander, während sie ihre Ergebnisse notierten und darauf warteten, daß die Karten neu gemischt und ausgeteilt würden.

In der Mitte des Raumes war der Schachtisch vor dem wärmenden Kaminfeuer aufgestellt worden, denn selbst im Mai war es im Haus abends kalt. Fleurs Vater und ihr Onkel, beides hochgewachsene, schlanke Männer, beugten sich wie zwei brütende Störche über das Brett. Fleur hatte keine Ahnung, wer am Zug war. Vielleicht wußten die beiden es selbst nicht.

Der Abendverkehr draußen auf der Straße wurde durch die schweren Samtvorhänge zu einem steten Gebrumm gedämpft, dem man keine Aufmerksamkeit schenkte. Fleur stellte sich die gaslichtbeschienenen Straßen vor, die, von dunklen Gartenflecken unterbrochen, in alle Richtungen führten. Sie dachte an die hohen Bäume, die da draußen ihr geheimnisvolles Leben führten und nur dem Wind zuflüsterten, was sie sahen und wußten. Über den Lichtern befanden sich die unzähligen Dächer Londons, deren Schindeln im Mondschein glitzerten.

Und irgendwo unter einem jener Dächer, neben einem der Kamine saß er. Noch immer war ihr seine Adresse unbekannt. Sie wünschte, sie wüßte sie, so daß sie sich die Straße vorstellen könnte und das Haus. Gewiß dachte er an sie, daran bestand kein Zweifel. Sie fühlte bereits, daß sie zusammengehörten. Alles, was er ihr an diesem Tag erzählt hatte, war ein Geschenk von ihm an sie, um dieses unsichtbare Band zu stärken.

»Sie lehrte mich, was wahre Gemeinschaft ist, und die ist immer selten.« Jerome, ja selbst Polotski verstanden das nicht, als sie sie vor ihm warnten. Es ging nicht in ihre kleinen, konventionellen Köpfe, daß dies etwas ganz anderes war.

Ein Rascheln und ein leises Klicken, gefolgt von einem anerkennenden Pfeifen ihres Vater: mit einem Ruck kehrte sie in die Gegenwart zurück.

»Oh, damit hatte ich nicht gerechnet. Äußerst geschickt!« rief ihr Vater, als er sich zurücklehnte und Sir Fredericks Zug überdachte.

»Du hast dich nicht konzentriert. Du wußtest doch, daß dieser Turm gedeckt war!« Frederick wandte sich, noch immer lächelnd, um und blickte zu Fleur hinüber. »Träumst du, Flo? Reicht es dir oder würdest du mir gern noch etwas vorspielen?«

»Wenn du möchtest. Ich bin nicht müde.«

»Wir wäre es mit diesem hübschen Stück, das du immer spieltest. Mozart, nicht wahr?«

»Beethoven«, berichtigte sie ihn lächelnd und begann erneut zu spielen.

Dickens öffnete Fleur die Tür und nahm ihr das Cape ab. »Oh, Miss, da ist ein Besucher, der nach dem Master fragt. Ich sagte, wir würden jeden Augenblick mit seiner Rückkehr rechnen, worauf er meinte, dann wolle er warten.«

»Sir Frederick ist zum Old Palace Yard gegangen«, erklärte Fleur, während sie sich die Handschuhe auszog. »Wer ist es denn?«

»Graf Kirow, Miss. Würden Sie ihn gern sehen? Er ist in der Bibliothek, Miss.«

»Ja, Dickens. Seien Sie so gut und führen Sie ihn in den Salon. Ich nehme nur rasch den Hut ab.« Glückselig rannte sie die Treppe hinauf.

Ein wenig später erhob sich Kirow mit einem fragenden Lächeln, als Dickens die Salontür für sie öffnete.

»Es ist sehr freundlich von Ihnen, mich zu empfangen, Ma'am. Ich störe doch hoffentlich nicht?«

»Durchaus nicht«, sagte Fleur. »Mein Onkel hatte eigentlich die Absicht, hierher zurückzukommen, erhielt jedoch die Nachricht, doch bei Lord Granville vorzusprechen, so daß er mich lediglich hier absetzte.«

Als Dickens die Tür hinter sich schloß, durchquerte Kirow rasch den Raum, küßte ihr die Hand und sagte: »Ich bin erfreut über die Gelegenheit, mit Ihnen allein sprechen zu können. Wie gut Sie aussehen!«

»Danke! Ich glaube, der Tag in Richmond hat mir gutgetan. Es war fast wie auf dem Lande.«

»Haben Sie heute vormittag schon die Ausstellung besucht?«

»Ja, und zwar wieder die Maschinenabteilung. Wie oft man dort auch hingeht, jedesmal entdeckt man etwas Neues! Heute nahmen wir uns die kleinen Maschinen vor. Freilich, die großen Dampfmaschinen sind sensationell, aber was die kleinen Maschinen vollbringen, fasziniert mich fast noch mehr!«

»Ich verstehe, was Sie meinen«, sagte er. »Leider kommen in meiner Heimat überhaupt erst die elementarsten Maschinen in Gebrauch.«

»Warum sollte sich das nicht ändern? In einem so großen Land wie dem Ihren muß es doch genug Eisen und Kohle geben. Und auch an Arbeitskräften dürfte es nicht mangeln?«

»Ach, wenn's doch nur so einfach wäre! Ich werde es Ihnen eines Tages erklären, wenn wir genug Zeit dazu haben.«

»Ja, natürlich sind Sie nicht hergekommen, um sich mit mir über Maschinen zu unterhalten«, versetzte sie mit einem feinen Lächeln. »Kann ich meinem Onkel etwas ausrichten?«

»Ich habe ihm etwas zu sagen, doch bin ich glücklich über die Gelegenheit, es Ihnen zuerst erzählen zu können. Sie betrifft es nämlich am meisten.«

Sie nahm auf dem Sofa Platz und forderte ihn mit einer Geste auf, sich neben sie zu setzen. »Es geht um Ihren Freund, Mr. Scott.«

»Oh!« Fleur errötete leicht. »Haben Sie etwas Neues erfahren? Onkel Frederick erkundigte sich gestern, ob die Unterlagen schon weitergereicht worden seien, doch konnte er nichts darüber erfahren.«

»Es wird zu keiner Verhandlung vor dem Kriegsgericht kommen«, erklärte er.

»Oh, ich bin so glücklich!« Spontan ergriff sie seine Hand. »Danke, daß Sie gekommen sind, um es mir zu erzählen! Woher wissen Sie es? Ist das auch gewiß wahr?«

»Ja, das ist es«, erwiderte Kirow, der vergaß, ihre Hand wieder freizugeben. »Die Angelegenheit wurde privat zwischen dem Oberst des Regiments, Lord Rag an, und dem Vater des jungen Mannes geregelt.«

»Du lieber Himmel, sein Vater! Vermutlich ist er sehr wütend?«

»Das kann ich nicht beurteilen, da mir der Gentleman nicht bekannt ist. Aber es wurde vereinbart, daß – zum Besten für das ganze Regiment – keine Anklagen gegen Mr. Scott erhoben werden, vorausgesetzt, er verläßt die Pioniere auf der Stelle freiwillig.«

»Oh, der arme Teddy! In Schande heimzukehren! Nun, aber zumindest keine öffentliche Schande, das ist die Hauptsache. Von wem haben Sie davon erfahren?«

»Von Mr. Brunel. Im übrigen wird Mr. Scott zu Hause nicht in Ungnade schmachten müssen: Brunel glaubt, er besäße ein echtes Talent für den Brückenbau, das er in einer zivilen Umgebung besser zum Einsatz bringen könnte als in einer militärischen.«

»Mr. Brunel hat sich für ihn eingesetzt?« erkundigte sich Fleur verwundert.

»Ja, das gab beim Oberst den Ausschlag, keine Anklage zu erheben. Er wollte die neue Karriere des jungen Mannes nicht gleich zu Beginn gefährden. Brunel übernimmt ihn als Assistenten in die Great Western Railway Company. Ich denke, daß ihm das sehr entgegenkommt.«

»O ja! Und wie! Und dadurch ist er auch die meiste Zeit von zu Hause fort . . .«

»Und fern von London. Sie werden nicht mehr von ihm belästigt werden.«

Sie starrte ihn an und begann über das Ganze nachzudenken. Er beobachtete sie dabei, amüsiert darüber, was nur zu offensichtlich in ihrem Kopf vorging.

»Augenblick mal, woher wußte Mr. Brunel eigentlich etwas über Teddys Talent für den Brückenbau? Und woher war ihm bekannt, daß er in Schwierigkeiten steckte? Und was sollte ihn dazu bewegen, sich für Teddy einzusetzen?«

»Keine Ahnung. Vielleicht ist er ein Philanthrop?«

»Sie hatten etwas damit zu schaffen«, versetzte Fleur. »Nein, ich muß mich korrigieren – Sie haben das Ganze eingefädelt!«

»Soll ich lügen? Wäre die Wahrheit Ihnen unangenehm? Nun gut – ich war's«, gestand er und schlug sich auf die Brust, während er den Kopf mit gespielter Zerknirschung senkte.

»Du lieber Himmel, wie überaus nett von Ihnen! Aber – warum? Warum sollten Sie sich für einen jungen Mann, den Sie nicht einmal kennen, solche Mühe machen?«

Er schüttelte den Kopf, als sei er verwundert über soviel Begriffsstutzigkeit.

»Warum wohl? Wollen Sie etwa behaupten, es sei nicht Ihr spezieller Wunsch gewesen? Sie baten mich, es mit Lord Wellington und der britischen Armee aufzunehmen, doch am Ende war das gar nicht nötig.«

Ihre Gedanken wirbelten durcheinander. Er hatte es für sie getan, weil sie über Teddys Notlage betrübt gewesen war und sich überdies einem unangenehmen Skandal gegenübersah. Er hatte ihr Trauer und Peinlichkeit ersparen wollen. Wünschte er vielleicht auch, daß sie London nicht verlassen mußte? Wollte er gar Teddy aus ihrer Nähe entfernen? War es nur Freundlichkeit? Oder war es mehr als das?

»Ich weiß nicht, was ich sagen soll«, begann sie und wurde vom Öffnen der Tür unterbrochen. Rasch zog sie ihre Hand zurück und sah lächelnd Venus entgegen, die gerade das Zimmer betrat.

»Oh, Graf Kirow, wie liebenswürdig von Ihnen, hereinzuschauen«, sagte Venus und kam mit ausgestreckter Hand auf ihn zu.

Kirow erhob sich. *»A votre Service, Madame«*, meinte er galant und beugte sich über ihre Hand. Mit Venus sprach er immer französisch, ein Umstand, der sie früh für ihn eingenommen hatte.

»Es tut mir leid, daß mein Gatte und ich bei Ihrer Ankunft nicht anwesend waren, aber ich hoffe, daß meine Nichte Sie in der Zwischenzeit angenehm unterhalten hat. Aber Fleur, warum hast du seiner Exzellenz nicht ein Glas Sherry angeboten? Laß Dickens das erledigen. Und, Graf, Sie müssen mir die Gunst erweisen, heute zum Dinner zu kommen, wenn Sie nicht schon vergeben sind.«

»Ich nehme gerne an, Madame.«

»Wie schön! Wir haben heute abend einige Gäste eingeladen, die Sie, wie ich glaube, sehr interessieren werden. Wir wollen ein wenig plaudern, Sie verstehen . . . Es ist nicht nötig, daß du dich länger hier aufhältst, Liebes«, wandte sie sich an Fleur, der keine andere Wahl blieb als zu gehen.

Während des Dinners verhielt Fleur sich recht schweigsam. Kirow war in eine Unterhaltung mit Sir Frederick, Mr. Herbert und Mr. Polotski über das öffentliche Gesundheitswesen verwickelt, ein Thema, das die Damen wirksam zum Schweigen brachte. Fleur kam das durchaus entgegen. Sie konnte so tun, als folge sie der Unterhaltung, während sie in Wirklichkeit unbemerkt den Grafen beobachten konnte.

In Abendkleidung wirkte er besonders distinguiert fand sie. Die Farben Schwarz und Weiß standen ihm ausgezeichnet, ließen ihn besser aussehen denn je. Ein schmales Band mit einem russischen Orden daran glitzerte diskret an seinem Hals, und der große Smaragd an seinem Siegelring blitzte, wann immer er die linke Hand bewegte. Sie betrachtete sein Profil, während er zuhörte, lächelte, wenn er lächelte, verfolgte die Bewegungen seiner Lippen, wenn er sprach. Er wußte, daß sie ihn beobachtete, denn immer wenn er den Kopf aus irgendeinem Grund in ihre Richtung wandte, suchte er ihre Augen.

Da es sich um eine formelle Zusammenkunft handelte, waren Fleur und ihre Tante gezwungen, sich mit den anderen Damen in den Salon zurückzuziehen und die Männer zigarrenrauchend und brandytrinkend zurückzulassen. Aber auch später würde es Fleurs Aufgabe sein, die jüngeren Gäste zu unterhalten. Ein Gespräch mit Kirow war auch dann nicht möglich, da er von den älteren Gästen in Anspruch genommen werden würde.

Während sich ihre Tante mit den älteren Damen niederließ, begleitete Fleur die jüngeren in den ersten Stock, wo sie ihre Toiletten richteten und miteinander plauderten. Fleur hörte ihnen zu, ohne tatsächlich etwas mitzubekommen. Es kam ihr vor, als bestünde eine Barriere zwischen ihr und dem Rest der Welt, durchsichtig zwar, aber undurchdringlich. Nichts war wirklich außer diesem hochgewachsenen Mann mit den leuchtenden Augen, dessen Seele zu ihr sprach, ohne daß es der Worte bedurfte. Als die Damen schließlich den Salon wieder betraten, waren die Tee- und Kaffeetabletts bereits hereingebracht worden, und jedermann drängte sich um den Tisch, oder man stand, die Tasse in der Hand, in kleinen Gruppen zusammen und unterhielt sich.

Nirgends vermochte sie jedoch Kirow zu sehen. Der große Raum war durch eine Trennwand unterteilt, und plötzlich bemerkte Fleur, daß dahinter zwischen zwei nicht sichtbaren Personen ein Gespräch im Gange war. Allmählich erkannte sie auch die Stimmen und erfaßte die Bedeutung der gesprochenen Worte.

»Es ist eine delikate Situation«, sagte Hauptmann Jerome gerade.

»Zu delikat für mich, alter Kumpel«, protestierte Lord James Paget. »So etwas liegt mir gar nicht.«

»Aber Sie kennen sie schon viel länger als ich. Könnten Sie, als alter Freund, denn nicht ...«

»Gewiß nicht! Es wäre die größte Impertinenz!«

»In meinem Fall vielleicht«, versuchte Jerome ihn zu überreden, »aber bei Ihnen – oder vielleicht könnten Sie mit ihr auf nette Art darüber sprechen? Ich habe nämlich gesehen, wie er sie anblickt. Er stellt ihr offen nach. Es wird Gerede geben, übles Gerede.«

»Unsinn! Sie bilden sich das Ganze doch nur ein! Er hat ein väterliches Interesse an ihr, das ist alles. Schließlich ist er ein Freund ihres Vaters. Ich versichere Ihnen, niemand wird sich etwas anderes dabei denken ...«

»Ah, da sind Sie!«

Fleur wirbelte herum. Der Graf war leise hinter sie getreten.

»Verzeihung, habe ich Sie erschreckt?« erkundigte er sich und betrachtete ihre geröteten Wangen.

»Ich habe Sie nicht erwartet«, brachte sie mühsam heraus. »Ich dachte, Sie wären am anderen Ende des Raumes.«

»Das war ich auch. Aber als ich bemerkte, daß Sie nicht dort waren, kam ich hierher in der Hoffnung, Ihnen zu begegnen. Ich wollte Sie um Vergebung bitten, daß ich Sie heute abend so vernachlässige.«

»Ich denke, es wird Ihnen wohl gar keine andere Wahl bleiben«, erklärte sie verlegen.

»Nein«, lächelte er mit gespielter Reue. »Ihr Onkel versorgt mich blendend mit Gesellschaft und Unterhaltung! Das ist das Vermaledeite an unseren höflichen Zusammenkünften, ich habe nie ausreichend Zeit, einmal richtig und ungestört mit Ihnen zu reden. Ich habe darüber nachgedacht: Vielleicht könnten wir miteinander im Park ausreiten. Wäre es Ihnen gestattet, allein zu kommen?«

Fleur schaute ihn überrascht an. »Ungestört wären wir wohl kaum. Wir kennen wahrscheinlich halb London und müßten dementsprechend dauernd jemanden grüßen.«

»Nicht, wenn wir uns ganz früh treffen. Gewöhnlich unternehme ich meine Ausritte gegen acht Uhr, noch ehe jemand unterwegs ist.«

»Ach, deshalb . . .« Sie hielt inne.

Er lächelte. »Ich mag es, wie Ihre ungestüme Zunge Sie verrät. Sie haben also im Park nach mir Ausschau gehalten, stimmt's? Tja, nun wissen Sie Bescheid. Werden Sie morgen kommen?«

Fleur zögerte. »Ich . . . ich bin mir nicht sicher. Vielleicht wird es mir nicht möglich sein . . .«

Er hob leicht die Hand. »Keine Sorge, ich werde Sie nicht darum bitten, sich festzulegen. Ich werde in jedem Fall dort sein, um acht am Stanhope Gate. Können Sie kommen, wäre das schön. Und nun muß ich gehen, bevor man nach mir sucht. Ich habe mich nämlich unerlaubt entfernt, wissen Sie!«

Er machte Anstalten zu gehen, als ihm etwas in den Sinn zu kommen schien. Er wandte sich ihr noch einmal zu und schaute sie forschend an. »Sie wirken ein wenig bedrückt. Stimmt etwas nicht?«

Der Lauscher an der Wand, hört seine eigene Schand, dachte

Fleur und entschied, ihm das gerade Gehörte nicht zu verraten. Es war keinen weiteren Gedanken wert. Kirow hatte sie vor den Aufdringlichkeiten eines ungebetenen Bewunderers gerettet, doch wollte sie daraus keine Gewohnheit werden lassen.

»Doch, alles ist bestens«, erklärte sie leichthin.

NEUN

Sie schlief und träumte unruhig und wachte häufig auf, da sie fürchtete, verschlafen zu haben. Als die Kirchturmuhr siebenmal schlug, stand sie gleichsam erleichtert auf, zog die Vorhänge zurück und schaute hinaus.

Es war ein vollkommener Morgen, frisch und klar, und nach dem blassen Himmel zu urteilen, würde es wohl heiß werden. Sie riß das Fenster weit auf und lehnte sich hinaus, während sie sich mit den Händen auf der kalten steinernen Fensterbank abstützte. Direkt unter sich konnte Fleur die gedrungene Gestalt Philips ausmachen, des jüngsten Lakaien, der die Messingbeschläge der Vordertür polierte. Sein Ellbogen bewegte sich bei dieser Anstrengung ruckartig hin und her, und zu seinem eigenen Rhythmus sang er immer und immer wieder den Vers eines beliebten Liedes:

She's my dove, my little skylark, and my
Touree-ay, she's my touree-ay.

Fleur zog lächelnd den Kopf zurück und begann selbst leise die albernen Worte zu singen. *He's my touree-ay*... Der Morgen war wie geschaffen dafür, früh aufzustehen. Er wirkte wie eine exquisite Wasserfarbenlandschaft in einem goldenen Rahmen, und sie wollte hinaus und reiten, ehe die köstlichen Farben sich wieder verwischten. Nichts konnte natürlicher sein, und sollte sie zufällig einen Bekannten im Park treffen, um so besser!

Sie schlüpfte in ihr dunkelblaues Reitkleid und eilte die Treppe hinab. Im Haus herrschte Stille, und sie begegnete keinem einzigen Diener, bis sie die Vorderhalle erreichte. Dort starrte sie der jüngste Lakai erstaunt an.

»Laufen Sie doch zu den Ställen und lassen Sie dort mein Pferd satteln und unverzüglich zum Vordereingang bringen«, sagte sie freundlich.

Es schien eine Ewigkeit zu dauern, ehe draußen auf der Straße Hufgetrappel erklang. Fleur eilte aus der Tür und stieß mit Buckley zusammen, der in Reitkleidung und mit zwei Pferden am Zügel dort stand. Seine Miene drückte, wie sie sogleich feststellte, Entschlossenheit und Argwohn aus.

»Vielen Dank, Buckley«, sagte sie ruhig, »aber ich benötige Sie nicht.«

»Ich bitte um Verzeihung, Miss Fleur«, erwiderte er, ohne mit der Wimper zu zucken, »aber wenn Sie im Park ausreiten wollen, begleite ich Sie besser. So einen Ärger wie das letztemal wollen wir nicht wieder bekommen.«

Das ist das schlimmste an diesen alten Familienfaktoten, dachte sie wütend; sie nutzen ihre Position immer aus. »Ich brauche Sie nicht, Buckley«, versetzte sie, »und das ist mein letztes Wort!«

»Ist es nicht, Miss«, entgegnete er. »Ihre Ladyschaft würde es nicht gutheißen, wie Sie sehr wohl wissen. Und warum wollen Sie um diese Uhrzeit überhaupt schon ausreiten? Keiner sonst im Haus ist bereits wach. Ich wette, Sie führen etwas im Schilde!«

Zu ihrem Ärger spürte Fleur, wie sie errötete. »Ich habe vor, im Park auszureiten, solange es ruhig und noch nicht so heiß ist. Daran kann ich beileibe nichts Merkwürdiges finden – und Sie geht es ohnehin nichts an. Mein Gott, ich bin doch kein Kind mehr!«

»Nein, Miss, Sie sind eine junge Dame, das ist es ja eben!« gab Buckley zurück. »Junge Damen können gar nicht vorsichtig genug sein.« Er bemerkte ihren verbissenen Gesichtsausdruck und fuhr fort: »Nun kommen Sie, Miss Fleur, Sie wissen, daß ich recht habe. Ich lasse Sie nicht allein im Park ausreiten und damit basta. Es ist weder sicher noch gehört es sich.«

Fleur fühlte, wie in ihr die Wut emporstieg. »Ich werde nicht allein ausreiten«, begann sie, worauf Buckley ihr einen triumphierenden Blick zuwarf.

»Nun, Miss, um so wichtiger ist es! Keine Sorge, ich reite so leise wie eine Maus hinter Ihnen her. Sie werden nicht einmal merken, daß ich da bin. Ich habe auf Sie aufgepaßt, seit ich Sie auf Ihr erstes Pony setzte. Dem alten Buckley können Sie doch vertrauen, oder etwa nicht?«

»Na, wenn's denn sein muß«, murrte Fleur in dem Bewußtsein, daß es sinnlos war, »dann kommen Sie halt mit.«

Doch sobald sie durch das Stanhope Gate ritt und in einiger Entfernung unter den Bäumen den Grafen gewahrte, machte ihr Herz einen Sprung, und der Ärger über Buckley war vergessen. Jedenfalls, dachte Fleur beim Anblick des ebenfalls berittenen Dieners neben ihm, hat er eine ganz andere Einstellung gegenüber Bediensteten als wir. Er ignoriert sie weit mehr und würde wahrscheinlich sogar erwarten, daß mir ein Stallbursche folgt, wenn er sich darüber überhaupt Gedanken machte.

»Da sind Sie ja!« rief Kirow erfreut, als sie auf ihn zuritt. »Mir war nicht klar, ob Sie kommen würden.«

»Ist das nicht ein schöner Morgen?«

»Allerdings. Hoffentlich sind Sie nicht zu müde, nachdem Sie so früh aufgestanden sind?«

»Durchaus nicht«, sagte sie. »Zu Hause – auf dem Land – bin ich immer schon früh auf.«

»Zu Hause – auf dem Land – gehen Sie vermutlich auch nicht so spät ins Bett«, neckte er sie. Er machte mit seinem Pferd kehrt, und sie begannen, den Reitweg entlangzureiten.

»Sie reiten ja heute ein anderes Pferd«, bemerkte Fleur.

»Es ist gemietet. Für Alltagszwecke wollte de Burgh mir seinen grauen Teufel nicht ausleihen. Abgesehen davon bin ich aber auch froh, mich heute morgen nicht aufs Reiten konzentrieren zu müssen. Auf diese Weise kann ich meine ganze Aufmerksamkeit Ihnen schenken.«

Es waren Bemerkungen wie diese, die Fleurs Herz unversehens einen Sprung machen ließen. Sie senkte die Augen und sah durch die Wimpern, daß er ihre Verwirrung beobachtete.

»Diese Röte ist äußerst kleidsam«, erklärte er. »Solch ein natürlicher Farbton. Ich bin so froh, daß Sie all die weiblichen Kniffe nicht gelernt haben – oder falls doch, daß Sie sie bei mir nicht ausspielen. In der feinen Gesellschaft herrscht soviel Falschheit. Besonders unerfreulich finde ich, daß jungen Frauen beigebracht wird, zu schmachten, zu kichern und in Ohnmacht zu fallen. Es wäre doch bedeutend besser, man ließe ihnen eine anständige Ausbildung angedeihen und brächte ihnen bei, sich vernünftig zu unterhalten.«

»Das wäre es«, pflichtete sie ihm bei. »Doch bis andere Männer auch so denken wie Sie, hätten die armen Geschöpfe niemanden, mit dem sie vernünftig reden könnten. Sämtliche Männer, die mir die letzten sechs Jahre nachgelaufen sind, wollten in mir einen kleinen Dummkopf sehen. Daß ich etwas im Köpfchen habe, ist stets eine große Überraschung für sie. Das ist ihnen auch gar nicht recht, wissen Sie. Die würden viel lieber kindisches Gewäsch mit mir austauschen und mir idiotische Komplimente machen.«

»Mein armes Mädchen, wie müssen Sie sich gelangweilt haben!«

»Nun, so war es, doch vermutlich ist es überall so. Es ist das Los der Frau, sich zu langweilen.«

»Auch das des Mannes. Es ist schier unmöglich, in Petersburg auf anregende Gesellschaft des einen oder anderen Geschlechts zu stoßen. Sollte man dort das Pech haben, in der Schule oder auf dem College etwas zu lernen, so vergewissert man sich aufs genaueste, daß man es wieder gründlich vergessen hat, ehe man in die Gesellschaft eingeführt wird.«

»Dann ist Rußland letzten Endes auch nicht anders als England«, meinte Fleur und dachte an Richard, Teddy Scott und Lord James Paget.

»Nein«, erwiderte Kirow. »Rußland unterscheidet sich sehr von England. Mehr, als Sie sich vermutlich vorstellen können.«

»In welcher Hinsicht?«

Er überlegte einen Augenblick. »Vor allem, denke ich, was die Größe betrifft. Als ich das erste Mal nach England kam, fühlte ich mich so eingeengt, als käme der Himmel auf mich nieder und als würden die Bäume und Häuser mich einkesseln und erdrücken wollen.«

»Herrje, wie unangenehm!«

»Das war nur zu Anfang so.« Er blickte nachdenklich um sich. »Als ich klein war, so um die sechs Jahre alt, bekam ich von meinem Vater zum Geburtstag ein Marionettentheater geschenkt. Hinter den Vorhängen befand sich eine kleine Bühne, und man bewegte die Puppen von oben her. Rose und ich pflegten der Dienerschaft Vorstellungen zu geben. Das Theater besaß Kulissen, die man herablassen konnte: Gärten und Tempel und Wälder, alles in Miniaturausgabe – bis ins kleinste perfekt nachgeahmt und in hellen, klaren Farben gemalt. Wenn man sich duckte, ganz nah heranrutschte und durch die Vorhänge hineinschaute, wurde eine Art Zauber wirksam. Die kleinen Kulissen wurden wirklich, und fast glaubte man, in die Szenerien hineinschreiten zu können.« Er lächelte. »Diese Wirkung hat England auf mich, mit dem Unterschied, daß der Zauber hier echt ist.«

Fleur war entzückt. »Wie gut Sie die Dinge beschreiben! Ich verstehe genau, was Sie meinen.«

»Das ist nicht allein mein Verdienst. Lange bevor ich herkam, erzählte mir meine Mutter, wie es mir vorkommen würde. Und mein Vater auch. Er kam – wie sein Vater – in seiner Jugend nach England, um Geschäfte für den Zaren zu tätigen.«

»Sind Sie aus dem gleichen Grunde hier?«

»Überrascht Sie das?«

»Verzeihen Sie, wenn ich überrascht klang. Es ist nur . . . ich meine, nach den Schwierigkeiten Ihres Bruders . . .«

»Sie dachten, meine Familie wäre in Ungnade gefallen!«

»Allgemein heißt es doch, der Zar sei grob und nachtragend, daher glaubte ich . . .«

»O nein, so ist er ganz und gar nicht.« Sie schaute ihn fragend an, und er fuhr fort: »Ja, es stimmt, daß wir uns eine Zeitlang in Ungnade befanden. Der Verrat an sich empörte den Kaiser, noch dazu von Mitgliedern der honorigsten Familien. Wir verloren einige unserer Privilegien. Und dann, als Vater starb, entfielen auch alle Pensionen, so daß wir, nun, nicht direkt arm, aber doch eine Weile weniger bemittelt waren. Nachtragend war der Zar indes nie. Er weigerte sich, die Schuldigen je wieder zu rehabilitieren, aber ihre Familien verfolgte er nicht, wie andere es an seiner Stelle getan hätten. Und nie machte er mich oder Petja für Saschas Vergehen verantwortlich.«

»Dann ist er gar nicht der kalte, grausame Tyrann, wie man hier gemeinhin behauptet?«

»Mir brachte er nie etwas anderes als Güte entgegen. Er ist stolz und eifersüchtig besorgt um seine Stellung, ja, und ein strenger Zuchtmeister. Sein öffentliches Gesicht wirkt womöglich kalt. Aber grausam? Nein, niemals.«

»Und tyrannisch?«

»Er ist der Herrscher«, versetzte Kirow schlicht. »Er erwartet bedingungslosen Gehorsam. Ihm war schon immer eine Liebe für Ordnung und Symmetrie zu eigen – vermutlich rührt das von seinem militärischen Hintergrund her. Er glaubt, vollkommene Disziplin rufe vollkommene Ordnung hervor, und die wünscht er für unser Land. Er möchte das Beste für Rußland und seine Leute. Leider sind das Wissen darüber, was das Beste ist, und dessen Durchsetzung zweierlei.«

»Aber wieso? Gewiß muß seinen Befehlen gehorcht werden?«

»Ja, natürlich, und könnte er überall gleichzeitig sein, würde alles in Rußland gemäß seinen Wünschen vonstatten gehen. In Petersburg beispielsweise, wo er direkten Einfluß besitzt, ist die Bürokratie nicht übermäßig korrupt. Aber außerhalb Petersburgs . . .« Er zuckte die Achseln.

»Kann man das nicht gesetzlich unter Strafe stellen?«

»England spricht! Aber bedenken Sie: Rußland ist ein riesiges Land. Eisenbahnen gibt es nicht, nun ja, bis auf eine Linie zwischen Petersburg und Moskau, und die wird gerade erst fertiggestellt. Es gibt auch keine befestigten Straßen wie hier, keine Kanäle, keine Postkutschen und keinen Telegrafen. Es dauert Monate, bis eine Nachricht aus den abseits gelegenen Gebieten Petersburg erreicht. Folglich herrschen die regionalen Statthalter wie Duodezfürsten. Innerhalb ihres Territoriums ist ihre Macht fast absolut.«

»Warum fast?«

»Weil die wirklich absolute Macht in den Händen des Kaisers liegt. Falls er es wünscht, kann er jede örtliche Entscheidung rückgängig machen. Infolgedessen geschieht es häufig, daß schwierige Entscheidungen ganz einfach nicht getroffen werden. Von der untersten Stufe an werden sie zur nächsthöheren weitergeleitet – und wenn man dort auch nicht den falschen Beschluß fassen möchte, kann das Problem schließlich den ganzen Weg bis zum Kaiser selbst gehen. Er jedoch weiß ohnehin schon nicht mehr, wo ihm der Kopf steht, weshalb eine Antwort, wenn überhaupt, den Fragesteller erst nach Jahren erreicht.«

»Wie unwirtschaftlich!«

»Ja, und wie Sie sich vorstellen können, öffnet das jeder erdenklichen Korruption Tür und Tor.«

Sie runzelte die Stirn. »Ich fürchte, mein Vorstellungsvermögen bezüglich Korruption ist recht begrenzt.«

Er lächelte. »Es ist nicht so schlimm, wie man meinen könnte. Zwar gibt es geringfügige Tyrannei zuhauf, aber der Durchschnittsrusse ist nicht in der Lage, auf Dauer zu unterdrücken. Bald ist er davon gelangweilt und läßt die Dinge schleifen. Im Grunde ist er sowohl faul wie auch gutmütig, wissen Sie. Um wahrhaft tyrannisch zu sein, bedarf es großer Anstrengungen, und dabei kann man seine Zeit doch mit besseren Dingen zubringen. Natürlich ist der Russe aus dem gleichen Grund auch nicht fähig, auf Dauer gut zu sein, wenn dazu Anstrengung und Selbstopfer vonnöten sind.«

»Wie können Sie nur so über Ihre Landsleute sprechen?«

»Sie vergessen, daß zur Hälfte englisches Blut in mir fließt. Meine Mutter lehrte mich, die Dinge mit den Augen eines Außenstehenden zu betrachten. Und, wie sie zu sagen pflegte, was Rußland rettet, ist der Umstand, daß selbst die Korruption unwirksam ist!«

»Gleichviel«, beharrte Fleur, »der Zar sollte imstande sein, dagegen anzugehen, wenn er die absolute Macht besitzt.«

»In der Theorie besitzt er sie zwar, doch in mancher Hinsicht ist das nur eine Illusion.«

»Wie meinen Sie das?«

»Auch das hat mir meine Mutter erklärt. Der russische Charakter, sagte sie, ist widersprüchlich. Russen sind zutiefst anarchisch: Sie mögen keine Gesetze, es gefällt ihnen nicht, gesagt zu bekommen, was sie zu tun haben. Und dennoch lieben sie gleichzeitig die Vorstellung von Autorität, ihre Magie, ihre Aura. Gott ist die höchste Autorität, und sie beten ihn an, aber natürlich beeinträchtigt er ihr Alltagsleben nicht allzusehr. Der Zar ist das Symbol der absoluten irdischen Macht, und als solches wird auch er fast angebetet. Die Bauern nennen ihn ihren Kleinen Vater. Er ist die Quelle, aus der aller Segen fließt, aller Reichtum, alle Privilegien – aber er ist weit weg in St. Petersburg. Für alltägliche Angelegenheiten gibt es den örtlichen Statthalter. Anbeten müssen sie ihn nicht, und seine Gesetze kann man umgehen oder mißachten, oder man kann ihn bestechen, kaufen oder erpressen, auf daß er willfährig ist. Es ist ein Spiel, verstehen Sie, und zwar eines, bei dem die Gewinnchancen gut stehen.«

Fleur hörte sich diesen Bericht über ein offensichtliches Chaos mit dem Entsetzen derer an, die in der Tradition einer jahrhundertelang geordneten Regierung erzogen worden sind. »Aber ist Ihnen das denn nicht zuwider? Sehnen Sie sich – und andere Leute Ihres Schlages – nicht danach, daran etwas zu ändern?«

Er zuckte die Achseln. »Das System besteht, und es ist stabil. Ändert man einen Teil davon, bricht alles zusammen. Niemand von uns verfügt über die Macht, etwas daran zu ändern – außer dem Kaiser selbst. Doch der kann am wenigsten Änderungen herbeiführen, da der sich daraus ergebende Erdrutsch auch ihn hinwegfegen würde. Man könnte das Ganze mit dem Felsbrokken des Sisyphus vergleichen, der sich auf halbem Wege einen Berghang hinauf im Gleichgewicht befindet: Die einzig vernünftige Entscheidung ist, sich zu bemühen, ihn dort zu halten.«

»Der Zar kann froh sein, Sie zu seiner Verteidigung zu haben!« erklärte Fleur.

Kirow lächelte. »Er braucht mich nicht dazu. Er ist der Herrscher – ich diene ihm.«

»Ach ja, und Sie haben mir noch immer nicht gesagt, worin Ihre spezielle Aufgabe hier besteht. Hoffentlich nicht allein darin, dem armen Mr. Polotski nachzuspionieren.«

»Seien Sie unbesorgt, ich habe nur Gutes über Ihren Freund zu berichten. Nein, mein Auftrag besteht darin, möglichst genaue Beobachtungen über die Staatsverwaltung anzustellen, insbesondere auf kommunaler Ebene, um zu sehen, ob Seine Majestät irgend etwas davon zur Verbesserung der Bedingungen in unserem Land übernehmen kann. Hier wird alles so gänzlich anders gehandhabt als bei uns.«

Fleurs Stirn glättete sich. »Oh, ich verstehe. In diesem Fall sollte Onkel Frederick Ihnen behilflich sein können. Er weiß eine Menge über solche Dinge. Und Mr. Scott – Teddys Vater – war über viele Jahre Friedensrichter.«

»Ja, das habe ich bereits herausbekommen«, meinte Kirow. »Tatsächlich hat mich Mr. Scott gebeten, in der kommenden Woche mit ihm und seiner Familie zu dinieren, um über dieses Thema zu sprechen.«

Sie lachte. »Immer sind Sie mir voraus! Ich sehe schon, Sie bedürfen meiner Hilfe nicht.«

»Das zwar nicht, aber was Ihre Gesellschaft betrifft, sieht das schon anders aus«, sagte er lächelnd. »Sollen wir ein wenig im leichten Galopp reiten? Selbstredend ganz *comme il faut* – ich habe die Regeln nicht vergessen!«

❦

In der ersten Pause der Oper erschien Hauptmann Jerome in der Loge der Hoares, und zwar kaum, daß der Vorhang gefallen war, wodurch seine Rivalen das Nachsehen hatten.

»Dürfte ich Ihre Nichte zu einem kleinen Rundgang entführen, Ma'am?« wandte er sich an Tante Venus. »Es wird ein langer Abend, und ein bißchen Ortsveränderung schadet sicher nicht.«

»Ja, Fleur, geh nur. Du wirst noch den ganzen Abend sitzen«, meinte Venus.

Fleur willigte nicht ungern ein. Sie hatte nichts dagegen, sich ein wenig die Beine zu vertreten, und vielleicht würden sie dabei auf Kirow stoßen. Sie hatte ihn nämlich vor dem Ausgehen der Lichter noch nicht entdecken können.

Im Foyer waren in regelmäßigen Abständen Spiegel mit vergoldeten Rahmen und darunter Nischen angebracht, in denen samtbezogene Bänke für zwei Personen standen. Sie waren ein beliebter Ort, um gesehen zu werden, einem bekannten Gesicht zuzunicken und die Garderoben und Frisuren zu begutachten.

Jerome schien etwas auf dem Herzen zu haben. Nachdem er mit ihr einige höfliche Äußerungen über die Oper ausgetauscht hatte, verfiel er in gequältes Schweigen, was Fleur allerdings gar nicht bemerkte, da sie mit ihren Gedanken weit fort war.

Nach jenem ersten frühmorgendlichen Ausritt hatte sie sich fast jeden Tag zur gleichen Zeit mit Kirow wiedergetroffen. Dabei hatte er ihr viel über Rußland erzählt. Sie war so fasziniert davon, daß sie sich in der Bücherei sogar Literatur darüber ausgeliehen hatte.

Diese Treffen waren für sie das höchste Glück. Nie zuvor hatte sie mit einem anderen Menschen eine derart starke geistige Verbundenheit gefühlt, nie zuvor war sie so wenig einsam gewesen. Ihre Unterhaltungen beschränkten sich dabei natürlich nicht nur auf Rußland – das war das Schöne daran. Sie sprachen über alles und jedes, und das Wissen, daß es kein Thema gab, das sie nicht hätte anschneiden können, vermittelte ihr ein berauschendes Freiheitsgefühl.

Als sie sich an diesem Morgen am Stanhope Gate trennten, hatte Fleur ganz zu fragen vergessen, ob er in der Oper zugegen sein würde, doch da es sich um eine Galavorstellung handelte, ging sie davon aus, ihn zu treffen. Ihre Augen suchten gerade geschäftig die Gesichter in der Menge ab, als Jerome sich zum Angriff sammelte.

»Ich glaube, Ihr Vater ist gerade nicht in London?«

»Ja«, antwortete Fleur, ohne ihn anzublicken. »Er ist nach Edinburgh gereist, wo er anläßlich einer Tagung im Botanischen Institut einen Vortrag hält.«

»Wird er lange fort sein?«

»Da bin ich überfragt. Mehrere Tage, nehme ich an. Bei Papa weiß man das nie«, erklärte sie gleichgültig. »Er bewegt sich in einer eigenen Welt.«

»Ja, das habe ich schon gehört«, sagte Jerome ernst. »Vermutlich geht ihm, auch wenn er daheim ist, viel im Kopf herum?«

Nun blickte Fleur ihn an, denn etwas in ihr läutete Alarm. »Ich wußte gar nicht, daß Sie ein persönliches Interesse an meinem Vater haben«, meinte sie skeptisch.

»Nicht an Ihrem Vater, Miss Hamilton, sondern an Ihnen«, erklärte Jerome unbeholfen. »An Ihrem Heil und Wohlergehen.«

Einen überraschten Augenblick lang meinte sie, er würde ihr einen Heiratsantrag machen. Aber seine Miene war nicht die eines Verliebten, sie war fast grimmig. Sie begann zu ahnen, was kommen würde. »Vielen Dank, aber ich bin wohlauf«, beschwichtigte sie ihn.

Jerome gab nicht auf. »Mir scheint, Sie sehen ein wenig müde aus, Ma'am. Ich fürchte, bei all Ihren Abendverpflichtungen werden Ihnen möglicherweise die frühmorgendlichen Ausritte zuviel.«

»Sir, Sie sind unverschämt!« versetzte Fleur, die vor Erstaunen über seine Direktheit gar nicht richtig wütend werden konnte.

»Ich bitte um Verzeihung, das lag nicht in meiner Absicht. Indes weiß ich, daß Sie sich oft allein mit Graf Kirow im Park treffen, und ich frage mich, was Ihr Vater davon halten würde . . .«

»Das geht Sie überhaupt nichts an!« erklärte sie energisch.

Jerome preßte die Lippen zusammen. »Ich weiß sehr wohl, daß es mich nichts angeht, was es mir um so schwerer macht, mit Ihnen darüber zu reden. Doch die Umstände dieser Treffen sind dergestalt, daß ich dachte . . .«

»Sie sagen mir besser nicht, was Sie dachten«, brauste Fleur auf, »wenn es zu Ihrer bisherigen unerträglichen Impertinenz paßt!« Sie stand zornbebend auf. Nachdem er es nicht geschafft hatte, Paget zum Einschreiten zu bewegen, hatte er sich wohl entschieden, es selbst zu tun! Wie konnte er es wagen!

»Bitte, Miss Hamilton, glauben Sie mir, ich will bestimmt nicht unverschämt sein«, sagte er leise und mit solcher Aufrichtigkeit, daß sie ihn gegen ihren Willen weiter anhörte. »Aber ich kenne Graf Kirow schon einige Zeit, und ich habe ihn in seiner eigenen Umgebung, sprich: in Rußland, erlebt. Ich weiß Dinge über ihn, die Ihnen unbekannt sind, und ich fürchte, er hat Ihnen Sand in die Augen gestreut.«

»Hauptmann Jerome, ich bin weder ein Kind noch ein unreifes Mädchen mehr!«

»Ja, Ma'am. Und ich bewundere Sie sehr. Ich weiß wohl, daß Ihr Verstand so scharf ist wie der eines Mannes. Aber Kirow genießt in St. Petersburg keinen guten Ruf, was Frauen betrifft. Mir ist bekannt, daß er bezaubernd sein kann und wie er durch seine Worte den Anschein hervorzurufen vermag, mehr zu meinen, als ihm im Sinn steht. Ich bitte Sie um die Erlaubnis, nur eine Frage stellen zu dürfen: Hat er Ihnen einen Antrag gemacht?«

»Nein, das erlaube ich nicht!« gab Fleur zurück. »Seien Sie so gut und bringen Sie mich zur Loge meiner Tante zurück.«

Er betrachtete ihr aufgebrachtes Profil mit einer Besorgtheit die ihr gar nicht behagte. »Er hat also nicht. Das stand zu befürchten.«

Sie fuhr zu ihm herum. »Sir, es geht Sie zwar nicht das geringste an, aber wir treffen uns im Park, um uns zu unterhalten, das ist alles!«

»Aber warum dann im Park und auf diese Art?«

»Weil es unmöglich ist, bei einer öffentlichen Veranstaltung irgendein längeres Privatgespräch zu führen.«

Jeromes Blick war weiterhin ernst. »Ich möchte Sie nicht weiter aufregen. Doch würde ich Sie bitten, zu überlegen, weshalb er Sie zu einer derartigen Heimlichtuerei anstiftet. Hätte er das Empfinden, Ihre Unterhaltungen wären über jeden Verdacht erhaben, warum führt er sie dann nicht im Hause Ihrer Tante oder auch bei einer öffentlichen Veranstaltung?«

Fleur wirbelten die Gedanken durch den Kopf, wobei die Wut auf Jerome durch seine unwillkommene Frage hintangestellt wurde. »Unsere Gespräche sind vollkommen unschuldig und derart, daß jedermann sie mit anhören könnte.«

»Warum ist er dann so darauf erpicht, daß es niemand tut?«

»Weil . . .«, sie verstummte. Sähe man sie beide in der Öffentlichkeit wiederholt in ein Privatgespräch vertieft und würde er des öfteren am Hanover Square vorsprechen, um sie zu besuchen, dann würde man dahinter alsbald die Absicht vermuten, daß er um ihre Hand anhalten wolle. Das war die Wahrheit, oder? Sie versuchte, die Frage abzuschütteln, doch ihre Ehrlichkeit ließ es nicht zu. Er trug Sorge, nicht wahr, diese Erwartungen nicht zu wecken!

Indes, sagte ihr Herz, er hatte nicht gut genug aufgepaßt. Er hatte Erwartungen geweckt – zwar nicht bei der Öffentlichkeit, aber bei ihr. Direkt hatte sie sich darüber zwar keine Gedanken gemacht, doch waren ihr die Konventionen ihrer Erziehung die ganze Zeit irgendwo im Kopf herumgespukt. Unbewußt und wortlos hatte sie angenommen, daß er nicht so frei mit ihr sprechen und ihre Gesellschaft nicht so sehr genießen würde, wenn er nicht in sie verliebt wäre.

Unvermittelt sah sie in Gedanken Kirows Gesicht vor sich, und in ihr stieg geradezu Abscheu vor dem hübschen, jungen und ausgesprochen englischen Gesicht Jeromes hoch. Er hatte keine Ahnung von der Sache. Er kannte Kirow überhaupt nicht

– nicht, wie eine Frau ihn kennen konnte, nicht, wie sie ihn kannte. Hatte Kirow ihr nicht selbst erzählt, wie die jungen Frauen der Petersburger Gesellschaft ihn langweilten und ihn mit ihrem Unverständnis und ihrer Unaufrichtigkeit abstießen? Das, was zwischen ihr und Kirow bestand, war eine gänzlich andersgeartete Beziehung, an die man eigene Maßstäbe anlegen mußte. Jerome mochte es gut meinen, aber er war schlechterdings zu keinem Verständnis imstande. Und gewiß war er unverzeihlich impertinent.

»Ich weigere mich, weiter mit Ihnen darüber zu sprechen«, sagte sie. »Ich verstehe die Situation weit besser als Sie, und ich versichere Ihnen, daß ich sehr wohl in der Lage bin, auf mich selbst aufzupassen. Wenn Sie mich nun zu meiner Tante zurückbringen würden!«

Jerome blieb nichts anderes übrig, als ihrer Bitte nachzukommen, doch erweckte er nicht den Anschein, als hätte sie seine Ängste zerstreut.

❦

Kirow erschien schließlich unmittelbar vor dem dritten Akt. Fleur sah, wie er in Begleitung Baron Brunnows, Monsieur Labouchères und deren Gattinnen eine Loge auf der anderen Seite des Zuschauerraums betrat. Er half Madame Brunnow, Platz zu nehmen. Dabei beugte er sich besorgt über sie, und Madame wandte sich um und lächelte zu ihm empor, als habe er etwas besonders Faszinierendes gesagt. Während sie lachte, blitzten die Diamanten auf ihrem Dekolleté wie die Strahlen eines Leuchtturms.

Fleur setzte sich mit hochroten Wangen sehr gerade auf, die Hände im Schoß fest ineinandergeschlossen und bedacht darauf, daß er sie sähe. Endlich, die Lichter begannen bereits auszugehen, schaute er unauffällig in die Runde. Er trat an die Seite der Loge, schob sich seinen Stuhl zurecht und sah dabei geradewegs zu ihr hinüber. Dann verneigte er sich lächelnd.

Sofort überkam sie Erleichterung. Er hatte gewußt, daß sie da war. Offensichtlich hatten ihn Geschäfte davon abgehalten, früh genug zu kommen, um sich mit ihr zu unterhalten. Der russische Botschafter und der Präsident des Handelsministeriums verplanten gewiß einen Großteil seiner Zeit, und der Umstand, daß er eine Menge davon für sie erübrigte, mußte heißen, daß sie ihm viel bedeutete.

Bei ihrem Treffen am folgenden Tag würde sie ihn vielleicht fragen – doch nein, natürlich würde sie das nicht! Es gab nichts, was sie ihn möglicherweise über sein Verhalten und seine Absichten fragen konnte. Gleichviel, sie vertraute ihm. Schon zu Beginn ihrer Freundschaft hatte er ihr gesagt, vertrauen Sie mir, und das tat sie. Mit ihrer Ehre und ihrem Herzen, wie auch mit ihrem Leben.

»Es tut mir leid, daß ich mich gestern abend nicht mit Ihnen unterhalten konnte«, sagte Kirow und sah zu, daß sein Pferd nicht nach Oberon schnappte. »Ich hatte gehofft, das Vergnügen zu haben, in der Pause in der Loge Ihrer Tante vorzusprechen, doch unser Dinner zog sich derart in die Länge, daß schon Zweifel aufkamen, ob wir überhaupt noch gehen sollten. Schließlich taten wir es nur, weil Madame darauf beharrte – der Baron vertritt die Ansicht, an die russische Oper käme nichts heran.«

»Sie schien Sie äußerst amüsant zu finden«, meinte Fleur.

»Sie lacht schnell«, versetzte Kirow wegwerfend. »Aber ich bin froh, daß Sie mein Signal verstanden haben und heute morgen hergekommen sind, meine teure Freundin. Ich muß morgen nämlich fort . . .«

»Fort?«

»Machen Sie nicht so ein trauriges Gesicht. Bloß für eine kurze Zeit. Ich wurde von Lord Cardigan eingeladen, ein paar Tage in Deene Park zu verbringen, und er hat es so eingerichtet, daß ich einige Fabriken in Birmingham und Manchester besuchen kann. Ich denke, dadurch werde ich viele nützliche Einblicke gewinnen. Seine Majestät interessiert sich sehr für Fabriken – insbesondere für die Bedingungen der Fabrikarbeiter. In seinen Augen werden sie schlechter behandelt als unsere erbarmungswürdigsten Bauern.«

»Aber zumindest sind sie frei«, konterte Fleur, deren Patriotismus durch die angedeutete Kritik angestachelt wurde. »Im Gegensatz zu Ihren Leibeigenen.«

»Natürlich, das ist der springende Punkt. Nur ein Verrückter würde seinen Besitz so schlecht behandeln, daß er ihn vernichtet.«

»Besitz? Aber wie können Sie es ertragen, von einem anderen Menschen als Besitz zu reden? Ist Ihnen denn nicht die ganze Idee des Sklaventums zuwider?«

»Ich sähe die Leibeigenschaft gern abgeschafft«, erklärte er leichthin. »Wie jeder empfindsame Mensch. Ngorny hier«, er wies über die Schulter zu seinem Diener, der in gehörigem Abstand neben Buckley einherritt, »ist ein freier Mann – deshalb dient er mir so gut. Sklaven dienen nie gut; ihnen fehlt der Ansporn zum Fleißigsein.«

Ihr lag schon eine Frage über seinen beabsichtigten Besuch in Manchester auf der Zunge, als sie gestört wurden. Sie hatte sich schon so an diese – von den Pferdeknechten abgesehen – unbeobachteten Ausritte gewöhnt, daß sie ziemlich verdutzt dreinblickte, als sie einen Gentleman auf sich zureiten sah, der ihren Namen rief. Dann erkannte sie Teddy Scott und hörte gleichzeitig, wie Kirow scharf die Luft einzog und etwas murmelte, das ganz nach *Au diable!* klang.

Sie zogen die Zügel an, während Scott sein Pferd zum Stehen brachte. »Hallo, Fleur! Welche Überraschung, dich hier zu treffen«, grüßte er sie, und seine Stimme klang recht unnatürlich. »Wie lange wir uns nicht mehr gesehen haben! Wie geht es dir? Du siehst ausnehmend gut aus, wie stets.«

»Hallo, Teddy«, sagte Fleur ohne sonderliche Begeisterung. Sie wollte in diesem Augenblick nicht gestört werden; und sie hatte ihm noch nicht ganz verziehen, daß er sie um ein Haar in einen Skandal verwickelt hätte. Zudem war sie erstaunt, daß er den Grafen gar nicht beachtete, wo dieser doch in Elmwood zum Dinner geladen war – ganz zu schweigen davon, daß er Teddys Haut gerettet hatte. »Natürlich kennst du Graf Kirow«, sagte sie spitz.

Scott bedachte Kirow mit einer leichten, steifen Verbeugung. »Guten Tag, Sir!« sagte er, ohne ihn anzusehen. Fleur starrte erstaunt auf die beiden. Kirow schien eher amüsiert als verärgert zu sein. An sie gerichtet fuhr Scott ungeschickt fort: »Nun, da ich hier bin, kann ich dich heimbegleiten, Fleur. Es besteht keine Notwendigkeit, Monsieur Kirow weiter zu bemühen.«

»Zum Kuckuck, wovon redest du?« fragte Fleur, die noch immer nicht verstand. »Ich möchte jetzt nicht nach Hause. Was tust du überhaupt hier?«

Scott war irritiert. »Das tut jetzt nichts zur Sache«, erklärte er scharf. »Nur gut, daß ich hier vorbeikam, nicht wahr? Scheinbar wird es zur Gewohnheit, daß ich dich in diesem Park rette.«

»Vielen Dank, nicht nötig«, versetzte Fleur erstaunt und runzelte dann die Stirn, als sie zu verstehen begann. »Bist du absichtlich hergekommen, um mich zu treffen? Woher war dir bekannt, daß ich hier bin?«

»Herrgott, Fleur, jeder weiß das – oder zumindest«, berichtigte er sich hastig, »wissen es etliche. Ich hielt es für das beste, wenn ich, ich meine, als alter Freund . . . Dagegen konntest du nichts haben! Niemand könnte etwas dagegen haben . . .«

»Einen Augenblick, bitte!« meinte Fleur unheilvoll. »Hat Jerome dich etwa geschickt? Lieber Gott, gibt es denn niemanden, mit dem er meine Angelegenheiten nicht erörtert?«

»Natürlich nicht.« Scott errötete. »Er erwähnte nur zufällig, daß ich dich zu dieser Stunde möglicherweise hier antreffen würde. Und wenn . . . es denn nun so ist«, gab er seinen Worten eilends eine andere Richtung, »kann ich dich gut und gerne zurückbegleiten. Das allein zählt.«

»Durchaus nicht! Ich möchte nicht mit dir reiten und werde

es auch nicht! Dein Benehmen ist impertinent und lästig. Tu mir den Gefallen und verschwinde auf der Stelle!«

»Nun hör doch, Fleur . . .«

»Nun hör du! Wer zum Kuckuck glaubst du zu sein, Teddy Scott? Wenn irgend jemand gerettet werden muß, dann bedarf Graf Kirow sicher nicht deiner Hilfe dazu.«

»Himmel noch mal!« platzte es aus Scott heraus. »Vor ihm will ich dich ja gerade retten!«

Es entstand ein Augenblick entsetzlichen Schweigens. Fleur starrte ihn an und blickte dann zu Kirow, wobei sie sich fragte, ob er einschreiten würde und warum er es bislang noch nicht getan hatte. Bei dieser letzten lächerlichen Äußerung wurde sie zwischen Zorn und Heiterkeit hin und her gerissen. Doch als sie weiter in Kirows Gesicht forschte und erwartete, dort entweder Belustigung über Teddys Unsinn oder Verachtung über seine Impertinenz zu finden, sah sie, daß er ernst und nachdenklich dreinblickte. Das ließ sie innehalten; und während sie innehielt, gewann ihr Zorn über alle anderen Gefühle die Oberhand.

»Wieso glaubt eigentlich ganz London, ein Recht darauf zu haben, über mein Leben zu bestimmen?« rief sie wutentbrannt. »Bin ich ein Kind? Oder schwachsinnig? Und wie kannst ausgerechnet du davon reden, mich vor Graf Kirow retten zu müssen? Du hast jeden Grund, über seine Güte und Großzügigkeit Bescheid zu wissen, nach all dem, was er für dich getan hat. Ohne ihn wärst du vors Kriegsgericht gestellt und unehrenhaft entlassen worden!«

Durch ihren Zorn hindurch hörte sie Kirow seufzen »O nein!«, doch war sie zu aufgebracht, um darauf zu achten.

»Du ekelst mich an!« fuhr sie fort. »Du solltest ihm dankbar sein, anstatt völlig grundlos lächerliche Anschuldigungen von dir zu geben. Du scheinst zu vergessen, wie verpflichtet du ihm bist!«

»Das vergesse ich schon nicht!« brauste Teddy, nun gleichfalls zornig, auf. Er wandte sich an Kirow. »Graf, ich wäre Ihnen ja durchaus dankbar, wenn ich wüßte, daß Sie es für mich oder meinetwegen aus reiner Herzensgüte getan haben! Indes weiß ich, daß es nur geschah, um sich bei Fleur einzuschmeicheln und sie für Ihren Plan blind zu machen. Und du«, wandte er sich wieder an Fleur, »siehst es einfach nicht! Du siehst nicht, was er dir antut, wie er dich kompromittiert! Wenn das so weitergeht, ist es um deinen Ruf geschehen!«

Nun lachte Fleur, aber es war ein hartes, zorniges Lachen. »Du bist ein Narr, Mr. Scott! Mich kompromittieren! Durch Ausritte im Park, am hellichten Tag, in der Gegenwart zweier Diener? Wie kommt's, frage ich mich, daß ich nicht auf immer ruiniert war, als ich in deiner Begleitung hier ausritt?«

Scott fühlte sich überrumpelt. Er sah wild von einem zum anderen. »Das war etwas anderes«, rief er schließlich. »Das weißt du!« Er wandte sich an Kirow. »Auf jeden Fall wissen Sie es!«

Kirow machte noch immer ein ernstes Gesicht, doch nun schüttelte er den Kopf und sagte: »Nein. Ich muß sagen, ich sehe da überhaupt keinen Unterschied.«

»Weil ich Fleur mein Leben lang kenne! Weil ich sie liebe! Alle Welt weiß das. Meine Absichten sind redlicher Natur. Aber Sie – beabsichtigen Sie, Fleur zu heiraten?« Kirow starrte ihn schweigend an. »Na, tun Sie das? Ich tu's nämlich!«

Fleur kam Kirows Antwort zuvor. »So, tust du das? Du beabsichtigst, mich zu heiraten, ja?«

»Tut mir leid, Fleur. So meinte ich es nicht. Du weißt, was ich sagen wollte.«

»Und ich sage dir jetzt unverhohlen, was ich meine: Ich möchte dich nicht heiraten, und zwar nie und nimmer. Und wenn du nicht augenblicklich verschwindest und aufhörst, dich derart bloßzustellen, spreche ich nie wieder mit dir! Kommen Sie, Graf, wir wollen weiterreiten.«

Sie sprengte mit solcher Entschlossenheit vorwärts, daß Scott keine weiteren Worte finden konnte, um sie daran zu hindern. Unglücklich beobachtete er die beiden, bis sie außer Sicht waren. Dann wendete er sein Pferd und ritt heimwärts. Er fühlte sich töricht, zornig, besorgt und vor allem innerlich so verletzt, als habe man etwas aus ihm herausgerissen.

Als sie lang und hart genug geritten waren, um etwas Dampf abzulassen, brachte Fleur Oberon in eine langsamere Gangart und lachte dann kläglich. »So etwas von Dummheit, Impertinenz und Lächerlichkeit aber auch! Ich würde mich ja für diesen idiotischen Jungen entschuldigen, wenn ihm dadurch nicht zuviel der Ehre widerführe!«

»Die Schmerzen unerwiderter Liebe sind heftig«, entgegnete Kirow. »Ich respektiere seine Beweggründe, so sehr ich sein Benehmen auch verabscheue.«

»Hoffentlich denken Sie nicht«, meinte Fleur plötzlich, da sie seiner Ruhe nicht traute, »daß ich ihm auf irgendeine Weise Hoffnung gemacht habe? Ich habe ihm gegenüber aus meinen Gefühlen nie ein Hehl gemacht.«

»O ja, da bin ich mir sicher«, sagte Kirow. Er betrachtete ihr Gesicht auf eine Art, die ihr den Atem nahm. »So sicher, wie es mein unschätzbares Privileg ist, Sie zu kennen, so bin ich mir auch gewiß, daß Sie ihn Ihre Empfindungen stets genau wissen ließen.«

Zweites Buch
Sibirische Orchidee

Zehn

Der Wind hatte kräftig von Westen geweht und gerade soviel Nordluft mitgeführt, daß das für die Ostsee so typische rauhe Aprilwetter herrschte. Das Schiff, die *City of Newcastle,* war nach dem Zwischenaufenthalt in Danzig zügig vorangekommen, doch hatten die Passagiere nur wenig voneinander gesehen. Bis man auf dem Weg nach Norden den Meerbusen von Riga und die Insel Dagö umfahren hatte, mußte nämlich hart am Wind gesegelt werden; und das bereitete, wie die segelkundigen Passagiere den Neulingen erklärten, jeglichem Bordleben ein sicheres Ende.

Nach Aussage dieser Experten waren die westlichen Winde, sobald sie den Finnischen Meerbusen erreichten, für die Fahrt nach St. Petersburg geradezu ideal, und danach würde alles ganz anders aussehen.

Doch die Elemente spielten nicht mit. Der Wind sprang um und blies nun sanft, aber beständig aus Osten. Zur Erleichterung einiger Passagiere mußte die *City of Newcastle* beidrehen, und schließlich verkündete der Kapitän, sie würden in Reval anlegen, bis sich der Wind ausreichend gedreht hätte, so daß sie die Reise fortsetzen könnten.

Fleur stand mit ihrem Vater auf dem Vorderdeck, als ihr Bruder ihnen diese Nachricht überbrachte. Mit dem Windwechsel hatte es sich aufgeklart, und trotz weiterhin kühler Temperaturen schien am tiefblauen Himmel eine fahle Sonne. Passagiere, die seit Danzig nicht mehr an Deck gewesen waren, krochen blaß und unsicher hervor, um frische Luft zu schnappen.

Die rauhe Seereise hatte Fleur nichts anhaben können. Sie hatte sich die Zeit in der Kabine mit Lesen, Tagebucheintragungen und Tagträumereien vertrieben. Trotzdem war sie nun froh darüber, wieder im Freien zu sein und Aussicht auf Gesellschaft und Zerstreuung zu haben.

Ein knirschendes Geräusch war zu vernehmen, das Holz unter ihren Füßen erbebte, und die Möwen, die sich auf dem Wasser treiben ließen und neugierig das Schiff beäugten, schreckten auf.

Fleur lehnte sich über die Reling, um die Schaufeln zu beobachten, und war erstaunt über deren Größe und Kraft.

»Wenn der Wind uns einen Streich spielt«, erkundigte sie sich, »warum nutzen wir dann zur Weiterfahrt nicht die Dampfkraft aus?«

»Das würde sie nicht schaffen«, erklärte Richard. »Die reicht gerade mal, um das Schiff in den Hafen zu bringen beziehungsweise wieder hinaus. Wir hätten ohnehin nicht genügend Kohle dabei. Offen gesagt habe ich so meine Zweifel, ob Schiffe je genügend Brennstoff mit sich führen können, um ganze Reisen unter Dampf zu machen. Wird wohl kaum durchführbar sein.« Angewidert betrachtete er den rauchenden schwarzen Schornstein. »Was für schreckliche, schmutzige Dinger Dampfmaschinen doch sind! Sie sollten auf Fabriken beschränkt sein, da gehören sie hin.«

»Oh, Dick«, lachte Fleur. »An allem hast du etwas auszusetzen, bis sich zeigt, daß es dir von Nutzen ist! Erinnere dich nur, wie du dich über Dampflokomotiven beschwert hast . . .«

»Jawohl, und zu Recht: Sie erschrecken die Pferde und verderben uns die Jagd! Durch die verdammten Schienen wurden einige der besten Wildwechsel ruiniert!«

»Schon, aber dann, als Stegghampton dich zum Jagen nach Gretton einlud, warst du heilfroh, daß deine Jäger mit der Bahn fahren konnten und ihnen damit die lange Kutschfahrt erspart blieb.«

»Das ist etwas ganz anderes«, regte sich Richard auf und

suchte verzweifelt nach einem Unterschied. »Allein die Feuergefahr! Ein großer brennender Heizkessel in einem hölzernen Schiff ist doch Irrsinn . . .«

Sir Ranulph, der auf den fernen Landfleck starrte und nicht zuzuhören schien, schnaubte verächtlich. »Papperlapapp! Junge, du weißt ja nicht, wovon du redest. In Zukunft – und zwar sehr bald – werden Schiffe aus Eisen hergestellt und vollständig mit Dampfkraft betrieben. Das Segeln in Holzschiffen wie diesem hier wird dann der Vergangenheit angehören.«

»Papa, du nimmst uns auf den Arm! Schiffe, ganz aus Eisen? Die würden doch sinken!« protestierte Fleur.

Doch Sir Ranulph war mit seinen Gedanken schon wieder woanders. Während er auf die See hinausblickte, lächelte er vage, gab aber keine Antwort. Statt dessen lüpfte ein Gentleman, der nicht weit entfernt auf Fleurs anderer Seite stand, höflich den Hut und bemerkte: »Dem ist wirklich so, Mademoiselle! Die Wahrscheinlichkeit, daß ein eisernes Schiff sinkt, ist nicht größer als bei einem hölzernen.«

Sie wandte sich um und musterte ihn unauffällig. Es war ein ausgesprochen durchschnittlicher junger Mann, vielleicht ein paar Jahre älter als sie, nicht sonderlich hochgewachsen, nicht sonderlich gutaussehend. Er besaß ein gewöhnliches Gesicht, das ihr einen Augenblick lang flüchtig bekannt vorkam, und braunes Haar. Sein Umhang, von gutem Material und Schnitt, erhielt durch einen Pelzkragen den besonderen Pfiff.

»Aber Holz schwimmt auf dem Wasser, Sir, Eisen dagegen nicht«, versetzte sie.

»Das schon, aber ein Schiff schwimmt nicht wegen seines Materials, sondern wegen seiner Form.«

Er lächelte gewinnend, nahm den Hut ab und drehte ihn mit der Öffnung nach oben.

»Verstehen Sie, es ist das Innere des Schiffes, das es schwimmen läßt«, erklärte er und bewegte seine Finger im Hutinneren hin und her. »Derart aufs Wasser gesetzt, würde der Hut ganz munter einherschwimmen; stülpte man ihn aber um, und es liefe Wasser hinein ...« Er machte eine wegwerfende Handbewegung. »*Voilà!* Dann wäre ein weiterer kostspieliger Besuch bei meinem Hutmacher vonnöten!«

»Aha, ich verstehe«, sagte Fleur. »Und das gilt für jedes Material?«

»Sicherlich. Solange die Form stimmt ...« Er zuckte die Schultern.

»Vielen Dank für die Erläuterung!« sagte mit Fleur mit Genugtuung. »Ich verstehe die Dinge gern von Grund auf.«

»Ich fürchte bloß, Sie werden sich nun nie mehr mit mir unterhalten wollen.«

Fleur war bestürzt. »Und wieso?«

»Nun, ein Wissen in technischen Dingen mag zwar nützlich sein, *gentlemanlike* ist es indes nicht. Ich hätte mich nie derart bloßstellen sollen«, erklärte er mit einem so komischen Ausdruck der Reue, daß sie sich ein Lächeln nicht verbeißen konnte.

»Das dürfen Sie nicht sagen, wenn ich doch selbst gerade den außerordentlich undamenhaften Wunsch nach Wissen geäußert habe!«

»Ah, dann muß unser beider Vornehmheit zugrunde gehen! Das ist nur gut so, denn wir steuern auf Reval zu, wo man damit meiner Erfahrung nach ohnehin nicht viel anfangen kann. Euer englisches Wort *genteel* dafür ist wirklich herrlich, finden Sie nicht? Welch schneidende Verurteilung unter dem Deckmantel eines Kompliments! Englisch ist eine angenehme Sprache – man kann darin unverschämter sein als in jeder anderen, wobei es nicht einmal diesen Anschein hat.«

Fleur lachte. »Ja, da haben Sie ganz recht. Meine Tante ist darin meisterhaft, auch wenn sie sich gar nicht sehr als Engländerin fühlt. Doch ist mir schon aufgefallen, daß sie nie französisch spricht, wenn sie besonders verletzend sein möchte.«

»Natürlich nicht. Französisch ist lediglich die Sprache des Essens und des Protokolls«, erklärte er unschuldig.

»Gemeinhin wird behauptet, es sei die Sprache der Liebe«, warf Fleur ein.

Er schüttelte den Kopf. »Ein großer Irrtum. Ein französischer Koch oder Diplomat mag ja noch angehen, aber ein französischer Liebhaber? Nie und nimmer!«

»Wie das, Sir?«

»Weil die Sprache der Liebe direkt und ehrlich sein muß, Mademoiselle, was im Französischen beides nicht möglich ist. Daher eignet es sich so gut für Köche und Diplomaten – beide müssen in ihrem Beruf lügen.«

»Sie scheinen mir eine gefährliche Bekanntschaft zu sein«, sagte Fleur lachend. »Wenn ich mich noch länger mit Ihnen unterhalte, bin ich alle meine Überzeugungen los!«

Er lächelte und lüpfte den Hut. »Dann werde ich mich einstweilen verabschieden, Mademoiselle, in der Gewißheit, daß wir unsere Bekanntschaft auf einem so kleinen Schiff sicher noch vertiefen können.«

»Sir, Sie vergessen eines«, versetzte Fleur ernst. »Wir wurden einander noch nicht vorgestellt, folglich können wir auch nicht miteinander bekannt sein.«

»Oh, dem ist rasch abgeholfen! An Bord heißt es sich selber vorzustellen.«

Er machte einen übertriebenen Bückling, und als er sich wieder aufrichtete, setzte er die gespielt würdige Miene eines Großwesirs auf.

»Mademoiselle, Peter Nikolajewitsch Kirow bittet darum, sich verabschieden zu dürfen. *A la prochaine*!«

❦

Eine lange Zeit noch, nachdem er gegangen war, fragte sich Fleur, ob sie ihn richtig verstanden oder sie sich das Ganze nur eingebildet hatte. Doch nein, er hatte es wirklich und wahrhaftig gesagt. Und sie erinnerte sich nun auch an die flüchtige Vertrautheit seines Gesichtes. Er glich seinem Bruder nicht sonderlich. Zwar mochte eine vage familiäre Ähnlichkeit bestehen, aber während der ältere Kirow hochgewachsen war und auffallend gut und distinguiert aussah, wirkte sein jüngerer Bruder nur angenehm nichtssagend.

Ihr blieb jedoch keine Zeit, über den außergewöhnlichen Zufall dieses Treffens nachzudenken, da Richard wieder ihre Aufmerksamkeit beanspruchte.

Fleur mußte zumindest so tun, als interessiere sie der Anlegevorgang. Doch schließlich vermochte sie einigermaßen wahrheitsgemäß zu behaupten, das Sonnenlicht bereite ihr Kopfschmerzen, so daß sie nach unten in ihre Kabine flüchten konnte.

Kirow! Allein die Erwähnung seines Namens hatte all die Empfindungen wieder wachgerüttelt, die sie für sicher begraben gehalten hatte. Mehr als ein Jahr hatte sie nicht mehr bewußt an ihn gedacht, sich als von der Krankheit geheilt betrachtet. Indes hatte diese zufällige Begegnung mit seinem Bruder deutlich gemacht, daß sich unter der Fassade der Normalität, die sie der Welt darbot, nichts wirklich geändert hatte.

In ihrer Kabine angekommen, überwältigten sie Schmerz und Verwirrung. Die fröhliche Geräuschkulisse des Hafens wich aus ihrem Bewußtsein, und sie entsann sich der Zeit vor fast zwei Jahren, als sie Kirow das letztemal begegnet war.

❦

Nach ihrem Ausritt im Park hatte sie Kirow erst wieder vor seiner Abreise in den Norden Englands getroffen. Zwei Wochen folgten, die sie als grau und langweilig in Erinnerung hatte. London war ohne ihn unerträglich: zu überfüllt, zu laut, zu schmutzig, zu heiß.

Wann kam er wieder zurück? war die Frage, die sie sinnloserweise unaufhörlich beschäftigte. Und wie bald würde er sich erklären? Daß dies der Fall sein würde, erschien ihr gewiß. Bestimmt hatte er Teddy Scotts Ausbruch verstanden und war darauf bedacht, ihr weitere Peinlichkeiten zu ersparen. Wie schade, daß er London hatte verlassen müssen, ohne dieses Problem zuvor noch aus der Welt schaffen zu können! Und selbstverständlich war er zu sehr Gentleman, um ihr zu schreiben. Doch sobald er zurückgekehrt war, würde er am Hanover Square vorsprechen und alles ins reine bringen.

Während sie blind auf die Kabinenwand starrte, die geballten Hände im Schoß, erinnerte sie sich an jene entsetzliche erste Begegnung nach seiner Rückkehr. Zunächst hatte eines Morgens seine Karte auf dem Empfangstisch in der Halle gelegen, als sie und ihre Tante von einer Ausfahrt heimkehrten. Sie war zutiefst enttäuscht und verfluchte im stillen ihr Pech, ihn verpaßt zu haben. Doch sicher würde er später wiederkommen, dachte sie – und verbrachte einen endlosen Tag damit, jedem Geräusch auf der Straße nachzulauschen und bei jedem Klopfen unten an der Tür aufzuschrecken.

Er kam nicht, und da sie den Abend mit Freunden der Familie verbrachten, mußte Fleur für diesmal die Hoffnung aufgeben. Doch am nächsten Morgen würde er gewiß erneut vorsprechen! Sie ging voller Zuversicht und Vorfreude zu Bett, schlief schlecht, erwachte viel zu früh und kleidete sich mit besonderer Sorgfalt. Sämtliche Einladungen, die sie aus dem Haus geführt hätten, schlug sie aus und verbrachte einen zweiten langen Tag mit Warten, die Nerven zum Zerreißen gespannt, die Gedanken durcheinander und verstört, das Herz abwechselnd voll Vertrauen und Zweifel. *Er mußte doch kommen! Warum kam er nicht?*

Auf dem Ball, der an diesem Abend im Grosvenor House stattfand, sah sie ihn ebenfalls nicht. Sie nahm an, daß er nicht hatte kommen können, weil er vielleicht durch irgendein Geschäft verhindert war. Ja, welch glücklicher Gedanke!

Am nächsten Morgen keimte erneut Hoffnung in ihr auf, etwas zaghafter zwar, aber noch ungebrochen. Doch ihr Plan, zu Hause zu bleiben und auf seinen Besuch zu warten, wurde von Onkel Frederick durchkreuzt, der sie aufforderte, mit ihm zur Ausstellung zu gehen, und auf freundliche Art keinen Widerspruch duldete.

Und dort erblickte Fleur ihn dann. Ihre Kehle schnürte sich zu, als sie an diese zufällige Begegnung zurückdachte: ihre Überraschung, ihn zu sehen, sein verräterisches kurzes Zögern, seine perfekte, kühle, unverbindliche Liebenswürdigkeit. Er sprach mit ihr und dem Onkel wie mit einer x-beliebigen Bekanntschaft, beantwortete ihre gespannten Fragen über seine Reise in den Norden sehr förmlich und erwiderte ihre verwirrten, fragenden Blicke mit einer ausdruckslosen und undurchdringlichen Höflichkeit. Und dann – sie wußte gar nicht, wie ihr geschah – verbeugte und verabschiedete er sich, ohne eine Andeutung gemacht zu haben, wann sie ihn wiedersehen würde.

Automatisch war sie mit ihrem Onkel weitergegangen, während in ihrem Inneren Fragen tobten, die niemand zu beantworten vermochte. So konnte sie das nicht stehenlassen! Voll Scham erinnerte sie sich daran, wie sie die Hand vom Arm des Onkels genommen und etwas davon gestammelt hatte, das Taschentuch fallen gelassen zu haben, wie sie von ihm fortgehastet war und sich wie ein verrücktes, liebeskrankes Mädchen hinter Kirow her durch die Menge gedrängt hatte.

Sie holte ihn ein und berührte seinen Arm. Er wandte sich um, und sie schaute ihm ins Gesicht – oh, ein steinernes Gesicht, hart und verschlossen! Wieso hatte sie es nicht gut sein lassen, war wortlos gegangen und hatte ihren Stolz behalten? Doch es ging ihr einfach nicht in den Kopf, daß jemand sich so völlig verändern konnte. *Was ist geschehen? Warum haben Sie mich verlassen?* wollte sie fragen, brachte es jedoch nicht heraus. Statt dessen erkundigte sie sich zaudernd – diese Demütigung! –, ob sie sich am nächsten Morgen wie gewöhnlich im Park treffen würden. Sie fügte hinzu – wie konnte sie die Erinnerung daran nur ertragen? –, daß ein Gespräch dringend nötig sei.

Er sah sie ernst an und schwieg eine lange Zeit. Dann dankte er ihr für die gütige Einladung, die er leider ausschlagen müsse, da ihn Botschaftsangelegenheiten zu sehr in Anspruch nähmen. Dann verbeugte er sich mit vollkommener Höflichkeit und ging.

Fleur blieb hochrot und zitternd zurück, als habe er sie geschlagen.

Doch es sollte noch schlimmer kommen. Es folgten zwei Wochen, in denen sie sich, wie von einem heimtückischen Schicksal ersonnen, jeden zweiten Tag bei öffentlichen Veranstaltungen trafen. Er behandelte sie mit derselben steifen Liebenswürdigkeit, die er auch für alle anderen übrig hatte, die Fleur aber immer aufs neue einen Stich versetzte. Jedes gesellschaftliche Ereignis war ein Alptraum, den man irgendwie durchstehen mußte, bis sie sich schließlich erschöpft von den Gefühlswallungen in ihr Zimmer zurückziehen und dort bittere Tränen der Demütigung und der Selbstvorwürfe vergießen konnte.

Allmählich sah sie derart angegriffen aus, daß selbst Venus es bemerkte und meinte, die Saison wäre wohl zuviel für sie.

»Du wirkst ziemlich mitgenommen, meine Liebe. Ich glaube, es ist vernünftiger, London baldmöglichst zu verlassen. Im Sommer ist es hier unerträglich, und dann noch die Ausstellung dieses Jahr . . . Sobald das Unterhaus Ferien macht, fahren wir aufs Land.«

Einmal noch waren sie sich daraufhin begegnet – das letzte Mal, daß sie ihn je gesehen hatte. Es war auf einem öffentlichen Ball, der zur Unterstützung eines Krankenhauses veranstaltet wurde, das unter Sir Fredericks Schirmherrschaft stand. An Fleurs Ballkleid war ein kleiner Schaden entstanden, da der Fuß eines ungeschickten Tanzpartners sich darin verheddert und den Seidenbesatz am untersten Volant der rosenfarbigen Gaze abgerissen hatte.

Zu unglücklich, als daß ihr das viel ausgemacht hätte, nahm sie die Entschuldigung des jungen Mannes geistesabwesend entgegen, fast schon froh darüber, eine Rechtfertigung zu haben, sich ins Damenzimmer zurückziehen zu können. Dort begutachtete eine Zofe kopfschüttelnd den Schaden.

»Es ist zwar kein großer Riß, Miss, aber dieses Material ist so empfindlich. Ich muß es umschlagen, ehe ich das Band wieder annähe, sonst franst es aus. So ganz werden wir es nicht mehr hinbekommen. Was für ein Jammer! Solch ein schönes Kleid und solch eine hübsche Farbe . . .«

Dieser unbedeutende kleine Unfall gab Fleur aus irgendeinem Grund den Rest. Während sie auf das Malheur hinunterstarrte, spürte sie, wie gegen ihren Willen die Tränen unter den Augenlidern hervorquollen.

Die Zofe war beunruhigt. »Nehmen Sie es sich nicht so zu Herzen, Miss! Ich glaube, es fällt gar nicht weiter auf, nicht dort unten am Saum. Nun weinen Sie doch nicht mehr!«

Die gute Frau hatte ihr den Rock genäht, die Schläfen mit Lavendelwasser benetzt, die Schultern frisch gepudert und allen erdenklichen Trost angeboten. Schließlich hatte Fleur sich wieder gefaßt und sich in Richtung Ballsaal aufgemacht. Auf dem Weg dorthin öffnete sich plötzlich eine Tür, und Kirow trat heraus.

Sie waren höchstens einen halben Meter voneinander entfernt, so daß sie einer Begegnung nicht mehr ausweichen konnte. Fleur blieb unvermittelt stehen, all ihre Selbstbeherrschung war dahin, sie konnte ihn nur wortlos anstarren. Dabei war sie sich bewußt, daß sich ihre Empfindungen in ihrem Gesicht widerspiegelten, ohne daß sie etwas dagegen zu tun vermochte.

»Miss Hamilton«, sagte er und schickte sich zu einer formellen Verbeugung an. Dann hielt er inne, richtete sich auf und blickte sie fast verdutzt an, als habe auch er keine Ahnung, was man noch sagen oder tun könne. Sie sah, daß er dieses eine Mal nicht vollständig Herr der Lage war, und seine Unsicherheit ließ alle bereits unterdrückten Gefühle in ihr wieder hochkommen. Alles in ihr verzehrte sich wieder nach ihm, ihr einfältiges Herz hatte seine Lektion noch immer nicht gelernt.

Er musterte ihr Gesicht. »Sind Sie krank?« erkundigte er sich unvermittelt. »Sie sehen so schmal und blaß aus.«

»Nein, ich bin . . .«, begann sie und merkte dann, daß sie weinen würde, wenn sie weitersprach.

Er stand da und wußte sichtlich nicht, was er tun sollte. Er schien mit ihr reden zu wollen, ohne die Worte dafür zu finden.

Schließlich erklärte er: »Ich werde London bald verlassen. Nächste Woche reise ich zurück nach St. Petersburg.«

Die Worte klangen in ihren Ohren wie der erste Erdbrocken, der auf einen Sarg fällt. Fleur sah auf, die Augen plötzlich trokken, da die Tränen durch die Endgültigkeit seiner Worte an ihren Ursprung zurückgetrieben worden waren. »Ihre Aufgabe hier ist erledigt?«

»Ich wurde abberufen.« Er zögerte. »Der Zar sieht es nicht gern, wenn einer seiner Leute zu lange fort ist. Ich nehme nicht an . . .« Erneut machte er eine Pause. »Ich nehme nicht an, daß mir eine Rückkehr möglich sein wird.«

Sie nickte. »Nun, dann wünsche ich Ihnen eine angenehme Reise«, sagte sie und reichte ihm die Hand. Ihre ruhige Stimme überraschte sie. Und ihre Hand, so stellte sie fest, zeigte nicht das geringste Zittern. Wer tat bloß dies alles? Sie selbst gewiß nicht.

»Ja«, entgegnete er, machte aber keine Anstalten, die Hand zu ergreifen. Geraume Zeit starrte er sie mit diesem ausdruckslosen Blick an, fast wie jemand, der einen schweren Schock erlitten hat. Fleur hatte einmal ein Kind mit einem solchen Blick gesehen, das auf der Straße von einem Lastkarren überfahren worden war. Dann schien er einen Entschluß zu fassen. Offenbar schüttelte er einen Gedanken von sich ab und setzte erneut seine förmliche Miene auf.

»Ja, ich danke«, sagte er. Er nahm nun ihre Hand, beugte sich darüber, gab sie wieder frei und wandte sich ab.

Und das, dachte Fleur, war es dann also. Der Versuch, die Fassung zu bewahren, kostete sie all ihre Kraft, und sie spürte, daß sie kurz vor einem Zusammenbruch stand. Sie machte Anstalten zu gehen, doch kam sie nicht vom Fleck, nicht, solange er noch in Sicht war und von ihr wegging.

Darum sah sie, daß er sich noch einmal umdrehte. Dabei warf er ihr einen Blick zu, so lang und brennend, die schönen goldenen Augen voll solchen Leids, daß ihr das eigene Elend in diesem Moment vergleichsweise wie ein flüchtiger Schmerz vorkam. Und dann war er fort – für immer aus ihrem Leben verschwunden.

Es hatte einer Krankheit geglichen – das erste Fieber des Kummers, die Lethargie und dann der lange, allmähliche Genesungsprozeß. Nach und nach nahm sie ihre alten Beschäftigungen wieder auf, begann wieder zu lesen, zu schreiben, zu nähen, spazierenzugehen, zu reiten, sich um Arme und Kranke zu kümmern.

Seltsamerweise schien niemand zu bemerken, was mit ihr geschehen war. Man ging davon aus, daß sie auf das Land zurückgekehrt war, weil das verrückte Karussell des gesellschaftlichen Lebens sie überanstrengt habe. Aus den Augen schien aus dem Sinn zu sein. Onkel Frederick kam einmal zu Besuch, um sich nach ihrem Befinden zu erkundigen, und andere Bekannte und Nachbarn stellten sich ebenfalls ein. Alle fanden, sie sähe viel besser aus, und bemerkten zufrieden, daß das Landleben ihr offensichtlich am meisten zusage.

Nur Buckley schien zu verstehen. Als sie so gar nicht mehr das Haus verließ, suchte er sie täglich wegen angeblicher Fragen bezüglich der Pferde auf. Dabei musterte er sie eingehend, um festzustellen, ob sie immer noch keinen Appetit hatte. Als sie sich schließlich wieder im Garten blicken ließ, tauchte er häufig mit den spannendsten Neuigkeiten aus dem Dorf auf. Er brachte ihr auch Geschenke: ein besonders schönes braunes Ei, das sie vielleicht gern zum Mittagsmahl essen wollte, oder einige Pilze, die er auf der Pferdekoppel gefunden hatte und die sie, wie er wußte, gerne aß. Auch eine schöne Forelle war dabei, die er aus Mr. Scotts Bach herausgefischt hatte – Fleur solle es niemandem weitersagen, sonst würde er noch wegen Wilderns eingesperrt, sie wisse doch, wie Mr. Scott sich immer mit seinen Wildrechten habe!

Seine zurückhaltende Sympathie war Balsam für ihr schmerzendes Herz, und allmählich heilten die Wunden. Fleur lernte wieder, mit sich und dann, langsam, mit der Welt zu leben. Endlich vermochte sie über das Geschehene nachzudenken und dieses Kapitel ihres Lebens, so dachte sie jedenfalls, abzuschließen.

Sie glaubte zu verstehen. Er hatte sich etwas aus ihr gemacht, davon war sie überzeugt, doch nur auf rein freundschaftliche Art. Da ihm die gesellschaftlichen Sitten Englands nicht geläufig waren, hatte er die unsichtbaren Grenzen überschritten und unwissentlich falsche Hoffnungen geweckt. Als er durch Teddy Scotts ungeschicktes Einschreiten erkannte, zu welchen Vermutungen seine Vertrautheit mit ihr Anlaß gab, hatte er sein Bestes getan, um die Sache wiedergutzumachen. Er zog sich von ihr zurück und behandelte sie von Stund an mit jener verletzenden steifen Höflichkeit.

Heiratsabsichten hatte er nie gehegt; er hatte nie gewollt, daß sie ihn liebe. Das war ihr Mißverständnis. Sein derbes Heilmittel hatte Erfolg gehabt: ihr Ruf war unbefleckt, ihr schamvolles Geheimnis sicher verwahrt.

Diesen letzten, schmerzvollen Blick, den er ihr zugeworfen hatte, wußte sie allerdings nicht zu deuten. Nun, er war ein reifer Mann, der in seinem Leben viel durchgemacht hatte. Sie wußte nicht, welche geheimen Sorgen er noch mit sich herumtrug. Vielleicht war es ja auch lediglich ein Blick der Zerknirschung darüber gewesen, was er ihr angetan hatte. Alles in allem war das in ihren Augen die wahrscheinlichste Erklärung. Also zog sie einen Schlußstrich, schloß das Buch und versuchte, nicht mehr an ihn zu denken.

Im Frühjahr darauf war sie in der Lage, wieder am gesellschaftlichen Leben teilzunehmen. Als Tante Venus in einem Brief ihr eremitenhaftes Leben beanstandete und sie für die Saison nach London einlud, war sie eigentlich ganz froh darüber. Lord James Paget fand sich ein, und sie nahm seine Begleitung zu einer Reihe von gesellschaftlichen Ereignissen an. Sie mochte ihn – seine Gesellschaft war angenehm, und er war in seinen Aufmerksamkeiten unermüdlich. Also war sie nett zu ihm, was neue Hoffnung in ihm aufkeimen ließ.

Sogar eine Ehe mit ihm zog sie allmählich in Betracht. Er würde einen sicheren, anspruchslosen und liebenswürdigen Gatten abgeben. Besitz und Titel waren ausgezeichnet, und er mochte Pferde. Sie würde gut mit ihm auskommen, und durch eine Heirat mit ihm wäre sichergestellt, daß keiner mehr glaubte, sie litte an gebrochenem Herzen. Daran lag ihr sehr.

Folglich duldete sie, daß er sie umwarb. Als man sie des öfteren zusammen sah, kamen die ersten Gerüchte auf, die sie nicht sonderlich zu unterdrücken suchte. Als sie sich bei Antritt der Reise von ihm verabschiedete, geschah das mit dem unausgesprochenen Einverständnis, daß eine Eheschließung bei ihrer Rückkehr im Herbst nicht ausgeschlossen sei.

Natürlich war ihr klar gewesen, daß die – wenn auch nur geringe – Möglichkeit bestand, Kirow in St. Petersburg wiederzubegegnen. Aber die Polotskis verkehrten in anderen Kreisen; und sollten sie sich zufällig auf der Straße treffen, so wäre nicht mehr als eine höfliche Verbeugung vonnöten.

Daß sie schon vor ihrer Ankunft in Rußland mit seinem Bruder ins Gespräch kommen würde, hätte sie sich aber nicht träumen lassen. Wäre sie ungläubig gewesen hätte allein dieser Umstand sie dazu gebracht, an Gott zu glauben – allerdings an einen Gott mit einem eindeutig schwarzen Humor.

❦

Das Haus des Gouverneurs von Reval, der einige der höhergestellten Passagiere des Schiffes zum Diner geladen hatte, war ein merkwürdiges Gebäude aus rotem und grauem Stein, eingebettet in einem überraschend üppigen Garten. Im Inneren war es ganz Helligkeit, Wärme und Behaglichkeit. Der hochgewachsene, schurkenhaft aussehende, aber überaus gutmütige Gouverneur und seine ziemlich unförmige Gattin – die aussah, als würde ihr ein Bauernschal mehr zusagen als ein Diadem – begrüßten die Reisenden, als wären diese gerade nach einer langen Reise aus einer engen, kalten Postkutsche gestiegen. Sie boten alle möglichen warmen Getränke an und drängten ihre Gäste, sich näher ans Feuer zu setzen.

Die beiden beherrschten weder Englisch noch Französisch,

und da Fleur kein Deutsch sprach, hatte sie ihre Pflichten gegenüber den Gastgebern bald hinter sich. Ihr sprachbegabter Vater unterhielt sich mit dem Gouverneur über den Garten. Fleur stand am Kamin, wärmte sich die Hände und beobachtete die anderen, ohne das Bedürfnis zu haben, sich dazuzugesellen.

Einige Minuten später erschien jedoch der jüngere Kirow und steuerte nach der Begrüßung der Exzellenzen geradewegs auf Fleur zu, als seien sie alte Freunde.

»Sehen Sie, wie bald wir uns wiedersehen! Dem Gouverneur sei gedankt!«

»Seinem Aussehen zum Trotz scheint er ein äußerst liebenswürdiger Mann zu sein«, sagte Fleur.

»Oh, Gesellschaften liebt er einfach über alles. Unsere Reiseprobleme kommen ihm sehr gelegen!«

»Sie sprechen viel besseres Englisch als er, das heißt, Sie sprechen sogar ein ausgezeichnetes Englisch«, verbesserte sie sich hastig.

»Ich hatte viele englische Freunde . . . Soldaten zumeist, Sie müssen also eine gewisse Derbheit entschuldigen. Wissen Sie, ich bin Kavallerist, und die Kavalleristen entdecken einander stets und überall. Dieser junge Mann dort drüben zum Beispiel – wenn ich je einen Husaren zu Gesicht bekommen habe, dann ist er einer! Ein Hasardeur, wie er im Buche steht!«

»Vielen Dank. Das ist mein Bruder.«

»Nein wirklich? Sagen Sie mir, heißt er Smith – John Smith?«

»Natürlich nicht. Sein Name ist Richard Hamilton.«

Graf Peter grinste spitzbübisch. »Na also, Miss Hamilton, auf diese Weise habe ich Ihnen die Ungehörigkeit erspart, mir Ihren Namen nennen zu müssen. Habe ich das nicht geschickt eingefädelt?«

»Welch durchsichtiger Trick! Ich wußte genau, worauf Sie hinaus wollen.«

»Dann war es überaus freundlich von Ihnen mitzuspielen. Da zeigt sich's mal wieder! Es wird immer behauptet, die Engländer seien steif, und hier sind Sie, die nette Schwester eines netten Husaren ... Nett ist ein gutes Wort, nicht wahr?«

»Sehr nett«, stimmte sie zu. »Ich nehme an, der Name Hamilton sagt Ihnen nichts?«

Er runzelte die Stirn. »Sollte er das?«

»Nein, durchaus nicht«, erwiderte sie rasch. Er hatte ihren Namen also nicht erwähnt. Ihr war nicht klar, ob sie glücklich oder traurig darüber sein sollte.

Graf Peter schien den Faden weiterverfolgen zu wollen, wurde aber durch das Öffnen der Doppeltür am Ende des Salons davon abgehalten. »Ah, gut, hier kommt die Vorspeise«, rief er und rieb sich genüßlich die Hände. »Miss Hamilton, sollten Sie noch nicht in seinen Genuß gekommen sein, so gestatten Sie mir, Ihnen russischen Kaviar vorzustellen.«

Er bot ihr den Arm und führte sie zu dem langen Tisch, den Diener gerade hereingerollt hatten und der mit Speisen aller Art beladen war, einige davon durch Rechauds warm gehalten, andere kalt.

Der Kaviar war eine unansehnliche graue Masse, doch sie erlaubte Kirow, ihr zusammen mit einer Art getoasteten Muffin eine Portion davon auf den Teller zu tun.

»Und dazu brauchen Sie einen Wodka«, verfügte er und machte dem Lakaien ein Zeichen. Die Flasche wurde in einem Eiseimer kühl gehalten, und Fleur blickte zweifelnd drein, als man ihr das kleine Glas reichte.

»In England trinken Damen keinen Alkohol«, erklärte sie.

»Dann lassen Sie uns Gott danken, daß wir nicht in England sind«, erwiderte er prompt. »Man kann Kaviar nicht essen, ohne Wodka dazu zu trinken, das ist ein Gesetz. Auf ihr Wohl, Miss Hamilton!«

Sie nippte an dem Glas und erstickte dann fast – zu seiner großen Erheiterung. Das stachelte sie an. Sie probierte den Kaviar und war nicht gerade begeistert, gab sich jedoch nicht geschlagen, nippte erneut, kostete abermals, und beim dritten Versuch begann sie den Sinn des Ganzen zu verstehen. Zusammen mit dem mit Butter bestrichenen Muffin schmeckte der salzige Kaviar recht pikant, und der feurige Alkohol machte den Gaumen für einen weiteren Angriff bereit.

Der junge Kirow beobachtete sie mit unverhohlenem Vergnügen und rief nach beendeter Mahlzeit: »Bravo, England! Das ist der Geist, der Napoleon standhielt! Sie waren entschlossen, sich nicht geschlagen zu geben, habe ich recht?«

»Keineswegs. Ich habe es sehr genossen«, versetzte sie würdevoll.

»Nehmen Sie doch noch etwas davon«, schlug er listig vor.

»Nein danke! Ich würde jetzt gern etwas anderes ausprobieren.«

Er suchte ihr einige mit Paprika bestreute harte Eier, mehrere mit geräuchertem Hühnerfleisch und Erbsen gefüllte Teigtäschchen sowie ein paar mit Hackfleisch angemachte Pilze aus.

»Und nun, Miss Hamilton, wenn Sie soweit versorgt sind, *votre histoire,* bitte! Ich lasse mich beim Essen gerne unterhalten. Erzählen Sie mir über sich.«

»Wo soll ich beginnen?«

»Das ist mir gleich. Früher oder später wissen wir ohnehin alles voneinander. Fangen Sie mit dem Grund für Ihre Reise nach St. Petersburg an.«

»Also, mein Vater ist Botaniker und hat sich auf das Orchideenstudium spezialisiert. Die meisten Orchideen wachsen ja in gemäßigtem Klima, aber es gibt Gerüchte über eine Sorte, die in Sibirien nördlich des Polarkreises wachsen soll. Mein Vater wird eine Expedition starten, um diese sibirische Orchidee zu suchen. Sollte er sie tatsächlich finden und mitbringen können, würde sie nach ihm benannt, und das würde ihn sehr glücklich machen.«

Graf Kirow runzelte die Stirn. »Hamilton, Hamilton! Augenblick mal, ist Ihr Vater Sir Ranulph Hamilton?«

»Ja. Sie haben von ihm gehört?«

»Allerdings! Mein Vater hatte sämtliche Bücher von ihm zu Hause. Und mein Bruder lernte ihn vor zwei Jahren bei seinem Aufenthalt in London kennen. Das ist ja großartig! Liebe Miss

Hamilton, wir sind praktisch Verwandte! Kein Wunder, daß Sie annahmen, Ihr Name würde mir etwas sagen!«

»Ich dachte mir, Ihr Bruder hätte vielleicht einmal den Namen meines Vaters erwähnt.«

»Haben Sie Sergej etwa auch kennengelernt? Ein schöner Trauerkloß, nicht wahr?« meinte Graf Peter beiläufig. Fleur machte bei dieser Beschreibung ein erstauntes Gesicht, enthielt sich aber jeglichen Kommentars. »Wenn ich einer goldenen Göttin wie Ihnen begegnet wäre, hätte ich Ewigkeiten von ihr erzählt! Aber sagen Sie mir, was gedenken Sie während der Orchideenjagd Ihres Vaters zu tun? Sie haben doch hoffentlich nicht vor, mit ihm nach Sibirien zu reisen? So unzivilisiert, wie es dort zugeht?«

»Ich werde bei den Polotskis wohnen. Sie haben meinen Bruder und mich eingeladen, solange zu bleiben, wie es uns gefällt. Papa wird uns auf dem Rückweg wieder einsammeln.«

»Bei den Polotskis? Kenne ich sie?«

»Mr. Polotski hat den Polotski-Smaragd entdeckt.«

»Ach, der Polotski!« Es schien ihm ein Licht aufzugehen, dann wirkte er verwirrt. »Ich hätte nicht gedacht, daß der Ihr Fall ist.«

Fleur stellte die Borsten auf. »Ich mag Mr. Polotski sehr. In London wohnte er im Haus meiner Tante, und wir wurden dikke Freunde. Damals bereits prophezeite er, daß ich ihn dereinst besuchen käme, um Rußland kennenzulernen. Ich bin ihm äußerst dankbar für die Einladung.«

Graf Peter beeilte sich, ihre Borsten wieder zu glätten. »Oh, er ist bestimmt ein guter Mann. Ich dachte nur . . . sei's drum, sicher werden Sie sich bei den Polotskis wohl fühlen. Wir sind nicht miteinander bekannt, doch habe ich ihn ein paarmal bei Hofe gesehen. Nun, Miss Hamilton, ich hoffe, ich darf Ihnen in Petersburg einen Besuch abstatten, wo wir doch praktisch Cousin und Cousine sind! Sind Sie länger da?«

»Papa beabsichtigt, sechs Monate fort zu sein. Ich nehme an, im Oktober holt er mich wieder ab.«

»Na, dann ist ja reichlich Zeit. Sie müssen einmal unsere

Datscha besuchen kommen, sie liegt nicht weit von Petersburg entfernt. Der eigentümlichste Ort, der mir je untergekommen ist . . .«

»Eigentümlicher als dieses Haus?«

Er grinste. »Ich würde sagen, von ein und demselben Architekten erbaut. Und wie kommt's, daß Ihr Bruder so lange von seinem Regiment fortbleiben kann?«

»Er steckt gerade mitten in einer Beförderung. Er ist ein Fähnrich im 11. Husarenregiment, und in sechs Monaten wird dort der Posten eines Hauptmanns frei. Nach unserem Recht muß man allerdings erst Leutnant gewesen sein, bevor man zum Hauptmann aufsteigen kann. Folglich kaufte Vater ihm in einem anderen Regiment eine Leutnantsstelle, und Richard wurde dorthin verlegt, diente einen Tag, um seinen Befähigungsnachweis zu erhalten, und ließ sich dann auf halben Lohn setzen. Dabei bleibt es, bis die Hauptmannsstelle frei wird. Dann kehrt er ins alte Regiment und in den aktiven Dienst zurück.«

Graf Peter hörte aufmerksam zu. »Welch ausgezeichnetes System! Ich bin beeindruckt davon, wie bequem ihr Engländer doch alles löst! In unserem Land ist es viel schwieriger, vorwärtszukommen. Ich muß Ihren Bruder näher kennenlernen. Glauben Sie, er würde gern mal in unser Offizierskasino eingeladen werden?«

Der junge Kirow wurde Fleur zunehmend sympathischer. »Gewiß wäre ihm nichts lieber als das.«

»Dann ist das abgemacht. Er scheint mir ein fröhlicher Geselle zu sein, und ich möchte gern, daß er sich in Rußland wohl fühlt. Unser Kasino ist das beste in Petersburg. Mögen Sie Ballett?«

»Ja, sehr.«

»Dann erlauben Sie mir vielleicht einmal, Sie dorthin zu führen. Oh, Ihren Bruder natürlich auch!«

Die Vorstellung, Richard in eine Ballettaufführung locken zu können, versetzte sie in Heiterkeit. »Richard würde sich lieber am Spieß rösten lassen als einen Abend in dieser Form zu verbringen!«

Er grinste. »Seltsam, wie unterschiedlich Geschwister doch sein können. Nehmen wir einmal meinen Bruder. Ich würde Ihnen Sergej keinen einzigen Tag zumuten wollen, so eine Schlafmütze ist er! Wissen Sie, er bringt es fertig, eine halbe Stunde mit einer Frau zusammenzusein, ohne sie auch nur einmal zum Lachen zu bringen.«

Widerstrebend lächelte sie und sagte: »Unsere Begegnungen in London waren formeller Natur. Ich habe ihn nicht besonders gut gekannt.«

»Ich kann Ihnen versichern, das ist nur gut so. Tja, es läuft doch alles sehr zufriedenstellend. So oder so, wir begegnen uns in Petersburg bestimmt wieder. Wie froh ich bin, daß der Wind wechselte! Der Sommer bekommt dadurch ein ganz anderes Gesicht!«

Er weiß ja gar nicht, wie recht er hat, dachte Fleur. Welche Hoffnung bestand nun noch, dem älteren Kirow auszuweichen? Wenn ich ihm wirklich hätte ausweichen wollen, hätte ich dann nicht die Freundlichkeiten seines Bruders abgewehrt? Habe ich es nicht selbst herbeigeführt?

Ja, natürlich. Im Innersten ihres Herzens wollte sie ihn wiedersehen, egal, was sie sich auch über Gefühle wie Stolz und Gleichgültigkeit einredete. Und das war kein sehr beruhigender Gedanke.

Elf

In der Nacht sprang der Wind nach Süden um, so daß der Gouverneur von Reval auf weitere Gesellschaften verzichten mußte. Im ersten Morgengrauen setzte die *City of Newcastle* ihre Dampfmaschine in Gang und verließ den Hafen, und als sie erst einmal die Landzunge umfahren hatte, wurden die Segel gesetzt, und sie fuhren hart am Wind in Richtung St. Petersburg.

Fleurs erster Eindruck vom großen St. Petersburger Hafen war der einer chaotischen Betriebsamkeit. In beiden Kanälen sah man Schiffe der verschiedensten Nationen: Handelsschiffe, Frachtschiffe und Küstenfahrzeuge, von schwarzen Schleppern durch die tückischen Sandbänke gelotst, tummelten sich zwischen Fischerbooten und Vergnügungsbarkassen aller Art, während Zollkutter wie besorgte Schäferhunde zwischen ihnen hin und her schossen. Die Schiffe drängten in den Hafen und wetteiferten um einen Anlegeplatz, damit sie gelöscht werden konnten.

»Es geht immer so zu, wenn das Eis im Frühling zum erstenmal schmilzt«, erklärte ihr Graf Peter, der sich an ihre Seite gesellt hatte und aufgeregt die Szenerie betrachtete. »Wie herrlich, wieder zu Hause zu sein! Rußland ist der schönste Ort auf Erden und Petersburg die schönste Stadt. Sie werden sehen.«

Fleur mochte ihn wegen seiner kindlichen Begeisterungsfähigkeit und war durchaus bereit, ihm Glauben zu schenken. Die ersten flüchtigen Eindrücke enttäuschten sie nicht. Sie hatte den ganzen Weg zurückgelegt, weil sie Neues sehen wollte, und auf dem Kai wimmelte es von eigentümlich wirkenden

Leuten: Bauern mit buschigen Bärten, die schmutzige Schafspelzmäntel, ausgebeulte Hosen und Stiefel trugen, luden Kisten und Ballen mit Ladung von den Schiffen, riefen einander zu und warfen ihre Lasten mit einer leichtherzigen Unbesorgtheit umher, die jede Menge Bruchschaden versprach. Händler in langen Kaftanen mit kunstvoll gelockten, wallenden Bärten untersuchten Waren und stritten mit Zahlmeistern und Zollbeamten. Uniformierte Beamte, deren Bärte kurz und gepflegt waren, schauten entweder gequält oder unnahbar drein. Und hier und da tauchten Soldaten mit Kavalleristen-Schnurrbärten und üppigen Koteletten auf. Ein glattrasiertes Gesicht gab es kaum einmal. Fleur begann die Vorurteile ihrer Tante zu verstehen.

Alle schrien und gestikulierten wild durcheinander. Doch wirkten sie alle auch gutmütig, und es wurde genausoviel gelacht wie geflucht, selbst wenn es ein Unglück gab. Fleur sah, wie ein schöner Bulle von einem englischen Schiff gehievt wurde und schmerzlich aufbrüllte, als er in einer Segeltuchschlinge auf den Kai hinuntergelassen wurde. Sobald er Boden unter sich spürte, schlug er mit einem Hinterbein aus und traf einen Mann, der nach hinten flog, worauf alle, einschließlich des Opfers, in stürmisches Gelächter ausbrachen.

»Scheint ein lebhafter Bursche zu sein«, bemerkte Graf Peter. »Der wird Schwung in seine neue Herde bringen.«

»Interessieren Sie sich etwa für Auslesezucht?« erkundigte sich Fleur unvorsichtigerweise.

»Allerdings«, erwiderte er ernsthaft und brachte sie damit zum Erröten. Freundlicherweise sah er sich nach etwas um, was sie ablenken könnte, und rief: »Sehen Sie, Miss Hamilton, dort drüben ist eine echte Petersburger Sehenswürdigkeit zu bewundern.«

Eine ganze Reihe einspänniger Fahrzeuge stand zusammengepfercht am einen Ende des Kais. Bärtige Männer saßen essend oder rauchend auf den Fahrersitzen oder auf dem Boden davor. Andere unterhielten sich angeregt, wobei sie fortwährend umhersahen, um sicherzugehen, daß sie nichts verpaßten. Fleur erinnerten sie an Stare.

»Sie sehen wie Droschkenfahrer aus«, bemerkte sie.

»Gut beobachtet! Auf russisch heißen sie *Iswostschiks*. Wir haben mehr Droschken als jede andere Stadt der Welt, weil man hier unmöglich zu Fuß gehen kann. Im Frühling und Herbst gleichen die Straßen Sümpfen, im Sommer ist es schrecklich staubig und im Winter tief verschneit. Ohne sie wären wir verloren.«

»Scheint eine vergnügte Gesellschaft zu sein.«

»Oh, sie sind furchtbar spaßig – voller Geschichten und Witze, trotz ihres harten Berufs. Wissen Sie, die Männer führen ein Nomadenleben und bleiben Tag und Nacht in ihren Karren. Übrigens sind sie die besten Fahrer der Welt.«

»Oh, wirklich?«

»Ja, wirklich! Machen Sie kein so skeptisches Gesicht! Sie rasen mit einer ungeheuren Geschwindigkeit dahin und sprechen dabei fortwährend mit ihren Pferden, ohne je die Peitsche zu benutzen. Es ist eine Art rennender Unterhaltung: ›Komm mein Bruder, mein Freund, meine kleine Taube‹, raunen sie ihnen zu. ›Schau, wohin du gehst, mein Schatz. Paß auf den Stein auf! Schneller, mein Herzblatt, schneller!‹ Oh, diese Männer sind einfach fabelhaft! Tja, wie oft hat mich schon einer von ihnen zu Bett bringen müssen.«

»Wie verwerflich! Ich fürchte, Ihre Erziehung war nicht die beste.«

»Sagen Sie das nicht! Ich hatte nämlich ein englisches Kindermädchen.«

»Das nehme ich Ihnen nicht ab.«

»Ist aber wahr. Wissen Sie, englische Kindermädchen stehen in Petersburg hoch im Kurs. Meine gute alte Nanuschka! Sie starb vor einigen Jahren. Hab ich geweint!«

Mit einer englischen Mutter und einem englischen Kindermädchen, dachte Fleur, war es kein Wunder, daß er die Sprache so fließend sprach – besser gar als sein Bruder. Sie betrachtete die Silhouette von St. Petersburg. Seine Stadt – irgendwo dort draußen war er vielleicht, ging seinen Geschäften nach und wußte nicht, wie nahe sie war. Und wenn er es wüßte, wie wäre seine Reaktion? Wenn sie sich trafen, wie würde er sich verhalten? Alles in allem wäre es am besten, wenn sich herausstellte, daß er gerade anderswo weilte. Trotzdem konnte sie nicht umhin, zu hoffen . . .

Sie hörte, wie ihr Name gerufen wurde, und stellte schuldbewußt fest, daß sie wieder einmal in die Falle gelockt worden war, an Kirow zu denken. Sie wandte sich um. Richard kämpfte sich, den Hut fest umklammert, durch die Menschenmenge zu ihnen.

»Flo, hier steckst du also! Komm schon, Papa wartet auf uns. Ein Diener ist da, der uns zum Zollhaus bringen wird. Na, Kirow, wie geht's?«

»Hallo, Hamilton! Es geht also los? Ich werde Sie in den nächsten Tagen besuchen und dann mit zum Kasino nehmen. Dort stelle ich Sie jedermann vor, wie ich es versprochen habe.«

Richard wirkte erfreut. »Sehr nett von Ihnen!« erwiderte er und bot Fleur der Form halber den Arm an. »Ich freue mich schon darauf. Komm, Flo. Ach übrigens, Kirow, kennen Sie eigentlich meine St. Petersburger Adresse? Auch wenn Sie mich auf den Kopf stellen, ich weiß sie einfach nicht mehr!«

»Seien Sie unbesorgt, die bekomme ich heraus. Ich werde Sie in Ihrem Bau aufstöbern, wo immer er sich auch befinden mag. Miss Hamilton, Ihr gehorsamster Diener!«

Er verbeugte sich tief und warf ihr dabei einen amüsierten und spöttischen Blick zu. Fleur nickte ihm ihrerseits ernst zu und erlaubte Richard dann, sie fortzuziehen. Dabei ging ihr durch den Kopf daß wohl auch Graf Peter mit dieser recht nützlichen Familienbegabung ausgestattet war, Situationen zu manipulieren. Seine Verabredung mit Richard war gewiß zum Teil ein Vorwand, sie besuchen zu können, und sie wußte nicht, ob sie sich darüber freute oder nicht.

Im Zollhaus kamen sie nur langsam voran, was am Ausmaß der Expeditionsausrüstung Sir Ranulphs und insbesondere an den Unmengen von Büchern lag, die er mitgenommen hatte. Die Beamten wirkten eher verdutzt als argwöhnisch, debattierten aber immer noch miteinander, als Rettung in der komischen Gestalt von Mr. Polotski nahte.

Er kam federnden Schrittes herein und war noch so blond und rundlich, wie Fleur ihn in Erinnerung hatte. Er begrüßte alle herzlich, erfaßte dann blitzschnell die Situation und ließ daraufhin eine Tirade auf die Beamten los, daß diesen angst und bange wurde. In wenigen Minuten waren alle Pakete wieder gepackt und verschnürt, und die Hamiltons wurden in die blasse Aprilsonne – und in die Freiheit – hinausgeführt.

»Es tut mir sehr leid, daß man Sie aufgehalten hat«, erklärte Mr. Polotski, während er sie zu seiner Kutsche führte. »Diese Männer sind eigentlich ganz in Ordnung, doch sind sie wie Maultiere, denen man ab und zu eins draufgeben muß, damit sie weitermachen. Ich hatte vorgehabt, Sie rechtzeitig hier zu treffen, wurde aber aufgehalten. So, hier sind wir, das ist meine Kutsche. Machen Sie sich um Ihr Gepäck keine Sorgen – meine Leute werden sich darum kümmern.«

Der große, offene Landauer war in glänzendem Schwarz lakkiert und wurde von vier prächtigen Schimmeln gezogen. Das Polstermaterial im Inneren bestand aus blaßblauem Samt mit goldenem Besatz, und die Livreen des Kutschers und des Lakaien waren von gleicher Farbe. Fleur war ein wenig erstaunt über diesen Prunk, und sie fragte sich, ob wohl alles in diesem Stil sein würde.

»Es ist noch immer ein bißchen frisch«, sagte Polotski, »doch ich dachte, Sie würden sich bei Ihrer ersten Stadtbesichtigung über die offene Kutsche freuen. Man sieht so viel mehr ... Haben Sie es bequem? Meine liebe Frau wollte auch mitkommen, aber ich habe es ihr strengstens untersagt. Ich hoffe, Sie verzeihen mir, aber sie ist wirklich nicht die Robusteste, und ich wußte nicht, wie lange wir zu warten hätten. Meine arme Sophie, in letzter Zeit geht es ihr nicht gut . . .«

Die Kutsche entfernte sich vom Zollhaus, und der Kutscher brachte die Pferde in einen flinken Trab. Bald schon waren sie entzückt über die ersten Eindrücke dieser zauberhaften Stadt. Selbst Sir Ranulph konnte nicht umhin, über die breiten Straßen und großen, offenen Plätze zu staunen. Die riesigen Häuser waren in den wunderschönsten Farben angestrichen – in Primelgelb, Türkisblau, Rosenrot, Himmelblau und Terracotta. Die Stadt war durchzogen von einem Netzwerk von Kanälen, die im Sonnenlicht schimmerten und da und dort von zartgebogenen Holzbrücken überspannt wurden. Da gab es baumgesäumte Boulevards, Gärten, Statuen und Brunnen wie auch eine erstaunliche Vielzahl von Kirchen, deren vergoldete Kuppeln wie Juwelen funkelten und von denen jede mit einem prächtigen goldenen Kreuz geschmückt war, das in den fahlen Himmel emporragte.

Sie staunten und bewunderten alles, während Polotski sie auf unterhaltsame Weise über die Sehenswürdigkeiten unterrichtete, an denen sie vorbeikamen.

»Die Trotzkij-Brücke. Und dies ist einer der bedeutendsten Marktplätze. Natürlich ist hier augenblicklich alles recht still, wir haben ja immer noch Fastenzeit. Aber in wenigen Tagen ist Ostern, und dann geht der ganze Spaß wieder los. Ludmilla, mein Töchterchen, wollte Sie ebenfalls abholen, aber ich befahl ihr, daheim bei ihrer Mutter zu bleiben. Sie ist so aufgeregt über Ihren Besuch . . . Ah, das ist der Newskij Prospekt, unsere wichtigste Einkaufsstraße. Vielleicht vergleichbar mit Ihrer Regent Street, nur ein bißchen größer . . . Dort drüben ist die Kathedrale der Gottesmutter von Kasan. Abgesehen von besonderen Festtagen gehen wir meistens in die St. Anna-Kathedrale, da sie näher liegt . . .

Wir wußten nicht genau, wann Sie ankommen würden. Sophie und Milotschka – so nennen wir Ludmilla – haben in der letzten Woche schon fünfmal frische Blumen in Ihre Räume gestellt. Ich hoffe, Sie werden sich bei uns wohl fühlen. Wenn

Sie etwas brauchen, fragen Sie doch bitte . . . Dies hier wird der Englische Kai genannt – oh, und dort ist das Haus unseres alten Freundes, Graf Kirow . . .«

Fleur war fassungslos. »Was, dieser ganze Komplex?«

»Ja, das ist das Kirow-Palais. Rastrelli hat es entworfen. Ich glaube, es wird sehr bewundert, und soweit ich weiß, sind die Gärten sehr schön. Ich war natürlich noch nie drinnen. Das Gebäude dort drüben mit dem Turm ist die Admiralität . . .«

Fleur hörte nicht mehr zu. Sie starrte auf die riesige blaßblaue Fassade des Palastes, dessen Pfeiler, Säulengänge und Scheinziergiebel über jedem der unzähligen Fenster kontrastierend in Weiß gehalten waren. Es half nichts, sich zu sagen, daß Fläche hier keine Rolle spielte und alle Gebäude einfach größer waren. Sie erinnerte sich daran, wie Kirow ihr davon erzählt hatte, daß er seinen Bruder von einem Fenster aus in die Verbannung hatte fortmarschieren sehen. Das Bild, das sich damals bei seinen Worten bei ihr eingestellt hatte, ließ sich beim besten Willen nicht mir der gigantischen Adelsresidenz vor ihr vereinbaren.

Wie überaus dumm war sie doch in ihrer Annahme gewesen, sie, Miss Fleur Hamilton aus Grove Park, Chiswick, könne für einen Mann von Interesse sein, der solch ein Palais besaß – und vermutlich ein weiteres dieser Art auf dem Lande – und wer weiß, was noch? Ein Graf Kirow sollte je die Absicht gehabt haben, sie zu heiraten? Es war ein Witz – ein schlechter Witz! Diese neuerliche Erkenntnis über ihre Torheit demütigte sie.

Schließlich bogen sie vom Newskij Prospekt in eine nur geringfügig schmalere Straße und dann wiederum in eine schlichtere Straße ein, die aber mindestens noch zweimal so breit war wie die Regent Street. Schließlich kam der Landauer vor einem großen, schönen Haus aus rotem Backstein und verziert mit weißen Schlußsteinen zum Stehen. Weiße Steintreppen mit einer Balustrade aus Schmiedeeisen führten beiderseits in einem gefälligen Schwung zur Vordertür. Neben dem Haus konnte man einen Blick in den nach hinten gelegenen Hof werfen, der offensichtlich Stallungen und ein Kutscherhaus beherbergte. Das Haus war zwar nicht von der gleichen Größenordnung wie das Kirow-Palais, doch noch mindestens viermal so groß wie Grove Park.

»Und hier ist unser bescheidenes Heim! Seien Sie willkommen!« Der Lakai öffnete die Kutschentür und ließ die Treppe herunter. Polotski sprang behend hinaus und bot dann Fleur galant seine Hand an. Die Haustür öffnete sich, vier Diener traten heraus und kamen gemessenen Schrittes auf sie zu. Hinter ihnen erschien eine weibliche Gestalt in der Tür. Polotskis Lächeln wurde breiter. »Und dort ist meine liebe Sophie! Wie wird sie sich freuen, daß Sie nun endlich da sind!«

Während die Diener noch die Treppe hinabstiegen, wurden sie von einem Wirbelwind überholt, dem zwei kleine kläffende Hunde folgten. Er eilte mit fliegenden Locken und Röcken zur Kutsche, warf sich an Polotskis breite Brust und rief: »Papa, Papa, du bist wieder da! Sind sie das nun? Oh, ich bin so glücklich, daß sie angekommen sind! Ich dachte schon, sie kämen nie mehr!«

Nachdem Polotski sie umarmt hatte, zog er sie zärtlich zur Seite und erklärte: »Meine Tochter, Ludmilla Iwanowna. Das ist Miss Hamilton. Milotschka, mein Schatz, sei nicht so wild! Was sollen unsere Gäste von dir denken?«

Milotscbka schenkte Fleur ein strahlendes Lächeln. »O je! Aber früher oder später bekommt sie es ohnehin heraus, also ist es vielleicht besser, sie weiß das Schlimmste gleich. Guten Tag, Miss Hamilton! Meine Lehrer am Smolnij-Institut habe ich zur Verzweiflung gebracht. Sie sagten, ich sei eine scheußliche kleine Zigeunerin. Aber ich hätte so gern, daß Sie mich mögen, und deshalb . . .« Sie legte die Fingerspitzen auf ihre Brust, neigte den Kopf, streckte die andere Hand anmutig nach oben und versank wie eine Primaballerina in einem hingebungsvollen Knicks.

Polotskis »Töchterchen«, das nach Fleurs Vorstellungen allemal zehn oder zwölf Jahre hätte zählen können, war eine junge Dame um die achtzehn. Als sich Milotschka wieder aufrichtete, hatte sich Fleur einigermaßen von ihrer Überraschung erholt und meinte: »Wie ausgezeichnet Sie das können! Ich wünschte, ich hätte nur halb soviel Grazie wie Sie!«

»Oh, wir hatten Tanzunterricht in Smolnij – das war meine Schule. Es ist die beste Schule in Petersburg.« Sie hielt abrupt inne und starrte Fleur mit großen Augen an. »Sind Sie aber schön! Mein Vater sagte es zwar schon, aber daß Sie so schön wie ein Engel sind, hat er nicht erwähnt. Oh, ich hoffe, wir werden gute Freundinnen!«

»Da bin ich mir ganz sicher«, erwiderte Fleur amüsiert. »Sie sind aber auch ausgesprochen hübsch.«

Das war Milotschka wirklich – ein schlankes, anmutiges Mädchen mit einem blühenden Gesicht, weichem rehbraunem Haar und großen braunen Augen, einem geraden Näschen, einem feinen Kinn und dem unschuldigen und überschwenglichen Charme eines Fuchsjungen. Man kann ihr schwerlich widerstehen, dachte Fleur. Als Richard nun aus dem Landauer stieg und auf sie zukam, um gleichfalls vorgestellt zu werden, war offenkundig, daß er es gar nicht erst versuchte. Seine Selbstbeherrschung war dahin, als ihm diese unschuldige Rose ihr Gesicht zuwandte. Er errötete, stotterte und beugte sich dann in stummer Bewunderung über ihre Hand, wobei er selbst höchstens wie ein Achtzehnjähriger wirkte.

Sir Ranulphs Höflichkeit war rein äußerlich. Er war viel mehr an dem mit seiner Ausrüstung beladenen Lastkarren interessiert, der soeben eingetroffen war und nun in den Hof hinter dem Haus einbog. Jetzt kam mit einem warmen und mütterlichen Lächeln und mit ausgestreckten Händen die Hausherrin auf sie zu.

»Oh, Sie Ärmsten, welch lange Reise Sie hatten! Sie müssen sich danach sehnen, ein wenig zu ruhen. Und Tee möchten Sie sicher auch! Wanja, mein Lieber, wir dürfen unsere Gäste nicht so in der Kälte stehenlassen.«

»Nein, Liebes, natürlich nicht. Miss Hamilton – meine liebe Sophie. Sir Ranulph und Mr. Hamilton. Nun, habe ich der Form

Genüge getan? Gut, dann laßt uns hineingehen! Ich glaube, es fängt jeden Augenblick zu regnen an. Oh, Sir Ranulph, machen Sie sich um Ihr Gepäck keine Sorgen, ich verspreche Ihnen, daß nichts kaputtgeht. Ich habe meinem besten Mann befohlen, persönlich darüber zu wachen.«

Obgleich so vieles völlig neu für sie war, fühlte sich Fleur in erstaunlich kurzer Zeit in Petersburg heimisch. Das lag natürlich daran, daß ihre Gastgeber so ausgesprochen freundlich waren. Polotski war der gleiche liebenswürdige und amüsante Mann, den sie in London bereits ins Herz geschlossen hatte. Madame war sanft und gütig, und wenn sie mitunter anderes zu tun hatte, war doch immer Milotschka zur Stelle, mit der man plaudern und sich unterhalten konnte.

Vieles im Haus war zunächst gewöhnungsbedürftig. Alle Zimmer, ohne Ausnahme sehr groß und um ein zentrales Treppenhaus angeordnet, führten von einem ins andere und waren durch Schiebetüren getrennt. In jedem Raum stand ein großer holländischer Ofen, der mit Birkenholz geheizt wurde. Die doppelverglasten Fenster hielten auch den kleinsten kalten Luftzug ab, so daß die Atmosphäre im Haus, wie Fleur feststellte, fast italienisch wirkte.

Wie Polotski ihr bereits in London erzählt hatte, trugen die Frauen im Haus das ganze Jahr hindurch sommerliche Gewänder, so daß sie, wenn sie ins Freie gingen, eine Menge Oberbekleidung anziehen mußten. Madame Polotski hielt Fleurs Capes und Mäntel für gar nicht ausreichend, und mit einem mütterlichen Kopfschütteln und einem Zungenschnalzen stattete sie ihren Gast mit einer Filzwollunterjacke, einer ärmellosen Steppweste für besonders kalte Tage, einem schweren Wollmantel und einem Pelzmantel aus, für den Fall, daß es wieder zu schneien begänne.

»Was sehr gut möglich sein kann, meine Liebe, denn schließlich haben wir erst Mai.«

Fleur kam ihr Zimmer riesig vor, und sie staunte über die große Fläche polierten Parkettbodens mit dem blaßblau-weißen Teppich unter der dreieinhalb Meter hohen Zimmerdecke. Der Raum war mit Mobiliar verschiedener Stilrichtungen vollgestopft, manche modern, manche alt und manche davon augenscheinlich Beutestücke der Französischen Revolution.

Wie alle Räume war er wie ein Wohnzimmer eingerichtet, das Schlafzimmerzubehör war hinter hohen chinesischen Wandschirmen versteckt. Fleur fand es eigenartig, daß es keinen separaten Schlafraum gab, doch versicherte man ihr, daß das in Petersburg normal sei.

Eine weniger angenehme Überraschung war das Fehlen sanitärer Einrichtungen im Haus. Es gab kein fließendes Wasser – sämtliches Wasser wurde täglich in großen Bottichen aus der Newa geholt – und keine Wasserklosetts. Fleur war an den Komfort modernen Lebens gewöhnt und hielt allein schon den Gedanken an Nachttöpfe für äußerst primitiv. Die zahlreichen Diener, die sich darum kümmerten, dachten sich natürlich gar nichts dabei. Dennoch dauerte es geraume Zeit, ehe Fleur sich mit dem Mangel an Privatsphäre abfinden konnte.

Die Polotskis beschäftigten eine Unmenge von Bediensteten. Fleur begann bald die Gesichter zu unterscheiden, aber es waren zu viele, als daß sie sich alle Namen hätte merken können. Da es im Haus keine Glocken gab, hielten sie sich stets in nächster Nähe auf für den Fall, daß es Aufträge zu erledigen gab. Das und der Umstand, daß sie durch einen Raum hindurchmußten, um in den nächsten zu gelangen, war ein weiterer Punkt, in dem sich Fleur in ihrer Intimsphäre gestört sah.

Madame Polotski hatte ihr eine junge Schweizerin namens Katharina – Kati gerufen – zugeteilt, und Fleur gewöhnte sich allmählich an ihre Anwesenheit im Raum und daran, daß sie sich stets an ihre Fersen heftete. Doch oft, wenn sie aus ihrem abgeschirmten Bett stieg, fand sie ein halbes Dutzend weiterer Bediensteter in ihrem Zimmer vor. Sie waren fröhlich, freundlich, neugierig und bisweilen streitlustig, aber niemals schüchtern oder zurückhaltend. Der Gedanke, daß Fleur den Wunsch verspüren könnte, allein zu sein, kam ihnen nie.

Die ersten Tage vergingen in einem Tumult neuer Erfahrungen, und Madame Polotski tat ihr Bestes, Fleur das Einleben zu erleichtern. Immer wieder entschuldigte sie sich für den Mangel an Unterhaltung und versicherte, daß sich das nach Ostern ändern würde. Fleur war allerdings froh, daß nicht gleich zuviel auf sie einstürmte. Meistens unternahmen sie tagsüber Besichtigungsfahrten durch die Stadt. Und nach dem Abendessen widmete man sich der Lektüre, Unterhaltung und Musik. Milotschka spielte Klavier und sang hübsch, allerdings mit mehr Show als Genauigkeit. Fleur nahm sich vor, das junge Mädchen, wenn sich erst einmal alles eingespielt hatte, mit dem Gedanken des täglichen Übens vertraut zu machen.

Auch wegen der Einfachheit des Essens entschuldigte sich Madame Polotski unentwegt, aber Fleur fand alle Gerichte bekömmlich und schmackhaft. Es gab verschiedene Suppen – aus Kohl, Pilzen, Roten Beten, Kartoffeln –, die immer köstlich waren; Gemüsepasteten, gefüllt mit Zwiebeln, Pilzen oder gewürzten Kartoffeln; über Holzkohle gegrillter Fisch, serviert mit Zitronensaft oder aromatischem Essig; Lachs mit grünen Erbsen und Wolga-Forelle, eine große Delikatesse. Fleur war beeindruckt, wie genau man die Regeln der Fastenzeit befolgte. Die Russen, dachte sie, nehmen die Religionsregeln viel ernster als die Engländer.

Sir Ranulph verbrachte die Tage unterdessen mit wilden Vorbereitungen fuhr seine Abreise nach Sibirien, die stattfinden sollte, sobald er alles beisammen hatte. Polotski ließ seine Arbeit ruhen, um ihm dabei zu helfen, und die beiden waren von morgens bis abends unterwegs. Daher mußte Richard den Damen Gesellschaft leisten, und Fleur stellte fest, daß es in gewisser Weise ein Glück war, daß ihm Ludmilla so gut gefiel. Ansonsten wäre es ihm auf Dauer langweilig geworden, und aus Erfahrung wußte Fleur, daß Richard aus seiner Langeweile nie ein Hehl machte.

»Was für ein bezauberndes Mädchen sie doch ist!« schwärmte er, als sie einmal einen Augenblick für sich allein hatten. »Welche Schönheit! Der Teint, diese Augen – und sie ist so fröhlich! Immerfort am Lachen! Unsere hochmütigen englischen Schönheiten können da wahrlich nicht mithalten.«

»Ja, sie ist ganz reizend«, stimmte ihm Fleur, insgeheim amüsiert, zu.

»Reizend?« Richard war ehrlich entrüstet über diese seiner Meinung völlig unzureichende Beschreibung. »Hör mal, sie ist das wunderbarste Mädchen, das mir je begegnet ist! Sie . . . Sie ist . . .«

»Ja, natürlich ist sie es. Aber sag mal, Dick, wie schafft ihr es überhaupt, euch zu verständigen? Sie spricht doch gar kein Englisch, oder?«

»Wir sprechen natürlich französisch miteinander«, versetzte Richard würdevoll und wich ihrem spöttischen Blick aus. Ihres Wissens hatte er seit seinem Schulabgang kein Wort Französisch mehr gesprochen, und selbst in der Schule hatte er das so gut es ging vermieden.

»Die Liebe findet vermutlich immer ihren Weg«, murmelte sie. »Gleichviel, du scheinst ohnedies die meiste Zeit damit zu verbringen, sie wie ein Mondkalb mit aufgerissenem Mund anzustarren. Worte sind da vermutlich gar nicht notwendig.«

Richard hatte es nicht gern, wenn man sich über ihn lustig machte. »Ich sage dir was, Flo Hamilton! Wenn du deine Zunge nicht besser im Zaum hältst, kommst du nie unter die Haube«, schoß er zurück. »Du wirst sehen, daß Männer sich nicht gern an eine Xanthippe binden.«

Fleur lachte nur. »Sei mir nicht böse – ich hab's nicht so gemeint. Außerdem siehst du für ein Mondkalb viel zu gut aus. Ich bin mir sicher, daß Milotschka dich für den Traummann schlechthin hält.«

Solcherart besänftigt, wagte Richard ihr etwas anzuvertrauen. »Ja, schon gut. Die Frage ist bloß, wann ich wohl am besten mit Pa spreche? Ich meine, er kann nun jeden Tag fort sein, und dann kommt man sechs Monate nicht an ihn heran.«

»Worüber sprechen?«

Richard errötete. »Über Milotschka natürlich! Sie ist das bezauberndste Mädchen der Welt, und ich . . .«

»Warte, warte, nun mal langsam!« rief Fleur und hielt die Hände hoch. »Du kennst sie doch gerade erst drei Tage!«

»Was macht das schon, wenn man der vollkommenen Frau begegnet?« meinte Richard ernsthaft.

»Normalerweise lernt man sich erst ein wenig näher kennen, ehe man Heiratsabsichten äußert.«

»Mir kommt es vor, als würde ich sie schon ewig kennen. Und ich weiß, daß ich nie wieder so empfinden werde.«

Fleur unterdrückte ein Lächeln. Hatte sie bei Kirow nicht das gleiche behauptet? Natürlich fand sie, daß ihre Erfahrung sich gänzlich von der ihres Bruders unterschied und daß ihre Empfindungen ernst und kostbar waren, seine dagegen nicht mehr sein konnten als eine rein oberflächliche Grille. Aber selbstverständlich dachte er genauso, und in Anbetracht der eigenen Selbsttäuschungen stand es ihr wohl an, Güte und Geduld an den Tag zu legen.

»Papa würde das kaum so sehen, mein Lieber«, sagte sie freundlich. »Zudem ist er augenblicklich mit den Gedanken ganz woanders, und es würde ihn nur ärgern, wegen etwas in seinen Augen so Unwichtigem . . .«

»Unwichtig! Aber sie ist . . .«

». . . ein Engel, ja gewiß, doch du weißt, wie Vater ist. Wie auch immer, warum die Eile? Du bleibst sechs Monate hier, wohnst im selben Haus wie sie. Du hast doch alle Zeit der Welt.«

Er blickte düster drein. »Das mag dir ja so erscheinen, aber ich sage dir, eine derartige Schönheit wird einem im Nu weggeschnappt. Wenn ich mich nicht bald erkläre, wird sie sich mit jemand anderem verloben, und ich bleibe auf der Strekke.«

Fleur hätte manches dazu sagen können, unterließ es aber. Liebe macht blind, stellte sie fest; sobald sie wieder zu gesellschaftlichen Veranstaltungen gingen, würde sich Richard heftig in eine andere, ebenso unpassende Frau verlieben, und Ludmilla wäre vergessen.

»Sei unbesorgt«, meinte sie nur beschwichtigend. »Es wird schon alles ins reine kommen. Das ist doch immer so.«

»Du hast gut reden«, murrte Richard. »Du weißt ja gar nicht, was Liebe ist.«

Fleur saß mit Madame Polotski in ihrem Zimmer und besserte Kleidungsstücke aus. Ausnahmsweise einmal waren sie allein. Milotschka war in ihrer Eigenschaft als älteste Tochter damit beschäftigt, zusammen mit Borja, dem Koch, die Vorratsschränke durchzugehen, um zu sehen, was neu besorgt werden mußte. Fleur nahm an, daß Richard irgendwo herumhing, wo er hoffen konnte, wie zufällig auf seine Flamme zu stoßen. Sie befürchtete nun jeden Tag mehr, ihrem Bruder könne es langweilig werden. Der Vater war seit drei Tagen fort. Nachdem sie nun bereits über eine Woche in St. Petersburg waren, bezweifelte sie, daß seine Verliebtheit Richard noch wesentlich länger beschäftigen würde.

Fürs erste verbannte Fleur ihn allerdings aus ihren Gedanken und plauderte mit Madame. Da diese kein Englisch beherrschte, unterhielten sie sich auf französisch. Dieser Umstand und die liebevolle mütterliche Art der anderen Frau vermittelten Fleur ein eigentümliches Sicherheitsgefühl. Sie hatte das Empfinden, sich hier wirklich anvertrauen zu können und verstanden und getröstet zu werden. So richtig hatte sie ja nie eine Mutter gehabt, und ihre ganze unverbrauchte Tochterliebe schien wie von selbst zu dieser gütigen Frau mit dem müden Gesicht strömen zu wollen.

Worüber unterhalten sich Töchter mit ihren Müttern, fragte sie sich. Und worüber unterhalten sich Mann und Frau oder zwei Verliebte? Nie hatte sie jemanden für sich gehabt, den sie lieben konnte, und diese Erkenntnis stimmte sie traurig und leer, als sei sie keine vollständige Person, sondern nur die erste Skizze eines Porträts und noch längst nicht fertiggestellt.

Madame erzählte ihr, wie Polotski um sie geworben hatte. »Sobald er mich erblickt hatte, wollte er mich heiraten – und das sagte er mir auch. Vielleicht merkt man ihm das heute nicht mehr so an, aber er war ein äußerst leidenschaftlicher und impulsiver Mann, und bei ihm war es Liebe auf den ersten Blick.«

»Bei Ihnen auch?« wollte Fleur wissen. In den Genuß, sich mit einer anderen Frau über die Liebe unterhalten zu können, war sie bisher auch noch nicht gekommen.

Madame vernähte einen Faden und schnitt ihn ab. »Es war eigenartig«, sagte sie nachdenklich. »Ich wußte schon, daß ich ihn liebte, bevor ich diese Liebe wirklich empfand. Sobald ich ihn sah, war mir klar, daß wir wichtig füreinander sein würden. Aber was das Herz und seine vermeintlichen Gefühle anbelangt . . .« Sie hielt inne, während sie einen neuen Faden einfädelte. »Natürlich sind Männer wesentlich flatterhafter als Frauen. Ich denke, wir nehmen unsere Gefühle ernster und gehen fürsorglicher mit ihnen um – was wir in der Tat auch müssen. Wir trauen uns nicht, die Dinge so leichtzunehmen, wie das die Männer bisweilen tun.«

Sie warf Fleur einen kurzen Blick zu und sah dann wieder auf ihre Arbeit. »Bei Wanja hatte ich allerdings nichts zu befürchten. Er tat alles, wie es sich gehörte. In Rußland geht ein Mann, der es ernst meint, zunächst einmal zum Vater des Mädchens und holt sich die Erlaubnis ein, mit seiner Werbung fortfahren zu dürfen. Ein guter, anständiger Mann würde nicht einmal davon träumen, den Leuten Anlaß zum Gerede zu geben, indem er einer jungen Frau ohne die Zustimmung ihres Vaters besondere Aufmerksamkeit zuteil werden läßt.«

Fleur horchte auf. Hatte Polotski seiner Frau von Kirows Aufmerksamkeiten ihr gegenüber erzählt? Nur zu gern hätte sie mit Madame darüber gesprochen, wußte aber nicht, wie sie das Thema anschneiden sollte. Was wäre, wenn Madame es mißbilligte? So sagte sie nur: »Er erzählte mir, er habe Ihnen etwas vorgesungen, um Ihre Liebe zu erringen.«

Bei dieser Erinnerung leuchteten Madames Augen auf. »Ja, das stimmt. Er besitzt eine sehr schöne Stimme. Natürlich hatte ich mich bereits vor seinem Gesang für ihn entschieden, ließ ihn aber in dem Glauben, daß dieser den Ausschlag gegeben hätte. Männer sind einfache Geschöpfe, selbst die besten unter ihnen. Sie haben es gern sauber und logisch und brauchen Gründe für Dinge, die keine Gründe haben. Warum sollte ich ihn mehr als jemand anderen lieben? Und doch tat und tue ich es. Regeln gibt es da keine.«

Nein, dachte Fleur, keine Regeln – nur, daß man, einmal begonnen, nicht mehr davon ablassen kann. Wieder warf ihr Madame einen kurzen, wie zufälligen Blick zu, der jedoch jede Regung in sich aufnahm.

»Wanja hat Sie in London sehr ins Herz geschlossen, wissen Sie. Er hat mir viel von Ihnen erzählt.«

Fleur hielt ihrem Blick stand. »Ich mag ihn auch sehr gern«, sagte sie unbestimmt.

Madame machte einen Stich und fuhr dann fort: »Er berichtete, er habe sich so gut mit Ihnen unterhalten können, und ich kann ihm da nur beipflichten, meine Liebe. Es ist fast so, als wären Sie eine Russin. Aber er war nicht der einzige Russe, dem Sie in London begegnet sind, nicht wahr? Soweit ich weiß, haben Sie auch Graf Kirow kennengelernt?«

»Ja«, erwiderte Fleur nur. Nicht um alles in der Welt konnte sie im Augenblick mehr dazu sagen.

»Nach allem, was man hört, muß er ein merkwürdiger Mann sein. Persönlich kenne ich ihn ja nicht, aber über Leute in seiner gesellschaftlichen Position wird natürlich gesprochen. Er ging eine unglückliche Ehe ein, die tragisch endete, und man sagt, das habe seinen Charakter verdorben. Männer verkraften Enttäuschungen schlecht. Sie neigen dazu, es an anderen auszulassen oder an sich selbst. In seinem Fall wohl ein wenig von beidem.«

Fleur schwieg.

»Mir tat er sehr leid«, fuhr Madame fort. »Er und seine Frau hatten keine Kinder, was ihnen, glaube ich, großen Kummer bereitete. Ich weiß, wie er sich gefühlt haben muß. Wanja und ich hätten gern mehr Kinder gehabt, aber es hat nicht sollen sein.«

»Ich frage mich, warum er nicht wieder heiratet«, sagte Fleur und wunderte sich über ihre ruhige Stimme. »Vielleicht hat er seine Frau zu sehr geliebt und kann sie nicht vergessen?«

»Natürlich soll er angeblich sein Herz mit ihr begraben haben, wie man so schön sagt, aber ich glaube das nicht.« Madame Polotski sah auf. »Nach meiner Erfahrung wird ein Mann, der einmal mit Erfolg geliebt hat, einen Weg finden, es wieder zu tun. Je mehr Übung sie haben, um so besser werden sie. Nach dem, was ich von Graf Kirow gehört habe, hat er überhaupt nicht zu lieben gelernt. Aber natürlich bin ich ihm nie begegnet. Sie müssen ihn besser kennen als ich. Was halten Sie davon, meine Liebe? Glauben Sie, daß ich der Wahrheit nahe bin?«

Die freundliche Stimme schien ihr eine Brücke bauen zu wollen, und Fleur sehnte sich danach, Madame Polotski alles anzuvertrauen, alles herauszusprudeln, was sie verwirrt und verletzt hatte, und vielleicht dadurch eine Erklärung zu finden. Aber sie war es nicht gewohnt, sich anderen anzuvertrauen, und während sie noch immer gegen ihre Zurückhaltung ankämpfte, wurde ihr Gespräch unterbrochen. Ein Kammerdiener trat ins Zimmer und kündigte einen Besucher an.

»Es ist Graf Kirow, *Barina*«, erklärte er mit gleichgültiger Stimme und vollkommen ahnungslos, welchen Schock er damit zumindest bei einer der Damen auslöste.

»Graf Kirow?« wiederholte Madame höchst erstaunt. Sie schaute dabei Fleur nicht an und bewies so erneut ihre gütige Feinfühligkeit. »Sind Sie sicher, Igor? Und er will mich besuchen? Aber ich kenne ihn doch überhaupt nicht!«

»Mit Ihrer Erlaubnis, *Barina*, er möchte die *Barischnja* besuchen«, erwiderte Igor. »Er und ein weiterer Herr.«

Nun blickte Madame zu Fleur, um an deren Reaktion zu erkennen, ob man die Besucher willkommen heißen sollte oder nicht. Doch die niedergeschlagenen Augen und die geröteten Wangen verrieten nichts weiter als eine ganz natürliche Verwirrung. Mit einem leichten Achselzucken sagte sie deshalb: »Gut, Igor. Führen Sie die beiden Herren doch bitte herein.«

Eine lange und beklommene Pause entstand, in der keine der beiden Frauen die richtigen Worte fand. Dann öffnete sich die Tür, und Graf Kirow wurde hereingeführt, der sich in Begleitung eines hochgewachsenen, schlanken Gardisten mit enormen Koteletten und einer riesigen Nase befand.

»Madame Polotski!« rief Graf Peter und vollführte eine schwungvolle Verbeugung. »Ich bitte um Verzeihung, daß ich auf diese unhöfliche Art vorstellig werde, aber ich stütze mich hierbei auf meine Bekanntschaft mit Ihren werten Gästen. Miss Hamilton, ihr Bruder und ich lernten uns auf dem Schiff kennen, und Sie wissen ja, wie das mit Schiffsfreundschaften so ist: Sie gedeihen wie Wein im Treibhaus! Bei unserer Ankunft im Hafen betrachteten wir uns als alte Freunde, fast schon als Verwandte, wissen Sie!«

Madame erklärte ihm ruhig, daß eine Entschuldigung unnötig und sie erfreut sei, ihn zu empfangen.

»Dabei drängt er sich Ihnen auf, Madame«, rügte Fleur. »Darf ich Ihnen Graf Peter Nikolajewitsch Kirow vorstellen und . . .?«

». . . meinen engen Freund, Prinz Maxim Foskine aus unserem Regiment«, half Kirow ihr nach.

»Meine Damen, es ist mir eine große Ehre!« murmelte Foskine und machte eine tiefe Verbeugung.

»Warum so streng, Miss Hamilton? Was habe ich getan? Habe ich Ihnen nicht einen Besuch versprochen? Und da bin ich nun«, erklärte jetzt Graf Peter in leicht gekränktem Ton.

»Jawohl, zehn Tage zu spät! Mein Bruder hat vergebens auf die Einlösung Ihres Versprechens gewartet, ihn mit ins Kasino zu nehmen. Er hat Trübsal geblasen und sich vergessen gefühlt. Behandelt man so einen Freund?«

Peter lachte. »O ja, das versichere ich Ihnen! Nicht wahr, Max?«

»Ich fürchte schon, Madame«, antwortete Foskine traurig. »Je näher ein Freund ihm steht, desto eher glaubt Petja, ihn ohne Erklärung im Stich lassen zu können, und um so eher erwartet er Vergebung. Ich versichere Ihnen, daß es ein Beweis der engsten Freundschaft ist, wenn er Sie derart vernachlässigt.«

»Das ist doch der abscheulichste Unsinn«, schimpfte Fleur. »Glauben Sie bloß nicht, Sie könnten Madame Polotski etwas vormachen. Sie kennt sich in der Welt viel zu gut aus, als daß sie auf so etwas hereinfiele. Sie sollten besser mit der Wahrheit herausrücken, Graf Peter, und sich ihrer Großmut anvertrauen!«

Madame betrachtete lächelnd erst sie, dann Graf Kirow. »Allerdings! Wenn ich bitten darf, wie war es also wirklich?«

Peter machte ein komisches Gesicht, fiel vor ihr auf die Knie und rang die Hände. »Ich bin voller Reue! Verehrte Madame Polotski, vermögen Sie angesichts meiner fürchterlichen Zerknirschung Ihr Herz zu verschließen, wie es Miss Hamilton offensichtlich tut? Ich habe die beste Entschuldigung der Welt – ich vergaß! Das Leben bietet so vieles, nicht wahr? Man nimmt sich etwas vor und kommt dann irgendwie nicht dazu.« Er sprang wieder auf die Füße und wandte sich mit ausgestreckten Händen an Fleur. »Sie sehen, wie entwaffnend ich die Wahrheit sage. Ich hatte wirklich vor, Sie unverzüglich zu besuchen. Wollen Sie mir nicht verzeihen?«

»Es ist wirklich so, wie ich es mir dachte«, sagte Fleur streng. »Sie sind ein träger, leichtfertiger junger Mann, auf den man sich nicht verlassen kann. Da es dagegen offensichtlich kein Heilmittel gibt, vergebe ich Ihnen großzügigerweise.«

»Ja, zweifellos sind Sie wirklich alte Freunde, Ma'am«, meinte Foskine. »Sie kennen Petja sehr gut!«

Peter lächelte in die Runde. »Da wir also alle Freunde sind, kann ich ja meine Einladung vorbringen. Ich bin natürlich gekommen, um mit Ihrem Bruder unseren Kasinobesuch zu besprechen. Darüber hinaus steht auch das Ballett an. Sie sagten doch, daß Sie gerne Ballett sähen?«

Fleur nickte zustimmend.

»Nächste Woche findet eine Aufführung statt, die Ihnen meiner Ansicht nach gefallen würde«, fuhr Peter fort. »Es wäre mir eine Ehre, wenn Sie, Madame Polotski, und Miss Hamilton meine Gäste wären.«

Plötzlich wurde die Tür aufgerissen, und Milotschka kam hereingerannt, dicht gefolgt von Richard und ihren Hunden.

»Oh, Mama, Stenka sagte, wir hätten Besuch . . .«

Das hat sie wunderbar vorgebracht, dachte Fleur, selbst wenn sie sich nicht ganz sicher war, ob nicht ein bißchen Schauspielerei dahintersteckte. Milotschka hielt in reizender Verwirrung inne und murmelte eine atemlose Entschuldigung. Mit ihren weichen braunen Locken und elegant in dunkles Pink gekleidet bot sie einen bezaubernden Anblick.

»Ja, Liebes, wir haben Besuch«, sagte Madame gelassen. »Dies sind Graf Peter Kirow und Prinz Maxim Foskine. Meine Herren, meine Tochter Ludmilla Iwanowna. Mr. Hamilton kennen Sie ja.«

Milotschka machte einen unnachahmlich anmutigen Knicks, und die beiden Besucher verbeugten sich. Fleur bemerkte die überraschte Bewunderung in Peters Augen, die Milotschkas Erscheinung ihm unwillkürlich entlockte. Und sie sah an Richards Gesicht – in dem die Freude darüber, Kirow wiederzusehen, mit Unmut rang – daß er es ebenfalls registriert hatte.

Die Einladung ins Kasino wurde vor Richard wiederholt und das Nötige dazu vereinbart, und natürlich wurde nun auch Milotschka gebeten, zur Ballettaufführung mitzukommen. Sie war entzückt und zeigte es in einer Mischung aus unschuldiger, fast kindlicher Aufregung und einer raffinierten Koketterie, die Kirow galt. Offenbar fand sie ihn äußerst attraktiv, und Fleur tat Richard leid, der nun gegen die ersten Eifersuchtsqualen ankämpfen mußte.

Man unterhielt sich angeregt und begann, weitere Pläne zu schmieden.

»Oh, das wird ein herrlicher Sommer!« rief Graf Peter. »Was für ein Glück, daß wir uns auf dem Schiff kennenlernten, sonst sähe alles ganz anders aus. Wir werden uns oft treffen und viel Spaß miteinander haben, das verspreche ich!«

Fleur blickte von ihm zu Milotschka und dann zu Richard, und ihr war klar, daß auch Madame alles sah, was sie sah, und vermutlich noch mehr. »Daran zweifle ich nicht«, erwiderte sie.

ZWÖLF

Fleur saß aufrecht im Bett und schrieb an Tante Venus.

»... bei Petroleumlicht, natürlich. Gaslicht gibt es hier nicht, nicht einmal im Palast des Zaren – ein weiterer Punkt, der das Leben hier bisweilen unangenehm primitiv macht. Wenn man bedenkt, daß die Straßen hier noch mit Fackeln beleuchtet werden, fühlt man sich wirklich in dunklere Zeitalter zurückversetzt!

Stell Dir vor, ich habe den Zaren gesehen! Es geschah, als ich mit Milotschka den Newskij Prospekt entlangfuhr. Man hörte jemanden *Gosudar! Gosudar!* rufen, und Milotschka stieß mich aufgeregt an und sagte: ›Es ist der Zar, Fleuruschka!‹ (So nennt sie mich.) Er fuhr in einem denkbar schlichten Einspänner an uns vorbei, ohne Gardisten oder Vorreiter, und trug einen einfachen Umhang, als sei er ein Schreiber auf dem Weg ins Büro! Man sagte mir, daß das seit Peter dem Großen der Lebensstil der Zaren sei, was sie bei den einfachen Leuten sehr beliebt mache.

Nach dem kurzen Blick zu urteilen, den ich auf ihn werfen konnte, hat er ein einnehmendes Äußeres, und ich höre nur Gutes über ihn, seine Ehrlichkeit, seine Tugend und seinen Fleiß. Er ist sehr an den Kadettenschulen interessiert und erscheint dort häufig ganz formlos, um persönlich mit den Kadetten zu exerzieren und sie zu Gehorsam und Gewissenhaftigkeit anzuhalten.

Um so überraschender ist es, daß Du schreibst, zu Hause halte ihn jeder fuhr gewalttätig und blutrünstig und glaube, er sei entschlossen, wegen der Teilung der Türkei in den Krieg zu ziehen. Ich versichere Dir, die Stimmung hier ist nicht danach! Alle sagen, Krieg sei das letzte, was der Zar wolle. Er sei am Frieden ebenso interessiert wie wir.

Auch das einfache Volk möchte keinen Krieg. Die Bauern hassen den Militärdienst, obwohl er nun nicht mehr lebenslang, sondern nur noch fünfzehn Jahre dauert. Wenn aber ein *Muschik* eingezogen wird, betrauert ihn auch heute noch sein Dorf als tot; und einen Leibeigenen zum Militärdienst zu schicken, gilt als äußerst harte Strafe.

Merkwürdigerweise höre ich hier oft, die Engländer seien heimtückisch und blutrünstig und es sei ihnen jeder Vorwand für einen Krieg recht. Diese Meinung wird Dir nicht gefallen, und selbstredend stelle ich sie bei jeder Gelegenheit in Abrede! Gern hören wirst Du aber, daß der Haß auf Louis Napoleon allen gemeinsam ist.«

Fleur hielt inne, um die Finger zu lockern, und nahm noch einmal den Brief der Tante zur Hand, ehe sie fortfuhr.

»Du erkundigst Dich nach der Lage der Leibeigenen. Nun, die meisten Leute scheinen zu glauben, daß sie früher oder später zwangsläufig die Freiheit erhalten werden. Der Zar hat bereits etliche Kommissionen mit der Lösung dieser Frage beauftragt, aber stets treten Komplikationen hinsichtlich der Kompensationen auf oder es machen sich Ängste vor Anarchie breit, so daß die Sache nicht recht voranschreitet.

Ausländischen Bediensteten werden sehr hohe Gehälter gezahlt – Du wärst erstaunt über die Höhe! –, und es wird immer üblicher, ehemalige Soldaten gegen Lohn einzustellen. Leibeigene, die die Zeit des Militärdienstes überleben, erhalten automatisch die Freiheit. Aber natürlich sind bis dahin sämtliche Bande an Heim und Familie zerrissen. Sie wissen nicht, wohin sie gehen sollen, und sie verfügen auch über keine Mittel, sich über Wasser zu halten. Als Dienstboten sind sie geradezu ideal, da sie in der Armee bedingungslosen Gehorsam gelernt haben und zudem ausgesprochen zäh sind. Allerdings werden sie oft ausgenutzt und sehr schlecht bezahlt.

Trotz aller Übel des Systems sei jedoch gesagt, daß die Leibeigenen keinen sonderlich unglücklichen Eindruck machen. Sie wohnen in spartanisch einfachen Unterkünften, und ihre Verpflegung ist sehr schlicht – Schwarzbrot oder Buchweizengrütze, Salzgurken, Kohl und gelegentlich Fisch. Da es sehr viele von ihnen gibt, ist ihre jeweilige Arbeit nicht zu schwer, und die Mehrzahl von ihnen wirkt fröhlich und kein bißchen verschüchtert. Fraglos mag das außerhalb der Hauptstadt anders sein; und zweifelsohne gibt es Herren, die grausam und willkürlich sind, doch habe ich davon – logischerweise – nichts mitbekommen.«

Sie drehte das Blatt um und begann mit einem neuen Thema.

»Unser gesellschaftliches Leben ist sehr rege, obgleich Du wohl vieles davon für langweilig halten würdest. Die Polotskis haben eine Unmenge Freunde, wenn auch nicht von Deinem Schlag, liebe Tante! Es sind meist Händler, solide, respektable und, das muß ich leider sagen, recht schwerfällige Leute. Andererseits sind sie gutherzig, gastfreundlich und ganz ohne Dünkel. Unsere Abende mit ihnen beginnen meist mit einem großen Diner, gefolgt von Unterhaltung, Kartenspiel oder anderen Spielen (es gibt hier eine Art Whist, und alle Arten von Rätselraten sind sehr beliebt) und Musik, bisweilen auch einem improvisierten Tanz, sofern genügend junge Leute zugegen sind.

Es wird oft verlangt, daß ich England und die englische Lebensart schildere, wobei man dann ganz überrascht ist, daß sich meine Gepflogenheiten daheim gar nicht so sehr von ihren unterscheiden. Am meisten erstaunt sie die Tatsache, daß ich die Armen und Kranken besuche und ihnen helfen und raten will. Die Russen hier halten es nicht nur für sehr eigenartig von mir, sondern sind auch darüber verblüfft, daß die Armen und Kranken es zulassen.

Doch wirst Du gewiß gern erfahren, daß nicht all unsere Abende in dieser Gesellschaftsschicht zugebracht werden. Dank Graf Kirow befanden wir uns auch schon häufig in der feinen Gesellschaft. Nein, dabei handelt es sich nicht um ›unseren‹ Graf Kirow, sondern seinen jüngeren Bruder Peter, den wir auf der Herfahrt durch einen merkwürdigen Zufall kennenlernten.

Er ist ein äußerst angenehmer junger Mann, obwohl ich befürchte, daß er, wie Du es nennen würdest, auch ein Filou ist – dem Vergnügen hingegeben und ohne einen ernsthaften Gedanken im Kopf. Gegenüber Richard ist er allerdings die Freundlichkeit selbst. Er nimmt ihn mit auf Ausritte (und besorgt ihm die Pferde dazu), zum Jagen und zum Fischen; außerdem machte er ihn zum Ehrenmitglied seines Kasinos und stellte ihn einer Reihe junger Draufgänger aus der Kavallerie vor, bei denen Richard sich am wohlsten fühlt.«

Wieder hielt Fleur inne und dachte über das Geschriebene nach. Einzig Peters Aufmerksamkeiten Ludmilla gegenüber konnten Richard Anlaß zu Kritik geben. Sie selbst hatte die Situation amüsiert und verwirrt zugleich beobachtet, denn Peters Vorgehen war derart subtil, daß selbst ihr nicht klar war, auf wen es abzielte. Er begleitete Fleur, Ludmilla und Madame Polotski zu Unterhaltungen aller Art und schmeichelte sich bei allen dreien dabei auf verschiedene Weise ein, so daß man unmöglich sagen konnte, wer für wen als Anstandsdame agierte.

Natürlich war Richard der Überzeugung, daß Peter es auf Milotschka abgesehen hatte, und verübelte ihm seinen natürlichen Charme. Fleur fand indessen, daß Peter mit Milotschka viel zu unbefangen umging, als daß ernste Absichten hätten dahinterstecken können. Meistens wollte er einfach nur nett zu allen sein, da war sie sich fast sicher.

In den Polotski-Haushalt hatte er sich so mühelos eingegliedert, daß er automatisch zu jedem Zeitvertreib der Familie eingeladen wurde. Es amüsierte Fleur, bei diesen öden Abenden zu beobachten, wie er mit soliden und respektablen Damen Süßholz raspelte, die entsetzt gewesen wären, hätten sie gewußt, was er in den frühen Morgenstunden getrieben hatte. Aber als das Salonchamäleon, das er war, schien er es genauso zu genießen, mit einer stämmigen Händlersgattin in purpurrotem Satin über kleinere Zipperlein zu plaudern wie lässig in einer Ecke der Kirow-Loge im Theater zu sitzen und mit einer Hofdame der Zarin über das moderne Drama zu diskutieren.

Augenscheinlich war er ein höchst anpassungsfähiger Mann,

und wenn diese außergewöhnliche Flexibilität auch auf eine gewisse charakterliche Sorglosigkeit schließen ließ, so blieb er doch ein angenehmer Begleiter. Fleur mochte ihn sehr, sie fand ihn unterhaltsam, und sie fühlte sich in seiner Gegenwart wohl. Sie plauderte mit ihm, lachte mit ihm und neckte ihn. Daß er ein Mann war, schien dabei nebensächlich; fast war es so, als sei er eine gute Freundin. Ihre Gefühle ihm gegenüber waren völlig anders als die, die sie seinem Bruder entgegengebracht hatte. Die Freundschaft mit Peter hatte nichts von jener brennenden Intensität, nichts von dem Gefühl der Bedeutsamkeit, das sie bei jedem mit Kirow verbrachten Augenblick verspürt hatte.

Erneut ergriff sie die Feder.

»Die meisten reichen Leute werden bald die Stadt verlassen, um den Sommer auf ihren Landsitzen zu verbringen, weshalb jetzt noch einmal eine Diner- oder Ballveranstaltung die andere jagt. Wir sind auf einen Ball im Kirow-Palais eingeladen. Verständlicherweise sind wir alle sehr aufgeregt über die Aussicht, es von innen zu sehen, denn es ist ein bekanntes Gebäude und gilt als eine der Sehenswürdigkeiten von Petersburg.

Madame Polotski war sich nicht sicher, ob es angebracht sei, die Einladung eines Junggesellen anzunehmen, doch versicherte uns Graf Peter, daß eine Gastgeberin zugegen sein werde – seine ältere Schwester Maria Wassiljewna. Ich war natürlich überrascht bei der plötzlichen Enthüllung, daß er eine Schwester habe, da bislang nie von ihr die Rede war. Aber scheinbar ist sie eine Halbschwester, die Tochter seiner Mutter aus erster Ehe, und wesentlich älter als er, so daß zwischen ihnen kein allzu großer Kontakt bestehen dürfte.

Der Erhalt der goldumrandeten Karten machte mich unsinnigerweise nervös, aber schließlich ist es die grandioseste Veranstaltung, an der ich seit meiner Ankunft in Rußland teilnehme. Ich war schon in Sorge, daß ich dabei vielleicht irgendeinen entsetzlichen *Fauxpas* begehen und damit Schande über mich bringen würde. Doch Milotschkas alte Kinderschwester Nuschka, die nun ihre Zofe ist, wies daraufhin, daß man mich ja immerhin der Königin von England vorgestellt habe, worauf ich mir ganz schön albern vorkam.«

Nach einigem Grübeln hatte Fleur begriffen, warum sie bei der Vorstellung, den Kirow-Ball zu besuchen, so unerwartet reagiert hatte. Es war nicht etwa so, daß sie befürchten mußte, dem älteren Grafen zu begegnen. Peter hatte ihr erzählt, daß dieser den ganzen Winter in Moskau verbracht hatte und nun von dort ohne Zwischenaufenthalt in Petersburg direkt zum Landsitz nahe Kirischi reisen würde. Trotzdem würde sie sein Haus betreten und sich in den Räumen aufhalten, in denen er aufgewachsen war und wo er mit seiner Frau gewohnt hatte. Sie hatte Angst vor ihren Empfindungen.

Eine andere Sache hatte die Einladung allerdings bewirkt: Sie sah Graf Peter nun in einem anderen Licht. Mochte er auch das Gegenstück zu einem Bond-Street-Beau sein, so stammte er doch aus einer der führenden Petersburger Familien und war der Sohn eines Mannes, der einst ein favorisierter Minister des Zaren gewesen war. Gemessen an englischen Verhältnissen war der Reichtum seiner Familie wahrscheinlich unermeßlich, und er war in einem Palais aufgewachsen, das derart groß war, daß niemand je die Räume gezählt hatte.

So wie sie die gesellschaftliche Stellung des älteren Bruders unterschätzt hatte, lief sie jetzt Gefahr, daß ihr mit dem jüngeren das gleiche widerfuhr. Natürlich stand gar nicht zur Debatte, daß man sich in Peter Nikolajewitsch verlieben könnte, aber ...

Sie hörte, wie jemand das Zimmer betrat. Bei den leichten Schritten war ihr schon vor dem Klopfen am Wandschirm und dem eindringlichen Geflüster klar, um wen es sich handelte. »Fleuruschka! Bist du noch wach?«

Sie legte die Feder nieder. »Ja, komm ruhig her.«

Milotschka erschien, gefolgt von ihren beiden Hunden. »Ich wollte mit dir reden. Du bist doch nicht müde?«

»Überhaupt nicht. Setz dich aufs Bett und zieh dir die Steppdecke über die Füße. Die müssen ja eiskalt sein.«

Milotschka kletterte auf das Bett, hüllte sich in die Bettdecke und umschlang ihre Knie. Die Hunde saßen schwanzwedelnd nebeneinander auf dem Boden und blickten flehend zu ihr empor.

Diese nächtlichen Besuche waren inzwischen zur festen Einrichtung geworden. Zwei-, dreimal in der Woche schlich Milotschka herein, nachdem alle zu Bett gegangen waren, und wollte sich unterhalten. Denn wenn auch Fleur Madame Polotski als Vertraute schätzte, so war deren Tochter doch in einem Alter, in dem einem die Eltern so fern wie die Götter des Olymps und ungefähr ebenso verständnisvoll erscheinen.

Es ist auch das Alter, in dem Schlaf in der Zeit zwischen elf und drei Uhr morgens als unpassend gilt. Folglich war Fleur schon öfter vom Schlaf übermannt worden, während Milotschka über ihre Hoffnungen und Sorgen daherplapperte in einem Ton, der so beruhigend und einschläfernd wirkte wie das Geräusch von Wasser, das über Steine fließt.

An diesem Abend hatte sie aber eindeutig etwas auf dem Herzen. Nachdem sie sich ein wenig hin und her gewiegt hatte, sagte sie: »Ich bin so aufgeregt wegen des morgigen Balles, du nicht auch? Das Innere des Kirow-Palais' zu sehen! Ich bin schon so viele Male daran vorbeigefahren. Wenn man erst einmal dorthin eingeladen worden ist, weiß man nie, was noch geschehen wird. Es kann zu allen möglichen weiteren Einladungen kommen.« Fleur schaute ein wenig zweifelnd drein, so daß Milotschka sich besorgt erkundigte: »Du bist doch auch aufgeregt, oder?«

»Natürlich. Ich freue mich schon sehr darauf. Weshalb fragst du?«

»Oh, ich weiß nicht. Weil du manchmal so eine merkwürdige Miene aufsetzt, wenn Graf Kirow erwähnt wird. Und als die Einladungen zum Ball eintrafen, sah es gar nicht danach aus, als wärest du erbaut darüber gewesen.«

Fleur hatte geglaubt, es überwunden zu haben, bei Kirows Namen zusammenzuzucken. In Zukunft mußte sie vorsichtiger sein. Sie lächelte beruhigend und sagte: »Vermutlich habe ich mich nur gefragt was ich anziehen soll.«

»Du lieber Himmel, ja! Ist das nicht immer das erste, was einem beim Eintreffen einer Einladung in den Sinn kommt? Aber Papa ist so lieb, da wußte ich gleich, daß er mir ein neues Kleid erlauben würde! Oh, und für mein Haar habe ich mir auch schon was ganz, ganz Hübsches ausgedacht . . .«

Fleur warf einen Blick auf den unvollendeten Brief. »Bist du hergekommen, um mit mir über deine Garderobe zu sprechen, oder hast du etwas Ernsthaftes auf dem Herzen?«

»Oh, schwatze ich schon wieder langweiliges Zeug?« fragte Milotschka, kein bißchen gekränkt. »Ich wollte eigentlich nur deine Meinung über Peter Kirow hören.«

»Inwiefern? Er ist ein sehr angenehmer junger Mann.«

»Natürlich ist er das, aber was hältst du von ihm als Ehemann?«

Fleur war bestürzt. »Darüber habe ich mir noch überhaupt keine Gedanken gemacht.«

Milotschka lachte. »Doch nicht für dich! Für dich wäre er nichts – du bist viel zu schön, um dich an ihn zu verschenken. Und du bist zu ernst – du könntest keine Plaudertasche heiraten, und das ist er doch, oder? Nein, ich meinte für mich. Ich spiele mit dem Gedanken, ihn zu heiraten.«

»So, tust du das? Und, hat er sich in diesem Punkt schon geäußert? Oder hältst du seine Meinung dazu für zweitrangig?«

»Jetzt werde doch nicht gleich böse, Fleur! Natürlich hat er nicht davon gesprochen – das würde sich auch gar nicht gehören. Ich frage mich bloß, ob er der Richtige für mich wäre.«

»Milotschka, ich glaube nicht, daß hinter seinen Aufmerksamkeiten ernsthafte Absichten stecken«, bemerkte Fleur, ein wenig verlegen darüber, sich in dieser Position zu befinden. Sie dachte an ihre eigenen idiotischen Ambitionen, was die Kirow-Familie anbetraf, und zuckte innerlich zusammen.

»Oh, jetzt natürlich noch nicht. Aber er mag mich, und ich mag ihn.«

»Ich glaube nicht, daß ihm der Gedanke, dich zu heiraten, in den Sinn kommen wurde«, sagte Fleur mit Mühe.

Milotschka machte ein verdutztes Gesicht. »Wieso nicht?«

Wie brachte man es ihr nur zartfühlend bei? »Weil er aus einer anderen Welt stammt als du, einer anderen Gesellschaftsschicht.«

Milotschka schaute einen Augenblick verwirrt drein, dann glättete sich ihre Stirn.

»Ach so, du siehst das von der englischen Warte, nicht wahr? Aber das spielt hier keine Rolle. Papa ist unheimlich reich, und das ist es, was in Petersburg zählt. Ich bin eine Erbin, ich kann heiraten, wen ich möchte. Ich frage mich bloß, ob ich ihn mag, verstehst du? Bisweilen kommt er mir recht albern vor. Was meinst du dazu?«

»Ich denke«, sagte Fleur lächelnd, »daß es noch eine Menge anderer junger Männer gibt, die dir genausogut gefallen. Warum die Eile? Ich würde warten, bis du jemanden triffst, an dem dir wirklich etwas liegt.«

Milotschka dachte darüber nach. »Vielleicht hast du recht. Das Problem ist, daß mir scheinbar an keinem Mann viel liegt. Mir kommt es vor, als ob es eigentlich egal sei, wen ich heirate. Geht es dir nicht auch manchmal so?«

»Ich habe nicht die Absicht zu heiraten«, erwiderte Fleur fest, »folglich erhebt sich die Frage gar nicht erst.«

»Oh!« Milotschka sah sie erstaunt an, das Kinn auf die Knie gestützt, das Gesicht vom hellbraunen Seidenhaar wie von einem Glorienschein umgeben. Sie bräuchte nur noch Flügel, die ihr aus dem weißen Nachthemd wachsen, dachte Fleur. »Deinen Bruder mag ich allerdings sehr. Er ist so romantisch, und natürlich ist er dein ganzes Ebenbild! Doch vermutlich wird er im Herbst nach England zurückkehren, und da würde ich nicht gern leben. Papa hat mir erzählt, wie schlecht die Ehefrauen in England behandelt werden. Kein Wunder, daß du nicht heiraten möchtest. Man stelle sich bloß vor, all sein Geld und all seine Rechte an den Mann abtreten zu müssen!«

Ein glücklicher Gedanke schien ihr plötzlich in den Sinn zu kommen. »Du solltest einen Russen heiraten und hierbleiben! Vielleicht wäre Peter Kirow ja doch etwas für dich! Ich denke, mit zunehmendem Alter wird er ernsthafter.«

»Nur wenn du ihn erübrigen kannst, meine Liebe.«

»Nun machst du dich über mich lustig! Was soll's! Wahrscheinlich wäre er für uns beide nichts.« Sie gähnte. »Ich geh jetzt besser schlafen. Gute Nacht, Fleuruschka. Es wird ein wunderbarer Ball – und etwas Aufregendes wird sich dabei ereignen. Ich fühle es in den Knochen, wie Nuschka immer sagt!«

Als die Kutsche der Polotskis sich der Schlange anschloß, die zum Hauptportal führte, war das Kirow-Palais beleuchtet wie das Grosvenor House. Zahlreiche Schaulustige hatten sich eingefunden, um die Ankommenden zu begutachten. Ein kleiner Soldatentrupp hielt die Menge zurück und bildete für die Gäste ein Spalier bis zur großartigen Eingangshalle. Dort warteten livrierte Diener, um den Damen und Herren aus den Mänteln zu helfen, die sich daraufhin zum Empfangsdefilee an der viereinhalb Meter breiten Prunktreppe zu begeben hatten.

Trotz aller Beteuerungen Nuschkas und trotz ihrer vollsten Zufriedenheit über das Kleid, das Kati ihr genäht hatte – aus blaßgelber changierender Seide, mit der erlesensten Spitze und zierlichen Bändern besetzt –, war Fleur nervös. Unter dem Seidenrock und den drei Leinenunterröcken trug sie einen versteiften Pferdehaar-Petticoat. Er war entsetzlich warm und kratzte beim Hinsetzen unangenehm, doch war er zumindest nicht so schwer wie die zwanzig Leinenunterröcke, die ansonsten nötig gewesen wären, um den Rock in Form zu bringen.

Mit den Fingerspitzen hob sie ihn jetzt wenige Millimeter hoch und begann, hinter den Polotskis und vor Ludmilla an Richards Arm die Treppe emporzusteigen. Dabei fühlte sie sich umgeben von einer dröhnenden Geräuschkulisse, die dadurch entstand, daß sich mehrere hundert Leute auf einmal unterhielten und von Ferne aus dem Ballraum bereits die Musik eines großen Orchesters ertönte.

Auf jeder einzelnen Stufe standen zu beiden Seiten Lakaien in der erdbeerroten Kirow-Livree und mit weißen Kniebundhosen, Strümpfen und Handschuhen. Fleur warf ihnen einen Blick zu, aber ihre Mienen blieben ausdruckslos, und ihre Augen schauten durch sie hindurch.

Endlich war die oberste Stufe erreicht. Aufgrund der engen Schnürung schlug ihr Herz unter den Rippen wie ein gefangener Vogel, und sie war froh, als eine kleine Pause entstand und sie wieder zu Atem kommen konnte. Dann bewegten sie sich weiter vorwärts. Sie hörte, wie der Haushofmeister ihren und Richards Namen gemeinsam mit dem der Polotskis ausrief. Dann hatten sie ihre Gastgeber erreicht.

Fleur sah eine kleine Frau in einem seltsam mädchenhaften rosafarbenen Kleid vor sich. Ihr blondes Haar war ergraut, wurde aber dennoch von Rosen geschmückt, und das kindlich schöne Gesicht war gramzerfurcht. Es war ein Gesicht, das zugleich außergewöhnlich und herzzerreißend war, eines, von dem man den Blick nicht abwenden konnte. Doch Fleur hatte nicht die Muße dazu, denn etwas weitaus Dringlicheres erforderte ihre Aufmerksamkeit. Neben Maria Wassiljewna stand der ältere Graf Kirow.

Fleur schaute erschrocken zu ihm auf, und für einen Augenblick schien alles um sie herum zu verschwinden – der Lärm, die Lichter, die Leute, alles war fort, und sie war allein mit ihm auf einem Berggipfel. Sie blickten einander an, und die zwei vergangenen Jahre schienen zusammenzuschrumpfen. Es war, als sei es gestern gewesen, daß sie das letztemal vor ihm gestanden hatte.

Alles, was sie erlitten, ihr Ringen, ihre Vorsätze, die sprichwörtliche Heilkraft der Zeit – all das zählte nichts mehr. Sie sah ihn an und liebte ihn. In diesem einen Augenblick der klingenden Stille waren sie sich nah und fühlten sich vollständig, wie ein vollkommener Kreis. Und Fleur wußte, daß sich nichts geändert hatte und nichts sich je ändern würde.

Dann war sie mit einem Ruck wieder in der Wirklichkeit und hörte die vertraute Stimme des Grafen: »Miss Hamilton, ich bin erfreut, Sie in meinem Haus willkommen zu heißen. Darf ich um die Ehre bitten, Sie meiner Schwester, Maria Wassiljewna vorzustellen? Rose, meine Liebe, das ist Miss Fleur Hamilton, von der ich dir erzählt habe.«

Seine Stimme hätte nicht herzlicher klingen können. Fleur legte ihre Hand mehr oder weniger blind in die von Rose, welche sagte: »Ich bin hocherfreut darüber, Ihre Bekanntschaft zu machen, Miss Hamilton. Serjoscha hat mir so viel von Ihnen erzählt. Ich hoffe, wir haben Gelegenheit dazu, uns näher kennenzulernen.«

Sie sprach englisch, und ihre Stimme war angenehm und melodiös.

»Das hoffe ich ebenfalls, Madame«, erwiderte Fleur. Und dann konnte sie Kirows Blick nicht länger ausweichen. Sie wandte sich ihm zu.

Natürlich sah er ihr direkt in die Augen, und in den seinen glitzerte ein Ausdruck, den sie aus ihren guten gemeinsamen Zeiten kannte, bevor er so kalt geworden war. Warum verhielt er sich so liebenswürdig? Es vermittelte ihr sofort wieder das starke Gefühl von Nähe und Intimität, das, wie sie wußte, völlig fehl am Platze war. Es war, als befände sich jede Faser von ihr in Einklang mit ihm, als wären sie Teil desselben Ganzen, das man nie vollständig trennen konnte. Sie hatte ihm gegenüber alle möglichen Empfindungen, mit denen sie nichts anzufangen wußte, da der Intellekt ihr trotz dieser Gefühle sagte, daß das alles nicht stimmte, daß ihm nichts an ihr lag, daß sie in großer Gefahr war, die gleichen schmerzlichen Fehler wieder zu begehen.

Nun hatte er ihre Hand ergriffen. Er führte sie an die Lippen und berührte sie leicht, wobei er ihr einen Blick zuwarf, der – oh – so herzlich war. »Ich bin hocherfreut, Sie wiederzusehen, meine liebe Freundin«, sagte er. »Wir müssen später Zeit zum Reden finden.«

Durch die nachdrängenden Gäste wurde sie von ihm fortgeschoben und fand sich schließlich Graf Peter gegenüber. Der Blick, den sie ihm zuwarf, mußte zumindest fragend, wenn nicht gar vorwurfsvoll gewesen sein, denn er breitete die Hände aus und sagte: »Daß er hiersein würde, wußte ich nicht. Er traf heute früh ziemlich unerwartet aus Schwartzenturm ein. Rose hatte einen Brief hinterlassen, in dem sie von meinem Ball berichtete, und als er zurückkam und ihn vorfand, begab er sich schnurstracks in seine Kutsche und kam her. Das sieht ihm ähnlich, sich aufzudrängen, obgleich seine Gegenwart gar nicht erwünscht ist.«

Das klang derart verächtlich, daß Fleur die Augenbrauen hochzog.

»Oh, ich versichere Ihnen, er würde alles tun, um mir den Spaß zu verderben«, beschwerte Peter sich weiter. Dann zuckte er die Schultern, da er sich offensichtlich daran erinnerte, daß hier wohl nicht der richtige Ort und nicht die richtige Zeit war, um Familienfeindseligkeiten zu enthüllen. »Meine Schwester Rose ist doch bezaubernd, nicht wahr?«

»Sie scheint . . . äußerst charmant zu sein.«

»Ja, das auch – aber warten Sie, bis Sie sie näher kennenlernen! Oh, sie sieht zu mir her. Es tut mir leid, aber ich muß zurück, um mit meinen Geschwistern artig die Gäste zu begrüßen. Aber Sie versprechen mir doch, daß Sie bei Ballbeginn den ersten Tanz mit mir tanzen?«

Fleur erholte sich allmählich. »Ja, gut. Wenn Sie es wünschen.«

»Sie könnten ein bißchen begeisterter klingen«, rügte er sie und tat so, als sei er gekränkt. »Immerhin bin ich der beste Tänzer von Petersburg.«

Unwillkürlich erinnerte sich Fleur an den Ball der Herzogin von Alderney, als sie mit dem Grafen Walzer getanzt hatte, und sie erlaubte sich, im stillen anderer Meinung zu sein. Peter sah sie einen Augenblick seltsam an, ehe er sich abwandte, fast so, als hätte er ihre Gedanken erraten.

Richard holte sie ein, mit Ludmilla am Arm. »Hör mal, Flo, ist das nicht eine Überraschung, Graf Kirow hier zu treffen?«

»Er begrüßte dich wie eine alte Freundin, Fleur«, bemerkte

Milotschka und musterte sie nachdenklich. »Seid ihr euch in London öfter begegnet?«

»Ja, ziemlich oft«, entgegnete Fleur abwesend.

»Findest du eigentlich, daß er gut aussieht?« war die nächste Frage, aber Milotschka wartete die Antwort gar nicht ab. »Ich persönlich finde, daß er etwas Furchteinflößendes an sich hat. Er ist so groß und . . . seine Augen haben so etwas Gewisses, meinst du nicht? Etwas Fremdartiges.«

Fleur schüttelte den Kopf, unfähig zu antworten.

Richard verfolgte einen eigenen Gedanken. »Habe ich recht gehört, daß Petja den Ball mit dir eröffnen möchte?«

»Er bat mich um den ersten Tanz«, verbesserte ihn Fleur, »aber es wird doch gewiß seine Schwester sein, die den Ball eröffnet?«

»Sei's drum«, versetzte Richard ungeduldig. »Tanzen Sie dann den ersten Tanz mit mir, Milotschka?«

»Ja, gerne!«

Allmählich füllte sich der riesige Ballsaal, der von acht großen, jeweils mit hundert Kerzen bestückten Kronleuchtern erhellt wurde. Diese spiegelten sich in den langen, goldumrahmten Spiegeln an den Wänden wider wie auch in den verglasten Türen, die auf die Terrasse führten, von der aus man die berühmten Gärten überblickte.

An einem Ende des Saales befand sich ein Podium, auf dem ein großes Orchester auf zierlichen Stühlen Platz genommen hatte. Die Instrumente waren noch in Ruhestellung, bis das Signal zur Balleröffnung gegeben würde. Es war sehr heiß.

Fleur nahm alles intensiv wahr, jeden Geruch und jedes Geräusch und insbesondere den eigenen Körper: die geschnürte Taille, die Enge ihres Korsetts, das Blut in ihren Wangen, die Wärme der Luft auf ihren Lippen, das seidige Gefühl der zwei langen Ringellocken, die sich über die nackten Schultern bis zum Dekolleté kringelten. Bei jedem Herzschlag konnte sie an mehreren Stellen ihren Puls spüren – unter ihrer Kopfhaut, an ihrer Kehle, hinter den Knien.

Wir müssen später Zeit zum Reden finden, hatte er gesagt. Aber was, was, was würde er ihr sagen?

Und dann waren beide Kirows da. Peter kam im gleichen Augenblick von der einen Seite, als der Graf von der anderen Richtung eintraf. Die Brüder starrten sich mit der höhnischen Feindseligkeit zweier Katzen an.

»Ich denke, das ist mein Tanz, Miss Hamilton«, erklärte Peter fast trotzig und beobachtete dabei das Gesicht seines Bruders. »Ich bin gekommen, um meinen Anspruch geltend zu machen.«

Er bot ihr den Arm, und Fleur schickte sich an, ihn zu ergreifen, doch der ältere Kirow schüttelte den Kopf.

»Ich werde den Ball mit Miss Hamilton eröffnen.«

Sofort errötete Peter mit der gewohnten Entrüstung des jüngeren Bruders. »Ich habe sie zuerst gefragt . . .«

»Sie ist der Ehrengast, und ich bin der Gastgeber. Petja, selbst du mußt einsehen, daß es an mir ist, mit ihr den Ball zu eröffnen.«

»Ich habe gar nicht . . . ich wußte nicht, daß ich Ehrengast bin«, stammelte Fleur. Peters Gesichtsausdruck sagte ihr, daß ihm das vermutlich auch nicht bewußt gewesen war.

Sergej Kirow wandte sich an sie. »Aber natürlich sind Sie das: unsere Ehrengäste aus England. Der ganze Ball wurde Ihnen zu Ehren geplant. Gewiß hat mein Bruder Ihnen wenigstens das gesagt?«

In seiner Stimme schwang feiner Hohn mit. Zwischen den Brüdern gab es etwas, das Fleur nicht verstand. Doch Kirow bot ihr jetzt seinen Arm an und lächelte genauso zu ihr hinunter wie vor langer Zeit im Hardiway House. Und damit fühlte sie sich wieder allein und eins mit ihm, und jede andere Erwägung war nebensächlich. Sie legte die Hand auf seinen Arm und lächelte auf eine Weise zurück, die Peter unvermittelt nachdenklich stimmte.

Dann schritt sie mit ihm durch einen Pfad den Ballsaal hinauf, der sich wie durch Zauberhand in der Menschenmenge auftat und einer Dornenhecke glich, die vor dem Schwert des Prinzen zurückweicht. Auf beiden Seiten machten gutgekleidete Frauen und vornehme Herren Platz, applaudierten, lächelten, nickten, während sie wie eine Prinzessin einherschritt und alle Blikke auf sich zog. Sie wußte, daß sie schön war und auserwählt.

Der Pfad vergrößerte sich zu einer Lichtung, und nun standen sie allein in der Mitte der leeren Tanzfläche. Kirow drehte sie zu sich, sah ihr in die Augen und legte den Arm um ihre Taille. Eine kurze Pause, und schon setzte die Musik ein. Es war eine Melodie, die sie nicht kannte, doch der Dreivierteltakt des Walzers übertrug sich auf ihre Füße. Seine Hand lag fest auf ihrer Taille, sein starker Arm stützte sie, und dann bewegten sie sich, tanzten, flogen.

Zunächst umrundeten sie die Tanzfläche allein, dann gesellten sich weitere Paare dazu, so daß sie vor neugierigen Blicken geschützt wurden und eine Art Privatheit genossen. Er lächelte unmerklich. Plötzlich fühlte sich Fleur ganz einfach glücklich. Ein Tanz, sagte sie sich. Das ist alles. Bau deswegen keine Luftschlösser. Aber den Tanz darfst du genießen – das ist erlaubt.

Während der zweiten Runde kamen sie an Maria Wassiljewna vorbei, die auf einem thronähnlichen Stuhl saß. Sie plauderte mit den Damen, die sich um sie herum versammelt hatten, doch lächelte sie Fleur und Kirow zu, als sie vorbeitanzten.

»Hätte nicht Ihre Schwester den Ball eröffnen sollen?« fragte Fleur.

»Rose tanzt nicht. Sie ist ein Krüppel.«

Die barschen Worte schockierten sie. »Oh, das tut mir leid!« sagte sie hilflos.

»Rose muß Ihnen nicht leid tun«, erklärte Kirow, noch immer lächelnd. »Sie tut sich selbst auch nicht leid. Sie ist der stärkste Mensch, der mir je begegnet ist.«

»Warum nennen Sie sie Rose?«

»Ihre Eltern nannten sie so. Bei ihrer Geburt war sie rosa und weiß und sehr schön. Doch noch als Baby wurde sie von einer Krankheit heimgesucht. Man dachte, sie stürbe, aber sie war zu stark. Sie überlebte, doch seitdem ist ein Bein verkrüppelt. Nach einem langen Kampf kann sie nun alles außer tanzen. Nun ja, zur Not könnte sie auch das, doch ist sie der Ansicht, daß man den Leuten den Anblick ersparen sollte, da es so häßlich aussieht.«

»Oh«, sagte Fleur erneut. Viel anderes schien man nicht sagen zu können. Er sah ihr in die Augen und las ihre Gedanken.

»Sie hat es wirklich so gemeint, als sie sagte, sie wolle Sie näher kennenlernen. Wenn ich Petja recht verstanden habe, bleiben Sie bis zum Herbst hier?«

Fleur erklärte die Umstände.

»Ich hatte nicht geglaubt, Sie je wiederzusehen«, sagte er unvermittelt. Fleur war sich nicht sicher, ob das als Klage gedacht war oder als Rechtfertigung für sein Verhalten ihr gegenüber.

»Ich hätte auch nie gedacht, daß sich je die Gelegenheit für mich ergeben würde, hierherzukommen«, sagte sie.

»Warum taten Sie es?«

Er schien in ihrem Gesicht nach einer Antwort zu suchen. Aber so einfach werde ich ihm das nicht machen, dachte Fleur trotzig.

»Mich hat es schon immer gereizt, die Welt zu sehen«, erwiderte sie. »Gelegenheiten soll man beim Schopf packen, finde ich.«

»Ah, tun Sie das?« Die Antwort schien ihm zu gefallen. Er wirbelte sie besonders schnell um die Ecke des Raumes und raubte ihr damit den Atem. Zwischen den Tänzern erblickte Fleur etwas abseits Richard, der ein enttäuschtes und wütendes Gesicht machte. Fleur konnte sich das nicht erklären, bis sie einige Augenblicke später an Ludmilla vorbeitanzten, die von Graf Peter herumgewirbelt wurde. Wie hatte er das bloß wieder angestellt?

»Mein Bruder besitzt eine ausgesprochene Begabung dafür, sich einzuschmeicheln«, erklärte Kirow, der ihre Gedanken zu erraten schien. »Ich vermute, er hat sich Ihnen auf dem Schiff aufgedrängt, noch bevor Sie überhaupt russische Erde betreten hatten.«

Sie hielt seinem Blick stand. »Daß wir uns kennenlernten,

war reiner Zufall. Er hatte keine Ahnung, wer ich war, und andersherum. Stimmt es eigentlich, daß Sie mich ihm gegenüber nie erwähnt haben?«

Er wirkte verlegen. »Nein, ich . . .« Er unterbrach sich und begann dann erneut. »Hatte ich damit etwa unrecht? Wir waren gute Freunde gewesen, oder etwa nicht? Aber ich glaubte nicht, Sie je wiederzusehen, und ich zögerte, von Ihnen zu erzählen, da er das Ganze vielleicht mißverstehen würde. Ich wollte nicht, daß die Erinnerung an unsere bezaubernden Treffen durch seine Mißdeutungen getrübt würde.«

Nur Freunde, das war es, was er sagte. *Wir waren Freunde, nicht mehr.* Aber jeder ihrer Sinne sagte ihr etwas anderes. Und auch seine Blicke, seine Berührungen, seine Stimme vermittelten ihr nicht den Eindruck, daß es nur Freundschaft war, was er für sie empfand – bestimmt war es nicht Freundschaft.

Sie war verwirrt, froh, besorgt – alles auf einmal. Aber vor allem empfand sie ein glückseliges Gefühl der Erleichterung darüber, wieder in seinen Armen zu liegen, eng an ihn geschmiegt, und sich geborgen zu fühlen. Genieße den Tanz, sagte sie sich benommen. Das ist erlaubt. Den Tanz . . .

Aber zu bald schon endete dieser. Die Musik schwoll noch einmal an und verstummte.

»Ich muß Sie verlassen«, sagte Kirow, der ihre Hände weiterhin umfaßt hielt. »Wir tanzen später wieder zusammen, wenn Sie gestatten?«

»Ja«, erwiderte sie und zog ihre Hände zurück. Unvermittelt lächelte er, und dann war er fort.

Fast sofort tauchte Maxim Foskine an ihrer Seite auf. »Ehe Sie jemand anderer darum bittet, den Sie sicherlich lieber mögen, Mademoiselle: Tanzen Sie den nächsten Tanz mit mir?«

»Es wird mir eine Ehre sein«, antwortete sie. Sie schwebte auf Wolken. Ihre Füße waren heiß und schwer und auf dem Boden verankert, doch hatte sie das Gefühl, daß ihr Kopf sich so leicht bewegte wie ein Blatt im Wind.

»Nein«, versetzte Foskine ernst, als wäre das nicht nur eine Floskel, »die Ehre ist ganz meinerseits.«

Sie ließ sich auf keine Diskussion darüber ein. Wie Paget war auch der Prinz auf erholsame Weise unkommunikativ. Schweigend warteten sie auf den Einsatz der Musik und beobachteten dabei die anderen Tänzer. Fleur sah auf der anderen Saalseite die Kirow-Brüder in feindseliger Haltung beisammenstehen. Augenscheinlich befanden sie sich mitten in einem verhalten ausgetragenen, aber hitzigen Streit. Um sie herum hielt man Abstand und schuf einen leeren Raum, dessen Radius aus der Verlegenheit der Leute bestand, vorgeben zu müssen, das schlechte Benehmen nicht zu bemerken. Peters Unterkiefer war vorgeschoben, und er schien seinem älteren Bruder eine flammende Rede zu halten. Dieser hörte schweigend zu, hatte dabei aber ein Lächeln aufgesetzt, das eindeutig provozieren sollte.

Offensichtlich hatte Foskine die beiden auch gesehen. »Diese Kirows, wie sie sich hassen«, erklärte er träge.

Sie sah ihn erschrocken an. »Tun sie das? Aber weshalb denn?«

»Weiß der Himmel!« Er zuckte mit den Schultern. »Vielleicht, weil beide auf ihre Art unmöglich sind. Wie Wasser und Feuer – sie könnten verschiedener nicht sein. Aber das war schon immer so. Ich kann Ihnen gar nicht sagen, wie oft ich die zwei schon auf Bällen habe streiten sehen. Verdammt peinlich! Verdammt schlechtes Benehmen!«

»Wieso auf Bällen?«

»Oh, natürlich nicht nur dort. Auf Bällen geht es in der Regel um eine Frau. Anderswo kann alles der Grund sein. Zum Beispiel die Politik: Sergej ist dem Zaren ganz und gar ergeben und der Patriot schlechthin. Petja dagegen macht sich nichts aus Staatskunst und dergleichen. Er ist dem Regiment allein deswegen beigetreten, um seinen Spaß zu haben, und das bringt seinen Bruder auf die Palme. Er hält Petja für faul und nutzlos – was er natürlich auch ist. Andererseits: Warum sollte er es nicht sein?«

Die Musik setzte ein, und er schwieg. Fleur dachte verwirrt über Foskines Worte nach und versuchte zu ergründen, worüber die Brüder sich diesmal gestritten haben mochten. Einige Augenblicke darauf glaubte sie den Anlaß zu kennen, denn sie sah Kirow mit Ludmilla tanzen, während Peter nirgends zu sehen war. In der Regel um eine Frau? Hatte Peter also die ganze Zeit Milotschka im Auge gehabt? Und tanzte Kirow nur deshalb mit dieser, um seinen jüngeren Bruder zu ärgern? Das wäre gemein, doch eingedenk des provozierenden, beleidigenden Lächelns mußte sie es fast glauben – denn gewiß war Milotschka zu jung, als daß sie ihn in anderer Hinsicht interessieren konnte.

Fleurs eigener Abend verlief nicht unangenehm. Es mangelte ihr nie an Tanzpartnern, im Gegenteil, gewöhnlich mußte sie unter mehreren Bewerbern auswählen. Aber das Gefühl, ihr Kopf sei vom Körper losgelöst, hielt an. Da sie, während sie im Geiste anderswo war, stets freundlich lächelte, war es gut möglich, daß sie sich an diesem Abend den Ruf einer guten Zuhörerin erwarb.

Es war schon spät, als Kirow den zweiten Tanz mit ihr einforderte. Er tat das mit einem angenehmen Mangel an Förmlichkeit, der wie enge Freundschaft, ja wie vertrauter Umgang wirkte.

»Es tut mir leid, daß ich nicht früher kommen konnte«, entschuldigte er sich. »Aber ich hatte so viele Tanzverpflichtungen und wollte niemanden vor den Kopf stoßen. Würde es sich nicht um einen öffentlichen Ball handeln, hätte ich fast jeden Tanz mit Ihnen tanzen können.«

Wäre das Ihr Wunsch? Nein, laut sagte sie das nicht. »Erst die Pflicht, dann das Vergnügen«, war ihre Erwiderung.

Sie meinte das eigentlich ironisch, aber er sagte mit einem ernsten Blick: »Ich wünschte, meinem Bruder ginge dieser Grundsatz in den Kopf, doch ich fürchte, er ist ein hoffnungsloser Fall.«

»Ich mag ihn so, wie er ist«, gestand Fleur, »obgleich ich nicht gern von ihm abhängig wäre.«

»Da tun Sie auch gut daran«, versetzte er. »Aber die Zeit ist kurz – ich möchte sie nicht mit Gesprächen über Petja vergeuden. Ich wollte Sie vielmehr fragen, ob Sie nicht nach Schwartzenturm kommen und dort den Sommer über bleiben wollen?«

Sie erschrak. »Ich . . . ich weiß nicht. Ich glaube nicht, daß das den Polotskis gegenüber fair wäre, wo sie doch . . .«

»Oh, natürlich würde ich sie ebenfalls einladen. Beziehungsweise Rose tut das. Sie beabsichtigt, morgen offiziell vorzusprechen und die Einladung zu überbringen. Wo liegt Ihr Problem? Wissen Sie, niemand bleibt den Sommer über in Petersburg, der Staub ist nicht zum Aushalten.«

»Unter Umständen haben die Polotskis schon andere Pläne gemacht – andere Einladungen angenommen. Vielleicht halten sie . . . mögen sie . . .« Fleur konnte sich beim besten Willen nicht vorstellen, daß die Polotskis mehrere Wochen in einem ähnlichen Palais wie diesem verbringen würden. Madame wird vermutlich ihr Zuhause überhaupt nicht verlassen wollen, dachte sie.

Kirow lächelte freundlich. »Seien Sie unbesorgt, Rose wird sie schon dazu überreden, wenn Ihnen daran liegt. Deshalb frage ich Sie zuerst – um herauszufinden, ob Sie Lust dazu hätten. Falls ja, wird Rose alles arrangieren. Sie hat eine wunderbare Art, ihren Kopf durchzusetzen.«

Die habt ihr Kirows alle, dachte Fleur. Natürlich wollte sie Schwartzenturm sehen und somit in seiner Nähe sein können. Aber war es nicht abscheulich, daß er seine Schwester auf diese Weise benutzte? Würde sie es nicht übelnehmen, wenn Fleur die Einladung annähme, die sie gezwungenermaßen hatte aussprechen müssen?

»Rose möchte Sie wirklich näher kennenlernen«, sagte Kirow, der, wie so viele Male zuvor, ihre Gedanken offenbar ohne weiteres erriet. »Und ich wäre froh, weil sie damit eine ihr würdige Freundin hätte. Sie ist so viel allein.«

Fleur dachte darüber nach. »Alle werden eingeladen?«

»Alle. Sie kommen also?«

Es wäre unklug, nicht wahr? Es wäre verrückt, sich das Herz abermals brechen zu lassen, oder? Der gesunde Menschenverstand, ihr Selbsterhaltungstrieb sagten ihr, daß sie ablehnen müsse. »Ja, wenn es sich machen läßt«, erwiderte sie.

»Ah«, war alles, was er daraufhin sagte. Doch sein Lächeln sprach Bände.

Auf dem Heimweg in der Kutsche waren alle schweigsam und nachdenklich. Fleur war froh, daß sie sich nicht unterhalten mußte. Sie fühlte sich erschöpft, überreizt und nicht ganz glücklich. Sie fürchtete sich davor, was geschehen könnte, was sie fühlen könnte – und welchen Preis sie zu zahlen hätte.

Du bist eine Närrin, schalt sie sich grimmig. Jemand bietet dir einen Becher mit Gift an, und du trinkst es wie Wein. Jemand richtet das Schwert auf dich, und du wirfst dich hinein, als sei es ein Daunenbett.

Kati wartete auf sie, und als sie sah, wie müde Fleur war, machte sie sich in verständnisvoller Stille an den Haken und Schnüren zu schaffen. Fleurs Füße brannten, die Rippen schmerzten, und um ihre Taille und ihre Oberschenkel befand sich dort, wo das Blut zurückkehrte, um das Gebiet zu beanspruchen, das ihm den ganzen Abend durch Schnüre und Strumpfbänder verweigert worden war, ein roter, pulsierender Ring, der flüssigem Feuer glich.

Kati war hinausgegangen, und Fleur wollte gerade das Licht löschen, als sie hörte, wie die Tür geöffnet wurde.

Oh, nicht jetzt, dachte sie. Nicht heute nacht, Milotschka!

Es mußte sich um etwas ungemein Wichtiges handeln. Milotschka klopfte nicht einmal am Wandschirm oder stellte ihre übliche Frage. Sie erschien einfach mit einem verzückten Lächeln im Gesicht und sagte: »Oh, gut, daß du noch wach bist! Fleuruschka, war der Ball nicht wundervoll? Der aller-, aller-, allerschönste der ganzen Welt!«

Fleur tat ihr Bestes. »Ja, er war zauberhaft.«

»Bist du etwa müde? Nun, ich will dich nicht vom Schlafen abhalten. Ich habe allerdings nicht das Gefühl, daß ich je wieder einschlafen kann! Mir kommt es vor, als ob ich von jetzt an bis zum nächsten Jahr durchtanzen könnte!« Fleur betrachtete sie bestürzt, doch Milotschka fuhr begeistert fort und steuerte direkt auf den Kern der Sache zu. »Du weißt doch, daß du mir gestern gesagt hast, ich solle warten, bis ich jemandem begegne, an dem mir wirklich etwas liegt! Ich dachte nicht, daß das je der Fall sein würde, aber nun ist es passiert! Ich habe mich in den wunderbarsten, aufregendsten, phantastischsten Mann verliebt! O Fleur, ich bin so glücklich!«

»Das sehe ich«, sagte Fleur lächelnd. »Und wie heißt dieses Prachtexemplar?«

Milotschka riß die Augen weit auf. »Du mußt es doch wissen! Er ist so anders als alle anderen Männer, er gleicht einem Gott, der unter Sterblichen wandelt! Er ist der bestaussehendste, aufregendste, romantischste ...«

»Offenbar bin ich blind für seine Herrlichkeit«, erklärte Fleur und unterdrückte ein Gähnen. »Aber das ist ja nur gut so oder?«

Milotschka lachte freundlich. »Allerdings, denn ich würde ihn dir nie und nimmer überlassen! Es ist Graf Kirow, du Dummchen! Graf Sergej Nikoiajewitsch Kirow, und ich werde ihn lieben bis zum Tod!«

Wenn man genau lauscht, dachte Fleur, kann man fast Gottes Gelächter hören.

Dreizehn

Im nachhinein hatte jener Sommer auf Schwartzenturm für Fleur etwas von einem Traum, eine idyllische Zeit zwischen ihrem bis dahin gewohnten Leben und dem, was danach kommen sollte. Der Besuch wurde ohne die älteren Polotskis unternommen, da Mr. Polotski nicht so ohne weiteres seine Arbeit niederlegen konnte und Madame ihn nicht allein lassen wollte. Sowohl Fleur wie auch Madame war nicht ganz wohl dabei – Fleur hatte ein schlechtes Gewissen, weil sie ihre Gastgeber verließ, um bei jemand anderem zu wohnen, und Madame war nicht glücklich bei dem Gedanken, daß Milotschka ohne Anstandsdame sein würde.

Doch Polotski meinte, Fleur dürfe sich auf keinen Fall die Gelegenheit entgehen lassen, einen großen russischen Landsitz zu besuchen, und außerdem vertraue er darauf, daß die Gräfin Maria Wassiljewna Tschaikowskowa für Milotschka Anstandsdame genug sei.

»Schließlich reist sie ja aufs Land, Sophie *Duschka,* und nicht nach Moskau oder Kiew. Was für ein Unheil soll ihr dort schon zustoßen? Außerdem werden wir in wenigen Wochen nachkommen.«

Fleur war überrascht über seine Zufriedenheit und mußte – mit einem gewissen Unbehagen – zu dem Schluß kommen, daß ihn die Verbindung wegen ihrer gesellschaftlichen Bedeutung reizte.

Madames Besorgnis schwand dann ebenfalls dahin, als sie erfuhr, daß Peter Kirow nicht mit von der Partie sein würde. Seine Pflichten würden ihn einige Wochen in Petersburg festhalten. Keiner der beiden Elternteile machte sich um den älteren Kirow Gedanken. Selbst wenn er an einem so jungen Mädchen wie Milotschka interessiert gewesen wäre, hätten es ihm die Gesetze der Gastfreundschaft verboten, unter dem eigenen Dach mit den Gefühlen eines Gastes zu spielen.

Zu Fleurs Belustigung machte sich um sie keiner Sorgen. Jedenfalls aber war nun klar, daß die für sie so peinliche Geschichte mit Kirow nicht bis in die Petersburger Kreise gelangt war, und so sollte es in ihren Augen auch bleiben. Warum Kirow sie nach Schwartzenturm eingeladen hatte, war ihr ein Rätsel. Sie beschloß, auf der Hut zu sein, ohne genau zu wissen, wovor. Sie würde seine Gesellschaft genießen, aber gleichzeitig Abstand wahren. Darüber, wie man diese kontroversen Haltungen vereinbaren konnte, dachte sie lieber nicht so genau nach.

Schwartzenturm lag nur rund vierzig Kilometer von Petersburg entfernt, und die drei jungen Leute reisten in einer offenen Kutsche, gefolgt von einer *Kibitka*, die die Dienerschaft und das Gepäck beförderte. Nie würde Fleur den ersten Anblick des Kirowschen Sommerpalais vergessen! Es war ein außergewöhnliches Gebäude, eine riesige Villa, die durch Schutzmauern mit zwei Anbauten verbunden war: eines ein wunderliches Rheinschloß, das andere – »Schwarzer Turm« genannt – ein düsterer Bergfried. Fleur erinnerte sich an Peters Bemerkungen bezüglich des Architekten und lächelte in sich hinein. Der ganze Gebäudekomplex ragte wie ein Spukschloß am Ende einer überaus englischen Kiesauffahrt, an die saubere Rasenflächen grenzten, in den Himmel.

Madame Tschaikowskowa wartete schon, um sie zu begrüßen, und ihr Gesicht strahlte vor echter Freude. Sie umarmte sie alle, entschuldigte sich für die Abwesenheit ihres Bruders, bat, sie Rose zu nennen, weil das jeder tat, und dankte ihnen für die Freundlichkeit, sie aus ihrer Einsamkeit zu reißen.

»Wir haben jede Menge Pferde, einen Fluß zum Baden, und ab und zu ist abends jemand zu Gast«, erklärte sie. »Hoffentlich finden Sie es hier nicht zu langweilig.«

»Himmel, nein, Ma'am!« versetzte Richard höflich. »Wenn Pferde da sind, wird es einem nie langweilig. Nach einem Winter in der Stadt ist es das beste, sich auf dem Land zu erholen.«

»Ich nehme an, Ihr Bruder wird bald zurückkehren?« fragte Ludmilla mit einer versonnenen Stimme.

»O ja, er ist lediglich ein, zwei Tage beruflich unterwegs. Anfang nächster Woche erwarte ich ihn zurück.«

Fleur lächelte darüber, wie zuversichtlich Rose das erklärte. »Und was Sie erwarten, trifft auch ein? Ich wünschte, wir könnten von unserem Vater dasselbe behaupten, nicht wahr, Dick!«

»Sie haben noch nichts von ihm gehört?« erkundigte sich Rose.

»Nein, aber damit haben wir auch nicht gerechnet. Allerdings sind wir diesmal zuversichtlich, daß er rechtzeitig zurückkehrt. Sein Visum ist nämlich befristet, und Mr. Polotksi meinte, daß dies selbst in Sibirien häufig kontrolliert wird.«

»Ja, das ist richtig«, meinte Rose. »Außerdem hat Ihr Vater russische Diener und Führer dabei, die ihn zu Ihnen zurückschicken. Natürlich würde ich mir wünschen, daß Sie uns nie zu verlassen bräuchten. Aber Sie werden wohl nach England zurückkehren wollen.«

Obgleich sie Rose zuvor erst zweimal begegnet war, fühlte Fleur, daß sie es ernst meinte. Noch merkwürdiger war, daß Fleur ihr gegenüber eine so innige Zuneigung empfand, wie das noch nie bei einer Frau ihrer eigenen Nation der Fall gewesen war.

»Vielleicht können Sie mich einmal zu Hause besuchen«, sagte sie. »Ich würde mich sehr darüber freuen.«

Rose lachte. »Vielen Dank! Ihre Einladung ehrt mich – aber wissen Sie, das hier ist Rußland. Man würde mir nie eine Ausreisegenehmigung erteilen. Auslandsreisen sind nicht gern gesehen, und nach England schon gar nicht.«

»Und wieso nicht?« fragte Richard, leicht aufgebracht. »Was paßt den Russen denn nicht an England?«

»Man hält Ihr Land hier für eine Zufluchtsstätte für Revolutionäre, Agitatoren und Kommunisten«, erklärte Rose mit einem entwaffnenden Lächeln. »Ein Kontakt mit solchen Leuten sollte möglichst unterbleiben für den Fall, daß wir ihren Virus aufschnappen und ihn in Rußland einschleppen.«

»Aber das ist doch alles Unsinn!« protestierte Fleur.

»Das glaub ich wohl«, erwiderte Rose. »Aber wenn Wahrheit und Dogma miteinander kämpfen, gewinnt immer das Dogma.«

Später brachte Rose sie auf ihre Zimmer. Zu Fleurs Freude hatten sie im Obergeschoß, wie auch in England üblich, separate Schlafzimmer. Dennoch war ihres groß genug, daß ein Sofa und zwei um den Kamin angeordnete Lehnstühle, ein Schreibtisch und ein Lesetisch neben dem üblichen Schlafzimmermobiliar darin Platz fanden.

Erwartungsgemäß brachte eine diskret gestellte Frage zutage, daß keine Wasserklosetts oder Badezimmer vorhanden waren. Aber wenn im Ausland alles wie zu Hause wäre, bräuchte man ja nichts zu verreisen, sagte sich Fleur.

»Wir haben natürlich ein Badehaus«, erklärte Rose. »Ist Ihnen das russische Dampfbad ein Begriff?« Fleur schüttelte den Kopf. »Dann wird es mir eine Freude sein, Sie mit seinen Annehmlichkeiten bekannt zu machen. Oh, ich bin so glücklich, daß Sie hier sind!« rief sie unvermittelt aus. »Und wieviel Zeit wir haben werden, um uns zu unterhalten!«

»Ja«, stimmte Fleur ihr zu, »darauf freue ich mich auch schon. Ich würde mich auch gern einmal im Haus umsehen. Es muß eine interessante Geschichte haben.«

»Wenn es Ihnen nichts ausmacht, überlasse ich das Serjoscha. Er weiß mehr darüber als ich. Aber die Umgebung zeige ich Ihnen mit Vergnügen«, erwiderte Rose und setzte mit einem schiefen Lächeln hinzu: »Reiten kann ich nämlich besser als laufen.«

Fleur war beschämt über ihre Gedankenlosigkeit. Natürlich war das Gehen kein Vergnügen für Rose, und Treppensteigen, das hatte sie bereits bemerkt, verursachte ihr große Mühe. Sie fühlte eine Welle des Mitleids in sich aufsteigen für ihre altjunge Gastgeberin, deren Augen von Schmerzen verschattet waren, die aber dennoch trotzig jugendliche Garderobe bevorzugte.

Aber Rose würde nie tanzen, nie die Freude kennen, über eine Wiese zu laufen, niemals wegen eines Taschentuches die Treppe hinaufstürmen anstatt auf einen trägen Diener warten zu müssen. Fleur überlegte, wie es wäre, in ihrer Haut zu stekken. War sie wohl je verliebt gewesen und wollte heiraten? Was waren ihre Ambitionen und Sehnsüchte?

Doch Kirow hatte gesagt, es sei unmöglich, Rose zu bemitleiden, da sie sich selbst nicht leid tat. Trotz der Beschränkungen, die ihrem Leben auferlegt waren, zeigte sie eine Offenheit und Zuversicht, um die Fleur sie beneidete. Es mußte wohl auch an Roses russischer Herkunft liegen, dachte sie, schienen Russinnen doch ein Maß an Freiheit zu genießen, für das Fleur sich in ihrer Heimat nur heimlich einsetzen konnte. Russinnen aus guter Familie sprachen und bewegten sich frei, kamen weitgehend ohne Anstandsdamen aus und äußerten mutig ihre Meinung. Sie tranken erstaunlicherweise sogar beim Abendessen wie die Männer Alkohol, anstatt wie Engländerinnen dazu verdammt zu sein, an Limonade oder Mineralwasser nippen zu müssen.

Es gibt vieles, was Rose mir beibringen kann, dachte Fleur, vor allem was Mut und Selbstgenügsamkeit betrifft.

❦

Die ersten Tage verliefen ruhig. Rose versorgte sie mit Pferden und zeigte ihnen die unmittelbare Umgebung.

»Wenn Ihnen die besten Reitwege erst einmal bekannt sind, können Sie kommen und gehen, wie es Ihnen beliebt, ohne daß Sie auf mich warten müssen«, sagte sie, hauptsächlich an Milotschka und Richard gewandt. Ihr tief verwurzeltes Gefühl des englischen Anstands ließ in Fleur die Frage aufkommen, wie Rose nur einen jungen Draufgänger wie Richard als passende Aufsicht für ein hübsches junges Mädchen ansehen konnte. Doch Rose hatte gleich am ersten Abend befunden, ihr Verhältnis sei das von Bruder und Schwester.

Fleur fragte sich, wie Richards Stolz das verkraften würde. Doch als sie die beiden während eines langen Ausrittes beobachtete, stellte sie fest, daß sich ihre Beziehung verändert und Rose recht hatte. Die hingebungsvolle Anbetung in Richards Augen war verschwunden. Er sah in Milotschka nun nicht mehr die Göttin, sondern das normale Mädchen – wenn auch ein sehr hübsches –, und sie plauderten und zankten so ungezwungen wie Geschwister miteinander. Das ist gut so, dachte sie. Wenn Richard und Milotschka einander bei Laune hielten, konnte Rose ihre Zeit ungehindert mit ihr verbringen.

So war es auch. Am dritten Tag ritten die jungen Leute allein davon. Fleur und Rose schlugen eine andere Richtung ein und genossen ihre freundschaftliche Zweisamkeit. Roses Pferd war ein feuriger brauner Araber, mit dessen temperamentvollen Ausbrüchen sie erstaunlich leicht fertig wurde. Zu Fleurs gelinder Bestürzung trug sie die Pluderhosen und weichen Lederstiefel der Kosaken und ritt im Herrensitz. Fleur fand, daß das nicht nur leicht anstößig wirkte, sondern auch ausgesprochen unbequem sein mußte. Rose erklärte ihr aber, es sei im Gegenteil sehr bequem, und bot an, es ihr beizubringen. Fleur lehnte höflich ab. Sie fand, daß es manche Dinge gab, die eine Dame einfach nicht tat, auch nicht in einem fremden Land.

»Ich versuche immer noch, mich an die ungeheure Größe aller Dinge hier zu gewöhnen«, erklärte Fleur ihrer Freundin eines Tages, als sie mit ihren Pferden an nicht enden wollenden Getreidefeldern entlangritten. »Euer Himmel ist das größte, was ich je gesehen habe. Er wirkt fast schon nicht mehr wie ein Himmel, sondern wie ein endloser leerer Raum. Und das Land ist so riesig, daß es keinen Horizont gibt, bloß dunstige Entfernungen, über die hinaus das Auge nicht zu blicken vermag. Nun verstehe ich, was Ihr Bruder meinte, als er sagte, er fühle sich in England so eingeengt.«

Es war auch ein leeres Land. Selbst in dieser Nähe zu St. Petersburg gab es nur wenige Dörfer, und das in großem Abstand voneinander. Alle waren sie auf die gleiche Weise trübselig monoton: ein breiter, morastiger Weg zwischen zwei Zeilen identischer Holzhäuser, jedes mit einem Stall und Beeten voller Kohlköpfe dahinter.

»Nach dem Gesetz«, erklärte Rose, »steht jedem Leibeigenen, der fortläuft und zehn Jahre lang nicht wieder eingefangen wird, die Freiheit zu. Folglich werden – trotz geringer Erfolgschancen – immer wieder Fluchtversuche unternommen. Natürlich wird dabei grundsätzlich nicht bedacht, wie erbärmlich das Leben während dieser zehn Jahre der Flucht sein wird oder was in aller Welt man tun soll, wenn man frei ist.«

»Aber ist das denn nicht der Beweis dafür, daß die Freiheit Selbstzweck und allen Menschen teuer ist?« erkundigte sich Fleur zaghaft.

»Leibeigene sind keine Menschen, sie haben nichts im Kopf. Sie sind wie Vieh, das seinem vertrauten Trott nachgeht – Sie wissen schon, vom Feld zum Kuhstall und wieder zurück. Setzt man das Gatter woanders hin, dann stellt es sich dort auf, wo es früher war.«

Fleur war über diese Worte nicht wenig schockiert, vor allem deshalb, weil sie von jemandem stammten, den sie für intelligent hielt. Obgleich sie mit ihrer Gastgeberin nicht streiten wollte, fühlte sie sich doch verpflichtet zu sagen: »Aber ein Mensch, wie dumm auch immer, ist kein Tier. Es ist unsere Pflicht, ihren Verstand zu schulen, sie auszubilden . . .«

Rose lachte. »Hören Sie, ich sage Ihnen etwas. Meine Mutter, die, wie Sie wissen, Engländerin war, hatte die gleichen Gedanken. Sie entschloß sich, für die Dorfkinder von ihrem eigenen Geld eine Schule bauen zu lassen und einen Lehrer einzustellen. Zuerst weigerten sich die Leibeigenen, ihre Kinder hinzuschicken, weil sie wollten, daß diese mit ihnen auf dem Feld arbeiten. Also machte meine Mutter den Schulbesuch zur Pflicht und verringerte zum Ausgleich das Arbeitspensum auf den Feldern. Und was glauben Sie, war die Reaktion? Dank? Nein, sie brannten die Schule nieder, prügelten den Lehrer fast zu Tode und marschierten dann zu unserem Haus, um auch das noch niederzubrennen. Mein Stiefvater mußte die Armee herbeirufen, um die Ordnung wiederherzustellen.«

Fleur hörte zu, schockiert und ungläubig. »Aber warum diese Gewalttätigkeiten?«

»Weil sie gewalttätig sind – gewalttätig und beschränkt. Alles Neue kommt ihnen verdächtig vor, vor allem eine neue Idee. Ihr einziger Gedanke ist es dann, diese zu zerschlagen, zu zerstören, bevor sie etwas verändern kann. Gewalt ist das einzige, was sie verstehen. Das ist der Grund, warum man sie mit fester Hand führen und auspeitschen muß, wenn sie aus der Reihe tanzen. Serjoscha ist zu nachgiebig mit ihnen, wie schon sein Vater vor ihm. Das nutzen sie aus.«

Fleur waren diese Argumente nicht unbekannt. Sie hatte sie schon oft gehört, wenn es um den einfachen Soldaten in der britischen Armee ging. Er glich einem Tier, und so mußte er auch behandelt werden. Fast jeder war fest davon überzeugt – sogar viele der Soldaten selbst –, daß strenge Disziplin, vorausgesetzt sie war gerecht, respektiert wurde, Milde dagegen verachtet.

Doch sie wußte aus eigener Erfahrung, daß Strenge den Menschen überhaupt erst zum Tier werden ließ. Instinktiv fühlte sie, daß es eine Möglichkeit geben müsse, diesen fatalen Kreislauf zu durchbrechen. Und da die Initiative dazu nicht von den Leibeigenen ausgehen konnte, mußte sie von ihren Herren kommen. Wie man das anstellen sollte, wußte sie allerdings nicht; und sie räumte ein, daß enorme Schwierigkeiten im Weg lagen. Nicht akzeptierte sie jedoch die Ansicht, daß es unmöglich oder – wie viele Russen, denen sie begegnen war, zu glauben schienen – nicht wünschenswert sein sollte.

Das Wetter war schön, und so verbrachten sie die meiste Zeit im Freien. An den Abenden – jenen erstaunlichen »Weißen Nächten« Nordrußlands, in denen es nie ganz dunkel wurde und die abendliche Dämmerung sanft in die morgendliche überging – saßen sie in dem geschmackvollen achteckigen Salon beisammen, dessen Türen auf die Terrasse über dem Garten hinausgingen.

Im Salon befanden sich ein großes Piano und eine Harfe, die Rose spielte, und häufig wurde gemeinsam musiziert – in ganz verschiedenen Zusammensetzungen. Eine große Bibliothek war vorhanden, die hauptsächlich französische und deutsche, aber auch englische und russische Bücher enthielt. Ludmilla und Richard stürzten sich auf eine Sammlung von Schauerromanen und verschlangen sie so unkritisch wie Kinder, denen man in einer Konditorei freie Hand läßt.

Das Ergebnis war, daß Ludmilla entschied, in einem der Türme müsse es spuken. Sie und Richard machten sich häufig davon, um nach Skeletten und Geheimgängen Ausschau zu halten, und kehrten staubig, zerzaust und immer enttäuscht zurück.

Am Samstag wurde Fleur mit den Freuden des Badehauses bekannt gemacht. Es war ein Holzgebäude in einem der Höfe, an das sich ein Spritzenhaus anschloß, in dem, wie Fleur in aller Unschuld annahm, wohl das Wasser erhitzt wurde. Sie und Rose gingen das erstemal allein dorthin, denn Milotschka führte mit Richard gerade ihre Hunde aus.

»Ich zeige ihr später, wo es ist. Sie braucht ja keine Erklärungen wie Sie«, erklärte Rose.

Sie gingen hinein. Der Boden war aus Stein, und durch die Mitte des Raumes verlief eine hölzerne Abtrennung. »Die andere Seite ist für die Männer reserviert«, sagte Rose. Um einen langen Holztisch herum war im Boden eine tiefe Rinne gegraben worden. Entlang der Wand standen Schränke.

»Zunächst einmal müssen Sie sich all Ihrer Kleider entledigen und sie in einen Schrank hängen. Dann legen Sie sich auf den Tisch.«

Rose begann sich auszukleiden. Fleur zögerte, höchst verlegen, da sie sich noch nie in ihrem Erwachsenenleben vor jemand anderem nackt gezeigt hatte. Rose hielt inne und sah sie fragend an. Dann breitete sich eine tiefe Röte auf ihrem Gesicht aus.

»Ich verstehe. Seien Sie unbesorgt, ich lasse Sie allein«, sagte Rose abrupt. Es war der verletzte Ton in der Stimme, der Fleur aufmerken ließ. Nach einem überraschten Augenblick wurde ihr klar, daß Rose dachte, sie habe Angst oder es sei ihr peinlich, Roses verkrüppeltes Bein zu sehen.

Sofort streckte Fleur in einer bittenden Geste die Hand nach ihr aus. »O nein, so meinte ich es nicht – das ist es nicht! Es ist . . . es ist einfach so, daß ich mich noch nie vor jemandem ausgezogen habe.«

Nun wurden sie beide rot. »Es tut mir leid«, erwiderte Rose. »Daran hätte ich denken können. Ich sage Ihnen, was zu tun ist, und dann haben Sie das Bad für sich allein. Es ist nur so, daß das Dampfbad ein wunderbarer Ort ist, um sich zu unterhalten. Wir Russen halten uns hier gern gemeinsam auf.«

»Bitte bleiben Sie«, flehte Fleur. »Mein Benehmen ist dumm und zickig. Wie das Sprichwort schon sagt: andere Länder, andere Sitten . . .«

»Wenn Sie sich sicher sind«, meinte Rose zweifelnd. Aber Fleur bestand darauf. Nicht um die Welt hätte sie dieses freundliche Geschöpf verletzen mögen.

Als sie sich dann erst einmal daran gewöhnt hatte, machte Fleur die überraschende Entdeckung, daß Nacktheit in gewisser Weise das Vertrauen stärkte. Auf Roses Signal hin brachten Diener auf eisernen Tragen glühendheiße Steine herein und rollten sie in die Bodenrinnen. Dann schütteten sie Wasser darüber, und sofort erhob sich eine große Dampfwolke, die den ganzen Raum ausfüllte – eine Prozedur, die sich beliebig oft wiederholen ließ. Die Damen lehnten sich auf dem Tisch zurück, schwitzten und plauderten.

»Später werden wir massiert und dann abgespült, und darauf werden Sie sich sauberer und glücklicher fühlen als je zuvor in Ihrem Leben«, versprach Rose.

Die außergewöhnliche Entspannung und das dadurch erzeugte Gefühl der Intimität ermöglichten eine Unterhaltung, die andernorts schwierig gewesen wäre. Fleur fand endlich den Mut, Rose zu fragen, ob sie schon einmal verliebt gewesen sei.

»O ja«, erwiderte diese sofort. »Viele Male. Das erstemal hat es mich allerdings am schlimmsten erwischt. Ich verliebte mich in den Diener meines Stiefvaters, einen ungarischen Söldner. Er hatte die Form einer Tonne und eine schreckliche Narbe im Gesicht, aber ich betete ihn an!« Fleur lachte. »Nein, wirklich!

Er war es, der mir das Reiten beibrachte, und zwar zu einer Zeit, als niemand glaubte, daß ich je laufen könnte. Er setzte mich rittlings auf ein Kosakenpony und sagte: ›So, nun hast du sechs Beine statt zwei. Sie tragen dich, wohin du willst.‹ Dieses Pony war meine zweite große Liebe. Es war klug und freundlich und sorgte sich um mich wie ein Kindermädchen. Es hieß Mielka – das bedeutet ›Kleiner Honig‹ –, und ich habe seitdem alle meine Pferde Mielka genannt, selbst wenn der Name, wie bei meinem jetzigen Teufel, gar nicht zu ihnen paßte.«

»Aber wie steht es mit wahrer Liebe?« fragte Fleur.

»Das war wahre Liebe«, beharrte Rose.

»Jetzt seien Sie nicht boshaft, Rose! Sie wissen, was ich meine. Haben Sie sich je in einen Mann verliebt?«

»Ja, das auch«, gestand Rose nun ein. »Es gab da einen jungen Mann namens Felix, als ich achtzehn war. Er war so schön! Er tanzte wie ein Engel, wenn auch natürlich nicht mit mir. Er wollte mich heiraten, aber sein Vater erlaubte es nicht. Wissen Sie, das war zu der Zeit, als wir in Ungnade gefallen waren nach dieser Sache mit Sascha. Hat Ihnen Serjoscha davon erzählt?«

Fleur nickte. »Was geschah dann?«

»Gar nichts. Ach, Sie meinen mit Felix? Nun, er ging zur Ableistung seines Militärdienstes nach Georgien und wurde bei einem tschetschenischen Überfall getötet.«

»O Rose, das tut mir leid!«

»Das ist lange her«, versetzte Rose unbekümmert. »Seitdem gab es andere, aber keinen, den hätte ich heiraten wollen. Ich verliebe mich leicht, aber ich komme auch sehr schnell wieder darüber hinweg. Und ich mag die eigene Gesellschaft am liebsten. Mit anderen muß man sich so anstrengen, finden Sie nicht? Bei einem selbst geht alles leicht.«

»Ja, das habe ich auch oft so empfunden. Zu Hause bin ich sehr viel allein. Aber ich habe immer gedacht, es müßte doch möglich sein, den richtigen Mann zu finden – den, bei dem es dir so vorkommt, als seist du allein, wenn Sie verstehen, was ich meine. Doch vielleicht bin ich unrealistisch.«

Rose stützte sich auf einen Ellbogen und betrachtete sie ernsthaft. »Hatten Sie schon einmal das Gefühl, solch einem Mann begegnet zu sein?«

Fleur bejahte zögernd. »Nur einmal.«

»Was geschah?«

Dies war der Augenblick, Rose alles anzuvertrauen, doch sie brachte es einfach noch nicht über sich. »Ich hatte mich geirrt. Es stellte sich heraus, daß er für mich nicht dasselbe empfand.«

Rose sah sie lange an, seufzte dann und legte sich wieder hin. »Machen Sie sich nichts daraus. Sie sind noch jung, es wird andere geben. Sie sind viel zu hübsch, um sitzenzubleiben.«

❦

Derart gereinigt gingen sie am Sonntag alle zur Kirche. Das niedrige Kirchlein mit der blauglasierten Kuppel, die mit silbernen Sternen verziert war, stand an der Hauptstraße gleich gegenüber der Auffahrt nach Schwartzenturm. Dahinter befanden sich mehrere Holzgebäude, und in der Ferne konnte man den dünnen weißen Rauch wahrnehmen, der aus den Häusern des Dorfes in die leere blaue Luft aufstieg.

Als Fleur das erstemal mit den Polotskis zum Gottesdienst ging, war sie überrascht gewesen, daß es keine Stühle oder Kirchenbänke gab. Aber man hatte ihr erklärt, daß sich die Russen in Gegenwart des Königs der Könige, vor dem selbst der Zar in die Knie ginge, nicht niedersetzten. Für Fleur war dies ein weiterer Beweis für die tiefe Ehrlichkeit, mit der die Russen ihre Religion ausübten. Es machte sie traurig, sie mit der religiösen Gleichgültigkeit zu vergleichen, die man im allgemeinen in ihrer Heimat vorfand.

Sie genoß den Gottesdienst, auch wenn sie nichts von der Predigt verstand. Die Liturgie klang auf russisch sehr eindrucksvoll, und der Gesang war ausgesprochen schön, obgleich er ihr eigentümlich traurig vorkam, so traurig wie die Gesichter der byzantinischen Heiligen. Da war nichts von der mittelalterlichen Heiterkeit der alten englischen Hymnen und frühen religiösen Malereien: Russische Christlichkeit schien einen Hang zur Melancholie zu haben, der zur dunklen Rätselhaftigkeit der Kirchen und den lilafarbenen Weihrauchwolken paßte, die in der Luft hingen.

Nach dem Gottesdienst nahm Rose sie auf einen Besuch bei einigen der Familienpensionäre mit, die in den Gebäuden hinter der Kirche wohnten, und den Rest des Tages verbrachten sie in aller Ruhe zu Hause.

Am Nachmittag des darauffolgenden Tages kehrte Graf Kirow zurück.

❦

»Ah ja, hier ist eines, das ich Ihnen zeigen wollte«, sagte der Graf, als sie vor einem riesigen Gemälde haltmachten, welches den Treppenabsatz des ersten Stockes dominierte. »Das ist meine Mutter, Anna Petrowna.«

Seit einigen Tagen schon führte er sie, wenn sie nicht gerade etwas anderes vorhatten, im Haus herum. »Es würde Sie ermüden, alles auf einmal zu sehen«, hatte er ihr gesagt. Das stand im Einklang mit der Freundlichkeit und Umsicht, die er ihr gegenüber seit seiner Rückkehr zeigte. Er behandelte sie wie eine alte und geschätzte Freundin, indem er sich um ihr Wohlbefinden und ihre Unterhaltung sorgte, ihr besondere Aufmerksamkeit zuteil werden ließ und ihre Gesellschaft offensichtlich vorzog.

Es glich nicht ganz ihrer alten vertrauten Beziehung – eine Art Spannung lag zwischen ihnen in der Luft –, aber von Gleichgültigkeit war sie weit entfernt. Manchmal sah Fleur sich um und bemerkte, daß er sie mit einem Ausdruck betrachtete, den sie nicht ganz ergründen konnte, der aber ihre Phantasie nicht losließ. Sie hatte gesehen, wie Rose sie beide beobachtete, hatte Verwirrtheit und Spekulation in ihrer Miene gelesen, und einoder zweimal hatte sie gedacht, Rose stünde kurz davor, mit ihr darüber zu sprechen. Doch nichts war geschehen.

Fleur bemühte sich, Ludmillas Reaktionen zu beobachten,

nachdem sie ihr nach dem Ball im Kirow-Palais leidenschaftlich ihre Liebe zu Kirow beteuert hatte, und war beruhigt. Sie nahm zwar an, daß Ludmilla sich noch immer von Kirow angezogen fühlte, doch benahm sie sich in seiner Gegenwart mit dem größten Anstand, ja sogar ein wenig verhalten, fast so, als fürchte sie sich vor ihm. Kirow behandelte sie mit der ernsten Höflichkeit, die ein kinderloser Mann gegenüber einem einnehmenden Backfisch annimmt – von dort drohte keine Gefahr. Und es war sicher, daß Milotschka ihre Zeit häufiger und lieber mit Richard verbrachte, bei dem sie ihre Würde vergessen und herumtollen konnte. Fleur hatte den Eindruck, daß ihre Vernarrtheit, sollte sie noch bestehen, in wenigen Wochen völlig vergangen sein würde.

Sobald Milotschka und Richard an diesem Tag zu ihrem Ausritt aufgebrochen waren, hatte Kirow Fleur vorgeschlagen, die Gemälde anzusehen. »Die Sammlung ist riesig, aber nur wenige Bilder sind von tatsächlichem Wert. Wir besitzen ein oder zwei ›alte Meister‹, der Rest besteht aus Familienporträts und Pferdebildern. Unsere Pferde haben wir Kirows immer geliebt!«

Sie hatten einen Rundgang durch die Hauptgemächer im Erdgeschoß gemacht, und Fleur sah, daß er recht hatte. Der Großteil der Gemälde war bloßer Durchschnitt. Das, vor dem sie gerade standen, war ausgesprochen armselig, aber es interessierte sie, da im Hintergrund offenbar eine englische Ansicht abgebildet war: eine hügelige Landschaft, übersät mit kleinen Feldern, Waldstücken und schmucken Bauernhäusern und ganz anders als die hiesige Szenerie, so daß sie einen Augenblick Heimweh bekam.

»Es erinnert mich an Berkshire oder Wiltshire«, meinte sie. »Russisch wirkt es überhaupt nicht.«

»Es soll Hampshire darstellen, die Heimat meiner Mutter«, erwiderte Kirow lächelnd. »Doch sie war keine große Künstlerin. Sie hat den Hintergrund selbst gemalt, zur Erinnerung an ihr Zuhause, und mein Vater half ihr dabei.«

»Aha, ich verstehe«, sagte Fleur. Im Vordergrund des Bildes

sah man eine Frau in einem rostfarbenen Reitkleid, die auf einem wunderschönen Rappen saß. Das Pferd war sehr schön gemalt, wie auch das Gesicht der Frau, doch ihr Körper wirkte hölzern und unproportioniert.

»Ist es gut getroffen?« erkundigte sich Fleur. Die Frau war weder schön noch unscheinbar. Sie sah ziemlich normal aus, nur ihre Miene wirkte grimmig entschlossen, so als sei das Leben immer hart mit ihr umgegangen und als sähe sie deswegen keinen Grund dafür, warum es anderen besser ergehen sollte.

»Da bin ich, ehrlich gesagt, überfragt. Es wurde gemalt, als ich noch sehr jung war, und ich kann mich so nicht mehr an sie erinnern. Nach dem Tod meines Vaters veränderte sie sich sehr, fast über Nacht ist sie gealtert. Aber ich denke, daß vielleicht in den Augen und der Gesichtsform ein wenig von ihr steckt.«

Sie sah zu ihm auf. »Ich nehme an, Sie gehen mehr nach Ihrem Vater?«

»Ja, man sagt, ich sei ihm sehr ähnlich. Petja hat viel mehr von unserer Mutter.«

Fleur studierte das Bild erneut. »Sie muß Ihren Vater sehr geliebt haben.«

»Das stimmt. Er war alles für sie. Während des ganzen napoleonischen Einmarsches reiste sie mit ihm. Welchen Gefahren sie sich dadurch aussetzte, war ihr dabei völlig gleich, solange sie nur bei ihm sein konnte. Auch danach waren sie nie getrennt. Nach seinem Tod hatte sie keine Freude mehr am Leben. Sie lebte noch weitere zehn Jahre, und kurz bevor sie starb, erzählte sie mir, das seien die längsten und einsamsten Jahre ihres Lebens gewesen.«

Sie hörte die Kränkung aus seiner Stimme heraus und sagte deshalb rasch: »Ich bin mir sicher, daß sie Sie damit nicht verletzen wollte.«

»O doch«, erwiderte er brüsk. »Verzeihung, aber das können Sie nicht wissen. In ihrem Herzen war kein Platz für mich. Sascha war ihr Liebling, und zwar immer, obgleich er gar nicht ihr Kind war. Als er starb und dann auch noch mein Vater, hatte sie alles verloren.« Sein Lächeln mißglückte. »Glauben Sie mir, ich habe Sascha nie einen Vorwurf daraus gemacht. Ich liebte ihn ja auch. Aber ich konnte nie seinen Platz bei Mama einnehmen.«

Fleur wußte nicht, was sie sagen sollte. Keiner wußte besser als sie, wie es war, wenn einem die Liebe und Fürsorge eines Elternteiles fehlte. Aber hier war Kirow, ein Mann, dreizehn Jahre älter als sie, der es noch immer nicht verwunden hatte, daß er von seiner Mutter nicht geliebt worden war. Er war verheiratet gewesen, doch selbst das hatte die Wunde nicht geheilt. Angesichts der eigenen Gleichgültigkeit gegenüber der Vernachlässigung durch ihren Vater war ihr das unbegreiflich. Nun, vielleicht ist das bei einem Mann anders, dachte sie hilflos.

Noch einmal betrachtete sie die grimmig dreinblickende junge Frau zu Pferde, ehe sie weitergingen. Sie mußte eine außergewöhnliche Frau gewesen sein, daß sie der Trommel folgte, wie es so schön heißt, und das in Rußland und gegen eine Armee wie die Napoleons. Fleur hatte ein paar Soldatengattinnen kennengelernt. Es waren zähe, unbeugsame kleine Frauen, die lieber unglaubliche Härten auf sich nahmen, als von ihren Männern getrennt zu werden. Womöglich war das der Grund, warum Kirow bisweilen ein bißchen . . . merkwürdig war. Leicht hatte man es mit solch einer Mutter gewiß nicht gehabt.

Sie erreichten den Treppenabsatz am anderen Ende des Korridors. Fleur hielt an, um aus dem Fenster zu schauen, und bemerkte Richard und Milotschka, die ihre Pferde geholt hatten und nun quer durch den Park davonstoben.

»Da reiten sie fort«, sagte sie zärtlich. »Zu ihren Abenteuern.«

Kirow gesellte sich zu ihr und blickte ebenfalls hinaus. Milotschka ritt vorneweg und wandte sich in ihrem Sattel nach hinten, um Richard etwas zuzurufen.

»Sie scheinen sich gut zu verstehen«, bemerkte Kirow.

Seine Stimme hatte einen eigentümlichen Klang, und Fleur warf ihm einen Blick zu. Er runzelte ein wenig die Stirn und beobachtete, wie die Gestalten dort unten mit zunehmender

Entfernung kleiner wurden. Ob er wohl etwas gegen diese Ausritte hatte, fragte Fleur sich plötzlich.

»Ja«, entgegnete sie heiter, »genau wie Bruder und Schwester, finde ich immer.«

Er sah sie fragend an, dann lächelte er. »Solange ich sie nicht den ganzen Tag unterhalten muß, bin ich zufrieden. Hätten Sie Lust, sich den Schwarzen Turm anzusehen? Wir befinden uns ganz in der Nähe, und Sie waren doch noch nie dort, oder?«

»Das würde ich sehr gern«, sagte sie. »Milotschka schwärmt so davon. Wissen Sie, sie und Dick sind sich einig, daß es dort spukt! Ich bin mir sicher, die beiden glauben wirklich, daß sie dort irgendwann einmal Kettenklirren und grauenhaftes Stöhnen zu hören bekommen. Insgeheim sehnen sie sich danach, eine Nacht im Turm zu verbringen und das Gespenst auf frischer Tat zu ertappen.«

Ihr Scherz entlockte ihm kein Lächeln. »Ich glaube nicht, daß es dort spukt. Aber der Ausblick von oben ist großartig.«

Selbst im strahlenden Sonnenlicht wirkte der Schwarze Turm trostlos und düster, und in seinem Inneren schlug ihnen kalte Luft entgegen. Er enthielt nichts außer einer Wendeltreppe, die in der Turmspitze zu einer einzigen Zimmerflucht führte, von der aus man auf einer weiteren Treppe zum Dach gelangte. Die Räume waren unmöbliert, doch das Sonnenlicht strahlte durch die staubigen Fenster herein, und Fleur stimmte sogleich zu, daß nichts an der Atmosphäre spukhaft wirkte.

»Es gibt hier etwas, das ich Ihnen zeigen wollte, bevor wir aufs Dach steigen«, erklärte Kirow und führte sie zu einem Gemälde, das allein an einer Wand hing. »Das ist meine verstorbene Frau, Elisabeth Feodorowna. Wie Sie sehen, ist es etwas besser gelungen als die meisten anderen Familienporträts. Einer der besten Hofmaler von St. Petersburg wurde damit beauftragt. Es ist sehr ähnlich.«

Fleur betrachtete es mit Verwunderung und schmerzlichem Interesse. Die Frau war sehr jung, fast noch ein Kind, mit einem kleinen, kätzchenhaften Gesicht, das einen wehmütigen Ausdruck zeigte, und weichem hellbraunem Haar. Sie trug ein weißes Spitzenkleid mit den gerafften Röcken und riesigen Ärmeln der dreißiger Jahre, und ihre im Schoß liegenden Hände hielten einen Spitzenfächer und ein Sträußchen weißer Rosen.

»Es ist bezaubernd«, erklärte Fleur. »Aber sie sieht so ungemein jung aus. Wie alt war sie da?«

»Das ist ihr Hochzeitsporträt. Damals war sie fünfzehn, ich zwanzig. Im Kaukasus wird man jung verheiratet. Das Leben dort ist hart und ungewiß, und es bleibt keine Zeit zu verlieren.«

»Kaukasus?«

»Ein wildes und gebirgiges Gebiet im Süden – so wild, daß man Militär dort stationieren muß. Ich lernte Elisabeth während einer Aktion kennen, die zur Niederschlagung der Stämme unternommen wurde. Bei mir war es Liebe auf den ersten Blick. Ich heiratete sie und brachte sie heim. Wir waren nur sechs Jahre verheiratet, als sie starb.«

»Das tut mir so leid«, sagte Fleur leise. Sie betrachtete den empfindsamen Mund und die wehmütigen Augen der jungen Frau und versuchte sich Kirow mit zwanzig vorzustellen. Die Zeit der Verliebtheit, die Heirat und dann ihr Verlust: Es mußte ihn schwer getroffen haben. Sie warf ihm einen flüchtigen Blick zu und sah, daß er das Bild nachdenklich anschaute. »Vielen Dank, daß Sie es mir gezeigt haben. Der Anblick muß für Sie sehr schmerzvoll sein.«

Er schien aus seinen Gedanken zu erwachen. »Was? O nein, nicht wirklich. Es ist lange her.«

»Aber, Verzeihung, ich dachte . . .« Sie war verwirrt. »Ich dachte, nachdem Sie das Bild hierher verbannt haben . . .«

Er lächelte. »Nein, da täuschen Sie sich. Aber es sieht Ihrem gütigen Herzen ähnlich, so zu denken. Nein, ich habe es deshalb hier aufgehängt, weil Lisa immer gern hier oben war. Sie liebte diesen Turm. Für gewöhnlich verbrachte sie Stunden hier und starrte aus dem Fenster.«

»Dann liebte Ihre Frau Schwartzenturm wohl sehr?«

»Nein«, antwortete er. »Nein. Ich glaube, sie mochte es kein bißchen. Und doch verbrachten wir fast unser ganzes Eheleben hier. Das letzte Jahr, als sie krank war und ihre Kräfte schwanden, brachte ich sie auf meinen Landsitz auf der Krim, aber da war es schon zu spät. Wissen Sie, meine Mutter hat immer versucht, Lisa in unsere Familie einzugliedern. Aber wie sich zeigte, wurde sie nie ein Teil davon.«

»Warum nicht?«

Er zögerte, ehe er antwortete. »Sie schenkte mir keinen Sohn. Mutter nahm ihr das übel – sie wollte, daß sich die Linie fortsetzte. Gleichviel, Lisa hielt sich immer abseits. Sie hatte Heimweh nach ihrem eigenen Land und ihrer eigenen Familie. Sie vermißte die Berge und konnte sich an unser flaches Land hier im Norden nie gewöhnen. Ich denke, deshalb stieg sie so gern auf den Turm: Es war die einzige Möglichkeit, von oben in die Ferne zu sehen.«

Fleur wartete darauf, daß er fortfuhr. Sie fühlte, daß es da etwas gab, was er ihr noch nicht erzählt hatte. Kirow stand noch immer grübelnd vor dem Bild, dann schien er sich zu schütteln und meinte fröhlich: »Der Blick vom Dach ist sagenhaft – kommen Sie, sehen Sie selbst.«

Verwirrt folgte sie ihm die Steintreppe hinauf. Die Luft war warm, und die Sonne strahlte von einem wolkenlosen Himmel. Überall um sie herum erstreckten sich weite, saubere Getreidefelder zum Horizont hin, und hie und da waren die winzigen Figuren eines sich bückenden Bauern oder eines Ochsen zu sehen. Etwas weiter entfernt im Westen gewahrte man einen Wald, der aus der Entfernung fast schwarz wirkte.

»Der Ausblick ist wunderschön«, sagte sie.

Sie gingen zur Brüstung und standen dort Seite an Seite. Fleur legte die Hände auf den heißen Stein und blickte in die Ferne. Dabei war sie sich seiner Nahe nur zu bewußt. Hatte er sie hierhergebracht, fragte sie sich, um ihr diese intimen Geheimnisse über seine unglückliche Frau und seine gestrenge Mutter anzuvertrauen? Und wenn ja, aus welchem Grund? Sie hatte zu wenig Erfahrung mit Männern, um sich darauf einen Reim machen zu können.

»Als ich klein war«, sagte Kirow leise, »dachte ich immer, man könnte hier oben alles sehen: die ganze Welt, bis hin zum umschließenden Meer.« Fleur ließ einen fragenden Laut vernehmen. »Die Bauern glauben, daß das Land von einem ewigen Ozean umgeben ist. Mein altes Kindermädchen hatte mir davon erzählt. Nun, vielleicht haben sie recht – wer weiß das schon?«

Sie sah ihn an, um herauszufinden, ob er scherzte. Er lächelte zu ihr hinunter, ein Lächeln, fast so wie jenes, das sie einst so entzückt hatte und das ihr das Gefühl gab, daß er so leicht und bequem in ihren Gedanken Einlaß fand wie jemand, der seinen eigenen Salon betritt.

Er nahm ihre Hand von der Brüstung, hielt sie fest und streichelte sie zart mit dem Daumen. An sich war es eine ganz natürliche Geste, doch Fleur ließ sie erbeben.

»Für mich scheint es im Leben zwei Arten von Wissen zu geben«, erklärte er. »Das, was wir aus eigener Erfahrung wissen, und das, was andere uns an Wissen vermitteln. Aber von welchem sollten wir unsere Entscheidungen abhängig machen, *Tswetokscha maja*? Vielleicht würden wir weniger Fehler machen, gingen wir nur nach dem, was uns aus erster Hand bekannt ist?«

»Wir sollten überhaupt weniger Entscheidungen fällen«, sagte Fleur, die versuchte, ihm zu folgen. »Was wir aus erster Hand wissen können ist so wenig.«

»Nun, vielleicht wäre das gar nicht so schlecht«, meinte er. Er betrachtete sie lange, und obgleich das Lächeln nicht verflog, wurde es trauriger. »Ich glaube nicht, daß Lisa einen glücklichen Tag hier verlebte, nachdem ich sie hergebracht hatte. Ich tauge nicht sonderlich dazu, anderen Glück zu bringen, nicht wahr?«

»Das ist nicht wahr«, begann sie und erkannte dann, daß es unmöglich war, den Satz zu beenden, den sie hatte sagen wollen. Sie wußte nicht einmal, ob er sich hatte entschuldigen wollen. Doch seine nächsten Worte waren klarer.

»Danke, meine teure Freundin. Ich kann Ihnen nicht sagen,

wie es mich freut, daß Sie mich trotz allem noch mögen. Und das war ein Kampf, oder? Aber es lag nie in meiner Absicht, Sie zu verletzen. Ich wünschte, Sie würden mir glauben, daß ich Ihnen nie weh tun wollte.«

»Ich glaube Ihnen«, versetzte sie mühsam.

Er führte ihre Hand an die Lippen und küßte ihre Fingerspitzen. »*Tswctokscha maja.* Bezaubernde englische Rose. Wie sehr würde ich mir wünschen, daß wir unser Leben hier oben im Turm verbringen könnten – fort vom Rest der Welt, wie die alte Prinzessin –, nur wir beide. Aber leider ist das nicht möglich. Andere Überlegungen müssen berücksichtigt werden. Und andere werden immer eine Unterhaltung stören, die eigentlich privat sein sollte.«

Er legte ihre Hand zurück auf die Brüstung und ließ sie so abrupt los, als habe er mit etwas abgeschlossen. Fleur fühlte eine vage Unruhe in sich aufsteigen, daß ohne ihr Wissen etwas Endgültiges gesagt oder getan worden sei, daß eine Entscheidung über sie getroffen wurde, die sie irgendwie verpaßt hatte. Und nun war es zu spät.

Vierzehn

Peter Kirow erschien aus St. Petersburg und brachte eine Gesellschaft junger Leute mit: drei Offiziere aus seinem Regiment, einer davon ein verheirateter Oberst, dessen Frau und zwei ihrer unverheirateten Freundinnen. Sie wollten einen Monat bleiben, und im Haus herrschte sofort eine andere Atmosphäre. Fleur fand, daß das Ganze sehr einer Hausparty in einem englischen Landhaus ähnelte, nur daß es hier ungezwungener zuging. Die Gäste sprachen und lachten lauter und schienen sich bei weitem besser zu unterhalten, als es ihre englischen Landsleute je taten.

Ludmilla reagierte begeistert auf den Zuwachs an Gesellschaft. Die Anwesenheit von vier attraktiven Kavalleristen, drei davon unverheiratet, brachte das Schlimmste in ihrem Wesen zum Vorschein, und sie schmachtete, kicherte und flirtete schrecklich mit allen vieren. Fleur tat Richard leid, der sich daran gewöhnt hatte, Milotschka für sich zu haben, und sich nun harter Konkurrenz gegenübersah.

Am ersten Abend nach Ankunft der neuen Gäste kam Fleur in den Salon, bevor noch die Abendessensglocke geläutet hatte. Beim Betreten des achteckigen Raumes fand sie dort Peter allein vor, der am Piano saß und einhändig eine Melodie zusammensuchte. Er berührte die Tasten langsam, zögernd, und die Melodie verweilte traurig in der Luft. Sie beobachtete ihn eine Weile, dann schien er sie zu bemerken. Er sah auf, und ein warmes und herzliches Lächeln flog über sein Gesicht. Seine Augen strahlten, und für einen Augenblick sah er fast gut aus.

»Miss Hamilton! Da sind Sie ja!« Er stand auf und eilte durch den Raum, um ihre beiden Hände zu ergreifen und sie mit einer solchen Freude anzusehen, daß sie kurz glaubte, er könne sich vergessen und sie küssen. Gäbe es keine gesellschaftlichen Gepflogenheiten, dachte sie, würde mir das nichts ausmachen!

»Peter Nikolajewitsch«, sagte sie. »Ich freue mich sehr, Sie wiederzusehen.«

»Oh, ich mich auch, mehr, als man es in Ihrer entsetzlich kalten Sprache möglicherweise ausdrücken kann!« erwiderte er lachend. »Wie kann ich beispielsweise etwas anderes als Gleichgültigkeit zum Ausdruck bringen, wenn ich gezwungen bin, Sie mit Miss Hamilton anzureden? Wie macht ihr Engländer das bloß? Gibt es denn kein Mittelding zwischen kühler Formalität und der Vertraulichkeit von Blutsverwandten?«

»Ich fürchte, nein«, versetzte Fleur, »obgleich ich annehme, daß Sie es einmal mit ›Fleur Ranulphowna‹ versuchen könnten.«

»Das werde ich gewiß nicht! Wie gefällt Ihnen übrigens Schwartzenturm? Sicher haben Sie sich rasend gelangweilt!«

»Natürlich nicht. Wenn man Ihre Schwester und Ihren Bruder hat, um sich zu unterhalten, wie sollte man da nicht zufrieden sein?«

Ein Schatten glitt über sein Gesicht. Dann meinte er mit erzwungener Fröhlichkeit: »Rose, das gebe ich gerne zu, ist eine ausgezeichnete Gesellschafterin, wenn sie sich darum bemüht. Doch mein Stockfisch von Bruder muß eine arge Heimsuchung für Sie gewesen sein. Machen Sie sich nichts daraus, nun bin ich da, und Sie können Ihre Pflicht ihm gegenüber als erledigt betrachten. Hiermit erteile ich Ihnen die Erlaubnis, ihn zu vergessen und sich zu amüsieren.«

Sie war sich nicht sicher, ob sie das irgendwie beantworten sollte, doch ersparte er ihr die Mühe, da er unverzüglich fortfuhr: »Und wie sind Sie mit der bezaubernden Ludmilla Iwanowna zu Rande gekommen? Ich bin bis oben voll mit irgendwelchen Botschaften ihrer Eltern, werde sie aber nicht ausrichten, da sie sich ausnahmslos darum drehen, daß Ludmilla sich benehmen soll, was ihr gewiß allen Spaß verderben würde!«

»Wie Sie bei Ihrer Ankunft ja selbst gesehen haben, ist sie in Hochstimmung. Aber haben Sie tatsächlich die Polotskis besucht? Wie nett von Ihnen!«

»Ja, nicht wahr? Ich schaute zweimal vorbei, immerhin zweimal mehr, als ich es in dieser Zeit bei meinen Verwandten tat. Aber ich mag die Polotskis – es sind gute, zuverlässige Leute. Man weiß immer, woran man bei ihnen ist. Ihre Wünsche und Ambitionen sind eindeutig und werden offen ausgesprochen.« Seine Stimme hatte eine Schärfe angenommen, die sie veranlaßte, ihn fragend anzuschauen. »Sie erklärten mir beispielsweise, und zwar ohne Umschweife, daß ich nicht der geeignete Mann für ihre Tochter sei. Wie Sie ja wohl wissen, wird sie einmal ganz ansehnlich erben, und obgleich ich aus einer guten Familie stamme, bin ich doch nur der jüngere Sohn.«

Fleur betrachtete ihn bestürzt. »Oh, gewiß haben die Polotskis Ihnen das nicht so schonungslos gesagt! Sie scherzen, nicht wahr?«

Er lächelte. »Durchaus nicht. Aber ich rechne es ihnen hoch an. Ich finde immer, es ist besser, man weiß, woran man ist.«

Fleur suchte nach einem Trost. »Ich glaube, Sie hätten ohnehin nicht zusammengepaßt.«

Er lachte und drückte ihre Hände. »Oh, Sie sind so bezaubernd, wenn Sie solche Dinge sagen! Ich versichere Ihnen, es war mir nicht ernst mit Ludmilla, und mein Herz ist nicht gebrochen. Es wurde im Verlauf meiner verwerflichen Laufbahn bereits derart oft durchgeknetet, daß es inzwischen die Beschaffenheit von Gummi hat. Nun aber mal im Ernst, wir müssen uns entscheiden, wie ich Sie nennen soll. Ich nehme an, ›Fleur‹ ohne das ›Ranulphowna‹ würden Sie nicht erlauben?«

Sie war ein bißchen verlegen, doch da sie die letzten fünf Minuten seine Hände gehalten hatte, fand sie, es wäre reichlich spät, sich zu zieren. »Als die enge Freundin Ihrer Schwester denke ich, es ist erlaubt.«

»Bravo! Dann bleibt es bei ›Fleur‹.« Er führte ihre Hand an

seine Lippen und küßte sie. »Bestes aller Geschöpfe, mögen Sie gedeihen! *Floreat Flora!*«

In diesem Augenblick wurden sie durch das Eintreten Graf Kirows unterbrochen. Bei ihrem Anblick blieb er unvermittelt stehen, und sein Gesicht nahm einen mißbilligenden, fast schon finsteren Ausdruck an. Fleur spürte, wie sie sofort aufs unangenehmste errötete. Peter, der unauffällig ihre Hände losließ, sah seinen Bruder trotzig an. Feindseligkeit lag in der Luft, die Fleur zwar fühlen, sich aber nicht erklären konnte.

»Ah, mein erlauchter großer Bruder!« grüßte Peter mit einer spöttischen Verbeugung.

»Ah, mein nichtswürdiger kleiner Bruder«, gab Kirow zurück. »Was mag dich vor dem Ertönen der Glocke in voller Garderobe aus deinem Zimmer gelockt haben? Wolltest du vielleicht einmal sehen, ob du außer deinem Diener jemanden findest, den du ärgern kannst?«

»Ich könnte bemerken, daß du bekanntermaßen den Salon nicht aufsuchst, wenn noch zehn Minuten zur vollen Stunde fehlen. Offensichtlich hat Miss Hamiltons englischer Sinn für Pünktlichkeit auf dich abgefärbt.«

»Miss Hamilton? Noch vor einem Augenblick warst du nicht so förmlich«, versetzte Kirow scharf. Wie eine Zuschauerin bei einem Tennisspiel sah Fleur verwirrt von einem zum anderen und fühlte sich äußerst unwohl in ihrer Haut.

»Ich war mir nicht sicher, ob sie dir schon die Erlaubnis erteilt hat, ihren Vornamen zu benutzen«, erklärte Peter sanft. »Aber vielleicht hältst du es für unnötig zu fragen.«

»Die Frage hat sich eigentlich noch nicht gestellt«, mischte Fleur sich nun rasch ein. »Sie wissen, wie selten man den Vornamen einer Person benutzt, wenn diese anwesend ist.«

»Selten, ja – und Takt wie der Ihre ist ebenfalls selten, Ma'am«, sagte Peter.

»So selten wie eine sibirische Orchidee, könnte man sagen. Haben Sie in letzter Zeit etwas von Ihrem Vater gehört, Miss Hamilton?« erkundigte sich Kirow.

Es war eine deutliche Warnung an Peter, das Thema zu wechseln. Fleur war dankbar dafür, wußte aber nicht, was sie antworten sollte. Kirow war nämlich bereits bekannt, daß sie keinen Brief erhalten hatte.

»Papa schreibt nur, wenn er etwas braucht«, erwiderte sie ein wenig verdutzt.

»Wie du, Serjoscha«, sagte Peter schnell. »Und bekommt Ihr Vater auch immer, was er will, Miss Hamilton? Mein Bruder schon – oder zumindest war das bisher so.«

»Was meinst du, Petja – Miss Hamilton ist auf Kudlatka geritten und hat ihn sehr gut zu nehmen gewußt. Sogar besser als Rose.« Eine zweite Warnung, und diesmal beherzigte sie Peter.

»Ein prachtvolles Pferd, nicht wahr? Voller Feuer und doch so sanft wie eine Taube. Bisweilen denke ich, die Mamelucken sind sogar noch besser als unsere Karabachpferde, besonders was die Intelligenz betrifft.«

»Ich bin noch nie auf einem Karabachpferd geritten – zumindest nehme ich das an«, erwiderte Fleur. »Ich glaube nicht, daß wir sie in England haben. Araber allerdings schon. Meinen Sie die mit Mamelucken?«

Zunächst noch ein wenig gezwungen, unterhielten sie sich schließlich immer angeregter über Pferde, bis die Glocke ertönte und der Rest der Gesellschaft herunterkam und sie voneinander befreite. Peter wandte sich an Ludmilla – vielleicht um ihr doch noch die elterlichen Botschaften zu übermitteln – und Kirow, nach einem letzten ernsten Blick und einer Verbeugung vor Fleur, an die zwei unverheirateten Frauen.

Fleur plauderte mit dem Oberst und seiner Frau, aber in Gedanken war sie woanders.

Was war wohl die Ursache für die Feindseligkeit zwischen den Brüdern? So einiges, was gesagt worden war, ließ es nicht ausgeschlossen erscheinen, daß in diesem Fall sie selbst der Grund war. Doch machte das in gewisser Weise keinen Sinn. Kirow hatte ihr in England unmißverständlich klargemacht, daß er nichts von ihr wollte, und obgleich sein Verhalten ihr gegenüber in jüngster Zeit Zuneigung nahegelegt hatte, wenn nicht bisweilen sogar mehr, schienen von seiner Seite keine ernsten

Absichten zu bestehen. Was Peter anbetraf, so hatte sie ihm nie Hoffnungen gemacht, daß sie je mehr als Freunde sein könnten.

Schließlich wurden die Doppeltüren geöffnet, und Rose führte sie ins Eßzimmer. Man nahm Platz. Für einen Moment betrachtete Fleur diese glitzernde Gesellschaft mit den Augen einer Außenseiterin: bloße Schultern und glänzende Locken, tiefe Dekolletés und funkelnde Juwelen, schneeweißes Leinen und bestickte Westen mit Orden und Ehrennadeln – selbstsichere Adelige, von denen wahrscheinlich jeder Grove Park zehnmal hätte kaufen können, und zwar in bar, ihre Aussteuer mit inbegriffen. Selbst ihr Bruder am anderen Tischende, der Erbe eines Titels und eines für englische Verhältnisse ordentlichen Vermögens, war hier ein Niemand.

Dann merkte sie, daß Kirows Augen auf ihr ruhten. Sie wandte den Kopf, nahm sein Lächeln entgegen und war wieder Teil des Ganzen. Sie war sein Ehrengast, das allein zählte.

Es war ein elegantes Diner. Jedes Gericht wurde nach russischer Art separat gereicht und gegessen, was Fleur für wesentlich zivilisierter hielt als die englische Art des Speisens. Es begann mit Borschtsch, einer Suppe mit eingerührtem Sauerrahm und Fleischklößchen. Dann folgten gebratener Fisch mit Scheiben eingemachter Limonen; gekochtes Geflügel in Mehlsoße mit Kapern und Trüffeln; eine Art gebratener Wildvogel, serviert mit Heidelbeersoße und Salzgurkenscheiben. Zum Abschluß gab es Desserts: süße Kuchen, einen glasierten Früchtepudding und eine steife, cremige Masse, *Joghurt* genannt, die Fleur bislang noch nicht kennengelernt hatte, die ihr aber besser schmeckte als die englischen Cremespeisen.

Ein Dutzend Weine machte die Runde, zumeist aus Frankreich oder der Rheingegend, aber auch einige russische aus Liwadija und Massandra sowie Sherry und Port, die man als »englische Weine« bezeichnete. Die Erwähnung dieser Tatsache brachte die Unterhaltung darauf, wie England durch seine Seemacht zu seinen Weinen kam.

Dann rief Peter plötzlich seinem Bruder zu: »Da wir schon von der Marine sprechen, was in aller Welt geht in den Dardanellen vor, Serjoscha? Für politische Fragen bist du zuständig.«

»Da geht überhaupt nichts vor«, erklärte Kirow rasch. »Viel Lärm um nichts.«

»Aber wird es Krieg geben?« erkundigte sich eine der Damen. »Ich werde aus den Worten meines Vaters darüber einfach nicht klug. Sie stehen dem Zaren nahe, Sergej Nikolajewitsch – können Sie nichts darüber sagen?«

»Krieg?« rief Fleur aus. »Mit wem?«

»Na, mit England natürlich!« erwiderte dieselbe Dame und warf ihr einen erstaunten Blick zu. »Ihr Land hat eine Kriegsflotte in die Meeresstraße entsandt, wußten Sie das nicht?«

»Ja, und Frankreich ebenfalls«, ließ sich ein weiterer Gast vernehmen. »Die müssen etwas vorhaben. Schließlich schickt man nicht grundlos Schiffe um die ganze Welt, oder?«

Alle ließen nun lautstark ihre Meinung hören, und Kirow versuchte, sie zu übertönen. »Es wird keinen Krieg geben, das versichere ich Ihnen. Es besteht lediglich ein kleiner Interessenskonflikt zwischen Rußland und der Türkei, den die beiden Länder schon aus der Welt schaffen werden.«

»Meinst du diese Geschichte mit den heiligen Stätten und dem Schutz orthodoxer Interessen in Jerusalem?« fragte Peter. »Aber ich dachte, das hätte man bereits geregelt. Hatte der Sultan nicht zugestimmt, orthodoxen Christen die gleichen Rechte einzuräumen wie den Katholiken?«

Kirow legte die Hände flach auf den Tisch. »Ein bißchen komplexer ist die Sache schon, Petja. Der Zar will, daß der Sultan ihm sein altes Recht garantiert, nach dem er alle orthodoxen Untertanen der Türkei repräsentiert und schützt, und der Sultan ziert sich noch, das Dokument zu unterzeichnen.«

»Aber was machen bloß die englischen und französischen Flotten dort?« wollte Richard wissen. »Zweifellos hat das Ganze doch nichts mit uns zu tun!«

Kirow wandte sich unter leichtem Widerstreben an ihn. »Ich fürchte, Ihre Regierung hat es sich in den Kopf gesetzt, daß der

Zar sich türkische Territorien einverleiben möchte, sobald der unvermeidliche Verfall des Osmanischen Reiches erfolgt ist. Doch ich versichere Ihnen, daß nichts weniger der Wahrheit entsprechen könnte. Der Zar möchte lediglich sein Recht behaupten, die orthodoxen Christen zu verteidigen. Zudem will er die Unabhängigkeit der Donaufürstentümer schützen und sicherstellen, daß Konstantinopel ein freier Hafen bleibt. Sobald England und Frankreich das eingesehen haben, werden sie ihre Flotten zurückziehen.« Er lächelte in die Runde. »Man könnte es ein diplomatisches Mißverständnis nennen – unglücklich, ja, aber nicht ernst. Ganz bestimmt: Es wird zu keinem Krieg kommen. Niemand will Krieg.«

Seinen Worten folgte eine kurze Stille, und dann erhob sich Rose und sagte: »Ich denke, den Kaffee trinken wir im Salon. Kommen Sie doch bitte!«

Stühle wurden zurückgeschoben, und die Gesellschaft erhob sich wie ein aufgescheuchter Vogelschwarm. Die allgemeine Unterhaltung begann erneut. Sobald jedermann einen Platz gefunden hatte, bat Kirow Ludmilla, ihnen etwas vorzusingen. Unbefangen wie sie war, willigte sie ein, und Richard erbot sich eilends, sie zu begleiten.

Als die beiden ihre Plätze am Pianoforte eingenommen hatten, stellte sich Kirow unweit von ihnen an die offenen Glastüren, seine Tasse in der Hand, und heftete seine Augen auf Ludmillas Gesicht. Augenscheinlich war sie sich seines forschenden Blickes bewußt, denn sie sang mit mehr Ausdruck als sonst und vollführte herzzerreißende Gesten, als sie zu der traurigen Passage kam.

Fleur hatte gehofft, Kirow würde kommen und sich zu ihr setzen, wie er es abends gewöhnlich tat. Von unsinniger Eifersucht übermannt, erhob sie sich und ging auf die Terrasse. Während sie dort stand und in den Garten hinunterstarrte, versuchte sie Herr ihrer Gefühle zu werden.

»Bricht dieses melancholische Lied Ihnen das Herz?« erkundigte sich eine vertraute Stimme neben ihr. »Oder rührt Ihr trauriger Gesichtsausdruck von einer Magenverstimmung her?«

Sie wandte sich um und lächelte, um ihm zu zeigen, daß sie nicht traurig war.

»Wie könnte sich ein so köstliches Essen auf den Magen schlagen? Mir tut es nur leid, daß ich mich irgendwann wieder an das englische Essen gewöhnen muß. Oh, ich werde die russische Küche vermissen, das verspreche ich Ihnen!«

»Dann gehen Sie eben nicht fort«, meinte Peter. »Bleiben Sie hier.«

»Seien Sie nicht dumm, wie könnte ich?« erwiderte sie lachend und dachte, er rede ohnehin nur so dahin. »Was in aller Welt würde ich hier machen?«

»Das gleiche, was Sie in England machen würden – heiraten!« Er sah sie durchdringend an. »Wissen Sie, nicht alle Männer sind wie mein Bruder.«

Sie schwieg bestürzt. Er sah von ihr fort und meinte leise: »Was für eine furchtbare kleine Angeberin Ludmilla doch ist!«

»Ich dachte, Sie wollten sie heiraten«, entgegnete Fleur verwirrt.

»Deshalb muß ich sie doch nicht mögen, oder?«

Sie runzelte die Stirn. »Seien Sie nicht so unausstehlich.«

»Das kann ich nun einmal am besten«, erklärte er leichthin und sah sie forschend an. »Die Stärke meines Bruders ist es dagegen, Herzen zu brechen.«

»Was hat das mit mir zu tun? Glauben Sie etwa, meines sei gebrochen?«

»Oh, diese frostige Schärfe! Und ich dachte, dies sei ein lauer Abend! Nein, liebe Fleur, nicht gebrochen. Ich hoffe, nur ein wenig verletzt. Doch ich kenne meinen Bruder sehr gut, und ich weiß, daß er Ihnen in London den Hof gemacht hat. Den Rest kann man sich leicht zusammenreimen.«

»Wer hat Ihnen das . . .?« begann sie mit erwachendem Zorn.

Er hob die Hände. »Nicht beißen! Ich meine es nicht böse. Aber denken Sie daran: Ihr Bruder und ich waren Zechkumpanen. Im Kasino wird man nach der zweiten Flasche vertrauensselig.«

»Mein Bruder?« rief sie wütend.

»Sie haben mir das Wort aus dem Mund genommen. Brüder! Wer mag sie schon? Ich habe meinen in den Salons des ganzen Landes in Aktion gesehen. Seine Technik ist wirklich superb! Aber Sie dürfen nicht zu streng mit ihm ins Gericht gehen – er kann einfach nicht anders, wissen Sie.«

Fleur biß sich auf die Lippen und kämpfte innerlich gegen die verschiedensten Gefühle an. Aber es fiel schwer, auf Peter wütend zu sein, und noch schwerer, wenn er anscheinend kurz davorstand, ihr etwas zu erzählen, was sie schon lange wissen wollte.

»Ich nehme an, Sie meinen, weil er seine Frau auf so tragische Weise verloren hat?« fragte sie schließlich. Das sollte so neutral wie möglich klingen.

Peter zuckte mit den Schultern. »Davon weiß ich nichts. Er war bereits lang vor seiner Eheschließung verdorben. Er kam schon mit einem Groll auf die Welt, wenn Sie die Wahrheit wissen wollen! Nichts war ihm je gut genug. Er mußte immer an erster Stelle stehen, am meisten geliebt und von allen umschmeichelt werden.«

»Oh, jetzt übertreiben Sie aber!« erklärte Fleur, der nicht recht wohl war. Es war schwierig, aus seinem spöttischen Ton herauszuhören, wie ernst er das alles meinte.

Er schüttelte den Kopf. »Es gibt da etwas, das nur mir bekannt ist, ihm nicht. Mamotschka erzählte es mir einmal. Vor seiner Geburt – als er sich noch in ihrem Bauch befand, meine ich – ritt meine Mutter einmal der französischen Armee hinterher, und zwar über krisengeschütteltes Land und im tiefsten Winter, weil sie versuchen wollte, meine Halbschwester wiederzufinden. Nicht Rose, eine andere, das Kind meines Vaters aus erster Ehe. Sie war von einem französischen Offizier entführt worden.«

Fleur wußte nicht, worauf er hinauswollte. »Hat sie sie gerettet?«

Er wirkte aus dem Konzept gebracht. »Was? O nein. Meine Halbschwester wollte den Franzosen gar nicht verlassen. Aber darum geht es nicht. Der springende Punkt ist, daß Mamotschka das Leben ihres Babys riskierte – Serjoschas Leben – für das Kind einer anderen, das mit ihr überhaupt nicht verwandt war. Mutter schwor, daß sie ihm nie davon erzählt habe, aber ich glaube, er hat über ihr Blut das Wissen davon irgendwie aufgenommen, und so wußte er Bescheid. Mit ihrer Milch hat er Groll eingesaugt. Er hat ihr nie verziehen, daß sie ihn nicht am meisten liebte, und danach haftete sämtlichen Frauen das Vergehen seiner Mutter an.«

Fleur starrte ihn an. Einen Augenblick kämpfte sie mit dieser Vorstellung und empfand es als unmöglich, sie zu akzeptieren. Konnte er das wirklich glauben? Sie vermochte es nicht zu sagen. Peters Gesicht war nun vollkommen ernst, zu spaßen schien er wirklich nicht. Im Geiste hörte sie Kirows Stimme, wenn er von seiner Mutter sprach.

»Er ist kein warmherziger Mensch«, sagte Peter. Fleur schüttelte protestierend den Kopf, und darum fügte er hinzu: »Verstehen Sie mich nicht falsch. Ich liebe ihn. Aber es steckt keinerlei Herzensgüte in ihm – darüber sollten Sie sich im klaren sein.«

Doch das wußte sie besser. Sie hatte sowohl Wärme als auch Freundlichkeit bei ihm kennengelernt – und Schmerz. Sie betrachtete Peter nachdenklich und schüttelte dann den Kopf. Eifersucht – das mußte es sein. »Sie haben unrecht. Ich glaube es nicht.«

Sie drehte sich um und schaute durch die Terrassentüren zu Kirow, der nun am Piano lehnte, die Augen fest auf Ludmilla gerichtet und einen Ausdruck freundlicher, fast väterlicher Belustigung im Gesicht. »Sehen Sie sich doch beispielsweise an, wie er mit Milotschka umgeht. Wäre er ein kalter, herzloser Mann, dann würde er doch an einem Kind wie ihr nicht ein solches Interesse bekunden, oder?«

Peter sah auf seinen Bruder und lachte dann – ein tiefes Lachen, kein fröhliches. »O Fleur, Sie Dummkopf! Mein Bruder bekundet Interesse an Ludmilla Iwanowna, weil er sie zu heiraten gedenkt; und eben jetzt beobachtet er sie und Ihren Bruder, um zu sehen, ob zwischen den beiden etwas läuft und er einschreiten muß. Schauen Sie nicht so ungläubig drein! Glauben Sie mir, ich weiß, wovon ich rede.«

Petjas Eifersucht, dachte sie, kennt offenbar keine Grenzen. Sie blickte ihm noch einmal in die Augen, dann verließ sie ihn wortlos und ging zurück in den Salon.

❦

Den restlichen Abend über war Fleur wie betäubt und hatte Schwierigkeiten, der Unterhaltung um sie herum zu folgen. Es war eine Sache, Peters Worte als das Produkt einer geschwisterlichen Rivalität abzutun, doch eine ganz andere, mit der Pein fertig zu werden, die sie verursacht hatten. Ihr kam es vor, als hätte sie vergiftete Luft eingeatmet.

Sie beherrschte sich eisern, bis sie sicher im Bett lag und Kati gegangen war. Dann aber brach sie zu ihrer eigenen Überraschung in Tränen aus. Es glich einem gewaltigen Sturm und war bald vorüber. Aber ihre Augen waren verschwollen, und sie atmete noch immer schwer, als sie ein bekanntes Geräusch an der Zimmertür vernahm und Milotschkas Stimme flüstern hörte: »Fleuruschka, bist du wach?«

Einer Entdeckung konnte sie nun nicht mehr entgehen. Milotschka näherte sich mit einem Lächeln, das sich bei ihrem Anblick in Bestürzung verwandelte. »Aber du weinst ja! Oh, was ist denn los? Sag's mir! Was hast du?«

»Es ist nichts«, erwiderte Fleur und setzte dann verzweifelt hinzu: »Ich mache mir Sorgen um meinen Vater, das ist alles.«

Milotschka kletterte auf das Bett und umarmte sie ungeschickt. Dann strich sie Fleur in unschuldiger und rührender Zuneigung übers Haar. »O Fleur, armer Liebling! Weine nicht länger, ich bin sicher, ihm geht's gut. Warum sollte es nicht so sein? Wenn ihm etwas zugestoßen wäre, hätten wir es bestimmt gehört. Ich schätze, du hast Heimweh, stimmt's? Dein Gesicht ist ganz verquollen! Oh, wie gemein von mir, so glücklich zu sein, wenn es dir so schlecht geht!«

Fleur faßte sich wieder. »Unsinn, sei nicht dumm«, erklärte

sie betont munter. »Wieso solltest du nicht glücklich sein? Ich habe mich töricht aufgeführt – aber nun ist alles wieder in Ordnung. Worüber wolltest du dich unterhalten?«

Milotschka machte ein verschmitztes Gesicht. »Kann ich dir ein Geheimnis anvertrauen?«

»Wenn es sein muß.«

Milotschka bemerkte Fleurs geringe Begeisterung gar nicht. »Du weißt doch, daß ich dir sagte, ich sei dem Mann begegnet, den ich heiraten möchte. Und, was hältst du nun davon? Ist dir aufgefallen, wie er mich am Piano beobachtet hat? Natürlich kann er nichts unternehmen, bis Papa eintrifft. Oh, ich wünschte, wir hätten schon nächste Woche! Ich halte das Warten nicht mehr aus! Allein die Vorstellung, verlobt zu sein – und ich werde Gräfin! Papa wird begeistert sein!«

Fleur war sich da nicht so sicher, aber sie wollte Ludmilla nicht vor den Kopf stoßen. Also meinte sie nur: »Magst du ihn denn auch wirklich, Liebes? Ich habe dich die letzte Zeit über beobachtet, und es schien mir so, als fühltest du dich in seiner Gegenwart befangen.«

Milotschka runzelte die Stirn, öffnete den Mund und schloß ihn wieder. Dann sagte sie: »Nun, manchmal ist er ein bißchen . . . merkwürdig, nicht? Fast furchteinflößend – wie einer dieser aus Granit gehauenen Götter, weißt du. Oh, aber so romantisch, gutaussehend und hinreißend!« Ihr Gesicht erhellte sich wieder. »Ich war mir nicht sicher, ob er mich wirklich mag, weil ihm das mit Richard nichts auszumachen schien, aber als ich mit Zabowski, Pilow und Peter Nikolajewitsch flirtete, da klappte es! Er war so eifersüchtig, den ganzen Abend beobachtete er mich wie ein Habicht!«

»Ja, ich sah, wie er dich beobachtete«, meinte Fleur in zweifelndem Ton.

»Na, schau nur weiter zu, und du wirst schon sehen, wie ich mit ihm fertig werde! Man muß einen Mann eifersüchtig machen, um ihn dahin zu bringen, wo man ihn haben möchte – das ist, wie wenn man einem Pferd die Sporen gibt, weißt du!«

»Ja, Liebes, mag sein, ich frage mich bloß . . .«

»Mach dir keine Sorgen, ich kriege das schon hin! O Fleur, ich bin ja so glücklich! Du freust dich auch für mich, ja? Ich liebe dich nämlich, und ich möchte, daß du immer, immer meine Freundin bleibst! Sag, daß es so ist, Fleur, bitte!«

»Natürlich bleibe ich immer deine Freundin«, entgegnete Fleur, allerdings mit Bestürzung im Herzen über das, was in ihren Augen zwangsläufig zu einer Enttäuschung führen würde.

In den nächsten Tagen wurde Milotschkas Kampagne weitergeführt, was einige belustigte, andere in Verlegenheit stürzte. Fleur konnte an Kirows Verhalten nichts Verliebtes finden. Er behandelte Milotschka mit ernster Höflichkeit, aber Fleur erwischte ihn bisweilen dabei, wie er sie mit leiser Belustigung beobachtete, als sähe er einem jungen Hund beim Spielen zu.

Peter sprach nicht mehr über den angeblichen Plan seines Bruders, wie er auch überhaupt nicht mehr auf ihre Unterhaltung auf der Terrasse zurückkam. Fleur gegenüber benahm er sich wie immer, flirtete ein wenig mit den anderen Frauen, spielte Rose gegenüber den freundlichen und Milotschka gegenüber den belustigten älteren Bruder.

Kirow verhielt sich Fleur gegenüber liebenswürdiger denn je, obgleich ihm dazu nun weniger Zeit zur Verfügung stand, da er sich gleichermaßen um die anderen Gäste kümmern mußte. Trotzdem kam es Fleur so vor, als hätte sie bei ihm eine Sonderstellung. Mit den anderen Frauen schien er sich nur aus Pflichtgefühl abzugeben, mit ihr dagegen, weil es ihm Spaß machte. Je länger sie bei ihm war, um so näher fühlte sie sich ihm und – das mußte sie widerwillig zugeben – um so mehr liebte sie ihn. Sie fürchtete sich vor dem Herbst und ihrer Rückkehr nach England.

Peters Bemerkungen über seinen Bruder hatte sie gänzlich als das Produkt leidenschaftlicher Eifersucht abgetan. Sie erlaubte sich ihm gegenüber ein etwas reserviertes Verhalten, um ihn spüren zu lassen, wie sehr ihr sein Ausbruch mißfallen hatte, und aus seiner gedämpften Reaktion ersah sie, daß er es sich zu Herzen nahm. Zuweilen wandte sie sich um und bemerkte, daß er sie nachdenklich betrachtete, obgleich er den Blick immer sofort abwandte.

Dennoch erwies sich die ganze Situation als eine nervliche Strapaze. In den Nächten schlief sie unruhig und wurde von langen, komplizierten Träumen gequält, in denen sie sich mit undefinierbaren Problemen herumschlug. Eines Morgens erwachte sie frühzeitig und unausgeruht. Sie hatte Kopfschmerzen und ein Gefühl der Beklemmung, das sie nicht abzuschütteln vermochte. Es würde noch Stunden dauern, bis Kati ihr den tröstlichen Tee brachte, und da man nicht klingeln konnte, stand sie auf, kleidete sich an und ging nach unten. Dort fand sie Rose allein vor dem Samowar.

»Sie sind aber früh dran«, bemerkte ihre Gastgeberin ruhig. »Der Tee ist gerade fertig – möchten Sie einen?«

Rose war ordentlich, aber nicht in ihrem üblichen Stil gekleidet, und das Haar war zu einem schlichten Knoten frisiert. Fleur fragte sich, ob der einzige Grund dafür die frühe Stunde sei, als sie sah, wie abgespannt ihr Gegenüber wirkte. Rose begegnete ihrem Blick und lächelte matt.

»Ich habe letzte Nacht nicht gut geschlafen. Also entschloß ich mich gegen fünf Uhr, den Versuch aufzugeben. Es ist einer meiner schlechten Tage. Oft kommen sie jetzt nicht mehr vor, aber wenn . . .« Sie zuckte mit den Achseln.

»Haben Sie Schmerzen?« fragte Fleur besorgt.

»Ja, aber machen Sie sich deswegen keine Gedanken. Das einzige, was man tun kann, ist, sie zu ignorieren. Ich halte das so, und Sie sollten es auch.«

Sie goß Tee ein und reichte Fleur eine Tasse. »Konnten Sie auch nicht schlafen? Bedrückt Sie etwas?«

Für Fleur schien die Zeit gekommen, sich Rose anzuvertrauen, doch war ihr nicht klar, wie sie das anstellen sollte, zumal Rose an Schmerzen litt. Als ob sie ihr Problem ahnen würde, meinte Rose: »Schonen Sie mich nicht, wenn ich behilflich sein kann. Ich bin froh über jede Ablenkung, die sich mir bietet.«

»Danke«, sagte Fleur. »Ich hätte gern gewußt . . .« Sie hielt inne, da sie keinen Anfang finden konnte.

Rose sah sie prüfend an. »Haben meine Brüder Ihnen Ärger bereitet? Ich weiß, daß Ihnen die Spannung zwischen den beiden nicht verborgen geblieben ist. Und ich sah, daß Petja Sie gestern abend beobachtete, als sei er eine Katze vor dem Mauseloch. Was hat er Ihnen gesagt?«

Fleur spürte, wie sie errötete. Automatisch beteuerte sie: »O nein, Petja hat nichts . . .«

Roses Miene wurde ernst. »Aha. Dann ist es also Sergej?«

Sie sah ihren Gast weiter forschend an. Fleur, die um Fassung rang, senkte den Blick und biß sich auf die Lippen. So schwer hatte sie es sich nicht vorgestellt, jemandem etwas anzuvertrauen, das man schon so lange Zeit mit sich herum trug.

»O Fleur«, sagte Rose schließlich voller Mitleid, »Sie haben sich doch nicht etwa in Sergej verliebt?«

Fleur zögerte noch einen Augenblick, dann nickte sie, und mit dem Nicken kamen die Tränen. Rose erhob sich unter Schwierigkeiten, setzte sich neben Fleur und legte einen Arm um sie. Fleur ließ es zu, daß Rose ihren Kopf auf ihre Schulter zog, und während einiger Minuten weinten beide.

»Also«, sagte Rose dann, »Sie erzählen mir am besten einmal alles. Offenbar begann das Ganze, als er in England war, stimmt's?«

Und Fleur begann zu erzählen. Rose saß ruhig da, spielte mit ihrem feuchten Taschentuch und sah Fleur unverwandt an, während sich die seit zwei Jahren angestauten Gefühle in einem Wortschwall entluden.

Als Fleur geendet hatte, blickte sie Rose hoffnungsvoll an, als erwarte sie, daß diese etwas sagen könne, was alles wieder in Ordnung bringen würde.

»Meine Liebe, mir tut das alles so leid«, sagte Rose nach einer Weile. »Ich habe mich schon früher gefragt, ob da nicht etwas im Gange ist. Mir ist aufgefallen, wie er Sie bisweilen ansieht, und manchmal wollte ich Sie schon warnen. Aber Sie schienen in seiner Gesellschaft so ruhig und glücklich zu sein, gar nicht so, als befänden Sie sich in Gefahr. Und, wenn ich offen sein darf: Er benimmt sich Ihnen gegenüber nicht ganz so wie üblicherweise – also, so wie er es mit Frauen tut, die er für sich einnehmen möchte. Eigentlich«, setzte sie nachdenklich hinzu, »habe ich ein solches Verhalten, wie er es Ihnen gegenüber an den Tag legt, überhaupt noch nicht an ihm erlebt.«

Fleur kämpfte mit einer schmerzlichen Hoffnung. »Glauben Sie . . . könnte es sein, daß er . . .?«

Das war eine Frage, die Rose nicht beantworten konnte oder wollte. »Woher soll ich das wissen?« antwortete sie kurz. Dann runzelte sie gedankenvoll die Stirn. »Ich denke, Ihre Deutung seines Benehmens in London stimmt. Er erlaubte sich seine übliche Zügellosigkeit und versuchte dann, als er erkannte, daß er Hoffnungen geweckt hatte, das Ganze wiedergutzumachen und Ihren Ruf zu retten. Das war hart, ich weiß, aber immerhin netter als das, was er sich gegenüber Frauen aus unseren eigenen Kreisen geleistet hat. Wahrscheinlich fühlte er sich dazu verpflichtet, sich im Ausland besser zu benehmen als daheim. Ich weiß es nicht. Hier hat er häufig Frauen in sich verliebt gemacht und sie dann auf grausamste Weise an der Nase herumgeführt. In puncto Frauen ist er herzlos – das sollten Sie wissen.«

Fleur schüttelte den Kopf. Sie glaubte es nicht – selbst wenn Rose es nun auch sagte. »Aber wieso? Warum sollte er sich so benehmen? Er ist so feinfühlig und gütig und . . . Ist es wegen seiner Frau? Hat er sein Herz wirklich mit ihr begraben? Hat er sie so geliebt?«

Rose wirkte nachdenklich. »Ich glaube, anfangs liebte er sie sicherlich, oder zumindest hatte sie ihm den Kopf verdreht. Wissen Sie, bei seiner ersten Leidenschaft ist ein junger Mann ebenso in die Liebe wie in eine Person verliebt. Er brachte sie wie eine Kriegsbeute zurück, auch wenn sie natürlich keine Gefangene wider Willen war. Arme Elisabeth! Sie betete ihn an, wissen Sie, doch er machte sie sehr unglücklich. Nun, für keine Frau ist es einfach, mit der Mutter des Ehemanns um seine Liebe buhlen zu müssen. Und meine Mutter war eine starke Persönlichkeit, die arme Lisa dagegen eher eine blasse Erscheinung.«

»Er sagte . . . also Sergej sagte, Ihre Mutter habe die Schwiegertochter gehaßt, weil sie ihm keinen Sohn schenkte.«

»Das hat er gesagt? Was für ein Unsinn! Nein, es ist wahr, daß Mutter Lisa nicht mochte, aber aus völlig irrationalen Gründen, und das gab sie auch zu. Lisa kam aus dem Kaukasus, und Mutter haßte alles, was mit dem Kaukasus zusammenhing. Sie tat ihr Bestes, ihre Gefühle zu verbergen. Aber Mutter zu erleben, wenn sie mit sich selber rang, war beängstigend.«

»Aber warum . . .?«

»Ich weiß es nicht genau. Ihr und meinem Stiefvater ist dort etwas Schreckliches zugestoßen, worüber sie nie sprechen wollte. Es kann auch daran liegen, daß die frühere Frau meines Stiefvaters, Saschas Mutter, aus jener Region stammte. Mutters Leidenschaften waren äußerst einfach – gewaltig und nicht immer logisch, aber einfach.«

»Sergej meinte, Ihre Mutter habe Sascha immer am meisten geliebt und für ihn selbst nie Zeit übrig gehabt. Er scheint deswegen sehr verbittert zu sein.«

»Das ist ebenfalls dummes Zeug«, erwiderte Rose ruhig. »Meine Mutter liebte vor allem meinen Stiefvater – und er sie. Es war eine verzehrende Liebe. Auf ihre Art schön, nehme ich an, doch für den Rest von uns nicht so angenehm. Die Kinder von Liebenden haben ihr Bündel zu tragen, wissen Sie. Ja, und an zweiter Stelle im Herzen meiner Mutter stand Serjoscha.«

Fleur machte ein erstauntes Gesicht.

»So war es wirklich«, bestätigte Rose noch einmal. »Sie betete ihn an, doch er wollte ihre ganze Aufmerksamkeit, und die konnte er natürlich nicht bekommen. Was Sascha betrifft . . .« Sie zuckte mit den Achseln. »Ich glaube, sie hatte Schuldgefühle ihm gegenüber. Das hatte ebenfalls mit den Ereignissen im Kaukasus zu tun – sie hatte aus irgendeinem Grund das Gefühl, bei ihm etwas verkehrt gemacht zu haben, und das verfolgte sie. Sie versuchte, es wiedergutzumachen, und als er auf Abwege geriet, machte sie sich dafür verantwortlich. Sie können sich ja vorstellen, wie sie das mitnahm, als der Schock über den Verrat meinen Stiefvater umbrachte – sie verlor nicht nur ihren Mann, sondern sie verlor ihn, wie sie glaubte, durch ihre Schuld. Danach war meine Mutter eine gebrochene Frau. Dann kam Elisabeth, und alle Erinnerungen stiegen wieder in ihr hoch. Arme Lisa! Ich versuchte mich mit ihr anzufreunden, aber sie war so ein entsetzlich nichtssagendes Ding. Wissen Sie, ich glaube, daß Serjoscha sie im Grunde gar nicht liebte. Am Ende haßte er sie, weil sie sich zwischen ihn und Mutter gestellt hatte – so empfand er es jedenfalls. Und es scheint, als hasse er seitdem alle Frauen und bestrafe sie für Lisas Fehler.«

Fleur schüttelte den Kopf. »Bei all dieser Eifersucht und all dem Haß, wie haben Sie sich da zu so einer guten und freundlichen Person entwickeln können? Und auch Peter ist doch halbwegs normal.«

»Oh, für Mädchen ist das leichter als für Jungen«, erwiderte Rose unbekümmert, aber eine plötzliche Einsicht sagte Fleur, daß dem wohl nicht ganz so sein konnte, daß Rose dem Feuer nicht völlig unversehrt entronnen war. »Und Petja war ja um so vieles jünger. Er war noch ein kleiner Junge, als die Probleme begannen, und als Mutter starb, war er gerade mal sechzehn. Für ihn hatte sie ohnedies nie Zeit, und das war bei unserer Mutter nur gut so. Trotzdem, so unkompliziert, wie er scheint, ist er nicht. Man unterschätzt ihn leicht, zumal, wenn Sergej in der Nähe ist.«

Fleur überhörte die Warnung. In Gedanken war sie noch immer bei Sergej. »Gestern abend sagte Peter ... er sagte, Sergej beabsichtige, Ludmilla zu heiraten«, brachte sie mühsam heraus. »Glauben Sie, daß das stimmt?«

Rose überlegte kurz und zuckte dann die Achseln. »Ich weiß nicht recht. Ich kann nur sagen, daß der Gedanke mich nicht überraschen würde.«

»Aber ... solch ein junges, dummes Mädchen?«

Rose schnitt eine Grimasse. »Milotschkas Vater ist sehr reich, einer der reichsten Männer in Petersburg. Das allein wäre für jeden Mann schon Grund genug.«

Fleur war schockiert. »Aber er muß sie doch nicht des Geldes wegen heiraten! Er hat all dies . . .« Sie machte eine hilflose Geste.

»Sergej ist hoch verschuldet, er steht am Rande des Bankrotts. Ich sage Ihnen das ganz im Vertrauen – Petja weiß nichts davon. In den letzten Jahren ging es steil abwärts, und mein Bruder wurde immer sorgenvoller. Die Heirat mit einer reichen Erbin wäre immerhin eine Möglichkeit, diesem Problem ein Ende zu machen.«

»Aber er würde die Polotskis doch sicher nicht täuschen?«

»Das wäre nicht nötig. Kommen Sie, so etwas geschieht in Ihrem Land doch gewiß auch! Ein Titel für ein Vermögen – so macht man das nun einmal.«

Fleur schüttelte wieder den Kopf. »Aber es handelt sich immerhin um Milotschka! Sie ist verliebt in ihn.« Rose blickte skeptisch. »Oder zumindest glaubt sie es.«

»Mir kommt das nicht so vor«, versetzte Rose. »Ich halte sie für eine ausgesprochen überlegt handelnde junge Frau, schaut man einmal hinter ihre leichtfertige Art. Wenn sie den Ehrgeiz hat, Gräfin zu werden, dann weiß sie sehr wohl, wie man das anpackt. Ihres Wertes ist sie sich bewußt, seit sie zählen gelernt hat.«

Sie blickte Fleur direkt in die Augen. »Gleichviel, es ist nicht meine Angelegenheit und Ihre auch nicht. Keine von uns beiden hat das Recht einzuschreiten . . .«

»Aber gewiß . . .!«

»Und es wäre zwecklos, wenn wir es versuchten«, fuhr Rose unerbittlich fort. »Glauben Sie mir, ich weiß, wovon ich rede.« Sie drückte Fleurs Hand. »Die einzige Person, die in der ganzen Situation wahrscheinlich Schaden nimmt, sind Sie, und Sie sind es auch, über die ich mir Sorgen mache.«

Fleurs Blick verschleierte sich. »Oh, um mich müssen Sie sich keine Sorgen machen, das versichere ich Ihnen. Nun, da mir alles klar ist, weiß ich genau, wo ich stehe.«

Rose lächelte, zog ihre Hand fort und sagte: »Gut so. Darüber bin ich froh, meine Liebe, denn ich möchte Ihre Freundschaft nicht verlieren.«

Fleur lächelte. »Ich möchte Ihre Freundschaft auch nicht verlieren. Sie sind die einzige wirkliche Freundin, die ich je hatte.«

Sie war sich nicht bewußt, wie zerbrechlich ihr Lächeln wirkte. Rose brachte die Unterhaltung nun feinfühlig auf das Frühstück, einen danach geplanten Ausritt und andere heilsame Themen. Sie wußte, wie wichtig es war, das Gesicht zu wahren. Fleurs englische Art, ihre Gefühle zu verbergen, lag ihr nicht, aber sie war bereit, das Spiel mitzumachen.

Fünfzehn

Graf Kirow wurde zum Zaren nach Petersburg bestellt und war einige Tage fort. Bei seiner Rückkehr brachte er die Polotskis mit.

Fleur konnte nicht umhin zu bemerken, wie fehl am Platze diese unter den Anwesenden wirkten. Obgleich sich Polotski mit vollkommener Selbstsicherheit bewegte, Kirow ein aufmerksamer Gastgeber war und Rose Madame Polotski in ungezwungene Unterhaltungen über häusliche Angelegenheiten verstrickte, wirkten sie hier irgendwie verkehrt, und die modischen jungen Leute fühlten sich unbehaglich, wenn sie im gleichen Raum mit ihnen waren.

Fleur freute sich allerdings sehr, die Polotskis wiederzusehen, und Madame begrüßte sie überaus freundlich. Ein wenig später kam Polotski allein zu ihr und überreichte ihr einen Brief von ihrer Tante. Er konnte ihr zudem etwas über die Ereignisse berichten, die Kirow nach Petersburg geführt hatten.

»Es sieht so aus, als käme es doch zu einem Krieg mit der Türkei«, meinte er. »Ich wüßte nicht, wie man ihn noch vermeiden könnte. Unsere Truppen sind in Gebiete der Donaufürstentümer eingedrungen, und das werden sich die Türken nicht bieten lassen.«

»Eingedrungen? Aber wieso denn?«

»Oh, angeblich, um sich vor der türkischen Bedrohung zu schützen. Aber eigentlich sind wir es, die drohen, weil die Türken sich weigern, unseren Vertrag zu unterzeichnen.«

»Hat das etwas mit dem Schutz der orthodoxen Christen

zu tun?« erkundigte sich Fleur. »Graf Kirow hat darüber gesprochen. Doch er sagte, ein Krieg sei das letzte, was man wolle.«

Polotski blickte zweifelnd. »Mag sein, daß er das sagte. Aber Kirow ist dem Zaren treu ergeben, und seine Äußerungen sind daher mit Vorsicht zu genießen. Oh, *er* selbst glaubt natürlich daran – und ich wage sogar zu behaupten, der Zar ebenfalls. Es ist das Vorrecht der Herrscher, ihre eine Hälfte nicht wissen zu lassen, was die andere Hälfte denkt.«

»Gut, aber was geht dann eigentlich vor?«

Polotski setzte sich und klopfte einladend auf den Platz neben sich. »Ich sage es Ihnen, denn ich weiß, Sie werden es nicht wiederholen. Vordergründig geht alles um die orthodoxen Christen in der Türkei. Auf unser Beharren hin hat der Sultan zugestimmt, diesen die gleichen Rechte zu gewähren wie den Katholiken. Aber aufgrund irgendeines uralten, verstaubten Vertrages beanspruchen wir auch das Recht für uns, falls nötig, zu ihrem Schutz einzugreifen, und natürlich ist der Sultan damit nicht einverstanden.«

»Und Ihrer Meinung nach sind das nur vorgeschobene Gründe?«

Er zwinkerte. »Meine Liebe, als Händler kann ich Ihnen sagen, daß alle Zwistigkeiten zwischen Nationen mit dem Schutz des Handels zu tun haben – Rohmaterialien, Märkte, Handelsrouten. Die Türkei beherrscht neben Ägypten und der Route nach Indien einen großen Teil wichtiger Territorien am Mittelmeer – vor allem das Land um Konstantinopel und die Meerengen, unsere einzige Handelsroute in eisfreien Gewässern. Sollte das Osmanische Reich zusammenbrechen – vielleicht mit etwas Nachhelfen –, könnte man sich all diese wertvollen Gebiete einverleiben.«

»Und das hat Rußland vor?« Fleur war schockiert.

»Du lieber Himmel, nein«, sagte Polotski und sah sie unschuldig an. »Aber Ihr Land glaubt, daß Rußland das vorhat. Die Türkei glaubt es auch. Und Frankreich tut so, als glaube es dasselbe, weil es einen heißblütigen jungen Kaiser mit dem Namen eines berühmten Kriegers hat, der sein Volk noch mit ein paar weiteren Kriegsauszeichnungen beeindrucken will.«

Fleur war verwirrt. »Aber es wird doch wohl niemand wirklich Krieg wollen? Das ist sinnlos und zerstörerisch – und diese Zeiten sind vorbei. Seit Waterloo – seit der Weltausstellung – engagiert sich doch jeder für den Frieden?«

Er lächelte traurig. »Wenn der Mensch vernünftig wäre, wenn es so etwas wie Stolz, Gier und Eitelkeit nicht gäbe, dann wäre dem vielleicht so. Vor allem, wenn es keine heißblütigen jungen Männer gäbe, die nichts zu tun haben! Langeweile, fürchte ich, hat viel mit Krieg zu tun. Nach einer längeren Friedenszeit fangen die jungen Männer jeder Nation an, sich nach einem Abenteuer zu sehnen, mit dem sie sich und ihre Männlichkeit unter Beweis stellen können.«

»Glauben Sie, mein Land wird gegen Ihres in den Krieg ziehen?« fragte Fleur mit gedämpfter Stimme.

Er zögerte einen Augenblick und sagte dann: »Ja, das denke ich – mit den Franzosen oder ohne sie. Bei denen bin ich mir nicht sicher. Aber darüber brauchen Sie sich keine Gedanken zu machen. Es wird alles weit fort von hier stattfinden, zu weit, als daß Sie das Geschützfeuer hören würden.«

Sie erwiderte seinen Blick. »Aber mein Bruder ist Soldat. Und ein heißblütiger junger Mann.«

Dafür konnte er auch keinen Trost anbieten. »Ja, das stimmt natürlich.«

❦

Tante Venus' Brief trug auch nicht gerade dazu bei, Fleur zu beruhigen. Premierminister Aberdeen war ein entschiedener Gegner des Krieges und meinte, es wäre eine Schande und ein Akt des Irrsinns, sich in einen Konflikt hineinziehen zu lassen, der den Frieden in Europa gefährdete. Es gab auch eine große Antikriegs-Partei, die eine machtvolle Kombination aus Philanthropen und Industriellen darstellte.

»Aber«, schrieb Venus, »andererseits hört man auch den üblichen Radau von den Ruhm-und-Ehre-Hetzern im Verein mit den unvermeidlichen, Brechreiz erregenden Ergüssen von Tennyson und Konsorten; und dazu eine Menge sentimentales Gewäsch von den Romantikern über ›edle Beweggründe‹ und so fort. Ich befürchte, Fleur, daß es dieser Einfluß ist, der auf den Pöbel und die unwissende Masse die größere Wirkung hat, die, das brauche ich Dir nicht zu sagen, die Mehrheit der Menschheit ausmachen.

Wenn überhaupt, dann vermeiden wir den Krieg nur mit knapper Not, obwohl ich die Hoffnung nicht aufgebe. Das Kabinett ist überwiegend gegen eine Einmischung. Warum wir zur Verteidigung der Türken gegen die Russen in den Krieg ziehen sollten, geht über meine Begriffe. Sollen sie doch machen, was sie wollen, sage ich! Aber sei auf der Hut, Liebes, und zur Heimkehr bereit, falls es ungemütlich werden sollte. Seymour ist ein ausgezeichneter Mann und wird für einen reibungslosen Ablauf Eurer Rückkehr sorgen.«

❦

Doch Fleur hatte jetzt andere Dinge zu bedenken, die sie wesentlich unmittelbarer betrafen. Milotschka war seit der Ankunft ihrer Eltern völlig aus dem Häuschen. Eines Abends, als Fleur sich gerade zum Essen umzog, kam sie wie ein Wirbelwind ins Zimmer.

»Ich bin schon fertig«, rief sie. »Darf ich bei dir sitzen, Fleuruschka, während Kati dir das Haar frisiert? Oh, du trägst deine rosafarbene Seide! Wie ich das mag! Rosa kleidet dich so gut. Ich denke, meine Farbe ist eher Blau, meinst du nicht? Sieh her, was Papa mir mitgebracht hat!« Sie beugte sich vor und deutete auf ihren Hals. Dort funkelte ein großer Saphir in der Form eines Wassertropfens, der an einer feinen Goldkette hing.

»Der ist aber schön!« rief Fleur. »Wie lieb von deinem Vater!«

»Nicht wahr, das ist er? Er ist der beste Vater von der Welt!« Sie blickte zu Kati: »O Kati, Sie müssen sich die Ohren zuhalten – und Ihre Zunge hüten, oder ich schneide sie Ihnen heraus! Aber ich muß es einfach erzählen, sonst platze ich! Papa ist im Moment beim Grafen! Fleur, wie findest du das? Ich sah vorhin, wie sie das Arbeitszimmer des Grafen betraten, und als ich eben hinunterging, um zu schauen, waren sie immer noch drin!«

Fleur warf ihr von der Seite einen Blick zu, alarmiert wegen ihres erregten Zustands. »Ich glaube nicht, daß du der Sache allzuviel Bedeutung beimessen solltest. Augenblicklich sind ernste politische Entwicklungen im Gange, und höchstwahrscheinlich unterhalten sie sich darüber.«

»O puh!« versetzte Milotschka. »Warum sollte Papa mit dem Grafen über Politik reden? So wichtig kann's nicht sein – auf jeden Fall nicht so wichtig wie meine Angelegenheit!«

»Für dich vielleicht nicht, aber . . .«

»Nein, nein, da bin ich mir sicher. Er hält bei Papa gerade um meine Hand an, und heute abend gibt es eine Bekanntgabe. Oh, ich bin so glücklich!«

Fleur, die Katis Anwesenheit ganz vergaß, drehte sich zu Ludmilla und ergriff ihre Hände: »Bist du dir wirklich sicher, daß es das ist, was du willst, Liebes? Ich werde das Gefühl nicht los, daß du dir das Ganze noch nicht reiflich genug überlegt hast. Wenn ich euch beide so beobachte, käme ich nie darauf, daß er sich wirklich etwas aus dir macht – und andersherum.«

Ludmilla wurde ungeduldig. »Ach, Unsinn! Natürlich will ich es. Und ich habe dir schon tausendmal gesagt, daß ich ihn anbete!«

»Das stimmt, aber magst du ihn?«

Für einen Moment wirkte Ludmilla verunsichert. Dann schien ihr ein Gedanke zu kommen, und ihre Augen verengten sich.

»Was geht dich das überhaupt an? Außer – außer du willst ihn selbst? Ist es das?«

Fleur begegnete ruhig ihrem Blick. »Ich sorge mich um dein Glück, das ist alles. Ich glaube, du verstehst nicht, was für eine Sorte Mann er ist.«

»Und du tust es?«

»Ein bißchen besser als du, denke ich. Immerhin bin ich acht Jahre älter als du.«

Dieses Argument schien Ludmilla zu entwaffnen. Ihre Stirn glättete sich, sie beugte sich vor und küßte Fleur auf die Wange. »Da hast du recht! Liebe Fleur, laß uns nicht streiten«, meinte sie fröhlich. »Bestimmt hast du es nur gut gemeint, aber ich weiß schon, was ich tue. Und überhaupt: Wenn ich nach der Hochzeit merke, daß ich ihn nicht mag, brauche ich mich ja nicht mit ihm abzugeben, oder? Aber ganz sicher wird das nicht der Fall sein. Er sieht so gut aus und ist so romantisch und – er ist wie für mich geschaffen! Das weiß ich einfach!«

Die Tür ging auf, und die alte Nuschka kam hereingeschlurft. »Hier steckst du also, du ungezogenes Kind!« keifte sie. »Du belästigst Mademoiselle mit deinem Geplapper und Unsinn, – und dabei bin ich noch gar nicht fertig mit dir. Kaum dreht man dir den Rücken zu, schon bist du weg! Du hast nicht mehr Verstand als ein kleiner Hund! Wie kannst du nur mit solchen Haaren hinuntergehen, sag?«

Sie packte ihren Schützling bei der Hand und zog ihn hoch. Ludmilla protestierte nicht, wandte sich aber an der Tür noch einmal um und schnitt eine komische Grimasse. In der Stille, die folgte, starrte Fleur nachdenklich auf ihr Spiegelbild.

Sobald sie fertig war, ging Fleur hinunter. Es blieben zwar noch ungefähr zehn Minuten, bis der Gong ertönen würde, doch hoffte sie, wie in jüngster Zeit öfter geschehen, Kirow zu treffen, um mit ihm unter vier Augen sprechen zu können. Auf der Treppe kam ihr Polotski entgegen. Dieses eine Mal war sein Schritt schwer; anstatt wie sonst federnd einherzuschreiten, ging er langsam, als sei er sehr müde.

Bei ihrem Anblick lächelte er zerstreut. »Ah, Sie sind es! Ist es zu früh, oder bin ich etwa noch später dran, als ich dachte?«

»Sie haben noch zehn Minuten Zeit«, erwiderte Fleur.

»Dann schaffe ich's noch rechtzeitig. Im Umziehen bin ich

schnell.« Wiederum lächelte er und wollte an ihr vorbei, als er plötzlich haltmachte und sie eigenartig ansah. »Wissen Sie, ich war gerade beim Grafen und hatte ein privates Gespräch mit ihm.«

»Worüber – worüber sprachen Sie?«

»Nein, nicht über Politik. Eine persönlichere Angelegenheit.« Er zögerte aufs neue, fuhr aber dann fort: »Vielleicht ist es am besten, ich sage es Ihnen gleich, noch vor der allgemeinen Bekanntgabe – oder haben Sie es schon erraten?« Sie schwieg, und er betrachtete eingehend ihr Gesicht. »Ja, ich denke, Sie wissen es. Kirow hat auf die vorgeschriebene Weise um Milotschkas Hand angehalten, und ich habe ihm meine Zustimmung gegeben.«

Fleur machte große Augen. Erst jetzt erkannte sie, welch arger Selbsttäuschung sie sich hingegeben hatte – trotz Peters Worte, Roses mangelnder Überraschung und Ludmillas Zuversicht. Sie hatte es für ein Hirngespinst gehalten und konnte nun nicht fassen, daß es wahr war. »Sie stimmten zu?« brachte sie schließlich heraus. »Aber warum?«

Die Frage schien ihn verlegen zu machen. Er brauchte eine Weile, bis er antworten konnte: »Kirow ist eine gute Partie. Er stammt aus einer ausgezeichneten Familie, und für Milotschka ist diese Heirat ein Schritt nach oben. Ich habe ihr alles gegeben, was Reichtum zu geben vermag – nur eine Ehe wie diese kann ihr noch mehr geben.«

»Aber – Sie mögen ihn nicht, Sie billigen ihn nicht. Sie sagten mir . . .«

»In dieser Sache war sein Benehmen vorbildlich. Er versicherte mir, daß er nichts zu Milotschka gesagt habe und ihr in keiner Weise besondere Aufmerksamkeit zuteil werden ließ. Er hat mir, ihrem Vater, seinen Heiratsantrag wie ein Ehrenmann vorgebracht. Ich habe ihm nichts vorzuwerfen.«

Angesichts seiner ruhigen und – für sie – auf unbegreifliche Weise veränderten Einstellung war Fleur sprachlos. Schließlich erkundigte sie sich: »Hat er mit Ihnen über – Finanzen gesprochen?«

Nun lächelte Polotski nachsichtig. »Glauben Sie, daß ich, Grigorowitsch Polotski, einen Schwiegersohn akzeptieren würde, über den ich keine Erkundigungen eingezogen hätte? Seit Graf Peters erster Einladung zum Ballett weiß ich genauestens über die Kirows Bescheid: über ihre Finanzen, ihre Stellung, ihre politischen Neigungen.« Er drückte ihre Hand. »Ich danke Ihnen für Ihre Fürsorge. Sie handeln wie eine wahre Freundin. Aber seien Sie unbesorgt – ich habe seinen Antrag mit weitgeöffneten Augen angenommen. Und Milotschka wird sich freuen wie ein Schneekönig«, schmunzelte er. »Es ist ihr ganzer Ehrgeiz, Gräfin zu werden!«

Fleur schwieg. Er tätschelte ihr noch einmal die Hand und ging dann weiter die Treppe hinauf. »Ich muß mich beeilen und mich umkleiden. Heute abend erfolgt die Bekanntgabe, und ich möchte mich nicht unbeliebt machen, indem ich zu spät erscheine.«

Fleur stieg die Treppe hinunter, durchquerte die Vorhalle und betrat den Salon. Er war leer, aber die Terrassentüren standen offen, und sie hörte draußen zwei vertraute Stimmen heftig diskutieren. Als sie weiter in den Raum hineinging, wurden die Worte verständlich.

». . . weil du so ganz und gar nutzlos bist!« sagte Kirow gerade. »Jeder deiner Schritte kostet mich Geld – anspruchsvoll, faul und eitel, wie du bist!«

»Wenn du auch nur einmal daran gedacht hättest, mir reinen Wein einzuschenken . . .«, ertönte Peters zornbebende Stimme. »Aber nein – mir konnte man die Wahrheit ja nicht anvertrauen. Und nun bist du so ungerecht und machst mich verantwortlich . . .«

»Und was hättest du getan, um die Sache ins Lot zu bringen, wenn ich es dir erzählt hätte?« fragte Kirow spöttisch.

»Das weißt du sehr wohl!« versetzte Peter. Sie mußten sich einen Augenblick abgewandt haben, denn Fleur konnte die nächsten Sätze nicht verstehen. Sie stand in der Mitte des Zimmers, weder in der Lage, vorwärts zu gehen, noch den Rückzug anzutreten.

Nun war wieder Peters Stimme zu vernehmen, die plötzlich lauter wurde und rasch näher kam. »Ich hätte sie gewinnen können – und ihre Mitgift –, wenn du dich herausgehalten hättest!«

Er erschien auf der Schwelle der Terrassentür und schloß bei Fleurs Anblick eilig den Mund. Kirow war noch nicht zu sehen, man hörte nur seine Antwort: »Ich nehme an, dich kümmert es kein Jota, wer von uns beiden sie eigentlich heiratet?«

Peter sah Fleur fest an, als hätte er darauf gern geantwortet, es in ihrer Gegenwart aber nicht konnte. Dann durchquerte er mit raschen Schritten den Raum, ohne sie weiter anzublicken, und verschwand. Nun erschien Kirow mit wutverzerrtem Gesicht an der Terrassentür. Er holte gerade Luft, als sei er entschlossen, den Streit fortzusetzen; aber jetzt war es an ihm, Fleur zu entdecken und innezuhalten.

Der feindselige Dialog der Brüder hatte sie zutiefst schokkiert. Sie zitterte und konnte keinen klaren Gedanken fassen. Kirow sah sie lange an. Die Wut wich schnell aus seinem Gesicht und machte einem seltsam wehmütigen Ausdruck Platz. Er schien ihre Gefühle zu verstehen, denn nach einer Weile streckte er ihr wie einem Kind die Hand entgegen und sagte mit sanfter Stimme: »Kommen Sie, lassen Sie mich mit Ihnen reden. Es ist alles gut. Kommen Sie zu mir, Tswetokscha. Es ist alles gut, wirklich.«

Sie bewegte sich auf ihn zu. Als sie nah genug war, ergriff er ihre Hand. Seine Augen waren zärtlich und gleichzeitig voller Traurigkeit. Er führte sie hinaus bis ans Ende der Terrasse und blieb dort an ihrer Seite stehen, ihre Hand noch immer in der seinen. Beide blickten über den französischen Garten zum dahinterliegenden Park, der im frühen Abendlicht golden schimmerte.

»Sie wissen es also«, sagte er nach einer Weile. »Wer hat es Ihnen gesagt? Polotski?«

»Ja. Ich traf ihn auf der Treppe.«

Er seufzte. »Ich wollte es Ihnen selbst sagen.«

»Warum? Sie schulden mir keine Erklärung.« Sie hatte nicht gewollt, daß es so schroff klang.

»Aber ich will es Ihnen erklären. O *Duschenka*, wären Sie und ich doch allein auf dieser Welt!«

»Bitte, sagen Sie nicht solche Dinge«, erwiderte sie stockend. »Und nennen Sie mich nicht ...«

»Sie glauben wohl, ich meine es nicht so?« Er wandte sich zu ihr, und seine Augen leuchteten fast hypnotisch. »Können Sie nach all der Zeit wirklich noch nicht wissen, was ich für Sie empfinde? Ich dachte ... in London ... und nun hier ... wären wir uns zu nahegekommen, als daß man sich noch mißverstehen könnte.«

»Sie müssen wirklich herzlos sein, ausgerechnet jetzt von London zu reden.«

»Oh, aber deshalb schulde ich Ihnen ja eine Erklärung! Ich hätte mich Ihnen also doch anvertrauen sollen. Ich dachte, Sie verstünden auch ohne Worte, aber scheinbar bestehen zwischen uns trotz allem Unterschiede, sehen wir gewisse Dinge anders. Vielleicht ist das zwischen einem Mann und einer Frau unvermeidlich. Ich wußte, daß ich Sie verlassen mußte, und tat deshalb alles mir mögliche, um Sie zu schützen. Aber Sie sollen zumindest eines verstehen: Wenn ich nur an mich denken müßte, hätte ich England nicht ohne Sie verlassen. Aber leider war ich nicht so ungebunden, daß ich mich nach meinen Wünschen richten konnte ...«

Sie versuchte, ihm ihre Hand zu entziehen, und bedachte ihn mit einem flammenden Blick. »Wenn Sie nicht ungebunden waren, hatten Sie kein Recht, sich mir gegenüber derart ungebunden zu verhalten! Sie hatten kein Recht, mich in Sie verliebt zu machen!«

Er packte sie noch fester und sah ihr voll ins Gesicht. »Ich schwöre Ihnen, daß es von meiner Seite nicht beabsichtigt war, Sie in mich verliebt zu machen. Haben Sie mich in sich verliebt gemacht? Es geschah einfach. Ich benahm mich instinktiv so und erkannte nicht, wohin das führte. Bis zu jenem Tag, als Ihr

Freund mich angriff wie ein treuer Terrier, der seine Herrin verteidigt, dachte ich . . .« Er preßte die Lippen zusammen und begann dann von neuem: »Es ist verrückt, sich jetzt daran zu erinnern, das weiß ich, aber es schien so, als seien Sie gar nicht von mir getrennt. Sie waren wie ein Teil von mir. Ich dachte überhaupt nicht nach . . .!«

Sie sah ihn lange an. »Ich weiß nicht«, meinte sie schließlich. »Ich weiß nicht, wie ich Ihnen glauben soll.«

Wenn Sie mich liebten, sagte ihre innere Stimme, würden Sie nicht des Geldes wegen eine andere heiraten. Aber darunter sagte eine andere Stimme – tiefer, wilder, atavistischer – ich verstehe es. Wenn Sie mich lieben, können Sie auch von mir getrennt sein, denn Sie werden immer bei mir sein. Es war unlogisch, es machte keinen Sinn, doch sie fühlte, daß es so war.

Er mußte die Veränderung in ihren Augen bemerkt haben, denn er sagte fast erleichtert: »Sie glauben mir?«

Sie bestätigte es nicht, aber sie leugnete es auch nicht.

Nach einigen Minuten des Schweigens sagte er: »Die letzten Wochen waren für mich das Paradies. Mit Ihnen zusammensein zu können war mir genug. Ich habe einen solchen Frieden verspürt – ich dachte, Ihnen erginge es ebenso. Ich wußte, was ich zu tun hatte, aber das konnte dieser inneren Gewißheit nichts anhaben. Aus diesem Grund kamen Sie doch nach Rußland, oder? Als Petja mir erzählte, daß er Sie kennengelernt habe, wußte ich, warum Sie gekommen sind.« Sie schüttelte den Kopf, aber er sah es nicht. »Bei meiner Abreise aus England dachte ich, das Wissen würde genügen, daß es Sie gab auf der Welt, daß Sie lebten und den gleichen Sonnenaufgang sahen und in der Nacht die gleichen Sterne. Aber das stimmte nicht. Ich brauchte mehr. Ich mußte Sie wiedersehen.«

Er führte ihre Finger an die Lippen, und dabei sah sie zu ihrer Verblüffung, daß er Tränen in den Augen hatte. In England weinten Männer nicht. Noch nie hatte sie einen Mann weinen sehen, und es rührte sie unbeschreiblich. »Nichts kann uns je trennen, *Tswetokscha maja*. Glauben Sie mir das, und wir können leben und tun, was immer wir tun müssen.«

Es war Irrsinn. Er spann ein Netz aus Worten, ein glänzendes Netz, um sie einzufangen, die Vernunft in Unvernunft zu verwandeln, um sie zu betäuben und einzulullen, bis sie statt der Wirklichkeit die Phantasie gelten ließ. Aber er sprach einen Teil von ihr an, der dem nichts entgegenzusetzen hatte, der vielmehr gierig nach dieser Droge war. Im Honig ertrinken, dachte sie schwach. Ich muß widerstehen.

Dann nahm er auch ihre andere Hand und beugte sich vor, um seine Lippen für einen Augenblick leicht auf die ihren zu drücken. Die Berührung brannte auf ihrer Haut.

»Ich liebe Sie«, sagte er.

Sie wußte, das war der Todesstoß, und sie empfing ihn so freudig, wie das von den Fliegen behauptet wird, die der Spinne ins Netz gegangen sind.

❦

Ludmillas Hochzeitstag! *Quelle pièce,* dachte Fleur, aber war es eine Tragödie oder eine Komödie? Im Haus der Polotskis war man seit dem Morgengrauen auf den Beinen, und die Aktivitäten hatten sich allmählich gesteigert, bis das Haus einem Ameisenhaufen glich. Madame Polotski hatte ihren aufgestauten Gefühlen um acht Uhr mit einem hysterischen Anfall Luft gemacht, der ihr derart gutgetan hatte, daß sie glaubte, nun dem restlichen Tag mit Gelassenheit entgegensehen zu können. Um neun Uhr schloß sie sich mit ihrer Tochter, Nuschka, der französischen Zofe Sybil, einer professionellen Haarkünstlerin, den beiden besten Näherinnen des Hauses, einem Zimmermädchen für Laufdienste und dem Kleid in einen Raum ein.

Fleur saß halbangekleidet in ihrem Zimmer, da Kati so aufgeregt war, daß man sie nicht dazu bewegen konnte, sich mehr als fünf Minuten auf etwas zu konzentrieren. Immerzu mußte sie fortrennen, um zu sehen, wie es inzwischen um »Mademoiselles Toilette« stand. Fleur wurde von allen Seiten bestens informiert: Da jeder mit der geringsten Ausrede – oder auch ohne eine solche – versuchte, in das geheimnisvolle Gemach zu gelangen, und dabei unüberhörbar an Fleurs Tür vorbeikam, war ihr alles bis in die kleinsten Einzelheiten bekannt.

Aber Fleur ließ sich von der Hektik nicht anstecken. Eine merkwürdige Mattigkeit hatte sie überkommen, die selbst den Griff nach der Haarbürste zum Kraftakt werden ließ. Ansonsten hätte sie die Hoffnung auf Katis Hilfe schon längst aufgegeben und begonnen, sich selbst anzukleiden.

Sie hatte ohnehin anderes im Kopf. Erst gestern war Richard mit ernster Miene zu ihr gekommen und hatte ihr einen Brief von Tante Ercy übergeben. »Lies den mal, Flo, und sag dann, was du davon hältst.«

Fleur betrachtete den Brief voller Verzweifelung. Tante Ercy hatte nicht nur eine winzige Schrift und eine Vorliebe für Endlossätze, sondern sie besaß auch die Angewohnheit, die Wörter zu unterstreichen, die sie beim Sprechen betont hätte, was durchschnittlich bei jedem zweiten Wort der Fall war.

»Sag du mir doch einfach, was sie geschrieben hat, mein Lieber. Mir ist schleierhaft, wie du ihre Schrift entziffern kannst.«

»Übungssache«, erwiderte Richard mit einem schwachen Lächeln. »Sie hat sich noch nie kurz fassen können. Läßt man das Unwichtige einmal beiseite, so schreibt sie, daß das Kabinett die Vorschläge des österreichischen Vermittlers abgelehnt hat, die die Frage der orthodoxen Christen in der Türkei klären sollten. Da der Zar Franz Joseph privat getroffen hat, ist unsere Regierung offenbar davon überzeugt, daß eine österreichisch-russische Verschwörung im Gange ist, das Osmanische Reich unter sich aufzuteilen. Man denkt, der Zar beabsichtige eine Wiederbelebung der Heiligen Allianz und wolle uns vom Osten abschneiden.«

»Warum hegt jedermann einen solchen Argwohn gegen den Zaren?« seufzte Fleur.

»Du weißt, warum«, versetzte Richard. »Er ist der autokratische Herrscher eines Landes, das die Leibeigenschaft noch immer gutheißt.«

»Und, hat er nun territoriale Ambitionen?« erkundigte sie sich spöttisch.

»Ja, allerdings. Du brauchst mich gar nicht so anzusehen, Mädchen. Tatsachen sind Tatsachen, und Rußland hat seine Grenzen schon immer gern erweitert. Wie dem auch sei – es verhält sich jedenfalls so, daß die Regierung den entscheidenden Schritt gewagt und unsere Flotte zu den Dardanellen gesandt hat. Man erwartet, daß Frankreich das gleiche tut. Bei einem derartigen militärischen Beistand steht es zehn zu eins, daß die Türkei Rußland den Krieg erklärt, wenn sie es nicht schon getan hat. Ich habe Petja danach gefragt aber scheinbar weiß er nichts davon. Die russischen Minister lassen sich nicht gern in die Karten schauen und halten ihre Entscheidungen, solange es geht, geheim.«

»Meinst du, daß England mit hineingezogen wird?«

»Nun, das wurden wir ja bereits, nicht wahr – wenn Kriegsschiffe durch die Dardanellen fahren?«

»Aber ist das nicht nur eine Geste, damit Rußland sich zurückzieht? In Tante Venus' Brief steht doch, daß man zu Hause immer noch hofft, den Krieg vermeiden zu können.«

Richard zuckte mit den Achseln. »Es wird dazu kommen. Ich wüßte nicht, wie man einen Krieg noch vermeiden könne. Wir sind verpflichtet, die Türkei zu unterstützen, und es ist schwer vorstellbar, daß Zar Nikolaus nach all der Zeit sagt: ›Tut mir leid, so hab ich's nicht gemeint‹, oder? Nein, der Krieg ist unabwendbar.«

Diese Aussicht schien ihm eindeutig zu gefallen. Fleur dachte an Polotskis Worte über heißblütige junge Männer, die nicht genug zu tun hatten. Richard war seit sechs Monaten in Rußland zu Gast und hatte die beste Gastfreundschaft und die wärmste Großzügigkeit genossen. Er hatte die Freuden einer kultivierten Gesellschaft erlebt, sich zusammen mit Graf Peter betrunken, ihn Bruder genannt und ein Dutzend weiterer Freunde gewonnen, die sich, hätten sie Englisch gesprochen, in nichts von seinen Käsinokumpanen des 11. Husarenregiments unterschieden hätten.

Und doch war er bereit und willens, gegen sie in den Krieg zu ziehen, um ein Volk zu schützen, von dem er nichts wußte und dessen Kultur ihm völlig fremd war. Es war wirklich zu merkwürdig! Männer, dachte sie, unterscheiden sich von Frauen mehr als Füchse von Gänsen.

»Nun, mein Lieber, was gedenkst du zu tun?« fragte sie.

Er wurde unruhig. »Das weißt du doch – heimfahren! So schnell es nach dieser verdammten Hochzeit nur geht. Nicht einmal die würde mich abhalten, wenn ich nicht genau wüßte, daß du gern dabeisein möchtest.«

»Natürlich, Hochzeiten sind Frauensache!« murmelte sie. »Aber wie können wir heimfahren? Wir müssen doch auf Papa warten. Er kann jetzt jederzeit eintreffen.«

»Er hätte schon vor zwei Wochen hiersein müssen. Zum Kuckuck, Fleur, du weißt doch, wie er ist! Er kommt und geht, wie es ihm paßt – das hat nichts mit dem Rest der Menschheit zu tun. Du hast ja keine Ahnung, wie riesig Sibirien ist und wie wild. Petja hat mir erzählt . . .« Er stoppte abrupt, da er merkte, daß das, was er sagen wollte, nicht taktvoll war. Er hatte sich schon lange mit dem Gedanken vertraut gemacht, daß die Expeditionen seines Vaters in Gebiete, die auf keiner Landkarte verzeichnet waren, eines Tages zu dessen Tod führen könnten, ja, es fast müßten. Daß er eines Tages verschwinden und nie mehr gesehen werden würde, war etwas, auf das sich Richard gefaßt gemacht hatte. Und da er seinen nachlässigen Vater nicht sonderlich liebte und er Titel und Besitz nur im Falle seines Todes erben konnte, sah er keinen Grund zur Heuchelei.

Gewiß, sollte Papa verschwinden, müßte man sieben lange Jahre warten, bis man ihn für tot erklären konnte. Das wäre lästig und es somit eigentlich ungleich besser, wenn er anständig stürbe, in Anwesenheit von Zeugen, so daß keine Zweifel aufkämen.

Doch derlei Ansichten teilte Fleur bestimmt nicht. »Egal«, fuhr er deshalb energisch fort. »Ich muß zurück, um befördert zu werden. Wenn ich die Stelle als Hauptmann nicht antrete, erhält sie sofort ein anderer – vor allem dann, wenn es zum

Krieg kommt. Cardigan ist äußerst penibel, was Pünktlichkeit, Form und dergleichen anbelangt, und er erwartet, daß ich auf den Tag genau an Ort und Stelle erscheine. Weißt du, eine Hauptmannsstelle bei den Cherrypickers darf man nicht aufs Spiel setzen.«

Fleur seufzte. »Nun, ich seh schon, du bist entschlossen, und was sein muß, muß sein. Aber ich komme nicht mit. Ich warte hier auf Papas Rückkehr. Ich verstehe nicht, wie du derart gefühllos sein kannst, nach Hause zu fahren, ohne zu wissen, was mit ihm los ist. Angenommen, er steckt in Schwierigkeiten? Wer eilt ihm zu Hilfe, wenn wir heimfahren?«

Richard wirkte leicht überrascht. »Willst du mich verulken? Was im Himmel könnte man deiner Meinung nach denn unternehmen? In einem Schlitten nach Sibirien fahren, ein Seil, eine Schaufel und eine Extraflasche Brandy im Gepäck? Und außerdem: Seit wann machst du dir Gedanken, wie es unserem berühmten Vater ergeht?«

»Wie kann man nur so etwas Schreckliches sagen! Er ist mein Vater – natürlich mache ich mir Gedanken!«

»Nun, um dich hat er sich nie einen Deut gekümmert«, entgegnete Richard unverblümt. »Folglich könntest du dir deine Tränen für jemanden sparen, der sie zu würdigen weiß.«

Fleur schob das Kinn vor, und während die Geschwister sich trotzig anstarrten, sahen sie sich und ihrem Vater ähnlicher als je zuvor. »Mir ist es gleich, was du sagst«, meinte Fleur schließlich. »Ich gehe nicht fort, bis Papa mich holt, oder zumindest, bis ich etwas von ihm höre.«

»Mach, was du willst«, erwiderte Richard. »Aber ich warne dich, Flo, ich bleibe nicht bei dir. Ich werde mir meine neue Stellung nicht entgehen lassen.«

»Gut! Aber du bleibst doch zumindest noch bis zum Hochzeitsfest? Also, darauf bestehe ich.«

»Das habe ich doch bereits gesagt.« Er wandte sich zum Gehen, hielt dann aber inne und sah sie ein wenig betreten an: »Dir macht es doch nichts aus, oder? Die Hochzeit, meine ich. Ich dachte, du wärst früher einmal in Kirow vernarrt gewesen.«

Im stillen mußte sie lächeln über diese unangemessene Beschreibung ihrer Gefühle.

»Meine Freundschaft mit Graf Kirow ist dergestalt, daß sie durch seine Heirat mit einer anderen nicht berührt wird. Und ich mag Milotschka sehr gern, das weißt du.«

»Mm, ich denke schon.« Er blickte sie weiter durchdringend an, als habe ihn die Antwort nicht vollends befriedigt. Doch schließlich tat er die Sache mit einem Achselzucken ab und ging.

❦

Fortpflanzung. Natürlich, darum ging es letztendlich in der Ehe. Familiengründung, die Geburt eines Sohnes, das Fortsetzen der Linie. Während Fleur vor dem Spiegel saß und auf Katis Rückkehr wartete, grübelte sie wider ihren Willen darüber nach. Sie hatte sich bisweilen gefragt, ob Milotschka sich bereits über die Folgen einer Heirat im klaren war oder ob ihre Mutter sie beiseite nehmen und ihr alles erklären würde.

Natürlich hörten alle Mädchen in ihrer Kindheit und Jugend Geschichten darüber, nahmen sie auf, ohne wirklich zu begreifen, erfuhren von Hochzeitsnächten, von Bräuten, deren Haar über Nacht vor Entsetzen schlohweiß geworden war, und tuschelten über die schrecklichen Geräusche, die durch die verschlossenen Türen der Brautkammern drangen. Männer hatten »gewisse Bedürfnisse«. Aber was in aller Welt taten sie? Fleur hatte einfach keine Ahnung, und so sehr sie es auch versuchte, sie konnte sich nicht vorstellen, was das sein konnte, das einerseits so scheußlich sein mußte und andererseits offensichtlich von der Natur ersonnen und daher, im wahrsten Sinne des Wortes, natürlich war.

Sie hatte in ihrem Leben bereits mit vielen Freudenmädchen (Freude – also doch?) Kontakt gehabt, und es hätten sich genug Gelegenheiten geboten, diese zu fragen, was sie denn eigentlich taten, aber sie hatte es nie so richtig gewollt. Jene Frauen taten es aus freien Stücken und hielten es offenbar für eine bessere Art, sich den Lebensunterhalt zu verdienen, als Wäsche zu waschen oder Treppen zu schrubben. Konnte es da so schlimm sein?

Ihre Verwirrung und ihre Spekulationen hatten sich in der letzten Nacht noch verstärkt, als Milotschka mit einem Kopf voller Lockenwickler in ihr Schlafzimmer hereingerannt kam, um, wie Fleur annahm, ein letztes nächtliches Gespräch zu führen. Die Hunde tappten hinter ihr her und sprangen ebenfalls aufs Bett, aber dieses eine Mal erhob Fleur keine Einwände. Der schüchterne von ihnen steckte seinen Kopf unter ihre Hand, und sie streichelte ihn geistesabwesend.

Milotschka saß mit gekreuzten Beinen da, die nackten Zehen lugten verführerisch rosafarben unter dem Saum ihres Nachthemdes hervor, und ihr Gesicht glänzte vor unterdrückter Aufregung. Zunächst schien sie zu aufgeregt, um sprechen zu können.

»Morgen ist es also soweit, Liebes«, eröffnete deshalb Fleur die Unterhaltung. »Bist du nervös?«

»Nein . . . ja, doch. Natürlich bin ich . . . O Fleur, hast du schon mal über . . . nun, darüber nachgedacht? Du weißt doch sicher, was dann nach der Hochzeit passiert.«

Fleur spürte, wie sie errötete. »Darüber nachgedacht? Ein wenig schon. Nicht sehr viel. Meine Mutter starb ja, als ich noch sehr klein war, aber ich ging immer davon aus, daß eine meiner Tanten es mir sagen würde, wenn ich mal heirate . . .« Sie räusperte sich. »Hat deine Mutter . . .? Ich meine, hat sie . . .?«

»Nein«, erwiderte Milotschka, »aber Nuschka hat es mir gerade gesagt!« Sie schaukelte vor und zurück, während sie vor Aufregung fast platzte. »Eben, als sie mich fürs Bett fertigmachte, hat sie's mir erzählt. O Fleur, es ist schrecklich!«

Dabei schlug sie sich kichernd die Hand vor den Mund, die Augen weit aufgerissen – vor Schock, ja, aber nicht nur. Fleur zerbrach sich darüber den Kopf. Es war eine Art unheilige Freude, ein Ausdruck, den man in den Augen eines Kindes erblikken könnte, das sich gerade anschickte, etwas ausgesprochen Unartiges, aber herrlich Angenehmes zu tun, wie zum Beispiel aus dem Gewächshaus Pfirsiche zu stehlen.

»Doch sicher nicht schrecklich?« erkundigte sich Fleur, halb hoffend, halb fürchtend, daß Milotschka ihr Wissen mitteilen könnte.

Diese aber antwortete nur: »Ich kann's dir nicht sagen . . . es ist zu entsetzlich!« Und danach küßte sie Fleur auf die Wange und rannte, immer noch lachend, davon. Die Vorstellung war eigenartig, daß Ludmilla nun etwas wußte, was ihr nicht bekannt war. Schrecklich?

Doch als der Augenblick kam und Fleur die Braut in all ihrem Staat erblickte, wie sie, von Mutter und Nuschka gefolgt, aus ihrem Gemach schritt, da war nichts von Freude zu spüren. Milotschka sah leichenblaß und verängstigt aus und hielt sich so gerade, als fürchte sie, zu zerbrechen, wenn sie irgendwo anstieße.

Das Brautkleid war prachtvoll, eine atemberaubende Kreation aus weißem, besticktem Satin und silberglänzender Spitze, so steif und majestätisch, daß es fast von allein hätte stehen können. Der majestätische Eindruck wurde durch den Umstand verstärkt, daß Milotschka, natürlich, eine Krone trug – die Hochzeitskrone des orthodoxen Rituals –, von der aus ein großartiger mit Flitter besetzter Schleier herabhing, den, gemeinsam mit der bestickten Schleppe, sechs von Milotschkas Freundinnen aus Smolnijer Tagen trugen.

Fleur ging zu ihr, um ihr die passenden Komplimente zuzumurmeln und sie sehr vorsichtig auf die kalte Wange zu küssen. Milotschka nahm die Begrüßung starr entgegen, nur ihre Augen bewegten sich, aber dann, als Fleur sich zurückziehen wollte, packte sie sie unvermittelt mit zwei eisigen Händen und sagte leise: »Fleur, du verläßt mich nicht, oder? Du gehst doch nicht fort?«

»Natürlich nicht«, erwiderte Fleur verdutzt.

»Nein, ich meine nach der Hochzeit. Bitte, bleib bei mir, sag, daß du's tust! Du mußt doch nicht zurück nach England, oder?«

Sie warf einen verstohlenen Blick dorthin, wo ihre Mutter und Nuschka standen, und senkte ihre Stimme zu einem eindringlichen Flüstern: »Ich möchte nicht mit ihm allein gelassen werden! Du mußt bei mir bleiben – du bist meine liebste Freundin! Ich brauche dich bei mir!«

Fleur befürchtete, Ludmilla könnte sich in einen hysterischen Anfall hineinsteigern, und drückte deshalb beruhigend deren kalte Hand. »Ich werde nicht so bald abreisen«, erklärte sie. »Ich habe noch immer nichts von meinem Vater gehört, und ich möchte Rußland erst verlassen, wenn er zurückgekommen ist.«

Milotschka sah nur wenig getröstet aus. »Dann hoffe ich, daß er nie zurückkommt, weil du so bei mir bleiben müßtest.«

In England war es durchaus üblich, daß die Braut eine Begleiterin – häufig eine unverheiratete Schwester – mit auf die Hochzeitsreise nahm. Man ging davon aus, daß die Herren nicht die ganze Zeit mit ihren Gattinnen verbringen wollten, selbst wenn sie sie gerade erst geheiratet hatten, und daß die junge Frau gewiß Dinge auf dem Herzen hatte, die sie mit einer Geschlechtsgenossin besprechen wollte. Aufgrund der angespannten politischen Lage wurde die Hochzeitsreise allerdings verschoben, und das Ehepaar ließ sich sogleich im Kirow-Palais nieder.

Fleur hatte vorausgesetzt, daß sie wieder bei den Polotskis wohnen würde, und die beim Hochzeitsfrühstück gemachte Enthüllung, daß Milotschka wollte – darauf bestand – erwartete, daß sie ebenfalls im Palais leben würde, überraschte sie sehr.

Madame bat sie ebenfalls darum. »Es wäre zu freundlich von Ihnen. Mein armes, dummes Mädchen ist so nervös«, sagte sie mit einem liebevollen Blick auf die neue Gräfin Kirowa, »und sie hat keine Ahnung, wie sie sich nun zu verhalten hat. Sie waren ja schon am Hof . . .«

»In England«, warf Fleur ein.

»Das ist einerlei. Hof ist Hof. Und Sie haben mit der Sorte von Leuten verkehrt, mit denen sie es jetzt auch zu tun bekommt. Schließlich waren Sie es ja, die von Graf Peter zunächst besucht wurde, und dadurch kam das Ganze ins Rollen. Die arme

Milotschka hätte sonst so gar niemanden. Freilich wäre es etwas anderes, wenn Madame Rose auch dort wohnen wurde, aber sie möchte sofort zurück aufs Land. Die Stadt bekomme ihr nicht, erzählte sie mir. Das kann ich verstehen, denn sie reitet leidenschaftlich gerne, und dafür eignet sich das Land nun einmal am besten. Und Graf Peter muß fast umgehend mit seinem Regiment fort . . .«

»So? Das wußte ich gar nicht.«

»Ja, meine Liebe. Dieser verrückte Krieg mit der Türkei, wissen Sie. Er dachte, er käme bestimmt an die Donau, doch scheinbar können auch im Kaukasus jeden Augenblick Kämpfe ausbrechen, und er befürchtet, sein Regiment könnte dorthin geschickt werden. Seinem Bruder hat er noch gar nichts davon erzählt, weil er ihn an seinem Hochzeitstag nicht aufregen wollte. Es wäre solch ein Unterschied für Milotschka, wenn Sie bis zur Rückkehr Ihres Vaters bei ihr bleiben würden.«

Fleur zögerte noch immer, da sie sich auf nichts festlegen wollte, was sich in ihren Augen nicht gehörte – ganz zu schweigen davon, wie unangenehm es für sie sein mußte, mit dem Mann, den sie liebte, und seiner neuen Frau unter einem Dach zu wohnen. Aber ein wenig später kam Kirow persönlich zu ihr, um mit ihr darüber zu sprechen.

»Wenn ich recht verstehe, hat Ludmilla Sie gebeten, zu uns in das Palais zu ziehen?«

»Stimmt, aber natürlich werde ich das ablehnen. Die Frage ist nur noch, wie ich es ihr am taktvollsten beibringe.«

»Warum?«

»Warum was?«

»Warum wollen Sie ablehnen? Wäre es Ihnen derart zuwider?«

Sie blickte ihn erstaunt an und gab keine Antwort.

»*Tswetckscha,* für mich scheint das die perfekte Lösung zu sein. Das einzig Unerträgliche an dieser Heirat war für mich der Gedanke, von Ihnen getrennt zu werden. Aber hier bietet sich uns nun die Gelegenheit, zusammenzusein – uns täglich zu begegnen, zu unterhalten, gesellschaftliche Pflichten gemeinsam zu erfüllen. Fast könnte es von einer gütigen Gottheit mit Absicht so eingefädelt worden sein!«

Fleur rang innerlich mit Gefühlen, für die sie keine Worte hatte. »Aber . . . aber Sie sind nun verheiratet! Verheiratet mit Milotschka. Es wäre nicht recht . . .«

»Nicht recht? Inwiefern? Wie kann es nun unrechter sein als zuvor? Nun haben Sie in Milotschka eine Anstandsdame! Niemand kann mehr an der Situation etwas Schlechtes finden.«

Sie sah ihn nur an, wortlosen Protest in den Augen.

Er wurde sehr ernst. »Denken Sie an . . .? Ja, nun sehe ich es. Sie denken daran, was zwischen Mann und Frau geschieht, und glauben, daß sich dadurch meine Gefühle für Sie verändern. Aber da irren Sie sich gründlich! Es ist so nebensächlich, so unbedeutend! Ein langweiliger, notwendiger Vorgang wie – ja, wie das tägliche Rasieren! Würden Sie sich davon unser unschuldiges Glück trüben lassen?«

Fleur, hypnotisiert von seinen glänzenden Augen und der Leidenschaft seiner Worte, schaute ihn nur weiter ungläubig an.

»Das, was zwischen uns besteht, ist viel bedeutsamer und dauerhafter. Sie wissen, warum ich Ludmilla geheiratet habe, und ich schwöre Ihnen, daß ich ihr niemals wissentlich Anlaß dazu geben werde, es zu bereuen. Sie wird alles haben, was sie erwartet, und sie wird glücklich sein. Aber Ludmilla wird mir nie das bedeuten, was Sie für mich sind. Sie wird nie wahrhaft meine Frau sein. Wahre Ehe findet in der Seele statt, und Ihre und meine Seele wurden schon vor langer, langer Zeit verbunden.« Er beugte sich über sie, und Fleur spürte seinen Atem auf ihrer Wange. Ich liebe dich, sagte ihr Herz. Ich weiß nicht, wie ich von dir fortgehen kann.

»Verlassen Sie mich nicht«, bat er mit weicher Stimme. »Ich brauche Sie. Und Ludmilla braucht Sie. Verlassen Sie uns nicht.«

Sein Gesicht war dem ihren sehr nah, und sie fühlte sich schwindlig vor Verlangen. Sie konnte ihm nicht widerstehen. Sie wußte, sie würde einwilligen.

Drittes Buch
Krimkrokus

Sechzehn

Der sanfte Hauch eines Frühlings auf der Krim drang durch die Verandafenster und bewegte für einen Augenblick die feinen Musselinvorhänge. Am Nachmittag hatte es gestürmt – es war einer jener kurzen, heftigen Stürme gewesen, die das Schwarze Meer im April und Oktober heimsuchen –, und nun, in der Dämmerung, roch die Luft sauber und feucht und moosig wie frisches Leinzeug aus dem Waschhaus.

Kirow hatte sich sehr lange nicht gerührt; er saß zurückgelehnt in seinem Stuhl, knapp außerhalb des gelben Scheins der Lampe, die das Schachbrett beleuchtete. Hier, auf dem Gut Kurmoje, wenige Meilen nordöstlich von Eupatoria, hatte er die europäische Kleidung gegen den langärmeligen Seidenkasack, die weite Pluderhose und die weichen Stiefel seiner Vorväter eingetauscht. Fleur fand, daß ihm alles hervorragend stand; in ihren Augen wirkte er darin überwältigender denn je. Es war ihr eine Freude, ihn anzusehen – eine schmerzliche Freude, für die sie jede Nacht alleine in ihrem engen, einsamen Bett bezahlte.

Sie beobachtete, wie seine Hand mit der Präzision einer Maschine den Springer wählte, der, kunstvoll aus indischem Ebenholz geschnitzt, die Form eines Pferdekopfes aufwies: der kluge und stolze Mameluckenhengst eines Kriegsherrn in der Wüste. Während sie halb im Traum zusah, zog Kirow seine Figur über eine Gruppe schützender Bauern hinweg und forderte damit ihre mächtige Dame innerhalb des Verteidigungsrings heraus.

»Schach«, sagte er ruhig.

Sie hatte es nicht gesehen. Hastig setzte sie sich gerade auf, holte verärgert Luft und bemerkte dann das Lachen in seinen Augen, so daß auch sie lächeln mußte.

»Sie waren wieder einmal weit fort«, sagte er. »Wovon haben Sie diesmal geträumt?«

»Von Wüstenkriegern auf Araberpferden«, entgegnete sie.

»Was für eine reiche und farbige Phantasie Sie doch haben«, meinte er bewundernd. »Und mein Krieger? Was denken Sie, wird Ihre Königin ihn töten lassen – oder in ihrem Zelt gefangenhalten?«

Ludmilla, die auf der anderen Seite des Raumes leise Klavier gespielt hatte, traf plötzlich einen falschen Ton, der laut und dissonant in der langsam aufziehenden Dämmerung zu ihnen herüberklang. Kirow drehte protestierend den Kopf.

»Pardon«, entschuldigte sie sich knapp.

Er wandte sich wieder an Fleur. »Nun, *Tswetokscha*?«

»Still«, gab sie zurück. »Ich muß mich konzentrieren, wenn ich Sie schlagen soll.« Als sie sich nach vorne beugte, die beiden von langen Spitzenhandschuhen verhüllten Unterarme auf die Tischkante legte und den Kopf senkte, um das Brett zu studieren, raschelte die schwarze Seide ihres Kleides. Sie konnte Kirows Augen auf sich spüren und wußte, auch wenn sie sich dieses Wissens schämte, daß sie mit ihrem goldenen Haar und dem hellen Teint in Schwarz besonders hübsch aussah.

Sie trauerte um ihren Vater. Die Nachricht seines Todes hatte sie kurz nach Weihnachten erreicht. Sie war aus Khatansk in der eisigen Tundra über den Gouverneur von Westsibirien und einen Militärkurier nach Petersburg gelangt. Der junge Mr. Baverstock von der Botschaft Ihrer Königlichen Majestät war persönlich in den Palast der Kirows gekommen und bat um eine kurze Unterredung mit Miss Hamilton.

»Es tut mir leid, daß ich Sie so überfalle, Ma'am. Ich wollte meinen Besuch bis zum nächsten Morgen aufsparen, aber Lord Seymour erklärte, Sie sollten sofort unterrichtet werden.«

Es entstand eine kurze Pause, dann bat Fleur: »Nehmen Sie doch Platz, Mr. Baverstock.«

Er setzte sich verlegen, und Fleur wählte das Sofa gegenüber. Der hallende Raum zwischen ihnen wirkte beinahe endlos. Vor den mächtigen Bücherregalen, die schroff wie die Wände einer Gletscherspalte hinter ihr aufragten, erschien sie ihm klein und zerbrechlich. Ihre Augen leuchteten blau in ihrem kleinen, blassen Gesicht, und eine Lokke, so golden wie eine Guinee, schob sich vorsichtig unter ihrer Haube hervor. Er wollte ihre weibliche Zerbrechlichkeit beschützen; er wollte losziehen und für sie mit Drachen kämpfen.

»Es sind also schlechte Nachrichten«, sagte sie und holte ihn dadurch mit einem Schlag aus seinen Ritterträumen zurück.

Er errötete stark, doch eine klare Frage verlangte eine klare Antwort. »Ja, Ma'am, ich fürchte ja.«

Sie starrte über seine Schulter hinweg in die Ferne. »Ich habe eigentlich damit gerechnet. Eines Tages mußte es wohl so kommen.« Sie seufzte – er sah, wie ihre Brust sich hob und senkte –, und ihre Augen kehrten zu ihm zurück. »Erzählen Sie mir, was Sie wissen.«

Es war wenig genug. Khatansk war eine Stadt am Fluß Khatanga, an der Grenze zwischen Ost- und Westsibirien, aber die Nachricht kam aus wilderen Gegenden viel weiter im Osten. Sie stammte von einem Pelzjäger, einem freien Bauern – in Sibirien gab es keine Leibeigenen –, der sich in seiner Jagdhütte um einen von Sir Ranulphs Dienern gekümmert hatte.

»Diese Trapper gehen oft für mehrere Wochen auf die Jagd; sie benutzen in den Jagdgebieten hölzerne Schutzhütten. Wenn sie genug Felle haben, kehren sie in das Dorf zurück«, erklärte Baverstock. »Es scheint, als sei der Diener Ihres Vaters während eines Schneesturms schwer verletzt und völlig erschöpft zur Hütte getaumelt. Der Trapper nahm ihn auf und versorgte ihn, aber am folgenden Tag starb er.«

Fleur nickte, sagte aber nichts.

»Offenbar war der Schlitten Ihres Vaters in eine teilweise von Schnee und Eis verdeckte Schlucht eingebrochen. Dieser eine Diener konnte sich irgendwie freikämpfen; Ihr Vater und die anderen Begleiter sind verschollen. Es tut mir leid, Ma'am. Ich wünschte, ich könnte Ihnen bessere Nachrichten bringen.«

Fleurs Gesicht blieb ausdruckslos. Die Suche nach der sibirischen Orchidee war damit also beendet: Ihr Vater war aus Liebe zu einer Blume gestorben. Nein, vielleicht nicht deswegen – vielleicht aus Liebe zu Abenteuer und Ruhm. »Er hat wahrscheinlich nicht mitgeteilt, ob Papa die Orchidee gefunden hat?« bemerkte sie schließlich.

»Ma'am?« Baverstock sah verwirrt aus.

Sie winkte ab. »Wie auch immer. Es hat also niemand die Leiche meines Vaters gesehen? Sie liegt, soweit Ihnen bekannt ist, auf dem Grund einer Schlucht.«

Baverstock verbeugte sich zustimmend. »Wir können uns nicht für die Richtigkeit dieser Geschichte verbürgen, nur dafür, daß der Verwundete sie dem Trapper erzählt hat. Selbstverständlich kann er ihm womöglich weitere Dinge mitgeteilt haben, die sich aber leider unserer Kenntnis entziehen.«

Baverstock streckte die Hand aus. Fleur glaubte, er wolle ihr die Taschenuhr ihres Vaters geben, aber es war sein Kompaß, den Sir Roulph stets an einem Lederband um den Hals getragen hatte. Auf der Rückseite des Messinggehäuses waren seine Initialen eingraviert: RFH. Ihr fiel ein tiefer Kratzer auf dem Glas der Vorderseite auf, der vielleicht vom Unfall herrührte. Wenn er sich davon, dem wichtigsten Teil seiner Ausrüstung, getrennt hatte, mußte er wirklich tot sein. Es stimmte also: Er war verschwunden, und sie würde ihn nie wiedersehen.

»Ja, er gehört meinem Vater«, bestätigte sie.

Sie klingt so gefaßt, dachte Baverstock. Er hatte Schreie, Hysterie, Tränen oder zumindest eine tiefe Ohnmacht erwartet – aber ein Schock wirkt sich auf verschiedene Menschen eben unterschiedlich aus, sagte er sich. Er besaß ohnehin sehr wenig Erfahrung mit Frauen – seine älteren Schwestern ausgenommen, und die brachte so schnell nichts aus der Fassung.

Fleur wirkte ruhig, weil sie ruhig war. Später, als sie alleine war, versuchte sie, ihren Gefühlen auf die Spur zu kommen, aber da gab es keine. Es war alles so vage, so unbestimmt. Niemand hatte die Leiche gesehen, ja, es war nicht einmal bekannt, wo sie lag. Er war fortgegangen und nicht mehr zurückgekehrt, das war alles.

Wenn sie an ihn dachte, stellte sich nur ein Bild von ihm ein: wie er daheim im Flur groß, kräftig und sehr lebendig an ihr vorbeischoß, um mit einem möglicherweise interessanten Fetzen Moos in sein Arbeitszimmer und an sein Mikroskop zu gelangen – so in Gedanken versunken, daß er nicht einmal bemerkte, wie er sie beinahe umrannte. Sein Leben war von jeher so völlig von ihrem getrennt gewesen, daß sie fast glaubte, er lebe irgendwo außer Sichtweite noch immer.

Wenn sie danach gefragt worden wäre, hätte sie erklärt, ihren Vater zu lieben, aber sie wußte beim besten Willen nicht, was dies bedeutete. Zu Hause in Grove Park hätte sie ihn vielleicht vermißt, aber hier in Rußland war alles anders. Vertraute Dinge in ihrem Kopf und in ihrem Herzen schienen sich verändert zu haben. Es war, als betrete man sein Haus und merke, daß jemand während der eigenen Abwesenheit alle Möbel umgestellt hat. Sie wollte um ihn trauern, denn sie wußte, daß es sich ziemte, aber wo die Trauer sein sollte, war nichts als Leere.

Am besten kümmerte sie sich nun um die praktischen Dinge: die Kirows und Polotskis zu informieren, Kati anzuweisen, Trauerkleidung für sie zusammenzustellen, Richard und den Tanten zu schreiben, den Zeitungen in England eine Nachricht zu schikken und den Notar der Familie zu informieren – sie traute Richard diese Dinge nicht zu, zumal er bei seinem Regiment und nicht zu Hause weilte.

Jetzt mußte sie sich allerdings auch um ihre eigene Zukunft kümmern. Auf den ersten Blick war der Grund für ihren Aufenthalt in Rußland nun hinfällig; es bestand keine Notwendigkeit, noch länger zu bleiben. Ihre Tanten und Richard, sofern er sich überhaupt darüber Gedanken machte, würden erwarten, daß sie zurückkäme. Zudem spitzte sich die internationale Lage weiter zu, wie Lord Seymour ihr bei einem Empfang im Palais des Fürsten Narischkin selbst mitgeteilt hatte.

»Ich muß Ihnen wohl nicht erzählen, meine Liebe, was in den englischen Zeitungen darüber geschrieben stand, daß die Russen die türkische Flotte bei Sinope versenkt haben?«

Fleur nickte. Sie lasen die *Times* und den *Chronicle* täglich. »Ja, ich weiß, sie haben das russische Vorgehen mit allerlei lächerlichen Ausdrücken bedacht – Mord und Massaker und so fort. Aber in meinen Augen handelte die Flotte durchaus rechtmäßig.«

»Und verdammt clever seitens Admiral Nachimow, wenn man bedenkt, aus was für klapprigen Seelenverkäufern die russische Marine besteht«, pflichtete Seymour ihr augenzwinkernd bei. »Hervorragendes taktisches Manöver! Aber der Pöbel zu Hause hat sich unglaublich ereifert, weil die türkische Flotte gerade vor Anker lag, was man für eine Verletzung des Fair play zu halten beliebt. Und die Zeitungen spielen es natürlich hoch auf Teufel komm raus.«

Fleur zog die Brauen hoch. »Warum tun sie das, Sir?«

»Verkauft sich«, entgegnete Seymour ökonomisch knapp.

»Oh.«

»Gleichviel, das Kabinett sieht sich jedenfalls zum Handeln gezwungen.« Er senkte die Stimme. »Ich darf Ihnen dies mitteilen, weil ich Seine Majestät bereits davon in Kenntnis gesetzt habe, aber vielleicht entschließt er sich, es noch nicht öffentlich werden zu lassen. Behalten Sie es also für sich, bis es offiziell wird, ja?«

»Selbstverständlich, Sir. Sie können mir vertrauen. Worum handelt es sich?«

»Unsere und die französische Flotte sind an den Bosporus beordert worden, es steht also wahrhaftig auf Messers Schneide. Unsere Regierungen haben dem Zaren das Ultimatum gestellt, seine Armee binnen zwei Monaten aus den Fürstentümern zurückzuziehen, sonst wird der Krieg erklärt.«

Fleur erblaßte bei dem Wort »Krieg«. Es klang so endgültig. Keine Gespräche mehr – keine Hoffnung auf Flucht –, nur die finstere Unausweichlichkeit des Todes.

»Er wird sich nicht zurückziehen«, sagte sie ruhig.

»Ich denke, das erwartet niemand von ihm«, seufzte Lord Seymour. »Das Ganze ist ein verdammter Unfug, aber allem Anschein nach werden wir in diese Geschichte doch hineingezogen.«

»Ja, es sieht so aus«, sagte Fleur. »Danke, daß Sie es mir gesagt haben.«

»Dachte, Sie sollten's wissen, in Ihrer Lage.« Dann bemühte er sich, die Stimmung ein wenig zu heben. »Ihre Tante würde es mir nie verzeihen, wenn ich nicht ein väterliches Auge auf Sie hätte, nicht wahr?«

Fleur lächelte schwach. Tante Venus' Bewunderer tauchten in ihrem Leben immer wieder auf. »Meinen Sie, ich sollte nach Hause zurückkehren, Sir? Wird man mich ins Gefängnis stekken, wenn der Krieg erklärt wird?«

»Um Himmels willen, nein! Das hier ist ein zivilisiertes Land. Die Russkis tun so etwas nicht. Außerdem wären sie ohne die Engländer in Petersburg verloren – als erstes würden schon einmal die Banken schließen. Nein, nein, meine Liebe, wenn Sie bleiben wollen, sind Sie ganz sicher – außer natürlich, ich müßte mit meinem Stab fort und Sie hätten niemanden mehr, der Ihre Briefe weiterleitet. Aber für Ihre Korrespondenz kann ich Vorkehrungen treffen. Williams, Sie wissen schon, der Financier, kann über seine Bank etwas für Sie arrangieren, wenn Sie bleiben wollen. Ich dachte nur, Sie sollten umfassend informiert sein, damit Sie Ihre Entscheidung treffen können. Jetzt, da Ihr Vater tot ist – tut mir übrigens verdammt leid –, möchten Sie vielleicht lieber nach Hause zurückkehren. In diesem Fall wäre es vor der Kriegserklärung unsererseits allemal einfacher als danach.«

»Ja, das leuchtet mir ein«, sagte Fleur. »Danke für Ihre Informationen, Sir. Ich werde mir wohl gründlich überlegen müssen, was ich tue.«

Bevor sie einen Entschluß faßte, beriet sie sich sowohl mit Graf Kirow als auch mit Mr. Polotski, die beide bestätigten, was Lord Seymour gesagt hatte: Selbst wenn die beiden Länder gegeneinander Krieg führen sollten, würde ein Großteil der hier lebenden Engländer in Rußland bleiben. Wenn es irgendwann zu Kampfbandlungen kommen sollte, dann bestimmt nicht auf russischem Boden. Der Krieg, so er denn eintreten sollte, wurde doch in erster Linie andere treffen.

Auch Ludmilla bat sie wiederholt: »Bitte, bleib, Fleur! Ich wäre froh darum.«

Als es dann ernst wurde, merkte sie, daß sie sich bereits entschieden hatte. Was wartete in England denn schon auf sie? Nur das leere Haus in Grove Park, ihre alten Gewohnheiten, Vergessenheit und Einsamkeit. Sie hatte keine Freundinnen in England, und Teddy, Richard und alle anderen jungen Männer aus ihrem Bekanntenkreis würden in den Krieg ziehen. Bestenfalls könnte sie noch James Paget heiraten – das aber wäre nur eine andere Art von Einsamkeit.

Hier genoß sie weit größere Freiheiten, als man sie ihr in England gestatten würde. Hier konnte sie in bescheidenem Wohlstand leben, denn mit ihrem Erbanteil am Gut ihres Vaters würde sie in Rußland viel weiterkommen. Sie hatte derzeit ja keine Ausgaben, und sowohl Milotschka als auch der Graf waren unendlich großzügig. Seit ihrer Ankunft in Petersburg hatte sie kein neues Kleid selbst bezahlt. Hier wurde sie als fremde Adlige betrachtet, die zu empfangen selbst die höchststehende Gastgeberin ehrte, während sie zu Hause, wo eine unverheiratete Frau jenseits eines gewissen Alters ein Ärgernis darstellte, beinahe ein Niemand war.

Zudem konnte sie hier mit Kirow zusammensein, und solange sie ihn nicht zu lieben verlernte, war ihr dies das Wichtigste. So fiel ihr der Entschluß, wenigstens vorläufig zu bleiben und die endgültige Entscheidung noch hinauszuschieben, nicht schwer. Und vielleicht – wer weiß – würde sie nie zurückkehren.

❦

Das seltsame Geplänkel mit der Möglichkeit eines Krieges hielt an. Die Politiker aller Staaten erweckten den Eindruck, als versuchten sie verzweifelt, sich an einem steilen Berghang festzuhalten, während sie gegen ihren Willen immer weiter abrutschten. Niemand wollte den Krieg – dies wurde immer wieder beteuert –, und doch kroch er irgendwie näher.

Nur der undurchschaubare und beinahe mystisch ruhige Zar schien zu wissen, was er wollte und wohin er steuerte. Das anglofranzösische Ultimatum, sich aus den Fürstentümern zurückzuziehen, ignorierte er völlig und verweigerte ihm jegliche Anerkennung. Er hörte nicht auf seinen Generaladjutanten Orlow, der ihn warnte, daß auf die Freundschaft Österreichs kein Verlaß sei. Österreich fürchtete territoriale Begehrlichkeiten Rußlands und sah darüber hinaus nur zu gerne Frankreichs Hände gebunden, damit es sich aus den österreichischen Angelegenheiten in Italien heraushielt. Der Zar blieb dabei, daß Österreich auf seiner Seite stünde, seine Sache gerecht sei und die russische Armee weiter in Richtung Donau ziehen sollte.

England und Frankreich erklärten Ende März den Krieg, noch bevor das Ultimatum abgelaufen war. Die Nachricht ließ den Zaren kalt. Sein Blick war auf Silistra gerichtet, die türkische Festung an der Donau. Mochten die englische und französische Flotte nun auch im Schwarzen Meer kreuzen, was bedeutete das schon! Hatte die russische Flotte nicht bereits die türkische zerstört? Sie konnte jedem Feind Paroli bieten! Sie war unbesiegbar und verfolgte eine gerechte Sache.

Kirow erfüllte eine derart unerschütterliche Zuversicht mit Skepsis. Eigentlich war er sich sicher, daß der Zar nur richtige Entscheidungen traf, aber diesmal zweifelte er, ob er auch alle Fakten kannte. Kirow hatte England zu einem viel späteren Zeitpunkt besucht als Seine Majestät und so mit eigenen Augen die erstaunlichen Fortschritte in der Ingenieurskunst gesehen, die vor allem beim Einsatz von Dampfkraft und bei neuen Schiffsbautechniken zum Tragen kamen. Er fürchtete, der Zar könne vielleicht nicht wissen, wie groß der Unterschied zwischen einer Flotte von Dampfschiffen und einer Flotte von Segelschiffen war.

Er eilte zum Peterhof, um eine dringende Privataudienz zu erbitten. Er war lange fort, und als er zurückkehrte, wies er seine überraschte Dienerschaft an, sofort zu packen. Sie würden den Sommer in Kurmoje verbringen.

Fleur dachte über diesen plötzlichen Aufbruch nach, während sie das Schachbrett studierte. Kirow hatte nicht einmal ihr erzählt, weshalb sie Petersburg verlassen hatten. Zunächst hatte sie geglaubt, er sei vom Zaren auf eine spezielle Mission geschickt worden – schließlich war er einer seiner Adjutanten. Doch als sie auf dem Gut angekommen waren, hatte er einen Kasack übergezogen und sich ländlichen Dingen gewidmet. Dieses Verhalten und der grübelnde Blick, den sie manchmal auf seinem Gesicht wahrnahm, ließen sie vermuten, daß er in Ungnade gefallen war.

Vielleicht hatte sich der Zar geweigert, seinen Ratschlag anzuhören, und Kirow hatte etwas zuviel Nachdruck in seine Worte gelegt. Sie konnte sich gut vorstellen, wie Nikolaus' strenge Augenbraue sich warnend nach oben zog und er vorschlug, Kirow brauche wohl etwas Urlaub. Und sie wußte, daß der Vorschlag eines Zaren die Macht eines Befehls hatte, dem man sich nicht widersetzen konnte.

Doch wenn sie heimlich unter ihren Lidern hervor in sein Gesicht sah, glaubte sie, daß er sich hier gar nicht so unglücklich fühlte. Sie waren seit einem Monat hier, und in letzter Zeit hatte sie ihn kaum noch mit grüblerischer Miene gesehen. Nach ihrem Dafürhalten genoß er sogar seinen Urlaub von der großen Politik. Er gestaltete seinen Tagesablauf wie ein Landadeliger und war selbst überrascht, wie wenig ihn der Fortgang des Krieges kümmerte.

Es war friedlich hier. Kurmoje war ein wunderbarer Ort. Sanfte, leicht bewaldete Hügel mit Wiesen voller Wildblumen wechselten sich ab mit den vielen Terrassen der schönen Weinberge. Dazwischen schlängelten sich Bäche, in denen die Forellen im gesprenkelten Schatten blinkten, und überall sah man blühende Obstbäume und jungen Mais, der auf kleinen, in die Senken des Landes eingebetteten Feldern gedieh.

Diesen Ort hatte sie sofort liebgewonnen. Es fiel ihr hier nicht schwer, sich in träumerischer Zufriedenheit zu wiegen und die unbestreitbaren Tatsachen zu verdrängen, daß ihr Heimatland mit dem Land ihrer Wahl Krieg führte und daß der Mann, den sie liebte und dessen Nähe sie beglückte, mit einer anderen verheiratet war. Am Tag vergaß sie dies alles tatsächlich, und während ihrer gemeinsamen friedvollen Abende war es auch nicht mehr als ein fernes Echo, wie die Erinnerung an vergangenes Unglück. Nur wenn sie sich zu Bett begeben hatte, im Dunkeln wach lag und auf die Geräusche der Nacht horchte, um erlösenden Schlaf zu finden, dann kam ihr alles zu Bewußtsein, und sie mußte es auskosten bis zur bitteren Neige.

Aber sie hatte aus freien Stücken zugestimmt, hatte sich zumindest dafür entschieden, mit allen Gefahren zu leben und zu wissen, anstatt in scheinbar sicherer Unwissenheit zu verharren, in Dumpfheit und Vergessen. Dies wäre schlimmer gewesen – so glaubte sie die meiste Zeit. Es ist schlimmer, stets schlimmer, nicht zu wissen, sagte sie sich.

Sie mußte den Kopf geschüttelt haben, denn er fragte sanft: »Was ist? Was verneinen Sie?«

Sie sah auf. Er lächelte sie an mit diesem gewissen Lächeln, das sie immer aufs neue schwach werden ließ. »Ich sehe keinen Ausweg«, sagte sie. »Sie haben mich gefangen.«

Sein Lächeln vertiefte sich. »Ein williges Opfer, hoffe ich?«

»Ich will eher bei Ihnen verlieren als einen anderen besiegen.«

»Jetzt haben Sie mich um meinen Preis gebracht. Da Sie sich so elegant ergeben, wäre es ungehobelt von mir, ein Pfand einzufordern.«

»Nein, nein, Sie sollen haben, was immer Sie wollen! Sie dürfen mir nicht die Freude verwehren, meine Großzügigkeit zu zeigen!«

»Also gut. Was immer ich will?«

Sie hielt seinem Blick stand. »Ja. Nennen Sie das Pfand.«

»Dann . . .«, er hielt inne, und die Luft zwischen ihnen bebte vor unausgesprochenen Möglichkeiten, ». . . verlange ich Ihre Kleider.«

Fleur, die zu schockiert war, um zu sprechen, bemerkte in der darauffolgenden Stille, daß Ludmilla zu spielen aufgehört hatte.

Kirow lächelte hintersinnig. »Ja, Ihre schwarzen Kleider. Ich ersuche Sie förmlich, Miss Hamilton, Ihre Trauerkleidung abzulegen. Alles was recht ist: Vier Monate sind genug für einen Vater, von dem Sie sowenig gesehen haben. Wollen Sie nicht wieder zu Ihren normalen Farben zurückkehren? Wir wären Ihnen sicher alle dankbar – nicht wahr, Milotschka?«

Er wandte den Kopf leicht zur Seite, um die letzten Worte an seine Frau zu richten, aber sein Blick fixierte immer noch Fleur. Aus den Augenwinkeln sah diese, daß Ludmilla sich auf dem Klavierstuhl herumdrehte, um sie ebenfalls anzuschauen.

»Darum solltest du nicht bitten, Serjoscha«, entgegnete Ludmilla. Ihre Stimme klang hell und hart. »Laß sie selbst entscheiden. Wir können nicht wissen, wie sie empfindet.«

Kirow fuhr so hastig herum, daß sein weiter Ärmel zwei Figuren umwarf. »Sie haben ganz recht, meine Gattin, wie immer«, spottete er und verneigte sich. »Weisheit ist eine wunderbare Eigenschaft bei einer Frau, noch dazu bei einer so jungen.«

Fleur ergriff vorsichtig ihren König, rückte ihn zur Seite und stand dann auf. Keiner der beiden anderen sah sie an; ihre Aufmerksamkeit schien ganz aufeinander gerichtet zu sein.

»Trotzdem werde ich die Trauerkleidung wohl ablegen, wenn Sie daran keinen Anstoß nehmen. Ich denke, da es jetzt wärmer wird, ist Schwarz zu heiß.« Damit entfernte sie sich und ging durch die hohen Türen nach draußen auf die Veranda.

Sie fühlte sich verwirrt und unbehaglich. Wie war die Beziehung zwischen Kirow und Ludmilla? Er hatte ihr erklärt, Milotschka würde nie wirklich seine Frau werden, er wolle sie nur wegen ihrer Mitgift heiraten. Und doch erkannte Fleur, daß Milotschka eine seltsame Macht über ihn besaß. Wie schwierig und grundverschieden von ihm sie auch sein mochte, er blieb ihr gegenüber stets nett und geduldig. Manchmal schien sie ihn mit versteckten, für Fleur nicht verständlichen Anspielungen zu necken, ja sogar herauszufordern, aber er ertrug das demütig und griff nur höchst selten auf jene Ironie zurück, derer er sich eben bedient hatte.

Wie Fleur beobachtet hatte, starrte er auf Ludmilla auch dann, wenn diese es gar nicht bemerkte. Sie hatte gesehen, wie er seine Frau eine geschlagene Stunde mit ungebrochener Aufmerksamkeit betrachtete, während sie Klavier spielte, nähte oder mit ihren Hunden spielte. Was dieses Anstarren bedeutete, war schwer zu sagen: Es wirkte durchaus nicht nur wie Liebe; manchmal erschien es ihr sogar gefährlich nah am Haß. Aber es war dauerhaft – beinahe besessen. Was es auch sein mochte, Gleichgültigkeit war es nicht.

Und es ging sie nichts an! Dies war das bitterste Gefühl überhaupt. Mit einem Seufzer ging sie von der Türe weg und hinein in die Dämmerung.

❦

Der April ging in den Mai über, und die Frische des Frühlings nahm die heitere Wärme des Frühsommers an. Die knorrigen schwarzen Rebstöcke, die den ganzen Winter über wie tot gewirkt hatten, erwachten plötzlich zu neuem grünen Leben, und die Wiesen überzog der goldene Glanz der Butterblumen. Weit weg, da wo Krieg war, kämpfte die russische Armee viel mehr gegen Hunger und Krankheit an als gegen den Feind, während sie sich auf Silistra und die Donau zuschleppte.

Der Mai entfaltete sich zum Juni und damit zum vollen Grün eines richtigen Sommers. Die englische Armee landete an der Schwarzmeerküste der Walachei, in der Nähe von Varna, unternahm dann aber keine weiteren Schritte, um in den Kampf einzutreten – wofür Fleur zutiefst dankbar war. Österreich verlangte förmlich den Rückzug Rußlands aus den Fürstentümern. Die russische Armee überquerte schließlich die Donau, scheiterte aber an der Einnahme Silistras, das der Belagerung noch immer standhielt.

Ernster war die Kunde aus St. Petersburg, daß die britische Flotte vor Kronstadt aufgetaucht war und der Zar und seine Familie sie sogar von den Fenstern ihrer Sommerresidenz aus sehen konnten. Sie kreuzte hin und her, blockierte den Hafen und hielt die Elitetruppe des Zaren fest, zweihunderttausend Mann der Kaiserlichen Garde, die für den Fall einer versuchten Landung der Engländer in St. Petersburg zurückgeblieben waren.

In Kurmoje konnten diese Neuigkeiten jedoch kaum für Aufregung sorgen. Von dieser Sommeridylle schien alles so weit entfernt. Der Alltag auf dem Landgut – die Ausritte, Spaziergänge, Angeltouren, Bootsfahrten und Picknicks wie auch die abendlichen Rituale des Essens, der Musik, der Schachpartien und Kartenspiele – hatte etwas Unwirkliches. Ein wunderbarer Sonnentag folgte dem anderen, unterbrochen nur durch gelegentliche harmlose Gewitter, die die Luft reinigten und dem Grün neue Frische verliehen.

Sie sahen nur sich selbst, die Dienerschaft und die Gutsarbeiter. Es waren Tataren – freie Bauern, keine Leibeigenen –, und Fleur fühlte sich unter ihnen viel unbeschwerter. Sie konnte sich natürlich geben – ohne das bedrückende Wissen, daß jene ja gezwungen waren, sich ihren Wünschen zu beugen.

Fleur war froh, daß sie hier in Kurmoje einmal mehr gute Werke tun und die Dorfbewohner besuchen konnte. Dies verlieh ihr das Gefühl, nützlich zu sein, und ohne diese Arbeit kam sie sich rastlos und leer vor. Die in Petersburg gelegentlich aufgetretenen nervösen Kopfschmerzen waren ebenso verschwunden wie die seltsamen Anfälle grundloser Weinerlichkeit und Verwirrung, unter denen sie früher mitunter gelitten hatte. Sie fühlte sich ruhig, ausgeglichen und beinahe vollkommen glücklich.

Sie hatte bemerkt, daß bei Ludmilla nicht immer alles zum besten stand. Die junge Frau war oft tagelang recht glücklich, um dann ganz plötzlich einen Anfall von Verrücktheit zu erleiden. Dann reizte sie die Hunde bis zum Überdruß, brach einen heftigen Streit mit Nuschka vom Zaun, riskierte auf einem verwegenen Ritt durch wildes Gelände Kopf und Kragen oder stellte das ganze Haus auf den Kopf, indem sie mit einer unsinnigen Idee alle Diener auf die Palme brachte und ihren Mann verärgerte.

Einmal zerschnitt sie ein halbes Dutzend guter Kleider, um sie »umzuarbeiten« – und ruinierte sie dabei völlig. Ein andermal nahm sie ohne jeden Grund grüne Farbe und setzte es sich in den Kopf, alles einzufärben, was ihr unter die Finger kam. Sie begann mit ihren weißen Chemisetten aus Musselin und Kirows Handschuhen, bis sie völlig außer Rand und Band geriet und erst wieder aufhörte, als ihr bei der wundersamen Verwandlung ihrer weißen Hauskatze Milka schließlich die Farbe ausging.

Dies war das einzige Mal, daß Fleur erlebte, wie Kirow auf Milotschka wütend war. Nicht genug, daß sie seine Handschuhe und ein Hemd ruiniert hatte, auch ein paar seiner Bücher waren mit Farbe überzogen; darüber hinaus verabscheute er Tierquälerei und liebte insbesondere Katzen. Er strafte seine Frau mit einem kalten Groll, der in gewisser Weise schlimmer war als heißer Zorn.

Milotschka ertrug seine Schelte wortlos schmollend, wie ein Kind vor seinen Eltern, entwaffnete die Vorwürfe aber, indem sie plötzlich in Tränen ausbrach. Kirow, der sofort schwieg, wirkte sehr bestürzt. Im nächsten Augenblick nahm er sie auf seinen Schoß, um sie zu streicheln und zu beruhigen.

Fleur, der diese Ausbrüche nicht ganz geheuer waren, schrieb sie der Langeweile zu. Sie tat ihr Bestes, die verwöhnte junge Dame bei Laune zu halten, ritt viel mit ihr aus und ermunterte sie, zu lesen und ihren Geist zu schulen, anstatt ihre Zeit nur im Spiel mit den Hunden zu vergeuden. Schließlich versuchte sie sogar, Milotschka für ihre guten Werke an den Dorfbewohnern zu interessieren. Diesem Ansinnen widersetzte sie sich allerdings heftig. Sie sei nicht Gräfin geworden, erklärte sie, um die Wunden von Bauern zu verbinden und schmutzigen Kindern das Lesen beizubringen.

An einem Sonntagnachmittag im Juli saßen Fleur und Kirow im Schatten der Veranda beim Plausch, während Milotschka drinnen Klavier spielte. Fleur hatte sie überredet, ein wenig zu üben, aber ganz offensichtlich stand ihr der Sinn nicht danach.

Ein Dienstmädchen hatte das Haus in der Nacht durch ihr Geschrei geweckt und behauptet, sie habe einen Geist gesehen. Deshalb sprachen Fleur und Kirow nun beiläufig über okkulte Phänomene. Der Graf saß auf der Gartenschaukel, den einen Fuß hatte er untergeschlagen, mit dem anderen stieß er sich vom Boden ab. Fleur saß daneben, fächelte sich sanft zu und genoß das vertraute Vergnügen, ihn zu beobachten. Jenseits des tiefen Schattens, den die Veranda warf, war der Tag so heiß, daß selbst die Zikaden verstummt waren und die Blätter der Bäume sich nicht regten.

»Aber Sie können nicht das Gegenteil beweisen«, erklärte Fleur. »Und was ist mit den Heiligen? Was ist mit den Wundern? Leugnen Sie alles, was man nicht in einem Netz fangen und in einer Kiste aufbewahren kann?«

»Dafür gibt es gute Belege«, erwiderte er. »Tatsache ist, daß Sie vom Leben mehr erwarten, als dahintersteckt. Sie wollen mehr, als es im allgemeinen geben kann.«

»Nun gut, Sie etwa nicht?«

Er lächelte. »Früher vielleicht. Wissen Sie, man wird müde. Es ist sehr anstrengend, wenn man versucht, den Dingen eine Bedeutung zu geben.«

»Aber wenn man es nicht mehr versucht, was bleibt dann? Sind wir nicht dazu bestimmt, mehr zu finden, als da ist? Wir sind doch keine Tiere; sollen wir nur dumpf dahinvegetieren, essen, uns vermehren, sterben und keine Spur von uns hinterlassen?«

»Oh, sind Sie aber leidenschaftlich«, sagte er lachend. »Es ist zu heiß! Ich akzeptiere heute jedes Ihrer Argumente.«

Im Haus hatte Ludmilla zu spielen aufgehört. Ngorny erschien und verbeugte sich vor seinem Herrn. »Wenn ich bitten darf, Sir – es nähert sich ein Reiter. Ich glaube, es ist ein kaiserlicher Bote.«

»Wie, in dieser Hitze? Der Bursche muß ja zusammenbrechen. Gut, ich komme.«

Milotschka trat aus dem Haus und fächelte sich mißmutig. Dann warf sie sich in die Gartenschaukel und stieß sich so heftig mit einem Fuß ab, daß die Seile quietschten.

Fleur schaute sie fragend an. »Was ist los?«

Milotschka schaukelte grimmig weiter. »Es ist zu heiß, und es gibt nichts zu tun!«

Fleur lächelte matt. »Was würdest du denn gerne tun? Wenn du etwas ganz Bestimmtes möchtest, würde es Sergej Nikolajewitsch sicher gerne für dich arrangieren.«

Die Erwähnung ihres Gatten schien Ludmilla noch mehr zu verärgern. »So, würde er das?« sagte sie und warf einen gereizten Blick in die Richtung, in der er verschwunden war.

»Aber selbstverständlich.«

Die junge Gräfin warf ihren Kopf herum. »Jedenfalls gibt es hier nichts zu tun, nicht für uns drei!«

»Ist es das, was du willst – mehr Gesellschaft?« fragte Fleur ruhig.

Aber Ludmilla stand der Sinn nicht nach ruhiger Vernunft. »Ja, dir kommt es ganz gelegen«, rief sie aus, als beantworte sie eine ganz andere Frage. »Du bist zufrieden damit, am Abend herumzusitzen und nichts zu tun. Oder bestenfalls langweilige Bücher zu lesen und mit Sergej Schach zu spielen. Manchmal scheint es, als wärst du mit ihm verheiratet, nicht ich!«

Nichts hätte Fleur mehr treffen können. Sie lachte schneidend. »Ach, sei nicht albern! Meinst du, er vernachlässigt dich wegen mir?«

»Tut er das vielleicht nicht?«

»Ach, Unfug. Wie oft hat er angeboten, dir Schach beizubringen? Er würde viel lieber mit dir spielen. Er betet dich an.«

Milotschka ließ ihren Fächer zuschnappen. »So?« bemerkte sie spitz.

Fleur bedauerte, daß sie Argumente vorgebracht hatte, die nicht ganz ehrlich gemeint waren. Sie glaubte selbst nicht, daß Kirow Ludmilla anbetete. Andererseits war sie nicht mehr davon überzeugt, daß er sie nur ihres Geldes wegen geheiratet hatte. Ganz offenbar hatte er seiner Frau gegenüber ein starkes Gefühl besonderer Art entwickelt. In gewisser Weise faszinierte sie ihn. Fleur fragte sich, ob es etwas mit seiner ersten Frau zu tun haben könnte, mit der Milotschka eine entfernte Ähnlichkeit hatte.

Sie fuhr fort: »Ihm liegt sehr viel an dir. Schließlich hat er dich geheiratet, wo er doch jede hätte haben können.«

Das brachte das Faß zum Überlaufen. Ludmilla richtete sich abrupt auf, blickte über die Veranda und zischte: »Wenn er mich liebt, warum verweigert er . . .?« Sie brach errötend ab.

Erschrocken begegnete Fleur ihrem Blick. Grundgütiger, welche Vertraulichkeit hatte sie da unwillentlich heraufbeschworen. »Verweigert was?« fragte sie dennoch.

»Ach, du weißt, was ich meine!« schrie Milotschka wütend.

Fleur fühlte ihr Gesicht erglühen, während sie verzweifelt gegen ihre Verlegenheit ankämpfte. Eine Flut von Bildern schoß ihr durch den Kopf: Milotschka kichert mit entgeisterten Augen, die Hand auf den Mund gepreßt; Kirow sieht sie, Fleur, mit einem brennenden Blick an und erklärt, es sei völlig unbedeutend, wie die tägliche Rasur; Kirow küßt sie sanft – und fesselt sie dadurch mit unsichtbaren Banden an sich.

Er hatte gesagt, Ludmilla würde nie wirklich seine Frau werden – hatte er das damit gemeint? Ganz leise stieg ein Gefühl des Triumphs in ihr hoch – verwerflich, ja, doch süß, so süß!

»Ja, ich verstehe«, erklärte sie schließlich, wobei sie versuchte, ruhig und sachlich zu klingen. »Aber meine Liebe, darauf kommt es doch wohl nicht an?«

»Natürlich kommt es darauf an!«

»Gut, ein wenig vielleicht – aber es sollte dir nicht so wichtig sein. Frauen sollten sich aus so etwas nichts machen. Du hast den Mann, den du wolltest, und er sorgt ja auch auf vielerlei Weise für dich.«

»Ach, was weißt du denn schon davon!« schrie Ludmilla aufgebracht. »Du weißt überhaupt nichts. Du bist nicht einmal verheiratet!« Diese rücksichtslosen Worte ließen Fleur innerlich zusammenfahren. »Nein, natürlich nicht, aber . . .«

»Dann rede nicht über Dinge, von denen du nichts verstehst! Es kommt nicht darauf an – daß ich nicht lache!« Sie warf sich gegen die Lehne und schaukelte heftig, die Lippen fest zusammengepreßt, die Augen blitzend vor Wut.

Dieses Gespräch war gefährlich! Er konnte nicht nur jeden Moment zurückkommen, sondern sie würde auch mit allem leben müssen, was Milotschka ihr anvertraute. Und nur Gott allein wußte, ob das die Dinge auf lange Sicht besser oder schlechter machte. Aber ein Teil von ihr verlangte nach Gewißheit, so schmerzlich sie sein mochte.

»Milotschka«, sagte sie langsam, »willst du damit wirklich sagen, daß er nicht . . .?«

»Nein«, schnappte sie.

»Aber – überhaupt nicht? Nicht einmal?«

»Am Anfang, ein- oder zweimal. Aber danach – nein.«

»Oh.« Nun, das erklärte zumindest, warum eine gesunde junge Frau wie Milotschka auch nach neun Monaten Ehe noch keine Anzeichen einer Gewichtszunahme zeigte. Vielleicht war sie deshalb unglücklich – sie wollte sicher Kinder, und anders konnte es nun einmal keine Kinder geben.

»So, jetzt weißt du es«, unterbrach Milotschka diese Gedankengänge, und Fleur erkannte, daß die Wut der jungen Frau nur eine dünne Schutzschicht über einer tiefen Wunde war. Ihre Vertraulichkeit entsprang dem Verlangen nach einer Erklärung – und eine solche traute sie Fleur zu. Trotz ihres Hohns wollte sie, daß Fleur sie tröstete und alles wieder in Ordnung brachte.

Durch die flehend auf sie gerichteten Augen zutiefst aufgewühlt, zermarterte sich Fleur den Kopf, um hilfreiche Worte zu finden. Sie empfand eine große Erleichterung, als das Geräusch von Schritten ihrem intimen Gespräch ein Ende setzte und sie davor bewahrte, ihre Hilflosigkeit zur Schau zu stellen.

Kirow erschien mit einer staubigen, uniformierten Gestalt auf der Veranda. Fleur blickte überrascht hoch.

»Es war doch kein kaiserlicher Kurier«, verkündete er. »Oder jedenfalls nur in einem gewissen Sinne.«

Fleurs anfängliche Überraschung wurde von Freude abgelöst, aber Milotschka war ihr voraus. Sie sprang von der Schaukel und warf sich in die Arme des Besuchers.

»Oh, Petja, ich bin so froh, dich zu sehen! Du hast mich gerettet, ich wäre sonst sicher an Langeweile gestorben!«

Peter, der Milotschkas stürmische Küsse auf seinem Kinn entgegennahm, begegnete dem Blick seines Bruders über ihren Kopf hinweg mit einem leichten Grinsen.

Siebzehn

Peter trat hinaus auf die Veranda, setzte sich auf das Geländer und ließ ein Bein elegant baumeln. Dann zündete er sich eine dünne türkische Zigarre an. Fleur saß auf der Gartenschaukel und bewegte sie langsam hin und her, während sie an ihm vorbei in die Dämmerung starrte. Es war die Zeit am Abend, in der die Fledermäuse zu jagen begannen, und ihre flüchtigen Schatten schossen pfeilschnell durch die klare Luft.

Nun war auch der erste aromatische Tabaksduft zu riechen. Nachdem Peter die Zigarre zu seiner Zufriedenheit in Gang gebracht hatte, schaute er einem blauen Rauchring nach, der an den hängenden Girlanden der Kletterrosen vorbei aufstieg, die die ganze Veranda schmückten. Er warf Fleur unter halbgeschlossenen Lidern einen raschen Blick zu und sah dann wieder weg.

»Na, Sie haben hier ja einen ganz gemütlichen *ménage à trois*«, ließ er beiläufig fallen. »Das muß ich meinem Bruder lassen – so knochentrocken er vielleicht sein mag, wenn es ans Organisieren geht, ist der Mann ein Genie!« Er blickte Fleur von der Seite an, um ihre Reaktion zu sehen. Aber ihr Gesicht blieb ausdruckslos. »Wer hätte gedacht«, fuhr er fort, »daß er gleich zwei schöne Frauen dazu bringen könnte, mit ihm unter einem Dach zu wohnen, ohne daß sie entweder ihm oder sich gegenseitig an die Gurgel gehen! Wenn der Zar nur soviel Verstand gehabt hätte, sich diese organisatorischen Fähigkeiten voll zunutze zu machen, hätte er inzwischen die ganze Welt erobert.«

»Ach, halten Sie den Mund!« unterbrach ihn Fleur ungehalten.

Peter lachte. »Das ist immerhin besser, als ignoriert zu werden! Aber warum so ärgerlich, Prinzessin? Auch wenn es dem unbeteiligten Beobachter seltsam erscheinen mag, so ist es doch wohl das, was Sie sich freiwillig ausgesucht haben.«

Niemand läßt sich so etwas gerne ins Gesicht sagen! Sie sah ihn daher auch finster an. »Warum müssen Sie ihn ständig quälen? Glauben Sie, er sei blind oder blöd? Glauben Sie, er bemerke es nicht?«

»Ihn quälen? Was meinen Sie damit?«

»Das wissen Sie nur allzugut – so mit Ludmilla zu flirten, wie Sie es tun!«

»Mein liebes Mädchen, hier täuschen Sie sich. Ludmilla flirtet mit mir, und ich bin ihr nur gefällig. Das arme Kind braucht etwas Abwechslung. Es kann nicht einfach sein, Sergej als Mann zu haben.«

»Oh, warum sagen Sie immerfort solche Dinge?« rief Fleur betroffen aus.

Peter lächelte spöttisch. »Jedenfalls hätte ich erwartet, daß Sie mir dankbar sind.«

»Dankbar? Wofür?«

»Dafür, daß ich die reizende Gräfin Kirowa unterhalte und damit Ihnen und dem Gatten das Feld überlasse, um zu tun, was immer Sie mögen. Auch wenn ich mir beim besten Willen nicht vorstellen kann«, fügte er hinzu und zeigte dabei ein leicht erstauntes Interesse, als erkundige er sich nach einem Taschenspielertrick, »was das ist.«

Wider ihren Willen spürte Fleur ein Lächeln auf ihre Lippen treten. »Wir tun überhaupt nichts, Sie alberner Junge!«

»Jawohl, so ist es besser. Das Schlimmste, was ich seit meiner Ankunft gesehen habe, ist, daß Sie gelernt haben, stundenlang nicht zu lachen. Die Natur hat Sie nicht zur Schwermut bestimmt – oder zur Nonne«, setzte er ruhig hinzu.

Letzteres ignorierte sie lieber.

»Und noch etwas«, sagte sie ernst. »Was hat Sie hierhergeführt?«

»Aber das habe ich Ihnen doch bereits verraten – um meine Wunde zu kurieren!«

»Sie kommen direkt aus Petersburg.«

»Ertappt! Aber wie haben Sie das herausgefunden?«

»Ganz einfach – ich fragte Ihren Diener. Also, was tun Sie hier? Sagen Sie die Wahrheit, Sir – wenn Sie das können!«

Er zog die Schultern hoch. »Menschikow, der Oberbefehlshaber auf der Westkrim, meldete die Sichtung britischer Aufklärungsschiffe vor der Küste. Der Zar will nun weitere Informationen. Nachdem ich gerade in Petersburg herumhing, dachte er sich, ich könnte mir mein bescheidenes Brot eigentlich auch verdienen, und schickte mich hierher, um mich in seinem Auftrag umzusehen.«

Fleur runzelte die Stirn. »Aber er hätte doch sicher Ihren Bruder um einen Bericht bitten können? Schließlich ist er vor Ort.«

Peter sah sie kurz an. »Hätte er können, hat er aber nicht getan. Deshalb habe ich es Sergej gar nicht erzählt – und Sie halten es bitte genauso, wenn Sie ihn lieben. Es bräche ihm das Herz.«

»Sie meinen – er ist noch immer in Ungnade?«

Peter nickte, und ihr wurde klar, daß ihm trotz seiner harten und herausfordernden Worte etwas an seinem Bruder liegen mußte, sonst würde er nicht so sorgsam mit dessen Gefühlen umgehen. Dafür schätzte sie ihn. Vielleicht erlaubte er Ludmilla, mit ihm zu flirten, um Kirows Augenmerk von der Frage abzulenken, warum er hier war.

»Aber was hat er denn verbrochen?« fragte sie.

»Er disputierte mit dem Zaren, was dieser überhaupt nicht mag. Hat ihm beinahe erklärt, er täusche sich. Absoluten Gehorsam – das verlangt der Zar. Er liebt es nicht, wenn man seine Ansichten in Zweifel zieht, und einen Verstoß gegen dieses eherne Gesetz vergißt er nicht so schnell.«

Fleur ging durch den Kopf, was ihr Peter vorher mitgeteilt hatte. »Sie sagten, vor der Küste befanden sich britische Schiffe? Es müssen aber doch seit Januar, das heißt seit unsere Flotte durch den Bosporus gefahren ist, Aufklärungsschiffe in der Gegend sein. Was ist daran jetzt anders?«

»Nun, kleine Blume, es ist so: Wir ziehen uns aus den Fürstentümern zurück. Gorkatschow hat Seine Majestät endlich davon überzeugt, daß unsere Armee dort sinnlos ist, und so erhielt sie den Befehl, sich sofort wieder hinter die Donau zu begeben und den weiteren Rückzug einzuleiten. Und da die Besetzung der Fürstentümer für die Briten der einzige *casus belli* war, haben sie jetzt keinen Grund mehr, in der Walachei zu bleiben.«

»Oh, Gott sei Dank!« rief Fleur aus. »Dann werden sie sich zurückziehen! Es wird also ohne Kämpfe abgehen. Ach Peter, ich kann Ihnen gar nicht sagen . . .«

»Oh, gemach, nicht so schnell. Ihre Freude könnte verfrüht sein. Entweder gehen sie nach Hause – oder sie leiten, wie Paskewitsch meint, einen Angriff auf Sewastopol ein.«

Ihr Blick erstarrte. »Ach, ganz bestimmt nicht. Warum sollten sie das tun?«

Peter zuckte die Achseln. »Am Schwarzen Meer gibt es nichts, was sie angreifen könnten. Sewastopol ist der einzige Ort, der entfernt einer Festung ähnelt. Aber zufällig ist er auch noch unser einziger Seehafen, in dem unsere gesamte Flotte liegt.«

»Trotzdem . . .«, protestierte Fleur.

Peter grinste. »Sie müssen wissen, Menschikow ist verantwortlich für den Schutz Sewastopols und der Flotte, und er kann nur etwa zwanzigtausend Mann aufbringen, während unsere vertrauenswürdigsten Berichte davon sprechen, daß die Engländer und Franzosen zusammen etwa sechzigtausend zählen. Sollten sie Sewastopol angreifen, wären wir in der Bredouille, und sollte unserer wertvollen Flotte etwas zustoßen, rollt Menschikows Kopf. So werden einfach Vorkehrungen getroffen, meine liebe Fleur. In Rußland ist es üblich, sich schon sehr frühzeitig um seine Entschuldigungen zu kümmern!«

»Oh, ich hoffe inständig, daß sie nach Hause gehen – unsere Armee, meine ich! Richard muß bei ihnen sein, jedenfalls ist es sein Regiment. Und es gab so schreckliche Berichte über Krankheiten unter den Männern – Ruhr und Cholera.«

Er bemerkte, daß sie sich irgendwie eingeredet hatte, nur die gemeinen Soldaten würden krank und nicht die Offiziere, aber er unterließ es, ihr diese Illusion zu rauben.

»Es ist Lord Raglan, der unsere Armee befehligt«, sagte Fleur. »Er ist ein äußerst liebenswürdiger Mann und ungemein tüchtig. Er war der Adjutant des Herzogs von Wellington in Waterloo, und der Herzog pflegte zu sagen, er würde einen Krieg notfalls ohne Gewehre und Pferde führen, nicht aber ohne seinen Adjutanten.«

»Wenn er in Waterloo dabei war«, warf Peter ein, »muß er ein äußerst liebenswürdiger alter Mann sein.«

»Nun, alle Generäle sind alt«, erklärte Fleur. »Wie sollte es auch anders sein?«

Er beugte sich ihrer Logik. »Gewiß. Man könnte kaum zulassen, daß der Krieg von jungen Offiziersanwärtern geführt wird, oder?«

»Natürlich nicht«, versetzte sie, obgleich sie das seltsame Gefühl beschlich, er habe sich dabei einen Spaß erlaubt. »Sie gehen also zurück nach Petersburg?«

»Nicht sofort. Ich habe meinen Bericht abgeschickt, aber es sind keine weiteren Befehle für mich eingegangen, und so werde ich mich einfach auf die faule Haut legen und hoffen, daß sie mich allesamt vergessen. Ich werde also hierbleiben, um meinem Bruder und seiner reizenden Frau weiterhin Zuspruch zu gewähren, außer . . .«, fügte er hinzu und schaute ihr direkt in die Augen, ». . . Sie haben sich anders entschieden und möchten, daß ich Sie rette, indem ich Sie auf meinem weißen Pferd davontrage und heirate?«

»Ihr Pferd ist ein Brauner, und Sie sind kein Kreuzrittertyp«, widersprach Fleur.

»Wie wollen Sie das wissen? Vielleicht verberge ich allerlei unter meinem Narrenkleid!«

Seine Miene schien für einen Augenblick ernst zu werden, und Fleur erinnerte sich an Roses Stimme: »Man unterschätzt Petja leicht, zumal wenn Serjoscha dabei ist . . .«

Aber sie sagte nur: »Sie werden niemals heiraten. Sie würden sich doch nie mit einer Frau allein zufriedengeben, solange die Welt voll von Frauen ist, mit denen Sie flirten können.«

»Wie recht Sie haben«, sagte Peter leichthin. »Danke, daß Sie mich daran erinnern. Ich werde aber trotzdem hierbleiben. Mein Bruder braucht mich, damit ich ihm Zerstreuung biete und verhindere, daß er zu Stein erstarrt.« Er griff nach ihrer Hand und führte sie an seine Lippen. »Sie gestatten mir doch wenigstens, Sie aufzuheitern, *chère* Fleur, selbst wenn ich nicht mit Ihnen davonlaufen darf?«

»Aufheitern will ich mich sehr gerne lassen«, willigte sie herzlich ein.

❦

Peters Eintreffen beendete ihre Isolation, denn bald schon ritt er nach Eupatoria und freundete sich mit verschiedenen Offizieren des Tarutinsky-Regiments an, die zu einem Diner oder, sofern sie Ausgang bekamen, zu einem längeren Aufenthalt auf dem Gut einzuladen er Ludmilla ohne weiteres überreden konnte.

Ludmilla war im Kreise dieser jungen Offiziere in ihrem Element, denn als Kirows Gattin wurde sie von ihnen mit tiefem Respekt behandelt. Das hielt sie davon ab, offen mit ihnen zu flirten, was sie sonst vielleicht getan hätte. Statt dessen bewegte sie sich mit einer nahezu matronenhaften Würde, die Fleur als anmutig empfand und die Peter offensichtlich amüsierte. Und wenn ihre jugendliche Fröhlichkeit und Begeisterung einmal durchbrachen, dann wirkte das unschuldig und sorgte für soviel ansteckende Heiterkeit, daß die Subalternoffiziere nur höchst widerwillig in ihre Garnisonen zurückkehrten.

Als es August wurde, erreichte ein ständiger Besucherstrom Kurmoje: Jagdgesellschaften, Angelpartien und Picknicks, offizielle und inoffizielle Abendessen; einmal fand sogar ein Ball unter freiem Himmel statt, bei dem mit bunten Lampen bestückte Girlanden den Tanzboden beleuchteten.

Ein- oder zweimal wurden die Einladungen erwidert. Dann

führen oder ritten sie zum Besuch nach Eupatoria. Fleur fand heraus, daß es in der Stadt ein Lager für kranke und verwundete Soldaten gab – es waren etwa zweihundert Mann, die sich dort von den verschiedensten Verletzungen und Beschwerden erholten. Hier konnte sie sich nun mit ihren Besuchen nützlich machen: Sie las den Soldaten vor, schrieb Briefe für sie, und wenn sie nur Russisch sprachen, saß sie einfach bei ihnen und bot einen hübscheren Anblick als der Garnisonsarzt.

Peter wurde nicht nach Petersburg zurückbeordert, war tagsüber aber häufig unterwegs und begründete dies mit allerlei gesellschaftlichen Verpflichtungen, was seinen Bruder zu der Bemerkung veranlaßte, daß er anscheinend selbst als Offizier im Dienst nicht in der Lage sei, seinen gewohnten Müßiggang abzuschütteln. Fleur vermutete, daß der Grund für seine Abwesenheit militärischer Natur war, und sie zollte ihm Respekt dafür, daß er selbst dann noch schwieg, wenn Kirows Spott ihn geißelte.

Den ganzen August hindurch war natürlich das Hauptgesprächsthema unter den Männern, ob die verbündeten englischen und französischen Armeen Sewastopol angreifen würden. Fleur verfolgte sämtliche Argumente mit großer Aufmerksamkeit. Es war schlimm genug, daß die Länder miteinander im Krieg lagen, aber Sewastopol war alles in allem ungemütlich nahe. Wenn es tatsächlich zu einer Invasion auf dem russischen Festland käme, würde das die Dinge grundlegend verändern. Sie erkannte, daß ihre eigene Lage dadurch sofort um einiges prekärer würde – ganz zu schweigen von der Gefahr für ihren Bruder und dessen Freunde, die in Varna bislang, so glaubte und hoffte sie, nichts Schlimmerem ausgesetzt waren als Langeweile und kleineren Unannehmlichkeiten.

Die Meinungen zu diesem Punkt gingen weit auseinander. Viele beteten die Überzeugung von General Menschikow nach, daß die Alliierten für eine Invasion nicht die nötige Truppenstärke hätten und es bei einer solchen See in jedem Fall unmöglich sei, die Männer an Land zu bringen. Allerdings konnten sich weder Menschikow noch der Zar vorstellen, welchen Unterschied die Dampfkraft bei einem derartigen Unternehmen machte.

Andere verwiesen darauf, daß Admiral Kornilow, der Oberbefehlshaber der Schwarzmeerflotte, von einem Angriff ausging und sich wegen der fehlenden Befestigungsanlagen solche Sorgen machte, daß er sogar eine Liste wohlhabender Offiziere und Zivilisten aufstellen ließ, die bereit waren, den Festungsbau aus eigener Tasche zu bezahlen. Dieser Plan fand keine offizielle Billigung, aber der Admiral blieb hartnäckig und erwirkte schließlich eine Genehmigung für den Handelsunternehmer Wolokow, auf eigene Kosten wenigstens einen Stützpunkt an der Küste zu bauen, um die Straßen nach Sewastopol zu schützen. Die Arbeiten waren nun bereits im Gange und sollten im Oktober abgeschlossen sein.

Doch als der August ins Land ging und die Alliierten in Varna blieben, wuchs die Zuversicht. Nach vorherrschender Meinung war das Jahr für alles außer einer kurzen Attacke bereits zu weit fortgeschritten, und die Herbststürme, die das Schwarze Meer bald heimsuchen würden, machten die Landung einer Armee vollends unmöglich. Außerdem hatten die russischen Truppen kurz zuvor die Türken im Kaukasus niedergemacht, und wenn die Engländer so wahnsinnig sein sollten zu landen, würde das Tarutinsky-Regiment auch sie vermöbeln!

Menschikows Appelle nach Petersburg zeitigten jedoch Wirkung – fortwährend traf Verstärkung ein. Südlich von Moskau gab es keine Eisenbahn, so daß die Regimenter die ganze Strecke marschieren mußten und es viele Monate dauerte, um die riesigen Entfernungen innerhalb Rußlands zurückzulegen. Das Tarutinsky-Regiment beispielsweise hatte das Hauptquartier vergangenen Dezember verlassen und war erst im April auf der Krim eingetroffen. Ebenso mußte die gesamte Ausrüstung über weitgehend unbefestigte Straßen auf Pferdefuhrwerken herangeschafft werden. Aber, so überlegte man, die Alliierten würden bei der Versorgung ihrer Truppen auf dem Seeweg vor mindestens ebenso großen Problemen stehen.

Alles in allem vertraute man darauf, sehr bald die Nachricht zu erhalten, daß die Alliierten in See gestochen und nach Hause gefahren waren. Fleur betete jede Nacht darum. Ganz abgesehen von ihrem Bruder, den jungen Männern, die ihre Tanzpartner gewesen waren, und all den Unbekannten, mit denen sie ihr englisches Blut gemeinsam hatte, fürchtete sie nun auch um die jungen Männer des Tarutinsky-Regiments. Es war bedrückend, sich in Kriegszeiten um die Menschen auf beiden Seiten zu sorgen.

An einem trüben Septembertag saßen Fleur und Ludmilla auf der Veranda und warteten auf Neuigkeiten. Am Tag zuvor war es nun doch zum lange befürchteten Schlag gekommen: Die alliierte Flotte war vor der Küste der Krim gesichtet worden. Verschiedenen Berichten zufolge bewegten sich etwa hundert Schiffe nach Nordosten. Es handelte sich dabei um Transportschiffe in Begleitung eines kleinen Konvois von Kriegsschiffen. Die Invasion war also doch geplant, so verrückt es auch schien und so weit das Jahr bereits fortgeschritten war. Eine weitere Überraschung bestand darin, daß die Flotte anscheinend nicht in Balaklawa, dem Sewastopol am nächsten gelegenen Hafen, landen wollte, sondern offenbar auf Eupatoria zuhielt, das etwa fünfundvierzig Meilen vom Flottenstützpunkt entfernt lag.

Die Alliierten schienen bester Stimmung zu sein. Ein kleiner Landungstrupp war ans Ufer gerudert und hatte eine Telegraphenstation an der Küste offenbar nur deshalb eingenommen, um folgende Botschaft nach Sewastopol zu übermitteln: »Wir werden in Kürze bei euch sein.« Sewastopol soll geantwortet haben: »Wir werden euch willkommen heißen – wir haben euch schon lange erwartet.« Ludmilla erzählte diese Geschichte genüßlich Fleur, nachdem sie sie von Nuschka gehört hatte, die sie von Ngorny hatte, der sie wiederum von einem der Tataren im Dorf erzählt bekam. Fleur verdarb die Pointe größtenteils, da sie fragte, welche Sprache man benutzt habe und woher die

Signalgeber den jeweils anderen Code gekannt hätten – Fragen, die Milotschka als höchst unnötig und typisch für Fleur empfand.

Kirow war an diesem Morgen zeitig nach Eupatoria geritten, um herauszufinden, was dort vorging. Die Frauen konnten nichts anderes tun als warten, und die Zeit wollte kaum vergehen, während die verschleierte Sonne langsam über den blassen Himmel zog.

»Wozu sind sie wohl so weit nach Norden gekommen?« fragte Fleur nicht zum ersten Mal. »Sie werden doch nicht hier landen und die ganze Strecke nach Sewastopol zurückmarschieren wollen? Das ergibt keinen Sinn.«

»Das kann man nur hoffen«, bemerkte Ludmilla und fächelte sich heftiger zu. »Besser Sewastopol als hier – du willst doch nicht, daß sie sich all die netten Jungs vorknöpfen, mit denen wir diniert und getanzt haben?«

»Sie täten besser daran, nach Hause zurückzukehren, aber es sieht nicht so aus, als ob sie das vorhätten. Ach, wenn sie nur abzögen!«

»Wenn sie tatsächlich Eupatoria angreifen, was geschieht dann mit uns? Werden wir fliehen müssen?« Auch diese Frage wurde nicht zum ersten Mal gestellt.

»Ich weiß es nicht«, sagte Fleur. »Die Leute auf dem Nachbargut sind doch noch hier? Ich denke, es kommt darauf an, welchen Weg die Armee einschlägt.«

»Sie würden uns doch ohnehin nichts tun, nicht wahr?« fragte Milotschka mit dünner Stimme. »Zivilisten – hilflosen Frauen – und dir als Engländerin schon gar nicht! Du kannst dafür sorgen, daß sie uns in Ruhe lassen, nicht wahr, Fleur?«

Fleur seufzte. »Es hat keinen Zweck, sich Gedanken darüber zu machen, solange wir nicht mehr wissen.«

Die unsichtbaren Zikaden zirpten weiter im Gras, doch alles andere war totenstill, denn die feuchte Luft erstickte jeden Laut.

Plötzlich stand Milotschka auf, das Gesicht angespannt. »Reiter«, sagte sie knapp. »Horch!«

Fleur war ebenfalls aufgesprungen. Im nächsten Moment

hörte man deutlich das Donnern eines galoppierenden Pferdes. Sie rannten über die Veranda, und als sie deren Ende erreicht hatten, sahen sie, wie sich ein Mann in einer weißen Uniform auf einem Braunen näherte, der eine Staubwolke hinter sich hochwirbelte.

»Es ist also nicht Serjoscha«, sagte Ludmilla.

Eine kaiserliche Uniform! Einer von uns, dachte Fleur und wurde dann bitter gewahr, daß es in ihrem Fall für beide Seiten »uns« hieß. Lieber Gott, betete sie, laß nicht zu, daß es zu einer Schlacht kommt! Mach, daß es keine Kämpfe gibt!

»Es ist Petja«, sagte Milotschka.

Gleich darauf war er bei ihnen und polterte über die Holzbohlen, während ein Lakai sein Pferd in den Schatten führte. Sein gebräuntes Gesicht war blaß vor Staub und Anstrengung.

»Wo ist Sergej?« fragte er unvermittelt. Seine Stimme klang ausgedörrt.

»Er ist nach Eupatoria geritten«, erwiderte Fleur. »Ich werde Ihnen etwas zu trinken holen.«

Petja wehrte ab. »Ich muß ihn knapp verpaßt haben. Verdammt! Wann wird er zurück sein, wißt ihr das?«

»Petja, was ist los? Wird es eine Invasion geben? Werden wir fliehen müssen?« wollte Ludmilla von ihm erfahren.

»Scht, gib ihm ein wenig Zeit«, fuhr Fleur dazwischen. »Setzen Sie sich, Peter. Verschnaufen Sie erst einmal. Ich lasse Ihnen Tee bringen.« Doch da kam schon Nuschka, ein Tablett mit Limonade darauf in der Hand. Für eine alte Frau muß sie flott gelaufen sein, dachte Fleur, daß sie so schnell hier ist!

»Ach Nuschka, Sie sind ein Engel«, brachte Peter gerade noch hervor und griff in beinahe verzweifelter Hast nach dem Glas.

Dann endlich redete er. »Ich bin gekommen, um euch mitzuteilen, daß wir Eupatoria verlassen – das heißt das Tarutinsky-Regiment. Es sieht so aus, als wollten die Alliierten im Süden der Stadt landen, irgendwo in der Bucht von Kalamita, und falls sie das tun, sind wir in der Garnison zu wenige, um sie aufzuhalten. Wenn das Regiment bleibt, wo es ist, wird es abgeschnitten, also evakuieren sie die ganze Stadt und marschieren in Richtung Sewastopol, um sich mit Menschikows Streitkräften zu vereinigen.«

»Und die Verwundeten?« fragte Fleur leise. »Sie können nicht marschieren.«

»Sie bleiben natürlich, unter Major Branitsky.«

»Na wunderbar!« spottete Milotschka. »Wir sollen also nur mit einer Handvoll Krüppel als Schutz hierbleiben, während sich das tapfere Tarutinsky-Regiment aus dem Staub macht!«

»Werden wir fliehen müssen?« fragte Fleur. »Wird es dazu kommen?«

Peter sah verzweifelt drein. »Darüber wollte ich mit Sergej sprechen. Im Moment wissen wir einfach nicht, was die Alliierten tun werden. Ihr seid hier sehr nahe an der Stadt. Wenn sie einen Stützpunkt in Eupatoria einrichten, würde es mich überraschen, wenn sie nicht wenigstens Spähtrupps ausschickten, und es wird auch Plünderungen geben. Sergejs Kosaken könnten ihnen wahrscheinlich einen guten Kampf liefern, aber das würde die Dinge nur noch schlimmer machen. Wenn sie tatsächlich kommen, wäre es wahrscheinlich besser, ihnen einfach zu überlassen, was sie haben wollen.«

»Wahrscheinlich?« erkundigte sich Ludmilla.

»Sie tun Zivilisten nichts«, erklärte Peter, »aber es dürfte trotzdem nicht sehr angenehm für euch werden. Man erzählt sich, die alliierte Armee werde von Krankheiten heimgesucht. Von Varna haben sie die Cholera und die Ruhr eingeschleppt und weiß Gott was sonst noch.«

»Sie meinen also, wir sollten besser weg von hier?« fragte Fleur.

»Ich weiß es nicht. Auf der anderen Seite ist Sewastopol der einzige Ort, der für euch in Frage käme, aber dorthin ziehen die Alliierten vermutlich auch. Wenn es zu einer Belagerung kommen sollte . . .«

»Aber . . .«

»Ich wünschte, ich könnte hierbleiben und mich um euch kümmern, aber ich habe meine Befehle. Ich muß Menschikow unverzüglich Bericht erstatten. Dem Stab fehlt es immer an schnellen Reitern.« Er stand auf und sah Fleur in die Augen. »Ich weiß nicht, ob ich zurückkommen kann. Ja, ich weiß nicht einmal, wann ich euch wiedersehen werde. Wenn Petersburg etwas Wichtiges mitgeteilt werden muß, werde so gut wie sicher ich geschickt. Von nun an wird es Sergejs Aufgabe sein, euch zu beschützen. Deshalb wollte ich ihn vor meiner Abreise treffen.«

»Du kannst uns doch nicht alleine lassen wollen«, rief Ludmilla empört.

»Ausgesucht habe ich mir das nicht«, antwortete er ihr, während seine Augen immer noch auf Fleur ruhten. »Aber ich stehe jetzt unter Befehl.«

Plötzlich wurde Fleur klar, daß er dorthin zog, wo gekämpft wurde – wenn es denn zum Kampf kommen sollte, und das schien inzwischen unvermeidlich. Die Alliierten würden landen, und die Russen würden sich zur Wehr setzen müssen. Peter würde gegen ihr Volk kämpfen! Er könnte dabei getötet werden! Vielleicht würde sie ihn nie mehr wiedersehen. Dies war vielleicht die letzte Gelegenheit, ihm zu sagen . . . ihm was zu sagen? Sie streckte die Hand hin, er nahm sie und drückte sie kurz. »Sie passen auf sich auf?« sagte sie.

»Ich tue mein Bestes«, entgegnete er. Dann lächelte er plötzlich, und sein schlichtes Gesicht wurde schön und strahlte. Es ist, mußte Fleur denken, wie wenn eine Lampe eine Ikone erhellt. Bilder flackerten kurz in ihr auf, Fetzen der Erinnerung an ihn, vom ersten Mal, als sie ihn auf dem Schiff gesehen hatte, bis zum letzten Mal, als sie mit ihm tanzte – unter dem samtenen Nachthimmel im Schein jener albern bunten Lampen. Sie mochte ihn so sehr. Sie wollte nicht, daß ihm etwas zustieße. Sie hatte an einen Abschiedskuß gedacht, aber der Moment war nun vorbei.

»Ich will nicht getötet werden, das versichere ich Ihnen«, sagte er. »Und Sie passen auf sich auf.«

»Ja, das will ich. Gott schütze Sie, Peter Nikolajewitsch.«

Er gab ihre Hand frei und wandte sich der verstörten Ludmilla zu, um sie wie ein Bär in seine Arme zu nehmen. »Leb wohl, kleine Schwägerin! Kümmere dich um Sergej. Und falls die Alliierten kommen – mein Beileid für sie. Wenn ich zwischen dir und dem russischen 5. Korps in die Zange genommen würde – ich würde mich wahrscheinlich lieber dem 5. Korps stellen.«

Damit war er verschwunden und ließ die Frauen in nachdenklichem Schweigen zurück.

Fleur wandte sich schließlich Nuschka zu. »Ich denke, es wäre ratsam, die wichtigsten Dinge für Ihre Herrin bereitzuhalten, falls wir tatsächlich fortmüssen. Und bitten Sie doch Kati, dasselbe für mich zu tun.«

»Gott segne Sie, *Barischnya*«, beruhigte sie Nuschka, »aber die Taschen waren schon die ganze Woche fix und fertig gepackt. Die heilige Nino verkündete mir in einer Vision, daß die Alliierten kommen.«

Ludmilla drehte sich um. »Wirklich, Nuschka? Warum hast du mir das nicht erzählt? Und hat sie dir gesagt, was passieren wird?«

Nuschka sah sie ernst an. »Sie werden in großer Gefahr sein, Barina, aber Sie werden mit heiler Haut davonkommen«, erklärte sie. »Sie werden aber sehr tapfer sein müssen. Es warten Prüfungen auf Sie.«

❦

Kirow kehrte am Nachmittag zurück und teilte ihnen mit, daß das Regiment abgezogen sei.

»Man konnte nichts anderes tun. Es wäre unmöglich, Eupatoria gegen eine solche Übermacht zu halten, und Menschikow hätte auf keinen Fall noch mehr Verstärkung holen können.«

»Wo befindet sich die alliierte Flotte?« fragte Fleur.

»Was ist mit uns, Sergej?« warf Ludmilla ungeduldig ein. »Müssen wir fort, oder sollen wir das Haus verteidigen?«

Kirow lächelte, und erst da wurde Fleur gewahr, wie müde er aussah. »Mir scheint, ihr brächtet sogar das fertig«, meinte er.

»Nein, soweit wird es nicht kommen. Ich denke, irgendwann werden wir das Gut verlassen müssen, aber noch ist es nicht notwendig. Es wird ein paar Tage dauern, bis sie an Land gegangen sind.« Er wandte sich an Fleur. »Sie werden eine Abordnung schicken müssen, um die Aufgabe der Garnison zu verlangen. Branitsky hat die Order, keinen Widerstand zu leisten – er könnte auch gar nicht, nur mit den Verwundeten unter seinem Befehl –, so daß die Übergabe ganz zivilisiert vonstatten gehen sollte. Mir kam der Gedanke, daß Sie dann vielleicht Gelegenheit haben könnten, Nachricht von Ihrem Bruder zu erhalten.«

Die Überraschung stand Fleur ins Gesicht geschrieben. »Sie meinen, ich könnte hingehen und ihn treffen?«

»Warum nicht? Jeder Offizier, der zur Entgegennahme der Kapitulation geschickt wird, sollte doch Ihren Bruder kennen?«

»Oh, ja!«

»Sie werden auf jeden Fall mit ihm Kontakt aufnehmen können. Vielleicht dürfen Sie einen Brief schicken.«

»Das wäre wunderbar«, sagte Fleur ziemlich benommen. Zumindest zu wissen, daß es Richard gutging, und liebe Grüße zu übermitteln!

»Wir werden unverzüglich aufbrechen müssen«, drängte er sie sanft, »wenn wir sie dort treffen wollen.«

»Ja, natürlich. Ich ziehe mir nur etwas anderes an.«

»Ich auch«, sagte Milotschka. »Ich komme mit!«

»Natürlich«, erwiderte Kirow. »Paß nur auf, was du sagst, wenn du einem englischen Offizier begegnest.«

»Selbstverständlich«, sagte sie würdevoll. »Ich bin doch nicht dumm.«

❦

Der englische Offizier trug eine dunkelblaue Ausgehuniform mit schmucken scharlachroten Aufschlägen, scharlachroten Streifen an der engen Hose und einem wippenden Federbusch aus Schwanenfedern auf seinem Tschako. Seinem makellosen

Äußeren und seiner Unbekümmertheit nach zu schließen hätte er viel eher aus seinem Club auf die St. James' Street treten können, anstatt direkt von einem überfüllten Transportschiff zu kommen.

Oberst Lord George Paget von den 4. Leichten Dragonern Ihrer Königlichen Majestät war mit einer kleinen Gruppe von Offizieren an Land gegangen, um im Auftrag von Lord Raglan die Kapitulation der Garnison von Eupatoria einzufordern. Major Branitsky hatte feierlich eingewilligt, und am Ende des Gesprächs, als sich die englischen Offiziere zurückziehen wollten, fragte er, ob Lord George privat eine englische Lady empfange, die ihm eine Bitte zu unterbreiten habe. Der höchst erstaunte Paget konnte nur zustimmen.

Branitsky überließ ihm sein Büro, versprach, Tee bringen zu lassen, und ging. Im nächsten Moment öffnete sich die Tür erneut. Paget drehte sich um und sah sich der Dame gegenüber, die er am allerwenigsten erwartet hätte.

»Großer Gott! Miss Hamilton! Was machen Sie denn hier?«

»Ich weiß zumindest, was Sie hier tun, Lord George«, sagte Fleur und trat vor, um ihm die Hand zu schütteln. »Major Branitsky hat sich in aller Form ergeben, nehme ich an?«

»Das trifft es so in etwa. Stellen Sie sich vor, er bestand darauf, die Aufforderung zu desinfizieren, für den Fall, daß sie verseucht sei!«

Fleur versuchte ein Lachen zu unterdrücken. »Oh, aber er wollte Sie bestimmt nicht beleidigen! Er ist natürlich besorgt um seine Verwundeten. Sie erholen sich gerade erst wieder, und es wäre doch furchtbar, wenn sie durch die Cholera gleich einen Rückschlag erlitten.«

»Oh, Sie wissen also von der Cholera?«

»Wir erfuhren, daß Sie eine ganze Menge Leute in Varna verloren haben.«

»Ein paar – ja.« Er klang verwirrt. »Aber was führt Sie hierher, Ma'am? Mein letzter Wissensstand über Sie war, daß Sie in St. Petersburg sind.«

»Ich wohne beim Grafen Kirow und seiner Gattin auf ihrem

Sommersitz Kurmoje. Er liegt ein paar Meilen landeinwärts von hier, in Richtung Norden.«

»Ah ja, die Kirows.« Paget warf ihr einen Seitenblick zu. »Natürlich.« Er räusperte sich. »Die Nachricht über Ihren Vater tut mir leid, Miss Hamilton. Hab in der *Times* darüber gelesen. Haben Sie sich jetzt für immer in Rußland niedergelassen?«

»Ich weiß nicht«, entgegnete sie. Es hing davon ab, was hier passieren würde – oder etwa nicht? »Ich bin überrascht, die Armee hier vorzufinden. Was um alles in der Welt steckt dahinter? Ich dachte, Sie wären nach Hause zurückgekehrt, als die Russen die Walachei verließen.«

»Dachten wir auch, das können Sie mir glauben! Es war auch nicht Raglans Idee, der wäre liebend gerne nach Hause, aber die englische Öffentlichkeit wollte in der Morgenzeitung etwas über die Einnahme von Sewastopol lesen. Also sind wir hier.«

Fleur blickte besorgt drein. »Sie wissen sicher, daß ich Ihnen nichts erzählen darf. Ich bin hier als Gast. Sie dürfen ja ebenfalls nichts an mich weitergeben.«

»Nein, nein, natürlich nicht«, sagte Paget. »Ich dächte nicht im Traum daran.« Er sah sie mitleidsvoll an und verstand ihre eigenartige Situation so gut wie sie. »Aber beim Jupiter, es ist schön, wieder einmal eine englische Lady vor sich zu haben! Sie sehen bezaubernder aus denn je, Miss Hamilton! Und Ihr Hut steht Ihnen ausnehmend gut!«

»Danke«, sagte Fleur. Sie zögerte. »Wie geht es Ihrem Bruder?«

»James? Der wird schon wieder! Am Anfang hat es ihn ziemlich mitgenommen, als Sie schrieben, Sie würden nicht zurückkommen, aber jetzt ist er drüber weg. Hat ein neues Pferd – einen großen Grauschimmel, einen richtigen Teufel.«

»Und wie steht es um meinen Bruder, Lord George? Wissen Sie etwas über ihn? Ich nehme an, er ist hier bei seinem Regiment?«

Sie hatte diese Frage vor sich hergeschoben, weil sie Angst hatte vor der Antwort, und jetzt schien Lord George zu wünschen, sie hätte es noch länger getan.

»Ich fürchte, es geht ihm nicht so besonders im Augenblick. Er liegt mit Ruhr flach, seit wir Varna verlassen haben. Das ist aber auch eine verdammt unangenehme Geschichte – zieht sich hin, wissen Sie. So ein Kerl fühlt sich da ganz schön elend. Wir haben es alle gehabt, immer mal wieder und unterschiedlich stark. Aber Hamilton hat es diesmal ziemlich übel erwischt.«

»Er ist aber nicht verwundet worden, oder?«

Paget sah etwas froher drein. »Nein, verwundet wurde er nicht. Kein Kratzer!«

Fleur lächelte schwach. »Wenn ich ihm eine kurze Notiz schreibe, können Sie ihm die überbringen?«

»Mit dem größten Vergnügen! Nichts einfacher als das. Wird ihn mächtig aufmuntern.«

Sie zögerte einen Moment und fragte dann: »Ich weiß sehr wohl, daß Sie mir nichts über Ihre Pläne sagen können, aber selbstverständlich wüßte ich gerne, ob wir aus Kurmoje fliehen müssen. Können Sie mir sagen, ob wir in Gefahr sind, wenn wir bleiben?«

Paget zögerte. »Ich kann wohl guten Gewissens sagen, Ma'am, daß Sie von uns nichts zu befürchten haben. Wir werden natürlich Spähtrupps ausschicken, aber . . . nun ja, ich kann wohl dafür sorgen, daß man Sie in Frieden läßt.«

»Danke«, sagte sie herzlich. »Auch ich kann Ihnen versichern, daß Sie nichts von uns zu befürchten haben! Ja, wenn ich nur dürfte, würde ich Sie alle nach Kurmoje zum Dinner bitten.«

»Beim Jupiter, da würden ein paar Gesichter strahlen«, rief Paget aus. »Das schlimmste am Krieg ist der Fraß, den man essen muß! Erinnern Sie sich an unseren dicken Cusworth, Miss Hamilton?«

Fleur lachte. »Und ob! Ich habe ihn an jeder Tafel in Mittelengland angetroffen! Mein Onkel pflegte die Familie ›die dinierenden Cusworths‹ zu nennen. Wie hat er sich an das Lagerleben gewöhnt? Pökelfleisch und Zwieback müssen eine harte Prüfung für ihn sein!«

»Sie würden ihn nicht wiedererkennen – der arme Kerl ist nur noch ein Schatten seiner selbst!«

Der Tee wurde hereingebracht, und die Unterhaltung lebte auf.

❦

Die alliierte Flotte ging schließlich in der Bucht von Kalamita vor Anker, und am nächsten Morgen – am 14. September – begann die Ausschiffung. Die Nacht über hatte es geregnet. Aber der Tag brach frisch und hell an, die Sonne schien klar von einem blauen Himmel.

Die Aktion blieb nicht unbeobachtet. Ein von General Menschikow ausgesandter Trupp der 57. Donkosaken traf kurz nach dem Beginn der Landung ein und beobachtete das Geschehen von den Felsen aus.

Am Nachmittag schlug das Wetter um, der Himmel verdunkelte sich, und das Meer wurde stürmisch. Ein heftiger Regen setzte ein, brachte die Ausschiffung völlig durcheinander und beendete sie schließlich in einem wüsten Chaos von halb ausgepackter Ausrüstung und leeren Kisten. Es gab keinen Schutz vor diesem Unwetter, und wie die Kosaken berichteten, hatten die bereits gelandeten Männer keine Zelte. Sie legten sich in dieser Nacht im Regen auf den Strand, und viele von ihnen kamen nicht wieder hoch.

Behindert durch das Wetter – sengende Hitze, durchsetzt von Schauern –, den Mangel an Trinkwasser und die Tatsache, daß die Hälfte der Männer Durchfall hatte, dauerte die Ausschiffung fünf Tage. Erst am Morgen des 19. September war die Armee der Alliierten zum Abmarsch bereit. Auch das blieb nicht unbeobachtet, aber diesmal hatten sich neben den Spähern der Kosaken einige Gruppen von Zivilisten eingefunden, die ebenfalls von den Bergen aus zusahen.

Es war ein lohnendes Spektakel. Von der sicheren Warte eines hochgelegenen Beobachtungspostens über dem Wiesengrund, wo das Lager aufgeschlagen worden war, blickte Fleur mit aufgewühltem Herzen auf die wohlbekannten Farben und Gerätschaften der Regimenter hinab, die ein lebendiges Kaleidoskop abgaben. Sie erklärte Kirow und Ludmilla die Regimenter, ohne die Wehmut in ihrer Stimme zu bemerken.

In Formation nahm die Armee insgesamt ein Karree von viermal vier Meilen ein. Sechzigtausend Mann, aufspielende Kapellen, wehende Fahnen – unter einem strahlend blauen Himmel marschierten sie in gleißender Sonne los, während das Meer so ruhig dalag wie ein See. Die Franzosen standen zu ihrer Rechten, am Meer, die Flanken von türkischen Reitern geschützt.

Ganz an der Spitze marschierte die Vorhut der 11. und 13. Husaren, angeführt von der aufrechten Gestalt Lord Cardigans – Jim der Bär, wie seine Männer ihn nannten – auf seinem Lieblingspferd, dem glänzenden Braunen Ronald. Die berühmten zinnoberroten Hosen der Cherrypickers sowie ihre schwingenden, mit Goldlitze und Pelz besetzten Mäntel und ihre feschen Bärenfellmützen waren in einer schneidigen Linie aufgereiht. Fleur schaute sich die Augen aus, um ihren Bruder ausfindig machen zu können, aber die Entfernung war zu groß, um einzelne Personen zu erkennen.

An der linken Flanke sah man die blinkenden Lanzenspitzen und flatternden Fähnchen der 17. und 8. Husaren, während sich auf der anderen Seite die blauen Jacken mit den scharlachroten Aufschlägen der 4. Leichten Dragoner sammelten, angeführt von Lord George Paget auf seinem Grauschimmel, der dann darauf wartete, die Nachhut zu übernehmen. All diese Vorkehrungen zeigen, dachte Fleur, daß die Alliierten keine Ahnung haben, wie schlecht die Vorbereitung der Russen ist. Sie glaubten wohl, die russische Armee befände sich schon ganz in der Nähe, bereit drauflos zuschlagen, während Berichte doch besagten, daß diese sich auf der Suche nach einem geeigneten Gefechtsplatz immer noch mühsam von Sewastopol aus weiterwälzte.

Die Zuschauer blickten auf die eindrucksvolle Masse der Infanterie in der Mitte, die in schnurgeraden Doppelkolonnen marschierte: die scharlachroten Uniformen der Wachen im perfekten Gleichschritt; die dunkelgrünen Kilts der Hochländer, die über den aufblitzenden rot-weiß karierten Strümpfen schwangen; das dunkle Schwarzgrün mit den blinkenden Silberknöpfen der Schützendivisionen und die einfachen Jacken und schwarzen Tschakos der Frontregimenter, bis ganz hinaus zur linken Flanke, wo, an ihren gelben Abzeichen erkennbar, das 44. Regiment aufmarschierte.

Oh, sie war ein wunderbarer Anblick, diese Armee, die sich unter der herrlichen Morgensonne zu den Klängen von »Garryowen« und »Scotland the brave« und »Lillibulero« formierte. Lerchen trällerten hoch über ihnen, Hasen huschten aus dem Gras und hoppelten vor ihnen her, die Pferde wieherten und schnaubten, und die stampfenden Füße ließen die Luft erzittern.

Doch nach einer Weile verstummten die Kapellen. Die Sonne stieg höher und brannte erbarmungslos auf die Männer mit ihren ungeeigneten Uniformen und dem erdrückenden Marschgepäck nieder, und als die Nachhut in Sicht kam, war klar, daß mit der alliierten Armee nicht alles stimmte. Es gab so wenige Karren, so wenige Lastpferde! Schon stolperten einige Männer, ließen ihre Mäntel fallen und warfen ihre schweren Tschakos fort; schon fielen Männer um und blieben reglos auf dem kurzen, verbrannten Gras liegen.

Unter der Ruhr leidende Männer traten plötzlich weg und kauerten verzweifelt und ohne Scham auf freiem Feld. Von Hitze und Erschöpfung geschwächte Männer hingen benommen an den Transportwagen oder setzten sich einfach hin, den Kopf zwischen den Knien, zu betäubt, um weiterzulaufen.

Als die letzten Divisionen vorübergezogen waren, glich die Ebene einem Schlachtfeld, übersät mit Soldatenkörpern und abgeworfenem Material. Die 4. Leichten Dragoner wurden von der Nachhut zur Sanitätsabteilung umfunktioniert; sie übernahmen den Rücktransport der angeschlagenen Männer zum Strand, um sie dort wieder auf die Transportschiffe zu bringen.

»Wir müssen etwas tun«, sagte Fleur mit rauher Stimme. Eine Zeitlang hatte niemand etwas gesagt; alle hatten nur mit hilflosem Mitgefühl der Not der Kranken unter dieser sengenden Sonne zugesehen.

»Was können wir schon tun«, sagte Ludmilla. Es war keine Frage. »Wir können ihnen nicht helfen.«

Fleur sah ihre Begleiter der Reihe nach an. »Wir müssen da hinunter! Irgend etwas müssen wir tun. Wir haben ein bißchen Wasser dabei – wenigstens das können wir ihnen geben.« Noch immer sah sie keine Reaktion. Sie starrte Kirow eindringlich an, die Augen weit geöffnet. »Es sind meine Landsleute!«

Er seufzte. Er wußte um die Hoffnungslosigkeit. »Also gut«, sagte er trotzdem. Er lenkte sein Pferd zum Pfad ins Tal und übernahm die Führung.

Als sie die Ebene erreicht hatten, wurde ihnen bewußt, wie grausam die Hitze ohne die leichte Brise auf der Anhöhe war. Wie die Soldaten in ihren Wollmänteln und engen Strümpfen gelitten haben mußten! Zudem gab es kein Wasser auf dieser Ebene, es gab überhaupt kein Wasser in diesem Teil der Krim. Sie ritten im Trott, bis sie den ersten Soldaten erreichten; Fleur sprang ab und zog ihre Wasserflasche hinter dem Sattel hervor. Sie sah sich um, aber Ludmilla war nicht abgestiegen. Sie starrte den Mann nur mit Abscheu und Schrecken an.

»Hilf mir«, sagte Fleur knapp, aber Milotschka sank in sich zusammen und schüttelte den Kopf.

»Ich halte dein Pferd«, erklärte sie.

Kirow stieg ab, und während Ludmilla beide Pferde hielt, taten er und Fleur, was sie konnten. Es war wenig – so wenig. Ihr Wasser war bald verbraucht. Sie konnten nur noch die Körper der Toten würdig hinlegen und die noch Lebenden durch ihre Anwesenheit trösten.

»Da kommt jemand«, rief Ludmilla plötzlich.

Ein Reiter galoppierte über die heiße, glitzernde Ebene auf sie zu. Als er näher kam, erkannte Fleur Hauptmann Portal von der 4. Leichten Brigade.

»Miss Hamilton, Ma'am!«

»Hauptmann Portal! Wir sind unbewaffnet, nur Zivilisten. Wir sind gekommen, um zu sehen, ob wir helfen können.«

»Ja, Ma'am«, erwiderte er hustend und fuhr mit der Zunge über seine trockenen Lippen. »Oberst Paget schickt mich, um

Sie zu holen. Er ist bei der Nachhut, Ma'am, und bittet Sie dringend, sofort zu kommen.« Er drehte sein Pferd, und sie folgten ihm.

»Was will Lord George von mir?« fragte Fleur. »Wird unsere Hilfe gebraucht?«

Er sah sie widerstrebend an. »Es geht um Ihren Bruder, Hauptmann Hamilton, Ma'am. Der Oberst meinte, Sie wollten sicher erfahren, daß er heute morgen sehr krank wurde. Er meinte, Sie wollten ihn vielleicht zu sich nach Hause nehmen, da Sie ja ganz in der Nähe wohnen.«

Fleur erkannte mit Entsetzen die Bedeutung hinter diesen Worten. Paget hätte nicht so gehandelt, wenn er nicht glaubte, daß Richard sterben würde, falls er zusammen mit den anderen Kranken an Bord des Transportschiffes zurückkehren mußte. Oder er hielt ihn schon für todgeweiht und gab Fleur die Gelegenheit, ihn ein letztesmal zu sehen.

»Was ist es, Portal?« hörte sie ihre eigene Stimme fragen. Am leeren Himmel über ihr trällerten die Lerchen noch immer ihre verrückte Freude heraus, als gäbe es den Tod und das Elend auf der Erde unter ihnen nicht.

»Ich denke, er hat die Cholera, Ma'am«, gestand Portal bedrückt.

Achtzehn

Ludmilla erreichte ihn als erste. »O Richard! Richard!« Mit wirren Haaren kniete sie im Staub, ihre Tränen tropften auf Richards teilnahmsloses Gesicht. »Fleur, tu doch etwas! Du mußt ihn retten!«

»Es ist wirklich die Cholera, nehme ich an?« fragte Paget ohne Hoffnung in der Stimme.

»Ja.« Fleur kannte das für diese Krankheit typische eingefallene Gesicht, die feuchtkalte Haut, den schwachen, schnellen Puls.

»Hab's vermutet«, seufzte Paget. »Heute morgen begannen die Zuckungen, gerade als wir Formation einnahmen. Natürlich hat er seit Tagen Durchfall, aber das haben wir alle. Keiner wußte, daß es etwas Schlimmeres war, bis er plötzlich vom Pferd fiel. Wir wollten ihn schon zu den Transportschiffen zurückbringen, da habe ich Sie gesehen.«

Richard lag im prallen Sonnenschein auf der verbrannten Erde der glühend heißen Ebene, den Kopf auf seinen Tornister gestützt. Er war im Zustand tiefer Bewußtlosigkeit, der sich nach Durchfall, Erbrechen und heftigen Krämpfen einstellt. Sein Haar war von Schweiß verklebt, das Hemd mit Erbrochenem verschmiert, die Kleidung verdreckt.

Dessenungeachtet beugte sich Ludmilla über ihn und sang leise auf russisch eine zärtliche Melodie, während sie sein Haar und sein Gesicht streichelte und darüber ganz die abstoßende Natur seiner Krankheit vergaß.

»Wie schlimm steht es um ihn?« fragte Kirow.

»Das ist der kritische Punkt, der Kollaps nach den Zuckungen«, erklärte Fleur, als sie, die Finger am Hals ihres Bruders, nach dem Puls fühlte. »Danach wird er entweder sterben oder die Gesundungsphase durchmachen.« Sie sah sich kurz um. »Wir müssen ihn hier rausholen.«

Bei diesen Worten sprang Ludmilla auf. »Ja, ja, bringen wir ihn zu uns nach Hause! Bitte schnell!«

»Können wir?« fragte Kirow.

Paget zuckte die Achseln. »Offen gestanden, Sir, das wäre mir am liebsten. Diese Transporte sind ohnehin höllisch, und niemand kann ihn pflegen; auch sein Diener liegt mit der Cholera darnieder.«

Fleur richtete sich entschlossen auf. »Ich danke Ihnen, Lord George.« Sie sah Kirow an. »Wir müssen eine Trage bauen.«

»Hier gibt es Material zuhauf«, stellte Kirow fest.

Paget wurde unruhig. »Ich muß weiter. Ich wünschte, ich könnte Ihnen mehr helfen, aber es gibt so viel zu tun.«

»Ich verstehe«, sagte Fleur rasch. »Gott segne Sie dafür, daß Sie mich geholt haben!«

Sie schüttelte ihm die Hand. Er bestieg sein Pferd, rief seine Männer zusammen und ritt davon.

Sie improvisierten aus weggeworfenen Mänteln und den Steigriemen der drei Pferde eine primitive Trage und machten sich schließlich langsam in Richtung Nordwesten auf, wobei Milotschka das erste Pferd führte, Kirow die Trage festhielt und Fleur die anderen beiden Reittiere am Zügel hatte. Es war ein beschwerlicher und banger Weg, bis sie endlich nach etwa vier Meilen das nächste Tatarendorf erreichten. Sie brauchten dafür zwei Stunden, und in dieser Zeit sahen sie Richard sich weder rühren noch die Augen öffnen.

Im Dorf gelang es ihnen in kurzer Zeit, eine geschlossene Droschke mit zwei kräftigen Pferden aufzutreiben. Der Besitzer kam selbst als Fahrer mit, wobei er sich damit brüstete, niemand könne aus seinen Pferden ein größeres Tempo herausholen als er. »Dann kann ich sie selbst zurückbringen und erspare Ihnen weitere Umstände«, fügte er hinzu.

»Sehr gut. Also los«, sagte Kirow.

Er ritt mit den drei Pferden hinterher. Die Frauen fuhren in der Droschke mit und versorgten den Kranken, so gut es ging.

»Was können wir noch für ihn tun, Fleur?« fragte Ludmilla immer wieder.

»Nichts, als was wir ohnehin tun«, erwiderte Fleur. »Er hat eine gute Chance, durchzukommen.« Doch sie konnte den Zweifel in ihrer eigenen Stimme hören. Sie erinnerte sich an das, was Paget gesagt hatte: daß Richard bereits seit ein paar Tagen an Durchfall litt. Das mußte ihm seine Stärke geraubt haben.

Immer wieder fühlte sie seinen Puls, befeuchtete seine Lippen mit Wasser, das der Tatar ihr mitgegeben hatte, und betete zu Gott, daß er Richard am Leben erhalten möge. Er war ihr kleiner Bruder, alles, was ihr geblieben war – in gewisser Weise alles, was sie je gehabt hatte. Die wahre Tiefe ihrer Zuneigung zu ihm wurde ihr erst jetzt bewußt, da die Gefahr groß war, ihn zu verlieren.

Als sie sich dem Haus näherten, ließ Kirow die Droschke hinter sich und galoppierte voraus, um die Diener zu benachrichtigen und dafür zu sorgen, daß Nuschka in einem Zimmer auf der kühleren Seite des Gebäudes ein Bett bezog. Richard lag noch immer in tiefem Koma, als sie ihn hereinbrachten; bei seinem Anblick murmelte die alte Pflegerin etwas und bekreuzigte sich rasch. Dann verscheuchte sie Milotschka mit Nachdruck aus dem Zimmer.

Sie und Fleur zogen Richard die verschmutzte Kleidung aus, wuschen ihn und bestrichen wunde Hautstellen mit Salbe. Er war erschreckend mager geworden; der ohnehin drahtige junge Mann hatte all sein Fleisch verloren, und seine Rippen standen hervor »wie bei einem alten Gaul«, wie Nuschka mitleidig sagte.

Sie zogen ihm ein frisches Leinennachthemd an und deckten ihn sorgfältig zu. Als Nuschka mit der verdreckten Uniform hinausging, blieb sie kurz neben Fleur stehen. »Er ist jetzt in Gottes Hand, *Barischnya*«, sagte sie. »Er sieht Ihnen sehr ähnlich, wissen Sie das?«

Fleur stöhnte, ohne sie richtig zu hören. Nuschka berührte sie sanft am Arm. »Ich habe eine Ikone des heiligen Sebastian dort in die Ecke gestellt, sehen Sie – er ist der Patron der Soldaten. Und morgen ist der Tag des heiligen Eustachius. Auch er war ein Soldat, haben Sie also keine Angst – für ihn wird gut gesorgt.« Fleur sah sie mit einem zerstreuten Lächeln an. »Danke. Ja, ich weiß.«

»So ist es recht, *Barischnya*«, meinte Nuschka und nickte aufmunternd. »Ich nehme die Sachen jetzt mit und wasche sie. Er wird sie noch brauchen.«

❦

In der Kühle des Abends erlangte Richard das Bewußtsein wieder. Als er die Augen öffnete, sah er als erstes Ludmillas von weichen, rehbraunen Locken umrahmtes Gesicht über sich gebeugt. Er glaubte zu träumen. Die weißen Wände und das fahle Abendlicht hatten etwas Unwirkliches an sich, und seinen Körper empfand er als so leicht und losgelöst wie Schaum auf einer Welle. Nein, das war kein Traum. Er mußte wohl gestorben sein.

»Milotschka?«

Es war kaum mehr als ein Flüstern, aber Musik in Ludmillas Ohren. »O Richard«, sagte sie und küßte seine feuchte Wange, wobei ihre Tränen seine Lippen benetzten. »Nuschka hat gesagt, Sie werden nicht sterben! Sie meinte, die heilige Nino hätte ihr das mitgeteilt, und die heilige Nino hat immer recht. Wie fühlen Sie sich, lieber Richard?«

Der liebe Richard konnte zwar nicht sprechen, aber der Klang von Milotschkas Stimme weckte Fleur, die sich im Nebenzimmer ein wenig hingelegt hatte. Sie kam hereingelaufen und legte ihre kühle Hand auf Richards Stirn. Sein verstörter Blick entlockte ihr ein Lächeln, weil sie seine Gedanken erriet.

»Nein, es ist kein Traum«, erklärte sie. »Du bist immer noch auf der Krim, auf dem Sommersitz von Graf Kirow in Kurmoje. Erinnerst du dich? Ich schrieb dir in meinem Brief, wir seien hier. Auf dem Marsch bist du krank geworden, und Lord Paget überließ dich uns zur Pflege. Und jetzt hole ich dir etwas Kaltes zu trinken. Du bist sicher durstig, nicht wahr?«

Richard nickte und fuhr sich mit der Zunge über seine trokkenen Lippen.

Sie brachte ihm eisgekühlten Sekt. »Aber trink nicht zu hastig, mein Lieber«, sagte sie, »sonst kommt er wieder hoch.«

»Laß mich machen, Fleur, bitte«, rief Milotschka flehend. Fleur gab ihr das Glas, sah aber ein wenig skeptisch zu, wie sie seinen Kopf hielt, damit er sich nicht verschluckte. Die achtlose, ungeduldige Milotschka war jedoch wie durch ein Wunder zu einer mitfühlenden Pflegerin geworden, die sich völlig richtig verhielt.

Richard lehnte sich kraftlos gegen die Kissen zurück, denn allein schon der Versuch zu trinken hatte ihn erschöpft. Aber er schien sprechen zu wollen, und so setzte Fleur sich zu ihm und nahm seine Hand in die ihre.

»Du bist jetzt in Sicherheit, Dick. Du wirst wieder gesund werden. Milotschka und ich werden dich pflegen; du brauchst nur Bettruhe, absolute Bettruhe, und darfst dich nicht aufregen. Gibt es etwas, das du zuerst wissen willst?«

»Die Armee?« flüsterte er.

»Wir haben verfolgt, wie sie in Richtung Sewastopol marschiert sind. Weitere Nachrichten haben wir noch nicht erhalten. Sobald ich etwas höre, werde ich dich informieren, das verspreche ich. Die Kosaken halten uns auf dem laufenden – sie wissen alles, was vorgeht. Was noch?«

Er wirkte benommen, versuchte aber offenbar verzweifelt, sich zu konzentrieren. »Ist es die Cholera?«

»Ja, mein Lieber, aber du weißt, daß ich darin sehr erfahren bin. Denk an zu Hause, als sie in Isleworth ausgebrochen war. Ich weiß, was ich tue. Hab keine Angst.«

Seine Augen suchten Ludmilla, und nachdem er sie gefunden hatte, flüsterte er: »Dachte, ich träume.«

»Ich bin kein Traum, liebster Richard«, sagte Milotschka, und ihre Augen glänzten. Sie nahm seine Hand und drückte sie: »Ich bin wirklich hier!«

Fleur sah sie warnend an. »Wir müssen ihn jetzt schlafen lassen, Milotschka. Er darf sich nicht aufregen.«

Aber Richard schaute immer noch auf sie. Dann fragte er ganz leise: »Bleiben Sie?«

Ihr Gesicht hellte sich auf. »Ja, ich werde bleiben. Natürlich bleibe ich. Ich werde hier ganz ruhig sitzen, während Sie schlafen, und wenn Sie aufwachen, werde ich bei Ihnen sein.«

Auf Richards Gesicht sah man den schwachen Schimmer eines Lächelns. Der Sekt zeigte seine Wirkung, und seine Lider fielen zu. Fleur rührte sich nicht von der Stelle, bis sein Atem gleichmäßig ging. Dann forderte sie Ludmilla auf, sie sofort zu rufen, falls er aufwachen sollte oder unruhig wirkte, und ging hinaus.

Draußen auf der Veranda erhob sich Kirow erwartungsvoll.

»Er ist zu sich gekommen«, sagte Fleur. »Er hat uns erkannt. Jetzt schläft er, Milotschka bleibt bei ihm. Ich denke, er . . .«

Weiter kam sie nicht. Plötzlich schnürte es ihr die Kehle zu, und sie brach in Tränen aus. Kirow nahm sie in die Arme, und sie gab sich dem Luxus hin, an seiner Brust zu weinen und seine beruhigende Hand auf ihrem Kopf zu spüren.

»Es ist nicht nur wegen Richard«, brach es schluchzend aus ihr hervor. »Es ist wegen all der Toten – und der anderen, die weitermarschieren . . .«

Sie dachte an die Armee, die dort unten am Meer über die Ebene marschiert war, klein und bunt wie ein Kinderspielzeug. Oh, wie bemitleidenswert war die Pracht der Männer, wenn sie mit Trommeln und Pfeifen und wehenden Fahnen marschierten, um ihre warmen, lebendigen Körper mit dem kalten, unbestechlichen Tod der Geschosse und Granaten zu messen. Wie konnte sie es ihm erklären? Er war nicht bei ihr gewesen, als der Soldat zu ihr sagte: »Früher einmal war ich Pferdeknecht.« Er war auch ein Mann. Er würde nicht verstehen, wie verletzlich ihr die Männer erschienen – wie verletzlich und töricht und tapfer.

»Warum tun sie das?« murmelte sie. »Warum tun Männer das?«

Seine Hand strich ihr zärtlich über das Haar. »Um das Leben bedeutender zu machen, als es ist.«

Am nächsten Tag ging es Richard etwas besser. Obwohl er sich noch immer mitleiderregend schwach fühlte, war seine Haut wärmer, sein Puls stärker, der Durchfall weniger. Die Krise war überstanden, und Fleur ließ einen vorsichtigen Optimismus erkennen, der Ludmilla zu wilder Freude animierte.

Es schien, als habe Richard sich auf den Weg der Genesung begeben. Von jetzt an konnte er rasch wieder zu Kräften kommen, wenn er keinen Rückfall erlitt. Wie Fleur sehr wohl wußte, hing alles von der richtigen Betreuung ab. Ein Rückfall konnte zu ernsten Komplikationen führen und einen Menschen binnen Stunden dahinraffen.

Sie und Nuschka wechselten sich in der Pflege des Kranken ab und gelangten beide zu der Überzeugung, daß die andere ihr Handwerk verstand. Der Puls des Patienten mußte genau überwacht werden, und es galt, ihn warm und ruhig zu halten. Er brauchte sehr viel Flüssigkeit und Gerstenschleim, um den Magen zu beruhigen, und Sekt, um das Herz anzuregen und das Blut zu versorgen. Kalk und Kalisalze sollten den Durchfall hemmen, und, ergänzte Nuschka, er brauchte gewöhnliches Salz, um jenes zu ersetzen, das er durch das Schwitzen verloren hatte. Dieser Gedanke war Fleur neu, und sie dachte erst einmal darüber nach, aber Nuschka wirkte so vernünftig, daß sie ihr vertraute und erlaubte, Salz in den Gerstenschleim zu geben.

Richard schlief die längste Zeit des Tages und erwachte nur ab und zu, um Flüssigkeit aufzunehmen. Er sprach nicht und schien kaum zu wissen, wo er sich befand; nur einmal lächelte er schwach, als das Glas von seinen Lippen genommen wurde.

Fleur hatte erwartet, daß Ludmillas hingebungsvolle Pflege im Lauf des Tages nachlassen würde, aber sie blieb auf ihrem Posten und schien nichts anderes zu wollen, als neben Richard zu sitzen, während er schlief, einfach damit sie es war, die ihm zu trinken gab, wenn er aufwachte. Gegen Abend befahl Fleur ihr schließlich, sich auf einem kurzen Spaziergang etwas zu erholen.

Deshalb saß Fleur an seinem Bett, als er erwachte. Er fühlte sich nun kräftig genug, um ihr von zurückliegenden Ereignissen zu berichten.

»Ich muß es auf dem Schiff bekommen haben«, erklärte er. »Ich hab gedacht, ich käme drum herum, aber seit wir in Varna angekommen waren, schlich ich nur noch durch die Gegend. Das ging allen so. Gott, war das ein höllischer Ort. Dabei sah er so schön aus . . .«

Eine lange Pause entstand. Fleur saß ruhig da, bis er wieder anfing, mit schwacher Stimme weiterzuerzählen.

»Aber das Schiff war eine andere Geschichte. Zweihundert Mann in einem Raum, der für siebzig gedacht war. Neun von zehn davon mit Durchfall. Kein frisches Essen – bloß Pökelfleisch und Zwieback. War alles roh – kein Raum zum Kochen, kein Brennholz dafür. Wasser war rationiert – keines zum Waschen und herzlich wenig zum Trinken. Kein Wunder, daß die Cholera umging. Die war das einzige, was auf diesem Höllentrip florierte!«

Er schauderte, und sie hielt seinen Kopf, als sie ihm noch mehr Gerstenschleim verabreichte. Während er ihn schluckte, waren seine Augen starr auf unsichtbare Bilder gerichtet. Sie entschied, es sei besser, ihn reden zu lassen – vielleicht erleichterte es ihn, dies alles loszuwerden.

»Drei Tage hatten sie für die Überquerung des Schwarzen Meeres eingerechnet«, fuhr er fort, »aber die, welche als erste an Bord gingen, waren siebzehn Tage lang auf diesen Schiffen. Die Order lautete, die Konvois in der Bucht von Baltschik, fünfzehn Meilen südlich von Varna, wieder zu treffen. Mein Gott, ich kann dir sagen, waren wir froh, von Varna wegzukommen!

Aber natürlich haben wir da die Cholera bereits mitgeschleppt. Täglich starben mehr Männer. Wir warfen sie bei Dunkelheit über Bord.«

Fleur legte ihre Hand auf seine Stirn, um zu fühlen, ob er fieberte. Seine Augen wirkten glasig. Er war gerade sehr weit weg.

»Wir waren eine Woche in Baltschik. Niemand hatte Kanonenkugeln, um die toten Körper damit zu versenken. Wir beschwerten sie so gut wir konnten, aber es reichte nicht. Du mußt wissen, wenn sie anfangen zu verwesen, blähen sie sich mit Gas auf.«

»O Richard . . .«

»Also trieben sie wieder an die Oberfläche. Vorzeitige Auferstehung, meinte Brooke. Das schlimmste war, daß die Gewichte gerade ausreichten, um sie aufrecht zu halten, also ragten ihre Köpfe und Schultern aus dem Wasser, und sie starrten uns an – starrten uns an.«

»Genug, Dick. Es ist vorbei.«

»Die Sonne brannte die Gesichter schwarz, und dann schrumpfte das Fleisch langsam zusammen, und so sah es aus, als grinsten sie. Ihre Zähne wirkten sehr weiß in den schwarzen Gesichtern. Sie tanzten im Hafen auf und nieder – Hunderte waren es, und täglich wurden es mehr –, und sie grinsten uns an, als ob sie sagen wollten: ›Kommt her und schließt euch an! Na los! Ihr wißt doch, daß ihr früher oder später bei uns sein werdet!‹«

Er hielt abrupt inne, biß die Zähne zusammen und verschloß seine Augen vor der Erinnerung. Fleur sah ihn angstvoll an und fühlte seinen Puls.

»Ich will nicht, daß du dich aufregst«, sagte sie. »Du mußt ruhig bleiben.«

»Das war noch nicht das allerschlimmste. Das war die Überfahrt von England – das waren die Pferde. Mein Gott, Flo, die Pferde! Pferde sind nicht dazu geschaffen, auf Segelschiffen transportiert zu werden. Sie sind nervös. Warum in Gottes Namen haben sie sich entschlossen, uns in Segelbooten zu verschicken! Ich kann dir sagen, Flo, von mir wirst du kein Wort mehr gegen Dampfschiffe hören. Dampfschiffe fahren wenigstens einigermaßen ruhig, und sie hätten uns in vierzehn Tagen nach Varna gebracht. Wir waren zwei Monate auf diesem Schiff. Zwei Monate wurden die Pferde in einem stinkenden Loch, ohne Licht oder Luft, gehalten, und sie waren nicht in Boxen getrennt. Man hatte sie nur am Kopf festgemacht, und wenn der Wind auffrischte . . .«

Er unterbrach sich, von den grauenvollen Erinnerungen überwältigt. »Im Golf von Biskaya«, fuhr er dann nach einer Weile fort, »war der Sturm für uns gar nicht so schlimm, aber unten – es war wie eine Szene aus der Hölle. Als das Schiff sich einmal extrem zur Seite neigte, wurden alle Pferde umgeworfen. Sie wieherten schrill vor Panik, schlugen aus, rissen an ihrem Zaumzeug – du kennst das. Die einen wurden unter den anderen begraben, sie trampelten gegenseitig aufeinander herum. Mein Gott! Wir versuchten, sie zu beruhigen. Sogar die Matrosen halfen mit und riskierten ihr Leben, um sie wieder auf die Beine zu kriegen. Und sobald wir die armen Tiere wieder oben hatten, änderte das Schiff die Richtung, und es ging von neuem los.«

»O Dick, es ist furchtbar. Es ist so furchtbar.«

»Ich sag dir, so etwas will ich nie wieder erleben – achtzig Pferde, verrückt vor Angst, und alle versuchen, sich gleichzeitig loszureißen! Ich blieb drei Tage lang, Tag und Nacht, bei Pearl. Aber großer Gott, ich hatte Glück! Alle meine Pferde schafften es. Von unseren achtzig Pferden haben wir dreißig verloren. Ich habe mein Lebtag nicht so viel geheult wie auf dieser Fahrt.«

Fleur kämpfte selbst mit den Tränen. »Ist Pearl in Ordnung?«

»Zumindest war sie es, als ich sie das letztemal gesehen habe. Aber sie ist, wie alle anderen auch, erschreckend dünn. Ich habe Kittiwake verloren – er war neu, du kennst ihn nicht –, als Jim der Bär uns damals im Juli auf diese wahnwitzige Aufklärungsaktion geschickt hat. Der arme kleine Teufel fiel vor Hitze und Erschöpfung einfach tot um: Damals verloren wir hundert Pferde.«

Plötzlich unterbrach er sich und schloß ermattet die Augen.

Sein Gesicht sah wieder sehr abgespannt aus. Sie fühlte erneut seinen Puls und runzelte ein wenig die Stirn.

»Genug geredet«, sagte sie bestimmt. »Du mußt dich ausruhen. Du solltest jetzt wirklich etwas schlafen. Später, wenn du aufwachst, kann Milotschka dir neuen Sekt bringen – ich hoffe, sie ermüdet dich nicht zu stark, mein Lieber.«

Er lächelte schwach, während ihm bereits die Augen zufielen. »Sie ist die Wucht, dieses Mädchen, hab ich recht?« murmelte er. »Hab ich's nicht gesagt – damals in Petersburg ...?« Und schon war er eingeschlafen.

Als Ludmilla vom Spielen mit ihren Hunden zurückkam, war sie äußerst aufgebracht, daß Fleur sie nicht hereinließ, um wieder bei Richard zu sitzen.

»Ich störe ihn doch nicht!« protestierte sie. »Ich sitze einfach nur da. Du meinst immer, außer dir wüßte niemand, wie man etwas macht!«

»In der nächsten Stunde wird er überhaupt nichts tun. Mir wäre es lieber, du würdest ihn bis nach dem Abendessen alleine lassen.«

»Aber er braucht mich!«

Fleur sah Kirow flehend an, der sich daraufhin vorsichtig einschaltete. »Ist dir nie in den Sinn gekommen, daß wir dich vielleicht auch brauchen könnten?«

Sie sah ihn mißtrauisch an. »Wozu?«

»Um uns bei Laune zu halten. Richard schläft, und es reicht vollkommen, wenn Nuschka bei ihm sitzt, falls er aufwacht und irgend etwas benötigt. Aber du sollst mit uns dinieren und uns dabei mit deiner Unterhaltung aufheitern.«

Ludmilla schien nicht überzeugt. »Du willst meine Gesellschaft überhaupt nicht«, sagte sie mißtrauisch. »Das sagst du nur so.«

»Nein, bestimmt nicht«, versicherte er ihr noch einmal und hielt ihrem Blick stand. »Warum ziehst du dir nicht ein hübsches Kleid an? Es wird uns guttun, bei einem zivilisierten Mahl zusammenzusitzen und deinen Anblick über den Tisch hinweg genießen zu können.«

Sie ließ sich überreden, doch ihr Gesichtsausdruck verriet, daß sie immer noch den Verdacht hegte, sie würde manipuliert. Auch Fleur machte sich so ihre Gedanken. Er hatte durchaus aufrichtig geklungen, als er »bestimmt nicht« sagte.

Als Ludmilla gegangen war, erhob auch sie sich und meinte: »Ich ziehe mich vielleicht auch besser um, wenn wir ordentlich dinieren wollen.«

»Einen Moment noch«, hielt Kirow sie zurück. »Ich wollte es Ihnen allein sagen, weil ich nicht ganz sicher bin, ob Milotschka es nicht ausposaunt. Ein Späher der Kosaken hat die Nachricht von einer Schlacht überbracht.«

Fleur erblaßte. »Einer Schlacht?«

»Es scheint, als habe sich Menschikow am Ufer der Alma zum Gefecht gestellt – etwa fünfzehn Meilen von der Stelle entfernt, an der die Alliierten landeten. Die Kämpfe begannen gegen Mittag, und der Kosake meinte, sie seien von beiden Seiten sehr verbissen geführt worden. Den Ausgang kenne ich noch nicht.«

Fleur nickte stumm. Wenigstens ist Richard hier, kam ihr als erstes in den Sinn. Aber gleich darauf dachte sie an ihre anderen Freunde. Wie viele von ihnen waren mittlerweile wohl schon verstümmelte Leichen?

Er streckte die Hand aus, um sie zu trösten. »Es tut mir so leid«, sagte er sanft. Sie aber wich ihm aus, wandte sich ab und ging. Auch seine Berührung konnte einen solchen Schmerz nicht lindern.

❦

Ziemlich spät setzten sie sich zum Abendessen nieder. Wenigstens Ludmilla war frohgemut und hatte die Zwischenzeit gut genutzt. Mit ihren geröteten Wangen sah sie reizend aus. Sie hatte ein aufwendig gearbeitetes Rüschenkleid aus apricotfarbener weicher Seide angelegt, das wunderbar zu ihrem Typ paßte. Kirow ermunterte sie, über ihre Pläne zu plaudern, was sie auch voller Wonne tat, bis ein Aufruhr vor dem Haus sie abrupt unterbrach. Kirow sprang auf.

»Wer um alles in der Welt kann das so spät noch sein?« fragte Milotschka unschuldig und bemerkte dann Fleurs Miene. »Was ist? Was ist passiert?«

»Wartet hier«, befahl Kirow scharf, warf seine Serviette auf den Tisch und ließ die beiden allein.

Milotschka starrte Fleur an. »Was ist passiert?« wiederholte sie. »Du verheimlichst mir doch etwas?«

»Ach, sei still«, sagte Fleur zerstreut. »Horch!« Es war wohl wieder ein Kosake, der Neuigkeiten von der Schlacht brachte. Für sie konnten es keine guten Nachrichten sein, was er auch zu erzählen hatte.

Man hörte erst Stimmen, dann Schritte, und schließlich erschien Kirow. Seine Augen richteten sich direkt auf Fleur und hielten eine Warnung bereit.

»Es ist ein Besucher. Ja, es gibt Neuigkeiten, aber es wird eine ziemliche Überraschung für Sie sein.« Er drehte den Kopf, um jemanden über die Schulter anzusprechen: »Kommen Sie doch herein. Wir sitzen gerade beim Abendessen. Vielleicht möchten Sie sich anschließen?«

Ein Mann in Zivil trat ein, der sehr schmutzig und zerknittert aussah. Sein Gesicht war von Staub überzogen, und sein verschwitztes Haar klebte an den Schläfen. Direkt unter der Tür blieb er stehen und blickte entschuldigend in die Runde. Seine Augen schweiften kurz zu Ludmilla, bevor sie erwartungsvoll an Fleur hängenblieben. Ludmilla musterte den Fremden überrascht und interessiert, während die überwältigte Fleur sich nicht im mindesten rührte.

»Hallo, Fleur«, sagte der Besucher mit rauher Stimme.

Es war Teddy Scott.

Das Abendessen wurde nach einer Pause fortgesetzt, die gerade lang genug war, daß sich Scott den ärgsten Staub von den

Händen und aus dem Gesicht waschen und das Angebot eines sauberen Hemds aus dem Kleiderschrank des Grafen annehmen konnte. Danach sah er etwas weniger wild aus. Er war zwar unverwundet, doch wirkte er ausgemergelt und sehr niedergeschlagen. Leicht verwirrt betrachtete er das Essen auf dem Tisch, was Fleur deutlicher als Worte zeigte, wovon er in diesen letzten Wochen gelebt hatte. Sie hatte die Zwischenzeit genutzt, um Milotschka kurz das wenige zu erzählen, das sie wußte, und sie zu bitten, ihren Gast nicht mit Fragen zu belästigen, sondern nur zuzuhören.

»Ich erfuhr von Graf Kirow, daß es Richard etwas bessergeht«, sagte Scott als erstes, als man seine Suppe auftrug. »Ist das richtig? Paget erzählte mir, du hättest ihn zu dir genommen. Ich nehme an, es war die Cholera?«

»Ja, doch er scheint auf dem Weg der Besserung – so Gott will«, sagte Fleur. »Er ist noch äußerst schwach, aber wohl nicht mehr unmittelbar in Gefahr. Du weißt, bei Cholera kommt es sehr auf die Pflege an, so hat er hier eine bessere Chance als auf dem Schiff. Ich bin ganz zuversichtlich.«

»Gott sei Dank! Wenn nur ein paar von den anderen die gleiche Fürsorge genießen könnten! Die Zustände auf dem Sanitätsschiff sind entsetzlich.«

»Du kannst Dick später sehen, nach dem Abendessen, wenn du willst«, sagte sie. »Im Augenblick schläft er.«

Er löffelte die kalte Rote-Bete-Suppe in einem erstaunlichen Tempo. »Du mußt dich fragen, was ich hier tue«, sagte er, nachdem er seinen Teller geleert hatte.

»Ja, allerdings. Du bist nicht in Uniform, wie ich sehe.«

»Ich bin als Zivilist hier. Sir John Burgoyne, unser Ingenieur, wurde als Berater für den Angriff auf Sewastopol hergeschickt. Er konnte aber nicht in militärischer Funktion bestellt werden, so ist er quasi inoffiziell hier, und ich bin sein Assistent. Sie meinten wohl, mit meinem zivilen Hintergrund und meiner militärischen Erfahrung – so kurz sie auch war – sei ich ein guter Kompromiß.«

»Ja, ich verstehe«, sagte Fleur. »Es ist sehr schön, dich wiederzusehen, Teddy – endlich wieder ein Gesicht von daheim! Wie geht es allen?«

»Ach, wen kümmert das denn jetzt«, unterbrach Ludmilla sie ungeduldig. Sie konnte sich einfach nicht länger zurückhalten. »Um Himmels willen, erzählen Sie uns von der Schlacht! Was ist passiert? Ist sie vorbei? Wer hat gewonnen?«

So erzählte Scott, während er weiteraß, was er wußte. Die alliierte Armee hatte keine Ahnung gehabt, wo und in welcher Stärke sich die Russen aufhielten. Man war also losmarschiert und erwartete den Gegner hinter jedem Bergrücken. Die Soldaten wußten, daß sie von den Kundschaftern der Kosaken entdeckt worden waren, und so rückten sie in der ständigen Angst vor einem Angriff vor.

Sie hatten fünf Stunden gebraucht, um den ersten der fünf Flüsse zu erreichen, die zwischen ihnen und Sewastopol lagen – den Bulganak. Bis dahin hatte die ganze Armee unter quälendem Durst gelitten, und deshalb standen die Offiziere dem disziplinlosen Ansturm hinunter zum Wasser nun machtlos gegenüber. Die Männer schubsten sich gegenseitig weg, um knietief in das Wasser zu taumeln und wie Hunde zu saufen.

»Die Nacht war klar, und wir konnten jetzt die Wachfeuer des russischen Lagers ganz deutlich erkennen. Sie kampierten etwa sechs Meilen entfernt auf einer Anhöhe oberhalb des nächsten Flusses, der Alma. Raglan befahl den Männern, die Waffen bei sich zu behalten und in Schlachtordnung zu schlafen, falls die Russen bei Tagesanbruch angreifen sollten, was sie natürlich nicht taten. Sie hatten eine hervorragende Position an der Alma und konnten uns einfach kommen lassen.«

Am nächsten Morgen marschierten die Alliierten auf den Fluß zu, aufs neue dezimiert durch die Cholera, die in der Nacht weitere Opfer gefordert hatte. Unter der sengenden Sonne wurden die Männer in der wasserlosen Ebene wieder von schrecklichem Durst gequält. Nur mit Mühe hatten sie ihre Feldflaschen am Bulganak füllen können, nachdem dieser zu schlammigem Morast zertrampelt worden war. Männer fielen um, starben an Hitze und Erschöpfung, an Ruhr und Cholera. Die Armee hinterließ eine Spur von Toten und zurückgelassener Ausrüstung.

»Die russische Stellung war gut gewählt. Wir mußten einen langen flachen Hang hinuntermarschieren, einen reißenden Fluß überqueren und dann völlig ungeschützt dessen steiles Ufer erklettern. Die ganze Zeit wurden wir dabei von den russischen Gewehren unter Beschuß genommen. Als wir dann endlich oben waren, sahen wir uns im letzten Teil des Angriffs schwerer Artillerie gegenüber, die uns aus ein paar Metern Entfernung beschoß.«

Er wandte sich an Kirow. »Ihr General – Fürst Menschikow, nicht wahr?« Kirow nickte. »Er hat seine Stellung wirklich ideal gewählt. Er muß gedacht haben, hier könne keine Streitmacht der Welt einen Frontalangriff durchführen. Ich jedenfalls habe das auch geglaubt.«

Er unterbrach sich, um seinen gebackenen Fisch zu verspeisen. Die Diener wechselten die Teller, servierten pikantes Hühnchen und füllten die Gläser neu.

»Um halb zwei eröffneten sie schweres Geschützfeuer auf uns. Die Kanonade war höllisch – ich habe nie zuvor einen solchen Lärm gehört! Solange sie im Gange ist, wissen Sie, kann man an überhaupt nichts denken – es ist, als wäre der Kopf bis zum Rand nur noch mit Lärm gefüllt.«

»Ja, ich weiß«, sagte Kirow.

»Tatsächlich, Sir? Nun, Lord Raglan befahl den Männern, sich hinzuwerfen, um aus dem Schußfeld zu kommen. Er verlangte von den Franzosen, an der rechten Flanke einen Entlastungsangriff zu starten. Aber sie kamen dieser Aufforderung nicht nach, und das gab den Russen Zeit, sich neu zu formieren. Die Franzosen schickten Lord Raglan die Nachricht, daß sie Unterstützung bräuchten oder sich zurückziehen müßten.«

Scott nahm einen Schluck Wein und fuhr dann fort: »Unsere Männer waren bis dahin schon eineinhalb Stunden unter Feuer gelegen, und etwas Schlimmeres kann es wohl nicht geben. Sie müssen alle darauf gebrannt haben, etwas zu tun und nicht einfach dazuliegen, selbst wenn das gefährlicher war. Vielleicht dachte auch Lord Raglan so. Jedenfalls gab er kurz nach drei Uhr den Befehl zum Angriff – geradewegs die Böschung hoch! Es war Wahnsinn!«

Von Dauerbeschuß getrieben, rückte die britische Armee vor, den Hang hinunter, über den Fluß – die Männer waren so durstig, daß sie mitten im Wasser zum Trinken anhielten, obwohl der Fluß von Kartätschen aufgewühlt wurde – und auf der anderen Seite wieder hoch. Die Reihe der Soldaten marschierte durch dichten Rauch weiter in das tödliche Feuer hinein, wankte, wenn alle paar Minuten eine große Lücke gerissen wurde, gab aber nicht auf. Der Hang wurde schlüpfrig vor Blut und war von Leichen übersät, aber die Überlebenden rückten einfach zusammen und stürmten weiter.

»So etwas habe ich noch nie gesehen. So etwas habe ich noch nicht einmal gehört«, berichtete Scott fassungslos. »Es war das Verrückteste, Tapferste, Schlimmste, was ich je gesehen habe! Ich glaube nicht, daß die Russen damit gerechnet hatten. Unsere Männer waren einfach großartig; nichts erschütterte sie, und als sie zum letzten Sturm ansetzten, schmissen die Russen einfach ihre Gewehre hin und rannten auf und davon. Ich muß sagen, ich kann es ihnen nicht verdenken. Was will man gegen solchen Mut ausrichten?«

Die russische Stellung wurde also eingenommen, aber durch Konfusion oder ein Mißgeschick war die zweite Linie der Engländer nicht zur Unterstützung nachgerückt. Als sie das sahen, sammelten sich die Russen aufs neue, gingen zum Gegenangriff über und trieben die Engländer wieder den Berg hinunter.

»Es mußte also alles noch einmal passieren – dieselbe grausame Geschichte, den höllischen Hang hinauf, der von britischem Blut sumpfig war, das Klettern über die Körper der Toten. Aber jetzt war die Unterstützung durch die Nachschubkolonne da – Colin Campbells Hochländer. Ihr hättet sie sehen sollen! Es war wie auf dem Exerzierplatz. Sie nahmen Formation ein und rückten vor wie eine Maschine, behielten durchweg ihren Schritt bei und schlossen lediglich auf, wenn ein Mann fiel. Es war – übermenschlich.«

Kirows Augen weilten in der Ferne, während er versuchte, sich die Szene vorzustellen. Mit russischen Truppen, das wußte er, wäre so etwas nicht möglich gewesen.

»Sie nahmen die Gewehre, die Russen machten kehrt und flohen – und dann brach ein ohrenbetäubender Jubel aus! Ich war oben auf dem Berg, direkt gegenüber auf der anderen Seite, mit Roger Fenton – du weißt schon, Fleur, der Photograph –, und wir hörten es ganz deutlich!«

Er hielt unvermittelt inne, und ein Schweigen entstand. Dann erkundigte sich Fleur: »Ist die Armee weitergezogen?«

»Nein. Der Befehl lautete, die Nacht über auf dem Berg zu biwakieren. Es stellt sich ja das Problem mit den Verwundeten. Es wird die ganze Nacht dauern – vielleicht auch noch den größten Teil des nächsten Tages –, um sie zu versorgen und die Toten zu begraben.«

Er seufzte – ein Laut, der aus sehr großer Tiefe zu kommen schien. »Das Schlachtfeld ist voll von ihnen, an manchen Stellen liegen sie haufenweise übereinander. Ich weiß nicht, wie viele. Wenn man die Russen, Engländer und Franzosen zusammenzählt, müssen es wohl drei-, vielleicht viertausend Tote sein. Es ist entsetzlich, wie die Verwundeten jammern und schreien. Und dann die Choleraopfer! Sie müssen alle zu den Schiffen zurückgeschafft werden, dabei sind wir drei Meilen vom Meer entfernt – es wird lange dauern.«

»Was hat dich also hergeführt, Teddy?« fragte Fleur.

»Für einen Ingenieur gab es nichts zu tun. Also habe ich mich entschlossen, zurückzureiten und herauszufinden, ob Richard wieder gesund wird und wie es dir geht.« Er versuchte ein schwaches Lächeln. »Ich hätte nicht geglaubt, daß dabei ein solches Abendessen eingeschlossen ist. Ich dürfte heute abend sogar besser speisen als Lord Cardigan!«

»Sie können natürlich gerne bleiben«, bot Kirow ihm an.

»Danke, Sir«, erwiderte Scott, »aber ich kann nicht. Ich muß bis zum Morgen zurück sein, falls man mich braucht.«

»Dann werde ich Ihnen einen Diener zur Verfügung stellen, der Ihnen den Weg zeigt, wann immer Sie gehen wollen«, sagte Kirow.

»Danke, Sir«, wiederholte sein Gast.

»Du willst sicher Richard sprechen«, warf Fleur ein. »Ich will nachsehen, ob er wach ist – aber rege ihn nach Möglichkeit nicht zu sehr auf, Teddy. Berichte ihm von der Schlacht, aber nicht in den Worten, die du bei uns gebraucht hast.«

❦

Scott hielt sich daran und berichtete Richard in sehr gemäßigten Worten über die Ereignisse. Dieser regte sich natürlich trotzdem auf, aber das war wohl unvermeidlich, und Fleur glaubte, daß ihm der Besuch alles in allem gutgetan hatte. Es tröstete ihn, seinen Freund aus Kindertagen wiederzusehen und Nachricht von seinen Kameraden zu erhalten. Vor allem konnte Teddy ihm versichern, daß Pearl in Ordnung war und sein Freund Brooke sich um sie kümmerte.

»Die Kavallerie hatte überhaupt nichts zu tun«, erzählte ihm Scott. »Raglan hat sie mit Glacéhandschuhen angefaßt – ließ nicht einmal zu, daß sie ihre Hosen schmutzig machten. Hitzköpfe wie Lew Nolan – du weißt schon, Dick, Aireys Reiter – ärgern sich natürlich schwarz über ihre Untätigkeit. Aber der Alte weiß, was er tut. Die Russkis hatten vielleicht sechstausend Kavalleristen gegen unsere neunhundert stehen – mit denen hätten wir es kaum aufnehmen können, wenn sie sich gestellt hätten!«

»Du sagst Brooke, er soll dafür sorgen, daß sie Wasser bekommt, ja?« flüsterte Richard. »Und sag ihm, er soll dafür sorgen, daß sie richtig abgerieben wird. Und sag ihm . . .«

Fleur erwiderte Scotts Blick und schaute dann vielsagend zur Tür. Ihr Bruder sah blaß und erschöpft aus, man durfte ihn nicht weiter ermüden. Scott nickte ihr zu, und sie gingen aus dem Zimmer.

❦

Vor Teddys Weggang blieb ihnen noch Zeit, ein paar private Worte zu wechseln.

»Es war schön, dich wiederzusehen, Teddy«, sagte Fleur herzlich. »Wie geht es zu Hause? Hast du von meiner Tante und meinem Onkel etwas gehört?«

»Ich traf deinen Onkel Frederick, bevor ich London verließ. Sie waren natürlich alle erstaunt, daß du nicht heimkommen wolltest, aber ganz im Vertrauen meinte dein Onkel zu mir, du hättest wohl die Abenteuerlust deines Vaters geerbt.«

Fleur lächelte wehmütig. Ja, das war ganz Onkel Frederick! Auf einmal vermißte sie ihn schmerzlich. Vor ihrem geistigen Auge sah sie ihn ganz deutlich vor dem Kamin im Salon des Hauses am Hanover Square stehen. Hanover Square! Wie exotisch ihr das vorkam! London war so unendlich weit weg – es erschien ihr unwirklich, wie die Landschaft eines Traums.

»Ich hätte nie geglaubt, daß ich dich hier treffen würde«, sagte sie.

»Ach, weißt du, ich konnte ja nicht alles Dick überlassen.« Er grinste. »Vater ist wie verrückt nach dem Krieg, es gab also reichlich Ermutigung für mich, hierherzukommen. Zu Hause sind viele so. Sie agitieren und wettern, wollen den Russkis das Fell über die Ohren ziehen und dem alten Nick Manieren beibringen – du kennst das ja. Man liest so etwas am laufenden Band im *Chronicle* und in der *Gazette*.«

Fleur dachte an die Worte ihrer Tante über die ruhmreiche Brigade und nickte. »Ja, ich nehme an, die Zeitungen sind voll davon.«

»Allerdings. Aber wenn man dann hierherkommt, hat es natürlich nicht im geringsten mit dem zu tun, worüber sie schreiben.« Er runzelte die Stirn. »Da gibt es einen Typen, Billy Russell, den Korrespondenten der *Times*. Er ist ein verrückter Ire. Er und Lew Nolan können sich nicht riechen! Na, jedenfalls schreibt er alles so auf, wie es wirklich ist. Er beschönigt überhaupt nichts und schickt es dann seiner Zeitung. Die Leute zu Hause werden merken, wie es im Krieg tatsächlich aussieht – der Dreck und die Cholera und die Läuse und das Krepieren. Vielleicht ändert es etwas – ich weiß es nicht. Und Roger Fenton macht von allem seine Aufnahmen. Na, ich bin auch hergekommen, um meinen Teil beizutragen, aber ich weiß nicht . . . vielleicht bewirken Russell und Fenton letztlich alleine schon mehr als das ganze Wachbataillon.«

Er schwieg einen Augenblick, seufzte tief und sah dann Fleur neugierig an.

»Und wie geht es dir?« fragte er. »Du hast dich verändert, Fleur, das sehe ich auf einen Blick.«

»Verändert? Inwiefern?«

Er legte seine Stirn in Falten, um es herauszufinden. »Ich bin mir nicht sicher. Du bist selbstbewußter zum einen und . . .« Er hielt inne, vielleicht weil er meinte, daß es nicht sehr schmeichelhaft war, was er sagen wollte. »Du scheinst jedenfalls hierherzupassen. Wenn ich dich nicht kennen wurde, ich könnte dich glatt für eine Russin halten.«

»Danke, Teddy«, sagte sie ernst.

»Aber geht es dir wirklich gut?« hakte er ein wenig verlegen nach. »Ich meine, das ist doch eine eigenartige Konstellation, oder? Bist du wirklich glücklich?«

»Ja, ich bin glücklich.« Sie sah ihn trotzig an. »Wir sind Freunde, der Graf und ich. Gute Freunde. Ich weiß, das hast du nie verstanden.«

»Nein, ich glaube nicht.« Er schaute zweifelnd auf sie herunter. »Willst du in Rußland bleiben? Ich meine, für immer?«

»Ich weiß es nicht. Ich kann momentan nicht allzuweit in die Zukunft sehen.«

Sein Gesicht drückte spontan großes Mitgefühl aus. »Nein, das kann ich mir vorstellen, jetzt wo Richard krank ist und hier liegt, der arme Kerl.«

Sie ließ ihn in dem Glauben, daß sie dies gemeint habe.

Neunzehn

Die Blätter an den Zitronenbäumen verfärbten sich; schon wehten jeden Tag ein paar davon dürr und eingerollt über die Wege, um sich in den Ecken der Veranda zu sammeln. Gleichwohl blieb es warm, und der Sonnenschein fiel weich und buttergelb aus einem zartblauen Himmel.

Unter den Bäumen spielten Ludmilla und Richard mit den Hunden und warfen sich gegenseitig Bälle zu. Die Hunde tollten zwischen ihnen herum und sprangen bei jedem Wurf hoch. Um sie noch mehr zu reizen, foppte Ludmilla sie, bevor sie Richard den Ball zuwarf. Es war ein ungestümer Wurf; in dem verzweifelten Versuch, ihn aufzufangen, sprang er zur Seite und stürzte.

Milotschka platzte vor Lachen. »Bravo! Sie sollten ins Petersburger Ballett eintreten – ich weiß, daß sie dort einen ersten Tänzer suchen!«

Das Hündchen Puschka, dessen Augen vor Anstrengung aus den Höhlen traten, setzte dem Ball nach, während sein Artgenosse Zubka zu Richard rannte, auf dessen Brust er seine Vorderpfoten setzte, um ihm besser das Gesicht lecken zu können.

Richard lachte ebenfalls. »Schaffen Sie mir dieses Ungetüm vom Leib«, japste er. »Es bringt mich um! Nein, du dummes Tier! *Njet!* Weg da! *Dowolno*!«

»Hat keinen Zweck, er spricht kein Russisch – nur Französisch«, rief die nun zu Hilfe eilende Milotschka. Sie streckte ihre Hand aus, um Richard aufzuhelfen; der nahm sie und ließ die junge Frau mit einem kurzen Ruck aus dem Handgelenk neben sich auf das Gras purzeln.

»Das soll Ihnen eine Lehre sein – einen Invaliden auszulachen!«

»Invalide, pah! Wenn ich jetzt grüne Flecken auf meinem Rock haben sollte, setze ich Nuschka auf Sie an, dann wird es Ihnen leid tun!«

Fleur beobachtete die beiden von der Veranda aus und sah zu Kirow hinüber, der sich in der Gartenschaukel zurücklehnte. Sie fragte sich, ob er wohl wie sie empfand – beinahe wie Eltern, die ihren Kindern beim vergnügten Spiel zusahen.

Milotschkas Tollereien mit Richard waren so harmlos wie die eines Kindes, und ihre Hingabe an sein Wohlergehen war rührend. Seit sie erstmals an seinem Bett gewacht hatte, ging sie ganz in seiner Pflege auf. Auch wenn Nuschka sie nie etwas Verantwortungsvolles für ihn tun ließ, so war es doch immer Milotschka, die ihm das Tablett brachte und sein Glas oder seinen Teller hielt.

Seine Gesundung hatte rasch Fortschritte gemacht. Am Ende der ersten Woche fühlte er sich gut genug, um das Bett zu verlassen, und schon bald ging er unsicheren Schrittes nach draußen, um auf der Veranda zu sitzen und ins Sonnenlicht zu blinzeln. Während Fleur sich anschickte, eine leichte, nahrhafte Diät für ihn zusammenzustellen, hielt Milotschka den Patienten ständig beschäftigt. Sie füllte diese Stunden der Genesung mit unermüdlichem Vorlesen und mit allerlei Spielen – Kartenspielen, Wortspielen, Ratespielen, Mikado, Backgammon und, was Wunder, sogar Schach. Früher war sie bereits bei dem Gedanken an Schach ungeduldig geworden, aber als Richard sich erbot, es ihr beizubringen, willigte sie nicht nur ein, sondern ging mit ganzem Einsatz an die Sache heran. Der Heiterkeit nach zu urteilen, die während des Spiels immer herrschte, glaubte Fleur nicht, daß sie eine große Meisterschaft darin erlangen würde, aber zumindest waren ihr bald die Regeln und die Figuren vertraut. Was Richard anging, so konnte man, von seiner immer noch erschreckenden Hagerkeit einmal abgesehen, kaum mehr erkennen, daß er krank gewesen war.

Fleur beobachtete ihren Bruder zärtlich und sagte dann: »Die Kinder sind recht ausgelassen heute, nicht wahr?«

»Mm.«

Es klang so unbeteiligt, daß Fleur nicht wußte, ob es zustimmend oder fragend gemeint war. Kirow lehnte in der Gartenschaukel und war sehr still, nur seine Augen folgten den Bewegungen der beiden jungen Leute. Sein Gesichtsausdruck wirkte melancholisch. Seit ein paar Tagen schon war er nun in dieser abwesenden, düsteren Stimmung, die sie beunruhigte. Sie versuchte nochmals, an ihn heranzukommen.

»Es ist erfreulich, daß sie so gut miteinander auskommen.«

»So?« Endlich rührte er sich und wandte sich ihr zu. Der Blick seiner unglücklichen Augen schockierte sie. Er war so leer und erschien ihr wie ein Brunnen ohne Grund, den gewiß nichts, was sie war oder zu tun vermochte, je füllen konnte. Was war geschehen, das ihm eine solche Pein bereitete? Oder war diese immer vorhanden gewesen, und er hatte sie nur vor ihr verborgen gehalten? »Aber es sind keine Kinder«, fuhr Kirow fort, »ich habe keine Kinder.«

»Nein, ich . . .« Sie wußte einfach nicht weiter.

Er wandte sich ab, und sie empfand eine seltsame Erleichterung, nicht länger in diese Dunkelheit blicken zu müssen. »Ich habe ihnen zugesehen«, sagte er, »und ich wundere mich über Ludmillas Hingabe. Sie scheint ihn sehr zu mögen – vielleicht zu sehr, meinen Sie nicht auch?«

Sie starrte ihn entgeistert an. Er konnte doch nicht allen Ernstes auf Richard eifersüchtig sein? Es war eine so unschuldige Zuneigung. Er und Milotschka waren Freunde, genau wie letztes Jahr in Schwartzenturm, als sie ihre Puzzles legten.

»Ich denke nicht«, antwortete sie vorsichtig. »Ich glaube, sie betrachtet ihn als ihren Bruder. Und sie ist selbstverständlich froh, daß er wieder auf den Beinen ist. Das sind wir alle.«

Er sah sie erneut an, und in der Dunkelheit seines Blicks glomm nun ein Funke schwarzen Humors. »Mögen Sie Ihren Bruder nicht?«

»Natürlich mag ich ihn – aber das meine ich ja gerade.« Sein höhnisches Lächeln verstörte sie. »Ich meinte damit nur, daß man seinen Bruder nicht zu sehr mögen kann.«

»Und ich meinte nur, daß ich etwas besorgt bin, wie es Milotschka – und Ihnen – ergehen wird, wenn er wieder zu seinem Regiment zurückkehrt.«

Sein Gesichtsausdruck blieb unergründlich, und doch spürte sie vage, verwirrt, daß er alles andere als dies meinte. »Aber er wird nicht zurückkehren«, protestierte sie. »Warum sollte er? Es gibt keine Notwendigkeit. Und überhaupt, er ist noch immer nicht ganz gesund. Er . . .«

»Sie protestieren zuviel, meine Liebe. Sie haben gerade vorhin selbst festgestellt, daß es ihm wieder gutgeht. Und ich habe Anzeichen von Unruhe an ihm bemerkt.«

»Trotzdem . . .«, entgegnete sie störrisch.

»Er wird zurückkehren. Sie verstehen es nicht – wie auch! Eine Frau sieht diese Dinge anders. Doch glauben Sie mir, er will zurück. Und zwar bald. Wie sehr sie sich bisher auch Zeit gelassen haben, die Alliierten wissen, daß sie ihren Feldzug vor Einbruch des Winters zu Ende bringen müssen. Es bleibt wirklich nicht mehr viel Zeit – das weiß er so gut wie sie.«

Fleur schwieg. Ihre Gedanken waren bei den verwirrenden Ereignissen im Gefolge der Schlacht an der Alma, den unerklärlichen Aktionen der Alliierten, durch die alle Vorteile wieder zunichte gemacht worden waren, die sie mit so vielen Menschenleben bezahlt hatten.

❦

Nach ihrem Sieg blieb die alliierte Armee drei Tage an der Alma, sammelte die Verwundeten auf und transportierte sie mühsam zu den Schiffen, während sie die Toten in zwei großen Gruben beerdigte – eine für die Russen und eine für die Engländer und Franzosen. Es war eine notwendige Arbeit, kein Zweifel, und die Russen waren froh, daß sie sich dieser Aufgabe widmeten, denn hätten die Alliierten die fliehende Armee verfolgt, wäre

Sewastopol ohne die geringste Schwierigkeit einzunehmen gewesen.

Doch welchen Grund auch immer sie dafür haben mochten, die Alliierten starteten ihren Weitermarsch erst am 23. September. Da das Land ansonsten wasserlos war, rückten sie langsam von Fluß zu Fluß vor, von der Alma über die Katscha zum Belbek.

General Fürst Menschikow war unterdessen nicht untätig geblieben. In der Nacht zum 24. ließ er den Großteil seiner Armee von Sewastopol aus nach Nordosten marschieren. Er war entschlossen, die Nachschubwege aus Rußland zu sichern, ohne die er weder Nahrungsmittel noch Munition oder Verstärkung bekommen konnte. Und mit seiner nach draußen verlagerten Armee wäre er auch in der Lage gewesen, die Flanke des Feindes zu bedrohen, falls dieser angreifen sollte.

Doch in dieser Nacht entschloß sich die alliierte Armee dazu, Sewastopol nicht von Norden aus anzugreifen – wo bis dahin nur Ersatzbataillone und Reservetruppen zur Verteidigung bereitstanden –, sondern einen großen Bogen um die Stadt zu machen und Stellungen im Süden einzunehmen. So marschierten die beiden Armeen nur Meilen voneinander entfernt durch die Nacht, ohne von der jeweils anderen zu wissen. Die Kosaken berichteten, daß die Vorhut der Alliierten im Dunkeln sogar zufällig der russischen Nachhut begegnet sei, was beide Seiten gleichermaßen erschreckte.

Bis zum 26. hatte sich der Hauptteil der russischen Armee unter Fürst Menschikow sicher auf einer Hochebene im Nordosten verschanzt, während die Alliierten den kleinen Küstenort Balaklawa im Süden der Stadt erreichten. Doch dann litten die Alliierten ganz offensichtlich erneut unter einem Anfall von Unentschlossenheit. Anstatt Sewastopol sofort anzugreifen, hatten sie den Russen reichlich Zeit gegeben, ihre Befestigungsanlagen zu verstärken. Admiral Kornilow hatte wahre Wunder vollbracht, als er die Soldaten und Seeleute zu schier unglaublichen Leistungen anspornte und selbst Zivilisten bis hin zu Frauen und Kindern am Ausheben von Schutzwällen und Füllen von Sandsäcken beteiligte. Täglich verbesserte sich die russische Position, zumal kontinuierlich Verstärkung aus Odessa und dem Kaukasus eintrat während sich die Lage der Alliierten nur verschlimmern konnte.

Trotz alledem hatten die Alliierten ihre Artilleriegeschütze schließlich in Stellung gebracht, und am 17. Oktober begann der Beschuß der Stadt. Sewastopol wurde von Sonnenaufgang bis Sonnenuntergang mit einem höllischen Bombardement aus englischen und französischen Geschützen überzogen. Die Befestigungen wurden zerstört, ein Magazin in die Luft gesprengt und mehr als tausend Russen getötet – darunter der heißgeliebte Admiral Kornilow. Als die Kanonade in der Dämmerung abrupt endete, erwarteten die Verteidiger nervös den unvermeidlich scheinenden Überfall über die Schutzwälle, dem sie nicht hätten standhalten können – aber er blieb aus: Die Alliierten hielten sich, wieder einmal, zurück.

❦

Die Verteidiger arbeiteten fieberhaft die ganze Nacht, schafften die Toten und Verwundeten fort und besserten die Befestigungsanlagen aus, bevor am nächsten Morgen der Beschuß von neuem einsetzte.

Als sie einmal allein waren, überlegten Fleur und Richard, was Lord Raglan und der französische Oberbefehlshaber General Canrobert wohl planten. Sie konnten sich nur vorstellen, daß man mit dieser Taktik den Feind zermürben wollte, was ein ebenso ungewöhnliches wie verlustreiches und gefährliches Unterfangen darstellte. Es war schon spät im Jahr, und sie konnten doch nicht daran denken, den Winter auf der Krim zu verbringen? Sie mußten die Festungen bald erobern, oder der Feldzug würde fehlschlagen.

Trotz ihrer Einwände Kirow gegenüber hatte auch Fleur bei ihrem Bruder Anzeichen von Ruhelosigkeit bemerkt. Während sie aus der Distanz heraus überlegte, tat er dies mit Leidenschaft. Was ging vor sich? Was war geplant? Wie erging es der Armee?

Wie ging es seinen Freunden? Wie, vor allem, stand es um seine Pferde? Diese Fragen nagten nun seit einigen Tagen an ihm, und obwohl er von seinen Späßen mit Ludmilla völlig in Anspruch genommen schien, hatte er weder Kirow noch seine Schwester gänzlich täuschen können.

Zwei Diener kamen mit dem Samowar aus dem Haus, und als Milotschka dies sah, erhob sie sich aus dem Gras, bürstete sich ab und ging mit Richard auf die Veranda zurück.

Kirow wartete geduldig, bis Fleur jedem Tee eingeschenkt hatte – hier auf der Krim genossen sie ihn auf die traditionelle Weise in dicken Gläsern anstatt in dünnen europäischen Porzellantassen. Dann zog er die allgemeine Aufmerksamkeit auf sich, indem er verkündete: »Wir hatten einen angenehmen Sommer hier, nicht wahr? Doch alles hat seine Zeit. Morgen muß ich fort, und ihr müßt euch entscheiden, was ihr tun wollt.«

Sie sahen ihn erstaunt an, aber es war Ludmilla, die sprach und deren Augen sich mißtrauisch verengten.

»Was meinst du damit, Serjoscha? Wohin gehst du?«

»Nach Sewastopol.«

Es schlug wie eine Bombe ein. An Kirows Miene erkannte Fleur, daß er diese Wirkung genoß. Er schaute einen Augenblick lang in erfreutem Schweigen von einem zum anderen, bevor er sich zu einer Erklärung herabließ.

»Heute erhielt ich einen Brief von Admiral Nachimow. Als Menschikow Sewastopol verließ, übertrug er dem Admiral das Kommando über alle Verteidigungskräfte der Stadt. Natürlich mußte Nachimow sich fügen, obwohl er sein ganzes Leben lang ein Mann der See war und sich mit dem Befehl über Landstreitkräfte nie anfreunden konnte. Jetzt, da Kornilow tot ist, fühlt er sich isolierter denn je. So fragte er Menschikow, ob er nach mir schicken lassen und mich zu seinem Verbindungs- und Verwaltungsoffizier machen könne. Zwischen den Zeilen lese ich, daß in der Stadt ein fürchterliches Durcheinander herrscht.«

Fleur sah kurz das Bild einer belagerten Stadt unter Dauerbeschuß vor sich – die Zerstörung, die Verluste an Menschenleben, die Schwierigkeiten bei der Beschaffung der Vorräte –, und der Ausdruck »Durcheinander« kam ihr dafür allzu milde vor.

»Menschikow hat seine Zustimmung erteilt, und ich wurde zum Oberst meines alten Regiments bestellt. Ich muß mich spätestens am 23. einfinden – übermorgen –, aber ich werde schon morgen abreisen. Ein Hinauszögern hat keinen Zweck.«

Wieder schweifte sein Blick über die Runde und blieb mit einem leicht triumphierenden Lächeln auf Ludmilla ruhen. »Es ist gut, daß ich meine alte Uniform aufgehoben habe, nicht wahr, mein Liebes? Du wirst dich natürlich entscheiden müssen, wohin du gehen möchtest. Ich würde dir nicht raten, ohne mich hierzubleiben. Vielleicht wäre es das beste, du gingst zurück nach Petersburg.«

Das wäre das Absurdeste, was sie tun könnte, dachte Fleur. Aber er sagte es auf eine solche Weise, daß sie sicher war, er wollte Ludmilla zu einer Ablehnung seines Vorschlags geradezu provozieren. Wenn er wünschte, daß sie ihn nach Sewastopol begleitete, warum fragte er sie nicht einfach? Dann dachte sie, daß sie sich etwas einbildete und zuviel in einfache Worte hineinlas.

Ludmilla schnappte nach dem Köder. »Nach Petersburg? O nein! Wenn du nach Sewastopol gehst, gehe ich ebenfalls dort hin. Den Spaß werde ich mir nicht entgehen lassen, das verspreche ich dir! Außerdem, was sollte ich ohne dich in Petersburg?«

»Ich fühle mich geschmeichelt, daß ich für dein Glück so wichtig bin«, entgegnete er. »Aber Sewastopol wäre viel zu gefährlich für dich. Und denk daran, es wird dort nicht viele Frauen geben. Die Stadt ist voller Soldaten und Offiziere, aber ihre Frauen und Töchter hat man bestimmt an einen sicheren Ort gebracht – bis auf ein paar unerschrockenen, die sich weigern zu gehen.«

Ludmillas Gesicht glühte, und Fleur konnte beinahe sehen, was für ein Bild sie sich ausmalte. Sie werden in großer Gefahr sein! Sie werden sehr tapfer sein müssen! Die Heldin von Sewastopol, die sich edelmütig weigert, von ihrem Gatten getrennt zu werden, und die vielleicht durch einen phantastischen Akt des Mutes und der Geistesgegenwart die ganze Stadt rettet! Kirow hätte kaum bessere Worte wählen können, um seine Frau unfehlbar zum Widerspruch anzustacheln.

»Ob es gefährlich ist, kümmert mich nicht«, sagte Ludmilla. »Ich komme mit dir, das ist beschlossene Sache!«

»Sir . . .«, setzte Richard an. Ludmillas Lächeln verschwand aus ihrem Gesicht, und ihr Kopf fuhr zu ihm herum. Für einen Augenblick hatte sie ihn völlig vergessen.

»Ja«, sagte Kirow, »an Sie habe ich auch gedacht. Sie werden Ihre Lage überdenken müssen.«

»Da gibt es nichts zu überdenken, Sir. Ich muß zu meinem Regiment zurück.«

»Nein, Richard, nein.« Ludmillas Ausruf war leise, aber eindringlich.

Kirows Lippen verzogen sich zu einem gequälten Lächeln, als ob eine altbekannte Wunde ihn geschmerzt hätte.

»Du darfst es ihm nicht noch schwerer machen, Liebes. Er kennt seine Pflicht.«

»Ich muß gehen, Milotschka«, sagte Richard, und seine Augen glänzten in dem bleichen Gesicht.

»Sie waren sehr krank. Sie haben sich noch nicht richtig erholt!« wandte sie ein.

»Doch, das habe ich, Sie wissen es. Ich habe mir seit Tagen überlegt, wie ich zurückgehen könnte, aber ich sagte Ihnen nichts davon, weil ich wußte, daß es Ihnen nicht gefallen würde. Aber jetzt ist die Zeit gekommen. Ich muß zurück und zu Ende bringen, was ich begonnen habe.«

»Aber Sie könnten getötet werden!« rief Milotschka aus der Angst ihres Herzens. »Gehen Sie nicht, Richard!«

»Es ist meine Pflicht.«

»Sie haben genug getan, Sie müssen nicht gehen. Niemand hat nach Ihnen geschickt.«

»Es hat keinen Zweck, Milotschka. Ich muß gehen. Mein Gott, nicht!«

Milotschka brach in Tränen aus und vergrub ihr Gesicht in

den Kissen des alten Sofas, worauf Richard neben ihr auf die Knie fiel und ihren Kopf mit unbeholfener Zärtlichkeit tätschelte.

Fleur hatte nicht gesprochen, seit Kirow seine überraschende Neuigkeit verkündet hatte. Es beschlich sie das seltsame Gefühl, daß sie Zeugin eines Schauspiels geworden war, mit dem sie nichts zu tun hatte. Kirow schaute mit jener vertrauten Leere in den Augen und einem schwachen Lächeln auf den Lippen zu, wie Ludmilla weinte und Richard sie zu trösten versuchte, aber er stand nicht außerhalb des Dramas wie sie. Ihr Gefühl sagte ihr, er habe bei der ganzen Szene Regie geführt und die Schauspieler dazu gebracht, den ihnen zugedachten Part zu spielen. Aber warum tat er das?

Milotschkas Weinen war so kurz wie geräuschvoll. Richard drückte ihr sein Taschentuch in die Hand. Sie nahm es, warf ihrem Mann einen vorwurfsvollen Blick zu und rannte davon. Jetzt fragte Richard Kirow in ruhigem Ton: »Können Sie dafür sorgen, daß ich zurückkomme, Sir? Was wird dazu notwendig sein? Bin ich ein Gefangener?«

»Die Lage ist recht ungewöhnlich«, sagte Kirow nachdenklich, als ob er sich gerade etwas ausdächte. »Da Sie hierher wie in ein Lazarett gekommen sind und ich damals nicht in Uniform war, sollte man Sie nicht als Gefangenen behandeln. Doch seit Empfang dieses Schreibens bin ich Offizier in der Armee des Zaren und kann Sie jeden Augenblick in Gewahrsam nehmen. Seltsam, nicht?«

Richard sah ihn vorsichtig an. »Werden Sie das tun? Ich will Ihnen keine Probleme bereiten, Sir. Ich will nur zurück.«

»Wenn ich Sie als meinen Gefangenen nach Sewastopol mitnehme, könnten wir mit Ihrer Seite einen Austausch vereinbaren – sofern denn Gefangene gemacht wurden.«

»Könnten Sie mich nicht einfach aus der Stadt lassen, damit ich mich alleine durchschlage?«

Der Graf lächelte freundlich. »Nein, das halte ich für nicht ratsam. Sie würden es womöglich nie bis in Ihr Lager schaffen. Wachtposten auf beiden Seiten könnten Sie versehentlich erschießen. Mit einem Abkommen über den Austausch von Kriegsgefangenen würden Sie auf jeden Fall sicher zurückkommen.«

»Ja, das ist wahr. Sie haben sicher recht, Sir, danke«, sagte Richard ernst. Er biß sich auf die Lippen und schaute auf seine Hände hinunter, während man seinem hübschen jungen Gesicht ansah, daß er mit Loyalitätskonflikten zu kämpfen hatte. »Wenn Sie mich entschuldigen, ich gehe jetzt besser. Es sind noch Dinge . . .« stammelte er verwirrt und ging.

Stille trat ein. Kirow rührte sich nicht. Es schien, als habe er ihre Gegenwart vergessen, Fleur stand auf, um zu gehen, aber ohne sich umzudrehen, sagte er: »Bleiben Sie bitte.«

Sie zögerte und blickte ihn an. Seit sie ihn das erstemal getroffen hatte, fühlte sie sich eng und vielleicht wider alle Vernunft mit ihm verbunden, so als ob unsichtbare Schnüre ihre Person, ihr Leben – und auch ihre Seele – an ihn binden würden. Noch immer spürte sie es, wenngleich sie ihn nicht verstand und nicht wußte, woran er litt. Aber während sie auf seinen geneigten Kopf und seine hängenden Schultern herabschaute, war sie durchdrungen von dem Wissen, daß sie für ihn da war, was auch kommen mochte.

Immer noch ohne sie anzusehen streckte er seine Hand in ihre Richtung. Kein Recht, schoß es ihr durch den Kopf, ich habe kein Recht zu fragen. Im nächstenAugenblick legte sie ihre Hand auf die seine, und er verschränkte seine Finger fest mit den ihren. Jetzt, mit ihm verbunden, verankert, wollte sie ihn alle möglichen Dinge fragen, was er tat, und warum er es tat, aber es gelang ihr nicht, sie in eine Ordnung zu bringen oder in die richtigen Worte zu fassen. Zuletzt fragte sie einfach: »Und ich?«

Endlich wandte er sich um und lächelte sie an, und es war ein gutes Lächeln.

»Wohin ich gehe, gehen auch Sie«, sagte er. »Haben Sie daran gezweifelt, *Tswetokscha*?«

Kirow hatte in der Altstadt ein Haus in der Wladimirstraße zugewiesen bekommen, das die Bucht im Süden und die Marinekasernen auf der gegenüberliegenden Küste überblickte. Es war ein kleines, weißgetünchtes Haus mit einem gewellten Ziegeldach dessen weiches Rot Fleur an Erdbeermarmelade erinnerte. Einem vormaligen Besitzer hatte es einmal als Weinhandlung gedient. Im Erdgeschoß ließen sich problemlos Arbeitsräume für den Grafen einrichten, und die vier Zimmer im Obergeschoß bildeten den Wohnbereich.

Das alte Sewastopol war eine hübsche Stadt gewesen mit rosafarben gedeckten und sich spitz verjüngenden weißen Häusern, öffentlichen Gebäuden im klassizistischen Stil und Kirchen mit gold und blau bemalten Kupferkuppeln. Zwei prächtige Boulevards verliefen parallel vom Theaterplatz zum Nikolajewskiplatz, während die meisten anderen Straßen schmal und ungepflastert von diesen Hauptstraßen wegführten.

Früher einmal war Sewastopol auch ein beliebter Ferienort gewesen, was die große Zahl der Gasthäuser und Schenken erklärte. Aber nun war es kein Urlaubsort mehr. In jeder Straße wurde der Betrachter daran erinnert, daß vor den Mauern der Feind stand und die Stadt belagerte. Unten am Kai herrschte dennoch große Geschäftigkeit, denn man verschiffte Vorräte den Fluß hinunter. Den ganzen Tag kreuzten Boote, die Waren und Mannschaften transportierten, zwischen der Altstadt und dem Nordufer. Die Grafskaya wimmelte von graugekleideten Soldaten und schwarzgekleideten Seeleuten sowie von Fahrern und Trägern. Dazwischen boten Bauersfrauen mit bunten Schals in ihren Verkaufsständen kleine Brote mit Tee oder Glühwein an.

Überall sah man Berge von Vorräten: Rinderhälften, Kohlensäcke, Brennholz, Eisenstangen, Kisten und Fässer, Mehlsäcke und Heuballen waren ohne erkennbare Ordnung durcheinandergeworfen worden.

In den Straßen häufte sich Abfall, um den sich keiner zu kümmern schien. Man sah ein langsam verwesendes Pferd, das von der trägen Flut angespült wurde und das zu beseitigen niemand zuständig war.

Man sah Lafetten, Feldgeschütze, übereinandergestapelte Musketen, Munitionskisten; man sah primitive Bauernkarren, die sich, hoch mit blutigen Leichen beladen, ihren Weg den Hang hinauf zum Friedhof bahnten; man sah Tragen mit Verwundeten, die von den Bastionen zum alten Rathaus, das nun als Verbandstation diente, heruntergebracht wurden.

In der Oberstadt waren ganze Straßenzüge in Schutt und Asche gelegt worden, während in anderen Stadtteilen nur einzelne Häuser zerschossen waren und – einem fehlenden Zahn gleich – eine Lücke hinterließen. Hier fehlten Fenster, dort war ein Dach eingedrückt, ein Obergeschoß unbewohnbar gemacht, eine Mauer durch Balken abgestützt. Und den ganzen Tag über hörte man den Donner der Kanonade und das immer wiederkehrende Heulen und dumpfe Einschlagen der Granaten.

Kirow war sehr beschäftigt. Wenn er nicht in seinem Büro im Erdgeschoß war, füllten sich die Räume schnell mit Boten und Bittstellern, denen sein Stellvertreter und die zwei Mitarbeiter, die man ihm an die Seite gegeben hatte, nicht weiterhelfen konnten. Der Stellvertreter war ein sehr schüchterner Mann mit den rosigen, weichen Wangen der Jugend, die vor schmerzlicher Befangenheit glühten, wenn Fleur oder Ludmilla auftauchten. Er schien Kirow keine große Hilfe zu sein, obwohl er sich redlich bemühte und ernst seine makellosen Brauen runzelte, wenn er sich die unverständliche Bitte eines altgedienten Feldwebels anhörte.

Das erste, was Kirow zu organisieren hatte, war der Austausch von Richard. Dieser erwies sich einfacher als erwartet, denn ein Einsatz in der Nacht vom 20. zum 21. hatte einen russischen Offizier in Gefangenschaft gebracht, so daß die beiden jungen Männer ohne Verzögerung zu ihren jeweiligen Einheiten zurückkehren konnten.

Richard hatte nur seinen Seesack zu packen, aber der Abschied war hart. Ludmilla war in Tränen aufgelöst. Sie hing an seinem Hals und bat ihn stockend, auf sich aufzupassen und nicht an den Kämpfen teilzunehmen. Er versuchte sie mit vagen und tröstenden Versprechungen zu beruhigen.

»Es ist doch nicht unser Krieg«, sagte sie. »Wenn er vorbei ist, kommen Sie zurück. Versprechen Sie es mir!«

Richard erinnerte sich offenbar an das, was sie einfach vergessen hatte: daß sie eine verheiratete Frau war. In welcher Rolle sollte er wohl zurückkommen? »Ich schreibe Ihnen. Und wenn alles vorüber ist, komme ich zu Besuch«, murmelte er. Sie schien seine Worte zu akzeptieren, hatte sie aber gar nicht richtig verstanden, weil sie zu sehr weinte. Er löste ihre Arme behutsam von seinem Hals und wandte sich seiner Schwester zu.

Fleur weinte nicht, aber ihr Gesicht war sehr ernst. Sie stellte sich auf die Zehenspitzen und preßte ihre Lippen auf seine Wange. »Paß auf dich auf, Brüderchen«, flüsterte sie ihm ins Ohr. »Und denk daran: Wir beide stehen nicht auf feindlichen Seiten.«

Er drückte sie kurz an sich und ließ sie dann los. Ihre Augen trafen sich. Oh doch, sagten seine, von nun an. Er wollte sie bitten, mit ihm zu kommen, aber wie konnte er das tun, ohne Milotschka zu verletzen? Er wußte ohnehin, daß sie nicht kommen würde. Die Komplikationen, die seine Gefühle von Liebe, Loyalität und Pflicht hervorriefen, waren zuviel für ihn. Er nahm seinen Seesack, wandte sich von ihnen ab und wollte nur noch fort.

Der Austausch fand am 23. bei Einbruch der Dämmerung, kurz nachdem die Waffen für diesen Tag schwiegen, an der Brücke über die Tschernaja statt. Kirow war selbst dort, um die Angelegenheit zu regeln. Er wechselte freundliche Worte mit Calvert, einen Offizier aus Raglans Stab, den er in London getroffen hatte. Dieser war als Dolmetscher gekommen und nun angenehm überrascht, daß daran kein Bedarf bestand. Sie plauderten über das Carlton und ein Dinner im Mansion House, an dem sie beide teilgenommen hatten, und erwähnten verschiedene gemeinsame Bekannte. Dann schüttelte Kirow Richard die Hand und ritt zurück in die Stadt. Wenn er in einem Loyalitätskonflikt stand, so war er doch lange genug Soldat, um zu wissen, wie man damit umging.

Am Morgen des 25. kam Ludmilla mit einem wilden Gesichtsausdruck von der Straße in Kirows Büro gestürmt. Ihr Hut war verrutscht und der Saum ihres Kleides voll Schmutz. Kirow diktierte gerade Briefe und sah sie fragend an.

»Warum hast du mir nichts davon erzählt?« stieß Ludmilla wütend hervor.

»Wovon erzählt?«

»Das weißt du sehr genau!« Ihr Kopf fuhr zu dem verschüchtert wirkenden Angestellten herum. »Raus hier«, schnappte sie.

»Sie können gehen, Bezkow«, übersetzte Kirow. Ludmilla wartete kaum, bis sie allein waren, um dann ihren Gatten weiter zu attackieren.

»Heute morgen, als ich dich fragte, warum die Geschütze nicht feuerten, meintest du, die Alliierten hätten vielleicht etwas anderes vor«, sagte sie grimmig. »Aber ich habe gerade Warchin auf der Straße getroffen, und er meinte, wir würden Balaklawa angreifen. Er hat mir erklärt, daß Liprandi mit unserer ganzen Armee dort aufmarschierte und im Augenblick eine Schlacht im Gange sei!«

Ludmilla ballte die Fäuste. »Du wußtest es!« rief sie zornbebend. »Du hast seit Tagen gewußt, daß es geplant war!«

Er zuckte die Achseln. »Menschikow konnte die Armee ja kaum untätig herumstehen lassen, während wir bombardiert werden. Jeder hätte darauf kommen können, daß er Balaklawa angreifen würde. Es ist die einzige Lebensader des Feindes. Wenn wir die einnehmen, haben wir sie.«

»Nein!« schrie sie. »Du mußtest nicht erst darauf kommen – du hast es gewußt! Du wußtest, was sie tun würden, und du hast ihn absichtlich zurückgeschickt! Jetzt gibt es eine Schlacht, und er wird getötet, das weiß ich! Du hast das alles geplant!«

Sie brach in Tränen aus. Kirow stand auf und kam um den

Tisch herum. Er legte einen Arm um ihre Schultern, aber sie schüttelte ihn wütend ab. »Rühr mich nicht an«, schluchzte sie.

»Milotschka, du mußt dich beruhigen«, sagte er behutsam. »Still, hör auf zu weinen. Überleg einmal, was du sagst.«

»Ich weiß schon, was ich sage. Du willst, daß Richard getötet wird. Du hättest ihn bis nach der Schlacht hierbehalten können, aber du hast ihn absichtlich zurückgeschickt, und das werde ich dir nie verzeihen.«

»Du redest Unfug, mein Liebes. Erstens habe ich ihn nicht zurückgeschickt – er hat mich darum gebeten. Du weißt, daß das stimmt. Und zweitens, wie hätte ich den Zeitpunkt des Angriffs wissen können, bevor ich Kurmoje verlassen habe? Glaubst du, Fürst Menschikow vertraut den Kundschaftern? Glaubst du, er vertraut mir?«

»Trotzdem, du wußtest es«, sagte sie verdrossen. Sie wischte sich die Tränen vom Gesicht und ließ sich nur ungern von ihrem Argwohn abbringen.

»Außerdem, wenn ich Richard erzählt hätte, was geplant war, hätte er wohl eingewilligt und wäre geblieben? Er ist ein junger Heißsporn und ein Patriot. Er hätte verlangt, gehen und für sein Volk kämpfen zu dürfen.«

»Dann hättest du ihn hierbehalten sollen, ohne ihm davon zu erzählen.«

»Aber dann hätte man ihn getäuscht«, sagte Kirow ernst. »Wie konnte ich das tun? Willst du nicht, daß dein junger Freund ehrenhaft lebt?«

»Ich will, daß er überhaupt lebt«, entgegnete Milotschka, aber das Feuer war aus ihrer Stimme verschwunden. Sie war jetzt nur noch traurig, nicht mehr wütend.

Als er nun ihre Schulter berührte, entzog sie sich ihm nicht. Er nahm sie in die Arme und streichelte ihren Kopf. »Ob er leben oder sterben wird, liegt nicht in unserer Hand. Es ist eine Angelegenheit zwischen ihm und Gott. Und es gibt viele Arten zu sterben, nicht nur in der Schlacht. Man kann sich nicht vor allen Unfällen schützen. Es kommt, wie es kommen muß.«

Ludmilla spürte, daß seine Argumentation einen Fehler hatte, konnte ihn aber nicht festmachen. Sie entwand sich seinen Armen, tat es aber nicht in heftiger Weise. »Wie schlimm wird es kommen?«

Er zuckte die Achseln. »Das weiß niemand. Wir haben keine genauen Informationen über die Zahl ihrer Soldaten. Wir wissen nicht, welche Streitkräfte sie zur Verteidigung des Dorfes zurückgelassen haben. Wir wissen nur, daß dies unsere beste Chance ist, die Belagerung zu durchbrechen. Wenn wir ihren Nachschub abschneiden und die Straße einnehmen, die von Balaklawa zu ihrem Lager auf den Bergen führt, müssen sie aufgeben. Dann wird alles vorbei sein – wenigstens darüber solltest du dich freuen.«

»Falls wir gewinnen«, sagte sie kurz und fügte hinzu: »Weiß Fleur es schon?«

»Wenn nicht jetzt, dann bald«, gab er zurück.

❦

Den ganzen Tag über sickerten die ungewöhnlichsten Berichte über den grimmigen Kampfgeist der Engländer durch: von wilden Männern in Frauenkleidern war die Rede, die mit teuflischen Schreien kämpften, welche das Blut in den Adern gefrieren ließen, und von nur mit Säbeln bewaffneten Reitern, die die schwere Artillerie der Russen frontal attackierten. »Die sind verrückt, die Engländer«, sagte ein junger Offizier, der den Hang zum Verbandsplatz heruntergehumpelt kam. »Wie soll man gegen Verrückte kämpfen? Das ist nicht fair.«

Schließlich endete die Schlacht in einem Patt. Die Russen hatten Balaklawa nicht einnehmen können, was nach allgemeiner Einschätzung das Ziel gewesen war, aber auch die Engländer hatten die Straße nicht zu halten vermocht, und die Hälfte der Schanzen auf dem Woronzow-Hügel war vom Gegner eingenommen worden.

Nach Einbruch der Dunkelheit herrschte endlich Stille. Die gefangengenommenen englischen Soldaten wurden aus General Liprandis Lager geholt, wohin man sie unmittelbar nach der

Schlacht zum Verhör gebracht hatte. Die meisten waren verwundet, manche von ihnen schwer. Man erzählte, daß sich unabhängig vom Grad der Verwundung kein einziger Engländer ergeben habe, was ihnen sehr hoch angerechnet wurde.

»Wir sollten nicht gegen die Engländer Krieg führen«, erklärte Ludmillas Freund Leutnant Warchin. »Sie sind wie wir. Wir sollten uns verbünden und gemeinsam die Türken bekämpfen.«

Fleur, die in die Oberstadt geeilt war, um dort auf die Gefangenen zu treffen, bemerkte sofort, daß es fast ausnahmslos Kavalleristen waren. Sie kamen unter Bewachung, marschierten – oder vielmehr humpelten – jeweils zu zweit nebeneinander, die gehfähigen Verwundeten vorneweg und die Tragen hinterdrein.

Fleur wandte sich an einen Wachmann, der sofort stehenblieb und höflich salutierte. »Hauptmann, Sie müssen mir gestatten, diese Männer zu begleiten und für sie zu tun, was mir möglich ist. In dieser Tasche habe ich Verbandszeug und ein Erlaubnisschreiben von Oberst Graf Kirow. Wo führt man sie hin?«

»In das alte Admiralitätsgebäude, Ma'am. Dort gibt es eine Kasematte für die Männer und Räume für die Offiziere.«

»Sehr gut. Danke, Hauptmann.«

Sie trat einen Schritt zurück, um die Männer vorbeiziehen zu lassen, und suchte dabei aufmerksam nach einem bekannten Gesicht. Als sie an einer Straßenecke eine Fackel passierten, erhaschte sie einen kurzen Blick auf eine pinkfarbene Hose. Sie trat neben den Kavalleristen, dessen Kopf fast überall notdürftig verbunden war, und ging neben ihm her.

»Sie sind ein Cherrypicker, nicht wahr?« fragte sie.

Der Kavallerist drehte den Kopf, um sie mit seinem unbedeckten Auge anzusehen.

»Und Sie eine englische Lady, Miss?«

Bei ihren Worten fuhren weitere Köpfe herum, und Fleur sah in blutverschmierte blasse Gesichter über dunklen, mit Bandagen umwickelten Körpern.

»Ja. Ich bin die Schwester von Hauptmann Hamilton vom 11. Regiment. Wissen Sie etwas über ihn? Ist er gesund?«

Der Kavallerist schüttelte den Kopf. »Keine Ahnung. War noch bei uns, als wir die Geschütze geladen haben, Miss. Danach hab ich ihn nicht mehr gesehen.«

»Die Geschütze geladen?«

Er griff nach seinem Verband. »Dabei hab ich mein Fett weggekriegt, von der Artillerie. Mann, so etwas haben Sie noch nicht gesehen, Miss!«

»Wir hörten ein Gerücht, daß die Kavallerie eine russische Artillerieabteilung angegriffen habe, aber wir hielten es für eine Falschmeldung. Wir konnten es nicht glauben« sagte Fleur fassungslos.

Von den Männern in ihrer Nähe kam ein zustimmendes Raunen.

»Wir auch nicht, Miss«, sagte der Soldat mit bissigem Humor. »Die ganze gesegnete leichte Brigade! Voll ab in den Höllenschlund, und die Geschütze donnern von allen Seiten um uns herum, Miss – und Jim der Bär immer vorneweg, wie bei einem Sonntagsritt in Hampstead Heath.« Er schüttelte den Kopf, wenn auch vorsichtig.

»Wurde er getötet?«

»Der wurde nicht getötet, Miss«, sagte ein anderer. »Zuletzt hab ich ihn gesehen, wie er ins Tal zurückgeritten ist – aufrecht wie die Bank von England.«

»Aber warum haben sie das getan? Von wem kam der Befehl?«

»Von Lord Raglan, Miss«, sagte der Kavallerist, »der Ruski-General, der uns verhört hat . . .«

»General Liprandi?«

»Heißt der so, Miss? Na, der hat jedenfalls geglaubt, wir wären besoffen. Der sagte zu uns: ›Also Jungs, was für einen Alkohol haben sie euch denn gegeben, daß ihr uns wie die Wilden angreift?‹ Und Wightman – der hier, Miss, auf der Trage, mit dem kaputten Knie – Wightman meinte nur: ›Bei Gott, Sir, wenn wir Alkohol bloß gerochen hätten, hätten wir längst halb Rußland erobert.‹«

Es erhob sich ein zustimmendes und lobendes Raunen für

Wightmans Kühnheit. Der Kavallerist fuhr fort. »Die Wahrheit war, Miss, daß wir seit Tagesanbruch in Bereitschaft standen, als Lord Lucan uns raustrieb, und seit der Nacht davor hatten wir nichts zu beißen oder zu löffeln. Als wir ihm das erzählt haben, meinte der Russki General: ›Ihr seid tapfere Burschen‹, meinte er, ›und ihr tut mir leid.‹ Und er hat uns allen Wodka raufgeschickt – jedem ein ganz ordentliches Schlückchen, und ich kann Ihnen sagen, das haben wir auch gebraucht!«

»Das glaube ich«, erwiderte Fleur. »Aber wie seltsam – die Kavallerie gegen Geschütze. Die Verluste müssen schrecklich gewesen sein!«

»Waren sie auch«, stimmte der Soldat trocken zu. »Hab noch nie so viele Männer fallen sehen. Als sie mich erwischten, Miss, waren wir fast am Ende, die unseren am Schluß nicht mehr als dreißig Mann. Überall lagen die Toten herum. Und die Pferde . . .«

Er beendete den Satz nicht, und niemand beendete ihn an seiner Stelle. Kavalleristen, das wußte Fleur, entwickelten eine starke Zuneigung zu ihren Pferden. In der Dunkelheit schniefte jemand vernehmlich, und bei dem Cherrypicker quoll eine Träne aus dem einen sichtbaren Auge.

»Es tut mir so leid«, sagte Fleur hilflos. »Ich komme Sie alle in der Kasematte besuchen«, fuhr sie fort, »sobald ich die Offiziere gesehen habe. Ist hier jemand aus dem 11. Regiment?«

»Da ist Hauptmann Brooke, Miss«, sagte der Cherrypicker und deutete mit seinem Daumen über die Schulter. »Den hat's allerdings ganz schön erwischt. Die meisten Offiziere, die etwas abgekriegt haben, sind zu schlimm dran, als daß man sie verlegen könnte. Die sind immer noch im Lager der Russkis. Sie haben nur Hauptmann Brooke und Leutnant Chadwick vom 17. und Mr. Clowes vom 8. hergebracht und die sind alle drei ziemlich übel dran, Miss.«

Ausgerechnet Brooke! dachte Fleur, als sie sich wieder an den Straßenrand stellte und in der vorüberziehenden Kolonne nach ihm suchte. Der arme Dandy Brooke mit seinem engen Korsett und dem eleganten Backenbart! Ganz schön erwischt? Sie konnte sich denken, was das bedeutete. Aber zumindest würde er wissen, was mit ihrem Bruder geschehen war.

Zwanzig

Beinahe hätte sie ihn verpaßt, denn er lag auf einer Trage. Sein Gesicht war blutverkrustet, und seine rosafarbene Uniform war an vielen Stellen geschwärzt. Er befand sich im Zustand tiefer Bewußtlosigkeit und röchelte, und sie fragte sich verzweifelt, ob er das Admiralitätsgebäude wohl noch lebend erreichen würde.

Als die Gefangenen ihr provisorisches Gefängnis erreichten, stellte sie erfreut fest, daß ein russischer Wundarzt sowie zwei Sanitäter und eine Ordensschwester bereits da waren. Fleur stellte sich vor und erkundigte sich, ob sie in irgendeiner Weise helfen könne. Der Wundarzt fragte, ob sie je in einem Hospital gearbeitet habe. Sie berichtete ihm kurz von ihrer Erfahrung mit Kranken, woraufhin er sie dankbar willkommen hieß.

Er trug ihr auf, sich um die leichter verletzten Kavalleristen zu kümmern. Fleur fügte sich widerspruchslos, und die nächsten beiden Stunden verstrichen, ohne daß es ihr gelungen wäre, etwas über ihren Bruder herauszufinden. Die Männer waren zwar alle ganz erpicht darauf, von ihren Erlebnissen zu berichten, aber keinem war Richard besonders aufgefallen.

Später erschien Graf Kirow und nahm sie beiseite. »Ich denke, Sie haben genug getan«, sagte er. »Sie kommen besser zum Abendessen nach Hause, sonst übernehmen Sie sich. Konnten Sie etwas über Ihren Bruder in Erfahrung bringen?«

Fleur schüttelte den Kopf. »Es gibt da einen verwundeten Offizier, einen Regimentskameraden von Richard, aber ich hatte nicht einen Augenblick Zeit, um mit ihm zu sprechen – sofern er überhaupt ansprechbar ist. Als sie ihn brachten, war er bewußtlos.«

»Wie heißt er?«

»Brooke. Hauptmann Brooke.«

»Ich werde nach ihm sehen, während Sie hier Ihre Arbeit zu Ende bringen.«

»Wie geht es Ludmilla?«

»Sie ist außer sich. Sie bedauert schon, daß sie Sie nicht begleitet hat.«

Fleur schüttelte den Kopf. »Das wäre kein Ort für sie.«

»Ich hätte nicht zugelassen, daß sie hierher kommt. Aber ebensowenig ist dies ein Ort für Sie. Beeilen Sie sich!«

Er ging hinaus, und sie kehrte zu dem Soldaten zurück, dem sie geraden einen Verband angelegt hatte. »War das Ihr Mann, Miss?« fragte sie der Kavallerist mit einem teilnahmsvollen Blick.

»Wie bitte? O nein, ich bin unverheiratet«, erklärte sie ihm.

»Ah, Ihr Vater also!« Der Kavallerist nickte weise mit dem Kopf. »Das hab ich an der Art erkannt, wie er Ihnen die Meinung gesagt hat. Genau wie unser alter Feldwebel Smith – Sie wissen schon: irgendwie nett, aber streng. Er machte Ihnen sicher Vorhaltungen, weil Sie hierhergekommen sind. Aber ich und die Jungs, wir sind ganz schön froh darum, das können Sie glauben.«

»Danke! Ich werde morgen wiederkommen, um nachzusehen, wie es Ihnen allen geht.«

Kirow kam zurück und winkte sie zu sich heran. »Er schläft. Sie können ihn morgen besuchen kommen. Er ist schwer verwundet, aber es ist nicht lebensgefährlich. Der Arzt glaubt nicht, daß akute Gefahr besteht.«

Brooke war am nächsten Morgen zwar bei Bewußtsein, aber äußerst schwach, und er stand noch unter Schock. Trotzdem zeigte er sich überrascht, Fleur zu sehen; er drückte ihre Hand und begann zu weinen. Nur mit Mühe konnte sie ihn beruhigen und fragen, ob er ihren Bruder während des russischen Angriffsturms gesehen habe.

»Direkt neben mir«, flüsterte Brooke. »Der gute alte Dick! Wir griffen an, er war neben mir und schlug drauflos. Die Russkis liefen weg, wir jagten sie wie die Füchse. Dann gab es eine schreckliche Explosion. Muß mich aus dem Sattel gepustet haben, kann mich aber nicht mehr genau erinnern.« Er schloß die Augen. Seine Haut war aschfahl, und die Aufregung hatte kalten Schweiß auf sein Gesicht treten lassen. »Dick war da. Guter alter Dick . . .«

»Schon gut. Ruhen Sie sich jetzt aus, Hauptmann Brooke. Hier sind Sie in Sicherheit.«

Sie saß bei ihm, bis er einschlief. Dann suchte sie die Kasematte auf, wo die Männer lagen, die für einen Weitertransport zu schwer verwundet waren. Sie fragte, ob sie etwas für sie tun könne. Alle berichteten durchweg, sie seien sehr gut behandelt worden; es schien, als wollten sie nur reden. In den folgenden Tagen konnte sie sich mit ihrer und Brookes Hilfe nach und nach ein Bild machen von den außergewöhnlichen Ereignissen bei der Schlacht von Balaklawa.

Das Problem hatte darin bestanden, daß der Hafen von Balaklawa für die Zwecke der britischen Armee alles andere als geeignet war. Er war eine halbe Meile lang und bestenfalls eine viertel Meile breit.

Von dort führte eine steile und enge Straße durch eine zwei Meilen lange Schlucht zu einer Ebene, von der aus das Land wiederum steil zum Hochplateau vor Sewastopol anstieg. Die Hauptarmee schlug ihr Lager auf dem Plateau auf, die Kavallerie in der Ebene – und Balaklawa, von wo jede Kugel, jede Decke und jedes bißchen Nahrung geholt werden mußten, lag unter ihnen wie am Fuß einer Burgmauer, isoliert und unerreichbar.

Die Franzosen lagerten auf einer Landzunge, ein gutes Stück westlich von den Engländern entfernt, und kontrollierten zwei offene Buchten, Kamiesch und Kazach, über die sie gut versorgt werden konnten. Nachdem sie sich einmal eingerichtet hatten, ließen sie sich nur sehr ungern stören, und General Canrobert weigerte sich beständig, Lord Raglans Pläne zu unterstützen.

Dies verschlimmerte das andere große Problem, dem sich Lord Raglan von Beginn der Expedition an gegenübersah: Er hatte viel zu wenig Männer, vor allem in der Kavallerie. Die Verluste bei Varna und an der Alma hatten zusammen mit den schleichenden, unbarmherzigen Raubzügen der Cholera die Lage verschärft. Er konnte an die Garnison von Balaklawa nicht mehr als ein Regiment abtreten.

Die englische Infanterie lagerte oben auf dem Plateau vor Sewastopol, wo sich auch Lord Raglans Hauptquartier befand. Die Ebene darunter, wo die Kavallerie – sowohl leichte als auch schwere Brigaden – ihr Lager aufgeschlagen hatte, glich einem natürlichen Amphitheater: Sie bildete ein auf allen Seiten von steilen Bergen gesäumtes Oval. Es wurde der Länge nach von einem steilen Kamm durchzogen, der die Ebene in zwei parallel verlaufende Täler trennte, das Nord- und das Südtal, und auf dessen Grat die Straße nach Woronzow verlief. Die Engländer bezeichneten den Gebirgsrücken daher als Woronzow-Hügel.

Auf ihm wurden sechs Schanzen gebaut, um die Straße nach Balaklawa zu schützen. Sie wurden mit Schiffskanonen ausgerüstet und, da sonst niemand für diese Aufgabe abkömmlich war, mit Türken besetzt.

Wieviel die Russen davon wußten, war nicht zu erfahren. Sie hatten einige Tage zuvor damit begonnen, eine große Streitmacht im Nordosten der Ebene zusammenzuziehen, aber Raglan konnte keine Soldaten erübrigen, die eingreifen hätten können, und die Russen waren daher in der Lage, unbehelligt ihre ganze Armee zu sammeln. Sie umfaßte etwa 25 000 Fußsoldaten und 6000 Reiter, dazu noch berittene Artillerie und ein Bataillon von Donkosaken mit schweren Feldgeschützen.

Am Morgen des 25. hatte Lord Lucan die Kavallerie entsprechend seiner üblichen Praxis eine Stunde vor Tagesanbruch antreten lassen. Lord Cardigan dagegen lag immer noch in der behaglichen Schlafkoje an Bord seiner Privatyacht, die unten in der Bucht von Balaklawa festgemacht war. Ihm war es aufgrund seiner schwachen Gesundheit erlaubt worden, auf seiner Yacht zu schlafen, und da er nicht gerne früh aufstand, blieb es in der Regel Lord George Paget vorbehalten, ihn zu dieser unbeliebten Stunde zu vertreten.

Es soll Lord George gewesen sein, der in der Dämmerung auf einer seiner Kontrollrunden mit Lucan entdeckte, daß auf Schanze Nr. 1 zwei Fahnen wehten. Es war das bekannte Signal dafür, daß der Feind sich näherte. Kaum hatte er dies mitgeteilt, eröffneten die Geschütze das Feuer mit einem gewaltigen Lärm, der die Ruhe des Morgens erschütterte – die ersten Schüsse, die zur Schlacht bei Balaklawa führen sollten.

Als das Licht stärker wurde, konnte man sehen, wie die graue Masse der russischen Armee in zwei Kolonnen anrückte und auf den Woronzow-Hügel sowie die nur von Türken besetzten Schanzen zumarschierte. Die englische Infanterie befand sich zwei Marschstunden entfernt auf dem Berg, und die einzigen Kampftruppen – Sir Colin Campbells Hochländer – waren zur Verteidigung des Basislagers jenseits der Schlucht, die den Zugang nach Balaklawa bildete, postiert.

Bei den Schanzen war nicht viel auszurichten. Die Türken flohen bald, und binnen kurzem hatten die Russen vier der sechs Verteidigungsanlagen eingenommen.

Nun stand nur noch das 93. Regiment zwischen der russischen Armee und Balaklawa. Bei Sonnenaufgang lichtete sich der kalte Nebel, und der Morgen erstrahlte zu einem goldenen Herbsttag von kristallener Klarheit.

❦

Die russische Kavallerie zog zunächst langsam durch das Nordtal, doch dann löste sich eine starke Abteilung und galoppierte über den Woronzow-Hügel auf die Hochländer zu. Es blieb keine Zeit, um die Männer im Karree aufzustellen, wie die Infanterie normalerweise einem Angriff der Kavallerie begegnet. Fünfhundert Hochländer in Kilts, roten Mänteln und Bärenfellmützen bildeten zusammen mit den hundert Verwundeten eine nur zwei Mann starke Linie, um sich dreitausend russischen Reitern zu stellen.

Man erzählte sich, daß der alte Sir Colin Campbell, ein Veteran von Waterloo, die Linie ablief und allen einschärfte: »Denkt daran, daß es von hier aus keinen Rückzug gibt. Ihr müßt sterben, wo ihr steht.« Die Männer der leichten Brigade formten also eine unnachgiebige Phalanx. Ihre Linie stand felsenfest, und sie schreckten nicht zurück, als die graugekleidete Reiterschar auf sie zugaloppierte.

Vielleicht war es diese Unerschütterlichkeit, die die Russen verunsicherte – schließlich war es wider jede Vernunft, daß eine so dünne Infanterielinie keine Angst zeigte, als sie schwerer Kavallerie im Verhältnis eins zu sechs gegenüberstand. Jedenfalls stutzten die Russen und hielten an, worauf die Hochländer das Feuer eröffneten. Ihre Kleinkalibergewehre waren viel besser als die russischen Musketen – jeder Schuß traf. Pferde und Männer stürzten, die russische Linie wankte einen Augenblick und rückte dann wieder vor. Eine zweite Salve. Noch mehr Russen fielen, und die dünne rote Linie schrie und drängte stürmisch vorwärts, begierig darauf, dem Feind zu Leibe zu rükken. Eine dritte unerbittliche Salve fällte noch mehr Reiter – worauf die Russen plötzlich abdrehten und sich unter dem wilden Triumphgeschrei der Hochländer zurückzogen.

Unterdessen hatte sich eine Abordnung aus acht Reiterschwadronen der schweren Brigade – etwa fünfhundert Kavalleristen – unter dem alten General Scarlett zur Unterstützung der Hochländer aufgemacht. Doch schon auf halber Strecke erschien der Rest der russischen Kavallerie über dem Woronzow-Hügel. Es waren etwa dreitausend Mann, und als sie Scarletts Streitkräfte sahen, hielten sie an und drängten sich dicht aneinander, bereit, nach unten zu stoßen und die kleinere Truppe einzuschließen. General Scarlett ließ seine Soldaten Aufstellung nehmen, richtete sie aus wie zu einer Parade und beabsichtigte ganz eindeutig, die Russen bergauf anzugreifen.

Diese außergewöhnliche Taktik und die gelassene Sorgfalt,

mit der sie ihre Linien ausrichteten, verstörten die Russen so sehr, daß sie nicht angriffen, sondern oben am Hang verharrten und offenbar nicht recht wußten, was als nächstes geschehen würde. Man ließ sie nicht lange im Zweifel. Die englischen Trompeten bliesen zum Angriff und die schweren Brigaden galoppierten den Hang hinauf, vorneweg der alte General Scarlett mit rotem Gesicht und weißem Schnurrbart, der so unerschrocken ritt, daß er als erster in der Masse der Russen verschwand und dort wie ein Derwisch seinen Säbel schwang.

Die Inniskillings und die schottischen Greys galoppierten Steigbügel an Steigbügel, wobei die ersteren ihr grauenhaftes irisches Geheul ausstießen und die letzteren ihr grimmiges Gestöhn hören ließen. Wie eine Welle sich an einem Felsen bricht, so donnerten sie auf die Russen zu und schlugen links und rechts mit ihren Säbeln um sich. Selbst wenn die Säbel brachen, gaben sie nicht auf, sondern klammerten sich wie Verrückte mit bloßen Händen an die bärtigen Gegner. Einem Beobachter mußte diese ineinander verkeilte Masse aus Männern und Pferden wie ein riesiges Tier erscheinen, das sich am Berg hin und zurück bewegte. Schließlich nahmen die Russen Reißaus, galoppierten über den Bergrücken zurück und flohen zu ihren Kameraden an der Ostseite des Nordtals.

Nun war es an der leichten Brigade, in die Schlacht einzugreifen und die fliehenden Russen zu verfolgen, um deren Kavallerie vollständig außer Gefecht zu setzen. Doch die leichte Brigade rührte sich nicht. Lord Cardigan tat nichts ohne direkte Order von Lord Lucan; Lord Lucan tat nichts ohne direkte Order von Lord Raglan, und der war oben auf dem Plateau, siebenhundert Fuß oberhalb des Getümmels. Er verfolgte das Geschehen wie von einer Tribüne aus, und die einzige Verbindung bestand in berittenen Boten. Der Weg vom Plateau hinunter war steil, schmal und steinig, und ein Reiter, der um seinen Hals und die Beine des Pferdes fürchtete, brauchte gut und gerne eine halbe Stunde bis ins Tal. So blieb die leichte Brigade an ihrem Ort und wartete, wie sie schon den ganzen Morgen gewartet hatte. Sie sah zu, wie andere Ruhm errangen, während sie nichts tun durfte.

Der vom 93. Regiment und den schweren Brigaden errungene Vorteil war verspielt. Die russische Kavallerie saß sicher an der Ostseite des Nordtals, hinter der dort aufgestellten schußbereiten schweren Artillerie. Auch die Russen hatten Feldgeschütze in das Nordtal verlegt, und da sie außerdem die Schanzen Nr. 1, 2 und 3 hielten, konnten sie sowohl das Nord- als auch das Südtal vom Woronzow-Hügel aus mit Feuer überziehen.

Plötzlich sah die leichte Brigade einen Stabsreiter an der Kante des Plateaus auftauchen und auf sich zukommen. Lord Raglan schickte weitere Befehle.

»Ich sagte zu Richard: ›Wer zum Teufel ist das?‹«, erinnerte sich Brooke, »und er meinte: ›Das ist der verrückte Ire, Lew Nolan. Wer sonst würde so reiten?‹ Sie hätten ihn sehen sollen, Miss Hamilton! Der Weg war praktisch senkrecht, und er kam herunter, als ob sein Pferd Flügel hätte. Nachdem er die Ebene erreicht hatte, gab er dem Pferd die Sporen und hielt es schließlich zitternd und schwitzend vor Lord Lucan an.

Wir sahen, wie er ihm einen Zettel gab. Lucan las diesen drei- oder viermal durch, so wie er es immer tut und andere damit zum Wahnsinn treibt. Die Nachricht muß ihm wohl nicht eingeleuchtet haben; er schüttelte den Kopf und fragte Nolan etwas, und Nolan antwortete – na ja, wir konnten nicht hören, was er sagte, aber wir konnten sogar aus der Entfernung erkennen, daß er unverschämt war. Nolan mochte Lucan natürlich nicht, er haßte ihn regelrecht.

Lucan sah wütend drein. Er las den Zettel wieder durch, schaute in alle Richtungen und stellte Nolan dann noch eine Frage. Dieser warf den Kopf irgendwie verächtlich herum und streckte seinen Arm in Richtung Nordtal aus.

Wir konnten absolut keinen Sinn darin sehen und Lucan wohl genausowenig. Er zuckte mit den Achseln, dann drehte er sich um und trabte auf uns und Lord Cardigan zu. Nun, Miss Hamilton, über die beiden muß ich Ihnen ja nichts erzählen, oder?«

Fleur lächelte und schüttelte den Kopf.

»Sie hassen sich wie der Teufel das Weihwasser«, fuhr Brooke fort. »Aber in der Öffentlichkeit sind sie natürlich immer die Höflichkeit selbst. Lord Lucan blieb vor Lord Cardigan stehen, hielt das Papier hoch, das Nolan ihm gegeben hatte, und sagte: ›Der Befehl lautet, sofort durch das Nordtal vorzurücken. Sie sollen mit der leichten Brigade führen, und ich werde mit der schweren Brigade als Unterstützung nachkommen.‹

Ich glaubte, Cardigan würden die Augen aus dem Kopfspringen. Ich kann Ihnen sagen, Miss Hamilton, ich hab meine auch nicht schlecht aufgerissen. Das waren die verrücktesten Befehle, die mir je untergekommen sind! Wir hatten keine Unterstützung durch die Infanterie, keine Geschütze. Jedermann weiß – das ist die erste Regel in einer Schlacht – daß man die Kavallerie nicht ohne Unterstützung gegen eine solche Artillerie anrennen läßt. Im allgemeinen war es Cardigans Art, Befehle ohne weitere Nachfragen zu akzeptieren – und dafür zu sorgen, daß wir dasselbe taten –, aber das muß wohl einfach zuviel für ihn gewesen sein. Er gab eine Art Bellen von sich und sagte dann zu Lucan: ›Gewiß, Sir. Aber erlauben Sie mir, daraufhinzuweisen, daß die Russen im Tal vor uns über Artillerie und auf beiden Seiten des Tals über Artillerie und Infanterie verfügen.‹

Lucan zuckte nur mit den Achseln. ›Ich weiß‹, sagte er, ›aber Lord Raglan will es so, und wir haben keine andere Wahl, als zu gehorchen.‹ Darauf sagte Cardigan nichts mehr. Er salutierte nur und ritt hinüber, um Paget zu informieren.«

»Aber welche Absicht konnte hinter dem Befehl stecken?« fragte Fleur. »Dort oben auf dem Plateau muß Lord Raglan doch gesehen haben, wie gefährlich es war.«

»Das habe ich auch gedacht. Richard meinte: ›Raglan kann nicht wollen, daß wir gegen diese Geschütze an reiten. Er hat uns seit Eupatoria mit Samthandschuhen angefaßt. Er kann uns jetzt nicht einfach wegwerfen wollen.‹ Worauf ich meinte, Raglan müsse von dort oben erkennen können, was Sache ist. Und Richard sagte noch: ›Wenn du mich fragst, kann er nicht mehr sehen als wir. Da ist etwas im Gange, von dem wir keine Ahnung haben.‹«

»Und stimmte das?«

»Ich weiß es nicht. Ich weiß nicht, was sich der Alte dabei dachte. Irgendwo hat jemand einen Fehler gemacht – und wenn Sie mich fragen, war das Lew Nolan! Er war ein hitzköpfiger Teufel, und schon vor der Schlacht an der Alma wollte er endlich Taten sehen. Der steckte voller hirnverbrannter Ideen, was alles die Kavallerie in Kampf ausrichten könnte. Ich glaube schon, daß Raglans Befehle nicht ganz klar waren, aber als Lucan fragte, was sie bedeuteten, hat Nolan sie nach eigenem Gutdünken gefärbt. Direkt auf die Artillerie zureiten – das ist genau so ein wahnwitziger Plan, wie er ihm gefällt. Tatsache ist jedenfalls, daß er darum gebeten hat, mit uns reiten zu dürfen.«

Die leichte Brigade formierte sich. Lord Cardigan nahm seine Position ganz allein an der Spitze ein, zwei Längen vor seinem Stab und fünf Längen vor der ersten Linie. Er hob seinen Säbel, gab mit ruhiger Stimme den Befehl, und die leichte Brigade bewegte sich in gleichmäßigem Trott auf die Geschütze und die gesamte Kavallerie der Russen zu.

Krankheiten hatten die fünf beteiligten Regimenter bereits stark dezimiert. Insgesamt waren es nur noch etwa siebenhundert Mann, und im 17. und 13. Regiment waren so viele Offiziere krank, daß sie an diesem Tag von Hauptleuten geführt wurden. Die Brigade zog in Totenstille los und ritt schweigend über das kurze Gras. Der Tag war so still, daß man das Knarren der Sättel hören konnte, das weiche Klopfen der Hufe und das gelegentliche harte Klirren, wenn ein Hufeisen an einen Stein schlug.

Allen voran ritt Cardigan, die lebendige Verkörperung des Stolzes der Kavallerie. »Selbst als die Geschütze auf beiden Seiten loskrachten, sah er immer nur nach vorne«, schilderte Brooke. »Er mochte vielleicht ein vertrottelter alter Schafskopf sein, aber, beim Jupiter, er war mutig wie ein Löwe!«

Fünfzig Meter weiter unten im Tal spielte sich etwas Eigenartiges ab. Nolan, der neben Hauptmann Morris in der ersten

Linie ritt, gab seinem Pferd plötzlich die Sporen, entfernte sich von der Truppe und galoppierte an die Spitze der Front.

Der Gefreite Michaels erklärte Fleur diesen Vorgang so: »Er ritt direkt an Lord Cardigan vorbei, und das brachte meinen Lord richtig auf die Palme. Dann fuchtelte Nolan mit seinem Säbel herum, sah zu uns zurück und schrie, als ob er uns etwas mitteilen wollte.«

»Was konnte das sein?«

»Weiß ich nicht, Miss. Wir konnten nichts hören wegen des Geschützlärms. Als nächstes explodierte – eine Granate auf dem Boden direkt vor Lord Cardigan, und ein Teil davon riß Hauptmann Nolan buchstäblich entzwei. Er ließ einen höllischen Schrei los, und auf einmal wirbelte sein Pferd herum und galoppierte zu uns zurück. Es war furchtbar, Miss! Er ließ seinen Säbel fallen, aber sein Arm ragte immer noch in die Luft, und wir konnten diesen entsetzlichen Schrei von ihm hören, mitten im Lärm der Geschütze. Aber ich glaube, daß er dann sofort tot war.«

Sie ritten weiter und bewegten sich auf den weißen Rauch zu, der die russischen Geschütze am Ende des Tals markierte. Während sie das taten, wurden sie von beiden Seiten ins Kreuzfeuer genommen. Wenn ein Mann oder ein Pferd fiel, wichen die Reiter aus, und sobald sie das Hindernis passiert hatten, schlossen sie sich wieder zusammen, wie sie es auch bei einer Übung auf dem Exerzierplatz getan hätten. Während der Tod auf sie niederging, blieben sie in geschlossener Formation, aber ihr Trupp wurde beständig kleiner.

Nach der Hälfte des Weges kamen sie in die Reichweite der Geschütze, die am Ende des Tals postiert waren: Kanonenkugeln, Hagelgeschosse, Schrapnelle. Jetzt fielen die Männer nicht mehr einzeln, sondern wurden reihenweise von kreischendem Metall umgemäht. Auch Cardigan konnte nun nichts mehr dagegen ausrichten, daß sich das Tempo der Überlebenden beschleunigte.

»Wenn man in einer solchen Situation steckt, will man nicht einfach herumhängen«, erklärte Michaels. »Die will man sich vorknöpfen – je eher, desto besser. Wir begannen zu galoppieren, Linien gab es da keine mehr. Außerdem waren sowieso nur noch so wenige von uns übrig, daß wir keine Formation mehr halten konnten.«

»Das 17. vor uns fing zu galoppieren an«, ergänzte Brooke, »also drückten auch wir aufs Tempo, um mit ihnen mitzuhalten. Dann stieß jemand einen Schrei aus, und plötzlich schrien wir alle wie Verrückte. Na, ich glaube, zu dem Zeitpunkt waren wir tatsächlich verrückt. So etwas kann man nicht machen, wenn man bei Verstand ist. An allen Ecken und Enden fielen Männer und Pferde. Wir in der zweiten Linie ritten über die Opfer der Frontlinie hinweg.

Und dann waren da noch die herrenlosen Pferde. Sie laufen nicht aus der Gefahrenzone heraus, sondern versuchen immer wieder, sich mit Gewalt einzuordnen oder so nahe wie möglich an ein anderes Pferd mit Reiter heranzukommen. Sogar die verwundeten Pferde laufen einfach weiter und wollten an ihren Platz zurückkommen. Einmal müssen fünf oder sechs reiterlose Pferde mit mir galoppiert sein. Ihre Augen traten vor Angst aus den Höhlen, und sie drängten sich an den alten Oberon und besudelten uns mit Blut aus ihren Wunden. Die armen Tiere . . .«

Er hielt abrupt inne, als ihm bewußt wurde, mit wem er sprach.

Sie galoppierten auf die Geschütze zu. In der Nähe wurde der Rauch zu einer Dunstglocke, und die Blitze der Kanonen waren als zuckende Flammen gegen die Dunkelheit zu sehen. Und dann waren sie auf einmal durch, die wenigen Überlebenden. Sie ließen die Geschützfeuer hinter sich und schlugen durch die rauchige Dämmerung auf die vor ihnen auftauchenden bärtigen russischen Gesichter ein.

Sie metzelten die Infanteristen nieder und stürzten sich dann auf die dahinterstehende Kavallerie, die über die ganze Sache so verwundert war, daß sie zurückwich. Manche von ihnen machten kehrt und flohen, worauf die Frontlinie ihren Sieg bejubelte und nachsetzte. Aber das währte nicht lange. Sie sahen sich der gesamten russischen Kavallerie gegenüber, und von der Frontlinie der leichten Brigade hatten nur etwa fünfzig Mann den Ritt durch das Tal überlebt. Die Russen formierten sich neu, und über die Flanken kam ihnen überdies ein Trupp Kosaken zu Hilfe.

Bei den Engländern traf die zweite Linie der 11. Husaren und der 4. leichten Brigade ein. »Aber niemand wußte, wo Lord Cardigan war«, sagte Brooke. »Wir sahen ihn ganz am Anfang im Rauch verschwinden und haben ihn später nicht mehr entdeckt. Vielleicht war er tot. Lord George Paget ließ uns Aufstellung annehmen. Wir sollten die russische Kavallerie erneut angreifen, aber dann sahen wir, daß sie uns eingekreist hatten und sich hinter uns zusammenschlossen, um uns den Rückweg abzuschneiden. Die Pferde waren erschöpft, und die meisten von uns waren irgendwo verletzt. Unsere einzige Chance bestand darin, uns sofort freizuschlagen, bevor die Russkis auch nur die Chance hatten, darüber nachzudenken. Lord George gab den Befehl dazu. Und da ging ich dann zu Boden.«

»Was ist Ihnen passiert?« fragte Fleur.

»Ich weiß nicht genau. In der Nähe gab es eine furchtbare Explosion, und ich wurde von der Druckwelle erfaßt. Ich merkte noch, daß Oberon einen Satz machte, aber ich konnte ihn nicht mehr halten. Ich fiel herunter und schlug auf den Boden, und dann wurde es schwarz um mich.«

»Und Richard?«

»Als ich ihn das letztemal sah, war er noch im Sattel. Was danach kam, weiß ich natürlich nicht. Aber gefangengenommen hat man ihn nicht, soviel ist sicher.«

Sie wußte also noch immer nicht, ob ihr Bruder am Leben war. Die Wahrscheinlichkeit sprach natürlich dagegen, denn selbst wenn er diesen ganzen Höllenritt durch das Tal überlebt haben sollte, so hätte er auf einem lahmenden Pferd zurückreiten und das schreckliche Geschützfeuer noch einmal überstehen müssen.

Man erzählte, daß fünfhundert der siebenhundert Männer getötet worden waren. Auch wenn das vielleicht übertrieben war, eines war sicher: Die leichte Brigade hatte praktisch aufgehört zu existieren. Dafür also hatte sie den an der Cholera erkrankten Richard gepflegt – daß er zu seinem Regiment zurückgekehrt war, um an der verrücktesten, tapfersten, ruhmreichsten, heldenhaftesten und dümmsten Kavallerieattacke der Weltgeschichte teilzunehmen. War letztlich alles ein Irrtum gewesen? Sie fragte sich, ob sie das wohl je erfahren würde.

❦

Sie stattete den Männern im alten Admiralitätsgebäude jeden Tag einen Besuch ab, aber es lagen dort so wenige, daß sie ihre Dienste nicht verschwenden wollte. Sie fragte also den Wundarzt Piragow, ob sie in der Verbandstation aushelfen könne. Er schaute etwas zweifelnd drein, aber da Fleur wußte, daß Hilfe dort dringend gebraucht wurde, drängte sie vorsichtig auf seine Zustimmung.

»Bitte, Sir. Ich bin an üble Gerüche und schlimme Anblicke durchaus gewohnt. In meinem Heimatland habe ich viele Armenhospitäler besucht.«

»Ja, ich weiß – aber Kriegsverletzungen sind etwas anderes als Krankheit und Siechtum. Was Sie hier gesehen haben, ist noch gar nichts. Im Rathaus sieht man Dinge, die selbst mich erschaudern lassen.«

»Sie erschaudern zwar, aber Sie gehen weiter Ihrer Pflicht nach«, erklärte Fleur.

Er zuckte mit den Achseln. »Es ist meine Pflicht.«

»Meine auch – die Pflicht eines jeden, der sich sorgt.« Sie lächelte ein wenig. »Um die Wahrheit zu sagen, ich weiß selbst nicht, ob ich es aushalten kann – aber ich glaube schon. Lassen Sie es mich versuchen! Wenn ich Ihnen nicht nützen kann, werde ich ohne viel Theater wieder verschwinden.«

Er schenkte ihr ein müdes, zerstreutes Lächeln. »Nun gut, versuchen wir es also. Ich kann weiß Gott jede Hilfe brauchen, und Sie scheinen mir eine vernünftige und umsichtige junge Frau zu sein.« Er zögert, und betrachtete sie neugierig. »Dies hier sind Ihre eigenen Leute. Aber liegt Ihnen auch ebensoviel an russischen Verwundeten?«

»Jetzt sind auch die Russen mein Volk«, sagte sie. »Ja, mir liegt viel an ihnen.«

»Bei Gott, dann bedaure ich Sie«, sagte Piragow leise.

Von da an waren ihre Tage ausgefüllt. Sie ging jeden Morgen zur Verbandstation hinunter, und am Abend suchte sie auf ihrem Heimweg das Admiralitätsgebäude auf. Die Dinge, die sie im Rathaus zu sehen bekam, waren so schrecklich, daß sie zunächst nicht glaubte, sie ertragen zu können. Es war nicht so sehr der Anblick des Bluts, des verstümmelten Fleisches und der schlimmen Wunden, sondern ihr eigenes Mitleid, das sie bei der Qual dieser Männer empfand und das sie beinahe umbrachte. Sie waren so tapfer – so grotesk tapfer – und so dankbar für alles, was man für sie tat. Und obgleich sie nicht aus freien Stücken hierhergekommen waren, sondern gegen ihren Willen dazu gezwungen wurden, hatten sie im Dienst für ihr Land alles gegeben. Am ersten Tag mußte sie immer wieder zur Seite treten und sich einen Augenblick gegen die Wand lehnen, bis ihre Beine nicht mehr zitterten und sie die Tränen hinunterschlucken konnte. Wie sie sehr wohl wußte, brauchten die Männer diese Art von Mitleid nicht. Sie mußte fröhlich und zuversichtlich sein, damit sie in sich ein Vertrauen aufbauten, das sie ihrem eigenen Wissen um ihre schlimmen Verstümmelungen entgegensetzen konnten.

Sie war nicht die einzige Frau auf der Verbandstation. Es pflegten dort auch Ordensschwestern, die den Leidenden und Sterbenden den Trost der Religion brachten. Mehr nach Fleurs Geschmack waren die zivilen Frauen, die dort aushalfen – vor allem Soldaten- und Seemannsfrauen. Sie waren zäh, unsentimental und praktisch und kannten die Nöte der Männer recht genau. Fleur verstand sich bald sehr gut mit ihnen; sie behandelten sie mit einer scheuen Höflichkeit, die ihr ungemein gefiel.

Das schlimmste war, daß es an allem mangelte. Laudanum war so knapp, daß Operationen ohne Betäubung durchgeführt werden mußten, und das Schreien und Stöhnen aus dem inneren Raum, wo die Wundärzte mit Messern und Sägen hantierten, war quälend – vor allem für die Männer, die auf ihren Liegen selbst darauf warteten, hineingebracht zu werden. Verbände waren knapp, ebenso Medizin jeglicher Art und Krankenkost, denn viele der Schwerverwundeten konnten die grobe Essensration, die als einziges ausgegeben wurde, nicht kauen. Selbst die notwendigsten Dinge wie Seife, Nachthemden, Dekken, Teller und Löffel waren in der belagerten Stadt schwer zu bekommen.

Zusammen mit den anderen Helfern mühte sich Fleur mit Provisorien ab. Und immer stellte sie sich die Frage: Wenn es bei uns schon so schlimm ist, wie muß es dann erst im Lager der Engländer aussehen?

❦

Eines Abends, etwa eine Woche nach der Schlacht, ging Fleur müde und deprimiert nach Hause. Ein weiterer schwerverwundeter englischer Gefangener war gestorben, und es beschlich sie die Angst, daß auch Hauptmann Brooke sterben könnte.

Seine Wunden waren zählreich und gefährlich. Er hatte viele Schnitte an beiden Schenkeln – dem exponiertesten Körperteil eines Reiters, wenn er gegen Fußsoldaten kämpfte – und eine tiefe Säbelwunde an der Schulter. Bei der Explosion, die ihn aus dem Sattel geworfen hatte, waren Schrapnellstücke in seine linke Seite und die Hüfte eingedrungen, und ein größeres Geschoß hatte ein paar Fußknochen zertrümmert. Außerdem hatte er mehrere Verletzungen sowie eine klaffende Wunde am Kopf und eine Quetschung an der rechten Gesichtsseite.

Die kleineren Schnitte verheilten gut, aber die tiefe Schulterwunde sah böse aus, und Fleur befürchtete, daß Wundbrand einsetzen könnte. Dieser Fall wäre fatal gewesen, da die Lage der Wunde es unmöglich machte, als letztes Mittel auf eine Amputation zurückzugreifen. Doch es war nicht nur das; in der Nacht zuvor hatte Brooke über Kopfweh und Übelkeit geklagt, und am Tag hatten sich diese Schmerzen verschlimmert und wurden zwischenzeitlich auch noch von Doppelsichtigkeit und Delirium begleitet.

Piragow hielt es für möglich, daß Brooke an inneren Blutungen litt. Fleur fragte ihn, wie dann die Prognose lauten würde, aber der Arzt schüttelte nur den Kopf.

Sie war die meiste Zeit des Tages bei Brooke gesessen. In der letzten Woche hatte sie eine große Zuneigung zu ihm gefaßt, denn ohne seine Manierismen und seinen geckenhaften Ehrgeiz in Modefragen war er ein liebenswerter Mann mit einfachen Gefühlen, der vergötterte Held einer Mutter und zweier Schwestern.

Es wühlte sie sehr auf, ihn so von Schmerzen geschwächt und blaß gegen sein Kissen gelehnt vor sich zu sehen. Immer wieder drückte er ihre Hand, als sei sie alles, was ihn noch mit der Welt verband. Während seiner wachen Phasen redete er von zu Hause, erzählte ihr von seinem Obstgarten und dem Fluß vor seinem Fenster sowie von der geplanten Hochzeit seiner Schwester im Frühjahr. Beobachtete sie sein abgespanntes Gesicht, seine unruhigen Augen und den sichtbaren Schmerz, der bei jeder Bewegung durch seine Züge fuhr, dann packte sie die große Angst, daß er das alles nicht mehr wiedersehen würde.

Sie erreichte den höchsten Punkt des Hügels und bog in die Wladimirstraße ein, als sie hinter sich Pferdegetrappel hörte und zur Seite trat, um sie passieren zu lassen. Es war ein Kosake, der ein struppiges Pony ritt und ein weiteres Pferd hinter sich herzog. Fleur starrte den stattlichen Braunen überrascht an; das war kein einheimisches Pferd, sondern unverkennbar ein englisches Vollblut.

Dann stürzte sie los und sprang dem Kosaken vor die Füße.

»Pearl!«

Das Pferd stellte die Ohren auf und wieherte. Der Mann, dessen Hand unwillkürlich zum Gewehr griff, hielt fluchend an.

»Das Pferd gehört meinem Bruder«, rief Fleur auf französisch. »Was machen Sie damit? Wo haben Sie es her?«

Der Kosake kniff mißtrauisch die Augen zusammen und antwortete ihr auf russisch. Fleur hatte die Sprache im vergangenen Jahr ein bißchen gelernt, aber nur genug, um den Dienern einfache Anweisungen zu erteilen. Zudem unterschieden sich Akzent und Dialekt des hier gesprochenen Russisch stark von jenem des Nordens. Sie verstand nicht, was er sagte.

»Dieses Pferd«, fuhr sie dennoch entschlossen auf russisch fort, »gehört mir.«

Der Kosake erwiderte etwas auf russisch, was Fleur ohne Schwierigkeiten als »Nein, es gehört mir« übersetzen konnte. Dann fügte er einen längeren Satz hinzu, der mit einer Frage endete, und als sie ihn hilflos ansah, zuckte er mit den Achseln und schickte sich an, weiterzureiten.

»Nein, nein«, rief Fleur verzweifelt. »Sie verstehen nicht. Schauen Sie, Sie müssen mit mir kommen – mit mir kommen!«

Sie kramte in ihrer Tasche und holte eine Münze hervor, um sie ihm zu zeigen. Dann deutete sie wieder auf das Pferd und winkte ihm, ihr zu folgen. Er nickte kurz, und erleichtert machte sie sich mit ihm zusammen auf den Weg nach Hause.

Dort angekommen, rannte sie auf der Stelle zu Kirow.

»Sergej Nikolajewitsch, Sie müssen mir helfen. Bitte kommen Sie heraus. Da ist ein Mann mit dem Pferd meines Bruders. Ich muß wissen, wie er dazu gekommen ist, aber er spricht kein Französisch, und ich kann nicht genug Russisch.«

»Was für ein Mann?« fragte Kirow und stand sofort auf. Gott sei gedankt für einen entscheidungsfreudigen Mann, der keine Zeit mit nutzlosen Vorhaltungen verschwendet, dachte sie.

Draußen auf der Straße lehnte der Kosake nachlässig an seinem Pony, aber seine schwarzen Augen unter den halbgesenkten Lidern waren wachsam.

Als Kirow sich näherte, richtete er sich auf und salutierte. Sie begannen die Unterhaltung, der Kosake respektvoll, Kirow ungezwungen und freundlich, so wie ein beliebter Offizier mit einem vertrauenswürdigen Oberfeldwebel redet. Fleur hörte angespannt zu, ohne ein Wort zu verstehen.

Anschließend fingen die beiden Männer an, die Stute zu untersuchen. Zu Fleurs Überraschung tat Kirow das sehr sorgfältig. Er begutachtete ihre Zähne, fuhr über ihre Beine und hob ihre Füße wie ein Interessent auf einem Pferdemarkt. Dann redete er wieder mit dem Mann, und nach den Gesten zu schließen, verhandelten sie über den Preis. Zuletzt schlugen sie ein, und Kirow ging zum Haus zurück, während der Kosake Pearls Leine losband.

»Ich habe sie gekauft. Ich erzähle Ihnen gleich alles«, murmelte Kirow im Vorbeigehen. »Ich muß ihn erst auszahlen. Er hat hart gefeilscht – ich mußte einen guten Preis für sie hinlegen.«

Gleich darauf war der Kosake davongeritten, und Kirow zitierte den geduldigen Bezkow zu sich, damit er für Pearl einen sicheren Stallplatz ausfindig machte. Sie wirkte gesund und unverletzt, war aber ziemlich nervös. Fleur gelang es mit viel gutem Zureden, sie etwas zu beruhigen. Dann fragte sie Kirow, was der Kosake berichtet hatte.

»Es ist die übliche Geschichte«, erklärte er. »Nach einer Schlacht laufen die Pferde natürlich überall frei herum. Die Kosaken fangen sie ein und verkaufen sie, so teuer sie können – für sie sind es Fundstücke, rechtmäßige Kriegsbeute.«

»Aber was ist mit Richard? Haben Sie ihn nach Richard gefragt? Wie ist er überhaupt an Pearl gekommen?«

Er legte eine Hand auf ihren Arm, als ob er sie schützen wollte. Seine Miene war ernst. »Ja, ich habe gefragt. Ich fragte ihn, was mit dem Vorbesitzer des Pferds sei, und er meinte achselzuckend: ›Er ist tot, Herr, er braucht es nicht mehr.‹«

»Wie konnte er das wissen? Hat er Richard gesehen? Sagen Sie es mir!«

Er schloß seine Finger um ihr Handgelenk. »Er fand Pearl auf halber Strecke zwischen dem Nordtal und der Brücke. Sie stand ganz allein. Zunächst glaubte er, sie sei lahm, denn als er sich näherte, versuchte sie nicht davonzulaufen. Dann sah er, daß sie über einem gestürzten Reiter stand. Er ging hin, um ihn sich anzusehen, und stellte fest, daß er tot war. Dann führte er das Pferd fort. ›Es ist ein gutes Pferd, Herr, sehr treu, wie die

Pferde der Kosaken‹, sagte er zu mir. ›Es wollte seinen Herrn nicht verlassen.‹«

Fleur hörte zwar zu, konnte es aber nicht fassen. Sie suchte in seinem Gesicht nach der Wahrheit. »Ich glaube es nicht«, sagte sie leise. »Richard tot? Ich glaube es nicht.«

»Es ist wahr«, entgegnete er. »Es tut mir so leid, Tswetokscha. Ich wünschte, es wäre anders. Aber es ist wahr.«

Natürlich wußte sie, daß sie es erwartet hatte, daß nichts wahrscheinlicher war als dies. Sie neigte den Kopf, atmete tief ein und spürte einen Schmerz in ihrer Brust aufsteigen. »Ich glaube es nicht«, sagte sie noch einmal, aber es stimmte nicht. Es war nur ihr innerer Widerstand, das Unbegreifliche zu akzeptieren.

Einundzwanzig

Hauptmann Brooke fiel in ein Koma und starb. Fleur nahm sein Tod sehr mit – viel mehr, als sie erwartet hatte.

»Eigentlich kannte ich ihn kaum«, schluchzte sie, als sie es Ludmilla erzählte. »Ich weiß gar nicht, warum ich unablässig weinen muß.«

»Du weinst um sie alle«, erkannte Ludmilla mit erstaunlichem Scharfblick, »nicht nur um Brooke, sondern um all die anderen tapferen Männer.«

»Damit ist wieder eine Verbindung abgebrochen zu daheim, zu Richard . . .«

Ludmilla tätschelte tröstend Fleurs Hand. »Wenigstens starb Brooke friedlich – nicht qualvoll wie andere arme Teufel.«

Auch Milotschka hatte in der Verbandstation mitgeholfen. Am Tag nach der Nachricht von Richards Tod war sie zu Fleur gekommen und hatte darum gebeten, mitgenommen und Piragow vorgestellt zu werden. Fleur hatte zunächst ihre Zweifel. Die Kanonade wurde immer noch fortgesetzt, und die Zahl der Opfer in den Bastionen war erschreckend hoch. So war weiß Gott jede Hilfe willkommen. Aber Fleur wußte nicht recht, ob Ludmilla, die ja mit Hospitälern und Krankenpflege keinerlei Erfahrung hatte, dies alles ertragen würde. Sie äußerte ihre Bedenken, aber Ludmilla blieb hartnäckig.

Zu Fleurs Überraschung hielt sie dann nicht nur durch, sondern erwies sich als überaus hilfreich und nützlich. Am ersten Tag wurde sie oft bleich im Gesicht und mußte sich immer wieder ein paar Minuten zurückziehen, um sich zu sammeln.

Trotzdem ging sie ruhig ans Werk und wich nicht einmal den schrecklichsten Aufgaben aus. Sie war bald ungemein beliebt bei den Männern, mit denen sie scherzte und sogar ein wenig flirtete, wodurch sie deren Stimmung weit mehr verbessern konnte, als Fleur und die Nonnen es vermochten. Darüber hinaus bewies sie einen erstaunlichen Erfindergeist und ersann viele Hilfsmittel, um kleinere Probleme, Unannehmlichkeiten und Mängel zu überwinden, die alle anderen einfach hingenommen hatten. Als Fleur ihre Ausdauer und ihre Findigkeit einmal bewunderte, zuckte sie nur mit den Achseln und wollte nicht gelobt werden.

»Die Männer sind so tapfer«, erklärte sie. »Das ist das mindeste, was man tun kann.«

Wenn sie nicht im Hospital arbeitete, traf man Ludmilla sehr vergnügt in der Gesellschaft von Leutnant Warchin oder einer Gruppe anderer Offiziere an, die auf den öffentlichen Plätzen promenierten oder in den Cafés Tee tranken. Auch wenn sie im Umgang mit ihnen nicht direkt flirtete – sie behandelte sie beinahe wie eine Schwester –, so zog sie trotzdem viele Blicke auf sich und verursachte mitunter auch Getuschel hinter ihrem Rücken. Warchin war ein Gentleman und wußte sich zu benehmen, aber die anderen verhielten sich nicht immer so respektvoll.

Fleur wunderte sich darüber, daß Kirow keine der beiden Beschäftigungen Ludmillas untersagte und nicht einmal versuchte, sie davon abzubringen. Sie war davon überzeugt, daß es ihm nicht behagte, und dennoch unternahm er nichts dagegen, sondern sah Ludmilla nur mit einem kleinen, finsteren Lächeln von der Seite an. Fleur fragte sich, ob es etwas mit dem Wortwechsel bei der Nachricht von Richards Tod zu tun hatte, dessen Zeugin sie geworden war.

Seit dem Morgen der Schlacht bei Balaklawa hatte sich Ludmilla in einem Zustand nagender Angst befunden. Sie wiederholte stets aufs neue, daß Richard ganz sicher tot sei. Doch als sie die Geschichte von seinem Pferd erfuhr und Kirow ihr berichtete, was der Kosake gesagt hatte, gelangte sie plötzlich zu der Überzeugung, daß das nicht stimmen konnte und Richard noch am Leben sein mußte.

»Ich glaube es nicht«, erklärte sie. »Du kennst doch diese Leute! Sie erzählen einem sonst etwas und lügen wie gedruckt.«

»Aber warum sollte er lügen?« fragte Kirow.

»Weil er mit Richards Pferd erwischt wurde, natürlich. Er wußte, daß Fleur es erkannt hatte, also mußte er sich irgendeine Geschichte ausdenken.«

»Wenn seine Geschichte nur erfunden war, was ist dann deiner Meinung nach die Wahrheit?« fragte Fleur verwundert.

»Ich weiß es nicht«, entgegnete sie gereizt. »Ich nehme an, Pearl rannte einfach frei herum, und er fing sie ein.«

»Er mußte ohne Zweifel über einige Phantasie verfügen, um sich all die Einzelheiten auszudenken«, bemerkte Kirow.

Ludmilla sah ihn mit zusammengekniffenen Augen an. »Ja, ich weiß, du hättest es gerne, wenn Richard tot wäre! Aber ich fühle, daß er lebt. Ich kann es spüren.« Kirow wollte etwas erwidern, aber sie schnitt ihm einfach das Wort ab. »Jedenfalls hast nur du mit diesem Kosaken geredet. Wenn du mich fragst, hast du diese ganze Sache selbst erfunden. Ja, so ist es wohl gewesen! Die Geschichte trägt alle Merkmale deiner Falschheit.«

Kirows Lippen wurden weiß, und seine Augen blitzten vor Zorn.

»Ludmilla!« versetzte Fleur schockiert. »Du weißt nicht, was du sagst.«

»So?« erwiderte diese kurz. Ihre Miene verschleierte sich. »Na gut, vielleicht hast du recht. Ich hab es nicht so gemeint, Serjoscha. Ich weiß nur, daß Richard lebt, und zwar bin ich mir da so sicher wie über das Amen in der Kirche. Ihr könnt euch eure Worte also sparen, alle beide.«

Fleur schaute zu Kirow hinüber. Er hatte seinen rätselhaften Blick aufgesetzt, und seine Augen waren ganz dunkel.

»Wenn dir der Glaube daran hilft«, meinte er, »bin ich der letzte, der dich vom Gegenteil überzeugen will. Aber du könntest einmal daran denken, wie Fleur sich fühlen muß.«

Ludmilla war sofort zerknirscht. »Oh, es tut mir leid! Ich wollte nicht alles wieder aufwühlen. Aber ich kann nicht anders. Ich weiß eben, was ich weiß.«

❦

Am 5. November versammelte sich die russische Armee vor Tagesanbruch auf dem Hochplateau direkt hinter der Brücke, die über die Tschernaja führte. Der Plan war erstens, die Engländer und Franzosen getrennt anzugreifen, um einen Zusammenschluß ihrer Streitkräfte ein für allemal zu unterbinden; zweitens wollte man eine Position einnehmen, von der aus der gesamte Weg zum englischen Lager beherrscht werden konnte, um somit den Gegner zur Aufgabe der Belagerung zu zwingen.

Die ersten Berichte, die in Sewastopol eintrafen, sprachen von einem großen Sieg. Doch als langsam Überlebende der verschiedenen Einheiten zurückkamen, erzählten sie eine ganz andere Geschichte. Obwohl die Engländer zahlenmäßig weit unterlegen waren, hatten sie mit ihrer gewohnten Courage und Wildheit gekämpft und die russische Armee den ganzen Weg zur Brücke zurückgetrieben. Es war zu einem grauenvollen Gemetzel gekommen – zehntausend, vielleicht fünfzehntausend Russen waren tot und Hunderte gefangengenommen.

In dieser Nacht machten sich Panik und Verzweiflung in der Stadt breit. Doch als bei Tagesanbruch weder die Festung gestürmt worden war, noch die Kapitulation gefordert wurde, hob sich die Stimmung ein wenig, und die Entschlossenheit wuchs. Schließlich waren sie immer noch da, und die Stadt war nicht eingenommen. Zudem stand der Winter vor der Tür, man erwartete strenge Temperaturen. Nahrung und Brennholz mochten knapp werden in Sewastopol, aber zumindest hatten die Menschen ein Dach über dem Kopf. Und die Befestigungen waren solide. Falls nötig, konnten sie für immer ausharren.

Eines Abends saßen Fleur und Ludmilla im Wohnzimmer, plauderten leise und wickelten dabei Binden – eine ständig anfallende Arbeit für das Hospital. Kirow war zum Hauptquartier gegangen und wurde in den nächsten Stunden nicht zurückerwartet. Plötzlich waren im Treppenhaus Schritte zu hören. Die beiden Frauen sahen leicht beunruhigt hoch. Dann ging die Tür auf, eine Gestalt im grauen Mantel und schmutzigen Stiefeln duckte sich beim Eintreten und nahm dann die Mütze ab. Die Hunde sprangen knurrend hoch, besannen sich aber schnell eines Besseren und stürzten mit freudig wedelnden Schwänzen auf den Neuankömmling zu.

»Na, das laß ich mir gefallen! Wie ich sehe, habt ihr ja jeden Luxus hier!«

»Petja!« Milotschka warf ihren Verband weg und rannte ihrem Schwager entgegen.

»Gemach, Schwesterchen, ich bin so naß wie ein begossener Pudel! Ja, gib mir einen Kuß! Und jetzt Sie, *petite* Fleur! Oh, ist es schön, euch zu sehen!«

»Und wir freuen uns, Sie zu sehen, Peter Nikolajewitsch!«

Fleur nahm seine Umarmung gerne entgegen, auch wenn sein unrasiertes Kinn kratzte und sein feuchter Mantel fürchterlich roch. Sie und Ludmilla halfen ihm beim Ablegen und setzten ihn in einen Stuhl nahe am Feuer, damit er seine feuchten Strümpfe trocknen konnte.

»Was für ein schnuckeliges Plätzchen ihr hier habt«, bemerkte er genüßlich, während sie ihn bedienten. »Ich weiß nicht, es gefällt mir sogar besser als Kurmoje oder diese Kathedrale von einem Haus in Petersburg! Wenn man so lange im Lager gelebt hat wie ich, macht man bei seinen Vorstellungen von Bequemlichkeit langsam Abstriche. Und was für eine Freude, jemanden in einem Kleid zu sehen! Ich habe mich in letzter Zeit so verzweifelt nach dem Anblick eines hübschen Gesichts gesehnt, daß ich mir schon mein Pferd vorgestellt habe! Na ja, wenigstens riecht es besser als die meisten meiner Kameraden.«

»Erzähl doch nicht solchen Blödsinn«, unterbrach ihn Ludmilla, als sie ihm ein Glas Wodka brachte. »Erzähl uns lieber, was passiert ist.«

»Einen Augenblick, Milotschka«, warf Fleur ein, »sind Sie

hungrig, Peter? Es ist zwar noch ein Weilchen hin bis zum Abendessen, aber wir haben Brot und Fleisch . . .«

»Fleisch! Fleur, ich liebe Sie! Wollen Sie mich heiraten? Na gut, dann Brot und Fleisch, wenn's recht ist, und vielleicht eine von den unvergleichlichen Zigarren meines Bruders. Ich vergehe vor Verlangen danach.«

Als die Frauen ihm das Gewünschte gebracht hatten, setzten sie sich zu ihm.

»Warst du in der Schlacht?« fragte Milotschka.

»In der Tat.«

»Und haben wir gewonnen oder verloren? Jeder erzählt eine andere Geschichte.«

»Das ist nicht verwunderlich. Jeder schlug eine andere Schlacht. Aber man muß wohl sagen, daß wir verloren haben. Wir haben unser Ziel nicht erreicht, und wir wurden zurückgeschlagen. Wenn das Tarutinsky-Regiment nicht den Rückzug gedeckt hätte, wäre es eine echte Schlappe geworden. Außerdem hatten wir schwere Verluste – jedenfalls nehme ich nicht an, daß dabei irgend jemand übertrieben hat.«

Während er hungrig große Happen von Brot und kaltem Beef verschlang, berichtete er ihnen weiter, was er von der Schlacht wußte. Das Gelände, auf dem die Kämpfe ausgetragen wurden, war rauh und gebirgig. Steile Schluchten und Waldstücke wechselten ab mit Buschwerk und üppiger Heide, und dazwischen versteckten sich überraschend Senken, die einen leicht zu Fall bringen konnten. Bedingt durch den Novembernebel war es unmöglich, größere Truppenteile zusammenzuziehen oder zu führen. Die Schlacht entwickelte sich schnell zu einer Reihe einzelner und voneinander unabhängiger Scharmützel, was den zahlenmäßig unterlegenen Engländern zugute kam.

Eine Verständigung untereinander war unter solchen Bedingungen nahezu unmöglich. Niemand wußte, wo die anderen steckten, was passierte oder was als nächstes zu tun war. Gestalten tauchten aus dem kalten Nebel auf, feuerten und verschwanden wieder.

»Man konnte die Geschütze hören, aber man konnte nicht

sagen, aus welcher Richtung sie kamen. Wißt ihr, wie im Nebel alles hallt? Man glaubt, die feindliche Artillerie müsse direkt vor einem sein. Falls der Nebel sich auflöst, befürchtet man, gibt man eine perfekte Zielscheibe ganz ohne Deckung ab.«

Der Rauch aus den Geschützen trug ebenso zur Verwirrung bei wie die Tatsache, daß die Engländer zum erstenmal in ihren Mänteln kämpften. »Die sind natürlich grau, was es beinahe unmöglich machte, sie von unseren Soldaten zu unterscheiden. Keine netten roten Mäntel zur Orientierung – vor dem Abdrükken mußte man praktisch ›Freund oder Feind‹ rufen.«

Aber vor allem anderen war es wieder einmal der Kampfgeist der Alliierten, der die Russen erstarren ließ.

»Ich kann euch sagen, das ist beängstigend. Sie stürzen sich einfach wie die Verrückten auf dich. Es scheint sie überhaupt nicht zu kümmern, daß sie uns zahlenmäßig stark unterlegen sind. Wenn man einen einzigen englischen Soldaten allein auf weiter Flur hinstellt und einen ganzen Zug von den unseren auf ihn losläßt, würde der arme Irre nicht davonlaufen, sondern sich stellen und kämpfen – ja, und wahrscheinlich noch gewinnen! Gegen eine solche Moral können wir nichts ausrichten. Unsere Männer stellen sich nicht, wenn sie nicht sicher sind, daß sie gewinnen, und sie kämpfen erst gar nicht, wenn sie nicht wie eine Schafherde Schulter an Schulter zusammengedrückt werden. Und wenn einer rennt, dann rennen alle.«

Er hielt Fleur sein Glas hin, damit sie nachschenke. »Man kann ihnen daraus natürlich keinen Vorwurf machen. Was haben die armen Teufel schon davon? Werden fünfzehn Jahre lang gegen ihren Willen zum Dienst gezwungen, und was bekommen sie, wenn sie überleben? Die Freiheit! Was für ein Geschenk!«

»Was wird jetzt geschehen?« fragte Ludmilla.

»Wir begraben die Toten«, entgegnete Peter. »Unsere Verluste sind erschreckend hoch – zwölftausend Mann, nimmt man an, fast unsere gesamten Regiments- und Bataillonskommandeure und eine Unmenge hoher Offiziere. Menschikow hat einfach aufgegeben – heute morgen meinte er, er habe keine Hoffnung mehr, den Feind zu vernichten, wenn es der Winter nicht für ihn besorge. Wir sind knapp an Munition, knapp an Nahrung und knapp an Kleidung für die Truppen. Es ist unwahrscheinlich, daß wir vor dem Frühjahr Nachschub bekommen, und die Moral ist so schlecht wie nur möglich.«

»O Petja, dann ist unser Schicksal besiegelt!«

Er sah Ludmilla einen Moment ausdruckslos an und lächelte dann etwas düster. »Besiegelt? Um Gottes willen, nein, Kleines! Wir rühren uns einfach nicht vom Fleck und schauen, was passiert. Was steht schon auf dem Spiel, wenn wir den Krieg verlieren? Wenn wir Sewastopol aufgeben müssen, was ist dann? Die jeweiligen Herrscher werden irgendeinen Vertrag aushandeln, und alle gehen nach Hause. Letztlich macht das überhaupt keinen Unterschied. Das ist das Traurige an dem Ganzen – es läuft doch darauf hinaus, daß alles umsonst ist.«

Fleur erkannte, daß er recht hatte. Sie dachte an Richard, an Brooke, an die Soldaten in der Kasematte, an jene, die sie hatte sterben sehen, und an all die bedauernswerten menschlichen Wracks, die sie jeden Tag in der Verbandstation leiden sah – und sie fühlte sich so hoffnungslos und elend, daß sie sich einen Augenblick lang nur hinlegen und weinen wollte. Warum tun Männer so etwas? Sie erinnerte sich an ihre Frage – und an Kirows Antwort: Um das Leben bedeutender zu machen, als es ist. Ach, es war ein Jammer!

Während sie in trübsinnigem Schweigen verharrten, hörten sie Schritte in der Halle. Kirow war vorzeitig zurückgekommen.

»Nun, ich sehe, du hast es dir gemütlich gemacht«, sagte er vom Eingang aus zu seinem Bruder.

»Serjoscha!« Peter stand auf und ging mit ausgestreckten Armen auf ihn zu, offenbar wirklich erfreut, ihn zu sehen. »Gratulation zu deiner Ernennung! Wie man hört, hast du die Verteilung der Vorräte von Grund auf neu organisiert.«

Kirow beäugte ihn kritisch. »Du siehst aus und riechst wie ein türkischer Portier. Ich nehme an, du warst in die Schlacht involviert?«

Peter grinste. »Das nimmst du richtig an. Ich freue mich – wenn so etwas in deinem kleinen Taubenschlag zu haben ist – auf ein ausgiebiges heißes Bad.«

»Ich denke, das läßt sich für dich einrichten. Wann gehst du zurück?«

Peter lachte. »Ganz mein gastfreundlicher Bruder! Ich habe zufallig fünf Tage Urlaub, aber ich kann mich ja in einem Gasthaus einquartieren, wenn ich hier im Weg bin.«

»Sei kein Narr. Natürlich kannst du bleiben, wenn du willst. Ich würde mich freuen, dich hierzuhaben.« Er schien nachzudenken. »Es könnte sogar sehr gelegen kommen. Nachimow möchte, daß ich nach Simferopol komme und mich dort um Probleme mit dem Depot kümmere. Ich müßte für ein paar Tage fort und lasse die Damen nicht gerne schutzlos zurück, besonders wenn das Bombardement wieder einsetzt. Wenn ich es einrichten kann zu gehen, während du hier bist . . .«

»Hab keine Angst! Ich nehme deinen Platz mit dem größten Vergnügen ein«, verkündete Peter.

»Ja, das denke ich mir«, entgegnete Kirow mit einer eigenartigen Stimme. Dann lächelte er plötzlich und legte eine Hand auf die Schulter seines Bruders. »Sollen wir uns jetzt um das Bad kümmern?« schlug er herzlich vor. »Du willst dich vor dem Abendessen sicher waschen.«

»Ich habe deine Zigarre noch nicht geraucht. Egal, ich hebe sie mir auf.«

»Du kannst sie ja im Bad rauchen. Nach dem Essen bekommst du noch eine. Du willst dich sicher auch rasieren. Hast du deinen Diener mitgebracht, oder soll ich dir Ngorny leihen?«

»Ah, der treue Ngorny! Was tätest du ohne ihn! Erinnerst du dich noch, als er dich vor diesem nackten armenischen Tänzer in Pjatigorsk gerettet hat . . .?«

Nett miteinander plaudernd – endlich einmal wie Brüder, dachte Fleur – gingen sie hinaus.

Die herzliche Atmosphäre hielt an, und die vier setzten sich in froher Stimmung zu einem einfachen Mahl bei Kerzenschein an den Tisch. Peter redete und lachte und scherzte, Ludmilla war aufgedreht wie nie, Fleur lächelte viel, und wenn Kirow auch schwieg, so schien er die Unterhaltung doch zu genießen. Er lehnte sich in seinen Stuhl zurück und ließ seine unergründlichen Augen von einem zum anderen wandern.

Als der Nachtisch abgeräumt war, sprang Peter auf und verkündete: »Ich habe etwas für euch im Gepäck.« Gleich darauf kam er mit einer schwarzen Flasche zurück, die er mit einer schwungvoller Geste auf den Tisch stellte. »Englischer Wein«, erklärte er. »Oder, wie Sie ihn bezeichnen würden, Fleur – Port!«

»Das würde ich allerdings«, sagte sie lachend. »Woher haben Sie ihn?«

»Es war Bestechung. Einer der englischen Gefangenen gab ihn mir, damit ich ihn gehen ließ. Woher er ihn hatte, habe ich nicht gefragt. Aller Wahrscheinlichkeit nach war er geklaut.«

»O Petja«, sagte Ludmilla vorwurfsvoll, »und du hast es nicht getan?«

»Was getan?«

»Ihn gehen lassen.«

»Wie bitte, du glaubst, ich würde die Bestechung annehmen und dann keine Gegenleistung erbringen? Schäm dich! Wie sollte unser edles Reich überleben, wenn man nicht einmal jemandem trauen könnte, den man bestochen hat?«

»Sie sind ein hoffnungsloser Fall«, erklärte Fleur. »Sie sind absolut skrupellos.«

»Tja«, gestand er offen, »das habe ich Ihnen schon bei unserer ersten Begegnung erzählt. Wir manipulieren alle, wir Kirows. Der Unterschied ist, daß ich es weiß.«

Schade, dachte Fleur während der anschließenden kurzen Stille. Die einmal ausgesprochenen Worte waren nicht mehr zurückzunehmen, und die Atmosphäre änderte sich spürbar. Peter wußte, daß er eben etwas Falsches gesagt hatte, und bemühte sich, die Sache noch einmal aufzufangen.

»Haben Sie etwas von Ihrer Seite gehört, Fleur? Irgendwelche Nachrichten von Ihrem Bruder?«

Fleur berichtete ihm von Pearl und der Geschichte des Kosaken. Peter tat es offensichtlich leid, daß er das falsche Thema angeschnitten hatte, aber er antwortete ebenso wie damals Ludmilla.

»Na ja, ich denke nicht, daß Sie sonderlich viel darauf geben müssen. Nachdem Sie das Pferd zweifelsfrei erkannt haben, mußte er ja sagen, daß der Reiter tot war, oder? Einfach um Schwierigkeiten aus dem Weg zu gehen.«

»Dasselbe habe ich auch gesagt«, warf Ludmilla sofort ein. »Wie auch immer, selbst wenn er es bei einem toten Soldaten gefunden hat, heißt das noch lange nicht, daß es Richard war. Das konnte irgend jemand gewesen sein. Damit steht es zwei zu eins, daß er lebt.«

Fleur äußerte sich nicht dazu. Sie wollte ihre eigenen Hoffnungen nicht grundlos nähren. Peter sah von ihr zu Ludmilla und fragte: »Warum findest du es nicht heraus? Selbst wenn es schlechte Nachrichten gibt, so ist es allemal besser, Gewißheit zu haben, oder?«

»Herausfinden? Wie denn?« fragte Ludmilla schnell und äußerst interessiert.

»Durch einen Brief, den Unterhändler besorgen können.«

»Einen Brief an das englische Lager? Ist das denn möglich?«

»Natürlich. Briefe gehen ständig hin und her – besonders nach einer Schlacht. Wir haben heute morgen einen Brief mitgenommen, in dem wir uns nach englischen Gefangenen erkundigen.« Die beiden Frauen sagten darauf nichts, und er wirkte leicht verunsichert. »Ich verstehe nicht, warum ihr das nicht schon längst gemacht habt. Serjoscha hat es doch bestimmt vorgeschlagen.«

»Nein«, sagte Ludmilla. »Nein, er hat es nicht vorgeschlagen.« Sie ließ ihren Blick langsam zu ihrem Gatten schweifen. »Ich möchte wissen, warum.«

Kirow antwortete, ohne zu zögern. »Ich wollte eure Hoffnungen nicht grundlos schüren. Der Kosake wußte, wovon er sprach. Es gibt keinen Zweifel, daß Richard tot ist.«

»Ich habe aber Zweifel daran«, sagte Ludmilla, und ihre Stimme wurde lauter. »Ich habe Zweifel – das genügt! Du versuchst nur, mich vom Umgang mit Richard abzuhalten.«

»Er ist tot, glaube es doch endlich«, sagte Kirow ungeduldig.

»Er ist nicht tot! Und ich werde es beweisen! Ich schreibe einen Brief, Peter nimmt ihn mit, und ich erhalte eine Antwort, du wirst sehen!«

»Milotschka, nicht . . .«, bat Fleur sie leise.

»Sei still! Du hast keinen Glauben – aber er, er weiß, daß ich recht habe, und er versucht trotzdem, mich davon abzuhalten. Willst du nicht wissen, warum?«

»Du bist hysterisch«, sagte Kirow ruhig. »Ich schlage vor, du ziehst dich zurück, bis du dich wieder beruhigt hast.«

»Ja, das hättest du wohl gerne! Du willst, daß ich verschwinde, während du dir neue Ausreden ausdenkst und alle auf deine Seite ziehst! Aber ich bin nicht hysterisch. Ich weiß genau, was ich sage. Du bist nur krank vor Eifersucht, das ist alles.«

»Habe ich Grund dazu?« fragte Kirow mit Grabesstimme. Seine Lider waren gefährlich gesenkt und ließen nur goldene Schlitze frei, hart und glänzend.

»Das solltest du eigentlich wissen! Richard und ich waren befreundet, wenn du darauf eifersüchtig sein willst.«

»Ja, aber wie gut, das ist die Frage.«

Fleur war wie gelähmt vom Schock über die hier ausgesprochenen Dinge. Es war offenkundig, daß die beiden ihre und Peters Anwesenheit vergessen hatten.

»Befreundet, gut befreundet, was kommt es darauf an? Ich denke, du kennst den Unterschied ohnehin nicht. Freundschaft ist für dich ein Buch mit sieben Siegeln, hab ich recht? Aber eines kann ich dir sagen – er hat mir mehr Liebe entgegengebracht als du! Und Freundlichkeit! Er bedeutet mir mehr als . . .« Sie brach abrupt ab und biß sich auf die Lippen. In ihren Augen standen Tränen.

»Ja? Mehr als ich, wolltest du sagen? Oder mehr als irgendeiner von den anderen? Warchin zum Beispiel? Oder Stefanowsky? Oder Mirakow? Ach, die Liste ist endlos, meine Liebe! Ja, ich habe dir soviel Freiheit gelassen, wie du wolltest, und zwar mit Absicht, um zu sehen, wie weit du gehen würdest. Aber sogar ich war überrascht, was für ein Flittchen ich geheiratet habe.«

»Flittchen?« wiederholte Ludmilla. Sie war bleich vor Wut, aber Fleur konnte ihre Verletztheit darunter spüren. Hören zu müssen, wie ihr Mann solch grausame, ungerechte Dinge sagte – ihr Mann, den sie liebte . . .

»Gut, Hure, wenn dir das lieber ist«, sagte Kirow so gleichgültig, als würden sie über Kaffeesorten diskutieren.

»Sergej, nein«, rief Peter. Seine Hand fuhr hoch, als ob Kirow seiner Frau Schläge angedroht hätte und er müßte sie beschützen.

Aber sie hörten ihn beide nicht. Ludmillas Wut kannte nun keine Rücksicht mehr. »Wenn ich eine Hure bin, wer hat mich denn dazu gemacht?« fragte sie in schneidendem Ton. »Wenn du mir je auch nur ein halber Mann gewesen wärst, hätte ich mich nicht woanders umsehen müssen, oder?«

Kirow zuckte zusammen, als ob man ihn geschlagen hätte. Er riß die Augen auf, und einen Augenblick lang wirkte er wie jemand, der beim Schlafwandeln erwacht und feststellt, daß er auf dem Dachfirst balanciert. »Nicht . . .«, setzte er an, aber seine Stimme schien ihm nicht mehr zu gehorchen.

Ludmilla sah ihn halb herausfordernd und halb entsetzt an, wie ein verzweifeltes Kind, das etwas Schreckliches getan hat, um die Aufmerksamkeit auf sich zu ziehen. In ihrem Mann spielte sich offenbar ein langer und furchtbarer Kampf ab. Die anderen saßen regungslos vor Schreck am Tisch und konnten nichts anderes tun, als schweigend abzuwarten. Die Stille wirkte lähmend. Dann sah Fleur, wie Kirows geballte rechte Faust sich langsam entspannte.

»Wir dürfen nicht vergessen, daß wir Gäste haben, meine Liebe«, sagte er mit völlig ausdrucksloser Stimme. »Ich frage mich, ob dein englischer Wein genießbar ist, Petja? Wahrscheinlich ist er in deinem Kleidersack gut durchgeschüttelt worden. Vielleicht, wenn wir ihn vorsichtig entkorken . . .«

Mit einem erstickten Schrei, halb aus Wut und halb aus Schmerz, stand Ludmilla vom Tisch auf und rannte nach draußen. Fleur fuhr hoch, um ihr nachzugehen.

»Bleiben Sie sitzen!« schnappte Kirow so scharf, daß Sie sich wieder hinsetzte und ihn fassungslos ansah. Er lächelte – oder zumindest sollte es ein Lächeln sein –, aber es war alles in Scherben, und die Stücke schmerzten sie wie zerbrochenes Glas. »Es wäre besser«, sagte er nun ganz sanft, »sie erst einmal alleine zu lassen.«

Dann zog er Peter in ein Gespräch über ein militärisches Thema, und dieser antwortete wie im Traum. Langsam, schmerzlich entstand eine Unterhaltung, und obwohl sie kaum wußten, was sie eben miterlebt hatten, ließen sie Kirow gewähren und reagieren wie eine vor Entsetzen gelähmte Truppe auf die ruhige Stimme ihres Offiziers.

Fleur erwachte am nächsten Morgen mit dem leeren, niedergeschlagenen Gefühl, das ein Schock hinterläßt. Sie hatte Angst, die Protagonisten wiederzusehen, aber nachdem sie alle am Frühstückstisch Platz genommen hatten, schien ein jeder entschlossen, sich normal zu verhalten. Man unterhielt sich – etwas verhalten – über die Kaffeetassen hinweg. Das Leben konnte weitergehen.

Kirow brach sein Frühstück vorzeitig ab, um zum Hauptquartier zu gehen und seine Reise nach Simferopol zu organisieren. Peter begleitete ihn, um einige Freunde aufzusuchen, die krank geschrieben und in der Stadt auf Urlaub waren. Die beiden Frauen blieben im Haus zurück. Es war sehr ruhig – unnatürlich ruhig, denn an diesem Morgen gab es unerklärlicherweise kein Bombardement, und die ungewohnte Stille machte sie ganz nervös.

»Ich frage mich, warum sie nicht schießen«, sagte Ludmilla nicht zum erstenmal. »Sie können doch nicht abgezogen sein? Das hätten wir bemerkt.«

»Vielleicht ist es ein vereinbarter Waffenstillstand, damit man die Toten vom Schlachtfeld holen kann«, mutmaßte Fleur.

»Ja, das wäre möglich.«

»Wir werden heute morgen einiges zu tun bekommen. Eigentlich sollten wir schon fort sein«, sagte Fleur im nächsten Moment. Ludmilla schien tief in Gedanken versunken.

»Mm?« fragte sie vage. »Oh, ich werde heute nicht mitkommen. Hab ich es noch nicht erzählt? Piragow bat mich, heute ins Hospital zu kommen und dort auszuhelfen. Sie sind knapp besetzt.«

Fleur war verwirrt. »Aber man braucht dich bestimmt noch mehr in der Verbandstation. Ich meine, wenn die Verletzten eintreffen . . .«

Ludmilla zuckte die Achseln. »Ich stelle Befehle nicht in Frage. Piragow weiß, was er will.«

»Ja, das nehme ich an. Ich begleite dich trotzdem ein Stück.«

»Nein, warte nicht auf mich, ich muß erst ein paar Sachen zusammensuchen – Sachen, die ich mitnehme. Geh du schon mal vor! Wir sehen uns dann beim Abendessen.«

Sie verließen gemeinsam das Zimmer. In der Tür drehte sich Ludmilla noch einmal um und fragte: »Was, meinst du, brauchen die Offiziere am dringendsten?«

»Am dringendsten? Wovon redest du? Welche Offiziere?«

»Im Lager, meine ich. Ich denke, daß sie da kaum an Luxusgüter herankommen. Und ich frage mich, was sie wohl am meisten vermissen.«

Fleur machte große Augen. »Was für eine komische Frage! Ich habe keine Ahnung. Männer mögen normalerweise Brandy und Zigarren, oder nicht? Wozu willst du das wissen?«

»Ach, nur so«, erklärte Ludmilla vage und schloß die Tür.

Als Fleur am Abend nach Hause kam, hatte Peter es sich in seinem Sessel vor dem Kamin gemütlich gemacht. Die Hunde lagen zu seinen Füßen. Er rauchte genüßlich eine Zigarre und beobachtete, wie der blaue Dunst zur Decke stieg.

»Hier, es sieht so aus, als bräuchten Sie diesen Stuhl viel eher als ich.« Er drängte sie, sich zu setzen, und löste eigenhändig ihre Hutbänder. Fleur war zu müde, um zu protestieren. Sie ließ es sogar zu, daß er sich vor sie hinkniete und damit begann, ihr die Schuhe auszuziehen. »War es schlimm?« fragte er knapp.

»Ja«, sagte sie. »Es kommen zu viele Verwundete herein – wir können sie nicht alle versorgen. Ich wünschte, Milotschka wäre dagewesen. Wir hätten sie heute wirklich brauchen können.«

Peter grinste geheimnisvoll. »Sergej ist nach Simferopol abgereist«, erklärte er. »Er ist kurz nach dem Mittagessen gegangen und rechnet damit, vier Tage fort zu sein. Schüttelte mir die Hand und hat mir Sie und Ludmilla anvertraut. Läßt Ihnen Grüße ausrichten, nicht aber seiner lieben Frau.«

Fleur sah betreten drein. »Dieser furchtbare Streit, den sie hatten . . .«

Er hob die Hand. »Nicht unser Problem. Eheleute streiten die ganze Zeit. Das gehört zum Spaß.«

»Spaß!«

»Es ist nie so ernst, wie es für Außenstehende klingt. Jedenfalls hat es keinen Sinn, sich über die Beziehung von Ehepaaren Gedanken zu machen. Mein Bruder und seine Frau müssen für ihre Errettung selbst sorgen. Lassen Sie sich ein Glas Wein einschenken. Ich denke, wir können nicht zu Abend essen, bevor Milotschka zurück ist.«

Er brachte ihr ein Glas Wein, holte noch einen Stuhl und setzte sich zu ihr. Sie unterhielten sich weiter angeregt, doch Fleur hatte ständig gegen ein etwas ungutes Gefühl anzukämpfen.

Als es dunkel wurde und man die Lampe anzündete, Ludmilla aber immer noch nicht zurückgekommen war, konzentrierte sich ihre Unruhe langsam auf sie.

»Es gibt sicher einiges zu tun«, sagte Fleur und versuchte sich selbst zu beruhigen. »Aber man sollte nicht zulassen, daß sie sich ganz verausgabt.«

Peter stand auf. »Ich gehe zum Hospital, wenn es Sie beruhigt, und hole sie zum Abendessen heim.«

»Ach Peter, wären Sie so nett? Danke! Es tut mir leid, wenn ich ein Quälgeist bin.«

Während er fort war, ging Fleur nervös im Zimmer auf und ab. Nuschka schaute herein und wirkte recht mürrisch. »Ist die Gräfin immer noch in diesem verfluchten Hospital, *Barischnya*?« fragte sie und schlurfte zum Fenster hinüber.

»Ja. Aber Graf Peter ist gegangen, um sie zu holen.«

»Da bin ich aber froh. Es ist nicht recht, wenn Damen so etwas tun.« Sie warf Fleur einen vorwurfsvollen Blick zu und ging wieder hinaus.

Fleur hörte sie das Nebenzimmer betreten, und dort machte sie sich offenbar an den Schubladen einer Kommode zu schaffen. In diesem Moment hörte man endlich Peters Stimme, wie er unten gedämpft mit jemandem sprach. Er klang ärgerlich.

Gleich darauf stürmte er die Treppe hinauf und platzte in das Zimmer. »Sie war nicht im Hospital. Sie war den ganzen Tag nicht da. Man hat sie dort auch nicht erwartet. Und Michail sagt . . .«

Jetzt kam Nuschka durch die andere Tür hereingerannt. Sie rang die Hände, und ihre Augen waren weit aufgerissen. »Fort! Ihre Kleider sind fort! Ihre Sachen! Meine kleine Milotschka ist fortgerannt! O *Barischnya,* was sollen wir nur tun?«

»Fortgerannt? O mein Gott, Peter . . .«

»Ich wollte Ihnen gerade erzählen«, sagte dieser finster, »daß Michail mir berichtete, sie wäre heute morgen weggegangen, und dabei habe sie eine große Tasche und eine Decke bei sich gehabt.«

»Aber warum hat er denn nichts gesagt?« rief Fleur. »Warum hat er sie nicht aufgehalten?«

»Wieso sollte er?« Peter zuckte mit den Achseln. »Es ist nicht seine Aufgabe, herumzuschnüffeln. Ich nehme an, er dachte, es wären nur Sachen für das Hospital.«

»Aber wo könnte sie bloß hingegangen sein?« fragte Nuschka verzweifelt.

Fleur fiel etwas ein. »Heute morgen hat sie mich gefragt, was die Offiziere im Lager am dringendsten bräuchten. Die Frage kam mir komisch vor. Aber Peter, Sie glauben doch nicht etwa, sie könnte sich zum Feldlager aufgemacht haben? Warum sollte sie das tun?«

»Was haben Sie auf ihre Frage geantwortet?«

»Ich sagte, vermutlich Brandy und Zigarren . . .« Ihre Blicke trafen sich, und sie rannten beide zum Eckschrank. »Die Brandyflasche ist weg . . .«

Nuschka unterbrach sie. »Aber wenn sie nur gegangen ist, um den Soldaten etwas Gutes zu tun, warum hat sie dann ihre Kleider, ihren Schmuck und ihre Ikone vom heiligen Sebastian mitgenommen? Das paßt nicht zusammen, *Barischnya.*«

Fleur dachte angestrengt nach. Plötzlich fuhr sie mit der Hand zum Mund. »Nicht zum russischen Lager«, flüsterte sie. »O Peter, sie ist gar nicht zum russischen Lager gegangen. Sie ist ins Lager der Engländer, um Richard zu finden!«

Peter stöhnte. »Mein Gott, ja, Sie haben recht. Das sieht ihr ähnlich! Der ganze Wirbel gestern um den Brief – jetzt ist der Fuchs wirklich im Hühnerstall! Was kann das kleine Dummchen damit bezwecken wollen? Mein Gott, es ist alles meine Schuld, warum habe ich das nur erwähnt! Serjoscha wird mir die Haut bei lebendigem Leibe abziehen!«

»Wir müssen ihr nach«, sagte Fleur. »Wenn sie zu Fuß unterwegs ist, können wir sie vielleicht noch einholen . . .«

»Sie konnte nicht zu Fuß gehen. Es ist viel zu weit. Sie hätte es niemals geschafft, schon gar nicht mit einer Tasche. Das wußte sie auch.«

Sie schauten sich an und dachten beide dasselbe. »Pearl«, sagte Fleur ausdruckslos. »Sie hat Pearl mitgenommen.« Ja, das paßte zu Ludmilla: nicht nur Richard finden, sondern ihm auch sein Pferd zurückbringen zu wollen.

»Richtig«, stimmte Peter zu, »erst sehe ich nach, ob sie wirklich das Pferd mitgenommen hat, und dann versuche ich, ihr zu folgen. Außerdem schicke ich Serjoschas Mitarbeiter aus, um die Wachen zu informieren. Sie hat allerdings einen riesigen Vorsprung. Wir werden sie nicht mehr einholen, aber zumindest können wir herausfinden, welchen Weg sie genommen hat, und uns vergewissern, daß ihr unterwegs nichts zugestoßen ist. Dummerweise hat es seit ihrem Aufbruch einen Wachwechsel gegeben. Es tun nicht mehr dieselben Männer Dienst.«

»Aber Peter, hätten sie Ludmilla so einfach durchgelassen? Ohne Erlaubnis oder irgend etwas – eine junge Frau, allein?«

»Unter normalen Umständen vielleicht nicht. Aber wie ich Ihnen ja sagte, sind alle damit beschäftigt, die Toten zu bergen. Sie muß ihnen nur irgendeine Geschichte aufbinden; schließlich wird niemand vermuten, daß sie desertiert. Und als letztes Mittel gibt es immer noch Bestechung. Ich bin schon unterwegs.«

»Ich begleite Sie«, rief Fleur.

»Das werden Sie nicht. Was sollte das nützen? Sie bleiben hier – und wenn Ludmilla durch irgendein unwahrscheinliches Geschenk des Himmels zurückkommt, binden Sie sie um Himmels willen fest oder schließen Sie sie im Schrank ein, bis ich wieder zurück bin!«

Zweiundzwanzig

Niemand hatte sie gesehen – oder zumindest wollte niemand zugeben, sie gesehen zu haben.

Fleur setzte sich, die Fäuste in ihrem Schoß geballt. »Wir müssen nachdenken«, sagte sie. »Können wir sicher sein, daß sie sich ins englische Lager begeben hat? Gibt es noch eine andere Möglichkeit, wo sie hingegangen sein könnte?«

»In meinen Augen ist das unwahrscheinlich. Serjoscha wird sie wohl kaum gefolgt sein. Und einen langen Ritt konnte sie unter den Umständen auch nicht vorgehabt haben. Außerdem wissen wir, daß sie Pearl mitgenommen hat. Warum sollte sie das tun? Doch nur, um Richard das Pferd zurückzubringen!«

»Ja, das stimmt. Aber warum hat sie so viele Kleider eingepackt, ihren Schmuck und weitere Habseligkeiten? Selbst wenn sie für den Weg zum englischen Lager einen ganzen Tag einkalkulierte, brauchte sie doch all diese Dinge nicht.«

Peter blickte sie ernst an. »Sie wissen die Antwort darauf, oder?«

Fleur sah auf. »Bestimmt nicht«, sagte sie langsam. »Sie kann doch nicht . . .«

»Sie will gar nicht zurück. Sie erkundigt sich nicht, ob Richard noch am Leben ist – sie geht zu Richard.«

Fleur schüttelte entgeistert den Kopf. »Aber sie ist doch nie und nimmer – nicht so! Nicht wie Sie meinen! Sie sind nur Freunde – wie Bruder und Schwester.«

»O Fleur!«

»Aber ich habe sie doch beobachtet, wie sie zusammen spielten, wie junge Hunde. Ich weiß, daß Richard ganz am Anfang verrückt nach ihr war, aber . . .«

»Sie sind naiv«, sagte Peter freundlich.

»Richard täte so etwas nicht«, erklärte sie bestimmt.

»Er vielleicht nicht, das glaube ich Ihnen gerne, aber sie. Und er wird sie wohl kaum abweisen, wenn er, wie Sie sagen, verrückt nach ihr war. Außerdem wissen Sie nicht, welche Geschichten von Grausamkeit und Unglück sie ihm auftischt. Sie ist durchaus imstande, so etwas zu tun«, fügte er hinzu, als er ihren protestierenden Blick sah. »Ludmilla ist zäh. Sie tut, was zum Überleben notwendig ist – das liegt ihr im Blut.«

»Aber sie liebt Ihren Bruder!« beteuerte Fleur.

»Meinen Sie?«

»Ja. Ja, ich bin sicher. Sie erzählte mir einmal . . .« Sie schluckte. »Sie erzählte mir, er sei der einzige Mann, der sie je erregt habe, weil er anders sei als alle anderen. Sie sagte, sie werde ihn lieben bis an ihr Lebensende.«

Ein seltsamer Ausdruck von Abscheu huschte kurz über Peters Gesicht. »Ja, das haben schon viele Frauen von Serjoscha gesagt. Aber wie auch immer: Fast sicher ist, daß Ludmilla ins englische Lager geritten ist, um Richard zu finden, und daß sie nicht beabsichtigt, zurückzukommen.«

»Was ist, wenn Richard wirklich tot ist?«

»Ich weiß nicht. In diesem Fall könnte sie vielleicht wiederkommen. Aber nach einem so extremen Schritt kann sie vielleicht auch dann keinen Rückzieher mehr machen.«

»Dann müssen wir ihr nach und sie davon überzeugen, daß sie es kann. Sagen Sie ihr, daß wir es vor Sergej geheimhalten – daß er es nie erfährt.« Sie blickte Peter eindringlich an. »Er darf es sowieso nicht erfahren, Peter! Es würde ihn umbringen zu wissen, daß sie vor ihm fortgelaufen ist. Nach diesem furchtbaren Streit . . .«

Er ergriff ihre Hände und umschloß sie mit den seinen. »Machen Sie sich darüber keine Gedanken. Das ist ein Befehl von mir, kleine Blume – Sie dürfen nicht darüber nachdenken, was sie zueinander gesagt haben oder wie sie füreinander empfinden. Das ist nicht unsere Angelegenheit.«

Sie sah ihn mit weit aufgerissenen Augen an. Wie sollte sie – mit ihrem Wissen – nicht darüber nachdenken? Peter hielt Milotschkas Gefühlsausbruch vielleicht für irrational, aber sie wußte es besser. Diese Nebensache, dachte sie bitter – warum hat Milotschka eine so große Sache daraus gemacht, groß genug, ihr Leben zu zerstören und ihrem Mann das Herz zu brechen?

»Gut«, sagte sie schließlich. »Aber wir müssen sie zurückbringen.«

Peter schwieg eine lange Zeit. Dann seufzte er, gab ihre Hände wieder frei und setzte sich ihr gegenüber.

»Ja, das müssen wir wohl. Ich wünschte bei Gott, wir könnten sie einfach ihrem Schicksal überlassen, diese kleine Nervensäge, aber wir wissen nicht sicher, ob Ihr Bruder noch am Leben ist, und falls nicht, dann können wir sie nicht einfach dort lassen.« Er sah sie eindringlich an. »Die Sache ist die, Fleur – und das ist ein weiterer Grund, warum ich nur ungern etwas unternehme –, daß es mir als Soldaten nicht gestattet ist, dorthin zu gehen. Ich kann Sie bis zum englischen Vorposten begleiten, aber ich kann Sie nicht ins Lager bringen. Wenn Sie gehen, werden Sie allein gehen müssen.«

»Oh!« Daran hatte sie noch nicht gedacht. Sie hatte angenommen, daß sie seine Unterstützung und seinen Schutz genießen würde. Aber bereits ein kurzes Nachdenken sagte ihr, daß sie keine Wahl hatte. »Ich muß trotzdem gehen«, seufzte sie. »Schon allein wegen meines Bruders. Ich kann hier nicht einfach ruhig sitzenbleiben und die beiden ihrem Schicksal überlassen.«

»Ich dachte mir, daß Sie das sagen würden«, entgegnete Peter, und er klang nicht unbedingt erfreut.

Er bereitete alles für sie vor: Sie erhielt ein Beglaubigungsschreiben von Admiral Nachimow sowie eine weiße Fahne, und außerdem begleitete sie ein Trompeter aus dem Tarutinsky-Regiment, der alle paar Meter kräftig und nervös tutete, sobald sie in die Reichweite der berühmten englischen Geschütze kamen. Peter hatte auch darauf bestanden, daß sie Vorräte mitnahm, falls sie aufgehalten wurde oder einen Unfall haben sollte. Ihm war bei der ganzen Geschichte offensichtlich nicht wohl, aber Fleur wußte nicht, ob er fürchtete, ihr könne etwas zustoßen, oder ob er an Ludmillas Vergehen dachte.

Der englische Vorposten ließ sie ohne weiteres passieren. Fleur zeigte den Brief von Nachimow vor, aber sie sahen ihn kaum an – sie war unverkennbar eine englische Lady, und sie gewann rasch das Mitgefühl der Soldaten, als sie erfuhren, daß sie nicht wußte, ob ihr Bruder lebte oder tot war.

»Ich wünschte, Sie könnten einmal mit Ihrer Seite sprechen, Oberst«, sagte der Feldwebel kühl zu Peter. »Dort draußen liegen Tausende von Toten, die geborgen werden müssen – und dazu immer noch Verwundete. Aber Ihre Seite schießt weiter auf die Aufräumtrupps. Das ist nicht in Ordnung, wissen Sie – schließlich handelt es sich auch um Ihre Toten und Verwundeten.«

»Wenn ich nur etwas Einfluß auf unsere Generalität nehmen könnte, würde ich es sicher zur Sprache bringen« erwiderte Peter, »aber Sie wissen ja, auf unser einen hört man nicht.«

»Nur zu wahr, Oberst!«

»Krieg ist die Hölle, nicht? Wollt ihr Burschen vielleicht rauchen? Diese Zigarillos sind nichts Besonderes, aber etwas zum Qualmen sind sie doch.«

»Danke! Sehr nett von Ihnen, Oberst.«

In zwei Minuten fressen sie ihm aus der Hand, dachte Fleur mit einer gewissen Erheiterung.

»Ich gebe Ihnen besser einen Mann mit«, erklärte der Feldwebel. »Es schickt sich nicht für eine Dame wie Sie, hier draußen allein zu reiten. Außerdem finden Sie den Weg vielleicht nicht.«

»Danke.«

Fleur wandte sich an Peter, um sich zu verabschieden.

»Ihnen werden vielleicht ein paar unschöne Dinge zu Gesicht kommen«, sagte er. »Ich will, daß Sie darauf vorbereitet sind. Ihr Weg führt durch das Schlachtfeld. Es wird Ihnen nicht gefallen, was Sie sehen.«

»Ich schaffe es schon«, versicherte sie ihm. »Ich gehe jetzt.«

»Ja. Ich wünschte, es gäbe einen anderen Weg. Bleiben Sie nicht zu lange fort. Tun Sie, was zu tun ist, und kommen Sie heil zurück.« Er nahm ihre Hand und hielt sie einen Moment fest. »Ich hoffe, Sie erhalten eine gute Nachricht über Ihren Bruder. Wenn Sie zurückkommen, warten Sie hier bei diesen Burschen und lassen nach mir schicken. Ich erwarte Sie dann bei unserem Vorposten. Ich will nicht, daß Sie im letzten Moment aus Versehen erschossen werden.«

»Ja, in Ordnung.«

Sie wollte schon gehen, da sagte er plötzlich noch: »Fleur, Sie bleiben doch nicht etwa dort? Sie würden sich doch von niemandem zum Bleiben überreden lassen?«

Sie schüttelte den Kopf. »Was immer passieren mag, ich komme zurück, um Ihnen zu berichten. Ich weiß, was es heißt, mit der Ungewißheit leben zu müssen.«

»Ja. Wenn das jemand weiß, dann bestimmt Sie.«

Sie war zwei Tage fort. Peter hatte vielleicht den schwierigeren Teil, da er nur warten konnte und nichts anderes zu tun hatte, als sich um sie zu sorgen: nicht nur um ihr körperliches Wohlergehen, sondern auch um ihr seelisches. Er wußte, was für abscheuliche Bilder sie zu sehen bekommen würde und daß, auch wenn sie jeden Tag in der Verbandstation arbeitete, ein Schlachtfeld noch einmal etwas anderes war.

Er dachte auch über die Möglichkeit nach, daß sie trotz ihres Versprechens nicht zurückkommen könnte. Wenn ihr Bruder am Leben und wohlauf war, mochte sie sich versucht fühlen, bei ihren eigenen Leuten zu bleiben. War er verwundet, so sah sie sich vielleicht erst recht in die Pflicht genommen, zu bleiben und ihn zu pflegen.

Er wartete, rauchte seine stinkenden Zigarillos und verfluchte Ludmilla dafür, daß sie diese Situation heraufbeschworen hatte. An seinen Bruder dachte er nicht; er zog einen strikten Trennungsstrich zwischen sich und Serjoscha und dessen Zukunft. Eines nach dem anderen, sagte er sich.

Es war nicht einmal notwendig, daß man bei Fleurs Rückkehr nach ihm schickte, denn er sah sie schon von weitem. An diesem Tag war er einige Zeit an einem Aussichtspunkt auf seinem Pferd gesessen und hatte das Gelände beobachtet.

Dann bemerkte er plötzlich zwei Reiter, die sich der Poststraße näherten. Noch bevor er sie erkennen konnte, wußte er, daß sie es war, und gleich darauf war er sich sicher. Eine Reiterin im Damensitz bewegt sich anders – selbst aus der Ferne betrachtet. Er war so froh über ihre Rückkehr, daß er nicht einmal sofort registrierte, daß Ludmilla nicht bei ihr war – der andere Reiter war ein Soldat, eine Eskorte. Sich jede Spekulation verbietend, zog er seine weiße Fahne hervor, die er hinter den Sattel gesteckt hatte, und ritt zur Straße hinunter, um sie an der Frontlinie der Engländer zu erwarten.

Bei seiner Ankunft spürte er die Erleichterung der Posten. »Ah, da sind Sie, Oberst!« sagte der Feldwebel und fügte mit leiser Stimme hinzu: »Das Fräulein hat einen leichten Schock, ihrem Aussehen nach zu schließen. Ich bin froh, daß Sie hier sind. Sie sollte sobald wie möglich nach Hause gebracht werden.«

»Dafür werde ich umgehend sorgen, Feldwebel.«

Es ist mehr als ein leichter Schock, dachte er, als er Fleurs Gesicht sah. Sie sah bleich und spitz aus, ihre Augen standen weit offen und hatten dunkle Ringe.

»Peter«, sagte sie ausdruckslos und streckte eine Hand nach ihm aus. Er nahm sie und fragte: »Hast du sie gefunden?«

»Ja, sie war da, mit Richard.«

»Er lebt also! Ich freue mich für dich.«

»Ja. Sie hatte damit also die ganze Zeit über recht. Der Kosake muß doch gelogen haben.« Sie schwieg eine Weile. »Sie wollte nicht zurück.«

»Nein«, sagte er ruhig, »das habe ich auch nicht erwartet.«

Sie schüttelte erschöpft den Kopf. »Ich verstehe es nicht. Ich verstehe überhaupt nichts mehr.«

»Nicht jetzt«, sagte er. »Denk jetzt nicht darüber nach. Erst müssen wir dich aus der Kälte bringen. Es wird jeden Moment regnen.« Er nickte den Wachen seinen Dank zu und wendete sein Pferd, während sie ihm blindlings folgte.

Da prasselte auch schon der erste kalte Regenschauer auf sie nieder. Peter stellte seinen Kragen hoch und drehte sich nach ihr um. In diesem Augenblick entschloß er sich, sie nicht sofort in das Haus zurückzubringen. Sie waren von der Stadt etwa gleich weit entfernt wie von dem verlassenen Tatarendorf, in dem er und einige andere Offiziere stationiert waren. Er hatte dort eine Hütte, die er mit einem Major des Tarutinsky-Regiments teilte. Im Stadthaus waren zu viele Leute, die sicher Wirbel machten und Fragen stellten.

Er wollte sie in die Hütte mitnehmen, wenigstens für diese Nacht. Der Major würde schon ein anderes Quartier finden, und es gab dort Essen, Brandy, Tee und Feuer – alles, was sie brauchten. Fleur sollte in aller Ruhe dasitzen und ihm berichten können, wann und wie ausführlich es ihr beliebte. Morgen war es noch früh genug, sich der Zukunft zu stellen. Heute abend brauchte sie einen Zufluchtsort.

Sie ritt schweigend neben ihm her und schien ihre Umgebung gar nicht wahrzunehmen. Ihre Augen blickten ausdruckslos, und sie war tief in Gedanken versunken. Sie folgte ohne zu fragen, als er von der Poststraße in den Weg bog, der zum Dorf führte. Sie schien den Regen nicht einmal zu bemerken, wenngleich nasse Haarsträhnen ihr das Wasser wie Tränenflüsse über das Gesicht rinnen ließen. Es war unnatürlich ruhig um sie herum. Nur die weichen Hufschläge auf dem nassen Boden waren zu hören und das gelegentliche Krächzen einer Krähe, die sich im Nebel vor ihnen versteckte.

Erst als sie vom wachhabenden Kosaken angerufen wurden, kam Fleur zu sich und schaute mit erschrockenen Augen umher. Sie fing Peters Blick auf, sagte aber nichts, bis sie weitergeritten waren. Dann fragte sie: »Wo bringst du mich hin?«

»Zu meinem Quartier. Ich habe hier eine Unterkunft – ein Bauernhaus, eigentlich kaum mehr als eine Hütte, aber immerhin ein Schutz. Wir können uns dort aufwärmen und die Kleider trocknen.« Und er fügte schnell noch hinzu: »Ich könnte einen heißen Tee vertragen, du nicht?«

»Oh, Tee!« sagte sie, als wäre dies ein ganz besonderes Zauberwort. Dann schwieg sie wieder.

Der Major hatte sich zuvorkommenderweise aus dem Staub gemacht, obwohl das Feuer in der kleinen Hütte mit den zwei Zimmern hell loderte und er in Erwartung einer ruhigen Nacht bereits die Stiefel ausgezogen hatte. Niemand konnte jedoch die Spuren des Schocks auf Fleurs Gesicht mißdeuten. Außerdem war sie durchnäßt und fing bereits zu zittern an.

In weniger als einer halben Stunde saß sie dann vor dem Feuer und wärmte sich die Füße. Peter hatte ihr die Schuhe und den Mantel ausgezogen, und dann rieb er ihr die nassen Haare kräftig mit einem Handtuch ab, bevor er ihr eine erste Tasse heißen Tees reichte.

»Warum hast du mich hierhergebracht?« fragte sie schließlich, und er hielt es für klüger, ein wenig zu lügen.

»Es war näher. Außerdem regnete es immer heftiger, und allmählich wurde es auch dunkel. Die Hütte sollte dir schnellen Schutz bieten und uns beide vor dem Ertrinken bewahren.«

Sie akzeptierte diese Erklärung, auch wenn er vermutete, daß es vor allem daran lag, daß ihr andere Dinge durch den Kopf gingen. Kurz darauf sagte sie dann auch: »Ich wünschte, sie hätten einen solchen Komfort im englischen Lager. Die Zustände dort sind schrecklich, Peter. Die Zelte sind so windig, manche bereits völlig abgenutzt, und die Soldaten haben keine Winterkleidung – sie ist einfach nicht eingetroffen. Die Pferde haben überhaupt keinen Schutz, und sie sind so dünn! Was wird geschehen, wenn es kälter wird? Sie werden sterben, wenn man sie in diesem Zustand dort draußen läßt.«

Darauf wußte er natürlich keine Antwort.

»Es sind so wenige übriggeblieben! Sicher, Brooke hat mir von diesem Angriff gegen die Geschütze erzählt, und natürlich haben wir von dem schrecklichen Gemetzel gehört, aber so theoretisch bedeuten Zahlen überhaupt nichts. Erst wenn man den kläglichen Rest sieht, begreift man es wirklich. Die leichte Brigade hat beinahe zu existieren aufgehört. Richard hatte unerhörtes Glück«, fügte sie ruhig hinzu. »Aus seiner Truppe kamen nur zwei Mann zurück.«

»In welcher Verfassung ist er?« fragte Peter.

Sie sah ihn mit weit aufgerissenen Augen an. »Er war verlaust«, sagte sie schockiert. »Er hat mich gleich gewarnt, als ich ihn umarmen wollte. Sie sind alle verlaust, und außerdem haben sie Flöhe. Aber Milotschka schien es nichts auszumachen. Sie meinte, mit manchen Dingen müsse man einfach irgendwie zurechtkommen.«

Fleur schüttelte den Kopf. »Ich verstehe sie einfach nicht. Es ist sehr kalt dort und feucht, und an manchen Stellen ist der Schlamm schon einen Fuß tief. Sie haben nichts, keine Annehmlichkeiten – ja, kaum das Allernotwendigste. Und trotzdem will sie bei ihm bleiben. Sie sagt, sie könne ihm helfen. Sie will ihm zum Beispiel zeigen, wie man aus Steinen und Schlamm einen Unterstand baut. Woher kann sie das wissen?«

Peter lächelte grimmig. »Die Tataren machen es so. Vielleicht hat es ihr ein Dorfbewohner erzählt. Ich habe dir gesagt, sie ist zäh.«

»Ja, das ist sie«, bestätigte Fleur gedankenversunken. »Ich habe mich in ihr getäuscht. Ich hätte nie geglaubt, daß sie es in der Verbandstation aushalten würde, aber sie ging dort Tag für Tag gelassen und ohne zurückzuschrecken ihrer Arbeit nach. Und jetzt will sie sich um Richard kümmern, obwohl das bedeutet, schlimmer als im Armenhaus leben zu müssen.«

»Und dein Bruder will es zulassen?«

Sie seufzte. »Er scheint einfach froh darüber zu sein, daß er sie hat. Ich habe mich auch darin getäuscht. Es besteht etwas sehr Starkes zwischen ihnen. Richard hat einen Arm in der

Schlinge; er verletzte sich die Schulter, als ihn die Explosion einer Granate aus dem Sattel warf. Er ist dadurch ziemlich gehandicapt, aber jetzt will Ludmilla alles für ihn tun.«

Er schenkte ihr Tee nach, mit einem guten Schuß Brandy darin. Kurz darauf fuhr sie fort: »Aber wenn er sie liebt, kann er doch nicht wollen, daß sie unter solchen Bedingungen lebt?«

»Was ist die Alternative? Daß sie zu ihrem Mann zurückgeht? Wenn er in sie verliebt ist, wäre das doch noch viel schlimmer für ihn. Und außerdem: Wie ich die beiden kenne, trifft Milotschka die Entscheidungen, nicht Richard.«

»Ich denke, da hast du recht. Sie organisiert das ganze Lager. Ihre Energie ist erstaunlich, und auch ihre Art, wie sie Probleme erkennt. Sie hat die Männer bereits so weit gebracht, daß sie ihre Rationen zusammenlegen und abwechselnd kochen, um dadurch Brennholz zu sparen. Niemand hatte zuvor daran gedacht.«

»Sie ist ein starker Charakter«, erklärte Peter und lächelte im stillen. Er konnte sich Ludmillas Ungeduld mit Unordnung und Planlosigkeit vorstellen. »Sie hat viel von ihrem Vater.«

»Aber was sollen wir deinem Bruder erzählen?« fragte Fleur und kam damit zum Kern des Problems. »Wenn er aus Simferopol zurückkommt und natürlich erwartet, sie zu Hause vorzufinden – wie bringen wir es ihm bei, daß sie in dem Moment zu Richard lief, als er sich gerade umgedreht hatte?«

»Wir sagen es ihm einfach«, meinte Peter und beobachtete sie dabei genau. Es gab Dinge, von denen er hoffte, daß sie ihr nicht in den Sinn kommen würden. »Wie er damit umgeht, ist sein Problem.«

Sie dachte nach. »Vielleicht entscheidet sie sich doch noch anders. Oder Richard schickt sie zurück, anstatt ihr solche Umstände zuzumuten. Ach Peter, es ist furchtbar! Wie können sie unsere Männer so leben lassen? Sie haben nicht einmal genügend Wasser, um sich zu waschen. Na ja, vielleicht findet Milotschka es irgendwann doch nicht so toll. Und trotzdem . . .«

»Und trotzdem was?«

»Ich frage mich immer wieder, was sie dazu gebracht haben

mag? Sie hatte doch alles: Sie heiratete den Mann ihrer Wahl, sie besaß Wohlstand, Position, Titel – jede Frau hätte alles gegeben, um an ihrer Stelle zu sein. Wenn sie nicht zurückkommt, verliert sie alles.« Und sollte es das wert sein, für diese eine Nebensache? dachte Fleur noch, sagte es aber nicht.

»Wir können nicht wissen, wie die Dinge für andere Leute aussehen. Ich hatte nie den Eindruck, daß ihre Beziehung mit Serjoscha übermäßig glücklich war.« Er zögerte und setzte dann vorsichtig hinzu: »Es ist nicht einfach, mit ihm zusammenzuleben.«

Sie wirkte schockiert. »Aber ja! Er ist höflich und klug und sensibel . . .« Sie unterbrach sich, und ihre Gedanken waren deutlich von ihrem Gesicht abzulesen. Ihre Augen füllten sich mit Tränen, und er war wütend darüber, daß sie mit allen anderen eher Mitleid hatte als mit sich selbst, wo es doch vor allem sie war, die vor den Kopf gestoßen und ausgenutzt wurde. »Alles ist so schlimm wie nur möglich«, sagte sie leise, »ich weiß nicht, was ich tun soll.«

»Erst einmal«, sagte er, »wirst du überhaupt nichts tun. Erst einmal ziehst du dieses feuchte Kleid aus und gehst ins Bett, und ich mache dir noch einen heißen Grog, damit du gut schläfst.« Er sah den Zweifel in ihren Augen und lächelte. »Keine Sorge, ich werde dein Schamgefühl nicht verletzen. Ich werde hier am Feuer bleiben und dir standhaft den Rücken zuwenden. Du rufst mich einfach, wenn du sicher unter der Decke liegst.«

Sie zögerte noch einen kurzen Moment und willigte dann ein: »Ja, gut. Danke, Peter. Du bist sehr nett zu mir.«

»Ach was«, meinte er leichthin. »Jetzt ab mit dir, raus aus den nassen Sachen!« Er schob den Kessel über die Flammen, legte Holz nach und braute einen Grog, als das Wasser am Kochen war. Die ganze Zeit aber achtete er auf die aufreizend unbestimmten Geräusche, die von ihr kamen – ihr leises Atmen und das weiche Rascheln fallender Kleider. Alle seine Sinne waren heftig erregt, seine Nerven zum Zerreißen gespannt, sein Denken mit Bildern von ihr angefüllt. Er hörte sie in das Feldbett steigen, hörte ihre nackten Füße den Boden verlassen, hörte das Knistern der Strohmatratze, als sie sich hinlegte, hörte, wie sie die Decke über sich zog. Als sie seinen Namen rief, sprang er auf.

Seine Erregung mühsam verbergend, drehte er sich um. Sie hatte die Decke bis zum Hals hochgezogen, aber ein bloßer Arm lag außerhalb. Ihr Haar lag feucht und braungolden wie Seegras auf dem Leinenkissen. Eine blitzschnelle Begutachtung ihrer abgelegten Kleider sagte ihm, daß sie nur noch das Unterhemd trug, und bei dem Gedanken, daß sie beinahe nackt dort auf dem Bett lag, wurde ihm heiß und kalt.

Ihr blasses Gesicht trug einen eher entschuldigenden als ängstlichen Ausdruck. »Fast alles war feucht«, sagte sie.

»Ja«, brachte er hervor. »Ich bastle etwas zusammen und hänge dann deine Kleider irgendwie neben das Feuer. Bis zum Morgen sind sie trocken. Trink das jetzt, solange es heiß ist.«

»Ja, aber was ist mit dir?«

»Was mit mir ist? Oh, mach dir keine Sorgen, für mich reicht der Stuhl.«

Er ging mit den Teegläsern zu ihr hinüber. Sie nahm eines davon und stützte sich dann auf ihren Ellbogen. Irgendwie behielt Sie die Decke dabei über ihrer Schulter. Er lächelte. »Du siehst wie eine Zwölfjährige aus«, sagte er, »eine kleine Göre mit wirrem Haar.«

»Ich habe nicht daran gedacht, eine Bürste mitzunehmen«, sagte sie. Sie nippte an dem Grog und mußte husten. Er lachte leise.

»Genau wie beim erstenmal, als du Wodka versucht hast, erinnerst du dich? Du warst zu stolz, um zuzugeben, daß er dir absolut nicht schmeckte. Du hast darauf bestanden, ihn auszutrinken!«

»Ja, ich erinnere mich.«

»Ich habe einen Kamm bei mir, in meinem Etui. Bist du einverstanden, daß ich dir dein Haar entwirre? Ich denke, dann schläfst du besser«, fügte er hinzu.

Sie sagte weder ja noch nein, aber ihre Augen willigten ein. Er holte den Kamm und setzte sich hinter sie auf die Bettkante. Unter ihren bloßen Schultern verschwand das weiße Unterhemd im Bettzeug. Er bemerkte, daß seine Hände zitterten, und mußte einen Moment lang innehalten, um sie ruhig zu bekommen. Dann legte er eine Hand auf ihren Hinterkopf, den sie gehorsam nach vorne neigte, und das feuchte Haar glitt von ihrem Hals und gab den zarten Nacken frei.

O Gott! dachte er und schluckte. »Sag mir, wenn es weh tut.« Er nahm einen nassen Strang und konzentrierte sich darauf, ihr die Haare durchzukämmen, ohne an ihrer Kopfhaut zu ziehen. Nach und nach verlangsamte sich sein Herzschlag zu normaler Geschwindigkeit, und er fand die Tätigkeit sogar beruhigend. Da sie ihm den Rücken zuwandte, fand sie den Mut, die Decke loszulassen, um ihr Glas besser halten zu können, und als sie ausgetrunken hatte, zog sie die Knie hoch, schlang die Arme darum und lehnte sich dagegen. Der kleine Raum war mittlerweile warm geworden, der Schein des Feuers machte ihn zu einer rosigen Höhle, und die einzigen Geräusche waren das Knistern des Feuers und das Rauschen des Regens vor dem Fenster. Ein Gefühl von Sicherheit und Intimität durchströmte ihn. Ob sie es wohl auch so empfindet? überlegte er.

»Darf ich dich etwas fragen?« bat sie ihn nach einer Weile. Ihre Stimme klang leicht und entspannt.

»Natürlich«, sagte er.

»Es ist wegen dem Kosaken, demjenigen, der Pearl gefunden hat.«

»Ja?«

»Er geht mir nicht aus dem Kopf. Ich sehe den Vorfall noch vor meinen Augen und versuche, aus der Gestik herauszulesen, was gesagt wurde. Und ich frage mich immer wieder . . .«

»Ja?«

»Na ja, ob etwas dran war an Ludmillas Vermutung. Wenn sie es wirklich vermutet hat – natürlich konnte sie es auch nur gesagt haben, um ihn zu quälen. Aber sie sagte, sie wäre nicht überrascht, wenn Sergej die ganze Sache einfach erfunden hätte.«

»Meiner Meinung nach ist das sogar sehr wahrscheinlich«, erklärte Peter ruhig.

Vor Überraschung drehte sie den Kopf ein wenig, aber er drückte ihn sanft zurück. »Nein, nicht bewegen, sonst ziehe ich an den Haaren.«

»Aber – wirklich? Meinst du wirklich? Warum sollte er das tun?«

»Um sie aufzustacheln. Um zu sehen, wie sie reagieren würde. Und ich denke, sie hat genau das getan, was er erwartet hat.«

»Nein, bestimmt nicht«, erklärte sie nachdrücklich.

»Warum meinst du wohl, hat er sie mit dieser Gruppe von Offizieren herumziehen lassen, wenn er nicht gewollt hätte, daß sie sich zu einer Unbedachtheit hinreißen läßt?«

»Woher wußtest du davon?«

»Als ich neulich ankam, hatte ich oben im Lager schon Gerüchte gehört.« Soldaten sind wilde Tiere, dachte er. Mehr als einer spekulierte unflätig darüber, warum Kirows junge Frau sich mit anderen Offizieren herumtrieb, die eher ihrem Alter entsprachen. »Und glaub mir, wenn *ich* sie gehört habe, dann auch er. Warum meinst du, ist er auf diese Art verschwunden? Er hat sie wie einen Zweig gebogen, um zu sehen, ob sie bricht.«

»Aber warum?« insistierte sie verstört.

Oh, wie sollte man ihr, die noch so unschuldig war, das Wesen sexueller Eifersucht erklären? Und doch war es natürlich nicht nur das. »Ich hab es dir bereits gesagt: Mein Bruder ist ein seltsamer, unglücklicher Mann. Er konnte von niemandem genug Liebe und Zuneigung bekommen. Wer es auch war, er hat sie immer auf die Probe gestellt, und wenn sie sie bestanden, hat er den Test verschärft und abermals verschärft, bis sie entweder durchfielen oder nicht länger getestet werden wollten. Dann schüttelte er den Kopf über sie und meinte: ›Da, ich habe es immer gewußt. Ich wußte, daß du mich enttäuschst.‹«

❦

Sie schwieg lange. »Ich kann es nicht glauben. Es kann einfach nicht stimmen«, sagte sie dann.

Was glaubst du, hat er mit dir getan, seit du ihm das erstemal begegnet bist? Aber Peter sagte es nicht laut. Statt dessen ordnete er ihr gekämmtes Haar mit einem letzten gekonnten Handgriff und erklärte: »So, jetzt ist alles getan. Die kleinen Büschel dort hinter dem Ohr sind schon trocken; sie kringeln sich bereits.«

Er nahm eine kleine Locke und wickelte sie sich um den Finger, um sie als hübsch federnden Korkenzieher wieder loszulassen. Fleur hielt sich ganz ruhig. Ihre entblößte Schulter glänzte rosig im Feuerschein, und er konnte ihr leichtes, schnelles Atmen hören. Da beugte er sich über sie und drückte seine Lippen auf ihre feingeschwungene Ohrmuschel. Er umfaßte ihre Schultern und ließ seinen Mund über ihre Wange und schließlich zu der warmen, pochenden Stelle unter ihrem Kinn gleiten. Er spürte die Spannung ihres Körpers, aber diese Steifheit war nicht abweisend. Sie signalisierte eher Neugierde, so als ob ihr Körper auf eine ihm unbekannte Sprache reagierte und versuchte, sich einen Reim darauf zu machen.

Er küßte ihren Hals und ihre Schultern, hob das noch feuchte Haar etwas an und küßte ihr Genick, was sie erschaudern ließ. Er nahm ihr sanft das leere Glas, das sie noch immer umklammert hielt, aus der Hand und brachte sie mit einem behutsamen Druck dazu, sich hinzulegen. Jetzt sah sie ihn an, ein wenig ängstlich zwar, doch gleichzeitig auch vertrauensvoll. Sie beobachtete sein Gesicht wie jemand, der darauf wartet, daß ihm ein Lehrer etwas Neues und ziemlich Gefährliches beibringt, wie etwa Seiltanzen.

»Fleur?« sagte er und hatte es eigentlich gar nicht als Frage gedacht.

»Ja«, sagte sie, und es klang wie eine Antwort, wie Zustimmung.

Er strich mit seinen Fingern über ihren Hals, berührte zärtlich die feinen Knochen am Übergang zur Schulter. Sie beobachtete ihn, und ihre Lippen waren dabei leicht geöffnet. Er neigte den Kopf und küßte erst die Mulde ihres Schlüsselbeins, dann ihre Wange. Er sah die Frage in ihren Augen und lächelte. »Fleur«, sagte er erneut.

»Ja«, flüsterte sie.

Dann küßte er sie, ganz leicht, und spürte die Verwunderung, das Zögern der Lippen unter den seinen, die nicht wußten, was zu tun war. Er küßte wieder, und wieder, ganz sanft, um sie daran zu gewöhnen. Noch nie geküßt? fragte ein Teil seines Gehirns überrascht. So schön, und noch immer ungeküßt? O Serjoscha, wieviel du auf dem Gewissen hast!

Er spürte, daß sie langsam Gefallen daran fand, daß sie langsam Zutrauen faßte. Er ließ eine Hand wie aus Versehen über ihre Brust streifen, um sie dann sanft und vorsichtig zu streicheln. Sie keuchte an seinem Mund; ihre Brustwarze versteifte sich gegen seine Handfläche, und durch eine ungeheure Anstrengung des Willens blieb er ganz ruhig. Als er im nächsten Moment seinen Mund von dem ihren nahm, schien sie das zu bedauern. Er hob den Kopf, und sie sah mit feuchten, fragenden Augen zu ihm hoch.

»Was ist, mein Liebling?« fragte er sie zärtlich. Seine Hand lag noch immer auf ihrer Brust. Er bewegte sie langsam, und sie atmete durch die Zähne ein, wie ein Kind, das gerade geweint hatte. Er sah, daß sie keine Angst empfand, nur verwirrt war, und er begehrte sie so sehr, daß er einen weiteren Vorstoß wagte. »Es ist kalt hier draußen«, sagte er lächelnd, beinahe im Scherz – sie waren wie zwei gute Freunde, die sich wohl fühlten. »Darf ich zu dir unter die Decke – zum Aufwärmen?«

Sie sah ihn durchdringend an, und doch erkannte er, daß sie bereits eingewilligt hatte. Die Frage war kaum notwendig gewesen, sie vertraute ihm. Sie wollte die Antworten, von denen sie glaubte, er habe sie.

Rasch und beinahe in Panik, um den Augenblick nicht verstreichen zu lassen, und Gott dankend, daß er seine Stiefel schon vorher ausgezogen hatte, streifte er seine Kleidung bis auf das Hemd ab und schlüpfte neben sie ins Bett. Sie lag unbeweglich unter der Decke, doch er glaubte, daß sie mehr erstaunt als abweisend war. Er war aus ganz anderen Gründen unbeweglich, zwang sich, sie ruhig in seinen Armen zu halten, bis die wohlige Wärme sie entspannen ließ. Er drückte seine Lippen auf ihre

Wange, und zu seiner freudigen Überraschung drehte sie den Kopf, um ihm allem Anschein nach voller Bereitwilligkeit ihre Lippen darzubieten. Sehr gut, dachte er, beinahe schwach vor Erleichterung, das ist sehr gut.

Er küßte sie wieder, und mit seiner freien Hand streichelte er ihre Schulter und die Brust. Diesmal kam sie der Berührung entgegen und suchte das Gefühl, das so neu und ungewöhnlich für sie war. Er spürte, daß sie reden wollte, und war froh darüber – schweigend hatte er noch nie Liebe gegeben und empfangen. Er war ein Mann, der auch Worte dazu brauchte. »Was ist, Fleur? Sag es mir! Ist es gut? Hast du ein gutes Gefühl?«

»Ja«, flüsterte sie. Nicht schamhaft, nur scheu. Ihre Knospe lag steif und erwartungsvoll unter seinen Fingern, und ihr in dieser Sache ungeübter Verstand wußte nicht, was er damit anfangen sollte. »Ist es . . .«

»Ist es was, mein Schatz?« Er nahm ihr die Frage ab. »Ist es recht? Willst du das fragen?« Nicken. »Natürlich, ja. Du spürst es, oder? Dein Körper weiß, daß es recht ist. Du weißt es, nicht wahr?«

Wieder »Ja«, immer noch ein wenig zweifelnd, aber nicht abweisend. Es war herrlich, sie wollte, daß es niemals aufhörte, und als er seine Hand von ihrer Brust nahm, empfand sie nur Enttäuschung.

Doch nun lag die Hand auf ihrer Taille, umspannte die weiche Nacktheit ihrer Hüfte und ihres Bauchs. »Du bist so schön«, sagte er wie betäubt. Er streichelte sie langsam, und ihre Haut schien unter seiner festen, warmen Hand zu zittern. Sie dachte daran, wie sich eine Katze unter streichelnden Fingern krümmt, und verstand das nun genau. Erst als seine behutsam liebkosenden Finger ihre intimste Stelle erreichten, die verbotene Stelle, fühlte sie sich, wenngleich widerwillig, zu einem Protest gezwungen.

»Peter! Nicht!«

»Nein, nein, sei still!« sagte er, den Mund an ihrem Ohr, sanft seine Finger bewegend. »Laß mich.«

»Ich kann nicht. Bitte. Ich kann nicht.«

Doch er spürte die Aufforderung unter ihren Worten. Er legte seine Hand unschuldig auf die weiche Wölbung und hielt sie ganz still. »Du kannst. Laß mich. Laß mich nur. Ich werde dir eine solche Freude bereiten, mein Liebling.«

Er war verboten, dieser Ort – man durfte nicht einmal an ihn denken, noch weniger darüber reden –, so verboten, daß er in ihrem Wortschatz keinen Namen hatte. Unsichtbar war er, im Dunkeln weggepackt, blind wie etwas, das bei Dunkelheit geboren wurde und nie das Licht des Tages erblickte. Sie wußte nichts darüber. Sie wollte protestieren – oder fühlte vielmehr, daß sie protestieren sollte –, aber wieder legte er seine Lippen auf die ihren, und sie spürte, daß sie von der warmen, erstaunlichen Freude, die ihr seine Küsse bereiteten, nie genug bekommen würde. Als die Hand im Dunkel des Bettes sich wieder rührte, ließ sie es zu.

Dann atmete sie scharf ein, entzog ihm ihren Mund, um besser nachempfinden zu können, was ihr widerfuhr – ein köstliches, nie gekanntes Gefühl durchströmte sie, ein schmelzendes Vergnügen, das ihre Knochen zu Gummi werden ließ und das doch zur selben Zeit einen Kern in ihrer Mitte härtete, der Begehren in ihr entfachte, ein Verlangen nach mehr. Es mußte noch etwas geben. Das ganze Zittern ihres Körpers drängte weiter, forderte heftig eine Fortsetzung.

Doch Peters Worte hielten sie im gegenwärtigen Augenblick fest, wie ein Reiter ein Pferd zurückhält, das galoppieren möchte. »Ja, meine Blume? Bereite ich dir Freude?«

»Ja. O ja!«

»Dann ist es gut. Ja, laß es geschehen. Es ist gut, mein Darling, mein Schatz.«

»Peter«, sagte sie. Konnte es wirklich Peter sein, der dies tat? Sie sah in sein vertrautes Gesicht, und es erschien ihr so lieb, so sicher; und jetzt noch Ausdruck von etwas anderem und Wunderbarem. Sie empfand ihm gegenüber eine große, überwältigende Dankbarkeit. Er sah es in ihren Augen.

»Willst du mir auch eine Freude bereiten?«

»O ja.«

»Dann gib mir deine Hand.«

Er hörte auf, sie zu streicheln, ergriff ihre Hand, zog sie nach unten und legte sie um glatte, warme Härte, glatter und wärmer als alles, was sie je zuvor berührt hatte, vielleicht mit Ausnahme der Stelle hinter dem Ohr eines Pferdes, an der die große Ader das Blut des Lebens führt. Seine Hand immer noch auf die ihre gelegt, lenkte er ihre Bewegung, und sie spürte, wie sein ganzer Körper reagierte. Ah, das war also sein verbotener Teil!

»Bist du das?« fragte sie ungläubig.

»Ja, das bin ich«, erwiderte er. Seine Hand kehrte streichelnd zu ihr zurück. Die fragende Freude keimte wieder in ihr auf, doch diesmal drängend. Ihr Atem beschleunigte sich, und sie konnte auch ihn keuchen hören, als würden sie beide rennen. Es war wie eine Bitte, eine dringende Bitte. Sie hörte sich stöhnen, als hätte sie Schmerzen.

»Was ist?« flüsterte er in ihr Ohr. »Sag es mir. Du willst etwas? Was willst du, Liebes?«

»Ich will mehr«, brachte sie heraus.

»Mehr wovon?«

»Ich weiß es nicht.«

»Du willst mich? Sag, daß du mich willst! Sag es, meine Blume! Sag's!«

»Ich will dich«, erwiderte sie, und es war die Wahrheit. Sie wußte noch immer nicht, was sie von ihm wollte, aber sie wollte ihn – das jedenfalls stand fest.

»Dann sollst du mich haben«, sagte er. Seine Hand entzog sich ihr, und sie empfand ein beinahe stechendes Verlustgefühl. Doch dann schob er seinen ganzen Körper über sie, berührte sie erneut, doch diesmal anders. Ihre Augen weiteten sich, als sie verstand. Es war schockierend, aber es war das, was sie wollte, was ihr Körper forderte. Wurde es also so gemacht? Warum hatte sie es nicht erraten? Er stützte sich mit seinen Händen über sie, sie berührte seinen Körper und merkte, wie steif er in jedem Muskel war. Es geschieht nicht nur mir, sondern auch ihm, dachte sie. Er fühlt wie ich.

Dann drang er in sie ein. Sie spürte kurz einen brennenden Schmerz, der sie nach Atem ringen ließ, dann senkte er den Kopf, nahm ihre Knospe in den Mund, und etwas in ihr schien sich wie eine Faust zu ballen. Nun war es kein Schmerz mehr, sondern ein unglaubliches Gefühl.

»Oh, ist das gut«, sagte sie.

»Ja«, entgegnete er und sprach dabei von seinem eigenen Genuß. Er bewegte sich, und sie merkte, daß sie sich ebenfalls bewegen konnte und es dann noch schöner war. Ja, das war die Fortsetzung. Etwas würde passieren. Sie hielt den Atem an und folgte in der Dunkelheit ihres Körpers dem Weg zu einer höchsten Empfindung.

»O Peter!« sagte sie.

»Was ist, Liebste?«

Sie wußte es nicht, aber das machte nichts. Er wußte Bescheid. Es kam – eine Explosion in der roten und schwarzen Dunkelheit ihres Körpers und irgendwie auch in ihrem Kopf. Sie hielt sich an ihm fest, als könne sie ihm entrissen werden. Und dann war es vorbei; sie keuchten beide, und jede Faser ihres Körpers schien vor Überraschung und Freude zu schrillen.

Schwach und weit entfernt kam ihr der Gedanke: Das also hat Nuschka Milotschka erzählt.

Peter war ihr nah und der Geruch seines Körpers so intim, daß Zuneigung und Dankbarkeit und auch Zärtlichkeit heftig in ihr aufwallten. Sie wollte ihn fest an sich drücken und beschützen. Nun würde sie für immer seinen Geruch kennen. Wenn ich in diesem Augenblick erblindete, dachte sie, könnte ich dich doch immer daran erkennen – an deinem herrlichen, begehrenswerten Geruch.

Ganz weit weg stellte sich die Frage: Wie konnte Sergej es eine Nebensache nennen? Es ist das Größte auf der Welt!

Peter küßte sie, andere Küsse jetzt, leidenschaftliche Küsse, ohne Fragen zu stellen – die alle beantwortet waren. »Du hast dich hineingefunden wie eine Ente ins Wasser, mein Schatz«, sagte er mit einem glücklichen Lachen in der Stimme. Er rückte ihre Körper im Bett zurecht, so daß Fleur himmlisch bequem in seiner Armbeuge lag. »Und der Gedanke, daß du es noch nie getan hast! Was für ein verschwendetes Talent all diese Jahre!«

Sie reagierte scheu. »War ich – war es so richtig?«

»Meinst du vielleicht nicht?«

»Oh, für mich, ja – aber ich meine für dich. Du mußt es schon sooft getan haben.«

Er verschloß ihr den Mund mit einem Kuß. »Keine Vergleiche, bitte«, sagte er bestimmt. »Das tut man nicht. Und außerdem: Mit dir wäre es für mich immer wie das allererste Mal.«

Sie empfand das als großartiges Kompliment. »Es war gut«, sagte sie staunend. Wie war das möglich, wo sie es doch nie zuvor getan hatten? Wie konnten ihre Körper so wunderbar harmonieren? Sie spürte, wie ihrer sich perfekt in die Kurven des seinen fügte. »Es ist gut.«

Er schien die ungestellte Frage zu hören. »Es ist gut, weil es so sein soll«, erklärte er. »Es ist gut, weil ich dich liebe.«

Ich liebe dich auch. Diese Worte stellten sich in ihrem Kopf unverzüglich ein, und hier, auf dem Bett liegend, von seinen Armen umschlossen, hatte sie auch die dazugehörige Empfindung. Doch es kann ja nicht sein, dachte sie. Wie ist es möglich? Sie liebte doch Sergej – sie war seit drei, beinahe vier Jahren in ihn verliebt. Und wenn sie Sergej liebte, konnte sie doch nicht gleichzeitig Peter lieben, oder? Bezaubernder Sergej! Schlichter Peter! Peter, der die Antwort auf ihre geheimste Frage gekannt hatte. Verwirrung überfiel sie, und Peter, der dies fühlte, drückte sie noch fester an sich, als ob sie aufstehen und gehen wollte.

DREIUNDZWANZIG

Sie erwachte in der Dunkelheit mit dem ungewohnten Gefühl, mit einer anderen Person das Bett zu teilen. Sie lag noch immer in seine Armbeuge geschmiegt, den Kopf auf seiner Schulter, und sie fühlte sich so selig dabei, so warm und beschützt, so sicher und geliebt, daß sie meinte, vor Glück sterben zu müssen. Das, dachte sie, ist das schönste Gefühl der Welt.

Im Zimmer war es pechschwarz. Die Luft war kalt und das Feuer bis zur Glut heruntergebrannt. Doch unter der Decke war es warm. Es war das erstemal in ihrem ganzen Leben, daß sie bei jemandem im Bett lag. Vom Tag ihrer Geburt an, als sie allein in ihre Wiege gelegt wurde, hatte sie alles allein geschafft und war im Grunde immer allein gewesen. Wie traurig ihr das nun vorkam, da sie die Alternative kennengelernt hatte! Zwei Mäuse in einem Nest, zwei Geschöpfe vereint. Gepaart, dachte sie – das einfachste, grundlegendste Konzept des Lebens.

Seine Arme schlossen sich fester um sie, und er drehte den Kopf, um ihre Brauen zu küssen.

»Mm?«

»Bist du wach?« flüsterte sie.

»Ja«, sagte er und richtete sich auf. Wach in mehr als einer Hinsicht jetzt. »Was ist?«

»Peter?«

»Ja, mein Liebling?«

Sie konnte die Worte nicht finden, so mußte er raten. Er strich ihr über den Hals und legte die Hände auf ihre Brust; sie zitterte unter seiner Berührung.

»Meinst du, wir könnten es noch einmal tun?« fragte sie endlich vorsichtig.

Vor purer Freude stieg ein Lachen in ihm hoch. »Aber sicher, mein Liebling«, sagte er und wandte sich ihr zu. »Beinahe so oft du willst.«

Sie taten es noch einmal und schliefen danach wieder ein, und so vergaß sie, sich näher nach dem »Beinahe« zu erkundigen.

❦

Sie erwachte zum zweitenmal, als er sie am Morgen allein im Bett zurückließ. Das graue Tageslicht drang zum Fenster herein, und er war aufgestanden, um Feuer zu machen. Sie drehte sich auf die Seite, um ihn zu betrachten. Er kniete vor dem Kamin, legte Zweige auf die kleinen Flammen und ließ sie so langsam größer werden. Sie waren leicht im Keim zu ersticken und auszulöschen, wenn man zu viel Holz zu schnell auflegte. Aber er ist geduldig, dachte sie, mit dem Feuer wie mit mir. Er ist freundlich zu mir – ein freundlicher Mann.

Aber ein Mann war er doch, und alle Männer waren Fremde für sie. Wie er dort kauerte, sah sie seine knochigen Füße, den langen Bogen seines Rückens und die harten Muskeln seines Hinterteils, die sich unter dem Hemd abzeichneten und seine durch den Schlaf in alle Richtungen stehenden Haare. Das war Intimität, erkannte sie, einen Mann so zu kennen, ihn in dieser verletzlichen Haltung zu sehen, ohne den Schutz seiner Kleider, seines Rangs und seiner gesellschaftlichen Umgangsformen. Ihr war nicht ganz wohl dabei. Ein solcher Grad an Intimität sollte sich nicht ganz so schnell einstellen.

Das Feuer brannte nun richtig; er stand zufrieden auf und wandte sich ihr zu. Zwischen seinen nackten Beinen sah sie die Körperteile, die sie nicht sehen sollte. Schockiert kniff sie die Augen zu und stellte sich schlafend, aber hinter ihren Lidern existierte dieses Bild weiter.

Wie soll ich je aus diesem Bett kommen? überlegte sie unglücklich. Wie konnte sie aufstehen und sich ankleiden, ohne daß er sie sah?

Die Matratze bog sich nach unten, als er sich auf die Kante setzte. Er legte seine Hand leicht auf ihre Schulter. »Was ist?« fragte er sanft.

Es gab keinen Ausweg. Widerwillig öffnete sie die Augen und sah zu ihm hoch. Natürlich würde er darüber sprechen wollen, Erklärungen waren notwendig. Doch sein Gesicht wirkte nicht bedrohlich. Unrasiert war es, von struppigem Haar umrahmt – jung wirkend in seiner morgendlichen Ungepflegtheit –, und trotzdem war es der freundliche, ihr so vertraute Peter. Er spürte, daß sie Kummer hatte, und wollte sie trösten. Vielleicht wußte er ja auch auf die neuen Fragen eine Antwort.

»Was bist du so bekümmert?« fragte er und lächelte ein wenig. »Die Dinge sehen im kalten Licht des Tages ziemlich anders aus, ist es das?«

Woher wußte er? Sie nickte dankbar und sagte dann: »Es war falsch, nicht wahr? Es war falsch, was wir taten.«

»Warum?«

Diese Frage hatte sie als allerletztes erwartet. »Weil – na ja, nur Verheiratete das tun dürfen.«

»Aber du weißt doch, daß es nicht so ist. Vielleicht tun es mehr Unverheiratete als Verheiratete! Warum ist es falsch? Wen verletzt es? Wir haben uns gegenseitig liebevoll beglückt – wie soll das falsch sein?«

Sie ging nicht weiter darauf ein, weil ihr eine andere Frage in den Sinn kam. »Peter . . .« Sie runzelte die Stirn.

»Ja, mein Schatz?« Er lächelte, als ob er ihre Gedanken lesen könnte und ihre Probleme leicht zu lösen fand.

Nun, wenn sie ihn nicht fragen konnte, dann niemanden. »Warum erzählt man uns, daß es so schrecklich und schmerzhaft sei? All diese Geschichten von Bräuten, deren Haar in der ersten Nacht vor Entsetzen weiß wird? Also fürchten wir uns davor, und dabei ist es so anders.«

Er zwang sich, nicht zu lachen, denn eigentlich war, was sie gesagt hatte, eher mitleiderregend als lustig. »Erzählt man euch das? Nun, manchmal ist es anfangs schmerzhaft, bei jungen Mädchen vor allem. Aber du bist älter, und dein Körper ist flexibler. Und du wolltest mich und hattest keine Angst, das macht den Unterschied. Außerdem können manche Männer ziemlich unbeholfen und gedankenlos sein.« Er überlegte sich ein Bild für sie. »Du weißt, wie manche Reiter von Natur aus grob sind, dem Pferd im Maul weh tun und im Sattel herumspringen, während andere elegant reiten, damit das Pferd glücklich und zufrieden ist.«

»Ja, ich verstehe, so wird es sein.« Also nur eine Fertigkeit wie gutes Reiten?

»Aber es gehört mehr dazu«, ergänzte er und sah ihr ins Gesicht. »Wir passen zusammen. Das ist etwas Besonderes.«

Sie schwieg dazu. Er merkte, daß ihr wieder andere Dinge im Kopf herumgingen, und er fürchtete sich davor, welche es sein mochten. Aber diese Gedanken, die ihr nun in einem quälenden Strom durch den Kopf schossen, konnte sie ihm nicht mitteilen.

Sergej – glaubte er wirklich, es sei nur eine Nebensache? Oder meinte er, nur mit Ludmilla sei es unbedeutend, aber mit ihr . . .? Er tat es nicht mit Ludmilla. Warum? Weil er sie nicht liebte? Weil er sie, Fleur, liebte? War es also etwas, bei dem man nur mit der Person, die man liebte, Genuß empfinden konnte? Sie glaubte, ja. Es wäre Seligkeit, es mit Sergej zu tun, als seine Geliebte, seine Frau, sein Eigentum auf immer. Aber was war mit Peter? Sie liebte ihn nicht, oder? Und doch war es herrlich mit ihm. Kokotten machten es mit Männern, die sie nicht liebten, und manche von ihnen behaupteten, sie würden es genießen – hieß das, sie war im Grunde ihres Herzens eine Kokotte? Kokotten machten es auch für Geld, und sie wußte, daß vielen, wenn nicht den meisten, an der Sache selbst nichts lag. Wie konnte man gleichgültig bleiben? Eine so übermäßige Freude – und sich danach so sicher und warm in Peters Arme zu kuscheln – Peter? Aber es war nicht Peter, den sie liebte. Sie mochte ihn, ja, er gefiel ihr, aber sie liebte doch Sergej, ganz und für immer?

Mit verstörten Augen sah sie zu Peter auf, wollte ihn bitten, ihr auch dieses Gefühlschaos zu entwirren. Aber sie war klug genug zu wissen, daß es ihn verletzen würde, wenn sie jetzt über Sergej spräche, und verletzen wollte sie ihn nicht. Sie dachte flüchtig an diese kostbare Intimität, an die große Zärtlichkeit, die sie in der Nacht für ihn empfunden hatte, aber im aufziehenden Licht des Tages verschwanden diese Gefühle schnell. Sie konnte nicht dorthin zurück – sie konnte nicht zu ihm zurück! Sie fühlte sich verlegen und befangen. Sie hatte etwas falsch gemacht, dessen sie sich schämen sollte, und die Tatsache, daß sie sich der Sache selbst nicht schämte, beschämte sie erst recht.

Er spürte ihren inneren Konflikt und hatte eine vage Vorstellung davon, was es sein könnte. Die Engländer, das wußte er, waren sehr streng mit ihren jungen Damen, und das Ausmaß von Fleurs Überraschung vergangene Nacht hatte ihm gezeigt, wie gänzlich unwissend sie war. Es machte ihn glücklich, daß ihre Unschuld ihm anvertraut worden war. Vom ersten Augenblick an, als er sie auf dem Schiff sah, hatte er sich nach ihr verzehrt, aber sein leidenschaftliches Verlangen war nun untrennbar mit einer gleich starken Sehnsucht verbunden, sie zu beschützen und zu lieben.

Ganz erfüllt von diesen Gefühlen, die in ihm tobten, fragte er sie noch einmal: »Was bekümmert dich, Liebste?«

Sie mühte sich vergebens, die richtigen Worte zu finden, und platzte schließlich heraus: »Ich bin ein loses Frauenzimmer!«

Er lachte.

Er konnte einfach nicht anders. Zu hören, wie diese Frau, die in der Nacht zuvor nicht einmal die Raffinesse besaß, eine falsche Bescheidenheit vorzuspielen, die in gleicher Unkenntnis von Prüderie und Laszivität spontan auf ihn eingegangen war, sich nun selbst bezichtigte, war lächerlich – und er lachte, leider. Er fing sich sofort wieder, aber es war zu spät. Kränkung, Schock und Mißtrauen zeigten sich in ihren Augen, und dann verschloß sie sich mit einer schmerzlichen Würde.

»Ach, mein Liebes, es tut mir leid! Ich habe nicht über dich gelacht – nicht wie du meinst.«

»Ich möchte mich anziehen. Hättest du die Güte, mir meine Kleider zu geben und dich umzudrehen?«

»Fleur, nicht! Sei nicht kalt zu mir, nicht nach der letzten Nacht!«

Ihre Augen füllten sich mit Tränen, und sie wandte ihr Gesicht ab, damit er sie nicht sah. »Ich hätte geglaubt, du besäßest den Anstand, die letzte Nacht nicht zu erwähnen. Nachdem du mich so ausgenutzt hast . . .«

»Ach, ich habe dich gezwungen, willst du das jetzt sagen?« Er grinste. »Du armes kleines Ding . . .«

»Ich will nicht darüber sprechen. Gib mir bitte meine Kleider.«

»Liebling, komm . . .«

»Ich bin nicht dein Liebling. Und wir haben uns schon genug verspätet. Wir müssen zurück in die Stadt. Kannst du dir nicht vorstellen, wie es deinem Bruder ergeht, wenn er bei seiner Rückkehr feststellt, daß wir auch noch weg sind?«

Peters Mund verzog sich nach unten. »O ja, mein Bruder. Darum dreht sich also alles? Ich hätte es merken sollen. Wahrscheinlich erzählst du mir jetzt, daß du dir die ganze Nacht vorgestellt hast, du wärst in seinen Armen und nicht in meinen?«

Das war jedenfalls nicht allzuweit von dem entfernt, was sie gedacht hatte, und plötzlich flossen ihr Tränen aus den Augen, Tränen der Kränkung und des Selbstvorwurfs und der Verwirrung. Peter war auf der Stelle zerknirscht.

»O Gott, warum habe ich das gesagt? Ich habe es nicht so gemeint. Fleur, vergib mir!« Sie machte eine halb wegwerfende und halb entschuldigende Handbewegung. Er fing ihre Hand mitten in der Luft auf, und nach kurzem Widerstand erlaubte sie ihm, sie weiter zu halten. Er biß sich auf die Lippen und suchte nach neutralen Worten, die ihnen über die gegenwärtigen Schwierigkeiten hinweghelfen sollten. »Laß uns nun nicht mehr darüber sprechen«, sagte er. »Wir waren immer so gute Freunde – wollen wir erst einmal nur daran denken.«

Sie nickte, und gleich darauf fügte sie hinzu: »Ja, Freunde.«

Sie klang verzagt, und er wollte mehr sagen, hatte aber Angst, die Dinge nur noch schlimmer zu machen. Sie war sensibel und schüchtern, und ihre Verwirrung war derzeit wohl sein schlimmster Feind. »Freunde also«, wiederholte er schließlich. »Gut. Und während du dich jetzt anziehst, mache ich uns Tee.«

Er holte ihre Kleider und ging dann zum Feuer zurück. Während er sich rasch anzog und Tee kochte, dachte er über alles intensiv nach. Das Wunder der letzten Nacht blieb unberührt und unverletzt ein leuchtender Punkt in seinem Herzen. Es würde alles gut werden – es mußte einfach, nach alldem. Es konnte nicht ohne Grund geschehen sein.

Kirow war bereits zurück, als sie wieder im Haus in der Wladimirstraße eintrafen. Peter zeigte sich darüber keineswegs überrascht. Er hatte fast erwartet, daß sein Bruder früher zurückkommen würde, um sie bei irgend etwas Unerlaubtem zu ertappen. In Ordnung, dachte er grimmig, von mir aus sollst du gerne alles erfahren.

»Was zum Teufel geht hier vor?« fragte Kirow, sobald sie eingetreten waren. Seine Augen musterten sie kritisch, worauf Fleur sofort und heftig errötete. Ob ihr veränderter Status für andere Menschen wohl sichtbar war? »Ich komme heim, niemand ist da, und die Diener schnattern dummes Zeug . . .« Er schien sehr aufgebracht, aber tief in seiner Stimme lag Angst. »Wo seid ihr gewesen? Und wo ist meine Frau?«

Es war Peter, der antwortete. »Ich weiß nicht, was die Diener dir erzählt haben, aber ich fürchte, du mußt dich auf einen Schock gefaßt machen. Ludmilla ist fort. Sie . . .«

»Fort? Wovon redest du?«

»Das will ich dir ja erzählen. Sie packte eine Tasche und verließ die Stadt, um im Lager der Engländer mit Richard zusammenzusein.«

Kirows Augen flammten. »Und du hast sie einfach gehen lassen? Du hast ihr einfach erlaubt, aus dem Haus zu gehen . . .«

Selbst in diesem aufwühlenden Moment bemerkte Fleur, daß er nicht in Zweifel zog, daß Richard lebte. Hatte er die Geschichte des Kosaken also wirklich selbst erfunden?

»Natürlich habe ich sie nicht einfach gehen lassen«, verteidigte sich Peter. »Sie wird mich wohl kaum um meine Erlaubnis gebeten haben.«

»Ich habe sie in deiner Obhut zurückgelassen. Ich habe sie beide in deiner Obhut gelassen!«

»Du hast mir nicht gesagt, ich solle sie hinter Schloß und Riegel setzen. Sie verließ das Haus noch am selben Tag wie du und erklärte, sie wolle zum Hospital. Erst als sie am Abend nicht zurückkam, merkten wir, daß etwas nicht stimmte.«

Kirow blickte wild vom einen zum anderen. »Ich verstehe nicht. Warum bist du ihr nicht nach? Warum hast du sie nicht zurückgeholt? Um Himmels willen, Petja!«

»Als wir merkten, daß sie verschwunden war«, erklärte Peter geduldig, »war sie schon über alle Berge. Bei einem solchen Vorsprung war sie womöglich bereits im Lager, bevor wir überhaupt wußten, daß sie fehlte. Aber wir haben versucht, sie zurückzuholen. Fleur machte sich – unter großer persönlicher Gefahr, möchte ich hinzufügen – ins Lager auf, um Ludmilla zur Rückkehr zu bewegen, aber sie weigerte sich.«

Kirows schreckliche Augen ruhten nun auf Fleur. »Sie haben sie gesehen? Im Lager?«

Fleur nickte unglücklich. »Es stimmt, was Peter sagte. Ich bat sie zurückzukommen, aber sie wollte nicht. Sie will bei Richard bleiben. Ich verstehe nicht, warum sie . . .«

»Nein! Nein!«

Sie hörte abrupt auf zu sprechen, weil Kirow diesen unartikulierten, zutiefst verletzten Schrei ausstieß. Er wandte sich um und schlug in einer vergeblichen Geste des Schmerzes mit beiden Fäusten gegen die Wand.

Die beiden anderen standen starr vor Pein und Verlegenheit da und wußten nicht, was sie tun sollten.

»Ich will sie zurückhaben. Sie muß zu mir zurück!« schrie er.

»Sergej – Serjoscha . . .«, begann Peter.

Kirow schlug mit dem Kopf gegen die Wand. »Du warst es! Du hast sie gehen lassen! Du hast zugelassen, daß sie mich betrügt! Jetzt holst du sie auch wieder zurück!«

»Sie wird nicht kommen«, sagte Peter ruhig.

Kirow drehte sich um und funkelte ihn an. »Dann sorge dafür!«

»Was sollte das für einen Sinn haben? Sei vernünftig, Serjoscha. Sie würde nur wieder davonrennen. Du kannst sie nicht halten, wenn sie nicht will.«

»Aber was will sie mit diesem – diesem – Hündchen? Diesem – Nichts! Diesem Schwächling!«

Peters Stimme wirkte leblos vor unsäglichem Mitleid. »Es war ihre Entscheidung, das ist alles. Er paßt zu ihr.« Kirow erzitterte, als ob Peter ihn geschlagen hätte. »In diesen Dingen gibt es keine Regel«, fuhr dieser ruhig fort. »Und du hast sie dazu getrieben – das weißt du genau.«

»Nur weil sie mich quälte. Ich wollte nicht . . . Ich habe sie auf die Probe gestellt, das ist alles.« Er ließ sich in einen Stuhl fallen. »Ich liebe sie. Und sie hat mich betrogen«, sagte er.

»Du sollst nicht so darüber denken . . .«, setzte Peter wieder an.

»Wie sollte ich sonst darüber denken?« fiel Kirow ihm wieder ins Wort. »Betrug – du solltest dich damit auskennen! Sie mißbrauchte mein Vertrauen, betrog mich mit diesem – Zinnsoldaten!«

Fleur dachte an alles, was sie über den Angriff der leichten Brigade gehört hatte, an den mit eigenen Augen gesehenen kläglichen Rest vom furchtbaren Gemetzel sowie daran, daß kein einziger Mann vor den tödlichen Geschützen davongerannt war, kein einziger Mann sich ergeben hatte, wie schwer er auch verwundet sein mochte. Zinnsoldat! Sie spürte, wie Wut in ihr hochstieg. Ihr Bruder stand den anderen Männern in nichts nach, und wenn Ludmilla ihn bevorzugte, hatte sie das Recht . . .

Mitten in diesem Gedanken unterbrach sie sich, schockiert über sich selbst. Oh, aber sie hatte nicht das Recht. Sie war eine verheiratete Frau, sie hatte betrogen – und Richard dazu. Und zwar, so nahm sie an, wegen dieser Nebensache, die doch gar nicht so unbedeutend war.

Kirow stützte den Kopf in seine Hände, und Fleur war es, als hätte sie ihn selbst geschlagen. Er liebt sie also doch, dachte sie, und diese Erkenntnis war so kalt wie der Tod. Die ganze Zeit über – die ganze Zeit über hatte sie sich eingeredet, daß in Wirklichkeit sie es war, die er liebte – aber schließlich hatte er Ludmilla geheiratet, und sie hatte nie wirklich geglaubt, daß es dabei nur um ihr Vermögen ging.

Aber da sie ihn liebte, konnte sie ihn nicht leiden sehen, ohne zu versuchen, ihm Trost zu spenden, auch wenn ihr eigenes Herz schmerzte. Sie trat neben ihn, ergriff seine Hände und versuchte, sie ihm vom Gesicht wegzunehmen.

»Nein, Sergej, nicht! Sie wollte es nicht. Sie liebt Sie, ganz bestimmt. Es war die Verrücktheit eines Augenblicks. Wenn sie Zeit gehabt hat, darüber nachzudenken, wird sie ihre Meinung ändern. Sie kommt bestimmt zu Ihnen zurück. Geben Sie ihr nur Zeit. Sie haben sie doch mit Richard zusammen gesehen – sie sind wie spielende Kinder. Es hat nichts zu sagen. Sie hat mir erzählt, sie würde Sie bis an ihr Lebensende lieben.«

Er sah sie unvermittelt an. »Das hat sie zu Ihnen gesagt?«

»Ja – ja.«

»Gerade erst? Im Lager?«

Fleur biß sich auf die Lippen. »Na ja – nein. Nicht da. Es war früher, aber sie meinte es ernst. Sie wird zurückkommen, da bin ich sicher.«

Er faltete seine Hände um ihre und drückte sie so fest, daß es sie schmerzte. Doch sie ertrug es, seinetwegen. »O *Tswetokscha*, dem Himmel sei Dank für Sie! Sie sind mir solch ein Trost. Ich glaube, ich hielte es nicht aus, wenn Sie nicht an meiner Seite wären.«

»Schon gut«, sagte sie. »Ich bin hier. Ich geh nicht fort.«

Auf einmal blitzten seine Augen. »Versprechen Sie es mir!«

sagte er. »Versprechen Sie, daß Sie bei mir bleiben! O Fleur, ich brauche Sie, ich brauche Sie so sehr. Meine allerliebste Freundin! Sagen Sie, daß Sie mich nicht verlassen.«

»Ich verlasse Sie nicht«, versicherte sie ihm, und für Peter, der ihr Gesicht nicht sehen konnte, klang sie schockiert – nicht wie nach einem Entschluß, sondern wie nach einer Erkenntnis.

»Nie?« fragte Kirow noch einmal.

»Ich verlasse Sie nie«, sagte sie mit derselben ausdruckslosen Stimme.

Später am Abend kam Peter ins Zimmer und fand Fleur alleine vor. »Ich komme, um mich zu verabschieden«, sagte er.

»Du gehst?«

»Mein Urlaub ist vorbei. Morgen muß ich wieder im Lager sein.«

»Du könntest morgen früh aufbrechen.«

Er zuckte die Achseln. »Der Mond scheint. Ich kann genausogut jetzt reiten. Ihr braucht mich beide nicht.«

»O Peter!«

Er nahm ihre Hand und besah sie sich genau, als ob er noch nie eine Frauenhand gesehen hätte. Mit einer Fingerspitze zeichnete er die Form ihrer Nägel nach. »Ich hätte ja damit rechnen müssen, daß du dich für ihn entscheidest. Das hattest du schließlich schon vorher getan, unter weniger günstigen Umständen.«

»Was meinst du damit?« fragte sie gequält.

Er sah auf. »Wenn sie nicht zurückkommt, kann er sich von ihr scheiden lassen, weißt du das nicht? Dann wird er wieder heiraten können. Erzähl mir nicht, daß du daran noch nicht gedacht hast!«

»Nein, es . . .« Sie hielt verwirrt inne. »So habe ich es noch nicht gesehen. Das ist nicht der Grund, weshalb . . .«

»Weshalb du ihn wählst und nicht mich?«

»Peter, er braucht mich. Jetzt braucht er mich mehr denn je. Ich kann ihn nicht allein lassen.«

»Du willst es nicht.«

Sie hielt seinem Blick stand. »Nein, ich will es nicht.«

»Da haben wir es also.«

Aber er hielt noch immer ihre Hand, als ginge es eigentlich um etwas anderes. Er hielt die Augen wieder gesenkt, und sie studierte sein Gesicht in einer Weise, als ob sie ihn noch nie vorher gesehen hätte. Rasiert, das Haar ordentlich gekämmt, die Kleider tadellos wie immer, entsprach er seiner gewohnten Erscheinung, ganz so, wie sie ihn von Anfang an gekannt hatte.

Dennoch hatte sie das Gefühl, als befinde sich direkt unter dieser Oberfläche ein anderer, einer, den sie ebenfalls oder vielleicht sogar noch besser kannte – der zerzauste, nackte, verletzliche Peter, in dessen Armen sie eine so tiefe und vollkommene Ruhe gefunden hatte.

Sie hatte das gespürt, oder etwa nicht? Es war keine Einbildung. Was bedeutete es also? Sie kannte diesen Mann besser als jeden anderen auf der Welt, und das mußte etwas bedeuten. Sie mußten, irgendwie, etwas gemeinsam haben. Aber sie war so verwirrt! Sie wußte nicht, was sie denken oder fühlen sollte.

Er sah plötzlich auf und überraschte sie damit, worauf sie heftig errötete. Das schien ihm zu gefallen. Er lächelte, ein unendlich verständnisvolles Lächeln.

»Nach den Regeln der Alten Kirche würden wir jetzt schon als verheiratet gelten!« neckte er sie. »Was wir getan haben, würde ausreichen, um den Ehestand zu begründen.«

»Ach Peter, ich wäre ein Monster, wenn ich dich nicht schätzen würde!« sagte sie zerknirscht. »Wahrscheinlich bin ich dumm oder noch schlimmer. Aber ich kann einfach nichts daran ändern.«

»Ich weiß. Er hat auf Menschen diese Wirkung.«

»Laß mich nur über meine – Vernarrtheit, wenn du so willst, hinwegkommen und . . .«

Er legte einen Finger auf ihre Lippen, um sie zu unterbrechen. Er wollte nicht, daß sie Versprechungen machte. Nichts sollte zwischen ihnen sein, was sie je bedauern würde. »Wollen wir es eine Infektion nennen«, sagte er leichthin. »Ist es nicht so? Du bist an meinem Bruder erkrankt.«

Aber eines Tages wirst du gesund sein, dachte er, mehr von Hoffnung getragen als von Gewißheit. Ich kann warten, kleine Blume. Gut Ding will eben Weile haben.

»Wenn du mich brauchst, schicke eine Nachricht ins Lager, und ich komme. Hab keine Angst. Ich gehe nicht weit fort.«

»Danke. Und – Peter . . .«

»Ja?«

»Du paßt auf dich auf, ja?«

»Immer. Das ist meine Lieblingshaut, und ich habe sie am liebsten ohne Löcher.«

Der Beschuß wurde nicht wieder aufgenommen. Es schien eine unausgesprochene Abmachung zwischen beiden Seiten zu geben, daß nur bestimmte Schüsse erwidert wurden, und sobald eine Seite das Feuer einstellte, hörte auch die andere auf.

Das Wetter verschlechterte sich. Beinahe täglich gingen heftige Regenfälle nieder, und es war bitter kalt. Man erzählte sich Geschichten von englischen Soldaten, die über Nacht im tiefen Schlamm der Schützengräben erfroren waren. Fleur, die an die schlimmen Zustände im englischen Lager dachte, litt aus Sorge um sie Höllenqualen.

Dann, am 14. November, kam ein Sturm auf. Die steife Brise bei Tagesanbruch steigerte sich rasch zu einem von sintflutartigen Regenfällen begleiteten Orkan, und als der Wind am Abend langsam nachließ, ging der Regen in Schnee über, der den Boden einen Zoll tief bedeckte. In der Stadt war die Lage schlimm genug; viele Dächer waren abgedeckt, und Häuser, die bereits von Granaten beschädigt waren, fielen unter der unerbittlichen Kraft des Windes in sich zusammen. Am nächsten Tag jedoch, der klar und sonnig, aber frostig kalt anbrach, wurde bekannt, daß die außerhalb des Hafens von Balaklawa vor Anker gegangene englische Flotte gesunken und in die Felsen getrieben worden war.

Der Sturm hatte verheerende Verwüstungen angerichtet. Es gab kein einziges Lager, das nicht zerstört war. Die Zelte waren in Fetzen gerissen, und die Ausrüstung war ruiniert und lag weit verstreut auf dem Gelände herum. Der Regen hatte den Schlamm in Sturzbächen von den höhergelegenen Hängen heruntergespült und die Straße von Balaklawa in einen unpassierbaren Morast verwandelt. Pferde waren von dem Orkan in die Luft geschleudert worden. Der gefrierende Regen und der Schnee hatten der englischen Armee schließlich den Rest gegeben. Zwanzig Mann waren in der Nacht an Kälte gestorben, und viele andere wurden mit erfrorenen Gliedmaßen in die Hospitäler gebracht. Außerdem waren fünfundzwanzig Pferde der Königlichen Artillerie und fünfunddreißig der Kavallerie verendet.

Der Hafen von Balaklawa und die angrenzende Felsküste waren mit der wertvollen Ausrüstung und den Vorräten übersät, die sich an Bord der gesunkenen Schiffe befunden hatten – zerbrochen, verdorben, durchweicht, unbenutzbar. Fünfhundert Mann hatten in den Wracks ihr Leben gelassen. Da die Armee nun völlig schutzlos auf einer offenen Ebene einen Fuß tief im Schlamm lag, einige unpassierbare Meilen von jedem Nachschub entfernt, mußte man annehmen, daß bald noch viele weitere sterben würden.

»Sie müssen jetzt abziehen – bestimmt ziehen sie jetzt ab«, redete sich Fleur immer wieder ein. Was war mit Richard und Ludmilla geschehen? Waren sie noch am Leben? Wenn ja, darbten sie? Sie zermarterte sich immer wieder das Gehirn, wie sie ihnen Hilfe bringen konnte, aber ihr fiel nichts ein. Sie war in einer üblen Lage – ihre eigenen Landsleute waren offiziell ihr Feind, und es war ihr nicht gestattet, ihnen zu helfen oder Trost zu spenden.

Kirow wurde schließlich von seinem nagenden Schmerz abgelenkt. Seit seiner Rückkehr aus Simferopol hatte er sich kaum aus dem Haus bewegt und sogar die Arbeit im Büro weitgehend seinen Mitarbeitern überlassen, während er die meiste Zeit des

Tages am Feuer saß und gedankenversunken in die Flammen starrte. Doch nun gab ihm die Nachricht von der Zerstörung Hoffnung, daß Ludmilla zurückkehren würde. Er hatte schon kaum glauben können, daß so ein Luxusgeschöpf freiwillig im Schlamm und Gestank eines Armeelagers leben würde – aber daß sie blieb, wenn es das Lager selbst nicht mehr gab, war für ihn jenseits des Vorstellbaren.

»Jetzt wird sie zurückkommen«, sagte er zu Fleur mit einem Vertrauen, das zu beobachten sie schmerzte. »Sie wird zu mir zurückkommen. Sie werden sehen.«

Doch der November zog sich hin, und Ludmilla kam nicht zurück. Die nächsten Nachrichten lauteten, daß sich die alliierte Armee ungeachtet der gewaltigen Schwierigkeiten und Entbehrungen nicht von Sewastopol zurückziehen würde. Von England aus waren neue Truppen unterwegs, und es wurden Schiffe nach Konstantinopel ausgeschickt, um Vorräte einzuladen.

Fleur konnte es nicht länger ertragen. »Sie müssen etwas tun«, sagte sie zu Kirow. »Schicken Sie wenigstens einen Brief – das können Sie doch, oder? Sie sind einflußreich. Schreiben Sie ihr, bitten Sie sie, zurückzukommen. Sie können sie nicht dort draußen sterben lassen, nur weil Sie keinen Briefschreiben wollen.«

»Und was ist mit ihm?« fragte Kirow. Er weigerte sich, Richards Namen auszusprechen.

Fleur schüttelte gequält den Kopf. Selbst wenn es eine Möglichkeit gäbe, Richard zu fragen, würde er nicht kommen. Es würde für ihn bedeuten, sich dem Feind zu ergeben und Kriegsgefangener zu werden. Da würde er es sicher vorziehen, in seinem eigenen Lager zu sterben. Er mußte für sich selbst sorgen. Wenn überhaupt, dann war nur Ludmilla allein zu retten. »Schreiben Sie ihr«, insistierte sie.

Er schrieb tatsächlich, nicht einmal, sondern mehrere Male, doch soweit Fleur wußte, kam keine Antwort. Das Wetter blieb schlecht, Tag für Tag gab es heftige Regenfälle und gelegentlich Schnee.

Kirow bekam endlich etwas anderes zu tun, als nur zu grübeln. Es gab eine neue Initiative, die Verteidigungsanlagen zu verstärken und vor den Artillerieabteilungen Baumverschläge anzulegen. Nun war er von früh bis spät unterwegs und kam abends erschöpft und durchgefroren nach Hause. Zufriedener wurde er dadurch nicht, war aber wenigstens zu matt, um die ganze Nacht wach zu liegen oder in seinen Zimmer auf und ab zu gehen, wie Fleur es zu manch mitternächtlicher Stunde gehört hatte, seit er von Ludmilla verlassen worden war.

❦

Am 2. Dezember, als Fleur gegen Sonnenuntergang ins Haus zurückkam, wurde sie von einem alten Soldaten überrascht, der aus dem Schatten des Eingangs zum Nachbarhaus trat und ihr Zeichen machte.

»Was wollen Sie?« fragte sie nervös.

»Sind Sie die englische *Barischnya*?« flüsterte er in einem eigenartigen Französisch.

»Ja. Was wollen Sie?« wiederholte sie. Der Mann schaute sich nach allen Richtungen um und fingerte dann in seiner Tasche herum. Einen Augenblick lang glaubte sie, er wolle gleich einen Knüppel oder ein Messer hervorziehen, um sie umzubringen, aber dann sah sie ein Blatt Papier in seiner Hand.

»Ich habe einen Brief für Sie«, flüsterte er. »Verlangt eine Antwort. Sie müssen mir zwei Silberrubel dafür zahlen.«

»Von wem haben Sie ihn?« fragte sie scharf.

»Von einer Frau. Wollen Sie ihn oder nicht?«

»Ja. Aber ich habe kein Geld bei mir. Ich muß dazu ins Haus gehen. Geben Sie mir den Brief, und ich lese ihn drinnen. Kommen Sie«, drängte Fleur, als er zögerte. »Meinen Sie, ich will Sie übers Ohr hauen?«

Er übergab ihn ihr. »Lesen Sie ihn allein. Lassen Sie sich von niemandem dabei erwischen«, sagte er rauh. »Ich warte hier. Aber machen Sie schnell.«

Das brauchte er ihr kaum zu sagen. Sie steckte den Bogen in die Tasche und eilte auf ihr Zimmer. Der Brief war nicht versiegelt. Es war nur ein feuchtes Stück Papier, ziemlich verschmutzt und die Tinte an ein paar Stellen verschmiert.

»Liebste Fleur«, las sie, »ich muß Dich sprechen. Der Mann, der Dir dies überbringt, wird Dich zu mir führen. Komm sofort und bring alles Geld, das Du hast, außerdem meinen Pelzkragen und den Muff, die schwarzen Stiefel und alles Bettzeug, das Du entbehren kannst. Mach aber schnell und erzähle zu Deiner eigenen Sicherheit keinem davon und laß Dich nicht sehen, wenn Du mit den Sachen fortgehst. Ich habe dem Mann gesagt, daß Du ihm einen Rubel für den Brief gibst und einen Rubel dafür, daß er Dich zu mir bringt. Er sieht gefährlich aus, aber Du kannst ihm vertrauen.«

Der Brief war nicht unterschrieben, aber sie erkannte Ludmillas ausladende Handschrift und ihren unverblümten Stil. Aber was hatte es zu bedeuten? Wollte sie zurückkommen und brauchte eine Vermittlerin? So klang es nicht – eher als wollte sie neue Vorräte, um zu bleiben, wo sie war. Aber es wäre zumindest eine Gelegenheit, mit ihr zu sprechen.

Sie steckte den Brief in ihre Tasche und dachte nach. Sie hatte nicht viel Geld bei sich, aber sie wollte alles mitnehmen, was ihr gehörte. Ihr eigenes Bettzeug war natürlich kein Problem. Sie durchwühlte ihre Schubladen und stellte rasch ein paar Sachen zusammen, die sie für unbedingt notwendig erachtete. Dann wollte sie Milotschkas Pelze und Stiefel holen.

Sie verließ den Raum und lief leise den Flur hinunter zu dem Zimmer, das Ludmilla mit Kirow geteilt hatte. Ihre Hand lag schon auf dem Türknauf, als sie von innen ein Geräusch hörte, das sie innehalten ließ. Sie horchte mit klopfendem Herzen, und das Geräusch verwandelte sich in Nuschkas Stimme, die eine ihrer traurigen georgischen Balladen sang.

Sollte sie sich Nuschka anvertrauen? Nein, dachte Fleur bedauernd, das kann ich nicht. Nuschka mißbilligte den derzeitigen Zustand und glaubte im Grunde ihres Herzens, daß Richard ihre kleine Milotschka entführt hatte.

Fleur machte kehrt, ging leise in ihr eigenes Zimmer zurück und kramte einen ihrer Pelze und ihren größten Muff hervor.

Sie stopfte das Bettzeug und das Geld bis auf zwei Silberrubel in den Muff, legte noch ein Paar gestrickte Strümpfe und ein Paar Handschuhe dazu und im letzten Moment ein kleines Parfümfläschchen, das sie auf ihrer Frisierkommode stehen sah. Schuhe konnte sie keine mitnehmen, ihre Füße waren kleiner als Milotschkas.

Sie legte den Schal um ihren Hals, setzte die Pelzmütze auf und warf sich einen weiten Umhang über die Schultern. Dann versteckte sie den Muff darunter. So trat sie aus dem Zimmer. Auf dem Flur war alles ruhig. Sie horchte einen Augenblick, lief dann die Treppe hinunter zur Tür und schlüpfte hinaus.

Sie hatte nicht lange gebraucht, aber die frühe Dunkelheit des Dezembertages war schon hereingebrochen. Sie trat auf den Soldaten zu und hielt ihm einen Silberrubel hin.

»Einen jetzt und einen zweiten, wenn Sie mich zu ihr gebracht haben. Er steckt im Brief«, sagte sie entschlossen.

Der Mann zuckte mit den Achseln und nahm die Münze entgegen. »Also los, *Barischnya*. Gehen Sie dicht hinter mir, und fallen Sie nicht zurück.«

»Wo führen Sie mich hin?«

»Hoch in die Oberstadt, zur vierten Bastion. Keine Angst«, fugte er grinsend hinzu, als sie bei der Nennung des Ortes, der der grausige Schauplatz des Gemetzels gewesen war, unwillkürlich zusammenzuckte. »Jetzt ist es dort nicht gefährlich, außer er fängt wieder an zu schießen. Dann kriegen wir mehr als genug Probleme.« Die Soldaten, war ihr aufgefallen, redeten vom Feind stets nur in dieser Form.

Ihr Führer ging flott voran. Sie blieb ihm auf den Fersen und hielt den Kopf gesenkt, falls sie jemandem begegnen sollte, den sie kannte. Doch je höher sie kamen, desto ruhiger wurde es, denn die von feindlichen Granaten zerstörten Straßen waren weitgehend verlassen.

Sie waren an vielen Stellen so stark aufgerissen, daß Fleur sich sorgfältig ihren Weg suchen und um Krater und Schlaglöcher herumlaufen mußte. Bald konnte sie die Umrisse der Bastion weiter oben erkennen, ein dunkler Schatten gegen den

Himmel, und dann flackerte Licht auf, als jemand mit einer Laterne am Fuß der Mauer entlanglief. Hier standen mehrere Ruinen, die früher einmal Hütten gewesen waren. Man konnte noch ein paar Wände ausmachen, die nur noch die Hälfte ihrer ursprünglichen Höhe erreichten, und wo einmal Fenster und Türen waren, starrten einem nur Lücken entgegen.

Der Soldat blieb an einem Eingang stehen, spähte die Straße hinauf und hinunter und winkte sie dann herein. Sie folgte ihm ein wenig zögernd und fuhr zusammen, als er sie am Arm packte. Dann führte er sie durch die Überreste eines anderen Eingangs in einen Bereich, der offensichtlich der Garten eines Hauses gewesen war.

Hier roch es nach Grün, wuchs schwarzes, schmieriges Gras unter ihren Füßen, das durch die fehlende Pflege lang und buschig geworden war, und irgendeine Kletterpflanze überwucherte die geborstenen Wände. Der Frost glitzerte auf den Steinen des Gartenwegs und überzog die toten Blätter der Schlingpflanze.

Eine Gestalt wartete in einiger Entfernung – eine Bauersfrau, hätte man glauben können, in einem Schafwollumhang über mehreren Schichten von Kleidern und mit einem einfachen Schal um den Kopf. Als sie näher kamen, wandte die Gestalt ihnen ihr weißes Gesicht zu. Ein Flüstern, angespannt vor Angst: »Fleur?«

»Milotschka, bist du's?«

»O Fleur!«

Sie umarmten sich, dann schob Ludmilla sie zurück. »Besser nicht«, sagte sie mit erstaunlicher Ruhe. »Ich bin immer noch verlaust. Aber Gott, ist es schön, dich wiederzusehen!«

Der Soldat machte sich bemerkbar: »Beeilen Sie sich, *Barina*. Ich muß sie auch wieder zurückbringen. Und sprechen Sie leise, sonst kommt eine Wache und sieht nach.«

»In Ordnung – fünf Minuten«, sagte Ludmilla. »Warten Sie dort drüben und passen Sie auf!« Der Mann zog sich zurück, und Ludmilla wandte sich leise und eindringlich an Fleur: »Bist du unbemerkt herausgekommen?«

»Ja, natürlich. Aber wie hast du es hierher geschafft?«

»Ich habe ein paar Leute bestochen, Decknamen benutzt, Geschichten erzählt. Egal – ich mußte es tun, und es ist ja nur dies eine Mal. Hast du die Sachen mitgebracht?«

Fleur gab ihr den Muff. »Darin ist Bettzeug und Geld. Ich konnte nicht in dein Zimmer, darum also leider keine Stiefel. Aber du kannst den Muff hier haben und diesen Schal von mir – warte. Oh, ich habe auch ein kleines Parfümfläschchen eingepackt, ich dachte, du vermißt so etwas vielleicht.«

Auf einmal weinte Ludmilla. »Mein Gott, Fleur! Bist du rührend naiv – Parfüm! Du machst dir ja keine Vorstellung ...!« Sie faßte sich wieder einigermaßen, wischte sich die Augen und putzte sich die Nase, beides mit der Hand. Dann sah sie Fleurs entsetzten Blick.

»Entschuldige«, sagte sie kurz. »Ein Taschentuch ist dort Luxus.«

»Schon gut«, erwiderte Fleur. »Erzähl mir rasch, wie geht es Richard?«

»Er ist in Ordnung. Seiner Schulter geht es jetzt besser, aber er wird noch eine Weile vorsichtig sein müssen. Die Sache ist die, er reicht seine Papiere ein.«

»Was?«

»Ja, deshalb mußte ich ja kommen. Es hat keinen Zweck mehr hier. Nach dem Sturm – du erinnerst dich an den Sturm?«

»Natürlich, wir hatten ihn auch.«

»Nicht so wie wir«, sagte Ludmilla grimmig. »So etwas hast du noch nicht erlebt. Ich kann es dir nicht beschreiben.« Sie zögerte einen Moment und fuhr dann rasch fort: »Aber danach hatten wir nichts zu essen. Sie konnten es vom Hafen aus nicht hochschaffen, weil die Straßen für Pferde oder Karren zu schlecht waren. Wir baten um die Genehmigung, die Pferde mit hinunternehmen zu dürfen, um sie dort fressen zu lassen, aber sie ließen es nicht zu, falls der Feind angreifen sollte, hieß es als Begründung – auch wenn ich nicht weiß, welchen Nutzen sie von uns gehabt hätten, wo die Pferde so schwach vor Hunger waren, daß sie kaum stehen konnten. Vor lauter Verzweiflung fraßen sie sich schon gegenseitig Mähne und Schweif vom Körper. Dann gingen sie langsam ein.«

»O Milotschka!«

»Der einzige Ausweg besteht darin, ganz abzuziehen. Dein Freund Paget fuhr vor zehn Tagen heim. Er hatte einfach genug von dem Chaos und der Planlosigkeit. Angeblich sind auch achtunddreißig Offiziere bereits heimgereist. Aber Richard wollte nicht gehen, weil es bedeutet hätte, mich wegzuholen. Er wollte mich nicht zu einer endgültigen Entscheidung zwingen, der Dummkopf! Außerdem meinte er, einfach abzuhauen sei Verrat an seiner Seite, solange er noch ein Pferd habe.«

»Pearl hat überlebt?«

»Pearl und Oberon, alle beide. Dafür habe ich gesorgt«, sagte Ludmilla energisch. »Das habe ich Tag für Tag gemacht, für sie nach Futter gesucht – und für uns natürlich.«

Der Soldat unterbrach sie. »Beeilung, *Barina*!«

»In Ordnung!« rief Ludmilla leise zurück und wandte sich wieder an Fleur. »Jedenfalls hat Lord Lucan gestern Lord Raglan offiziell mitgeteilt, daß die leichte Brigade nicht mehr einsatzfähig ist. Praktisch existiert sie kaum noch – aber was von uns noch übrig war, wurde gestern nach Kadikoi verlegt, und zum erstenmal konnten wir den Pferden wieder richtig zu fressen geben.

Heute morgen haben Richard und ich über die Pferde gesprochen, und er hat sich dazu entschlossen, seine Papiere einzureichen. So nehmen wir das erste Schiff nach England, das wir bekommen können.«

»Wir? Hast du wir gesagt?«

»Ja, Fleuruschka, ich gehe auch. Bist du nun sehr schockiert von mir? Haßt du mich deswegen?« fragte sie leise.

Fleur starrte sie durch die Dunkelheit an und versuchte ihre Gedanken zu lesen. »Liebst du ihn wirklich?« fragte sie schließlich.

»Wäre ich sonst hier bei ihm geblieben?« erwiderte Ludmilla schlicht. »Ja, ich liebe ihn, du Dummkopf. Ich glaube, ich habe ihn immer geliebt – nur Sergej hat mich abgelenkt, wie ein Weg, weißt du, der in die falsche Richtung führt. Aber jetzt bin ich auf dem richtigen Weg. Richard paßt zu mir, und ich passe zu Richard. Ich muß bei Richard bleiben. Nur darauf kommt es an.«

»Wirklich? Nur darauf?« Fleur war verwirrt. »Hast du Sergej denn gar nicht geliebt?« fragte sie hilflos.

»O doch, natürlich. Ich habe ihn geliebt, und in gewisser Weise liebe ich ihn immer noch. Es war immer wie ein Traum, irgendwie – aufregend, romantisch, all das, aber es war nicht echt. Es war – wie Weinschaumcreme, weißt du, locker und köstlich, aber das reicht nicht. Nein«, fügte sie entschlossen hinzu, »für das Leben braucht man letztlich doch etwas Solideres. Träume sind ja ganz schön, aber irgendwann muß man aufwachen, und das hätte er nie kapiert.«

Es entstand eine kurze Pause. Ihr Atem dampfte zwischen ihnen, und Fleur spürte, wie die klamme Kälte des feuchten Grases durch die Stiefelsohlen kroch und ihre Füße taub werden ließ.

»Wie hat er es aufgenommen? Ist er sehr verärgert?« fragte Milotschka.

»Er ist untröstlich«, entgegnete Fleur kurz.

»Oh!« Eine Pause. »Es tut mir wirklich leid. Aber weißt du, man muß sich um sich selber kümmern. Darauf läuft es hinaus. Er hat mich langsam umgebracht. Ich mußte weg.«

»Und du bist sicher, daß du das willst? Du wirst Richard nicht wieder verlassen und zu Sergej zurückkehren?«

»Nein. Es tut mir leid, wenn es dir nicht gefällt, Fleur, aber ich gehe nicht zurück. Selbst wenn es keinen Richard gäbe, ginge ich nicht zurück zu ihm.«

»Ich weiß nicht, wie ich es ihm sagen soll«, seufzte Fleur.

Milotschka nahm ihren Arm. »Es tut mir leid, daß es an dir hängenbleibt. Aber du bist der einzige Mensch, dem ich vertrauen kann.«

»Es wäre besser gewesen, du hättest es ihm selbst gesagt.«

»Ich habe einen Brief für ihn – das macht es vielleicht einfacher für dich. Und einen für meinen Vater – kümmerst du dich darum?«

»Ja, das mache ich.«

»Danke. Du bist eine gute Freundin.« Dann fragte sie: »Und was wirst du tun? Wirst du auch nach England zurückgehen?«

»Ich weiß es nicht. Ich weiß nicht, was ich tun soll.«

»Na, ich schreibe dir, wenn ich nach London komme – das Reisen ist so aufregend! Denk nur, ich werde wirklich London sehen! Wenn der Krieg vorbei ist, treffen wir uns entweder in England oder in Rußland wieder. Vergiß nicht, wir sind jetzt Schwägerinnen – wir sind nicht mehr zu trennen.« Fleur nickte nur. Milotschka biß sich auf die Lippen und fuhr fort. »Soll ich für dich irgendwelche Nachrichten überbringen?«

»Für Richard, natürlich . . .«, begann Fleur und überlegte. Was konnte man ihm jetzt sagen? »Einfach herzliche Grüße, wärst du so nett? Und – kümmere dich bitte um mein Pferd, Milotschka.«

»Ja, natürlich!« Ludmillas Augen glänzten wiederum vor Tränen.

Aus dem Schatten kam ein vielsagendes Husten. »Ich muß los, mein Begleiter wird ungeduldig. Er wird wohl Prügel beziehen, wenn sie seinen Anteil an meiner kleinen Eskapade entdecken!«

»Warte – ich wollte dir noch diesen Hut geben.«

»O Glückseligkeit! Ein Fellhut! Ich kann dir nicht sagen, wie kalt es gewesen ist. Tausend Dank! Aber jetzt muß ich wirklich gehen. Gott schütze dich, liebste Fleur! Und sag Serjoscha – ach, sag ihm, es tut mir leid.«

Damit setzte sie sich den Hut auf und lief rasch dorthin, wo der Soldat auf sie wartete. Aber sie machte noch einmal kehrt, um Fleur mit leiser Bosheit zuzurufen: »Jetzt kannst du ihn ja heiraten – mit meinem Segen! Du hast ihn doch immer selbst gewollt, nicht wahr?«

Dann war sie wirklich verschwunden.

VIERUNDZWANZIG

Fleur trug gerade das Frühstückstablett des Grafen fort, als Ngorny aus dem Wohnzimmer auftauchte, es ihr aus der Hand nahm und sagte: »Das mache ich, *Barischnya*. Sie haben Besuch.«

Sie seufzte, kehrte um in Richtung Wohnzimmer und traf dort auf Peter, der gerade seinen Mantel ablegte.

»Peter!«

»Hallo, du barmherzige Schwester! Was macht unser Patient?«

»O Peter!«

»Na, na, was ist passiert?« fragte er, küßte ihr Haar, da er nichts anderes erreichen konnte, und schloß sie in die Arme. Sie klammerte sich an ihn, das Gesicht an seiner Schulter vergraben. »So eine Begrüßung habe ich nicht erwartet!«

Sie machte sich los, etwas verlegen über ihre mangelnde Beherrschung, und er holte feierlich ein Taschentuch hervor, um die Tränenspur auf ihren Wangen abzutupfen. »Tja«, meinte er, »sieht so aus, als hättest du mich vermißt.«

»Du warst so lange fort. Du weißt, daß dein Bruder krank ist?«

»Ja, das habe ich gehört. Wie geht es ihm? Das war im übrigen meine erste Frage.«

»Er war sehr krank«, sagte Fleur, nahm geistesabwesend sein Taschentuch und schneuzte sich. »Einmal glaubten wir schon, er würde es nicht schaffen, aber jetzt hat er das Schlimmste überstanden.«

»Wie kam es dazu?«

Sie zuckte die Achseln. »Er war bei jedem Wetter draußen bei den Festungsanlagen, hat nicht richtig gegessen, seine feuchten Kleider nicht gewechselt.«

»Kurz, er hat dir eine Menge Ärger bereitet. Aber du meinst, es ginge ihm inzwischen besser?«

»Er ist immer noch im Bett, aber er erholt sich – wenn auch nicht so schnell, wie es mir lieb wäre. Er ist ziemlich niedergeschlagen, weißt du, und das wirft ihn zurück.«

»Trauert er immer noch Ludmilla nach?«

»Das nehme ich an. Er spricht nie über sie – jedenfalls nicht mit mir.«

Peter musterte sorgfältig ihr Gesicht. »Und du hast zuviel gearbeitet und dir zu viele Sorgen gemacht und bist jetzt auch schon fast krank. Wahrscheinlich bist du nachts aufgeblieben und hast an seinem Bett gewacht.«

Sie wußte nicht genau, wie sarkastisch er es meinte. »Natürlich war ich besorgt. Aber Nuschka und Ngorny haben sich die Pflege mit mir geteilt. Es war nicht so schlimm, außer . . .«

»Ja? Außer was?«

Außer daß ich einsam war, hatte sie gedacht, aber sie sagte es nicht. Statt dessen meinte sie: »Ich dachte, du würdest dich früher melden, wenn auch nur, um zu hören, wie es ihm geht.«

»Ich wollte eure Idylle nicht stören. Schließlich wart ihr gemütlich geborgen im häuslichen Glück – es war doch häusliches Glück, oder?«

Sie blickte auf und sah, daß er es ernst meinte. In seinen Augen lag ein forschender Ausdruck. Sie schaute wieder weg und seufzte. »Es ist eigenartig – in gewisser Weise ist es genau wie vorher . . .«

»Bevor Milotschka fortging?«

»Sogar wie vor Sewastopol. Als wir drei zusammen waren, hatte ich oft den Eindruck – ja, ich weiß, es ist dumm und vielleicht verwerflich – aber ich hatte den Eindruck, als wären Sergej und ich miteinander verheiratet. Weißt du, es war so angenehm. Das Leben nahm seinen Lauf, die kleinen Dinge des Alltags, Pflichten und Freuden. Aber es war auch aufregend. Jetzt ist Milotschka fort, wir tun viele Dinge weiterhin – wir essen und reden und spielen Karten und Schach miteinander –, aber es ist anders. Ich verstehe nicht, warum.«

Sie konnte ihm nicht sagen, was es war, denn sie wußte es selbst kaum. Sie hatte erwartet, dieselbe Vertrautheit zu spüren wie damals mit Peter, wenn sie den kranken Sergej wusch, wenn sie bei ihm saß, ihm die Medizin gab oder das Essen brachte. Schließlich erlebte sie Kirow in seiner Verwundbarkeit – konnte ein Mann ihr mehr gehören, als wenn er sie für alles brauchte?

Als er schwer krank war, hatte er sie stets in seiner Nähe gewollt, wurde ärgerlich, wenn sie das Zimmer auch nur für einen Augenblick verließ. In der schlimmsten Zeit war sie stundenlang dagesessen und hatte seine Hand gehalten. Als er die Krise überwunden hatte, aber zu schwach war, um sich zu bewegen oder zu sprechen, lag er gegen seine Kissen gelehnt im Bett, und seine Augen folgten ihr überallhin.

Jetzt war er fast wieder wohlauf, fühlte sich nur noch sehr mitgenommen. Sie verbrachte die Zeit mit ihm nun beinahe so, als ob er gesund und munter wäre, nahm die Mahlzeiten mit ihm ein, las ihm vor und diskutierte mit ihm darüber, oder war manchmal nur am Sticken, wenn er gedankenverloren ins Feuer starrte. Aber es war nicht mehr wie früher. Das einstige Gefühl der Zugehörigkeit war verschwunden.

Sich ihrer eigenen Gedanken schämend, erklärte sie kurz angebunden: »Tja, ich hoffe, er wird bald ganz gesund sein.«

»Und was dann?« fragte Peter.

»Ich möchte ihn von hier wegholen«, sagte sie. »Es ist kein Ort für einen Rekonvaleszenten. Hoffentlich kann ich ihn überreden, nach Kurmoje zurück . . .«

»Das kommt nicht in Frage, fürchte ich«, unterbrach Peter sie. »Die Alliierten stehen inzwischen in großer Zahl bei Eupatoria. Sie haben die siegreiche türkische Armee von der Donau übergesetzt, und es kursieren auch Gerüchte über neue Truppen aus Frankreich. So bereitet unser wackerer General Menschikow dort eine neue Offensive vor.«

»Oh!«

»Kurmoje ist kein nettes, sicheres Rückzugsgebiet – wenn man es bis jetzt noch nicht eingenommen hat, wird es bald soweit sein.« Sie nickte nachdenklich, und er fügte hinzu: »Wenn ich du wäre, würde ich versuchen, ihn zu einer Rückkehr nach Petersburg zu bewegen.«

»Aber das würde bedeuten, daß er sein Amt aufgeben müßte.«

Peter zog eine Grimasse. »Ich erzähle dir etwas im Vertrauen, kleine Blume. Schon bald wird es hier massive Veränderungen geben, und Serjoscha wird gut beraten sein, sich nicht darin verwickeln zu lassen.«

»Veränderungen?«

Er setzte sich auf das Sofa und klopfte auf den Platz neben sich. »Setz dich her – so ist es gut. Also, du hast bestimmt schon viel Gemurmel und Geschwätz über unseren geliebten Fürsten General gehört?«

»Menschikow? Ja, natürlich. Anscheinend mag ihn niemand.«

»Genau. Und er wird nicht nur hier geschmäht. In Petersburg gibt es eine recht große Gruppe, die ihn ablehnt – zum einen Nesselrode, außerdem Paskiewitsch und Lieven – kurz: eine Menge einflußreicher Leute, auf die der Zar hört.«

»Woher weißt du das?«

Er lächelte finster. »Ich habe meine Informanten. Es ist die Grundregel einer jeden Kampagne, seine Kommunikationskanäle offenzuhalten.«

Sie sah ihn mit neuem Respekt an. Sie hatte nicht geglaubt, daß dieser fröhliche, frivole Mann ein so ausgezeichneter Stratege war.

»Wie seine neue Offensive bei Eupatoria auch ausgehen mag, er wird sehr bald abgesetzt und höchstwahrscheinlich in Ungnade nach Petersburg zurückgeholt werden. Deshalb ist es für jeden wichtig, der eng mit ihm zu tun hat, sich so bald wie möglich von ihm zu lösen.«

»Was ist mit dir?« fragte Fleur. »Du hast mehr mit ihm zu tun als Sergej, schließlich ist er Nachimows Adjutant.«

»Ich wurde abberufen«, gab Peter zu. Er bemerkte den Schrekken in ihren Augen und fuhr fort: »Ich bin vor allem hierhergekommen, um es euch beiden zu erzählen. Oh, keine Angst – ich gehe nicht in Schande zurück. Ich bin der Mann des Zaren. Ich wurde von ihm herbeordert, um die Dinge im Auge zu behalten, und jetzt gehe ich zurück, um ihm zu berichten.«

»Mit ›Dinge‹ meinst du Menschikow? Bist du es also, der seinen Sturz herbeiführt?«

»Nein, Kleines, das hat er selbst getan. Schau nicht so aufgeregt, so laufen die Dinge nun mal in Rußland. Es geschieht ja nicht hinter seinem Rücken. Menschikow hat seine eigenen Spione in Petersburg – ja, vielleicht dinieren sie mit meinen Informanten und erzählen sich alles!«

»O Peter, reiß keine Witze! Es ist schrecklich.«

Er nahm ihre Hand und tätschelte sie. »Nein, das ist es nicht. Es ist nur so, wie es eben ist. Jeder kennt die Regeln. Aber Sergej war in letzter Zeit vielleicht ein wenig zu nachlässig. Ich denke, es ist wichtig für ihn, seine Papiere einzureichen und so schnell wie möglich nach Petersburg zurückzukehren. Wann, glaubst du, wird er reisefähig sein?«

»In einer Woche, nehme ich an.«

»Sehr gut. Ich werde mit ihm reden und versuchen, ihn zu überzeugen. Du wirst sehen, daß man im Winter alles in allem viel besser und schneller reist als zu jeder anderen Jahreszeit. Schlitten sind schneller als Kutschen.«

Zurück nach Petersburg! dachte sie. Sie wäre glücklich gewesen, von diesem Ort wegzukommen, aber sie hatte Angst vor einer Begegnung mit den Polotskis, der sie in der Hauptstadt wohl nicht ausweichen konnte. Sie waren so überaus nett zu ihr gewesen, und es war ihr Bruder, der Milotschka auf Abwege gebracht und schließlich, für sie unerreichbar, in ein fernes Land entführt hatte. Ihr Traum von Ruhm und Glanz für ihre Tochter war geplatzt: Sie war in Schande geraten und von der Gesellschaft verstoßen.

Peter hatte ihr Gesicht beobachtet und fragte nun: »Was ist mit dir, Fleur? Was wirst du tun?«

»Tun?« sagte sie verwirrt und kam in die Gegenwart zurück.

»Falls Serjoscha nach Petersburg zurückgeht, wirst du mit ihm gehen?«

»Natürlich. Wohin könnte ich sonst gehen?«

Er zögerte ein wenig und sagte dann: »Du könntest nach Hause fahren.«

»Nach Hause? Zurück nach England, meinst du?«

»Ist dir der Gedanke nie gekommen?«

»Nein, das ist er nicht. Ich habe England schon seit einiger Zeit nicht mehr als mein Zuhause angesehen.«

»Wo ist dann dein Zuhause?«

Sie sah auf ihre Hände nieder. »Ich weiß es nicht. Da, wo Sergej ist, denke ich.«

Es entstand eine Pause. Da sie nach unten blickte, sah sie seine Reaktion auf ihre Worte nicht. Kurz darauf fügte sie hinzu: »Ich könnte ihn jetzt nicht verlassen – nicht jetzt, wo er mich braucht.«

»Und du willst es auch nicht«, entgegnete er, wie er ihr schon einmal erklärt hatte.

Sie gab darauf keine Antwort. Statt dessen fragte sie: »Werde ich dich in Petersburg sehen?«

»Ohne Zweifel«, sagte er knapp. Sie sah auf und begegnete seinem Blick. Plötzlich spürte sie ein unerwartetes Verlangen, wieder von seinen Armen gehalten zu werden, so wie in dieser wunderbaren gemeinsamen Nacht – sich so sicher und geborgen und geliebt zu fühlen wie damals. Ich hatte nie einen Menschen nur für mich, überlegte sie – jemanden, dem es etwas ausmacht, ob ich glücklich bin oder nicht. Sie wollte ihm sagen, daß sie einsam war, aber sie schien kein Recht zu haben, ihm das anzuvertrauen.

Darum meinte sie nur: »Ich nehme an, du willst hineingehen und ihn sprechen. Soll ich ihn lieber vorher warnen, daß du hier bist?«

»Ja«, entgegnete Peter. Ihm entfuhr beinahe ein Seufzer, so

als ob eine starke Anspannung nachlasse. »Ja, das wäre vielleicht besser.«

❦

Am Ende war es nicht Petersburg, wohin sie gingen, sondern Schwartzenturm. Rose wartete dort auf sie, ruhig lächelnd, als ob sie nur den Tag über fort gewesen wären, und hieß sie zu Hause willkommen.

»Ich freue mich, euch zu sehen. Es wird schön sein, wieder jemanden zu haben, mit dem man reden kann« war alles, was Rose sagte, aber ihre Stimme klang warm und herzlich. Später, als Fleur in ihrem Zimmer war und die Zeit vor dem Abendessen nutzte, um ihr Tagebuch zu schreiben, suchte Rose sie auf.

»Sie werden viele eigenartige Dinge erlebt haben«, sagte sie mit einem Blick auf das Buch auf Fleurs Knien.

»Es war hart«, entgegnete Fleur. »Ich hätte es vorher nicht geglaubt, wie schwierig es sein würde, Menschen auf beiden Seiten der Front zu lieben.«

»Ja. Und diese Geschichte mit Ludmilla und Richard muß Sie schockiert haben. Daß sie beide so charakterlos, so egoistisch . . .«

»So sehen Sie es?«

»Wie sollte man es sonst sehen? Ludmilla war eine verheiratete Frau. Sowenig der Ehestand auch ihren Erwartungen entsprochen haben mag, hatte sie doch Pflichten und Verantwortung. Doch sie entschloß sich, ihren Trieben nachzugeben.«

Die Nebensache, dachte Fleur. Wieviel weiß Rose wohl darüber? überlegte sie. Und außerdem: Konnte es nur das sein? Sie dachte an die Umstände, die Milotschka ertragen hatte: die endlose Mühe, die es bedeutet haben mußte, für sich, Richard und die Pferde auf dieser gefrorenen Ebene Nahrung zu finden; der Dreck, die Läuse und die unerbittliche Kälte. Hätte jemand all das durchgemacht und am Ende Heimat, Familie, Glaubwürdigkeit, Namen und Land aufgegeben – einfach der Lust wegen? Sie hätte ihren Trieben soviel einfacher mit anderen Offizieren wie Warchin zum Beispiel nachgeben können.

»Ich glaube, sie liebt Richard wirklich«, sagte sie nachsichtig.

»Was hat Liebe damit zu tun?« entgegnete Rose achselzukkend, und Fleur überlegte, daß sie vor nicht allzu langer Zeit vielleicht genauso geantwortet hätte. Was sie derart verändert hatte, war wohl nicht so sehr ihr kurzes Erlebnis mit Peter als die fortgesetzten Entbehrungen der Belagerung. Es ist notwendig, so dachte sie, ausreichend Zugang zu heißem Wasser und sauberem Bettzeug und genügend Nahrung zu haben, um metaphysische Ideen wie Ehre und Pflicht im Denken an oberster Stelle zu halten.

❦

Der Aufenthalt in Schwartzenturm wirkte auf Graf Kirow offensichtlich belebend. Nachdem er sich von der Erschöpfung durch die lange Reise erholt hatte, war er bald wieder viel eher er selbst. Er kümmerte sich um die Angelegenheiten des Guts, ritt mit seiner Schwester und seinem Gast aus und war beim Abendessen freundlich, ja sogar unterhaltsam.

Fleur freute sich und hatte gleichzeitig ein ziemlich schlechtes Gewissen, daß sie, da nicht in Petersburg, der zwangsläufig beklemmenden Begegnung mit den Polotskis aus dem Weg gehen konnte. Doch ihre Erleichterung darüber erwies sich als verfrüht.

Eines Tages – sie waren etwa seit einer Woche in Schwartzenturm – kehrten sie und Kirow von einem Ausritt zurück. Ihre Wangen brannten von der kalten Luft, Nase und Finger prickelten, und die Freude über den scharfen Ritt hatte sie in beste Laune versetzt. Kirow erzählte ihr eine witzige Geschichte von einer würdevollen älteren Dame, der er in seiner Kadettenzeit einen Streich gespielt hatte. Während Fleur darüber lachte, dachte sie froh, wie sehr er doch wieder ganz der alte war.

»Natürlich hatte sie keine Ahnung, daß der Bär ihr folgte.

Sie nahm die Parade ab, nickte und lächelte und war ganz huldvoll. Der Bär tappte hinter ihr her, zeigte allen seine Zähne und rückte immer dichter auf. Pawelascha und ich bildeten die Nachhut, wir konnten uns kaum halten vor Lachen.«

»Oh, und was ist passiert? Hat er sie eingeholt?« fragte Fleur.

»Na ja, gerade, als sie das Ende erreichte . . . Ja, Ngorny, was ist?« Kirow unterbrach sich, als sein Diener wortlos in der Tür erschien.

»Besucher, Herr«, sagte dieser kurz und nickte mit dem Kopfin Richtung Haus. In seinen Augen lag eine dringende Botschaft. »Sie warten im Salon auf Sie.«

»Was für Besucher?«

»Ihr Bruder, Herr. Und . . .«

»Ja – und?«

»Und Herr Polotski.«

Fleur spürte, wie ihr Herz einen Sprung machte, und ihre Hand fuhr zum Mund. Kirow zeigte kaum eine Reaktion. Nur das Lächeln schwand langsam aus seinem Gesicht, das war alles. Er schien die Nachricht zu überdenken.

»Sind sie zusammen eingetroffen?« fragte er schließlich.

»Nein, Herr, Graf Peter kam nach dem alten Herrn.«

»Kam er nach ihm oder kam er ihm nach?«

Ngorny schüttelte unsicher den Kopf. Kirow starrte vor sich hin. Seine Miene machte allmählich eine Verwandlung durch. Sein Mund wurde hart, und er sah nun eher verärgert als nachdenklich aus.

»Also gut, gehen wir und empfangen den alten Herrn. Kommen Sie, Fleur.«

Die drei – Rose, Peter und Polotski – saßen im Salon. Daß es sich nicht um einen gewöhnlichen Gesellschaftsbesuch handelte, war augenblicklich klar, denn es wurden weder Tee noch andere Erfrischungen gereicht. Rose saß mit ausdruckslosem Gesicht auf dem Sofa und beobachtete die anderen beiden. Peter und Polotski hatten offenbar gestritten, denn als Kirow eintrat, verstummten sie und wandten sich ihm zu. Ihre Gesichter waren gerötet, und die Augen blitzten verärgert. Peter stand auf und wollte zu reden anfangen, aber Kirow brachte ihn mit einer Handbewegung zum Schweigen. Er fixierte Polotski.

»Nun, Sir«, sagte er kühl, »es überrascht mich, Sie hier zu sehen.«

»Das glaube ich gerne«, erwiderte Polotski grimmig. »Sie haben es ja peinlichst vermieden, in die Nähe von Petersburg zu kommen, mußte ich feststellen – zweifellos aus Angst, mich dort irgendwo zu treffen.«

Kirow ignorierte diese Bemerkung weitgehend und sagte nur: »Ich würde Sie gewiß nicht meiden, Sir. Aber ich betone nochmals, wie überrascht ich bin, daß Sie in Anbetracht der Art und Weise, wie sich Ihre Tochter benommen hat, die Kühnheit besitzen, hierherzukommen.«

Polotski wurde rot vor Empörung. »Und Sie machen mich dafür verantwortlich, wie?«

»Gewiß. Wenn Sie Ludmilla richtig erzogen hätten, wäre es ihr eher möglich gewesen, dem neuen Lebensabschnitt gerecht zu werden. Aber ich war nicht länger als eine Woche mit ihr verheiratet, als ich Zweifel daran bekam.«

»Sergej . . .!« Peter versuchte, ihn zu unterbrechen, aber Kirow bedeutete ihm zu schweigen.

»Zweifel sagen Sie?« gab Polotski zurück. »Zweifel? Sie zeigten zumindest keine Zweifel, als Sie versuchten, an ihre Mitgift heranzukommen.«

»Ich kannte sie damals noch nicht. Ich hatte Gelegenheit, ihre Manieren zu beobachten, aber ich wußte nichts über ihren Charakter. Allerdings erschloß er sich mir rasch. Ich muß Ihnen sagen, Sir, daß ich für kein Geld der Welt Schande über den Namen meiner Familie bringen würde. Ich hätte es Ihnen gerne erspart zu erfahren, daß Ihre Tochter ein Flittchen ist, wenn dieser Vorwurf sich nicht voll und ganz an Ihre Adresse richten müßte.«

Polotski keuchte vor Wut. »Flittchen? Bei Gott, Sir, dieses Wort kommt Sie teuer zu stehen! Was fällt Ihnen ein, Sir! Was fällt Ihnen ein!«

»Was mir einfällt? Einfällt, die Wahrheit zu sagen? Ihre eigenen Taten verurteilen Ihre Tochter!«

»Und wer trieb sie zu diesen Taten, sagen Sie mir das!« schrie Polotski. Und mit gedämpfter Stimme, aber weiter vor Wut bebend, fuhr er fort: »Ich weiß jetzt alles über Sie, Kirow! Sie dachten wohl, ich würde die Dinge einfach auf sich beruhen lassen, weil ich nicht schon früher gekommen bin, Sie zur Rechenschaft zu ziehen? Nun, Sie haben sich getäuscht! Ich holte Fakten ein, stellte Fragen, fand alles heraus, was über Sie herauszufinden war. Meine Tochter hat Sie verlassen, und ich bin so traurig wie nur möglich über die Art und Weise, denn dadurch ist sie für mich unerreichbar geworden. Aber ich bedaure nicht, daß sie es tat – oh nein! Sie hatte jedes Recht, Sie zu verlassen und sich einen wirklichen Mann zu suchen, einen Mann, der ihr ein richtiger Gatte ist. Denn Sie waren es nie!«

Kirows Gesicht verlor jede Farbe. Er starrte seinen Peiniger in blanker Wut an.

»Ja, ich weiß über Sie Bescheid!« fuhr Polotski unerbittlich fort. »Milotschka beschrieb mir in ihrem Brief, wie sie vernachlässigt wurde, und ich begann mich zu fragen, warum auch Ihre erste Frau keine Kinder hatte. Sie wurden verwundet, nicht wahr, bevor Sie aus dem Kaukasus zurückkehrten! Ja, da können Sie wahrlich erschrecken«, fügte er, an Peter gewandt, hinzu. »Er hat es sorgfältig geheimgehalten. Gab vor, er käme nach Hause, weil er geheiratet habe und sich mit seiner jungen Frau auf dem Familiengut niederlassen wolle.«

Er wandte sich wieder an Kirow. »Aber Sie hatten eigentlich nie die Absicht, den Kaukasus zu verlassen. Sie wollten bei Ihren Schwiegereltern für immer dort leben – bis Sie diese Verletzung abbekamen. Und das hat alles verändert, nicht wahr?«

Peter starrte seinen Bruder bestürzt an. »Ist daran irgend etwas Wahres, Serjoscha? Er plaudert aus dem hohlen Bauch, oder? Ein Wort genügt, und ich werf den Kerl hinaus.«

Kirow antwortete nicht, sondern starrte Polotski nur weiterhin mit diesem leeren Blick an. Es war Rose, die etwas sagte – ruhig, wie zu sich selbst: »Mutter wußte davon. Das muß der Grund gewesen sein . . .« Sie verstummte wieder.

Polotski sah von einem zum anderen und fuhr dann fort zu

sprechen. Durch den fehlenden Widerstand verflüchtigte sich sein Zorn, und etwas anderes schimmerte durch – die Spuren der Verzweiflung über eine furchtbare Verletzung und Demütigung.

»Ich konnte den Chirurgen ausfindig machen, den Sie nach Ihrer Rückkehr in Petersburg aufsuchten – einen Leibarzt des Zaren. Er wollte mir keine Auskunft geben, doch ich habe einen seiner Angestellten bestochen, um Einblick in die Unterlagen zu erhalten. Aber allmählich hatte ich selbst schon meinen Verdacht. Sie können gar keine Kinder zeugen, nicht wahr! Das hat er Ihnen erzählt. Sie sind unfruchtbar!«

Er peitschte seinen Ärger wieder auf und ballte die Fäuste, um sich selbst Mut zu machen und seine Kränkung zu verbergen.

»Sie sind eine verdammte taube Nuß! Und was noch schlimmer ist, Sie wußten es, Sie wußten es, bevor Sie mein kleines Mädchen geheiratet haben! Um ihr Geld in die Finger zu bekommen, wollten Sie sie zu einem kinderlosen Leben verurteilen. Wie Ihre erste Frau, diese arme, bedauernswerte Dame, der Sie das Herz gebrochen haben und die verging vor Gram und starb. Aber meine Milotschka hatte ein wenig mehr rotes Blut in ihren Adern und ein wenig mehr Feuer, und sie war klug genug, sich zu retten, bevor es zu spät war.«

Kirow fand seine Stimme wieder. »Um Himmels willen, es reicht«, murmelte er. Polotski schien ihn nicht einmal zu hören.

»Sie haben meine Tochter betrogen, Sie haben mich betrogen, und Sie haben uns beide angelogen – die ganze Welt belogen! Ich erkläre Ihnen also, was jetzt passieren wird, mein sauberer Freund. Ich werde die Scheidung erwirken, und Sie werden mir jeden Rubel der Mitgift zurückzählen. Und wenn Sie sich dagegenstellen, wenn Sie irgendwelchen Ärger machen, sorge ich dafür, daß alle die Wahrheit über Sie erfahren.«

Er verstummte für einen Moment und keuchte. »Bei Gott«, fuhr er dann fort, »zu gerne würde ich Sie umbringen, Kirow, für das, was Sie meinem kleinen Mädchen angetan haben! Aber ich denke, so müssen Sie länger leiden.«

Es entstand eine Pause, und die Stille breitete sich aus, die entsetzlichste Stille in Fleurs Leben. Sie stand vor Scham und Schmerz wie angewurzelt da. Schließlich sprach Kirow, und seine Stimme klang leicht, distanziert, wie aus einer anderen Welt. »Sie täuschen sich in fast all Ihren Annahmen«, erklärte er. »Aber ich werde Ihre Tochter freigeben, wenn Sie das wollen.«

Polotski wirkte verblüfft. »Zu meinen Bedingungen«, insistierte er, und im Gegensatz zu Kirows Ruhe klang er laut und polternd.

»Zu welchen Bedingungen Sie wünschen. Ich werde mich Ihnen nicht widersetzen«, sagte Kirow mit derselben transparenten Stimme. Er schien noch etwas hinzufügen zu wollen, überlegte es sich aber, drehte sich um und ging ohne ein weiteres Wort hinaus.

Peter wandte sich an Polotski. »Um Himmels willen, war das nötig?« Er sah ziemlich grün aus. Rose sagte nichts, mied jeden Blickkontakt und starrte geradeaus wie eine Statue.

Polotski sah sich um, befeuchtete seine Lippen und fuhr mit der Hand über sein Gesicht. »So«, erklärte er dann. »Das mußte ihm mal einer sagen. Ihm mußte das Handwerk gelegt werden.« Niemand sah ihn an. Er war ein Paria jetzt, er bedeutete Peinlichkeit. Sie wollten, daß er ging.

Er wandte sich an Fleur. »Sie sollen wissen, daß wir Ihnen nichts vorwerfen, Sophie und ich. Sie sollen wissen, daß wir Ihnen gegenüber dasselbe empfinden wie eh und je. Sie hatten eine schlimme Zeit, vielleicht die schlimmste Ihres Lebens, und ganz ohne Ihre Schuld. Wenn Sie von hier wegwollen, wenn Sie einen Ort brauchen, um sich auszuruhen, würden wir Sie liebend gerne bei uns aufnehmen, solange Sie das wünschen.«

Fleur konnte keine Worte finden. Polotski sah sich noch einmal um und seufzte dann.

»So«, sagte er, »ich werde mich jetzt aufmachen. Es tut mir leid, daß dies alles so geschehen mußte.« Niemand schien willens oder in der Lage zu sprechen, nicht einmal, um ihn zu verabschieden. Am Ende mußte er alleine hinausgehen. Sie hörten ihn draußen im Flur etwas zu einem Diener sagen, und dann entfernte sich das Echo seiner Schritte.

»Ich versuchte ihn aufzuhalten«, sagte Peter nach einer ganzen Weile. »Ich war bei ihm zu Hause. Ich dachte, irgend jemand sollte das tun. Madame sagte mir, wohin er wollte und warum. Es war einfach Zufall – eine halbe Stunde früher, und ich hätte ihn abgefangen. Es war verdammtes Pech.«

»Du hättest ihn nicht aufhalten können«, sagte Rose. Ihre Stimme war so ruhig, daß Fleur sie überrascht anblickte. »Er wollte, daß jemand für seine Schmerzen leidet. Aber Serjoscha hatte recht – er lag falsch mit seinen Annahmen.«

»Aber was ist mit Sergej?« fragte Fleur, entsetzt darüber, wie man seinem Leiden so gleichgültig gegenüberstehen konnte. »Geht ihm denn niemand nach? Er muß doch . . .« Ihr fiel kein passendes Wort ein.

»Ich denke nicht, daß er momentan auf einen von uns Wert legt«, erklärte Rose.

»Laß ihn besser erst einmal allein«, meinte auch Peter. »Ich finde, er hat die Sache ziemlich gut in den Griff bekommen, aber peinlich berührt haben wird es ihn trotzdem . . .«

»Peinlich berührt!«

»Wären Sie das nicht?« fragte Rose.

Fleur fuhr auf und rannte aus dem Zimmer.

Es dauerte lange, bis sie ihn aufgespürt hatte, doch als sie schließlich einen Diener fand, der wußte, wo er war, dachte sie, sie hätte es erraten müssen.

Als sie den Schwarzen Turm zur Hälfte bestiegen hatte, wünschte sie bereits, sie hätte einen Mantel angezogen, denn die Luft, die durch die Schießscharten zog, war eisig.

Er stand im Zimmer der Gräfin am Fenster. Sie blieb am Eingang stehen und wußte nicht, was sie sagen sollte. Sie hatte keine Ahnung, wie er sich fühlte – ob er wütend, verletzt, schockiert, ungehalten war. Gleichviel, was konnte sie nur tun, um ihn zu trösten? Vielleicht hätte sie nicht kommen sollen – aber sie hatte den Gedanken nicht ertragen, daß niemand ihm auch nur ein bißchen Hilfe anbot.

Im nächsten Augenblick erklärte er, ohne sich umzudrehen: »Sie starb mit diesem Blick aus dem Fenster, die alte Gräfin, wissen Sie – jedenfalls der Erzählung nach. Sie ließ ihr Bett hierherschieben und sich von der Magd auf die Seite drehen, damit sie nach draußen schauen konnte. Und so wurde sie gefunden: tot, mit offenen Augen.«

Nun sah er sie an. Sein Gesicht wirkte recht ruhig. »Ich bin über Schlachtfelder gelaufen, und viele der Toten sahen so überrascht aus, als ob der Tod ganz anders wäre, als sie erwarteten.«

Er wandte sich vom Fenster ab. »Ist er fort?«

»Ja.«

»Und Petja?«

»Nein, er ist noch da.«

»Ah.« Er betrachtete sie aufmerksam und hielt die Augenlider dabei ein wenig gesenkt, so daß er beinahe gerissen wirkte. »Und was meinen Sie zu diesem kleinen Ausbruch?« Fleur konnte nicht antworten. Seine durchdringenden Augen bohrten sich in ihr Gesicht. »Sie müssen sich doch etwas gedacht haben dabei, oder warum sind Sie hier?«

»Ich bin gekommen, um zu sehen, wie es Ihnen geht«, sagte sie leicht verletzt. »Ich dachte, Sie seien bestimmt – durcheinander.«

»So?« Er schien sich das durch den Kopf gehen zu lassen und sagte dann mit einem leichten Kichern: »Durcheinander! Ja, das ist das Wort. Durcheinander!« Er legte eine Hand auf ihre Schulter. »Danke, meine liebe Freundin. Danke, daß Sie sich Gedanken machen, ob ich durcheinander bin oder nicht. Soviel habe ich von Ihnen gar nicht verdient.«

»Das haben Sie! Sie haben mir jede Güte geschenkt!« protestierte sie, und Tränen traten in ihre Augen.

»Nein, das habe ich nicht«, sagte er ruhig. »Aber das ist jetzt egal. Ich war anscheinend nie sehr gut darin, Menschen glücklich zu machen. Ich habe sie sehr unglücklich gemacht.« Die Hand auf Fleurs Schulter gelegt, ging er mit ihr zum Porträt seiner ersten Frau hinüber und blieb nachdenklich davor stehen.

»Was er sagte, war richtig, müssen Sie wissen«, fuhr er fort. »Ich habe eine Verletzung davongetragen – und sie verheimlicht. Und es stimmt, daß ich – zeugungsunfähig bin. Es hat Elisabeth sehr unglücklich gemacht. Ich denke, jede Frau wünscht sich ein Kind.«

Es klang wie eine Frage, aber sie wußte sie nicht zu beantworten. Statt dessen fragte sie: »Warum sind Sie zurückgekommen? Wenn – wenn es keinen Unterschied machte?«

»Um die Chirurgen zu konsultieren. Er hat nur den einen ausfindig gemacht, aber es gab noch weitere. Sie alle sagten dasselbe. Nun, ich dachte, es wäre egal. Wissen Sie, ich habe sie geliebt. Aber sie . . .« Sein Mund verzog sich bitter nach unten. »Er kannte nicht die ganze Geschichte, nein, auch wenn er sich damit brüstete, er habe alles herausgefunden. Er wußte nicht – weil ich dafür gesorgt hatte, daß es nie herauskommen würde –, daß meine Frau, als sie erfuhr, daß ich ihr das gewünschte Kind nicht schenken konnte, sich entschloß, daß es genausogut ein anderer an meiner Stelle tun könnte – und es kam ihr nicht unbedingt darauf an, wer dies war.«

»Ah, nein«, protestierte Fleur schwach. Seine Hand grub sich in ihre Schulter.

»Ah, ja. Dieses süße, zarte Wesen, so lieblich und sanft – sie hurte hinter jedem Mann her, von dem sie glaubte, daß er ihr dienen könne. Da sie in mir quasi nur das Fortpflanzungsobjekt sah und meinen Mangel feststellte, suchte sie sich einfach einen anderen Bullen zur Zucht. Ich bot ihr alles, was ich hatte – meine Hingabe, meine Treue –, aber sie wollte nur einen dikken Bauch. Sie verschmähte meine Liebe . . .«

Er verstummte, aber in seinem Gesicht arbeitete es vor Erregung. Fleur konnte den Schmerz in ihrer Schulter nicht länger ertragen und versuchte sanft, seine Finger zu lösen, aber er griff nur noch härter zu. »Sie versuchte es sogar bei meinem Bruder – ja, meinem eigenen kleinen Bruder Petja! Wahrscheinlich weil sie glaubte, daß sein Blut dem meinen am ähnlichsten sei.«

»Aber er hat nicht – er hätte nie . . .?« stammelte sie voller Angst vor dem, was er als nächstes sagen würde.

»Ich weiß es nicht«, entgegnete er, und seine Stimme war wund vor Schmerz. »Ich werde es nie wissen.«

»Aber – doch nicht Peter!«

»Ich hab ihn nie gefragt. Wie konnte ich? Und sehen Sie, was die Leute auch sagen mögen, genau weiß man es nie! Ich weiß nur, was sie war, und daß er immer alles bekam, was er wollte.« Er wirkte sehr bitter, als er das sagte. Dann seufzte er, ein wenig müde. »Aber ich habe geschwiegen, über meine Zweifel, wie über alles, was mit ihrer – Schwäche zu tun hatte. Ich schützte sie so gut ich konnte. Doch Mutter wußte es. Da hatte Rose recht.« Er starrte auf das Porträt, und es starrte zurück, verzagt und zerbrechlich. »Ihr Tod war eine Erlösung für uns alle«, sagte er kalt.

Endlich ließ er sie los und ging ein paar Schritte von ihr weg. Was erzählte er ihr da alles nur? War es Wahnsinn? Es schien wie Wahnsinn.

»Was war mit Ludmilla?« fragte sie nach einer Weile.

»Ludmilla erinnerte mich an sie, ein kleines bißchen. Sie war so jung und unschuldig, aber sie war verspielt und aufgedreht – ich mochte das. Elisabeth hatte immer Angst, vor allem und jedem, sie fuhr bei jeder lauten Stimme und jeder plötzlichen Bewegung zusammen. Gott, wie mich das irritierte! Ich hielt Milotschka für stärker; und ich hielt sie für treuer.«

»Haben Sie ihr davon erzählt?« fragte Fleur. »Von Ihrem . . . daß sie nicht empfangen würde?«

»Nein«, sagte er. »Nein, habe ich nicht. Warum sollte ich? Sie hatte mich geheiratet, nicht meine Lenden! Sie machen so einen Wirbel darum, diese Frauen! Als ob ein Mann nur daraus bestünde. Es ist eine solche Nebensache! So habe ich es in der ersten Woche nach unserer Hochzeit einfach – nicht – getan. Auf diese Weise, dachte ich, würde sie es nie erfahren. Aber es stellte sich heraus, daß sie das mehr als alles andere wollte. Das war ihr wichtiger als ich. Sie war ein Tier, wie andere Frauen. Nur ein kleines, niederes, brunftiges Tier.«

»So war es nicht«, protestierte Fleur. Er wandte sich rasch um und sah sie mit seinen brennenden Augen an.

»Ah, meine *Tswetokscha*! Aber wenigstens Sie waren anders! Ich nehme mir Sie zum Trost – Ihre reine, unbefleckte Liebe!«

»Wie wollen Sie wissen, daß ich anders bin?« fragte sie zitternd.

Er ging zu ihr hinüber, packte sie an den Armen und sah an ihr hinunter, als wolle er sie verschlingen. »Glauben Sie nicht, daß ich Sie kenne? Habe ich nicht all diese Monate in Reinheit mit Ihnen gelebt? Wenn Sie wie andere Frauen gewesen wären, hätten Sie sich an unserer geistigen und seelischen Liebe erfreuen können, die wir ohne den Makel körperlicher Lust miteinander teilten? Sie waren glücklich, einfach bei mir zu sein, an meiner Gesellschaft Anteil zu nehmen, an meinem Alltag, meinem Leben. Ganz gleich, wie Sie geprüft wurden, Sie blieben treu.«

Er istverrückt, dachte sie, und tiefes Mitleid mit ihm stieg in ihr hoch. Es war traurig und furchterregend zugleich. Vielleicht war nichts davon wahr. Vielleicht war dieses bleiche, bescheidene Mädchen auf dem Porträt nicht unkeuscher gewesen als Ludmilla, als sie mit Richard auf dem Boden des Salons Puzzles legte. Aber sie erkannte das Prinzip: War eine fixe Idee einmal eingepflanzt, so wuchs sie, aus welchem Grund auch immer, ohne Bezug zur Realität oder zur Wahrscheinlichkeit. Was die Leute auch sagen mögen, genau weiß man es nie. Das war der Kern seiner qualvoll mißtrauischen Lebenseinstellung.

Roses Worte kamen ihr wieder in den Sinn: Die Kinder von

Liebenden haben ihr Bündel zu tragen. Sie stellte sich Kirow als kleines Kind vor, das seine Mutter über alles liebte – eine Mutter, die seine Liebe nie in diesem Maße erwiderte. Er wollte bei ihr an erster Stelle stehen, aber er konnte es nie, weil sie seinen Vater liebte. Hatte damit alles angefangen? Seine Mutter wählte seinen Vater und liebte ihn mit einer – in den Augen ihres eifersüchtigen Sohnes – verbotenen Sinnlichkeit. Und danach mußten alle Frauen, die Kirow kennenlernte, mit diesem Makel leben.

»Sie täuschen sich«, sagte Fleur traurig und sah in sein schönes Gesicht, seine seltsamen, wilden Augen. »Ich liebte Sie nicht nur in dieser Weise. Ich wollte Sie heiraten und war eifersüchtig, als Sie Ludmilla geheiratet haben. Ich habe Ihnen geglaubt, als Sie sagten, es sei eine Nebensache, weil ich es nicht besser wußte. Aber jetzt . . .«

Seine Hände fielen von ihren Schultern, und sie hielt inne, da sie erkannte, wohin der Satz sie führte.

»Ja, jetzt?« sagte er, seine Augen zusammengekniffen, wieder aufmerksam.

Nein, sie konnte es ihm nicht sagen. Er sollte nicht erfahren, was zwischen ihr und Peter war. »Jetzt glaube ich, daß Sie sich täuschen.« Sie begegnete seinem Blick fest und wich nicht aus. »Entweder Sie täuschen sich oder die ganze übrige Welt, und das kann ich nicht glauben.«

Er starrte sie lange an, dann schloß er die Augen und wandte sich seufzend ab. »Ich verstehe.« Er lief beinahe von ihr davon und blieb kurz vor der Tür noch einmal stehen. »Ich muß also annehmen, daß Sie mich jetzt verlassen, um nach einem besseren Leben zu suchen, um einen Mann zu finden, der Sie auch körperlich liebt?«

Sie biß sich auf die Lippen, weil sie den Schmerz aus seinen Worten hörte, den er vor ihr zu verbergen suchte. »Nein«, sagte sie. »Ich gab Ihnen mein Versprechen. Ich sagte Ihnen, ich würde Sie nie verlassen.«

»Ja«, sagte er und schien sich überrascht daran zu erinnern. »Ja, das haben Sie. Nun, es ist gut zu wissen, daß Sie Ihr Versprechen einhalten wollen. Aber wenn es Ihnen lästig ist, spreche ich Sie davon frei.«

Er ging hinaus und drehte noch einmal leicht seinen Kopf, um über die Schulter hinweg zu ihr zu sprechen.

»Ich möchte ein wenig allein sein. Aber danke, daß Sie zu mir gekommen sind.«

»Ist alles in Ordnung?« fragte sie zweifelnd.

»Ja«, sagte er. »Jetzt ist alles in Ordnung.«

Und so verließ sie ihn.

❦

Sie hatte kaum den Salon erreicht und noch nicht einmal Zeit gefunden, um mit Rose und Peter zu sprechen, als Ngorny hereingerannt kam. Sein Gesicht war weiß und seine Augen rund und leer vor Panik.

»Schnell! Oh, kommen Sie schnell! Es hat einen furchtbaren Unfall gegeben! Mein Herr – er ist verletzt. Oh, schnell!«

»Großer Gott«, rief Peter und sprang auf. »Was ist passiert?«

Ngorny starrte nun Fleur an, und sie spürte, wie ihr der Magen in der Vorahnung des Unglücks wegsackte. Sie wußte, was passiert war.

❦

Er lag am Fuß des Schwarzen Turms auf dem Rücken, die Beine angewinkelt, eine Hand auf der Brust, die andere nach hinten gestreckt, beinahe so, als hätte er sich zum Schlafen hingelegt. Doch auf dem Schnee unter ihm vergrößerte sich ein schrecklicher roter Fleck.

Ngorny wimmerte. »Ich hab ihn fallen sehen. Ich hab die Abkürzung zum Stall genommen und ihn fallen sehen, wie einen großen Vogel. Er muß sich über die Brüstung gelehnt haben und auf dem Eis ausgerutscht sein. Heilige Muttergottes, ich hab ihn fallen sehen!«

Peter kniete neben ihm nieder und hob seinen Kopf in die

Höhe. Dabei gab er ein ächzendes Geräusch von sich, als er zu schlucken versuchte.

»O nein, Serjoscha«, flehte er. »Nein, bitte nein!«

Er hat mich freigegeben, dachte Fleur. Sie war ganz ruhig, auch wenn sie glaubte, daß es vielleicht der Schock war.

Dann kam ihr in den Sinn, daß er sich selbst befreit hatte von seiner Qual, die mit jedem Jahr unerträglicher geworden war. Nun lag er am Fuß des Schwarzen Turms und starrte mit einem goldenen Auge den Himmel an. Er war mit offenen Augen gestorben, und er wirkte, überlegte sie, vor allem überrascht, als ob der Tod ganz anders war, als er erwartet hatte.

❦

Das Begräbnis war wunderbar, zugleich aufwendig und prächtig und traurig und tröstlich.

Die ganze Woche hatte sie immer wieder überlegt, was jetzt mit ihr geschehen würde. Nach England zurückzugehen schien der naheliegende Schritt, und doch zog sie nichts dorthin; es kam ihr vor wie die Rückkehr in eine Gefängniszelle. Nun, sie konnte ja hierbleiben. Selbst ohne das freundliche Angebot der Polotskis hatte sie ein ausreichendes Einkommen, um unabhängig zu sein, und Rose würde sich vielleicht darüber freuen, wenn, zumindest einen Teil des Jahres, eine Gefährtin bei ihr lebte.

Am Grab konnte sie endlich weinen. Hier war die andere Seite des Todes – der arme Körper, der zu Staub werden mußte, abgelegt und vergessen; die irdische Gestalt des Mannes, den sie geliebt hatte und nie wiedersehen würde. Sie weinte und war froh darum. Als alles vorbei war und jeder sich umwandte, um zum Haus zurückzugehen, blieb sie noch, stand im kalten Sonnenlicht und sah zu, wie die Totengräber das Loch auffüllten. Kirows Grab war neben dem seiner Mutter ausgehoben worden. Es war eine geschützte Ecke des Friedhofs, und die Krokusse stießen bereits durch den dünnen

Schnee auf Anna Petrownas Grab. Fleur hob ihr Gesicht zum Himmel, ließ ihre Tränen in der hellen, harten Luft trocknen, dachte an so vieles und sagte Sergej auf Wiedersehen. Fort. Für immer fort.

Zunächst blieb Fleur in Schwartzenturm. Das Haus war nach Kirows Tod seltsam still und unheimlich geworden, und nicht einmal die Gegenwart von Rose und Peter vermochte viel dagegen auszurichten. Mehrere Wochen verstrichen, und Fleur war es zufrieden, einfach die Tage an sich vorübergehen zu lassen. Das immer wärmere Frühlingswetter nutzte sie für ausgedehnte Spaziergänge zum Grab.

Dort stand sie einmal wieder, als plötzlich Peter neben ihr auftauchte. Sie sah zu ihm hin, und er lächelte ein wenig ängstlich. Er hatte seinen Bruder geliebt, trotz allem, und das gefiel ihr an ihm, diese Einfachheit der Zuneigung, Sie gab ihm ihre Hand; er lächelte unbeschwerter und steckte sie zu seiner in die warme Manteltasche.

Nach einer Weile fragte er: »Was wirst du jetzt tun?«

»Ich weiß es nicht.«

»Willst du nach England zurückgehen?«

»Nein«, sagte sie und fand ihre Antwort in seiner Frage. »Man kann nie zurück. Soviel habe ich gelernt.«

Sie spürte, wie eine gewisse Spannung aus ihm wich, und als sie ihn von der Seite anblickte, stellte sie fest, daß er erfreut aussah.

»Was ist, Peter Nikolajewitsch?«

»Ich habe nur überlegt; wenn du nicht nach England zurückgehst, solltest du mich besser heiraten.« Vor Überraschung konnte sie nichts sagen, und er drückte ermutigend ihre Hand. »Eigentlich kannst du nämlich gar keinen anderen mehr heiraten, weißt du. Das wäre Sünde.«

»Ist das alles?«

»Nein. Du wirst mit mir glücklich sein.«

»Woher weißt du das?«

»Weil ich dich liebe.«

»Das hast du mir so noch nie gesagt. Oder ist das eine neue Erkenntnis?«

»Ganz und gar nicht. Ich habe dich von Anfang an geliebt, aber du warst in Serjoscha verliebt. Oh, ich war mir sicher, daß ich dich am Ende gewinnen würde, aber ich mußte es behutsam angehen. Ich wußte immer, daß es eine Menge harter Arbeit bedeuten würde.«

Sie mußte lächeln. »Was für ein unerschütterliches Vertrauen! Sergej sagte, daß du immer alles bekommen hättest, was du wolltest.«

»Das hat er gesagt? Er muß von sich gesprochen haben.«

»O nein. Ich glaube nicht, daß er je bekommen hat, was er wollte.«

»Vielleicht hast du recht«, sagte er traurig und sah auf die braune, nackte Erde hinunter. Sie schaute ihn an und musterte ihn noch einmal von oben bis unten, wie beim ersten Mal: sein schlichtes Gesicht – nur seine Wimpern waren lang und seiden und schön, und sein Kinn wies eine kleine, elegante Kerbe auf, zu flach, um Mulde genannt zu werden, aber gerade tief genug, um eine Fingerspitze hineinzudrücken, und sein Mund war lang geschwungen und fein . . .

Sie hatte plötzlich eine lebhafte Erinnerung an das Gefühl, als seine Lippen auf den ihren lagen und sie küßten, während seine Hand ihre Brust streichelte. Es traf sie wie ein Stromschlag. Mit ihm hatte sie dies geteilt, und es war sehr wertvoll.

Sie wollte nicht fort von ihm. Sie wollte immer bei ihm sein. Als es ihr klar wurde, war es so einfach; sie fragte sich, wie es ihr so lange hatte entgehen können. O Peter, dachte sie, wieviel Zeit habe ich verschwendet!

Seine Gedanken waren natürlich gerade anderswo gewesen. Als sie ihn in diesem Augenblick der Erkenntnis ansah, sagte er: »Ich glaube, er hat dich geliebt, weißt du. Ich denke, er hat dich so sehr geliebt, wie er überhaupt jemand anderen als sich selbst lieben konnte. Aber es wäre nie, nicht einmal unter idealen Bedingungen, eine geborgene Liebe für dich geworden.« Er musterte sie sorgfältig. »Ich liebe dich viel, viel mehr. Ich kann dir Geborgenheit schenken und dich glücklich machen. Aber natürlich bin ich nicht romantisch oder aufregend – ich bin ein einfacher Mensch.« Er brütete einen Augenblick vor sich hin. »Es ist komisch, daß Frauen immer auf Männer wie Serjoscha fliegen, die sie schlecht behandeln und die in Wirklichkeit sich selbst am meisten lieben.«

Sie steckte ihre zweite Hand in seine andere Tasche. »Vielleicht gehört es einfach zum Erwachsenwerden«, sagte sie. »Als Kinder glauben wir alle an Märchen.« Um das Leben bedeutender zu machen, als es ist. Aber es gab andere Wege dahin, wenn man nach ihnen suchte. »Es war nur ein Märchen, weißt du, die Liebe zu Sergej. Überhaupt nicht wirklich. Doch das . . .« Sie wiegte ihn an ihrem Körper. Er grinste scheu und zog die Hände aus der Tasche, um das Gleichgewicht zu halten. »Das hier ist wirklich! Nicht so aufregend vielleicht, aber um so vieles dauerhafter!«

Sie hatte ihn, diesen Mann, vielfach falsch eingeschätzt. Sie hatte ihn für unbeschwert gehalten, aber jetzt erkannte sie, daß seine frivole Art eine tiefe Ernsthaftigkeit verbarg, so wie Sergejs äußere Ernsthaftigkeit einen tieferliegenden Mangel versteckte. Und das genau meinte Peter, wenn er sagte, er könne ihr Geborgenheit und Glück schenken. Sie würde die Substanz haben und nicht den Schatten. Weinschaumcreme – sie erinnerte sich an Ludmillas Worte. Man konnte nicht von Weinschaumcreme leben; dies hier war gutes, gesundes Brot. O Sergej, es tut mir leid! Aber ich habe dich geliebt, wie du geliebt werden wolltest – in gewisser Weise . . .

Sie verließen das Grab und machten sich nach Hause auf, Arm in Arm, geborgen in ihrer gegenseitigen Nähe. Den schwierigen Teil hatten sie nun schon hinter sich gebracht – jetzt warteten alle Freuden auf sie: Liebende ebenso wie Freunde zu sein, sich jede Nacht im selben Nest zusammen einzurollen, sicher und warm und geliebt.

»Das ist ja alles schön und gut«, beklagte sich Peter plötzlich, »aber ich möchte auch aufregend für dich sein.«

Sie lächelte zu ihm hoch. Keiner von uns kann in diesem Leben alles haben, dachte sie. Aber sie sagte es nicht laut. Peter würde ihr lieber Gatte werden, und von nun an war sie für seine Gefühle verantwortlich. So behielt sie es für sich.

Nachwort

Menschikows Angriff auf Eupatoria schlug fehl; im Februar 1855 wurde er verabschiedet und durch Gorkatschow ersetzt. Sein Entlassungsschreiben war eines der letzten, die von Zar Nikolaus diktiert wurden. Er starb am 2. März an Grippe – man sagte auch, an gebrochenem Herzen. Die Thronfolge sollte sein Sohn Alexander antreten.

Der Krieg zog sich noch ein weiteres Jahr hin, in Chaos und Leid und vermeidbarem Tod. Sewastopol wurde bis zum 8. September gehalten. Dann befahl General Gorkatschow nach einem Großangriff der Alliierten seinen Truppen, sich an die Nordküste zurückzuziehen und die Stadt in Brand zu stecken. Sie brannte zwei Tage lang, und erst am 10. September stürmten die Alliierten die Ruinen. Der letzte Angriff kostete sie elftausend und die Russen dreizehntausend Mann.

Nachdem die Alliierten die Krim eingenommen hatten, stellten sie fest, daß sie damit nichts anfangen konnten. Es war unmöglich, von dort aus das russische Kernland anzugreifen, und die Franzosen wurden des Spiels müde. Im Januar 1856 nahm man Verhandlungen mit Zar Alexander auf, und am 30. März wurde der Friede schließlich unterzeichnet.

Die letzten alliierten Truppen verließen russischen Boden am 12. Juli 1856 und kehrten zu einer begeisterten Nation zurück, die nie richtig verstanden hatte, worum es eigentlich ging, aber immer gerne einen Sieg feierte. Bald war der Krieg aus dem Bewußtsein der breiten Massen völlig entschwunden, und der Tausenden von Toten gedachte man nur in Form seltsamer Bezeichnungen, die im Zusammenhang mit den Kämpfen entstanden waren: Balaklawa-Helme; Wolljacken, die man nun Cardigans nannte; Krimkrokusse und, in den neuen Industriestädten, ein Dutzend schmieriger Straßen mit dem Namen Alma.

Von dem allgemeinen Idealismus und den großen Hoffnungen, die die Weltausstellung von 1851 hervorgerufen hatte, war nichts mehr übrig.

Band 12543

Patricia Shaw

Heiße Erde

Der neue große Australien-Roman der Bestsellerautorin

Queensland um die Mitte des 19. Jahrhunderts. Leidenschaft flammt wie ein Buschfeuer auf zwischen der jungen Politikerstochter Laura und dem Farmer Paul McNamara. Doch im Kampf um die heiße Erde des Landes stehen sie auf verschiedenen Seiten. Der Sturm der Ereignisse reißt alle mit: harte Pioniere, Aborigines und die mutigen Frauen des Grenzlandes…

BASTEI LÜBBE

Band 12609

Stefan Murr

Die heimlichen Schwestern

Mitte des 19. Jahrhunderts hatte Maria Geistinger, international berühmter Bühnenstar, eine leidenschaftliche Liaison mit einem Unbekannten von höchstem Adel, aus der zwei Mädchen hervorgingen. Heirat kam aus Standesgründen nicht in Betracht, und die Kinder wurden, unter dem Einsatz nahezu unbegrenzter Mittel, in ein großbürgerliches Leben integriert.
Die eine Tochter, Katinka, heiratete schließlich den Schriftsteller Ludwig Ganghofer. Sie war die letzte, die das Geheimnis ihrer Herkunft kannte und mit ins Grab nahm.